Kogler Gerhard

Geboren am 22.07.1973 in Lustenau/Österreich

1998/99 Fernstudium zum Autor.
2005   WER IST SCHON EINEN SELBSMORD WERT?
2005   HÖLLENTRIP AM AMAZONAS!
2014/15 Fernstudium zum Journalisten.
2014   TERROR - WEG ZUR VERNICHTUNG!
2014   BLUTIGES LAND - EINE GESCHICHTE ÜBER DEN
        AMERIKANISCHEN BÜRGERKRIEG!
2015   ZIVILISATION - DAS GEHEIMNIS DER SPHINX!
2018   WAR - DIE BEFREIUNG KUWAITS!
2018   KIRGASHA 1944 - SCHLACHT IM PAZIFIK!

Kogler Gerhard

Kirgasha 1944

Schlacht im Pazifik

© 2018 / Kogler Gerhard

Autor: Kogler Gerhard
Umschlaggestaltung, Illustration: Quelle Pixabay

Verlag und Druck
tredition GmbH
Halenreie 40-44
22359 Hamburg

ISBN: 978-3-7469-0484-9 (Paperback)
      978-3-7469-0485-6 (e-Book)

Bibliografische Information der Deutschen Nationalbibliothek:
Die Deutsche Nationalbibliothek verzeichnet diese Publikation in der Deutschen Nationalbibliografie; detaillierte bibliografische Daten sind im Internet über http://dnb.d-nb.de abrufbar.

Februar 1944:
Ein amerikanisches Aufklärungsflugzeug flog über dem Pazifik auf sein Ziel zu.

Das Aufklärungsflugzeug, vom Typ Consolidated PBY Catalina wurde von den USA gebaut. Es war ein neunsitziges Flugboot das für die Seeaufklärung, als Bomber, Seenotrettung und als U-Boot-Jagdflugzeug eingesetzt wurde. Es hatte zwei Motoren mit 1.200 PS. Ihre Höchstgeschwindigkeit betrug etwa 320 Stundenkilometer. Ihre Dienstgipfelhöhe lag je nach Quellenangabe bei 4.000 bis 6.585 Metern und sie besaß eine Reichweite von 3.050 bis 4.050 Kilometer. Bewaffnet war dieses Flugzeug mit drei Maschinengewehren des Kalibers 7,62 Millimeter und zwei Maschinengewehren mit dem Kaliber von 12,7 Millimeter. Zudem konnte es eine Bombenlast von bis zu 2.041 Kilogramm tragen. Der Prototyp flog erstmalig je nach Quellenangabe 1934 oder 1935. Insgesamt wurden rund 3.300 Flugzeuge in verschiedenen Versionen gebaut und ist somit das meistgebaute Flugboot aller Zeiten.

Für diesen Einsatz war das Flugboot mit mehreren Außenbordkameras bestückt. Die Besatzung zählte neun Mann. Der Pilot, ein 38 jähriger, großer, muskulöser Mann mit viel Fronterfahrung. Der Co-Pilot, ein junger, kleinerer Mann auf seinem zweiten Flug über Feindgebiet. Der 3. ein 25 jähriger, schmächtiger Mann, befand sich etwas dahinter im Flugzeug, er war der Bordfunker, hinter ihm der Navigator. Und die restliche Besatzung saß im mittleren Teil des Flugzeugs an verschiedenen Messinstrumenten.

Die Crew hatte gutes Wetter mit weiter Sicht.

Der Pilot sah auf die Uhr. 07.48 Uhr. Dann rief er zurück: "Sleydan! Schick eine Nachricht raus! Wir nähern uns Ziel P.! Flughöhe beträgt 2.500 Meter!"

"Ja Sir!" bekam er als Meldung durch seinen Kopfhörer.

Der Co-Pilot war etwas nervös. Er sah ständig auf die Meeresoberfläche.

Der Pilot sah zu ihm hinüber und fragte: "Was ist los?"

"Ich fühle mich nicht ganz wohl Sir." antwortete der Mann mit leicht zittriger Stimme.

"Warum? Es ist doch friedlich hier oben." meinte der Pilot darauf gelassen und konzentrierte sich wieder auf den Flug.

"Wir waren noch nie so weit im feindlichen Luftraum." sprach der Co-Pilot weiter.

"He Jungs!" machte der Pilot durch seinen Funk auf sich aufmerksam.

"Was gibt es den Boss?" fragte der Navigator.

"Unser Junge hier hat schieß."

Die Besatzung lachte und gab ihre Kommentare über den Funk dazu.

"Solange er die Maschine noch fliegen kann, soll es mir egal sein."

"Erinnert ihr euch noch an John?"

"Bloß nicht."

"Der hat doch die ersten paar Mal in die Hosen geschissen."

Und sie lachten wieder.

"Nimm es dir nicht zu Herzen mein Junge." sprach der Pilot weiter. "Es ist gut ein bisschen Angst zu haben. Wir schießen nur ein paar Fotos, dann verschwinden wir wieder." Dann wandte er sich wieder an alle. "Ich gehe jetzt runter."

Der Pilot leitete den Sinkflug ein, indem er das Steuerruder nach vor drückte.

In kaum 100 Metern Höhe flog die Maschine über den Strand der Insel.

Plötzlich donnerte Geschützfeuer los.

"Scheiße! Boss wir wurden getroffen!"

"Halten sie Funkdisziplin!" brüllte der Pilot und Kommandant.

"Wo hat es uns erwischt?" fragte aufgeregt einer der Männer und blickte aus den Fenstern hinaus.

"Sie haben unser Seitenruder erwischt."

Der Co-Pilot fürchtete um sein Leben: "Bringen sie uns nur heil hier raus Sir."

Nur mit Mühe konnte der Pilot die Maschine halten. "Sleydan!" rief er, dann folgte sein Befehl. "Gib unsere Position durch!"

"Ja Sir!" antwortete dieser und nahm sofort Verbindung mit dem Trägerverband auf, der sich 280 Seemeilen weiter südöstlich befand: "Strowberry vier an Eagle. Eagle bitte kommen."

Der Mann vernahm nur ein Rauschen.

"Hier spricht Strowberry vier. Eagle bitte kommen."

Wieder hörte er nur Rauschen.

"Sir. Ich bekomme keine Verbindung."

"Versuch es weiter. Du mußt sie erreichen."

"Hier Strowberry vier. Eagle hören sie mich?" wiederholte der Funker, diesmal aber mit leicht bedrückter Stimme.

"Hier Eagle. Hören euch Strowberry vier. Bitte kommen." vernahm er durch seinen Kopfhörer.

"Na endlich Eagle." sprach der Mann erleichtert. "Wir sind getroffen. Liegen unter starkem Beschuss. Versuchen zurück zur Basis zu gelangen. Können die Maschine kaum halten."

"Habe verstanden Strowberry vier. Geben sie ihre Koordinaten durch."

"Verfluchte Japse!" schimpfte der Pilot.

Am hinteren Teil des Flugzeugs befindet sich das Seitenleitwerk mit dem beweglichen Seitenruder. Dieses Ruder ist insofern wichtig, da es zur Kursänderung benötigt wird. Dieses Ruder kann nach links oder rechts bewegt werden. Somit ändert sich in diesem Bereich die Luftströmung und das Flugzeug bewegt sich nach links oder rechts. Ein Teil dieses Ruders wurde durch das starke japanische Abwehrfeuer zerstört. Somit konnte die Luft nicht mehr korrekt umgeleitet werden und es entstanden heftige Turbulenzen.

Das ganze Flugzeug wackelte und rüttelte als ob es sich in einer Schlechtwetterzone befinden würde. Dies beeinträchtigte sehr die Kontrolle über das Flugzeug, insbesondere als der Pilot eine Kurve flog, um zur Basis zurück zu kehren.

Obwohl es sich hierbei um einen mittelmäßigen Schaden handelte, knarrte und zerrte das Material des Flugzeugs als ob es auseinander brechen wollte.

Der Funker hielt währenddessen ständig Verbindung mit dem Tower des Trägers: "Eagle hier spricht Strowberry vier."

"Sprechen sie Strowberry vier."

"Wir haben Bedenken, dass wir es möglicherweise nicht bis zur

Basis schaffen werden."

"Keine Angst Strowberry vier. Mehrere Kreuzer und Zerstörer sind bereits unterwegs. Die Luftsicherung übernehmen unsere Jäger."

Der Funker pustete die Luft tief aus dem Mund und wischte sich zugleich den Schweiß von der Stirn. Es war zwar heiß und schwül im Flugzeug, aber jetzt schwitzte er wohl mehr aus Angst.

Die beiden Techniker im Flugzeug gingen trotz alldem weiter ihrer Arbeit nach.

"Captain, Sir." sprach einer von ihnen durch den Funk.

"Was gibt es?" fragte der Pilot.

"Sir. Wir konnten nicht genug Aufnahmen machen."

"Sind welche von den Kameras getroffen worden?"

"Ich kann keine Schäden erkennen. Aber wir haben nur ein paar Aufnahmen machen können. Dann gerieten wir in die japanische Abwehr."

"Keine Sorge. Sie schicken sicher weitere Flugzeuge. Unsere Aufgabe ist hiermit abgeschlossen."

"Ja Sir."

Der zweite Techniker stand auf und blickte durch das rechte Fenster auf den Probeller. Er drehte sich ganz normal. Nach ein paar Sekunden ging er auf die andere Seite des Flugzeugs und blickte sich auch den anderen Motor an. Dann meldete er dem Piloten: "Sir. Alle Motoren laufen einwandfrei. Keine Schäden zu erkennen."

"Danke." der Pilot blickte auf die Instrumentenanzeigen. Der Höhenmesser zeigte kaum mehr als 300 Meter an. Treibstoff war noch zur Hälfte vorhanden. Der Drehzahlmesser arbeitete im akzeptablen Bereich. Kurz blickte er auf den Kompass der genau nach Osten zeigte. Flüchtig überblickte er die anderen Anzeigen wie; Ladedruckmesser, Zylindertemperaturanzeiger, Amperemeter, Kraftstoff- und Öldruckmesser. Da sie sich über dem offenen Pazifik befanden, blickte der Pilot oft auf den künstlichen Horizont, einer Anzeige, die in zwei Abschnitte unterteilt ist, der obere blau und simuliert den Himmel, der untere braun und simuliert den Boden. In der Mitte davon ist ein Flugzeug, das sich mit dem wirklichen Flugzeug mit bewegt und somit kann der Pilot besser erkennen, in welcher Lage sich das Flugzeug befindet. Er erkannte, dass es nach links abzuschwirren drohte. Er drückte das Steuerrad in die entgegengesetzte Richtung, um somit die Fluglage auszugleichen. Nur mit viel Kraft und Anstrengung hielt er die Maschine in waagrechter Lage.

"Sir?" fragte der Co-Pilot mit ängstlicher Stimme. "Werden wir abstürzen?"

"Nein, sicher nicht. Aber du könntest mir helfen damit die Kiste nicht abreist."

Der junge Mann umklammerte sein Steuerrad noch fester und drückte es in die selbe Richtung wie auch der Pilot sein Steuerrad hielt. Der Mann biss die Zähne zusammen. Man sah ihm die Anstrengung an. Er verkrampfte sein Gesicht. Die Muskeln seiner Arme waren angespannt und drückten die Adern unter der Haut hervor. "Es geht nicht!" brüllte der Junge auf einmal los.

Der Pilot ging dazwischen: "Ich kann sie nicht mehr lange halten! Sie schwirrt mir ab!"

"Oh Gott! Festhalten!" schrie einer der Techniker.

Die Maschine neigte sich zur Seite. Sie verloren schnell an Höhe. Der Anzeiger des Höhenmessers drehte sich immer schneller.

"Festhalten!" befahl der Pilot und versuchte weiterhin die Maschine in der Geraden zu halten.

Die linke Tragfläche kam der Meeresoberfläche gefährlich nahe.

Am Strand der Insel feuerte eine Zwei-Zentimeter Flak dem Flugzeug hinterher. Der Kommandant des Geschützes schrie und brüllte herum. Er trieb seine Männer weiter an. Die Flak befand sich auf einem drehbaren Gestell. Einer der Männer drehte sie genauer in die Richtung zur amerikanischen Maschine. Der Schütze der auf einem Sessel saß, blickte durch das Fadenkreuz und hielt den Abzug gedrückt und die Munition schoss aus dem runden Kanister, der seitlich an der Waffe angebracht war. Die Projektile schwirrten dem Flugzeug nach und verfehlten es nur knapp.

Das Flugboot berührte die Wasseroberfläche.

"Mayday! Mayday!" war das einzige was der Funker noch durchgeben konnte, ehe die Maschine an der Wasseroberfläche zerschellte.

Es war Nacht.

In einem amerikanischen U-Boot herrschte Hochspannung. Der Kommandant des Bootes hatte Alarm gegeben. Im Boot war auf Rotlicht umgeschaltet worden. Der Kommandant sah durch das Periskop. Sein Blick war auf das Ziel gerichtet. Nur leicht konnte er die Küste der Insel erkennen. Da es auf der Insel keinerlei Lichtpunkte oder Aktivitäten gab, konnte er somit auch keinerlei Schlussfolgerungen seiner genauen Position zur Insel stellen.

Im hinteren Teil des Bootes machten sich zwei Männer für einen Ausstieg bereit. Sie schlüpften in schwarze Tauchanzüge, luden ihre Waffen und nahmen einen Sack mit mehreren Behältern mit.

Der Kommandant blickte weiterhin durch das Periskop. "Kein Mond, keine Sterne. Nur Regen. Das ist besser für uns." murmelte er in sich hinein. Dann gab er Befehl an seinen ersten Offizier: "Alle Maschinen stop."

Der erste Offizier gab den Befehl leise weiter. Er wartete auf Nachricht und meldete dem Kommandanten: "Maschinen haben gestopt."

Der Offizier ließ von der Beobachtung ab und befahl: "Periskop einfahren. Auftauchen."

"Periskop einfahren und auftauchen." gab der erste Offizier weiter.

Die verantwortlichen Stellen führten die Befehle aus.

Kaum befand sich das Boot an der Oberfläche, wurde im mittleren Teil eine Luke geöffnet. Die beiden Kampfschwimmer stiegen aus der Luke und führten ein Paket mit. Sie warfen es ins Wasser. Sofort öffnete sich ein Schlauchboot, das sich zudem noch selbst aufblies. Kurz blickten die Männer auf die Wasseroberfläche. Die Wellen schlugen einen halben Meter hoch. Ihre Blicke wanderten weiter zur Insel und zum Himmel. Durch den Regen konnten sie zwar nicht viel erkennen, aber es war für sie ein wertvoller Vorteil.

Man konnte auch sie nicht sehen. Durch die Geräusche der Wellen und des Regens konnte man sie auch nicht hören, wenn sie sich der Insel nähern sollten.

Hinter ihnen stiegen drei Besatzungsmitglieder aus dem Boot. Zwei sicherten und ein Offizier sprach zu den Kampfschwimmern: "In drei Stunden holen wir euch von hier wieder ab."

Die beiden nickten nur und stiegen ins Schlauchboot ein. Mit kräftigen Zügen paddelten sie vom U-Boot weg.

Kurz blickte der Offizier den beiden nach, dann sprach er zu seinen Männern: "Einsteigen. Wir tauchen gleich."

Die beiden Kampfschwimmer trafen auf die Küste. Schnell stiegen sie aus und banden das Boot an einem kleinen Felsen fest, der sich bereits zur Hälfte an Land befand. Sie hielten ihre Waffen feuerbereit und lagen halb im Wasser. Sie beobachteten den Strand. Als ihnen nichts ungewöhnliches auffiel, krochen sie einige Meter vor. Der nasse Sand unter ihnen wurde durch ihre Körper zusammengedrückt, deren Spuren aber alsbald vom Wetter wieder verwischt wurden. Sie konnten zwar nicht viel sehen, außer die Umrisse größerer Gegenstände oder den Palmen, aber somit liefen auch sie nicht Gefahr selbst entdeckt zu werden.

"Wir sollten uns beeilen."

"Ja. Ich fühle mich hier nicht ganz wohl."

Während einer von ihnen Behälter öffnete und Proben vom Strand nahm, sicherte der andere mit seiner Waffe. Sie krochen wieder einige Meter weiter, nahmen erneut einige Proben und wiederholten diese Prozedur weitere drei Male, bis sie zu den ersten Palmen gelangten. Dort hielten sie kurz inne und horchten. Da das Rauschen des Wetters und der Wellen zu laut war, konnten sie keine fremdartigen Geräusche wahrnehmen.

"Ich höre nichts. Du etwa?"

"Nein. Ich denke die Japse sind in ihren Bunkern."

"Trotzdem werden sie sicher Patrouillen hier draußen haben."

"Gut. Machen wir weiter."

Sie krochen weiter bis sie auf Erde stießen. Der erste lag auf dem Bauch und hielt seine Waffe schussbereit. Der andere entnahm aus dem Sack zwei Behälter, schraubte sie auf und schaufelte mit der Hand etwas Erde in den ersten Behälter hinein, schraubte ihn zu und verstaute ihn wieder im Sack. Schnell grub er mit der Hand eine 20 Zentimeter tiefe Mulde und gab etwas von dem darunter liegenden Boden in den zweiten Behälter. Während er diesen verschloß flüsterte er zu seinem Kameraden: "Ich hab es. Wir können zurück."

Der erste blickte auf seine Uhr und meinte darauf: "Ja. Es wird höchste Zeit."

Still, schnell und konzentriert krochen sie zurück zum Strand. Sie banden das Schlauchboot los und paddelten zurück aufs Meer hinaus.

1.200 Seemeilen südöstlich von Tokyo:

Ein kleiner amerikanischer Kreuzerverband fuhr mit 18 Knoten durch das Gewässer.

Ein Knoten ist 1,852 Kilometer pro Stunde, was auch einer Seemeile entspricht.

Das Sturmtief hatte sich verzogen und es herrschte wieder schönes, heißes Wetter.

Der Admiral des Verbandes stand an der Reling seines Flaggschiffes und blickte aufs offene Meer hinaus. Hinter ihm öffnete sich die Türe und der erste Offizier trat heraus. "Admiral." sprach der Mann.

Der Admiral drehte seinen Kopf zum Offizier um und wartete auf eine Meldung.

"Admiral. Wir haben eine Nachricht von einem Aufklärer erhalten."

"Was für ein Aufklärer?"

"Einem Fernaufklärer. Er ist vom Träger Nimitz gestartet. Er hat einen feindlichen Verband gesichtet."

"Wie stark ist der Feind?"

"Zwei Schlachtschiffe und mehrere Zerstörer Sir."

"Entfernung des Feindverbandes?"

"220 Seemeilen von unserer derzeitigen Position Sir. Sie halten

Kurs nach Süd."

"Träger?"

"Keine Meldung über Träger Sir."

Der Admiral nickte leicht, blickte kurz über die See und fragte: "Wie weit sind wir mit unserem Auftrag?"

"Wir haben alle unsere Forschungsaufgaben erfüllt. Die letzten Untersuchungen wurden soeben abgeschlossen."

"Gut. Danke."

"Ihre Befehle Admiral?"

"Wir kehren zurück zu unserem Heimathafen. Benachrichtigen sie die anderen Schiffe. Aber halten sie Funkstille. Nur Flaggenzeichen"

"Ei ei Admiral." der erste Offizier salutierte und ging zurück auf die Brücke.

Kurz darauf erschienen Matrosen auf dem Deck. Sie hissten verschiedene Flaggen. Ein anderer gab mit zwei kleineren Fahnen Befehle an die anderen Schiffe weiter.

Auf einem Kreuzer:

"Captain." sprach ein Offizier auf der Brücke.

"Was gibt es Thomsen."

"Das Flaggschiff des Admirals signalisiert Kurswechsel."

Der Captain nahm sein Fernglas und blickte zum Flaggschiff. Dort sah er den Mann die Befehle übermitteln.

"Sie haben recht." sprach er. "Wir sollen zurück. Lassen sie beidrehen."

"Ei ei Captain. Welchen Kurs Sir?"

"Osten. Wir fahren zurück nach Hawaii."

"Ei ei Sir."

250 Seemeilen nordwestlich der Marianen:

Ein US-U-Boot tauchte auf.

Es gehörte zur Gato-Klasse. Es handelte sich hierbei um ein Langstrecken-U-Boot das in den Weiten des Pazifiks sehr gut zurecht kam. Die Besatzung eines jeden Bootes betrug 60 Mann und jedes hatte eine Wasserverdrängung von 1.525 bis 1.854 Tonnen über und 2.386 bis 2.448

Tonnen unter Wasser. Die U-Boote dieser Klasse waren 95 Meter lang, 8,3 Meter breit und 4,6 bis 5,18 Meter hoch. Sie besaßen eine Reichweite von 20.372 bis 22.236 Kilometer bei 10 Knoten. Ihre Bewaffnung stellten je 10 Torpedorohre mit 24 Torpedos, ein 102 mm oder ein 76 mm Geschütz, vier Maschinengewehre und zwei 20 mm Fliegerabwehrkanonen. Angetrieben wurden diese Boote durch zwei Schrauben mittels Diesel- und Elektromotoren. Ihre Höchstgeschwindigkeit über Wasser betrug 20 bis 21 und unter Wasser 9 bis 10 Knoten und ihre Tauchtiefe lag bei 90 Metern. Der Stapellauf des ersten U-Bootes dieser Klasse erfolgte 1941. Etwa 300 Boote dieses Typs wurden während des Zweiten Weltkrieges gebaut.

Die Luke ging auf und mehrere Männer gingen auf die Brücke. Sofort positionierten sich vier Mann mit Ferngläser zu den Himmelsrichtungen und suchten die Gegend ab. Der Kommandant des Bootes und sein erster Offizier betraten ebenso die Brücke. Auch sie blickten durch ihre Ferngläser.

"Weite, freie Sicht Herr Kommandant."

"Ja. Keine Schiffe am Horizont. Wie sieht es mit Flugzeugen aus?"

"Der erste Offizier blickte mit dem Fernglas zum Himmel. "Nein. Nichts Sir." meldete dieser nach wenigen Augenblicken.

Der Kommandant sah auf seine Uhr. "Wir haben es jetzt genau 0700." sprach er.

Kurz blickte auch der erste Offizier auf seine Uhr: "Ja Sir. Auf die Minute genau."

"Alle Maschinen stop."

Kurz darauf meldete der erste Offizier: "Maschinen haben gestopt."

"Nun denn. Beginnen wir."

Der erste Offizier rief durch die offene Luke hinunter ins Boot: "Wetterballon fertigmachen!"

Die sechs Männer blickten wieder den Horizont ab. Währenddessen wurde im hinteren Teil des U-Bootes eine Transportluke geöffnet. Mehrere Männer stiegen aus. Sie befestigten an einem Ballon eine Luftdruckflasche und bliesen somit den Ballon auf. Voll aufgeblasen hatte der Ballon einen Umfang von zwei Metern. Direkt darunter hing der Fallschirm der sich selbst öffnete, wenn das Gas im Ballon nach einer vorgegebenen Zeit automatisch abgelassen wurde. Wenig darunter, der Radarmesser mit Abstandsschnur, drei Meter darunter der Instrumentenkasten mit Radiosonde, einem Kurzwellensender mit Antenne.

"Ballon ist bereit Sir." meldete der erste Offizier.

Der Kommandant drehte sich zum hinteren Teil des Bootes und nickte nur.

Sein erster Offizier hob seine rechte Hand.

Die Männer liesen den Ballon los. Schnell stieg er in die Höhe und trieb mit dem Wind mit.

"Lassen sie uns wieder Fahrt aufnehmen." sagte der Kommandant während er dem Ballon nachblickte.

Pearl Harbor:

Marineoberkommando Pazifik:

In der Zentrale des Marineoberkommandos waren alleine 20 Männer und Frauen damit beschäftigt, die Informationen die hier zusammenkamen, auszuwerten und sie auf überdimensionale Tafeln die an den Wänden hingen, einzuarbeiten.

Einer der Fernschreiber ratterte. Ein Lieutenant entnahm vom Fernschreiber ein DIN-A4 großes Blatt Papier und blickte es durch. Da die amerikanischen Fernschreiber selbstständig codierten und wieder decodierten, musste die Nachricht nicht erst entschlüsselt werden. Der Lieutenant ging zu einer der Wände. Dort überreichte er einem Untergebenen das Schreiben. Dieser nahm es und las es durch. Auf einer Treppe stand ein anderer Mann, der die Informationen auf die Karte übertrug. Die Karten besaßen Ausmaße von zehn Metern Länge und sechs Metern Höhe. Auf einer dieser Karten befand sich der gesamte Pazifik von China bis zur Westküste der USA, vom Polarmeer bis Australien. Auf einer anderen war nur der Ost- auf einer weiteren nur der Westpazifik abgebildet. Wiederum auf einer anderen war gesamt Japan mit seinen Inseln eingezeichnet, auf den restlichen verschiedene von den Japanern besetzte Inseln, sowie das Ziel "P".

Jede der Karten war mit den Längen- und Breitengraden, mit Entfernungen, Meeresströmungen, Windrichtungen und anderen wichtigen Informationen versehen. Die Inseln oder das Land selbst, waren mit Höhendaten und Schluchten, Wasserläufe, Sumpf, Wald, Dschungel, Gebirge und anderen wichtigen Informationen wie Straßen, Telegraphenleitungen und Niederschlagsmengen versehen. Insbesondere wurde Aufmerksamkeit dem Ziel "P" geschenkt. Diese Karte sollte besonders genau gefertigt werden und der Luftwaffe sowie der Marineinfanterie dienen. Hier waren zusätzlich ausgemachte Feindstellungen, Bunkeranlagen, Schützengräben, Artillerie- und Panzerstellungen, Truppenunterkünfte, Straßen und Wege von und zum Strand, dem sich im Bau befindlichen Flugplatz, Windrichtungen und deren Geschwindigkeiten in Knoten, Warm- und Kaltluftströmungen, der Nordostpassat, der Kuroschio- nördlich sowie der Nordäquatorialstrom und der äquatoriale Gegenstrom südlich des Wendekreises, das Bergmassiv mit dem Paß, die Seen und Flüsse eingetragen.

Mitte Februar 1944:
Planungsstab Pearl Harbor:
Um einen schwarzen, runden Tisch saßen fünf Männer in Armeeuniformen. Jeder von ihnen hatte bereits das 60. Lebensjahr überschritten. Sie alle hatten bereits graue Haare und teilweise Stirnglatzen. Die Anwesenden waren hohe Offiziere mit Abzeichen und Auszeichnungen, die an ihren Uniformen hingen. Einer der Männer war Admiral der Pazifikflotte, gekleidet in einer weißen Uniform. Einer von ihnen war General der Air-Force gekleidet in einer schwarzen, zwei andere, Generäle des Heeres, in grünen Uniformen und der letzte von ihnen trug eine schwarze Dienstuniform. Der Raum indem sich die Männer befanden maß gerade einmal zehn mal acht Meter. In der Mitte stand ein Tisch um den acht Personen Platz fanden. Auf einer Längsseite befand sich der Eingang. Auf einer Breitseite, drei Meter hinter dem Tisch, ein Fenster, das fast die gesamte Breite des Raumes einnahm und an Palmen vorbei zum Meer zeigte. An den beiden anderen Seiten des Raumes standen Kästen mit Akten, in denen Dokumente, Befehlspapiere, Listen der Armeen, Waffen, Vorschriften und Pläne eingeordnet waren.

Eine angespannte Atmosphäre machte sich im Raum breit. Die Männer wirkten nervös und unruhig. Der Chef des Planungsstabes eröffnete das Gespräch: "Danke meine Herren, dass sie meiner Aufforderung so schnell Folge geleistet haben." Dabei sah er jeden der Anwesenden an.

"Aus welchem Grund haben sie die Sitzung einberufen?"fragte der Admiral.

Der Chef antwortete: "Wir befinden uns in einer brenzligen Lage." Der Chef des Planungsstabes öffnete eine vor ihm liegende Mappe, die die Aufschrift "TOP SECRET ULTRA" enthielt. Der Mann nahm seine Brille aus der Brusttasche und setzte sie auf. Aus der Mappe nahm er das zu oberste liegende Blatt heraus und las einen kurzen Aspekt daraus vor: "Seit Midway haben die Amerikaner die Vorherrschaft gegenüber den Japanern auf See und in der Luft übernommen. Auf Guadalcanal dauerten die Kämpfe sechs Monate. Auf ihr sind hunderte amerikanische Soldaten gefallen. Die Gesamtverluste auf der Insel betrugen mehrere tausend Mann. Mit derartigen Verlusten wird es uns nicht gelingen das Japanische Kaiserreich schnell und vor allem mit geringen Verlusten zu besiegen. Zudem sollen vermehrt Truppen und Material auf dem europäischen Schauplatz zum Einsatz kommen." der Mann machte eine Pause, legte das Blatt beiseite und sprach mit eigenen Worten weiter. "Um die Inseln schneller und vor allem mit weniger Opfern zu erobern, schlägt der Präsident vor, eine Spezialeinheit auszubauen, ähnlich den britischen Commandos. Diese Spezialeinheit soll im Ganzen, oder in kleineren Trupps die Infanterie unterstützen oder selbstständig Operationen vor und hinter feindlichen Linien durchführen. Diese Männer sollen eine kurze aber harte Ausbildung absolvieren, die es ihnen ermöglicht auch alleine, ohne jegliche Unterstützung in allen möglichen Klimazonen und zu jeder Tages- und Nachtzeit, gegen einen überlegenen Feind, anzutreten." Wieder machte der Mann eine Pause in der er einmal tief durchatmete und fuhr fort: "Jetzt meine Herren kommen sie ins Spiel."

Der Admiral stützte sich mit den Ellbogen am Tischrand ab und fragte verwundert: "Was hat meine Marine mit einer Heeresspezialeinheit zu tun?"

"Sie Admiral, stellen Schiffe und Boote zur Verfügung, mit denen die Spezialeinheit amphibisch ausgebildet werden kann." antwortete der Chef.

"Aber Sir." versuchte der Admiral dieses Vorhaben abzuwimmeln. "Ich benötige jedes Schiff. Die Japaner haben zwar einige Rückschläge hinnehmen müssen, aber ihre Schlagkraft ist dennoch gewaltig. Besonders ihre Marineflieger und diese Kamikaze machen uns schwer zu schaffen."

"Herr Admiral." stellte der Chef mit Nachdruck klar. "Ich benötige nur ein paar wenige, alte Zerstörer, Minensuch- und Räumboote sowie einige Landungsfahrzeuge."

Der Admiral dachte kurz nach, nickte schließlich und meinte darauf: "Selbstverständlich Sir. Ein paar wenige Einheiten kann ich entbehren."

"Danke Admiral."

Der Luftwaffengeneral diskutierte inzwischen mit den Heeres-offizieren. Sie zuckten mit den Schultern und rutschten auf den Sesseln hin und her.

Ruhig nahm der Chef den Krug mit Wasser der vor ihm stand, goss etwas davon in ein daneben stehendes Glas, nahm es und trank das Glas leer. "Ich wüßte nicht was es da soviel zu sprechen gibt." unterbrach er die diskutierenden Offiziere. "Ihre Aufgaben in diesem Plan kennen sie ja noch gar nicht."

Die Männer blickten auf und wunderten sich über diese harte Aussprache.

Der Chef nahm ein weiteres Blatt aus der Mappe, las es flüchtig durch und wandte sich an den Luftwaffengeneral: "Sie stellen mir Transportflugzeuge zur Verfügung, mit denen die Auszubildenden schnell von Fort zu Fort gebracht werden können."

"Natürlich Sir." erwiderte dieser sogleich und fragte nach: "Wie viele werden sie benötigen?"

"Etwa 100. Aber die genaue Anzahl werden sie noch erhalten."

"100 Sir?" wunderte sich der Offizier und wollte ebenso wie sein Kamerad von der Marine dies abschwächen. "Wie sie wissen benö-tigen wir jedes Flugzeug für Transporte um unsere Truppen auf den abgelegenen Inseln zu versorgen. Desweiteren soll ich viele meiner Maschinen nach England verlegen. Ich habe jetzt schon zu wenige."

Der Chef wollte sich auf keine Diskussion einlassen, sondern sprach schnell und mit einem Klang in den Worten, die bereits be-schlossene Sache signalisieren sollten: "Mir sind die Zahlen über unsere Ausrüstung bekannt. Aber ich weiß auch, dass viele Trans-portmaschinen beschädigt sind und man denkt diese zu verschrot-ten. Nehmen sie diese, lassen sie sie reparieren und stellen sie diese Maschinen zur Verfügung." Der Chef merkte wie der Luftwaffen-general versuchte erneut einen Einwand zu liefern, so würgte er dessen Worte ab und erklärte sogleich: "Es ist bereits beschlossene Sache. Der Präsident hat dies abgesegnet." Zum Schluss wandte sich der Chef noch einmal an alle Anwesenden, sprach dabei aber vor allem die Heeresoffiziere an: "Sie stellen mir die Soldaten für die Spezialeinheit. Ich möchte das sich Soldaten aus allen Gattungen des Heeres, der Marine und der Air-Force melden. Wir brauchen die Erfahrung jeder Einheit um schnell eine schlagkräftige Truppe aufstellen zu können."

Einer der Heeresoffiziere sah sich um, blieb mit dem Blick beim Chef hängen und fragte ihn: "Wie viele Männer brauchen sie?"

"Etwa 10.000. Je mehr, desto besser. Zum Schluß werden nur wenige übrig bleiben. Was ich noch benötige sind vier Ausbildungslager. Jeweils eines für den Wüsten-, Gebirgs-, Dschungel- und Winterabschnitt. Dies wird ihre spezielle Aufgabe sein." sagte er zu den Heeresgenerälen und bekräftigte diese Worte, indem er seinen linken Zeigefinger zu den Männern hielt.

Der Admiral wunderte sich und fragte: "Wofür benötigen sie im Pazifik eine Winterausbildung?"

"Diese Soldaten sollen den Kern der US-Elite bilden, die weltweit einsetzbar ist." antwortete der Chef darauf. "Sind noch welche Fragen?"

Der Luftwaffen- und der Marineoffizier schüttelten die Köpfe. Nur der Armeegeneral der bisher noch keine Frage gestellt hatte, meldete sich zu Wort: "Wie soll sich diese Spezialeinheit nennen?"

"Ranger." antwortete der Chef und fuhr sogleich fort. "Da keine weiteren Fragen sind, ist die Besprechung hiermit beendet. Bedenken sie meine Herren; nichts von dem hier Gesagten darf nach außen dringen. Guten Tag meine Herren."

Die Offiziere standen schweigend auf, nahmen ihre Schirmmützen und Mappen vom Tisch und verließen den Raum.

F ebruar der 17. 1944:
Zwei Stunden nach Mitternacht.
Es regnete leicht.

Oskov, ein 29 jähriger und 1,85 Meter großer Soldat, stand Wache vor dem Haupttor einer Kaserne, in der je eine Artillerie-, Sanitäts- und Funkeinheit stationiert waren. Oskov war ein aufbrausender Mann. Er machte gerne Späße, trank viel und rauchte zwei Schachteln Zigaretten am Tag. Viele kannten ihn hauptsächlich durch sein großes Mundwerk. Im nüchternen Zustand konnte man gut mit ihm reden, aber sobald er etwas zuviel intus hatte, konnte er aggressiv werden. Aber einem guten Freund stand er immer zur Seite.

Das Tor vor dem er stand, bestand aus drei Zentimeter dicken Stahlstangen und besaß eine Länge von sieben Metern. Auf dem Tor verhinderte ein Stacheldraht ein überklettern. Links neben dem Tor ging eine Treppe zum Wachraum hoch, in der sich auch die Streife und Teile der Bereitschaft aufhielten.

Ein Soldat in Ausgehuniform blickte hinter der Mauer hervor.

"Oskov. Oskov." flüsterte der Mann.

"He Juni. Was machst du denn da?"

"Nicht so laut. Bist du alleine?"

Oskov blickte sich um. Dann antwortete er: "Ja. Wieso?"

Der Mann kam hinter der Mauer hervor. Im Schlepptau eine junge Frau asiatischer Abstammung.

"Was willst du mit der Kleinen?" fragte Oskov und blickte auf die kleine Frau.

"Was wird man schon mit einer in einer Kaserne machen?"

Oskov starrte auf die Brust der Frau. Der Regen machte die weiße Bluse fast durchsichtig. Er fuhr sich mit der Zunge über die Lippen und meinte halblaut: "Die möchte ich auch einmal."

"Ist ja gut." flüsterte der Soldat nervös. "Aber lass uns endlich rein."

Inzwischen war Gerry rausgetreten. Aus zweieinhalb Metern Höhe beobachtete er das Treiben und blickte dabei meist auf die Dame. Bevor Oskov das Tor öffnen konnte, sagte Gerry: "Was machst du, wenn dich jemand mit ihr erwischt?"

Die drei blickten zu Gerry hoch.

"Okay." sprach der Soldat ungeduldig. "Aber zuerst bin ich dran."

"Dann ich." fuhr Oskov sogleich hoch und hielt den linken Zeigefinger in die Luft. Während er diese Worte sagte, blickte er noch einmal auf die Brust der Frau, dann auf ihre Lippen und er bemerkte: "Die kann sicher gut lutschen."

Gerry lehnte sich über das Geländer und meinte: "Lass sie rein. Ihr könnt sie haben. Ich habe kein Interesse daran."

Oskov öffnete sogleich das Tor. Die Frau und der Soldat traten ein.

"Was ist hier los?!" brüllte jemand durch die Stille der Nacht.

Scheinwerfer wurden eingeschaltet und auf das Tor gerichtet.

"Oh Scheiße!" seufzte Gerry und nahm sofort eine stramme Haltung an.

Der Offizier, ein Major, schritt mit fünf Soldaten ins Scheinwerferlicht. Mit strengen Blicken sah er die Wache, Juni und die junge Frau an: "Männer! Geleitet die Dame vors Tor!"

Zwei Mann traten hinter dem Offizier hervor und gingen auf die Frau zu. Einer der beiden sagte zu ihr: "Darf ich sie bitten." Gemeinsam gingen sie zum Tor. Die Frau ging hinaus.

"Und ihr drei kommt hierher!" brüllte der Major von neuem.

"Ich habe damit nichts zu tun!" verteidigte sich Gerry.

"Was?!" brüllte Oskov hoch. "Du hast mich doch dazu angestiftet!"

"Was hab ich?!"

"Du sagtest; Lass sie..!" Weiter kam Oskov nicht. Der Major übertönte die beiden mit seiner tiefen, rauen Stimme: "Ich sagte; kommt zu mir! Und zwar alle drei!"

In einer Reihe standen die drei Soldaten vorm Tor. Der Regen war stärker geworden. Durchnässt standen sie stramm und warteten auf weitere Beschimpfungen. Das Regenwasser rann den Männern an den Wangen herunter. Die Uniformen mit Wasser vollgesaugt, die Helme an einigen Stellen gerostet.

"Nun gut!" meinte der Offizier. "Wenn ihr schon soviel Energie habt, dann habe ich genau das Richtige für euch Schwachköpfe! Die Waffe über den Kopf und laufen! Und zwar bis 0600! Um Punkt 0700 geht ihr zum Rapport! Ist das klar ihr Saftsäcke?!"

Im Eilschritt liefen die Männer los. Sie rannten um den Sportplatz, der sich in der Mitte des Kasernenhofes befand.

"Danke Juni." keuchte Oskov. "Das vergesse ich dir nie."

"Halt doch die Luft an." meinte dieser darauf. "Du wolltest doch selber."

Gerry lief zwischen den beiden, hielt die Waffe über dem Kopf und stöhnte: "Lieber würde ich jetzt in einem warmen Bett liegen, als hier zu laufen."

Die beiden anderen warfen böse Blicke auf ihn. Dieser verteidigte sich sofort: "Das war nur so eine Idee!"

Um Punkt sieben Uhr stand Juni im Arbeitszimmer des Generals. Der Offizier war über diesen Vorfall der vergangenen Nacht informiert worden. Er saß hinter seinem Schreibtisch und blätterte in der Akte von Juni. Dann blickte er hoch und schrie den Soldaten an: "Was haben sie sich eigentlich dabei gedacht?! Wir sind kein Bordell! Das war jetzt schon das vierte Mal das sie versucht haben eine Frau in die Kaserne zu schleusen! Meine Geduld ist am Ende! Ich werde ein Disziplinarverfahren gegen sie einleiten! Bis dahin melden sie sich in der Truppenküche! Und jetzt schicken sie mir die beiden Vollidioten rein!"

Juni salutierte, verließ den Raum und schloß hinter sich die Türe.

"Wie ist der Alte drauf?" fragte Oskov.

Juni blickte beide nacheinander an und antwortete: "Er freut sich schon auf euch."

Oskov und Gerry sahen sich an. Cooper, der nur 1,68 Meter groß war, mußte dabei zu seinem Kameraden hochblicken. Gerry war 25 Jahre alt, hatte braune Augen und braune Haare. Er war ein eher ruhigerer Mann, hatte mit dem Rauchen aufgehört, qualmte aber in brenzligen Situationen eine Zigarre, trank nicht viel, machte

Witze und ging mehr mit anderen mit, als selber eine Entscheidung zu treffen. Nur in gefährlichen oder aussichtslos scheinenden Situationen übernahm er kurzerhand die Führung.

Oskov runzelte die Stirn und meinte: "Auf in den Kampf."

Die Männer traten ein.

"Sie wollten uns sprechen Sir." begann Gerry.

"Halten sie ihr Schandmaul!" schrie der General den kleineren Mann an. Dann blätterte er in den Akten der beiden. "Was soll ich nur mit euch machen?! Ihr seid eine Brutstätte für Versager und Befehlsverweigerer! Sie Oskov sind der Schlimmere! Dreimal erhielten sie eine Beförderungssperre! 15 Schlägereien! 28 Verstöße gegen die Vorschriften! 56 Befehlsverweigerungen! Wenn nicht ihr Vater mit mir im Ersten Weltkrieg im Dreck gelegen hätte, wären sie schon mehrmals an die Wand gestellt worden! Und zu allem Übel haben sie nicht nur die Tochter, sondern auch noch die Frau des Admirals angeeiert!"

"So ein Spießer." meinte Cooper zu seinem Kameraden, indem er kaum seine Lippen bewegte.

"Und sie sind nicht besser!" fuhr der General vom Sessel hoch.

Beide Soldaten bekamen große Augen und standen noch strammer als zuvor. Oskovs leicht abstehende Ohren begannen zu wackeln.

"Ich weiß was ich mit euch mache." beruhigte sich der General etwas. Aus der Schublade des Tisches zog er zwei Briefe heraus, überreichte sie den Männern und sagte mit einem Grinsen im Gesicht: "Ihr beide meldet euch zu den Rangern."

Oskov verstand nicht ganz, verzog sein Gesicht und fragte nach: "Wohin?"

"Zu den Rangern. Eine Spezialeinheit. Die bringen euch Disziplin und Verantwortung bei."

"Das können sie doch nicht machen." fuhr Gerry entsetzt dazwischen.

"Oh doch. Ich kann." der Offizier grinste weiter und setzte sich wieder hinter dem Schreibtisch. "Ihr haltet soeben eure Marschbefehle in den Händen. Freiwillige Meldung selbstverständlich."

Die Soldaten sahen sich verdattert an.

Der General lachte laut auf und sprach dabei: "Viel Spaß meine Herren."

"Ja aber..." stotterte Oskov.

"Ihr könnt gehen."

"Aber General, Sir?" versuchte Gerry ein Gespräch anzufangen. "Soviel ich weiß, muss eine Vorprüfung abgelegt werden."

"Ihr könnt gehen!" wiederholte der General und wurde ernster. "Die Vorprüfung habt ihr soeben bestanden!"

Die beiden setzten ihre Kappen auf, salutierten und verließen das Arbeitszimmer.

Oskov hielt den Mund offen und ließ sich mit dem Rücken gegen die Wand fallen. "Was war das?" fragte er nach einigen Sekunden.

"Lief doch gar nicht so schlecht." meinte Gerry darauf.

"Nicht schlecht? Hast du gehört was der mir vorwirft? Ich? Die Frau des Admirals?"

"War es etwa nicht so?"

"Erst als ich besoffen war."

"Das reicht doch."

"Aber es ist nichts passiert?"

"Sei doch froh. Die Alte ist doch auch schon über 60."

"Pfui." Oskov streckte die Zunge raus und verzog sein Gesicht. "Dann ist es wohl besser, dass ich mich an nichts genaueres mehr erinnern kann."

Sie standen im Flur und atmeten tief durch. Cooper blickte auf den Brief. Oskov hatte ihn schon fast vergessen. Er streckte ihn unter die Nase seines Kameraden und fragte ihn: "Was soll das sein?"

"Ein Marschbefehl."

"Und wohin?"

"Das hast du doch selber gehört."

"Spezialeinheit? Wir beide? Das läuft nicht."

Gerry hatte inzwischen seinen Brief geöffnet und den Inhalt gelesen: "Anscheinend geht das doch. Wir haben uns freiwillig gemeldet und sogar unterschrieben."

"Was?!" fuhr Oskov hoch. Er blickte kurz auf das Schreiben von Gerry, riss dann seinen Brief auf und las ihn flüchtig durch: "Wir haben uns freiwillig gemeldet? Aber dies ist nicht meine Unterschrift. Das hab ich nicht unterschrieben."

"Ich weiß. Das ist die Unterschrift des Generals."

"Kann der das? Das...das ist doch Urkundenfälschung. Das...das geht doch nicht."

"Anscheinend doch."

"Aber ich hab doch nicht..."

"Oskov!" brüllte Gerry los, blickte ihn an und erwiderte: "Kapierst du das nicht?! Laut diesen Unterlagen hier haben wir uns freiwillig gemeldet und wir halten zugleich unsere Marschbefehle in den Händen!"

"Großer Gott." war alles was der Lange in diesem Moment rausbrachte. Erst nach Sekunden sprach er wieder. "Was genau sind Ranger?"

"Eine Spezialeinheit. Ein Mischung zwischen Einzelkämpfer und einer lebensmüden Tötungsmaschine."

"Danke." wich Oskov aus. "Mehr will ich gar nicht wissen."

Kalifornien:

Mittag des selben Tages:

Es war schönes Wetter. Auf einem Panzerübungsgelände preschte ein Panzerbataillon, bestehend aus schweren und mittleren Kettenfahrzeugen, der dazugehörenden Artillerie und LKW´s übers Feld. Sie simulierten einen Angriff.

Mätz Sayer, ein 1,89 Meter großer, 79 Kilogramm schwerer, gut durchtrainierter junger Mann, war Kommandant eines Kampfpanzers. Mätz stand im Gefechtsturm. Sein Oberkörper befand sich im Freien, der Rest von ihm verschwand in der Turmluke des Gefährts. Die Panzer fuhren in einer Reihe nebeneinander. Das Gelände bot nur wenig Deckung. Vereinzelt standen Bäume auf dem Übungsgelände. Einige Hügel und Felsen boten der Infanterie Schutz.

Mätz beugte seinen Kopf nach unten und gab dem Fahrer weitere Anweisungen: "Bleib gerade! Ansonsten fahren wir in einen anderen Panzer rein!"

"Ich bleib ja gerade! Aber das scheiß Ding will nicht!"

Dieses Gelände war ein ideales Panzergelände. Kaum Bäume, keine hohen Hügel, kaum Unebenheiten, keine Flüsse, Gräben oder andere Hindernisse. Ein perfektes Gelände, um mit Panzern schnell und weit vorzustoßen. Das Bataillon war in vier Kompanien und diese wiederum in vier Zügen zu je vier Panzer aufgeteilt. Jeder Zug fuhr in einer Linie nebeneinander her.

Mätz sah zur Seite, wo sich ein anderer Zug befand. Sein Blick wanderte nach hinten. Durch den Rauch des trockenen Bodens der aufwirbelte, erblickte er einen weiteren Zug, der sich allerdings 500 Meter hinter ihm befand.

Die Panzer in dieser Zeit waren nicht gerade bequem gebaut. Auf Komfort wurde gänzlich verzichtet. Es sollte ja auch Menschen und Maschinen töten und vernichten und nicht für eine gemütliche Rundfahrt verwendet werden. Ein 40 Tonnen schweres Ungetüm aus Stahl mit einem 1.000 PS-Motor, der 1.000 Liter Diesel auf 150 Kilometer Straße oder 100 Kilometer Feld verbrannte. Dementsprechend stank es auch in und um die Panzer nach Dieselabgasen. Je nach Größe des Tanks und des Geländes, kam ein Kampfpanzer zwischen 350 und 500 Kilometer ehe er wieder aufgetankt werden mußte. Durchschnittlich konnte eines dieser Fahrzeuge zwischen 40 und 60 Granaten mitführen. Spezielle Ausführungen trugen seitlich noch Abschußbehälter für Nebelgranaten mit. In einem solchen Gefährt war eine normale Unterhaltung nicht möglich. Das Kettenrasseln, der Motor und das Holpern waren so laut, dass sich die fünf Besatzungsmitglieder nur mittels Funk verständigen konnten. Als Kopfschutz trugen sie nicht einen Stahlhelm wie andere Gattungen, sondern einen Lederhelm. Da die Ketten viel Staub und Schmutz aufwirbelten, trugen die Panzerbesatzungen zusätzlich Brillen.

Die Panzer des Zuges fuhren mit einem Abstand von nur zehn Metern nebeneinander her.

Mit 40 Meilen die Stunde, etwa 65 Stundenkilometer, ließ Mätz seinen Panzer in eine tiefere Mulde führen. Der Aufprall riss dem Fahrer das Steuerruder aus den Händen. Unkontrolliert schlug das Fahrzeug einen neuen Kurs ein.

Der Lader und der Richtschütze schlugen sich die Köpfe an: "Paß auf du Arsch!"

"He! Wo fährst du hin?!"

Mätz wurde arg durchgerüttelt und brüllte mit seinem Fahrer: "Was soll das du Depp?!"

"Ich kann doch nichts dafür!" verteidigte sich der Fahrer, der inzwischen das Steuerruder wieder ergriffen hatte. Doch der Panzer fuhr schon auf ein anderes Fahrzeug zu.

"Seid ihr verrückt geworden?!" rief der Kommandant des anderen Kettenfahrzeuges und fuchtelte mit den Händen herum.

Nur wenige Augenblicke später stießen die beiden Kampfpanzer zusammen. Der Aufprall schüttelte die Besatzungen durcheinander und brachte die Fahrzeuge zum Stehen.

"Du blöder Arsch!" schrie der andere Kommandant vor Wut zu Mätz. Dieser ließ sich dies nicht gefallen, blieb aber dennoch in Anbetracht der Lage ziemlich ruhig: "Mach keinen Aufstand du Furz! Du hättest doch ausweichen können!"

Der andere Kommandant rief zu seiner Besatzung hinunter: "He Jungs! Es gibt Arbeit!"

Die Soldaten stiegen aus, warfen die Ledermützen weg und gingen auf Mätz zu. Dieser verzog nur sein Gesicht und sprach ebenso zu seinen Männern: "Wer hat Lust auf eine Schlägerei?!"

"Ich, ich!" rief der Lader.

"Endlich was los hier." erwiderte der Richtschütze.

Mit einem Grinsen im Gesicht stiegen die Männer aus den Luken und sprangen auf die anderen drauf. Sofort entwickelte sich daraus eine Rauferei. Zehn Mann schlugen wild um sich. Sie lagen am Boden, drehten sich im verdorrten Gras, knieten, drückten andere nieder und würgten sich gegenseitig.

Mätz lag auf dem gegnerischen Kommandanten. Er hielt ihn mit der linken am Boden und schlug mit der rechten zu. Ein-, zweimal.

Der andere nahm seine Beine hoch, schlang sie über Mätz seinen Hals und drückte ihn nach hinten von sich. Sofort setzte er nach und diesmal lag er auf Mätz. Dieser schwang sich von links nach rechts, solange bis sie sich zu drehen begannen. Nach mehreren Drehungen kam Mätz wieder auf dem anderen zu liegen, drückte ihn erneut nieder und schlug heftig drein. Der andere nahm seine rechte Hand, steckte sie in die Nasenlöcher von Mätz und drückte ihn somit erneut weg. Beide standen auf, liefen aufeinander zu, prallten aneinander und fielen wieder zu Boden.

Ein Lieutenant fuhr mit dem Jeep zum Geschehen. "Was ist hier los?!" rief er. Doch die Raufbolde reagierten nicht. Da stieg der Offizier aus, zog seine Dienstwaffe aus der Halterung und schoß zweimal in die Luft. Erst jetzt hörten die Männer zu kämpfen auf.

Wenig später standen die zehn Mann vor dem Bataillonskommandeur in dessen Büro. Der Zustand der Männer war erbärmlich. Zerfetzte Uniformen, verstaubte Ausrüstungen, blaue Augen, Platzwunden und blutige Gesichter.

Der Kommandeur ging im Raum auf und ab, sah dabei in die Gesichter der Soldaten und warf ihnen verächtliche Blicke zu. Keiner von ihnen wagte es, auch nur ein einziges Wort zu sagen. Der LieutenantColonel blieb stehen, verschränkte die Hände hinter seinem Rücken und begann: "Dies ist das beste Bataillon der ganzen Division! Und ihr macht daraus einen Sauhaufen! Zehn Mann sehen aus, als ob sie durch die Hintertür eines Bordells geflogen wären! Zwei unserer neuesten Kampfpanzer sind beschädigt! Das Manöver mußte wegen euch Idioten abgebrochen werden! Es wird morgen wiederholt! Aber ihr werdet diesmal nicht dabei sein!" Der Kommandant machte eine Pause, ging hinter seinen Schreibtisch und nahm einige Formulare in die Hände. Dann sprach er weiter: "Ihr wollt kämpfen?! Gut! Dann kämpft! Ihr füllt diese Formulare aus! Und zwar jetzt! Ein Nein wird nicht akzeptiert! Da bin ich einmal gespannt ob aus euch so etwas wie Soldaten gemacht werden können! Und jetzt raus!"

Die Männer nahmen jeweils ein Formular und verliesen den Raum. Auf dem Gang lasen sie die Papiere durch.

"Was soll das?"

"Was bitte sind Ranger?"

"Eine Spezialeinheit du Dummkopf."

"Wir sind doch Panzerfahrer."

"Ja genau. Das muß eine Verwechslung sein."

"Das hat schon seine Richtigkeit." sprach Mätz.

"Was meinst du damit?"

"Sie brauchen Kanonenfutter. Und damit die Verluste nicht so hoch sind, brauchen sie dazu Spezialisten."

"Weißt du etwas was wir nicht wissen?" wurde er vom anderen Panzerkommandanten gefragt.

Mätz wartete etwas mit seiner Antwort und sprach sie dann um so heftiger aus: "Ich kenne jemanden im Pentagon. Sie stellen neue Einheiten auf. Spezialeinheiten. Aus allen Gattungen der Armee, der Luftwaffe und der Marine werden Soldaten rekrutiert. Und die sollen zu Killermaschinen ausgebildet werden. Alleine, nur mit Infanteriewaffen gegen Bunker und Panzer, alleine gegen eine Armee. Fast wie bei einem Strafbattaillon. Gentleman. Und wir sind dabei."

"Dabei gehen wir doch alle drauf."

"Das interessiert doch keinen von da Oben. Denen sind doch Orden wichtiger."

"Sieh es locker. Dann hast du es schneller hinter dir."

"Idiot!"

Gino, Soldat bei den Pionieren stand im Büro seines Vorgesetzten.

"Setzen sie sich doch." sagte der Colonel.

"Danke Sir." Gino setzte sich nieder. Seine Mütze klemmte er unter seinen Arm.

Der Colonel, ein alter, stattlicher Mann, sah sich die Unterlagen von Gino durch. Schließlich meinte er: "Ihr Name ist Gino Botter. Sie sind Italiener."

"Südtiroler Sir. Vor dem Ersten Weltkrieg wanderten meine Eltern in die Staaten aus."

"Ob Italiener oder Österreicher. Das macht für mich keinen Unterschied. Aber aus welchem Grund wollen sie zu den Rangern?"

"Man sagt; bei dieser Einheit wird es nie langweilig und sie sollen etwas besonderes sein. Ich hoffe dadurch in Europa eingesetzt zu werden. Ich möchte mithelfen, Italien vom faschistischen Joch zu befreien."

"Da sie gebürtiger Südtiroler, demnach heutiger Italiener sind, haben sie kaum eine Chance in Europa aktiv zu werden." versuchte der Offizier seinem Untergebenen dieses Vorhaben auszureden.

Gino überlegte kurz. Mit seinen großen Händen rieb er das Gesicht ab. Er fuhr einmal mit der Zunge über die Lippen. Dann meinte er: "Gut. Dann eben woanders hin. Hauptsache ich kann helfen den Krieg zu gewinnen."

Der Colonel sah sich die Papiere weiter durch. Ohne Gino anzusehen sprach er: "Sie sind 1911 geboren. Glauben sie nicht, dass sie schon etwas zu alt für die Ranger sind?"

Gino antwortete stolz: "Mag sein. Lassen sie mich zur Ausbildung antreten. Ich werde die Prüfungen bestehen."

Der Offizier sah Gino lange und tief in die Augen. "Ihr Antrag auf eine Versetzung wird genehmigt." sprach der Mann mit Bedauern und stand auf.

Gino erhob sich ebenso vom Sessel.

"Dann viel Glück. Sie waren ein verdammt guter Soldat in meiner Einheit."

"Danke sehr Sir."

Die Männer reichten sich die Hände. Anschließend leisteten sie sich gegenseitig die Ehrenbezeichnung. Dann verließ Gino den Raum.

Gino war gebürtiger Bozner, 1,84 Meter groß und hatte eher eine schmächtigere Figur. Seine blond-braunen Haare hatten sich zu Locken geformt. Er war ein gemütlicher Mann. Seine Hobbys waren Radfahren, Ausdauersport und Wandern. Nach dem Krieg möchte er in Denver, seiner Heimatstadt, ein Nachtlokal eröffnen.

In einer Bar eines Marinestützpunkts an der Westküste der

USA, saß Olavson mit mehreren seiner Kameraden. Sie waren alle betrunken, einige von ihnen fielen bereits von den Barhockern.

"Das war toll." meinte Olavson und umklammerte das Glas, indem sich Scotch befand.

"Ja." lallte der Mann zu seiner linken. "Wir haben auf der letzten Feindfahrt 48.650 Bruttoregistertonnen Schiffsraum versenkt."

"He Barmann, noch eine Runde für die gesamte Mannschaft!"

"Brüll hier nicht so rum!" erwiderte der Mann hinterm Tresen, trat auf die Männer zu und fuhr fort. "Du bist hier nicht alleine!"

"He Kumpel." sprach ein anderer der U-Bootbesatzung. "Wir wollen saufen. Also gieß uns ein."

Die anderen schrien zustimmend mit.

Der Barmann sah durch die Runde. Schließlich meinte er: "Nein. Ihr habt schon genug gesoffen."

Die U-Bootbesatzung wurde zunehmend aggressiver: "Komm schon Alter! Rück was rüber!"

"Ich sagte; nein!"

Olavson packte den Mann am Kragen. Obwohl er betrunken war, hatte er noch genügend Standfestigkeit. Teils nüchterne, teils betrunkene Soldaten beobachteten das Spektakel. Einige von ihnen standen von den Sesseln auf und gingen zum Tresen.

Ein Matrose von einem Kreuzer forderte Olavson auf: "Lass den Barmann los!"

"Was willst du hier?" stotterte der gebürtige Norweger und wandte seinen Blick zu dem Mann der ihn ansprach.

"Verschwindet. Das geht euch nichts an." meinte ein anderer.

Der Mann vom Kreuzer packte Olavson am Arm.

"Lass los." forderte der Norweger den Matrosen auf.

"Erst lässt du den Barmann in Frieden." sprach dieser.

Die Männer sahen sich gegenseitig an. Die Lage spitzte sich zu. Die Spannung stieg. Weitere Matrosen vom Kreuzer gingen auf die Bar zu. Erst jetzt lenkte der Norweger ein. "Ist doch kein Problem." und er ließ den Barmann langsam los. "Wir sind doch friedlich. Wir wollen keinen Ärger. Nicht wahr Jungs?"

"Wir wollen nur unseren Sieg feiern." meinte der Maschinist.

Trotzdem griff einer der U-Bootbesatzung zu einer leeren Flasche, umklammerte sie, drehte sich ruckartig um und schlug sie einem der anderen auf den Kopf. Sofort begann ein Handgemenge. Den aufgestauten Aggressionen ließ man freien Lauf. Flaschen und Gläser flogen durchs Lokal. Tische und Sessel zerschmetterten auf Soldaten. Immer mehr Männer griffen ins Geschehen ein. Es war für die Soldaten eine willkommene Abwechslung, die unter Umständen seit Wochen keinen Einsatz mehr hatten und nur auf eine Gelegenheit warteten, ihre Kräfte zu messen. Mehr als dreißig Männer waren inzwischen an dieser Schlägerei beteiligt. Zwei von ihnen standen sich gegenüber und würgten sich gegenseitig. Der Kleinere von ihnen konnte sich aus dieser Umklammerung nicht befreien, da hob er sein rechtes Bein und schlug seinem gegenüber in den Unterleib. Der stechende Schmerz nahm dem Mann die Luft und die Kraft, so dass er den kleineren loslassen musste. Dieser Umstand wurde sofort ausgenutzt. Mit beiden Händen packte der Mann den Großen am Kopf und schlug ihn gegen sein gehobenes Knie. Lange konnte er sich über diese Befreiung nicht freuen, schon zerschmetterte ein Sessel auf seinem Rücken, der ihn zu Boden brachte.

Ein Teil von einem Tisch flog ins Flaschenregal hinterm Tresen. Mit lautem Getöse brach das Regal in sich zusammen.

Der Barmann eilte in sein Büro hinter der Bar, in dem sich ein Telefon befand. Währenddessen ging die Schlägerei unaufhörlich weiter. Blutende Nasen, Platzwunden, zerrissene Uniformen, blaue Flecken, selbst die vollkommen demolierte Einrichtung hinderte die Männer nicht daran aufzuhören. Da packte ein großer, starker, muskulöser Mann einen um einen Kopf kleineren, hob ihn hoch und warf ihn auf drei Männer, die auf ihn zuliefen.

Nur kurze Zeit später stieß die Militärpolizei die Türe zum Nachtlokal auf. Gekennzeichnet waren diese Männer mit einem Ärmelüberzug, auf dem groß die Buchstaben "MP" stand. Ebenso standen diese Buchstaben groß auf ihren Helmen. Ein Lieutenant der Militärpolizei blies in seine Trillerpfeife. Die Polizisten stürzten sich auf die kämpfende Horde. Doch die Soldaten, besonders die

Betrunkenen, wehrten sich. Erst als die "MP" mit ihren weißen Schlagstöcken auf die Kämpfenden losgingen und zugleich Verstärkung erhielten, gelang es ihnen, einen nach dem anderen festzunehmen.

"Schafft die Raufbolde hier raus!" schrie der Lieutenant.

Die Polizisten führten die Männer ab.

Der Offizier befahl seinen Männern: "Bringt sie in die Ausnüchterungszelle!" Dann fing der Mann zu lachen an und sagte zu sich selbst: "Ihr Seeteufel. Die Ranger werden euch dies schon austreiben."

"Wer bezahlt mir den Schaden?" fragte der Barmann.

"Das übernimmt die Marine."

"Dann warte ich bis ich 100 werde."

Zuletzt verließ der Lieutenant das Lokal.

Der Barmann fluchte und schimpfte herum und warf dem Offizier einen Putzfetzen hinterher.

Erster März 1944:
Savanna/Georgia:
Olavson war für seine Größe von 1,74 Metern ziemlich gut gebaut. Er wog zwar über 85 Kilogramm, aber dies sah man ihm nicht an. Er war leicht aufbrausend und verlor schnell die Beherrschung, machte trockene Witze, trank recht viel, aber dafür rauchte er nicht. Er saß mit Gino und fünf weiteren Rangeranwärter in einem LKW. Jeder der Männer hatte seine volle Ausrüstung dabei. Dazu zählten unter anderem das Gewehr, ein Kampfmesser, Stahlhelm und Feldmütze, zwei Paar Stiefeln, zwei Kampf- und eine Dienstuniform, Munitionstaschen, Feldbesteck, Kampfgurt, Feldflaschen, Spaten, Regenschutz, Schutzmaske, einen Pullover sowie armeeigene Unterwäsche. Das Meiste davon war im großen Rucksack, der Rest im Sturmgepäck verstaut.

Der LKW blieb vor dem Tor des Forts stehen, indem 5.000 Soldaten stationiert werden konnten. Umgeben war das Fort mit einer fünf Meter hohen und einer ein Meter dicken Steinmauer, auf der Stacheldraht angebracht war. Während einer der Wachen die Fahrzeugpapiere kontrollierte, ging ein anderer zur Rückseite des Fahrzeugs und blickte auf die überdachte Ladefläche. Gino hob kurz die Hand, der Mann nickte nur. Die Wache gab das OK und der Fahrer fuhr ins Fort hinein. Der LKW fuhr an Einfamilienhäuser vorbei, die hohe Offiziere und deren Familien bewohnten. Ein paar hundert Meter weiter standen die Unterkünfte der Soldaten, die wie Wohnblocks aussahen und in einer "U" Form aufgebaut waren. Mitten auf dem Kassernengelände befand sich eine kleine Grasfläche auf der, auf einem acht Meter hohen Mast die Flagge der USA wehte. Der Rasen war kurzgeschnitten und von weißbemalten Pflastersteinen umrandet. Soldaten liefen in Gruppen bis Zugsstärke übers Kassernengelände. Die einen hatten Freizeit, die anderen exerzierten. Viele Soldaten befanden sich bewaffnet auf Rundgängen. Der Fahrer stopte das Fahrzeug vor den Mannschaftsunterkünften.

"Raus mit euch!" befahl der Beifahrer. Er war ausgestiegen und öffnete die Ladefläche. Nacheinander stiegen die Männer aus und sahen sich erstmals um.

"Mann tut mir das Kreuz weh." jammerte einer der Soldaten und streckte sich durch.

"Hast du etwa gedacht, du wärst hier auf einer Kreuzfahrt?" fragte Gino den Mann.

Die Männer wurden von allen Seiten angestarrt. Ob es sich hierbei um Soldaten handelte, die trainierten, marschierten oder Ruhephasen hatten. Jeder der Ankömmlinge wurde genau gemustert.

"Irgendwie gefällt mir das nicht." meinte einer der Jungs.

"Was gefällt dir nicht?" wollte ein anderer wissen.

"Alle gaffen uns an."

Erst jetzt wurde es auch den anderen bewusst und sie blickten sich um.

"Ja." erwiderte Olavson darauf. "Da kann schon einen mulmig werden."

Eine kleine Gruppe ging langsam auf die Neuen zu.

"Wer seid denn ihr?" wurde Gino gefragt, da man ihn für den Ältesten und Erfahrensten hielt.

"Freiwillige." antwortete dieser nur kurz.

"Freiwillige." grinste der Mann und blickte zu seinen Kumpels, wie sie alle schmunzelten.

"Was ist los?!" fauchte Olavson. "Du willst wohl Prügel?!"

"He he." versuchte der Mann den Norweger zu beruhigen und hielt beide Hände etwas erhöht um seine Worte zu bekräftigen. "Nur die wenigsten melden sich wirklich freiwillig."

"Wie meinst du das?" wollte Gino wissen.

"In anderen Armeen gibt es Strafbataillone. Bei uns die Ranger." antwortete ein anderer aus der hinzu getretenen Gruppe.

"Wie soll ich denn das verstehen?" hatte sich Olavson wieder beruhigt.

"Wer zu den Ranger kommt wird als Krisenfeuerwehr eingesetzt. Überlebenschancen fast null."

"Also habt ihr alle etwas ausgefressen." sprach der Erste wieder.

"Ausgefressen ist gut." meinte Olavson. "Eine kleine Schlägerei."

"Und dabei den Laden zertrümmert." bemerkte einer aus seiner

Gruppe.

Noch bevor Olavson etwas sagen konnte, wechselte Gino das Thema: "Seid ihr alle Private?"

"Nein." antwortete der Mann. "Ich war Korporal. Der Mann hinter mir." und er drehte sich kurz zu ihm um. "Er war Sergeant und der neben mir sogar Offiziersanwärter."

"Und warum habt ihr eure Dienstgrade nicht an?" fragte Gino weiter, als er ihre Hemdkragen gemustert hatte.

"Hier bist du nur ein Anwärter. Hier sind alle gleich. Rangabzeichen verboten."

"Seht euch mal den an." unterbrach einer aus Ginos Gruppe die Männer.

Alle blickten zur Seite zur Wiese hin.

Dort stand einer, oben ohne, spielte mit seinen Muskeln und grinste schon die ganze Zeit zu ihnen herüber. Und er konnte seine Muskeln zeigen. Aufgepumpt wie Schwarzenegger zu seinen besten Zeiten.

"Was hat der denn?" fragte Gino nach. "Der guckt so komisch."

"Irgendwo hat er irgendwann eine zuviel auf den Deckel bekommen. Seitdem ist der nicht mehr normal." meinte der Erste aus der anderen Gruppe.

Und das Kraftpacket fuhr mit seinem Daumen quer über seinen Hals.

"Ich hoffe doch nur der verwechselt uns nicht mit dem Feind." bemerkte einer aus Ginos Gruppe.

"Keine Sorge Mann. Ich helfe dir schon." erwiderte Olavson.

"Macht euch den aber nicht zum Feind. Er schert sich einen Scheißdreck um Kameraden. Ein Arschloch wie es kein anderes gibt. Ständig auf Streit aus."

"Dann lassen wir den mal schön links liegen." bemerkte einer der Neuen.

Da kam aus dem Gebäude ein Offizier getreten und schritt direkt auf die Männer zu.

"Also dann Jungs. Macht es gut." meinte noch einer aus der anderen Gruppe, dann drehten sie sich um und gingen davon.

Der Major verschränkte hinter seinem Rücken die Hände: "Ihr seid also die Neuen! Zuerst! Hier seid ihr nichts als Rekruten! Egal was ihr in eurer alten Einheit ward! Hier seid ihr nur Rekruten! Und hier bin ich der Major!" Nach einer kurzen Pause sprach der Offizier weiter. "Zeigt mir eure Marschbefehle!"

Die Soldaten zogen aus ihren Brusttaschen die unterschriebenen Papiere. Der Mann sah sie nur flüchtig durch. "Ich bin Major Mahoni! Mir obliegt die Ausbildung zum Ranger! Zuerst werden euch die Quartiere zugewiesen! Anschließend meldet ihr euch beim Bataillonsarzt! Alles weitere werdet ihr noch erfahren! Na los! Rein mit euch!"

"Ja Sir!" riefen die Männer und liefen die Stufen zum Eingang hoch.

Oskov und Gerry standen mit 50 anderen Soldaten im Flur des Sanitätsgebäudes, das sich rechts neben den Truppenunterkünften befand. Gekleidet waren die Männer nur in kurzen, grünen Hosen und Filzlatschen. Die Männer die sich hier befanden, stammten aus allen Bundesstaaten des Landes. Fast jeder kam aus einer anderen Einheit oder Waffengattung. Die Männer hatten verschiedene Herkünfte und stammten aus allen sozialen Schichten. Unter ihnen gab es welche, die kaum größer als 1,60 Meter waren. Andere wiederum maßen an die zwei Meter und mehr. Schmächtige, Muskelpakete, sowie Weiße, Schwarze, Lateinamerikaner sogar Asiaten warteten auf die letzte Untersuchung vorm Lehrgang.

Oskov der mit seiner Familie zur Zeit der Oktoberrevolution Russland verlassen hatte, machte sogleich eine Bemerkung: "Ich dachte wir kämen zu einer Spezialeinheit. Stattdessen stehen wir hier wie halbnackte Schwuchteln."

"Dann bist du aber einer von den größeren." meinte Gerry und blickte zu seinem Kameraden hoch.

Oskov sah unglaubwürdig auf Gerry herab.

Die Türe zum Untersuchungsraum ging auf. Ein Soldat in Uniform trat heraus. "Die nächsten zwei!" rief er.

Zwei, die die Untersuchung hinter sich hatten, verliesen den

Raum.

"Scheiße!" fluchte einer der beiden. "Ich sollte gar nicht hier sein! Jetzt bin ich sogar noch volltauglich!"

Der Ukrainer und sein amerikanischer Kumpel drängelten sich vor und betraten unter Protest der anderen den Raum.

Oskov schritt auf den ersten Mann im weißen Kittel zu: "Sir. Ich gehöre wirklich nicht hierher. Dies ist alles nur ein Irrtum. Ich bin fast blind."

Der Mann hinter dem Schreibtisch sah den Ukrainer an und fragte ihn: "Sind sie Brillenträger?"

"Ja." antwortete Oskov schnell.

"Und wo ist sie?"

"Ein Offizier sagte mir; ich dürfte sie bei der Untersuchung nicht tragen." schoß es aus Oskov.

"Wie viel Dioptrien haben sie?"

"Was bitte sind Diptrien?"

"Dioptrien. Das ist für ihr Sehen wichtig."

"Acht oder neun." antwortete Oskov schnell.

"Und wie viel Prismen haben sie?"

"Zwölf."

Der Arzt schrieb etwas auf ein Blatt Papier und überreichte es dem Anwärter.

Der Mann las. "Was?!" schrie er auf. "Wieso soll ich für drei Tage in den Bau?!"

"Na sieh einmal an." sprach der Arzt gleichgültig. "Der Junge kann ja wieder perfekt sehen. Also machen sie kein Theater. Lassen sie sich untersuchen."

Gerry stand hinter seinem Kameraden und schüttelte unglaubwürdig den Kopf über Oskov seine Show.

Der Bataillonsarzt ging auf Oskov zu: "Kommen sie mit."

Schweigend folgte der Ukrainer. Er stellte sich auf die Waage.

"Wie ist ihr Name?"

"Dimitrij Oskov."

"86 Kilogramm." sagte der Arzt. Ein Assistent schrieb die Daten auf einen Bogen Papier, auf dem Oskovs Name stand.

Als nächstes ging es zum Größe Messen. Der Mann, der aus Odessa kam, stellte sich unter das Messgerät. Der Arzt schob einen Holzpflock von oben auf den Kopf des Mannes: "1,85 Meter."

Gerry kam an die Reihe.

"Name?"

"Cooper Gerry."

"Stellen sie sich auf die Waage."

Gerry stellte sich darauf.

Der Arzt sah unglaubwürdig auf die Anzeige. Er grinste und sprach zu seinem Assistenten: "Ein Wunder das der hier überhaupt genommen wurde. 69 Kilogramm."

Der Assistentsarzt grinste ebenso, schrieb die Daten auf das Formular und schüttelte leicht den Kopf.

"Wenigstens sind sie kein Zwerg. 1,68 Meter."

Oskov stand währenddessen einige Meter von einer Wand entfernt. Er mußte einmal mit beiden Augen, dann nur mit dem rechten und dann wiederrum nur mit dem linken Auge von einer Tafel ablesen.

Gerry wurde inzwischen der Blutdruck gemossen. Eine Manschette wurde um seinen linken Oberarm gebunden, dieser mit Luft gefüllt und der Arzt hielt das Messgerät an Gerrys Arm. Nach 15 Sekunden lies er die Luft aus der Manschette und nickte seinem Untergebenem.

Oskov mußte sich setzen.

"Mund auf." Mit einem Stäbchen sah der Arzt in den Rachen des Mannes. Er blickte zufrieden und sprach: "Schöne Zähne. Solche habe ich bislang selten gesehen. Der Rest ist auch in Ordnung."

Gerry saß auf einer Liege und mußte seine Beine locker herabhängen lassen. Einer der Ärzte schlug mit einem kleinen Hämmerchen unterhalb der Kniescheibe von Gerry und überprüfte somit den Reflex.

Der Ukrainer saß auf einem Sessel und mußte mit seinen Beinen und Händen Gewichte bewegen. Somit wurde seine Muskelkraft gemossen. Wenn es zu leicht ging, hing ein Gehilfe mehr Gewichte dran.

Beide hatten diese letzte ärztliche Untersuchung bestanden. Mit enttäuschten Gesichtern verließen sie den Raum.

Mätz und Jim saßen sich in ihren Betten gegenüber. Mit in ihrer Unterkunft befanden sich noch sechs weitere Rangeranwärter. In den Zimmern standen auf jeder Längsseite acht Stockbetten, dazwischen die olivfarbenen Spinde, in denen die Männer ihre Ausrüstung und ein paar private Dinge verstauten. In der Mitte verlief ein vier Meter breiter Durchgang.

Mätz stand auf und begann seinen Spind einzuräumen. "Wie lange sollen wir hier ausgebildet werden?" fragte er seinen Kumpel Jim.

"Ab morgen werden es 58 Tage sein."

"Mein Gott." stöhnte Mätz los. "58 Tage ohne Bräute."

Jim schmunzelte: "Du hättest auch keine Zeit für die Weiber."

"Wieso?" Mätz blickte auf.

"Wir werden täglich zwischen 18 und 22 Stunden im Einsatz sein."

"Was?!" wollte Mätz dies nicht glauben. Er ging auf Jim zu. "Woher weißt du das?"

"Mein Vater hat gute Verbindungen. Er kennt hier die Ausbilder."

"Hat vielleicht dein Vater etwas hiermit zu tun? Ich meine; dass wir hier sind?"

Jim sah den Mann an und sprach: "Zudem ist er der Meinung; es schade uns nicht."

Mätz blies die Luft aus, dann blickte er zur Türe. Zwei weitere Soldaten betraten das Zimmer. Ihr Gepäck stellten sie auf ihre Betten. Einer von ihnen ging auf Jim und Mätz zu. "Hi Jungs. Ich bin Mulder. Das ist John." und er deutete auf ihn.

"Mätz."

"Jim." und sie reichten einander kurz die Hände.

John trat dem Gespräch bei und fragte: "Wieso habt ihr euch freiwillig gemolden?"

Mätz drehte sich zu John und antwortete: "Wir hatten den Befehl dazu."

Bevor sie weitersprechen konnten, stieß ein Lieutenant die Türe zum Zimmer auf und brüllte hinein: "Okay ihr Saftsäcke! Punkt 1800 tretet ihr auf dem Exerzierplatz an!"

"Sir. Wo bitte ist der?" fragte ein Soldat, der neben dem Lieutenant stand.

"Such ihn selber!" schrie der Offizier den Mann an und verließ den Raum.

Mulder schüttelte den Kopf und meinte darauf: "Der hat vielleicht eine Ausdrucksweise."

"Manieren hat der jedenfalls keine." stellte John fest.

"Wie lange noch bis zum Austreten?" fragte Mätz.

Mulder blickte auf seine Armbanduhr und antwortete: "Noch knapp eine Stunde."

"Dann haben wir ja noch Zeit." sprach Jim gleichgültig und winkte zusätzlich mit der Hand ab.

Keine zehn Minuten später stieß der selbe Lieutenant die Tür erneut auf und schrie in den Raum: "Alle Mann raustreten!"

"Ich dachte erst in einer Stunde?"

"Du bist hier nicht im Frauenverein sondern bei den Rangern! Adjustieren und raustreten!"

Kaum richtig angezogen verliesen sie das Zimmer. Im Gang stießen sie auf andere Anwärter, die ebenso im Eiltempo aus ihren Zimmern rannten. Von den oberen Stockwerken sprangen bereits Männer in Kampfausrüstung zum Ausgang. Durch den Ausgang konnten immer nur drei Mann gleichzeitig raustreten. Deshalb bildete sich vor der Türe ein Stau, der sich schnell vergrößerte.

"Ich sagte raustreten und nicht ruddelbumsen!" brüllte der Lieutenant von oben herab.

"Macht schon Jungs."

"Raus hier." flüsterten die Männer untereinander.

Als schließlich alle draußen ankamen, versammelten sie sich zwischen dem kleinen Park und den Unterkünften. Ausbilder die sich bereits auf dem Platz befanden, richteten die Reihen aus. In kürzester Zeit versammelten sich 1.536 Soldaten auf dem Platz. Als die Männer für den Befehlsempfang bereit waren, erschien der Major auf dem Gelände. Er schritt von rechts an die Männer heran.

"Habt acht!" befahl der Lieutenant. "Augen rechts!"

Mit diesen Befehlen, nahmen die Männer eine stramme Haltung an und drehten den Kopf zum Major. Beim Anblick dieses Mannes hatten einige zu schlucken. Major Mahoni war ein Hüne von Mann. 2,02 Meter groß, 138 Kilogramm schwer. Seine Oberarme besaßen einen Umfang eines Oberschenkels von einem schmächtigen Mann. Jeder seiner Muskeln schien bestens durchtrainiert zu sein. Seine blonden Haare, wie bei jedem Ranger kurz, an den Seiten und am Nacken rasiert. Oberhalb seiner linken Brusttasche hingen Orden, Abzeichen und Auszeichnungen. Eine Narbe reichte von seinem linken Auge über die Wange bis zum Mund und verlieh ihm ein brutaleres Aussehen.

Inzwischen war der Major zum Lieutenant herangetreten und wechselte ein paar Worte mit diesem. Dieser ließ die Männer ruhen, die alsbald eine lockere Haltung annahmen, indem sie den rechten Fuß einen halben Schritt nach vor gaben und ihre steife Haltung aufgaben.

Dann sprach der Major mit kräftiger, rauer Stimme zu den Soldaten: "Männer! Ab jetzt gehört ihr den Ausbildern! Jeder von euch wird anschließend einer Einheit zugeteilt! Alle Soldaten eines Zimmers bilden den Zug, der aus vier Gruppen zu je acht Mann besteht! Vier Züge bilden eine Kompanie! Vier Kompanien somit das erste Bataillon! Die Zimmer eins bis vier bilden die erste Kompanie und so weiter! Wenn vollzählig angetreten wurde, müßte es drei Bataillone geben! Um den einzelnen Soldaten besser ausbilden zu können, üben die Bataillone getrennt voneinander! Genaueres werdet ihr von euren Zugskommandeuren erfahren! Nach dem Wegtreten geht ihr Essen fassen! Habt acht!"

Sofort gingen die Männer wieder in eine steife, stramme Haltung über.

"Wegtreten!"

Gleichzeitig stampften die Männer ihren rechten Fuß zu Boden und liefen anschließend in ihre Unterkünfte zurück. In ihren Zimmern bereiteten sie sich für das Essenfassen vor. Nur in den Uniformen, den leichten Feldschuhen, die vorwiegend in der Kaserne genutzt wurden und ihren Feldmützen, gingen sie zum Eßsaal. Neben dem Sanitätsgebäude stand das Gebäude mit der Truppenküche und dem Speisesaal. In der Mitte des Saales standen Holzbänke und Holztische, die für 3.500 Mann platz boten. Offiziere und Unteroffiziere aßen in den für sie vorgeschriebenen Messen und Casinos. Die Eingangstüre zum Speisesaal befand sich auf einer Breitseite, an der auch ein große Ablage für das Geschirr stand. Gegenüber auf der anderen Breitseite stand eine große Tafel sowie eine Pinnwand, denn der Saal wurde auch für Unterrichte genutzt. Auf der rechten Längsseite gab es mehrere Fenster die auf den Appellplatz zeigten, auf der linken standen Stellagen mit Geschirr und Besteck, sowie die Speisenausgabe.

Im Saal befanden sich bereits mehrere hundert Personen. In einer Schlange an der Ausgabe standen 120 Mann an. Mehrere Chargen dienten als Wachen, die für einen reibungslosen Ablauf während des Essens zu sorgen hatten.

"Ach du meine Güte." stöhnte Oskov. "Bis ich etwas zwischen die Rippen bekomme, bin ich schon längst verhungert."

"Laß uns sehen was es gibt." schlug Gerry vor und ging zum Ende der Warteschlange. Aus den Regalen nahmen sie sich Gabeln, Messer und Löffeln, sowie ein Metalltaplett mit mehreren Mulden darauf, in denen die verschiedenen Speisen hineingegeben wurden.

Gino und Stev Olavson bekamen ihr Essen. Fünf Köche standen bei der Ausgabe und schöpften aus großen Töpfen das Essen.

"Was ist das?" fragte Gino, als ihm einer der Köche einen weißen Brei aufs Tablett schöpfte.

"Es ist besser wenn du es nicht weißt." bekam er nur eine abwertende Antwort.

"Bildest du dir etwa ein, dass wir diesen Fraß essen?" regte sich Olavson auf und blickte dem Koch dabei tief in die Augen.

Der Koch sah ihn nur verächtlich von der Seite an und erwiderte gelassen: "Es ist mir scheißegal was du damit machst. Friß es.

Schütt es weg. Ich werde bezahlt das ich es koche."

"Beruhig dich." ging Gino dazwischen, da er im Blick von Olavson nichts Gutes erkennen konnte.

"Ist ja schon gut." sagte dieser in einem Tonfall, der nur halbherzig einer Entschuldigung gleichkam.

Mätz, John, Jim und Mulder saßen in der Mitte des Speisesaales nebeneinander. Hinter ihnen auf dem Nebentisch, setzten sich der Norweger und Gino hin.

Im Saal wurde es lauter und unruhiger. Plötzlich fing jemand zu schreien an.

Fast alle die sich beim Essen befanden blickten auf. An der Ausgabe entstand ein Tumult.

"Das ist doch dieser Gorilla." meinte Olavson.

Gino schob sich etwas in den Mund, kaute langsam und sprach: "Der kann es einfach nicht sein lassen."

"Den will ich nicht in unserem Zug haben."

"Bei unserem Glück ganz bestimmt." und Gino widmete sich wieder dem Essen.

Der große hatte sich an der Ausgabe vorgedrängt und die Männer liesen sich dies nicht gefallen.

"Hier wird hinten angestellt."

"Ich weiß." knurrte der Mann nur.

"Dann stell dich hinten an!" forderte einer von ihnen.

Der Mann stellte sein Tablett hin, ging langsam auf den kleineren zu, blickte von oben auf ihn herab und grinste: "Du halbe Portion." Dann packte er ihn und warf ihn beiseite.

Andere wollten sich schon einmischen, aber der Große machte einen Schritt auf sie zu und auch sie stieß er beiseite.

"Jetzt reicht es aber." wurde Olavson streng und stand auf.

"Bleib sitzen." forderte Gino ihn auf.

Nur kurz blieb der Norweger stehen, sah zu Gino herab und meinte darauf: "Dem Arsch bring ich Manieren bei." Er ging zur Ausgabe. Dort sprach er den Mann an: "Mach endlich eine Pause und benimm dich!"

Der Große blickte zu Olavson, grinste ihn an und meinte: "Ich kenn dich doch. Du bist doch einer von den Neuen." Und er bäumte sich vor dem Norweger auf. "Willst du etwa auch Prügel?!"

"Verpiss dich einfach!" hatte der Norweger keine Angst vor dem Mann.

Da fing der Mann zu lachen an und holte mit seiner rechten aus. Da er groß und schwerfällig war, erkannte Olavson die Absicht, duckte sich und der Schlag ging ins Leere. Seinerseits holte Olavson aus und schlug dem Mann in den Magen. Doch dies zeigte keinerlei Wirkung. Der Große verzog das Gesicht und wurde wütender: "Also kitzeln willst du mich!" Da hob er den Norweger auf und warf ihn weg.

Olavson fiel rückwärts auf einen Tisch. Tabletts, Becher und Besteck fiel beiseite. Die Betroffenen begannen zu fluchen. Noch bevor Olavson sich aufrichten konnte, war schon der Große bei ihm und drückte ihn auf den Tisch nieder.

Gino legte sein Besteck beiseite, schüttelte den Kopf und murrte in sich hinein: "Ich hatte doch gesagt er solle es sein lassen." Dann stand er auf und ging zu den beiden hin. "Jetzt ist es genug!" forderte er.

Der Hüne blickte nur zur Seite, hielt Olavson aber weiterhin nieder. "Da ist ja der andere." Er ließ den Norweger los und widmete sich Gino. Dies nutzte Olavson aus und sprang von hinten auf den Kontrahenten. Wie eine Klette hing er an ihm.

"Diese Made schon wieder." und erneut schleuderte er den Skandinavier weg.

Doch bevor er sich erneut Gino widmen konnte, stand Mätz hinter ihm und schlug mit einem Tablett auf ihn drein. Gleichzeitig bekam er von Mulder, Jim und John die Fäuste zu spüren. Doch auch dies schien keine große Wirkung zu haben. Da wurde der Große richtig wütend, brüllte und machte sich zum Kampf bereit. Doch da verzog er erneut das Gesicht, machte große Augen und ging langsam auf die Knie. Gino hatte ihm in den Unterleib getreten.

Erst jetzt kamen einige Chargen herbei und sorgten für Ruhe. Sie trieben die Männer auseinander, riefen die MP und diese brachte den Großen aus dem Saal.

"Bleibt ganz ruhig!" drohte einer von Ihnen.

Gino deutete kurz als Zeichen das alles in Ordnung wäre.

Der Chargen blickte allen Beteiligten streng in die Gesichter und ging wieder seiner Arbeit nach.

Olavson rieb sich den Hals und meinte: "Danke Jungs."

"Kein Problem." erwiderte Jim.

Nur kurz darauf gingen auch alle anderen im Saal wieder ihrer Tätigkeit nach. Die Stille verflog und es machte sich wieder allgegenwärtiges Gemurmel breit.

Langsam gingen die sechs zum Tisch, setzten sich und aßen weiter.

"Ihr seid doch auch in unserem Zimmer." sagte Mulder.

"Ja." antwortete Gino kurz.

"Keine Ahnung ob wir uns schon vorgestellt haben." und Mätz stellte die Jungs der Reihe nach vor: "Das ist Jim, John, Mulder und ich bin Mätz."

"Freud mich. Gino. Das ist Olavson."

"Woher kommst du?" fragte Jim.

"Aus Norwegen. Ich bin geflüchtet, nachdem die Deutsche Wehrmacht unser Land überrannt hat."

Gino rührte in seinem Essen herum, das ihm inzwischen vergangen war und sprach mit sich selber: "Das schmeckt ja wie Hühnerscheiße."

Mulder, ein 25 jähriger ehemaliger Kampfpilot, rümpfte die Nase, sah den gebürtigen Bozner an, lächelte und sprach: "Du wirst es noch gerne essen."

"Es wird noch viel schlimmer." fügte John dem zu. Er drehte sich zu Gino und fragte ihn: "Wie viel wiegst du?"

Gino würgte den Brei hinunter und antwortete: "80 Kilogramm."

"Mein Bruder wog damals genauso viel wie ich. 81 Kilo. Am Ende des Lehrganges wog er nur noch 63 Kilo. Aber das ist hier keine Seltenheit."

"Dann wünsche ich mir jetzt schon viel Spaß." mischte Jim mit. "Ich wiege ja jetzt nur knappe 70."

Nach dem Essen brachten die Männer das Geschirr zur Abwasch und verließen den Saal.

Morgens, 04.00 Uhr:
Im Fort war alles ruhig. Bis auf die Wachen, der Streife und der Bereitschaft schliefen die Meisten.

Major Mahoni stürmte ins Zimmer, schaltete das Licht ein und schrie so laut er konnte: "Alarm!"

Die Männer schreckten auf. Der Major schritt zwischen den Betten auf und ab: "Ich sagte; Alarm! Also raus aus den Betten! In zwei Minuten will ich eure Ärsche draußen sehen!"

Im Eiltempo öffneten die Soldaten ihre Spinde, zogen sich an, schnallten sich den Munitionsgurt um, nahmen das Sturmgepäck auf die Schulter, griffen zur Waffe und stülpten sich den Stahlhelm über.

Einer der Männer kam nur schwer aus dem Bett. Der Major ging auf ihn zu. "Soll ich dir in den Arsch springen?!" schrie er ihn an.

"Sir! Nein Sir!"

"Ich habe dich nicht verstanden!"

"Ich sagte; nein Sir!" schrie der Soldat noch lauter und stand stramm vor dem Major.

"Dann mach Dampf!" der Offizier ging zur Türe, drehte sich noch einmal zur Truppe und brüllte weiter: "Wer nicht bald draußen ist macht mir 50!" Dann verließ der das Zimmer.

John zog seine Springerstiefeln an, schnürte sie fest zu, sah im knien zu Jim und meinte: "So ein Vollidiot."

Eiligst machten sich die Männer fertig und liefen hinaus. Auf dem Exerzierplatz versammelte sich das Bataillon.

"Ich will zehn Reihen!" brüllte der Major.

Sofort richteten sich die Männer aus.

"Ich sagte zehn Reihen du Blödmann!" Der Major wartete etwas, dann rief er: "Halt!" er stellte sich zwischen den Angetretenen und denjenigen, die noch aus dem Gebäude stürmten. "Alle die noch nicht angetreten sind machen mir 50!"

Fast die Hälfte des Bataillons mußte 50 Liegestütze in voller Kampfausrüstung machen.

"Wo sind denn die beiden anderen Bataillone?" flüsterte Stev.

Doch bevor Mulder ihm eine Antwort geben konnte, stand der

Major vor ihm und brüllte ihn an: "50!"

"Ja Sir!" Olavson ging zu Boden und zählte laut mit.

Die ersten 20 gingen recht gut, aber dann begann das Sturmgepäck auf seinem Rücken zu drücken. Immer langsamer und schwerer kam er nach oben. Sein lautes Mitzählen wurde auch immer leiser bis es zu einem Stöhnen ausartete. Um ihn herum krächzten und jammerten andere.

"Was ist los mit euch!" brüllte Mahoni und ging langsam zwischen den einzelnen umher. "Wenn ihr es nicht drauf habt, dann zähle ich für euch!"

Einige der Rangniedrigeren, die auch Ausbilder waren, trimmten die Männer an und sie ließen die Soldaten spüren, dass sie nicht viel wert waren.

"Weiter runter! Tiefer! Du bist kein Mensch sondern ein unterentwickelter Scheißhaufen!"

Einer der Männer konnte nicht mehr hoch. Es verließ ihn die Kraft. Er lag mit dem Gesicht auf dem Boden. Sein Kopf ganz rot. Er konnte nicht mehr richtig atmen. Schnell und unkontrolliert sog er tief die Luft ein und aus. Einer der Ausbilder ließ von der Truppe ab. Er ging zu dem Mann und brüllte von oben herab: "Was haben wir denn hier?! Einen Schlappschwanz! Hoch! Hoch!"

Der Soldat wollte etwas sagen, brachte aber kein Wort heraus. Zu erschöpft war er. Der Ausbilder ging in die Hocke und sprach nur noch mit dem Soldaten. Leiser, aber deswegen keineswegs respektabler: "Was ist du Arsch! Wohl keine Kraft mehr was?! Sie her!" Er spuckte zu Boden.

Der Mann blickte auf den Speichel.

Der Ausbilder fuhr fort mit seiner Diskriminierung: "In dieser Spucke ist mehr Leben als in dir! Deshalb ist mein Speichel auch mehr wert als du! Hoch! Hoch!"

"Ich kann... nicht...keine Luft..."

"Ich kann dich nicht hören!"

"Ich...ich..."

"Wenn du in fünf Sekunden nicht weitermachst bist du draußen!"

Da ging Mahoni dazwischen, hielt aber zu seinem Ausbilder: "Aufhören Männer! Alle in Liegestützausgangsposition!"

Die Männer waren nun gezwungen Arme und Beine gestreckt zu halten.

"Seht auf diesen Wurm!"

Die Soldaten blickten zu den am Boden liegenden Kameraden.

"Ich zähle jetzt auf fünf! Entweder er ist oben oder er fliegt raus!"

"Komm hoch Wins!"

"Eins!"

"Wins komm hoch! Du schaffst es!" begann einer von den Männern. "Ich kann auch nicht mehr, aber ich mache weiter! Komm schon Junge!"

Erst einer, dann zwei, dann immer mehr. Selbst diejenigen, die Liegestütze machen mußten, brüllten mit.

Olavson schrie wie ein Weib am Spieß. Seine Muskeln schienen zu erschlaffen. Er spürte sie nicht mehr. Das Gepäck drückte ihn nach unten. Seine Arme wollten einknicken doch er hielt dagegen. Sein Helm rutschte ihm halb übers Gesicht doch er konnte ihn nicht hochschieben. Schon erschien ein anderer von den Ausbildern bei ihm: "Was ist mit dir?! Wohl keine Power mehr?!"

"Sir! Ja Sir!"

"Was ja Sir?!"

"Sir ich halte durch Sir!"

"Das sehe ich aber nicht so!"

"Doch Sir! Wins hoch mit dir! Wir machen das gemeinsam komm schon!"

Je länger Wins am Boden blieb, desto länger mußten die Männer in Ausgangsposition bleiben. Schon brachen einige zusammen.

Und Mahoni brüllte noch lauter: "Wir bleiben alle in dieser Position! Wer nicht sogleich oben ist fliegt raus!"

Dies schien die Männer wieder anzuspornen. Mit letzter Kraft drückten sie sich nach oben. Einige schaften es, andere brachen endgültig zusammen.

Wins drückte und drückte. Der Major zählte weiter. Wins kam

etwas höher.

"Zwei! Drei! Vier!"

Wins war oben.

"Fünf!"

Während Mahoni sich an alle wandte, sortierten die Ausbilder die Männer aus. 36 mußten gehen. Sie mußten die Einheit mit sofortiger Wirkung verlassen: "Wollte ich keine 50 sehen?! Ich denke schon! Aber genug für jetzt! Aufstehen und eingliedern!"

Nur zögernd kamen einige hoch. Viele von ihnen konnten gar nicht mehr richtig stehen oder sich gar stramm halten.

Der Major ließ ihnen eine Minute Zeit. Er wandte sich vom Bataillon ab und blickte zum Himmel auf. Es war zwar noch früh am Morgen, aber er wollte mit seinem Plan fortfahren. Dann erteilte er weitere Befehle: "Habt acht! Rechts um! Im Gleichschritt Marsch!"

Das Bataillon marschierte durch das Haupttor, rechts um die Mauer zur hinteren Seite des Forts. Dort ließ der Major halten.

"Da dies unser erster gemeinsamer Tag ist! Dachte ich mir; wir beginnen den Tag mit einem kleinen Spaziergang! Vorwärts!"

Auf der hinteren Seite des Forts befand sich der Streckenlauf, der mit einem Zaun umgeben war. In einem Rechteck, das einen Umfang von 900 Metern hatte, standen mehrere Hindernisse. Gruppenweise schickten die Ausbilder die Männer los.

Zuerst kam ein 100 Meter langer Sprint, dann folgten Hürden, die übersprungen werden mußten. Mauern, Seile, Holzgerüste, Rohre, Schlammpfützen und Gruben stellten weitere Hindernisse dar, die durchquert, überwunden, durchkrochen oder überklettert werden mußten. Wer den Anforderungen der Ausbilder nicht nachkam, mußte zusätzliche Liegestütze machen.

Die Männer keuchten und schnauften. Bereits nach kurzer Zeit brach einer von ihnen zusammen, einer, der vorher schon Liegestütze machen mußte.

"Hoch mit dir du verlauste Mißgeburt!" schrie einer der Offiziere.

An einer Stelle mußten die Soldaten unter einem Stacheldrahtverhau hindurch kriechen. Darüber wurde mit scharfer Munition geschossen.

"Fuck!" brüllte einer der Männer und zog den Helm über den Kopf. Er blieb liegen und steckte seine Nase in den Sand.

Einer der Ausbilder erblickte den Mann, klopfte dem MG-Schützen auf die Schulter und deutete auf den Mann, der unter dem Verhau lag und sich nicht weiter bewegte.

Der Schütze grinste, richtete den Lauf auf den Mann und drückte den Abzug. Die Projektile zischten über den Soldaten hinweg.

"Die sind doch wahnsinnig!" verzweifelte er und begann schnell weiter zu kriechen.

Nach zwei Stunden ließ der Major abbrechen. Acht weitere erhielten einen befohlenen Rapport. Auch sie erhielten ihre Papiere zurück und mußten sich bei ihrer alten Einheit melden. Drei von ihnen gerieten in Panik, als sie mit scharfer Munition beschossen wurden, zwei blieben am Boden liegen, nachdem sie vor Erschöpfung zu Boden gingen und dehydrierten und die restlichen wurden ausgeschlossen, da sie sich und andere bei dem Lauf gefährdeten.

Kaum befanden sich die Männer in ihren Unterkünften, kam auch schon die nächste Anweisung: "Ihr habt 30 Minuten Zeit, um zu duschen! Anschließend ist Zimmerinspektion!"

"So eine Scheiße!" fluchten sie. "Nur 30 Minuten! Das schaffen wir doch nie!"

So schnell wie jeder konnte lief er in den Duschraum, indem sich 500 Mann gleichzeitig duschen konnten. An der Decke hingen mehrere Rohre an denen Brausen befestigt waren. Sie waren in Reihen angeordnet und von Warmwasser konnten sie nur träumen. Zwischen den Reihen befanden sich brusthohe Mauern auf denen die Männer Seife und Handtücher ablegen konnten. Aber der Anblick des Duschraumes mit seinen alten, weißen Fliesen ließ eher auf ein Schlachthaus schließen als auf einen Duschraum. Die Männer drängelten sich darunter. Kaum fertig, nur halb abgetrocknet, begaben sie sich wieder in ihre Unterkünfte. Sofort wurde eine frische Uniform angezogen, die Waffen, die Stiefeln und die verschmutzte Kleidung gereinigt. So gut es eben ging.

Auf die Sekunde genau kam ein Offizier ins Zimmer.

"Zugführer anwesend!" rief ein Soldat, der den Offizier zuerst bemerkte. Sofort sprangen die Männer auf und stellten sich neben ihren Betten stramm hin. Nur die Hälfte der Männer befand sich zurzeit im Zimmer und davon die meisten nicht einmal komplett angezogen.

Der Zugführer schritt zu den Soldaten. "Wurde nicht vor 30 Minuten Zimmerinspektion befohlen?!" begann das Martyrium von neuem. "Es ist mir daher ein Rätsel wieso ihr immer noch nicht bereit seid!" Der Ausbilder ging auf den ersten Soldaten am Eingang zu. Der Soldat stand stramm vor seinem Bett, bekleidet nur mit seiner Unterhose.

"Du halbnackter Affe warum bist du noch nicht fertig?! Ihr Dreckschweine werdet mich noch hassen lernen, für den Rest eures beschissenen Lebens!" Der Ausbilder griff in den Spind des Soldaten und warf alles auf den Boden. "Ich komme in fünf Minuten wieder und wehe wenn nicht! Habt ihr mich verstanden?!"

Die Männer blieben ruhig. Da schrie der Ausbilder noch lauter: "Wollt ihr Säcke wohl das Maul aufmachen!"

"Sir, ja Sir!"

Dann verließ er mit schnellen Schritten das Zimmer, um die nächsten zu traktieren.

Erst als die Türe wieder geschlossen war, entspannten sie sich wieder. Sie fluchten, murrten und machten mit ihrer Arbeit weiter.

Da ging die Türe von neuem auf. John trat ein. Er blickte zu Reynolds, wie er seine Uniform vom Boden aufhob. Dessen Blick sagte alles. John schüttelte nur den Kopf und machte sich schnell an seine Arbeit.

Oskov hatte wieder einmal etwas zu meckern: "30 Minuten das ist doch viel zu wenig."

"Das kann doch niemand schaffen." sprach Gino mit, während er seine Stiefel polierte.

"Arschlöcher. Reine Arschlöcher." knurrte Oskov weiter. Da hob er seinen Kopf und blickte zu Gerry. "Was ist mir dir?" sprach er ihn aggressiv an. "Was grinst du so blöd."

"Denk logisch falls du das kannst."

"Was hat das mit Logik zu tun?" fragte Mulder.

"Keiner schafft in 30 Minuten zu duschen, den Spind aufzuräumen, die Waffe und Stiefeln putzen und sogar noch das Zimmer in Ordnung zu bringen." erklärte Gerry.

"Und warum dann diese Scheiße?" fragte Oskov nach. Er war in die Mitte des Zimmers getreten und wartete auf eine Antwort.

"Sie wollen uns brechen."

"Was ist denn das für eine bescheuerte Antwort." mischte Olavson mit.

"Ja. Was ist das für eine Antwort?" übernahm Oskov wieder das Wort.

"Wie kann man einen Menschen am besten zu einer gefühllosen Tötungsmaschine machen?"

Gino sprach diesmal dazwischen: "Laß die blöden Rätsel. Sag was Sache ist."

Alle blickten zu Cooper.

Kurz sah er sie an, dann antwortete er: "Man muß einen Menschen körperlich und geistig brechen, damit man ihn nach einem neuen Maß fertigen kann. So werden Soldaten für Spezialeinheiten aufgebaut. Sie kaputt machen, um anschließend die Besten und Stärksten zu willenlose Wesen zu machen, die jeden noch so sinnlosen Selbstmordauftrag übernehmen. Zufrieden?"

"Fuck!" jaulte Oskov und ging zu seinem Spind zurück.

Da stürmte ein anderer der Gruppe herein. "Beeilt euch Jungs. Um 8.00 Uhr müssen wir im Unterrichtssaal sein."

"Was ist mit Frühstück?" fragte Oskov. "Ich habe schon einen gigantischen Hunger."

"Vergiss es."

"Nochmal Fuck!"

Um Punkt 08.00 Uhr war das Bataillon im Speisesaal versammelt. Sie waren mit dem Gesicht zur Leinwand angetreten und warteten auf den Major. Die beiden anderen Bataillone befanden sich bereits auf dem Übungsgelände und probten den Häuserkampf.

Der Major erschien.

"Habt acht!" befahl ein Lieutenant.

Mahoni schritt an den Fenstern entlang nach vor. Die Offiziere leisteten sich gegenseitig die Ehrenbezeichnung.

"Bataillon mit 468 Mann angetreten." meldete der Lieutenant.

Der Major übernahm: "Setzt euch."

Die Männer setzten sich. Jeder hatte Papier und Bleistift vor sich liegen.

Mahoni stieg auf das Rednerpult, das ansonsten immer in der Ecke stand und blickte von oben auf die Truppe herab. Als die Männer sich beruhigt hatten und ihm die Aufmerksamkeit schenkten, sprach der Offizier: "Die Ranger sollen oberste Priorität bei besonders ausgesuchten Operationen und bei der Ausrüstung erhalten. Diese neue Eingreiftruppe soll überall und zu jeder Zeit eingesetzt werden können. Dabei spielt es überhaupt keine Rolle ob ihr schwimmend, am Fallschirm hängend oder von einem LKW zum Schauplatz gelangt. Ohne große Verbände oder Nachschub werdet ihr mit allem am Mann mitführend, tagelang auf euch alleine gestellt sein, um euren Spezialauftrag auszuführen. Mir ist dabei scheißegal ob es regnet, schneit oder ihr in der Gluthitze der Wüste operiert." der Offizier machte eine kurze Pause, blickte in die Reihen der Soldaten und fuhr mit seiner Erklärung fort. "Ihr werdet nicht nur im Kampf Mann gegen Mann ausgebildet, sondern ihr sollt gegen sämtliche Ziele des Feindes hinter seinem Rücken eingesetzt werden, gegen Panzer, Stellungen und Festungen. Ihr sollt dabei nicht nur euch, sondern auch andere bergen, retten und auch Erste Hilfe leisten. Ich werde euch drillen bis ihr schneller handelt als der Feind reagieren kann. Alleine der Name RANGER soll dem Feind das Fürchten lehren. Ihr werdet ausgebildet in sämtlichen Waffen unserer und unserer verbündeten Streitkräfte aber auch an denjenigen des Feindes. Ihr werdet geschliffen in Kommandounternehmen, Erkundung, Geheimhaltung, Überraschung, Schnelligkeit, Präzession und Verlässlichkeit. Meine Ausbilder werden euch brechen und neu zusammenfügen. Während der Ausbildung werdet ihr so hart angefasst, dass die meisten von euch in zwei Monaten nicht mehr anwesend sein werden. Aber der schäbige Rest wird dann auch unter härtesten Bedingungen nicht zusammenbrechen." dann folgten einige Zitate des Offiziers und er gestikulierte dabei mit seinen Händen um dem Gesagten noch mehr Ausdruck zu verleihen. "Haltet euch immer vor Augen; Am Mute hängt der Erfolg. Am leichtesten gelingen die Pläne, die vom Gegner für unmöglich gehalten werden. Die Seele aller Kriegführung ist die Vernichtung des Gegners durch Angriff. Gegen einen Feind kann man alles einsetzen. Töte einen und du bist ein Mörder, töte 1.000 und du bist ein Held. Nicht weil es schwer ist wagen wir es nicht, sondern weil wir es nicht wagen ist es schwer..."

Nach dem Unterricht befahl man den Männern in ihre Quartiere zu gehen. Von den Zugsführern, meist einem Captain, erhielten die Männer weitere Anweisungen.

Hier in Fort Benning sollten die Männer insgesamt 315 Dienststunden absolvieren. Dies waren 16 Stunden am Tag, nicht mit eingerechnet waren die Essenspausen, Waffenreinigung und die Ausrüstung pflegen. Hier standen Punkte auf dem Lehrplan wie; Nahkampf, Karten und Geländekunde, Minen und Sprengdienst, Belehrung und Inspektion, Spähtruppausbildung, Spähtrupp mit Kampfauftrag, das Leben im Felde und theoretische Unterrichte. Als Lockerungsübungen war Marschieren und Exerzieren angesagt. Ständige Angriffs- und Verteidigungsbereitschaft sollten die Männer stählern. Des nachts beobachteten sie den Sternenhimmel, um sich auch ohne Kompass orientieren zu können.

Am Schießstand wurden Männer zugsweise ausgebildet. Auf freiem Feld waren sie angetreten. Während die einen bereits schossen, marschierten andere erst heran oder verliesen bereits den Schießübungsplatz.

In einer Reihe standen Soldaten und lauschten den Worten ihres Captain, der hierzu langsam an den Männern auf und ab ging und hin und wieder lauter, dann wieder etwas leiser sprach, eigentlich schon fast schrie, da man durch das Feuern die Worte kaum verstand: "Zwar habt ihr das bereits in eurer Grundausbildung gelernt, aber ein paar Schafsköpfe gibt es dabei immer wieder..!"

Gerry blickte Oskov an, der zu seiner linken stand.

"Habe ich dir vielleicht gesagt, dass du diesen Idioten ansehen sollst?!" stand auf einmal der Captain vor Cooper, tobte mit ihm herum und deutete zugleich auf Oskov.

"Sir! Nein Sir!"

"Auf den Boden ich will 100!"

Sogleich ging Gerry zu Boden und zählte bei jedem Liegestütz laut mit. Da sie sich bei der Schießausbildung befanden, hatten sie nur den Munitionsgurt um die Hüften geschnallt, das Sturmgepäck blieb ausnahmsweise in den Quartieren, nicht allzu oft bei einer werdenden Spezialeinheit, die stets in Alarmbereitschaft stand.

Oskov blickte zu Gerry hinab und grinste so richtig schadenfroh, jedoch nicht lange. Da stand der Offizier vor Oskov und brüllte nun ihn an: "Hast du etwa Scheiße in den Ohren?! Auch von dir will ich 100, denn du siehst wirklich wie ein Schafskopf aus!" Während die beiden ihre 100 machten fuhr der Offizier mit seiner Erklärung fort: "Wenn ihr niederkniet und vor dem Schuß die Luft anhält, dann zielt ihr somit besser und trefft auch die Krauts oder Japse, je nachdem wo man eure Ärsche hinbewegt! Und nun rann! Auf eure Plätze!"

Die Männer gingen vor zu ihren Stellungen, die mit Sandsäcken abgegrenzt waren. Sie befanden sich im Freien auf offenem Feld. In 300 Metern Entfernung befanden sich ihre Zielscheiben. Dahinter befand sich ein Erdwall um Fehlschüsse abzufangen. Direkt unterhalb der Zielscheiben befand sich ein Laufgraben in dem sich Soldaten befanden. Sie zeigten mit Tafeln die Treffer an.

"Um euch Schwachköpfen das vorher Gesagte zu beweisen werdet ihr erst drei Schuß im Stehen abgeben! Ladet eure Gewehre!"

Die Männer nahmen ihre Waffen, das Springfield M1903 zur Hand, das noch aus dem 1. Weltkrieg stammte, schoben den Bolzen zurück und legten wie befohlen die Patronen ein, schoben den Riegel vor und zur Seite, somit befand sich die erste Patrone im Lauf.

Diese Waffe wurde auch während des Zweiten Weltkrieges in großen Mengen verwendet. Das Kaliber betrug 7,62 Millimeter, hatte ein Gewicht von 3,94 Kilogramm, ein Magazin von fünf Schuss und war auf eine Einsatzweite von 600 Metern ausgelegt.

"Feuer!"

Die Männer zielten, hielten kurz den Atem an und drückten dabei den Abzug. Sie zogen den Verschluss nach oben und zurück wobei die leere Hülse herausflog und beim Schließen wurde die nächste Patrone in den Lauf geführt.

"Wenigstens schießen kann der Schafskopf!" stand der Offizier neben Oskov und beobachtete ihn ganz genau. Dann wandte er sich an alle seines Zuges: "Kniet nieder und gebt drei Schuß ab, dann haut euch auf den Boden und wieder drei Schuß! Worauf wartet ihr faulen Säcke?!"

Wie befohlen luden und feuerten die Männer ihre Munition ab und die Reaktion ihres Ausbilders ließ nicht lange auf sich warten: "Kein einziger von euch schwulen Saftsäcken hat alle neun ins Schwarze gebracht! Wie ihr wollt! 50 von jedem, dann eine halbe Stunde Dauerlauf mit Gewehr Kopf über! Auf den Boden oder ich stampf euch in eure eigene Scheiße!"

Schon lagen die Männer auf dem staubigen Boden und zählten laut mit.

Im Unterrichtssaal waren die Rangeranwärter versammelt. Neben den eigenen Waffen und Ausrüstungsgegenständen sollten sie auch den Umgang mit Feindwaffen beherrschen.

Major Mahoni stand wie immer vorne am Podest und erklärte Bilder und Aufnahmen, die mittels einem Projektor an die Wand geworfen wurden: "Während eurer Ausbildung werdet ihr die verschiedensten Waffen in den Händen halten. Ihr sollt damit nicht nur schießen können, sondern auch wissen wie man sie zerlegt und wieder zusammenbaut." Mahoni ließ die nächsten Bilder an die Wand werfen. Er stellte sich davor und fuhr mit lauten aber ruhigen Worten fort. "Es wird bei euren Einsätzen vorkommen, dass ihr hinter den feindlichen Linien operiert, abgeschnitten von eigener Versorgung. Es wird daher nicht nur wichtig sein Waffen, Munition und Verpflegung am Mann zu transportieren, sondern ihr werdet sicherlich auch mit erbeuteter Ausrüstung kämpfen müssen. Hierzu ist zu wissen wie die Feindwaffen funktionieren, welche Munition sie verschießen oder gegen was sie eingesetzt werden können. Die Japaner verwenden Waffen mit ähnlichem Prinzip wie unsere Streitkräfte, es sollte daher für euch kein Problem sein, sie auch zu benutzen..."

"Sir?" unterbrach Mätz Sayer den Offizier.

"Ahh." stellte Mahoni fest, ging zwei Schritte nach vor und fuhr fort. "Da hat jemand eine Frage?"

"Ja Sir."

"Dann schieß los mein Junge."

Alle blickten zu Mätz und lauschten seinen Worten.

"Bevor ich zu den Ranger kam, war ich Panzerkommandant. Meines Wissens haben die Japaner selbst auf den kleinsten Inseln Panzer stationiert."

"Das ist richtig Soldat." erklärte Mahoni und wandte sich mit seiner Antwort an alle im Raum. "Die japanische Panzerwaffe ist viel schlechter als die unsrige. Sie haben es versäumt schwere Einheiten zu entwickeln. Ihre Panzerwaffe besteht hauptsächlich aus alten Vorkriegsmodellen. Gegen China und die Besetzung der Inseln waren sie ausreichend, doch nun setzen sie diese Waffen als Verteidigung ein. Die japanischen Panzer besitzen nur kleine Kaliber und sind zudem nur schwach gepanzert. Sie waren der Meinung das leichte und höchstens mittlere Kampfpanzer ausreichen würden. In einen vom Dschungel bewachsenem Gelände würden schwere Panzer auch nichts bringen. Da wir jedoch die Angreifer sein werden, setzen die Japaner ihre Panzer lediglich zur Unterstützung der Infanterie ein. Im Dschungel sind sie nicht sehr beweglich, rechnet aber damit, dass sie eingegraben sind. Zum einen um sie zu tarnen und als Stellung zu benutzen und zum Anderen, um ihre leichte Panzerung dadurch zu stärken." dann wandte sich der Offizier wieder seinem Vortrag zu.

Kompanieweise wurden die Ranger an den Fallschirmen ausgebildet. Einer der Kompaniekommandanten stand vor seinen Männern und erklärte mit lauten und harten Worten: "Heute ist eure erste Übung und ich will keine Klagen hören! Einige von euch Maden haben bereits eine Fallschirmausbildung! Diejenigen die noch nichts davon wissen, sollten ganz genau aufpassen, denn ich erkläre dies nur einmal!" Nach einer kurzen Pause und der Vergewisserung, dass ihm ja auch alle zuhörten, fuhr der Offizier fort. "In zwei Reihen werdet ihr den Turm erklimmen und abspringen wie man es von euch erwartet! Bei der Landung ist es wichtig die Beine nicht steif zu halten! Solltet ihr es dennoch tun, dann brecht ihr euch alle Knochen! Also rollt euch ab! Los auf den Turm!"

Wie befohlen liefen die Männer ohne Waffen und Gepäck zu der Holzkonstruktion. Sie stiegen über Leiter auf zwei Meter Höhe.

Dort oben waren zwei Zugführer die die Männer einweihten: "Beim Absprung in die Knie gehen und abrollen! Los!"

Die ersten sprangen hinunter. Kaum hatten sie Bodenkontakt rollten sie sich ab.

"Gut die nächsten!"

Gino unser Südtiroler sprang ab. Jedoch verkrampfte er sich bei der Landung, brachte keine gute Rolle zusammen, sondern landete mit Bauch und Gesicht voran im Sand.

"Was ist los Soldat?!" kam auch schon einer der Ausbilder daher. "Du springst aus einem Flugzeug raus und nicht durch das Fenster eines Bordells! Rauf, noch einmal! Beeilung, Beeilung!"

Auf allen vieren krabbelte Gino hoch, rannte zurück und sprang sogleich erneut.

"Schon besser du Pfeife! Aber das nächste Mal will ich eine perfekte Rolle sehen!"

An anderer Stelle waren die Soldaten bereits weiter. Hier kletterten sie auf ein 25 Meter hohes Gerüst. Diesmal waren sie mit dem Sturmgepäck gerüstet und einem Karabinerhaken, dessen Ende sich an ihrem Schultergurt befand.

Ein Captain erklärte oben kurz und bündig die Situation: "Jedesmal bevor ihr abspringt, hängt den Haken ein und zieht einmal daran! Beim Absprung löst dieser den Fallschirm aus!"

Olavson hängte den Haken an das Drahtseil, das sich über 200 Meter weit nach unten zog. Er kontrollierte ob der Haken auch richtig fest saß. Dem Captain ging dies zu langsam. "Runter mit dir du Schwuchtel!" und er stieß Stev vom Gerüst.

"Ohh! Schitt!" brüllte der Norweger nur noch und taumelte am Drahtseil nach unten. Er versuchte vergebens sich zu stabilisieren und raste immer weiter und schneller auf den Baum zu, an dem das Drahtseil befestigt war. Kurz vor dem Baum sollten die Männer mit den Füssen mitlaufen und somit bei Bodenkontakt den Schwung abbremsen, doch Olavson taumelte unkontrolliert weiter und prallte mit dem Rücken auf den Boden. Staub wirbelte auf und er musste zuerst ausspucken, ehe er weitermachte.

"Aufstehen du Scheißer!" brüllte auch schon ein Ausbilder. "Der Nächste kommt bereits!"

Stev blickte zum Turm und sah auch schon einen Mann auf ihn zukommen. Dieser fing mit den Beinen zu rudern an und stolperte über den Kameraden.

"Du Arsch! Mach das du weiter kommst!"

"Ist ja schon gut."

Beide standen auf und wollten sich vom Drahtseil lösen. Da hörten sie einen Schrei. Sie drehten sich rasch um und schon schoß ein anderer Rangeranwärter auf sie zu. Zu dritt lagen sie am Boden und jammerten.

"Auf auf!" stand der Ausbilder bei ihnen. "Der Nächste kommt schon!"

Die drei bekamen große Augen, sprangen vom Boden auf und lösten ihre Haken.

"Nicht so schnell ihr drei!" hielt der Ausbilder sie zurück. "Das macht 50 für jeden! Sofort!"

Während die drei zu Boden gingen und laut mitzählten, kamen andere herunter, lösten sich und liefen zurück.

In 1.000 Metern Höhe flogen einige Transportmaschinen in hintereinander folgenden Formationen ruhig und langsam dahin. Im Inneren saßen zu beiden Seiten Rangeranwärter. Die meisten von ihnen dösten dahin. War dies doch eine der wenigen Gelegenheiten etwas Ruhe zu finden. Ständig waren sie getrieben worden, kaum Zeit für essen, schlafen oder auch nur einmal richtig zu verschnaufen. Jetzt saßen sie da, konnten ihre Körper entspannen und einige von ihnen versanken sogar kurzzeitig in einen Schlaf. Und man lies sie gewähren. Offiziere wie Mannschaften bemerkten dies zwar, aber man gönnte ihnen diese Pause, würde sie ja nicht lange dauern. Zusätzlich machte das gleichmäßige Brummen der Motoren die Männer noch müder, obwohl die Motoren nicht gerade leise waren. Wer sprechen wollte, mußte fast schreien, damit man seine Worte verstehen konnte. Zwischendurch zitterten die Maschinen aufgrund von Turbulenzen. Einige der Männer schreckten dabei auf, manche rüttelte es aus dem Schlaf, nur um gleich wieder müde in sich zusammenzusinken. Viel Platz hatten die Soldaten nicht. Um möglichst viel von ihnen zu transportieren war jeder Zentimeter auf den Bänken ausgenutzt worden. Wie Ölsardinen zusammengepfercht. Zusätzlich zur Ausrüstung, die vorne auf die Brust geschnallt war, befand sich auf ihren Rücken der Fallschirm, ebenso in einem Sack verstaut. Dies beengte noch mehr und so mancher konnte sich dadurch kaum noch rühren. Normalerweise würden sie viel sprechen, Sprüche klopfen, angeben. Aber dennoch schwiegen sie. Man gönnte den Kameraden und auch sich selbst die wohlverdiente Ruhe. Stattdessen versanken sie in Gedanken. Gedanken an Zuhause. An Frau, Freundin, Familie, Mütter und Väter, die jeden Tag Angst um sie hatten, an Brüder die ebenso eingezogen waren und sich irgendwo auf den Schlachtfeldern der Welt befanden. Vielleicht schon verwundet oder gar gefallen. Gedanken über den Sinn der Ausbildung die sie hier zum Ranger hatten. Wenn dich eine Kugel trifft, macht es keinen Unterschied wie du ausgebildet wurdest. Die Rangerausbildung macht dich nicht unverwundbar. Im Gegenteil; mit einer derartigen Ausbildung wird auf dem Schlachtfeld sogar das Leben verkürzt, da man dich für Spezialaufträge einsetzt. Wortlos wurden Blicke gewechselt und manchmal bekam man ein kurzes, eher gequältes Lächeln zurück.

Dann schien es loszugehen. Ausbilder blickten auf ihre Uhren, standen langsam auf und postierten sich neben die Seitentüren: "Okay, dies ist eurer erster Absprung! Wenn ihr bei der Bodenausbildung alles richtig gemacht habt, dann sollte euch nichts geschehen! Aufstehen!"

Die Männer stellten sich in die Mitte des Flugzeuges mit Blickrichtung zum Ausbilder.

"Ausrüstung überprüfen!"

Jeder von ihnen kontrollierte sein Gepäck, das sie vor sich an der Brust geschnallt hatten, ob ja auch alles richtig fest saß und griffen zum Fallschirm, der sich in einem Rucksack auf ihren Rücken befand.

"Einhaken!"

Die Männer hakten auf einer Metallstange, die sich an der Decke in der Mitte des Flugzeuges befand ein und zogen daran.

Die Ausbilder öffneten die Seitentüren. Die Lampe schaltete auf rot. Nacheinander reihten sich die Soldaten ein und gingen näher zur Türe heran.

"Erst bei grün springen!"

Der vorderste von ihnen, Jim, machte sich zum Absprung bereit. Er hielt sich mit beiden Händen an der Außenwand des Flugzeuges fest und blickte hinunter. Regen prasselte ihm ins Gesicht und der Lärm der Motoren machten ein Sprechen kaum mehr möglich. Da hellte es grün auf und schon bekam Jim einen Tritt vom Ausbilder, so dass er aus dem Flugzeug fiel. Die anderen sprangen gleich hinterher. Kaum aus dem Flugzeug, öffnete sich der Schirm und Jim steuerte langsam hinab auf eine große Wiese. Bei seinem Blick nach oben konnte er andere Soldaten aus den Flugzeugen springen sehen. Fast am Boden zog er die Beine etwas an. Er kam auf, wobei es ihn zusammenstauchte, rollte sich ab und zog den Gurt vom Fallschirm ab. Sogleich nahm er sein Sturmgepäck und band es auf seinen Rücken. Wie befohlen nahm er seinen Fallschirm, legte ihn schnell zusammen, klemmte ihn unter seinen Arm, nahm sein Gewehr in die Hand, rannte einige Schritte und warf sich dann zu Boden um die Landezone zu sichern.

Auf dem Kasernengelände standen einige Rangeranwärter in Reih und Glied. Sie waren ohne Gepäck angetreten, nur mit ihrer Waffe, an der das Bajonett, ihr Kampfmesser, aufgepflanzt war. Einmal stießen sie zu, drehten die Waffe und zogen sie wieder zurück. Bei jedem Vorstoß liesen sie einen lauten Schrei ab. Vor ihnen marschierten andere im Gleichschritt vorbei und sangen gemeinsam ein Marschlied. An anderer Stelle machte eine andere Kompanie Liegestütze und Klimmzüge mit voller Ausrüstung und eine vierte Kompanie befand sich auf der Hindernislaufbahn. Im halben Stundentakt wurde gewechselt.

An einem anderen Tag brachten Flugzeuge die Männer auf offenes Gelände. Nach dem Absprung sollten sie in vier Mann Trupps einen Orientierungsmarsch absolvieren. Ausgerüstet waren sie natürlich mit vollem Gepäck, Waffen und Munition. Jeder von ihnen hatte am Gurt je zwei volle Feldflaschen mit Wasser. Verpflegung gab es keine. Je Gruppe hatten sie zudem noch einen Kompass und eine nicht gerade genaue Landkarte mitbekommen. So stapften sie von der Wiese durch einen Wald. Während immer zwei sicherten, gingen zwei vor, sicherten ihrerseits und liesen die beiden anderen nachkommen.

"Verdammt nochmal. Wie lange noch?" jammerte Mätz eher zu sich selber als zu seinen Kameraden. "Ich habe schon Blasen an den Füßen."

Es war früh am Morgen und die Sonne war gerade dabei über dem Horizont zu erscheinen.

Die vier Männer waren müde und erschöpft, ihre Uniformen dreckig und verschwitzt. Der Gruppenführer hob die Hand und ging in die Knie. Zu allen Seiten wurde gesichert. Aus seiner Brusttasche zog der Gruppenführer die Karte und den Kompass und bestimmte ihre Position: "Das verstehe ich nicht. Eigentlich sollten wir bereits am Ziel sein."

"Hast du die Karte auch richtig gelesen?" wurde er schroff von Mätz gefragt.

"Natürlich. Oder willst du es selber machen?" und er hielt ihm die Karte entgegen.

"Nein nein. Mach nur." winkte dieser ab und blickte wieder vor sich.

Der Gruppenführer sah erneut auf die Karte.

"Was ist jetzt?" gickte einer der beiden anderen hinüber.

"Seid ruhig." flüsterte Mätz.

Sie horchten in die Ferne.

"Hinlegen."

Die Männer warfen sich zu Boden und gingen mit den Waffen in Anschlag.

Ein Offizier fuhr mit einem Jeep an die Männer heran. In einer

Mappe notierte der Offizier die Namen und Nummern der Soldaten: "Ihr habt es gerade noch so geschafft."

Die Soldaten waren immer noch verwirrt. Erst als der Offizier sie aufforderte aufzustehen und dem Jeep zu folgen, standen sie auf und liefen dem Fahrzeug hinterher.

Zwischendurch ließen die Ausbilder die Soldaten exerzieren oder marschieren. Dies sollte keine Schikane sein, sondern es diente zum einen um die Gruppe im Einklang zu bringen und anderseits um die Soldaten somit etwas entspannen zu lassen, soweit man von Entspannung bei der Rangerausbildung sprechen konnte.

Mulder befand sich in einer der Reihen und marschierte mit den Männern dahin. Neben ihnen gingen Ausbilder her und beobachteten ob ja jeder im Schritt mitging. Um nicht aus dem Rhythmus zu kommen, trommelte ein Soldat die Geschwindigkeit des Schrittes und der Offizier brüllte im links, links, links rechts links Rhythmus mit. Nach einer halben Stunde marschieren, wenden und wieder marschieren, begann der Ausbilder zu singen und die Soldaten sangen dem nach. Laut und immer lauter. Damit sollte die Zugehörigkeit untereinander weiter gesteigert werden und es war ein tolles Gefühl, wenn alle im Gleichschritt und in der gleichen Lautstärke marschierten. Dies war so eine der wenigen Gelegenheiten, in der man nicht ein einzelnes Individuum ist, sondern man gehörte dazu. Alle schienen ein Ganzes zu sein und zudem war beim Marschieren einer der wenigen Ausnahmen, bei dem die Ausbilder ausnahmsweise einmal nicht die Soldaten anbrüllten und ständig Liegestütze verlangten.

Trotzdem fühlte sich Mulder nicht ganz wohl dabei und er sprach eher zu sich selber: "Ich bin Kampfpilot. Jetzt marschiere ich mit Grabenkriegern."

Sein nebenan marschierender Kamerad hörte diese Worte und gab ohne seinen Mund viel zu bewegen zurück: "Hier bist du wenigstens nicht alleine. Im Flugzeug hilft dir niemand. Oder willst du etwas anderes behaupten?"

Mulder schielte nur zum Nachbarn, andernfalls hätte sich sicher einer der Ausbilder eingemischt: "Nein. Aber in der Luft entscheide ich selber wie ich kämpfe."

"Ach ja? Im Endeffekt zählt doch nur, am Leben zu bleiben."

"Auch wieder wahr." stimmte Mulder dem zu.

Singend marschierten sie weiter.

Bei dieser Ausbildung gehörte es nicht nur Minen zu legen, sondern sie auch zu entschärfen. Nach dem theoretischen Unterricht sollte es nun an die Echten rangehen. Sie zu verlegen und scharf zu machen war eine Sache, sie aber zu finden und unschädlich zu machen eine andere.

Die meisten Züge waren auf 20 Mann geschrumpft. Viele der Soldaten gaben auf, brachen unter dem enormen Leistungsdruck zusammen oder wurden rausgeworfen, da sie sich oder andere gefährdeten.

Ein Captain stand vor einem dieser Züge, der sich ins Gras gesetzt hatte und schilderte seine letzte Anweisung: "Ich kenne alle gängigen Minentypen. Und das solltet ihr inzwischen auch." Dann machte er eine kurze Pause und blickte in die Menge. "Du komm her." hatte er sich einen von ihnen ausgesucht.

Hendrix ein kleiner, schüchterner Mann aus Maine stand auf und ging zum Vorgesetzten.

"Geh 100 Meter vor, dann über die Mauer. Dahinter sind irgendwo Minen vergraben. Finde eine, entschärfe sie und bring sie hier her. Du hast fünf Minuten." dann wandte er sich wider kurz an alle: "Und vergesst nicht; dies sind keine Attrappen. Heute werdet ihr zum ersten Mal scharfe Minen räumen. Wenn ihr sie falsch anpackt, sprengen sie euch in tausend Fetzen. Worauf wartest du noch?!" hatte er sich inzwischen wieder dem Rekruten zugewandt.

"Jawohl Sir!" brüllte Hendrix und rannte los.

"Keine Angst Männer. Jeder von euch bekommt eine Mine."

Hendrix rannte 100 Meter weit aufs offene Feld hinaus. Er kletterte über die zwei Meter hohe Mauer aus Stahlbeton, die 50 Meter lang war und ließ sich auf der anderen Seite vorsichtig hinuntergleiten. Er brauchte zu diesem Zeitpunkt noch keine Angst haben, denn das Druckfeld der Mine aktivierte sich erst bei 500 Kilogramm. Hendrix zog sein Kampfmesser aus dem Stiefel, kniete sich nieder und stocherte damit vorsichtig im Boden herum. Erst als er auf etwas Festes stieß hielt er inne. Mit dem Messer strich er vorsichtig um die Mine herum und schob mit der Hand die Erde von dem Metallkörper. Mit kritischen Blicken sah er die freigelegte Waffe an. Hendrix begann zu schwitzen. "Verdammt." fluchte er. "Was ist das für ein Typ? Verflixt. Ich weiß es nicht mehr." Vorsichtig griff er sie an. Er zitterte, schweiß rann ihm die Stirn hinunter. Er zog seine Hände zurück. "Fünf Minuten. Nur fünf Minuten." Er blickte seine Hände an wie sie immer mehr zu zittern begannen. Sein Puls raste, sein Herz schlug wie wild. Sein Blick festigte sich an dem Metallkörper. Es war eine Panzermine. Rund, grünlich gefärbt und in ihrer Mitte eine leichte Erhöhung. Darauf befand sich der Auslöser und darunter der Druckkörper. Durch die Nase schien er nicht mehr genug Sauerstoff zu erhalten, also atmete er durch den Mund. Dann faste er sich und griff die Mine erneut an.

Eine gewaltige Explosion erschütterte das Umfeld. Die Soldaten des Zuges sprangen auf und blickten entsetzt zur Mauer. Dunkler Rauch stieg hinter ihr empor. Die Männer begannen miteinander zu sprechen. Was war geschehen? Hatte es ihn erwischt? Lebte er noch? Einige von ihnen erlangten Angstausbrüche. Schon wollten einige Hendrix zu Hilfe eilen, doch der Captain hielt sie zurück: "Hierbleiben! Ihr bleibt alle hier!"

"Aber Sir!" ging Mulder dazwischen. "Wenn er verletzt ist, braucht er Hilfe!"

"Sanitäter!" brüllte Gino laut auf.

Die Männer waren unruhig und verstanden den Offizier nicht.

"Ich dachte in der Ausbildung haben wir gelernt niemals einen Kameraden zurückzulassen."

"Hier kann kein Sanitäter mehr helfen!" brüllte der Offizier. "Und erzähl mir nichts von Kameradschaft!"

"Er braucht Hilfe!" rief John.

Doch der Captain schien davon nichts wissen zu wollen:" Diese Mine bringt einen 30 Tonnen Panzer zum Bersten! Glaubt wirklich jemand von euch Pissern, dass von ihm noch etwas übrig ist?!"

Die Männer hielten kurz inne. Wut und Entsetzen machten sich in ihnen breit. Schließlich fand einer von ihnen den Mut und machte den Mund auf: "Was ist los mit ihnen?! Wollen sie seine Teile etwa da so rumliegen lassen?!"

"Wenn du noch ein Wort sagst, dann bist du raus!" war der Offizier auf den Soldaten zugegangen und tobte förmlich mit ihm.

"Nur zu gerne! Arschgesicht!" und der Mann verließ den Zug.

Der Offizier ließ es sich nicht nehmen und brüllte ihm hinterher: "Du bist raus! Ja du bist raus! Zurück zu deiner alten Einheit du Memme und es gibt ein Disziplinarverfahren wegen Befehlsverweigerung und der Wiedersetzung eines Vorgesetzten!" Der Captain wandte sich wieder dem Zug zu. "Und was ist mit euch?! Wollt ihr auch alle gehen?!"

"Sollen wir?" flüsterte Oskov scheinheilig zu Cooper. Dieser presste kurz die Lippen zusammen, schüttelte leicht mit dem Kopf und antwortete ebenso leise darauf: "Hast du schon vergessen das wir nicht aussteigen können? Unser Alter würde uns ins Strafbataillon schicken."

"Auch wieder wahr." murrte Oskov zurück.

"Gibt es noch Aussteiger?!" hielt der Offizier an seinem Kurs fest. "Wie mir bekannt ist, habt ihr alle diese Ausbildung verdient! Aussteiger! Befehlsverweigerer! Kriminelle! Einige von euch erhielten Lebenslänglich oder gar die Todesstrafe! Also bitte wenn ihr gehen wollt!"

Erst dies brachte so Manchen zum Nachdenken. Auf einige wartete tatsächlich der Galgen oder lebenslange Freiheitsstrafe. Nur der Ausbildung wegen zum Ranger würde sie davor bewahren.

"Ihr habt genügend über Minen gelernt! Also sollte es auch kein Problem sein, sie hierher zu bringen! Hendrix war eben nicht vorsichtig genug! Wahrscheinlich hat er sie zuerst aus dem Boden gezogen und wollte dann den Zünder raus drehen!" Er starrte John an. "Fünf Minuten." und er hielt alle fünf Finger einer Hand ausgestreckt hoch.

Nur zögernd ging John los. Er drehte sich noch einmal um und blickte in die besorgten Gesichter seiner Kameraden.

Mit einem Kopfnicken zwang der Offizier ihn, weiterzugehen.

John ging in den Dauerlauf über. Vor der Mauer streckte er seine Arme und sprang hoch. Kaum hatte er halt, zog er sich hoch und half mit den Beinen nach. Auf der Mauer ließ er sich vorsichtig auf der anderen Seite hinab. John mußte sich fast übergeben. Überall verstreut sah er Teile von Hendrix. Da ein Bein, dort einen Arm und etwas davon entfernt den geplatzten Schädel, das Hirn war nicht mehr darin. Alles im Umfeld war mit Blut und Fleischfetzen übersät. Erst jetzt bemerkte John, dass er auf etwas stand. Erst dachte er es wäre ein Stück Holz, da es sich so rund anfühlte, aber dann bemerkte er, dass er auf einem Unterschenkelknochen von Hendrix stand, dessen Fleisch sich bei der Explosion vom Knochen gelöst hatte. John verdrehte die Augen. Auf einmal wurde ihm ganz flau in der Magengegend. Er presste die Augen zusammen und atmete mehrmals tief durch: "Mein Gott." Er machte das Kreuzzeichen. "Möge Gott dich in sein Reich aufnehmen mein Freund." Dann öffnete er die Augen wieder und versuchte die Teile seines Kameraden auszublenden. Er ging in die Hocke, zog sein Kampfmesser aus dem Stiefel und bohrte damit in die lockere Erde. Es dauerte auch nicht lange bis er auf etwas Festes stieß. Vorsichtig legte er die Grasdecke frei und er erblickte eine Panzermine. Bevor er an die Arbeit ging, wischte er sich den Schweiß aus dem Gesicht. Er ging langsam zur Mine hinab und führte die Spitze des Messers auf den in die Höhe stehenden Auslöser. Mit der anderen Hand umfasste er vorsichtig den Auslöser und begann ihn mit wenig Kraft zu drehen. Es bewegte sich nichts. Mit der Messerspitze fuhr er zwischen Auslöser und Mine und drehte erneut, diesmal etwas fester. Ein kleiner Ruck und er bewegte sich. Kurz schreckte John zurück. "Gott. Dieser Stress hier." er steckte das Messer zurück in den rechten Stiefel und begann nun mit beiden Händen den Auslöser zu drehen. Nach mehrmaligem Drehen zog er den Zylinder aus der Mine. Erleichtert hockte er sich nieder und drückte kurz die Augen zusammen. "Och verdammt!" brüllte er los. "Ich habe nur fünf Minuten." Während er mit der linken Hand den Zylinder hielt, griff er zur Mine und zog sie am Haltebügel hoch, dann ging es im Eilschritt um die Mauer zurück zur Gruppe.

"Er hat sie! Er hat sie!"

"Er hat sie entschärft!" ging das Raunen durch die Gruppe.

Zufrieden nickte der Captain, als John die Mine und den Zylinder auf einen daneben stehenden Tisch ablegte: "Gut Soldat! Genauso wollte ich es haben! Und dies noch unter dem Zeitlimit! Der nächste!" wandte er sich an einen anderen. "Und das ein bisschen schneller!"

Nur zögernd rannte einer von ihnen los.

Der 21. Tag des Lehrganges:
Von den einst 1.536 Soldaten, die vor drei Wochen zum Lehrgang angetreten waren, schieden bereits 232 Mann aus. Sechs weitere wurden tödlich oder schwer verwundet. Die meisten gaben selber auf, konnten den Anforderungen der Ausbilder nicht standhalten.

Die einzelnen Kompanien marschierten über eine schmale Straße am Waldrand dahin. Eigentlich hatte sich jeder gefreut einmal nur zu marschieren, aber bei der Rangerausbildung war marschieren nicht mit einem Sparziergang zu vergleichen. 42 Kilometer Marsch, im Gleichschritt, mit voller Ausrüstung und dies auch noch in nur sieben Stunden. Dies war ein weiterer Schritt, die Schwachen von den Starken zu trennen und die Ausbilder ließen es sich nicht nehmen, selbst hier stundenlang die Anwärter anzubrüllen. Wer nicht im Gleichschritt mitkam oder auch nur etwas zurückfiel, mußte Liegestütze machen, zur Gruppe aufschließen und hoffen nicht wieder aus der Reihe zu gelangen.

Oskov marschierte mit Cooper mittendrinn in der Viererreihe. Er dachte sich, die Ausbilder würden sie dann nicht so gut sehen. Plötzlich stolperte einer vor Oskov und kam aus dem Takt.

"Hey Mann, was ist los mit dir?" wurde der blonde Ukrainer bissig. Oskov war gezwungen den Mann zu stützen und kam dabei selber durcheinander.

"Da haben wir wieder einen!" stand schon einer der Ausbilder neben ihn und zog ihn aus der Reihe.

"Ich kann nichts dafür Sir!" verteidigte sich Oskov doch dies nützte bei den Ausbildern nichts.

"Da will wohl einer die Schuld auf andere schieben?! Du bist mir so ein Kameradenschwein! Dafür gibt es das Doppelte! Los runter auf den Boden!"

Noch bevor Oskov reagieren konnte, hatte ihn der Ausbilder zu Boden geworfen: "Na los!"

Oskov konnte sich nicht einmal den Staub aus dem Gesicht wischen, schon wurde er weiter angetrieben. Nur mit Mühe und Not brachte er auch einige Liegestütze zusammen, dann verließ ihn die Kraft. Auf dem Bauch liegend konnte er nicht einmal richtig durchatmen.

Der Ausbilder kniete sich neben ihn und hatte nichts besseres zu tun als ihn weiter anzuschreien: "Was macht denn die Bohnenstange da am Boden?!"

"Nur eine klitzekleine Pause Sir." krächzte Ossi die Worte raus.

"Soll ich dir vielleicht auch noch eine schöne heiße Suppe bringen?!"

"Das wäre nett Sir."

"Was?!" stand der Ausbilder auf, war darüber nicht erfreut und trat Ossi in die Seite, so dass dieser kaum Luft bekam und zu husten anfing. "Mach ja keine Späßchen mit mir! Und falls du rausgeworfen werden möchtest, dann tut es mir leid dir sagen zu müssen, dass dies nicht geht! Und jetzt hoch mit dir du Schwuchtel! Du bist noch nicht fertig!"

Oskov rappelte sich mit letzter Kraft auf und humpelte den anderen hinterher.

"He?!" brüllte der Unteroffizier ihm nach und war ganz verblüfft. "Was machst du?! Komm sofort zurück!" Doch Oskov drängelte sich durch die Reihen und brachte einen Großteil von ihnen durcheinander.

Während des Marschierens brachen mehrere von ihnen zusammen. Kreislaufversagen, Dehydration aufgrund Wassermangels, allgemeine Erschöpfung. Einige versuchten weiterzumachen, kamen kaum hoch, andere krochen auf allen vieren dahin bis sie wirklich nicht mehr konnten. Kaum am Boden waren schon Ausbilder da und brüllten herum. Wer nicht innerhalb einer gewissen Zeit aufgestanden war, wurde gnadenlos rausgeworfen. Ein nachrückender Sanitätstrupp lud die am Boden liegengebliebenen auf, versorgen sie ärztlich und hievten sie auf Barren in Fahrzeuge.

An einem späten Nachmittag kehrten die Soldaten zurück ins Fort Benning. Zwei Tage lang befanden sie sich im Gelände. Spähtruppausbildung. Auch dieses Mal waren sie erschöpft und viele von ihnen dem Zusammenbruch nahe. Seid mehr als 50 Stunden waren sie nun ohne Schlaf.

Ein Lieutenant ließ die Truppe aber noch nicht gehen. Sie standen in Reih und Glied und mußten den Worten des Offiziers lauschen: "Was für ein Haufen von Jammerlappen! Noch nie hatte ich eine derart beschissene Einheit unter meinem Kommando!" der Lieutenant ging langsam an der vordersten Reihe entlang. Dabei sah er in die Gesichter der Männer, wie sie sich kaum noch auf den Beinen halten konnten, die Augen ganz klein und errötet, blass im Gesicht und schnauften wie die Dampffrösser. "Ein paar von euch haben sich wacker geschlagen, aber ohne jeden Einzelnen von euch, können auch die den Krieg nicht gewinnen!" Der Offizier blieb stehen und blickte den Haufen Elend an. "Wer von euch möchte freiwillig gehen?!" versuchte der Ausbilder die Männer noch mürber zu machen. "Ihr braucht nur vorzutreten, sagen das ihr aufgebt! Dann könnt ihr euch gemütlich duschen und so lange schlafen wie ihr wollt! Anschließend könnt ihr ein vier Sterne Menü verschlingen! Wer will als Erster?!" Er blickte die Reihen auf und ab. "Niemand?!"

Da wackelte einer aus der zweiten Reihe langsam nach vor.

"Ahh!" stolzierte der Lieutenant mit auf dem Rücken verschränkten Armen auf den Mann zu. "Nun ich höre!"

"Ich gebe auf Sir." flüsterte der Mann vor lauter Kraftlosigkeit.

"Ich kann dich nicht hören!" hielt der Offizier auffordernd eine Hand an sein Ohr.

"Ich gebe auf Sir!" puschte der Mann heraus.

"Gut Soldat! Ab in die Falle!" dann wandte er sich wieder an alle anderen. "Noch jemand?!"

Cooper wurde von hinten gestoßen, er blickte zurück und sah wie sich einer seiner Kameraden an ihm vorbeidrängeln wollte.

"Was machst du zum Teufel." sprach Cooper ihn an.

"Nach was sieht es denn aus?" und er wollte schon an Cooper vorbei, doch dieser hielt ihn zurück: "Warte. Tu das nicht."

Doch der Mann riss sich los und ging weiter.

"Willst du auch gehen?!" fragte ihn der Ausbilder.

"Komm zurück!" brüllte Cooper ihn an. "Wir helfen dir! Gemeinsam schaffen wir es!"

Der Mann blickte zu Cooper. Jetzt gingen auch noch andere im Bataillon mit und forderten ihn auf durchzuhalten.

"Was ist nun?!" ging dies dem Offizier zu langsam.

Der Soldat blickte seinen Vorgesetzten an, atmete einige Male tief durch und meldete dann: "Ich mache weiter Sir!" Und er schlenderte in die Reihe zurück.

"So ist es richtig!"

"Gut gemacht!"

"So so!" brachte der Offizier wieder Ordnung in die Truppe. "Wenn ihr euch gegenseitig so helft! Dann können wir ja noch eine Runde weitermarschieren!" Der Ausbilder übergab an einen Rangniedrigeren.

"Bataillon! Habt acht!"

Nur halbherzig gingen die Soldaten in habtacht Stellung.

"Ich sagte Habt acht!"

Nun ging es schon besser. Die Soldaten standen stramm.

"Rechts um!"

Die Männer drehten sich Gleichzeitig.

"Im Gleichschritt Marsch!"

Und wieder wurde marschiert. Der Unteroffizier stimmte ein Lied an und die Männer sangen nach.

Dann endlich konnten sie abtreten.

Eher schlendernd als gehend, betraten sie ihre Zimmer. Stiefel und Uniformen waren verdreckt von Schlamm, Erde und Ruß. Aus ihren Waffen hatten sie mehrere hundert Schuß abgefeuert. Ihre Gesichter wirkten leblos, in ihnen stand Müdigkeit und Ratlosigkeit.

"Oh Mann. Ich bin tot." jammerte Oskov. Dreck und Staub bedeckten seine dunkelblonden Haare. "Erst qualm ich eine."

"Ich kann meine Beine nicht mehr spüren." seufzte Mulder.

"Wenigstens haben wir heute keine Übung mehr." meinte Gino mit einem müden Ton.

Mätz ging auf Gerry zu und sprach ihn an: "Ich frage mich, wie du dies aushältst. Du hast sicher ein paar Kilo abgenommen."

Cooper nahm seinen Helm ab und legte ihn auf den Tisch. "Ich denke nicht darüber nach." stöhnte er. "Außerdem ist dein Bauch auch schon weg."

Jim setzte sich aufs Bett, band sich die Schnürsenkel auf und zog vorsichtig mit Zähne zusammenbeißen, die Stiefel aus.

John der dies beobachtete, blickte seinen Zimmerkameraden nur an.

Jim bemerkte dies und fragte ihn: "Brennen deine Füße nicht?"

"Ich spüre sich nicht mehr."

Die Socken von Jim waren total verblutet. Beim Marschieren hatte sich die Haut gescheuert, Blut rann heraus, trocknete, bildete eine Kruste und brach wider auf. An einigen Stellen war das Blut auf den Socken noch feucht, an anderen bereits im Stoff einge-trocknet.

"Das sieht aber nicht gut aus." bemerkte Mätz.

"Ich habe schon andere Stiefel beantragt." gab Jim gedankenlos zurück. "Aber ich bekomme keine. Also marschiere ich so gut ich kann."

"Trotzdem solltest du dir das von einem Sanitäter ansehen las-sen." ging nun auch der Südtiroler dazwischen.

Jim zog sich die Socken aus. Dabei verzog er sein Gesicht, aber er war froh, als er die nackten Beine auf den Boden abstellen konn-te. Während sich die anderen langsam auszogen, blieb Jim auf sei-nem Bett sitzen und zündete sich eine Zigarette an.

Oskov setzte sich dazu und rauchte mit.

"Zuerst gehe ich mich duschen, danach suche ich einen Sanitäter auf." flüsterte Jim. Wie viele, hatte auch er den anfänglichen Glanz in seinen Augen verloren. Starr blickten seine blauen Augen auf den Boden.

Der Ukrainer gab sein Kommentar dazu: "Ich kenne meinen Namen nicht mehr." Dann blickte er zu Gerry hinüber und sprach ihn an: "Was machen wir nach dem Duschen? Wollen wir Karten spielen?"

Cooper drehte sich um. Während er seine Hose auszog und nur

noch die Unterwäsche anhatte, gab er zurück: "Sobald ich fertig bin, hau ich mich aufs Ohr."

"He komm schon. Das ist unser letzter Abend hier. Da können wir schon einmal Zeit für uns nehmen." unterstützte John den Langen.

Gerry huschte ein kurzes Lächeln über die Lippen, dann wurde er ernster und sprach zu den Männern: "Bis wir geduscht sind und alles geputzt haben ist es Nacht. Um 0200 gibt es Alarm."

"Wozu Alarm?" fragte Thomson, ein 1,80 Meter großer gutdurchtrainierter Mann, verwundert, der Mitte 20 war und einen Schnauzbart trug.

"Wir werden doch in ein anderes Fort verlegt. Bis wir dort eintreffen und Quartier bezogen haben, vergehen Stunden. Oder glaubt ihr wirklich, dass die Treiber uns auch nur einen Tag Pause gönnen?" antwortete Gerry und verließ mit seinem Waschzeug das Zimmer.

Ossi drehte sich kurz in die Runde und sagte: "Woher will der das wissen? Hat er Beziehungen von denen ich nichts weiß?" Er warf den Zigarettenstummel zu Boden, stand darauf und drückte ihn mit der Schuhsohle aus. Er stand auf und ging zu seinem Spind und murrte weiter: "Langsam geht mir der Kleine mit seiner Weisheit auf den Arsch."

Gino grinste ihn an.

"Was ist Spaghetti?!" forschte Oskov.

"Ach nichts." wich Gino aus und kümmerte sich nicht weiter um seinen Kameraden.

Jim zog kräftig an der Zigarette, blies den Rauch aus und meinte darauf: "Da könnte er recht haben. Stev hat das Selbe behauptet."

"Woher willst auch du dies wissen?" fragte Mätz.

Olavson der gerade duschen gehen wollte, blieb stehen, drehte sich um und antwortete: "Als ich die Latrinen im Feld ausgehoben hatte, hörte ich zwei Offiziere miteinander sprechen."

"Und was haben die gesagt?" wollte Oskov genau wissen. Gespannt wartete er auf weitere Informationen.

"Alles konnte ich nicht verstehen, nur soviel; zwischen den einzelnen Abschnitten gibt es keine Ruhephasen." Stev ging zur Tür hinaus.

"Na toll." knurrte Oskov in sich hinein und begann sich auszuziehen. "Hier wird einem aber auch alles verdorben."

Mätz der diese Worte hörte schmunzelte in sich hinein.

Um Punkt 02.00 Uhr gab es Alarm. Diesmal kam kein Ausbilder zur Tür herein und schreckte die Männer auf, sondern dieses Mal schrillten die Alarmsirenen.

"Nicht schon wieder. Ich bin doch gerade erst ins Bett." knurrte einer der Männer.

Doch es half nichts. Sie mußten dem Alarm folgeleisten. Im Dunkeln sprangen sie aus den Betten, öffneten ihre Spinde, zogen eine Kampfuniform an, schnallten den Munitionsgurt um und stülpten sich den Helm über. Kaum waren sie angezogen, schnallten sie sich das bereits gepackte Sturmgepäck auf den Rücken. Der Rest ihrer Ausrüstung und das wenige Private, steckte bereits in ihren großen Rucksäcken, die sie nur noch verschließen mussten. Sobald einer fertig war, half er den anderen. Als alle eines Zimmers bereit für den Abmarsch waren, stellten sie sich neben ihre Betten.

Es wurde still im Zimmer von Gerry und seinen Kumpels. Geräusche und Stimmen drangen von anderen Zimmern durch die Wände.

Oskov der steht's zu Späßen aufgelegt war, meinte darauf schlicht: "Wenn die beim Bumsen auch so einen Krach machen, dann gute Nacht."

Die Männer schmunzelten. Einige dachten an zuhause. Wie schön wäre es jetzt bei der Frau oder Freundin zu sein. Doch dann wurden sie auch schon aus ihren Gedanken gerissen. Ihr Zugführer riss die Türe auf. Das gedämpfte Licht vom Flur drang ins Zimmer. "Austreten Männer!" brüllte er und ging zur Seite.

Die Soldaten nahmen ihr Gepäck und ihre Waffen und liefen aus dem Zimmer hinaus. Im Gang stießen sie auf anderer Züge. Auf dem Exerzierplatz warteten bereits LKW`s. Sofort wurden die Soldaten verladen.

"1. Kompanie 3. Zug hierher! 14 Mann in den ersten LKW! Der Rest in den zweiten!"

"Schneller Männer! Schneller!"

"Beeilt euch! Das 2. Bataillon muß in zehn Minuten raus!"

Kaum waren die Soldaten eingestiegen, wurden die Ladeluken geschlossen und die Fahrer fuhren los. Es ging zu einem Flugplatz.

Kaum angekommen, sprangen die Männer von den Fahrzeugen und liefen zu den zugewiesenen Maschinen, die bereits startklar waren und deren Motoren warm liefen. Im Eiltempo stiegen sie ein und nahmen auf den Bänken platz.

Die Transportmaschinen rollten auf die Startbahn. Nach der Starterlaubnis gaben die Piloten vollen Schub und hoben ab. Acht Langstrecken-Jagdmaschinen vom Typ P-51 dienten als Sicherung, obwohl sie über eigenem Land keinen Jagdschutz bräuchten.

In den Flugzeugen konnten die Männer weiterdösen. Das gleichmäßige Summen und Brummen der Motoren wirkte zudem sehr einschlafend. Nur ab und zu, wenn die Maschinen in Turbulenzen gerieten, schreckten einige wieder auf. Dennoch war es eine willkommene Gelegenheit, wenigstens ein paar Stunden zur Ruhe zu kommen und dies nützten auch alle Soldaten aus. Einige tranken etwas oder aßen kalte Einsatzrationen aus Dosen oder rauchten zuerst eine, bevor auch sie sich zur Ruhe gesellten. Zwar war es mit der ganzen Ausrüstung am Mann und in einer klapprigen Transportmaschine kein Vergnügen ruhig zu schlafen, aber ihre Körper schrien förmlich nach Pause und so war es auch nicht verwunderlich, dass einige in einen besonders tiefen Schlaf fielen.

Nach mehreren Stunden Flug setzten die Maschinen in Dahloneya, dem Gebirgsabschnitt, zur Landung an. Kaum im Fort ging die Ausbildung auch schon im straffen Verfahren weiter. In den Grundkursen wurde den Soldaten das Bergsteigen beigebracht, die sie auch alsbald im nahgelegenem Gebirge praktisch anwenden sollten. Desweiteren folgten aufklären und spähen mit Kampfauftrag und verschiedene andere Unterrichte, die für das Gebirge zugeschnitten sind.

Neben all dieser Kletterei gab es natürlich auch hier wieder exerzieren, laufen, einen Hindernisparkur der gebirgsähnlicher zugeschnitten ist und natürlich körperliche Züchtigung.

In einem Kreis stand eine Kompanie, in deren Mitte der Ausbilder. Während der Drill-Sergeant in Uniform und Hut gekleidet war, an dessen Hüfte eine Pistole in der Halterung hängte, befanden sich die Soldaten in der Sportausrüstung in langen Hosen und langärmligen Hemden. Um sie herum vollbrachten andere Kompanien ihre jeweiligen Aufgaben.

"Nur weil ihr Scheißer zu Elitesoldaten herangezüchtet werdet, heißt dies noch lange nicht, dass ihr die Besten seid!" brüllte der Sergeant, ging langsam im Kreis und blickte hin und wieder die Männer an, die breitbeinig und mit den Händen auf dem Rücken dastanden und sich wiedereinmal als Nichtmenschen beschimpfen lassen mußten. "Im Kampf werdet ihr eure Gegner nicht nur mit Schusswaffen niederstrecken, sondern ihr Wichser werdet auch oft gezwungen sein, Nahkämpfe zu führen oder leise einen Wachposten von hinten niederzustechen!" Der Sergeant zog sein Kampfmesser aus seinem rechten Stiefel und hielt es in die Höhe. "Dies wird eure Waffe dazu sein! Euer Kampfmesser mit einer 25 Zentimeter langen Klinge! Auf der Unterseite scharf damit ihr leicht in das Fleisch der Krauts oder Schlitzaugen dringt und oberhalb eine scharfe Säge, die nicht nur dazu dient Holz zu teilen! Damit versetzt ihr Maden dem feindlichen Körper enormen Schaden! Damit wird das Fleisch nicht zerschnitten sondern zerrissen! Der Feind verblutet elendig!" Er machte eine kurze Pause und brüllte dann weiter: "Ihr Deppen werdet aber auch in Situationen geraten indem ihr unbewaffnet seid und der Feind ein Kampfmesser in den Händen hält! Aber vorerst zeige ich euch wie ihr Wachposten von hinten erledigt! Du da, herkommen!" und er hatte sich einen der Jungs in seiner Größe herausgepickt.

Der Mann lief sofort zum Sergeant und stellte sich aufrecht hin.

"Es gibt hauptsächlich zwei Arten einen Wachposten still und leise auszuschalten!" während er weitersprach, zeigte er sogleich die Vorgehensweise vor. "Von hinten anschleichen, mit der linken Hand dem Gegner den Mund zuhalten, seinen Kopf nach hinten ziehen und gleichzeitig seine Kehle mit einem einzigen Schnitt zerteilen!" Beim Vorzeigen ging der Unteroffizier nicht gerade zimperlich mit dem Mann um. "Die zweite Möglichkeit ist meine liebste und die solltet ihr euch unbedingt merken! Es gibt immer einen der größer und kräftiger ist als man selbst! Bei einem derartigen Wachposten ist es besser, wenn man die Klinge des Messers drei Finger unterhalb der untersten Rippe hineinstößt! Der Schmerz ist derart gewaltig, dass der Wachposten nicht einmal schreien kann, selbst wenn er wollte! Zurück in die Reihe du Penner!" und er stieß den Mann von sich. Dann schwieg er und blickte sich die Soldaten reihum genau an. Seine Augen blieben beim Größten der Kompanie stehen. Er grinste schelmisch und machte auch bei diesem Soldaten mit der Diskriminierung weiter: "Du Schlotterpalme komm her!"

Aus der dritten Reihe zwängte sich der Mann vor und stellte sich dem Ausbilder entgegen.

"Was für ein Prachtbursche!" lechzte der Sergeant.

Der Soldat war einen Kopf größer als der Ausbilder und zudem noch um einiges muskulöser, obwohl der Sergeant selbst schon einen ordentlich gut durchtrainierten Körper hatte.

"Zieh dein Messer und greif mich an!" befahl der Ausbilder.

Sogleich hielt der Soldat sein Kampfmesser in den Händen, doch dann wartete er.

"Was ist los du Penner!? Greif mich an!"

"Aber Sir..."

"Was ist los mit dir du Schwuchtel?!" unterbrach ihn der Sergeant und klotzte weiter. "Hast du nur Scheiße im Hirn?! Greif mich an!"

Da holte der Mann aus und stürzte sich auf den Drill-Sergeant.

Noch bevor alle richtig hinsehen konnten, lag der Hüne von Mann am Boden, das Nasenbein gebrochen, Blut im Gesicht und der Sergeant stand aufrecht vor ihm, zudem hatte er dem Soldaten auch noch das Messer entrissen. "Was ist los ihr Saftsäcke?! Ging das euch etwa zu schnell?! Steh auf du verlauste Missgeburt! Ich brauche einen anderen Freiwilligen!" brüllte er weiter.

Nach etlichen Stunden des Trainings, standen sich nun immer zwei gegenüber. Einmal griff der eine an, dann der andere. Die verschiedensten Praktiken um einen Gegner lautlos auszuschalten wurden vorgezeigt, dann geübt, ebenso wie man erfolgreich einen

Angriff mit dem Messer ausführte und wie man sich als unbewaffneter gegen einen derartigen Angriff erwehrte. Immer und immer wieder wurden die Übungen wiederholt. Es sollte alles in Fleisch und Blut übergehen ohne nachdenken zu müssen. Verletzungen bildeten keine Ausnahmen. Zum Einen bestand der Boden aus zusammengetretenem Schotter und Kies, auf dem die Soldaten hart aufschlugen, zum anderen waren die Männer gezwungen mit vollstem Körpereinsatz zu agieren. Schürfwunden, gebrochene Knochen, massenweise Platzwunden und natürlich Stich- und Schnittverletzungen rundeten die Arbeit der Sanitäter ab.

Mätz Sayer stand in einer Reihe vor einem kleinen Hügel in Uniform aber mit keinem Sturmgepäck. Ziel an dieser Stelle war, einen etwa 20 Meter hohen Felsen, der einmal mehr, einmal weniger steil war, höhlenartige Öffnungen besaß, Felsvorsprünge und zum Teil auch ebene Flächen zu erklimmen. Hier sollten die Männer einzeln den Hügel rauf und mit einer Pistole versteckte Ziele bekämpfen. Und die Soldaten mußten auch kein Sicherungsseil mitführen.

Als Mätz endlich an die Reihe kam, wurde er nur kurz von einem der Ausbilder eingewiesen: "Wenn du unter fünf Minuten das schaffst und zudem auch noch gut schießt, bist du weiter!"

Mätz machte sich bereit. Er nahm eine Pistole vom Tisch und drei Magazine. Das erste steckte er in die Waffe und repetierte. Die anderen beiden Magazine steckte er in seine rechte Brusttasche.

Von der Spitze des Kletterhügels sahen einige Ausbilder herab. Einer von ihnen winkte und nahm die Zeit.

Mätz rannte los, auf einem ausgetretenen Pfad nahm er die ersten Meter des Weges. Das erste Ziel schnellte unmittelbar vor ihm hoch, eine Metallscheibe, die die Form eines Menschen hatte, allerdings nur vom Kopf bis zum Unterleib. Mätz warf sich zu Boden und feuerte auf das Ziel, alsbald stand er auf und lief weiter. Dann kam ein anderes Ziel in sein Blickfeld, auch dieses traf er mit dem ersten Schuß.

Unten stand ein Unteroffizier und beobachtete Mätz durch ein

Fernglas.

Sayer sprang über einen Baumstamm, rollte ab schoss auf weitere Ziele, rannte weiter, warf sich zur Seite und wieder ein Ziel getroffen.

"Dieser Scheißer ist gut." bemerkte der Unteroffizier. Er ließ kurz ab, blickte zu einem seiner Männer, der die Ziele bediente, indem er sie mit einer Steuerung hoch und wieder niederlegen konnte und nickte ihm. Beide grinsten und schon bekam es Mätz mit mehreren Zielen gleichzeitig zu tun. Vor, hinter, seitlich und über ihm tauchten sie auf.

"Verfluchte Scheiße!" rief Sayer aus, warf sich zu Boden, wälzte sich hin und her und schoß auf jedes Ziel zweimal. Kaum war sein Magazin leer, ließ er es herausfallen, steckte ein volles ein, repetierte, stand auf, lief geduckt vor und befand sich schon wieder zwischen mehreren Zielen. Fast befand er sich oben, kaum zwei Meter vor ihm schoß ein weiteres Ziel empor. Mätz ging sogleich in die Hocke, zielte und drückte ab. Doch die Waffe funktionierte nicht mehr.

"Verdammt Ladehemmung!" grunzte er mit sich selber. "Ach Scheiße!" er stand auf, warf die Pistole auf das Ziel, rannte los, sprang und prallte von der Zielscheibe ab.

Eine kleine Abteilung stand am Fuße einer Gebirgswand, die fast 90 Grad empor ragte und nur kleine Stellen zum Halten bot.

Einer der Ausbilder erteilte letzte Anweisungen: "Die Wand ragt 120 Meter hoch!" und er deutete kurz hinter sich zum Felsen. "Egal welchen Weg ihr da hochklettert, es ist überall gleichschwer!" Er stützte beide Hände an seinem Becken ab und schritt langsam der Reihe entlang. "Nur mit Karabinerhaken und Seilen ausgerüstet erklimmt ihr die Wand!" Dann gab er das Zeichen. Der vorderste Mann machte sich bereit.

"Ich glaube nicht das Bill das schafft." flüsterte einer der Soldaten.

Ein anderer meinte darauf: "Er ist viel zu ängstlich."

Trotzdem machte sich Bill bereit, hakte ein, zog das Seil durch, richtete noch einmal seinen Helm zurecht und begann zu klettern, doch bereits nach zehn Meter wurde er immer nervöser. Er klebte zwar förmlich in der Wand, aber auch nur, weil er sich mit beiden Beinen und Händen an den kleinen Auswölbungen festklammerte. Schon fast zwanghaft suchte er über sich nach weiteren Stellen, die er erlangen könnte.

"Bring endlich einen Haken in die dafür vorgegebene Stelle!" brüllte der Ausbilder hoch, da ihm dies zu langsam ging.

Doch Bill schien diese Worte nicht gehört zu haben, oder er wollte sie nicht hören. Er schwitzte bereits, nicht durch die Anstrengung sondern vielmehr aus Angst. Auch sein Puls begann immer schneller zu rasen und sein Herz schlug wie verrückt, als schien es aus seinem Körper ausbrechen zu wollen: "Oh Gott. Wenn ich jetzt loslasse, dann falle ich." Seine Hände begannen zu zittern. Sein Blick wanderte immer schneller am Felsen hin und her, doch schien er nicht einen idealen Griff zu finden. Er hatte nur noch soviel Kraft, um sich in der Wand zu halten. Langsam geriet er in Panik. Er begann herumzuschlendern und rutschte sogar mit einem Bein ab. Verkrampft hielt er sich mit den Händen fest, versuchte verzweifelt mit den Beinen erneut Halt zu finden und zudem rutschte ihm der Helm vom Kopf und fiel hinunter. Die Augen zugekniffen, jammernd und verkrampft, konnte er sich schließlich nicht mehr bewegen.

"Verdammt dieser Hosenscheißer wird mir jetzt nicht runterfallen." knurrte der Ausbilder, ging zur Wand, packte das Seil, das der Soldat an sich führte und an mehreren Haken befestigt war und zog daran: "Was ist los mit dir?! Hast du etwa in die Hosen geschissen?!"

Bill presste seinen Körper noch näher an die Felswand, wohl um sich dadurch sicherer zu fühlen und fing zu weinen an: "Ich kann nicht! Ich...kann nicht!"

Der Ausbilder drehte sich zur Gruppe um und zeigte mit dem Finger auf den Mann in der Wand: "Diese Kröte ist draußen! Ihr beide klettert hoch und bringt mir den Hosenscheißer runter! Aber lebend!"

Gino und Stev rannten los. Mit seinen langen Beinen angelte sich Gino viel schneller hoch als der Norweger. Sie rammten Haken in die Wand, spannten ihre Sicherungsseile daran fest und stiegen weiter hoch.

"He U-Bootsmann." gickte Gino hinüber.

Stev der sich nur drei Meter neben ihm auf gleicher Höhe befand gefiel diese Ausdrucksweise überhaupt nicht und er machte auch sogleich seinen Unmut Platz: "Nenn mich nicht U-Bootsmann du Spagettifresser."

Kurz blickte Gino überrascht zu seinem Kameraden und wollte auch nicht weiter darauf eingehen: "Schon gut. War nicht so gemeint."

Olavson pustete die Luft tief aus und gab freundlicher zurück: "Nicht der Rede wert. Ich bin nur etwas gereizt."

Gino nahm dies so hin und sprach seinen Gedanken aus: "Geh du zu ihm hoch und sichere ihn. Ich bleib darunter und sichere euch beide."

"Alles klar."

Nach wenigen Minuten befand sich Stev beim Soldaten und versuchte ihn sogleich zu beruhigen: "Ist ja gut. Es kann nichts passieren."

"Ich...ich kann mich...nicht länger halten."

"Kein Grund zur Panik." versuchte ihn sein Helfer zu beruhigen. "Wir bringen dich wieder hinunter."

"Bin ich draußen?"

Stev blickte in das vom Weinen gerötete Gesicht. Zuerst fand er keine Worte aber dann sprach er es aus: "Ja. Aber das macht nichts. Du bist ja nicht der Erste. Bis zum Ende des Lehrganges wird die Hälfte ausgeschieden sein." Stev bereitete alles vor, um den Mann zu sichern.

"Ich...ich habe eine Frau und eine zweijährige Tochter."

"Ist doch prima. Du gehst noch heute zu ihnen zurück."

Der 33 jährige Südtiroler gab ein Rufzeichen.

"Macht doch endlich!" hörten sie den Ausbilder von unten brüllen, dem dies alles viel zu langsam ging.

"Okay es geht los." Stev begann das Seil des zu Rettenden zu lösen. "Halt dich an mir fest. Wir gehen jetzt Schritt für Schritt hinunter. Hast du kapiert?" und er blickte Bill an. Dieser nickte nur und klammerte sich an Stev fest.

"He he! Nicht so toll. Du erwürgst mich ja." dann wandte er sich an seinen Kameraden. "He! Italienischer Mädchenschwarm! Es geht los!"

Langsam kletterten die Männer hinunter.

Gino blickte hoch und löste Stück für Stück die Seile.

Bill umklammerte seinen Helfer immer fester.

"Laß los!" fauchte der Nordmann auch schon mit aggressiven Worten. "Du sollst mich nicht so festhalten. Ich bekomm keine Luft mehr."

Doch es nutzte nichts. Bill verkrampfte sich vor lauter Panik immer fester.

"Was ist bei euch los?!" gickte Gino hoch. Seine braunen Augen beobachteten dabei jeden Schritt der beiden. "Küssen könnt ihr euch später!"

Stev wollte etwas sagen, doch das Gezappel von Bill verlagerte ihr Gewicht nach hinten. Nur mit letzter Kraft hielten sie sich in der Wand.

"Laß endlich locker du Idiot!" keuchte Stev und war selbst schon ziemlich am Ende.

Doch je länger es dauerte, desto verkrampfter hielt sich der Mann fest und verkrallte seine Finger im Körper seines Retters.

Nur noch mit Mühe und Not konnte sich der Norweger im Fels halten. Mit all dieser Anstrengung war es ihm nicht mehr möglich hinunterzuklettern und hing nun selbst in der Wand fest. Seine Hände begannen zu zittern, denn er mußte nicht nur sein eigenes, sondern auch noch das Gewicht eines Kameraden halten und so drohte ihm bald die Kraft auszugehen. Er hielt sich so verbissen im Fels fest, dass seine Fingerspitzen aufplatzten und Blut herausquoll. Durch den zusätzlichen Schmerz war es ihm nun nicht mehr möglich sich weiterhin festzuhalten. Stev rutschte ab. Zwar versuchte er erneut das Gestein zu packen, aber durch den Mann auf seinem Rücken bekam er Übergewicht und fiel nach hinten weg. Sie streiften Gino und drohten auch ihn mitzureißen, doch dieser drückte sich gegen den Felsen und hielt sich so gut fest, wie es nur irgendwie ging. Nach vier Metern Fall hielt der oberste Haken indem sich noch das Seil befand, die Fallenden auf. Doch das Gewicht und das ruckartige Halten, lockerten das Gestein auf.

Die untenstehenden Männer beobachteten das Geschehen und so mancher schreckte dabei auf, beruhigten sich aber wieder als sie sahen, dass die zwei zu baumeln anfingen.

Stev begann schon blau anzulaufen, durch den Fall hielt sich der Mann noch fester und würgte seinen Helfer nur noch mehr. Doch bevor Gino bei ihnen ankam, löste sich der gelockerte Haken und sie fielen weiter hinab. Doch nach nur zwei Metern hielten sie wieder abrupt an. Durch das Halten schleuderte es den Helfer mit dem Gesicht gegen den Felsen, so dass aus seiner Nase Blut quoll. Der Aufprall irritierte Stev und es schien als wäre er kurzzeitig benommen. Schürf- und Platzwunden liesen weiteres Blut fliesen.

Jetzt stieg der Ausbilder in die Wand und half Gino, die beiden zu bergen. Am Fuße der Wand warteten bereits Sanitäter.

Doch dieser Unfall ließ den übrigen Soldaten keine Pause. Sogleich trieb der Ausbilder sie wieder in die Wand: "Los Männer! Der Nächste! Aber dieses Mal verbiete ich derartige Zwischenfälle!"

Als Ranger war es nicht nur wichtig fast unmögliche Aufgaben durchzuführen, sondern sie waren auch gezwungen mit der unterschiedlichsten Ausrüstung umgehen zu können. Dazu zählten vor allem das Benützen von verschiedenen Fahrzeugen und Waffen. Auch die des Gegners. Da diese Spezialeinheit alles am Mann trägt, nicht auf Nachschub hoffen kann, wird ihnen die begrenzte Anzahl an Munition bei längeren Gefechten zur Neige gehen. Dann ist es wichtig mit Feindwaffen weiterkämpfen zu können. Im unwegsamen Gelände sind Gewehre viel zu groß und zudem unhandlich. Maschinenpistolen sind kleiner und haben zudem eine viel größere Feuerkraft, was ebenso wichtig ist, da Ranger in kleinen Gruppen oft einen überlegenen Gegner bekämpfen müssen. Dabei gilt es nicht nur zu feuern, Magazine nachzuladen, sondern auch diese Waffen auseinanderzunehmen und wieder blind zusammenzubauen. Um die ganze Sache schwerer zu machen, hatten Ausbilder sich etwas besonderes überlegt.

Zugsweise standen die Männer im Kreis um Tische und lauschten wie so oft den Anweisungen der Ausbilder, die sich in der Mitte und hinter den Soldaten befanden.

Nach einer kurzen Einweisung kam der Sergeant zum Wesentlichen: "Wie Waffen unserer und die der feindlichen Streitkräfte aussehen wisst ihr bereits, wie man sie bedient ebenso! Aber was passiert wenn die Waffe voller Dreck und Schlamm ist, oder sie nicht mehr richtig funktioniert?! Was dann?!" und sein Blick blieb bei Jim stehen. Dieser wußte nicht so recht und blickte zuerst seine Kameraden an, dann überlegte er kurz und gab mit schüchternen Worten eher eine Frage als Antwort ab: "Ja...ich würde sie auseinandernehmen und putzen?"

"Du bist vielleicht ein schlaues Kerlchen!" machte sich der Sergeant vor Jim groß. Dann begann er zu grinsen und wandte sich wieder an alle: "Aber oft werdet ihr die Waffen in der Nacht reinigen müssen, ohne dabei ein Licht machen zu dürfen! Also Mützen über!"

Die Männer zogen aus ihren Taschen Hauben und streiften sie sich über den Kopf bis zum Hals hinunter. Der Sergeant ging den Kreis ab. Oskovs Grinsen verriet ihn. Der Sergeant ging schnell auf ihn zu und holte mit der Faust aus, Oskov wandte sich zur Seite und sein Grinsen wurde noch größer. Doch schon bekam er vom Sergeant mit der anderen Hand eine ins Gesicht, so dass er zu Boden taumelte. "Der Depp hat schneid! Aber ich sehe alles! Blind sollst du arbeiten!" brüllte der Ausbilder.

Oskov rappelte sich wieder hoch, pustete die Luft aus und meinte wiederwillig: "Okay, ich weiß Bescheid. 50." Und schon ging er in Ausgangsstellung.

"Weil die lange Nudel glaubt, ich würde es nicht bemerken, will ich von allen 50 sehen!"

Mit Murren und bösen Blicken gingen sie in Ausgangsstellung.

Cooper der sich neben ihm befand, knurrte ihn an: "Kannst du nicht einmal etwas richtig machen?"

Oskov sah ihn an und gab zurück: "Du kleiner Scheißer hast es gerade nötig."

Und schon befand sich einer der Ausbilder hinter ihm und drückte ihn mit dem Bein zu Boden. Oskov bekam den ganzen Staub ins Gesicht. "Wurde Reden befohlen du Schwuchtel?!"

"Nein Sir!"

Nach den 50 Liegestützen hatten die Soldaten ihre Waffen in 30 Sekunden auseinanderzubauen. Doch dann kam etwas unerwartetes. Der Sergeant ließ die Männer im Kreis gehen, so dass jeder von ihnen die Waffe eines anderen vor sich zu liegen hatte. Und wieder 30 Sekunden um die Waffen zusammenzubauen. Der Ausbilder zählte laut mit und so mancher hatte dabei seine Probleme, denn jeder legte die Einzelteile anders auf und so mußten sie die Teile erst abgreifen. Doch siehe da, Oskov war der erste der fertig wurde. Die Hälfte hatte es nicht einmal geschafft in der befohlenen Zeit die Waffen zusammenzubauen.

"Mützen abnehmen!" befahl der Sergeant und ging langsam auf Oskov zu. "Ich staune! Gib mir die Waffe!"

Sichtlich zufrieden überreichte der Ukrainer seinem Vorgesetzten die MP. Doch da fiel sie auseinander und der Sergeant hatte nur noch den Kolben und den Lauf in den Händen.

Das Schießen mit verschiedensten Waffen war eine willkommene Abwechslung in der harten Ausbildung. Einmal im Stehen, dann im Knien und im Liegen mit der rechten und mit der linken Hand aus verschiedenen Entfernungen. Das einzige was hier beachtet werden mußte, war eine gewisse Punktanzahl in einer gewissen Zeit zu erlangen und diese war sehr knapp bemessen. Genaues zielen somit kaum möglich.

Am Ende dieses Abschnittes machten sich die Männer bereit für den Aufbruch in den Wüstenabschnitt in Fort Bliss. In den Zimmern reinigten sie ihre Ausrüstung.

Oskov saß mit freiem Oberkörper am Tisch und putzte seine Waffe.

Will, ein großer, kräftiger Mann betrat den Raum.

Jim der seine Stiefeln putzte begrüßte ihn: "Hi Will. Was machst du denn für ein Gesicht?"

Will antwortete nicht. Er ging zu seinem Spind, öffnete ihn und packte seine Sachen zusammen.

"Gino der sein Gewehr zusammenbaute, blickte hoch und fragte ihn: "Was ist los Will? Du bist so ruhig."

Ohne von seiner Arbeit abzulassen antwortete dieser: "Ich bin draußen."

Die Männer blickten hoch. Es wurde ruhig im Zimmer und für kurze Zeit ließ jeder von seiner Arbeit ab. Sie sahen sich gegenseitig an. Da unterbrach Oskov die Stille: "Was heißt; du bist draußen?"

Will drehte sich um, sah in die Gesichter seiner Kameraden und antwortete: "Beim Orientierungslauf im Einzel habe ich versagt. Sie schicken mich zu meiner alten Einheit zurück."

Oskov nahm die Zigarette aus dem Mund, presste seine dicken Lippen zusammen und meinte: "Du bist ein Bulle von Mann. Wie ist das möglich?"

Will antwortete mit bedrückter Stimme: "Ich mag zwar kräftig sein, aber ich habe mich verlaufen." Es dauerte nicht lange bis Will gepackt hatte. Seine Sachen legte er auf das Bett und meinte nur noch: "Ich gehe meine Papiere hole. Wir sehen uns später."

Nachdem der Soldat das Zimmer verlassen hatte, sagte Mulder zu den Kameraden: "Von ihm hätte ich es nicht gedacht."

"Ja." seufzte Jim. "Er ist ein Mustersoldat."

"Und wieder einer weniger." bemerkte Gerry mit einem verbitterten Ton.

Nach einem erneuten Nachtalarm und mehreren Stunden Flug, befanden sich die restlichen Männer, derzeit nur noch knapp 1.200, im Wüstenabschnitt in Arizona.

In diesem Abschnitt hatten die Soldaten Kampfaufträge bei Tag und bei Nacht zu erlernen, ebenso wie das Leben im Felde, richtiges rationieren von Wasser, wie gewinnt man Wasser, Giftverletzungen zu behandeln, Nahrung zu suchen, Richtung und Zeitbestimmung nur mit Kompass, den Sternen und dem Sonnenverlauf, tarnen und täuschen, Fallschirmabsprünge, sowie Verteidigung und Angriff nach erfolgreicher Landung.

In diesem Abschnitt wurde besonderen Wert auf den Einsatz von verschiedene Arten von Minen gelegt, sowie der Einsatz von Handgranaten. Ziel- und Weitwurf, Handhabung mit Splitter- oder Eiergranaten. Den Bügel ziehen, kurz warten und werfen. Im Flug löst sich der Bügel von der Granate und dadurch ist der Zündmechanismus ausgelöst. Bei jedem Wurf mußten die Soldaten in Deckung gehen und die Kameraden warnen, damit auch sie Schutz suchen konnten.

Hier in der Wüste kam man am schnellsten mit einem Fahrzeug voran. Der Nachteil allerdings; in der Wüste sieht man ein Fahrzeug aufgrund mangelnder Deckung schon von weitem, insbesondere den Sand der aufgewirbelt wird, verrät ihre Anwesenheit. Hier gilt es schnell bei Beschuss aus dem LKW zu springen und sofort in einigen Metern Entfernung Deckung zu suchen.

In einer Wüste kommt es oft zu Sandstürmen. Auch dies wurde gelehrt, wie man sich am besten davor, insbesondere aber Waffen und Verpflegung schützen kann, denn der Sand gelangt überall hin. Aber er hat einen wesentlichen Vorteil. Der Feind wird handlungsunfähig, allerdings auch die eigenen Truppen. Fahrzeuge stocken und bleiben stehen, da der Sand in die Motoren gelangt.

Und immer wieder wurden die Männer zu Fuß in die Wüste geschickt um Aufklärungsarbeit zu leisten.

Eine Gruppe von acht Mann war bereits kilometerweit marschiert. Es war mittags. Eigentlich ein Verbrechen bei dieser Tageszeit Einsätze zu führen, aber es war auch die Zeit, in der der Gegner meist Schutz im Schatten sucht und sich ruhig verhält. Dadurch steigen die Chancen den eigenen Auftrag ausführen zu können. Doch da die Männer hier keine Wüstenausrüstung bekamen, mußten sie ihre dicken Uniformen anlegen.

Der vorderste ging einige Meter vorab und der hinterste blieb etwas zurück.

Hinter einer Düne ließ der Vordermann halten. Ermattet ließen sich die Männer zu Boden fallen. Sie jammerten und stöhnten. Mulder nahm seinen Helm ab und ersetzte ihn durch sein Cäppi.

"Das ist verboten." meinte Jim darauf, der sich neben ihn gesellt hatte.

"Mir egal." gab Mulder zurück. "Hier ist keiner von den Sklaventreibern."

"Da hat er recht." John folgte diesem Beispiel. "Tut richtig gut." bemerkte er dazu: "Durch den Helm hatte ich schon einen richtigen Druck auf der Birne."

Mulder grinste ihn an. "Siehst du. Deshalb mache ich es ja."

Jim zog seinerseits sein Hemd aus, denn die Ärmel alleine aufzustutzen brachte nicht die gewünschte Kühlung.

"Schlechte Idee." bemerkte John darauf, der sich gegenüber von den beiden zu Boden gelassen hatte.

"Wieso?"

"Es ist Mittag. Die Sonne brennt dich nieder."

"Aber in dem Hemd ist es mir viel zu heiß." und er verstaute es im Rückengepäck.

Mulder nahm seine Feldflasche, schraubte sie auf und gab etwas vom Inhalt in seine Hand und rieb sich damit das Gesicht ab.

"Dies ist auch keine gute Idee."

Mulder blickte John an und gab genervt zurück: "Was ist los mit dir? Bist du auf Streit aus?"

"Nein." winkte John ab, um einen Konflikt auszuweichen. "Aber jeder Tropfen in dieser heißen Scheiße ist überlebenswichtig. Wer weiß wann wir wieder frisches Wasser bekommen."

Mulder schüttelte nur den Kopf und schraubte seine Flasche

wieder zu.

Gino der die Leitung dieser Gruppe erhalten hatte, ging auf die Männer zu und gab Instruktionen weiter: "Wir machen zehn Minuten Pause. Die eine Hälfte schiebt Wache. In fünf Minuten wird gewechselt."

Nur mit Kopfnicken gaben sie ihr Zugeständnis ab.

Jim blickte kurz zur Sonne hoch, mußte aber alsbald die Augen zusammenkneifen. Sein ganzer Körper war nass vom Schweiß. Mehrmals wischte er sich die Stirn ab.

Mulder begann etwas Brot zu kauen, langsam und in Gedanken versunken.

John hatte es sich etwas bequem gemacht und lag im Sand.

Jim nahm seine Flasche, öffnete sie und wollte einen großen Schluck nehmen. Da spuckte er aus: "Verdammt! Der scheiß Sand ist sogar im Wasser!"

"Nicht so laut." gab einer der Wachen zurück.

Mulder mußte in sich hinein grinsen.

"Lach nur." bekam er böse Worte von Jim.

Nun fing auch John zu grinsen an und beide zogen den jungen Mann auf.

Kurz darauf war Wachwechsel. Die drei standen auf. Auf einmal wurde Jim schwindlig. Er griff sich nur noch kurz an die Stirn, dann brach er zusammen.

Die anderen beiden kümmerten sich sogleich um ihn.

"Verdammt." murrte Mulder. "Er hat einen Sonnenstich."

"Nicht nur das." bemerkte John dazu. "Der dehydriert schon."

Sie riefen Gino herbei.

"Was ist mit ihm?"

Mulder schüttelte den Kopf: "Wahrscheinlich zu hoher Wasserverlust."

John war niedergekniet und gab Jim etwas Wasser, doch dies nützte nichts. Er blickte hoch und schüttelte mit dem Kopf.

Kurz überlegte Gino, dann gab er seine Entscheidung ab: "Thomson funk das Hauptquartier an. Wir brauchen hier sofort einen Sanitäter."

Dieser nickte und nahm den Hörer vom Funkgerät: "Gruppe neun an Basis. Hören sie mich?" Thomson lies den Hörer los und wartete auf Antwort. Doch es rauschte nur. "Hier Gruppe neun. Können sie mich hören?" Wieder nur ein Rauschen. "Ich krieg sie nicht rein." bemerkte er zur Gruppe.

"Versuch es weiter." forderte Cooper.

Thomson funkte die Basis erneut an.

Inzwischen rammten drei der Gruppe größere Gegenstände in den Boden und legten Decken darauf. Somit lag Jim nicht mehr in der prallen Sonne. Es brachte zwar keinerlei Abkühlung für den Mann, aber es hatte doch große Auswirkungen auf dessen Körper.

Mulder hatte das Hemd von Jim geöffnet und goss etwas Wasser auf dessen Oberkörper und in dessen Gesicht. Viel war es nicht, da ihr Wasservorrat begrenzt war. Lieber hätte er ihm einige Flaschen übergegossen. Die Tropfen rannen zu allen Seiten herab und es schien als würde der überhitzte Körper die Feuchtigkeit schnell verdunsten.

Mulder blickte zu den anderen und meinte mit einem Kopfschütteln: "Wenn nicht bald Hilfe kommt, verreckt der uns hier."

Der Rest der Mannschaft konnte sich nur noch um ihren Kameraden setzen und warten. Auch Ihnen sah man die Überhitzung an. Jeder von ihnen hatte die Mütze aufgesetzt, die Hemden aufgeknöpft und allesamt tranken sie aus ihren Wasserflaschen. Oskov nahm die größten Schlucke.

John der neben ihm saß, hielt ihn vom erneuten Trinken ab und drückte dessen Arm hinunter: "Nicht so hastig. Nur kleine Schlucke und das auch nicht fortwährend."

"Ich habe Durst Mann."

Mätz half zu seinem kleineren Kameraden: "Wenn dir das Wasser ausgeht, dann bist du bald der Nächste der hier liegt."

Oskov blickte kurz zu Jim, knurrte etwas in sich hinein, schraubte den Verschluss seiner Flasche zu und steckte sie zurück an seinen Gurt.

Gino hob währenddessen den Kopf von Jim hoch und gab ihm kleinere Schlucke aus der Flasche. Da sich Jim jedoch in einen dehydrierten Zustand befand, rann mehr Wasser an dessen Mundwinkeln herab als in seinen Mund.

Stev blickte kurz zur Sonne hoch: "Verdammt. Die glüht ja immer heißer."

"He!" brüllte Thomson dazwischen. "Ich habe Verbindung!"

"Na endlich." ging Mätz dazwischen.

"Sie sollen sich beeilen." fauchte John. "Sonst können sie gleich
mehrere Sanitäter schicken."

"Hier ist Gruppe neun! Hören sie mich Basis?"

"Hier Basis, sprechen sie Gruppe neun."

Während Thomson Meldung machte, versuchten die restlichen
der Gruppe so gut es ging zu rasten. Aber die Gluthitze und die
Sonne schienen selbst in dieser Situation noch die Energie aus ihren Körpern zu saugen. Mätz befeuchtete sein Handtuch und legte
es sich übers Gesicht.

Oskov blickte zu Boden. Knapp an seinen Stiefeln vorbei huschte ein kleiner, schwarzer Skorpion. Er zog die Beine etwas zu sich
und sprach mit dem Blick auf das Geschöpf gewandt: "Na du kleiner. Suchst wohl auch Schatten."

Cooper vernahm etwas. Er setzte sich auf, blickte sich um und
sah eine Staubwolke die auf sie zuhielt: "Da scheint etwas zu
kommen."

Die Gruppe wurde darauf aufmerksam und sie blickten selbst
zur Wolke, die schnell größer wurde.

Kurze Zeit darauf kam ein Jeep herangefahren und blieb bei ihnen stehen. Einer der Ausbilder sprang vom Beifahrersitz hoch und
teilte die Sanitäter ein. "Nehmt ihn mit." war alles was er zu sagen
hatte.

Die beiden Sanitäter sprangen vom Jeep, nahmen eine Bare,
gingen damit zu Jim, hoben ihn darauf und schleppten ihn zum
Jeep, auf dessen Ladefläche sie ihn legten. Kaum war Jim an Bord,
stiegen auch die Sanitäter wieder ein und kümmerten sich sofort
um den Mann.

Der Ausbilder stand mit den Händen an den Hüften gestützt
und blickte die Gruppe an. "Na los!" begann er zu brüllen. "Weiter-

machen! Nur weil ihr einen Kameraden verloren habt bedeutet dies nicht, daß ihr euch auf eurer faulen Haut ausruhen könnt!"

Die Gruppe reagierte kaum.

"Ich sagte; Auf ihr faules Pack!"

Jetzt erst standen sie auf, sammelten ihre Sachen ein und machten sich für den Weitermarsch bereit.

Der Ausbilder setzte sich in den Jeep und der Fahrer fuhr davon.

Ossi blickte wie die anderen auch dem Fahrzeug hinterher, zog ein Gesicht und verwurschtelte seine Lippen: "Weitermachen."

Im Lager unter Zeltplanen erhielten sie Fahrzeugkunde. Welche Fahrzeuge besaß die eigene Armee und welche die feindliche, was konnten sie, wie stark waren sie gepanzert und ein paar Dinge mehr. Nebenbei wurde ihnen Waffenkunde vermittelt. Ebenso wieder über eigene und feindliche. Wie wurden sie bedient, welche Kaliber besaßen sie und gegen was sie am Effektivsten eingesetzt werden konnten.

Dann wurde zum Essenfassen geblasen.

"Na los ihr Maden!" brüllte der Ausbilder. "Ihr habt fünf Minuten!"

Die Männer sprangen auf, stürmten zu ihrem Gepäck, nahmen ihre Becher und rannten zur Ausgabe. Kleinere wurden von Größeren beiseite gestoßen. Bei der Ausgabe begannen sie gierig, teils mit den Händen irgendetwas zu nehmen. Viele gaben es gar nicht in ihre Becher, sondern aßen gleich aus ihren Händen. Auch hier ein Gerangel. Jeder versuchte der Erste zu sein. Was es gab, war ihnen egal. Genau definieren konnten sie es sowieso nicht. Aber es war ihnen egal. Hauptsache etwas in den Magen. Gekaut wurde nur kurz, dann schon geschluckt. Vielen war schon schlecht vor lauter Hunger. Schwächere wurden gestoßen, ihnen sogar die Becher aus den Händen gerissen. Einige verbrannten sich die Finger, da sie in die heiße Speise griffen, aber auch dies war ihnen egal. Hauptsache etwas zum Schlucken. Es ging wie bei einer Raubtierfütterung zu. Die Stärksten bekamen auch das Meiste ab. Die Männer schrien, tobten, brüllten sich gegenseitig an, benahmen sich wie eine wild gewordene Horde von Affen. Kein Wunder. Es gab nicht zu geregelten Zeiten essen und selbst dann nicht in ausreichenden Mengen. Jetzt kam noch eine zeitliche Begrenzung hinzu. Kein Wunder, dass niemand in einer Warteschlange verharren wollte. Schmecken tat es natürlich nicht. Aber wer hungerte, machte sich darüber keine Gedanken. Zudem war nicht ersichtlich wann es wieder etwas geben würde.

Die Ausbilder standen abseits daneben, lachten, machten Witze über diesen undisziplinierten Haufen.

Der Drill-Sergeant blickte auf die Uhr: "Das reicht!"

Sogleich gaben die Köche Deckel auf die Behälter und räumten ab.

"He! Wir sind noch nicht fertig!"

"Laßt diese Scheiße hier!"

"Wir haben noch Hunger!"

"Wir wollen fressen! Wir wollen fressen!"

Die Männer begannen mit einem Aufstand, manche rissen sogar die Behälter an sich.

Der Drill-Sergeant wurde ernster, rief die MP herbei, die in Massen anstürmte und die Meute mit Schlagstöcken auseinander trieb.

An einen anderen Tag saß eine der Kompanien im Sand am Boden. Sie hatten keinerlei Deckung vor der Sonne, aber zumindest konnten sie in diesem theoretischen Unterricht etwas verschnaufen. Aber immer mit dabei die volle Ausrüstung, fanden zwischendurch doch immer wieder Alarmübungen statt.

Einer der Ausbilder stand vor der Kompanie, hatte vor sich eine Tafel mit einem großen Zeichenblock darauf, auf dem verschiedene Tiere und Pflanzen abgebildet waren. Mit einem Stock tippte er auf das erste Blatt, gab eine Erklärung ab, brachte das zweite zum Vorschein und erklärte wieder etwas dazu. Schließlich wandte er sich an die Männer, ging einige Schritte auf sie zu und fragte: "Ihr habt jetzt alle möglichen Arten von Skorpionen kennengelernt, die euch gefährlich werden könnten! Von welchem dieser würdet ihr lieber gestochen werden?!"

"Von keinem Sir!" preschte einer hervor.

"Das ist richtig Soldat!" grinste auch der Ausbilder und machte einige Schritte in dessen Richtung. "Aber falls doch!"

"Von einem kleinen natürlich!" rief ein anderer heraus.

Der Ausbilder drehte sich zur Seite und fragte: "Wer hat das gesagt?!"

"Ich Sir!" und einer von der hintersten Reihe stand auf.

"Sind sie sich da wirklich sicher?!"

"Ja!" bekräftigte der Mann. "Klein ist immer besser!"

"Aber nicht bei einem Schwanz!" mischte ein anderer mit.

"Wieso?! Dann kommt man wenigstens in jedes Loch!"

Und die Menge begann zu brüllen und zu johlen.

Der Ausbilder ließ dies gewähren, lachte er doch selber mit. Doch nach kurzer Zeit winkte er ab und lenkte die Aufmerksamkeit wieder auf sich: "Bei Skorpionen gilt dies jedoch nicht! Je kleiner desto gefährlicher sind sie, da sie ein stärkeres Gift haben! Überlebt man meist einen Stich eines großen Skorpions, stirbt man bei den kleineren oft! Und es ist verdammt schmerzhaft!" Nach einer kurzen Pause und einigen Schritten auf und ab, schlug der Ausbilder ein anderes Thema ein. "Was macht ihr bei einem Schlangenbiss?!"

"Hoffen das sie nicht giftig ist!"

"Ganz recht, aber falls doch?!"

Es meldete sich niemand zu Wort.

"Was ist los?!" blickte der Ausbilder durch die Runde. Als sich wieder keiner meldete, richtete er den Stab auf einen in der ersten Reihe. Dieser sprach sogleich: "Über der Bisswunde abbinden!"

"Und weiter?!"

"Aufschneiden und aussaugen!"

"Das ist purer Schwachsinn!" sprach er zum Soldaten und wandte sich dann an alle: "Beim Aufschneiden wird das Gift nur noch weiter verteilt und aussaugen ist nicht drin! Erstens bekommt ihr niemals das gesamte Gift heraus und zweitens; solltet ihr eine

Wunde im Mund haben, habt ihr Pech gehabt, dann kann euch wirklich niemand mehr helfen!"

"Und was können wir dagegen tun?!" forschte ein anderer.

Zur Truppe gewandt erklärte der Ausbilder: "Ein Sanitäter in euren Reihen kann euch helfen, aber sollte keiner anwesend sein, dann kann ein gebissener nur ausharren! Je nachdem von welcher Schlange er gebissen wurde und wie viel Gift sie abgesondert hat, kann er es überleben! Am besten ist es; lange Kleidung zu tragen, dann wird ein Biss abgeblockt und vieles vom Gift geht nicht in die Blutbahn!" dann schlug er erneut ein anderes Thema ein: "Aber was ist das Wichtigste in der Wüste oder in einer Steppe?!"

"Wasser!" brüllte einer hervor.

"Ganz recht! Ohne Wasser sterbt ihr! Aber ihr könnt nur eine gewisse Menge mit euch mitführen! Was macht ihr dann?! Und diese Frage stelle ich an alle!"

"Kakteen haben viel Wasser in sich!" brüllte einer hervor.

Der Ausbilder nickte.

"Kakteenfrüchte!" rief ein anderer aus der Menge.

"Wurzeln!"

"Tau!" rief Cooper.

Es wurde still in der Kompanie und alle blickten zu Gerry.

"Tau?" fragte Oskov nach. "Was ist denn das für ein Scheiß?"

Auch andere murmelten mit.

"Schweigt!" ging der Ausbilder dazwischen. Nachdem es wieder ruhig geworden war, sprach der Ausbilder weiter: "In vielen Wüsten der Erde bildet sich in der Morgendämmerung Tau! Besonders an den Küstengebieten! Aber wie kann man Tau zu Trinkwasser machen?!" stellte er die Frage an Cooper und dieser sollte die Antwort liefern.

"Na komm schon kleiner Wurm." sprach Oskov. "Wie macht man aus Tau Wasser?" Und er grinste seinen Kameraden höhnisch an.

Cooper ließ sich dadurch nicht beirren, sondern sprach: "Den Regenschutz aufhängen und darunter einen Behälter stellen! Der Tau legt sich am Regenschutz an und rinnt in den Behälter!"

"Gut gemacht Soldat!" rief der Ausbilder. "Somit erhält man bestes Trinkwasser!"

"Jetzt verarsch mich nicht." konnte es Ossi nicht glauben. "Und das geht?"

"Natürlich." bekräftigte Cooper.

Der letzte Abschnitt befand sich in Florida, dem Dschungel/Wasserabschnitt. In diesem Abschnitt wurden nur wenige Stunden für theoretische Unterrichte verwendet. 264 Dienststunden galten für die Ausbildung im Zugsverband. Der Umgang mit Wasserfahrzeugen wurde geprobt, marschieren im Wasser, bergen von Verwundeten, Spähtruppunternehmen, Jagdkommandoaufträge, selbstständige Nahrungssuche, Fallen bauen, Hinterhalte legen, sowie der Schutz vor giftigen Tieren.

Wie so oft standen die einzelnen Kompanien und Züge um die Ausbilder herum, die ihnen letzte Anweisungen gaben. Im Gefecht ist man oft gezwungen auch ohne Waffen einen Gegner niederzustrecken und so sollte es auch hier sein.

Nach einer kurzen Einweisung kam es zur Praxis.

Der Ausbilder ging langsam im Kreis umher und blickte die Männer an. Dann kam ihm ein höhnisches Grinsen auf und er deutete auf Oskov: "Du da komm her! Stell dich in die Mitte!"

Der Ukrainer schlenderte in die Mitte des Kreises und wartete bis der Ausbilder seinen Partner ausgesucht hatte. Dieser ging langsam weiter und blieb vor Cooper stehen: "Ihr beide seid doch ein so gutes Team! Mal sehen wie ihr auskommt, wenn ihr gegeneinander antretet!"

Gerry ging vor und stellte sich seinem Freund gegenüber. Der Ausbilder gesellte sich dazu und grinste beide an. Mit den Worten fügte er hinzu: "Wer zuerst auf dem Boden liegen bleibt, hat verloren! Und merkt euch eines!" dabei sah er beide an. "Im Kampf ist alles erlaubt! Also auch hier!"

Oskov blickte den um einen Kopf kleineren Kameraden an, der nur einen Meter vor ihm stand, begann zu grinsen und bemerkte abwürfig: "Ach kommen sie Sergeant. Das ist doch kein Gegner. Den Kleinen mache ich doch spielend fertig."

"Nun halt die Luft an!" fuhr der Ausbilder ihn an und deutete mit dem Finger. "Die Japse sind auch einen Kopf kleiner als du, aber sie kämpfen bis zum Tode! Bist auch du dazu bereit?!"

Ossi grinste in sich hinein und meinte zu seinem Freund: "Also dich mache ich spielend fertig. Das dauert keine Minute."

Cooper wußte das sein Kamerad und langjähriger Freund stärker war. Also mußte er sich etwas besonderes einfallen lassen, um ihn zu besiegen. Er ging drei Schritte zurück und Oskov grinste noch mehr und er fühlte sich dabei sehr überlegen: "Wußte ich es doch. Da will einer den Schwanz einziehen."

Doch Cooper hatte sich bereits eine Taktik zurecht gelegt. Er wußte, Oskov lies sich sehr leicht hinreisen und dies war seine Schwäche. Er stellte sich bequem hin, ohne Respekt und meinte nur darauf: "Du bist zwar größer als ich und vielleicht auch etwas stärker." und er zeigte zudem mit seinem Daumen und dem Zeigefinger seiner rechten Hand einen kleinen Abschnitt. "Aber schneller bin ich."

Und dies wirkte. Oskov geriet in rage. "Du kleiner Scheißer!" und er stürzte sich schon unüberlegt auf Cooper. Dieser wich seitlich aus, nahm gleichzeitig etwas Sand in die Hand und warf sie seinem Kameraden ins Gesicht. Sofort war dieser dadurch geblendet. Cooper brachte sich hinter Oskov in Stellung, schlug ihm gegen seine Nieren, dass dieser vor lauter Schmerz in die Knie ging, schlug einmal gegen dessen Schläfe und Oskov ging wie ein gefällter Baum zu Boden.

Die Menge hatte vorerst beide angestachelt, aber dieser Kampf dauerte keine zehn Sekunden und sie verstummten, blickten überrascht auf den am Boden liegenden Mann und schwiegen weiterhin.

"Verfluchte Scheiße!" ging der Ausbilder auf Cooper zu. "Genauso soll es ablaufen!" Er teilte zwei Männer ein, die Ossi zur Seite schleppten. Einer der Sanitäter goss über ihn einen Kübel Wasser. Oskov schreckte auf, kam zum Sitzen und rieb sich die Augen: "Dieses kleine Aas! Wo ist er?!"

"Halt die Luft an!" wurde er auch schon angebrüllt. "Du hast verloren!"

Oskov stand auf und suchte in der Menge seinen Kameraden. Als er ihn erblickte zeigte er mit dem Finger auf ihn und stammelte vor sich hin: "Du...du! Das war unfair! Das...das zahle ich dir heim!

Du...!"

Cooper nahm des Friedenswillens beide Arme in die Höhe und meinte darauf: "Es war doch alles erlaubt."

Daraufhin jubelte die Menge Cooper zu und lachte gleichzeitig Ossi aus, der nur noch wütender wurde und mit seinen Beinen in den Boden stampfte.

Mätz Sayer, unser Panzerkommandant, schlich sich mit drei anderen durchs Gestrüpp, langsam auf Knien vorwärts. Jeder von ihnen hatte eine Bazooka geschultert.

Die Bazooka war eine Waffe, die die Amerikaner Ende 1942 erstmals eingesetzt hatten. Sie war eine Panzerabwehrwaffe mit einem Kaliber von 60 Millimetern, besaß eine Länge von fast 1,4 Meter, wog 5,8 Kilogramm und verschoss Granaten bis 2,8 Kilogramm Gewicht auf einer Einsatzschussweite von 200 Metern. Dabei konnte sie 100 Millimeter Panzerstahl durchschlagen. Ein einzelner Soldat konnte diese Waffe bedienen. Durch das hinten offene Rohr, entstand dadurch kein Rückstoß.

Als Soldat einer Spezialeinheit sind die Ranger gezwungen auch derartige Waffen mit sich zu führen, da sie auf keinen Nachschub hoffen können und je nach Einsatzgebiet oder Ziel sind diese Bazookas unverzichtbar. Sie sind allerdings mit ihrem Gewicht und Größe nicht leicht zu transportieren.

Die vier Mann hatten Befehl, einen Bunker in die Luft zu sprengen, der sich keine 150 Meter weit mitten zwischen Bäumen befand. Hinter ihnen folgte ein Ausbilder. Wie in der Theorie bereits gelernt, gingen sie in Stellung. Jeder von ihnen machte seine Waffe schussbereit. Sie blickten sich an und nickten einander zu. Der erste zielte und drückte ab. Ein ohrenbetäubender Lärm entstand beim Abschuss der Granate, Rauch umhüllte den Soldaten. Die Granate flog in den Bunker. Sie detonierte. Doch statt in Jubel auszubrechen, wunderten sich die Soldaten. Außer einer kleinen Delle war dem Bunker nichts geschehen.

"Seht ihr Männer." begann der Ausbilder zu erklären. "Sollte der Bunker mit Stahlbeton gebaut sein, haben diese Waffen keine Chance. Wägt immer ab, wie stark der Feind ist, bevor ihr eure

Munition verschwendet."

"Und wie können wir ihn dann knacken?" fragte einer der Männer nach.

"Ihr werdet Ranger sein. Also lasst euch etwas einfallen. Aber schnell. Im Gefecht würdet ihr bereits unter Feuer genommen werden."

Die vier sahen sich an, einige zuckten mit den Schultern und wussten keinen Rat.

Mätz als früherer Kommandant übernahm den Befehl: "Taylor du sicherst. Wir drei feuern gleichzeitig auf die Schießscharte des Bunkers."

"Und du glaubst das hilft?" zweifelte einer.

"Die Schießscharte ist die schwächste Stelle eines Bunkers. Selbst wenn die Granaten nicht durchdringen, haben sie durch die geeinte Feuerkraft zumindest die Chance die Besatzung darin zu töten."

"Nun denn." waren sie damit einverstanden.

Alle drei zielten. Einer von ihnen zählte auf Null herab und gleichzeitig bedienten sie die Abzüge.

Ein Krachen, ein Donnern hallte durch die Gegend, der im Dschungel durch die dichtbewachsenen Bäume von allen Seiten zu kommen schien und gleichzeitig von ihnen verschluckt wurde. Langsam nahmen sie ihre Waffen herunter. Sie blickten auf den Bunker. Durch den Rauch konnten sie nicht viel sehen. Erst als dieser sich langsam verzog, sahen sie die Wirkung.

"Der steht aber noch." zweifelte einer von ihnen.

"Das macht nichts." ging der Ausbilder dazwischen. "Gut gemacht Soldat." Und er blickte dabei Mätz von oben herab an: "Der Bunker hat jetzt zwar nur ein Loch, aber der Feind in ihm ist mit Sicherheit vernichtet. Aufstehen. Zurück zur Einheit."

Schnell sprangen die Männer auf und rannten zurück. Der Ausbilder hielt Mätz zurück: "Verdammt gute Arbeit. Solche Männer mit Führungsqualitäten brauchen wir."

"Danke sehr Sir." dann rannte auch er weiter.

In mehreren, kleinen Schnellbooten fuhren Einheiten auf einem Fluß durch den Dschungel. Die Rangeranwärter lagen im Boot und sicherten mit ihren Waffen zu allen Seiten. Nur die Bootsführer und Ausbilder standen.

"Endlich einmal nicht marschieren." sprach Oskov zu sich selber. Vergnügt blickte er durch die Gegend. Da kam ihm ein Schwall Wasser ins Gesicht. "Verflucht." wischte er sich das Gesicht ab.

"Okay! Hier ist Endstation! Rein ins Wasser!" brüllte einer der Ausbilder. "Ihr kennt euren Auftrag!"

Die Soldaten liesen sich bei voller Fahrt über die Bordwand gleiten. Nur Ossi plumpste hinein.

Der Bootsführer schüttelte den Kopf und meinte zum Ausbilder: "Der hätte schon längst den Lehrgang verlassen müssen."

"Dieser Kerl hat den Lehrgang zu schaffen. Befehl von ganz Oben."

"Ach so einer ist das." begann der Bootsführer zu grinsen.

Die Soldaten waren nun auf sich alleine gestellt. Einer von ihnen konnte sich kaum über Wasser halten. Die Uniform sog sich mit Wasser voll, wurde schwer und unbeweglich. Zudem drückte das Sturmgepäck und die Waffe ihn hinunter.

"Nicht absaufen." wurde er schon von zwei Kameraden gestützt.

Mit letzter Kraft kamen sie dem Ufer näher. Jeder war froh sobald er den Grund unter seinen Beinen spürte, denn dann konnten sie an Land watscheln.

"Meine Waffe ist ganz nass. Hoffentlich funktioniert sie noch."

Als Oskov ans Ufer treten wollte, bekam er Übergewicht und fiel rückwärts ins Wasser zurück.

Cooper atmete tief durch, ging zurück und half Oskov hoch.

"Ich schaffe das schon alleine."

"Das sehe ich."

Kaum an Land, jammerte er schon weiter: "Verdammt. Sogar meine Unterhose ist nass." Er hüpfte dazu, um sie wieder in Position zu bringen.

Einer der Männer, der das Kommando hatte ging dazwischen:

"Hör endlich auf mit dem Scheiß. Wir haben einen Auftrag." dann wandte er sich an alle: "Rundumverteidigung. Wir warten fünf Minuten. Jack. Du übernimmst die Führung."

"Ja Boss."

Während die Männer in Stellung gingen zog der Kommandant des Zuges Karte und Kompass hervor und bestimmte ihre Position. Durch Handzeichen gab er den Befehl zum Weitermarsch.

Am Anfang kamen die Männer gut voran, denn der Urwald war an dieser Stelle nicht stark verwachsen. Doch nach einigen Kilometern wurde der Dschungel zunehmend undurchdringlicher, was ihre Marschgeschwindigkeit stark beeinträchtigte.

Obwohl die Soldaten seit fast zwei Monaten gedrillt, geschunden und fertig gemacht wurden und nur noch die Besten übrig waren, machten viele in dieser Dschungelregion schlapp. Die Hitze und die hohe Luftfeuchtigkeit holten das Letzte aus den Männern raus.

"Ich kann nicht mehr." begann Mulder zu jammern. "Ich bin total am Ende."

"Ich bin auch fix und fertig." sagte Gino und konnte sich selbst kaum noch auf den Beinen halten.

"Ich habe nicht einmal mehr die Kraft zu gehen." stöhnte Mätz.

"Dann red nicht so viel, sondern geh lieber." meinte Oskov mit einem verärgerten Ton.

"Ruhig Männer." ging der Kommandant dazwischen. "Wir machen bald Pause."

Sie kamen auch bald an einen kleinen, langsam dahinfließenden Fluß. Jetzt ließ der Kommandant halten. Während die Truppe rastete, sicherte sie gleichzeitig zu allen Seiten. Der Kommandant, ebenso ein Rangeranwärter, studierte die Karte und nahm einige Schlucke aus seiner Feldflasche. Dann steckte er beides wieder in seine Taschen und trieb die Männer wieder an: "Los weiter."

"Und wohin?" fragte Jim.

"Wir müssen in den Fluß, ein kleines Stück hoch und dann auf die andere Seite."

"Warum nicht gleich den Fluß überqueren?" wollte Mulder wissen.

"Weil es so im Plan eingezeichnet ist." gab der Kommandant zurück. "Also gut. Die erste Gruppe ins Wasser, die zweite folgt mit 15 Metern Abstand."

Die Männer machten sich bereit. Während die erste Gruppe in den Fluß stieg, sicherte die zweite, dann folgte auch sie. Einzeln stiegen sie ins Wasser. Der nur fünf Meter breite Fluß machte viele Kurven und die vordere Gruppe verschwand bereits hinter einer.

John und Jim gingen zur anderen Flusseite. Mulder, Mätz und der Norweger gingen in die Flussmitte, wobei sie bis zur Burst im Wasser standen. Es folgten Gerry, Gino und zuletzt Oskov. Alle standen mindestens bis zur Hüfte im Wasser, bis auf Ossi. Ihm ging das Wasser nur bis zu den Knien. Zuerst schauten die Männer wie tief jeder einzelne im Wasser stand. Dann sahen sieben Mann zu Ossi.

Gino ging etwas weiter zur Mitte.

"Oh nein." wies Oskov ab. "Das könnt ihr doch nicht von mir verlangen."

"Och doch, das können wir." sagte Gino, packte den Ukrainer am Fuß und zog daran.

Von Oskov war nur ein Schrei zu hören. Er lag mit dem ganzen Körper im Wasser. Die Gruppenmitglieder lachten.

Ossi stand auf und warf ihnen böse Blicke zu.

"Jetzt hab dich nicht so." schlichtete Jim. "Lass uns weitergehen. Mir ist die Gegend nicht ganz geheuer."

"Geht mir genauso." meinte John darauf.

"Hat der Kleine etwa Angst?!" war Oskov immer noch sauer.

"Sicher." gab Gino genervt zurück und lästerte dazu. "Du hast ja schon in die Hosen gemacht."

Ossi stürzte sich auf seinen Kameraden und tauchte ihn unter Wasser. Gino kam hoch und warf sich auf seinen Angreifer.

"Ihr Vollidioten!" ging Olavson dazwischen. "Hört auf damit!"

Mulder und Mätz zogen die beiden auseinander.

"Ist ja schon gut." besann sich Ossi wieder.

"Wir sind eine tolle Truppe." meinte Gerry, schüttelte den Kopf und sprach weiter. "Ein Norweger, ein Russe, ein Italiener und fünf Amerikaner, von denen nur einer wirklich einer ist. Und keiner will friedlich sein. Kein Wunder das wir einen Weltkrieg haben."

Mätz stand noch immer vor den beiden und blickte sie wütend an: "Gebt euch die Hand und vertragt euch wieder!"

Nur zögernd streckte Gino seinen Arm aus.

"Na los! Du auch!" und Mätz stieß dem Ukrainer mit dem Lauf seiner Waffe in die Seite.

Ossi reichte seinem Kontrahenten die Hand.

Sie gingen los und schlossen zur vorderen Gruppe auf.

Zwei Tage nach Beendigung dieses Abschnittes stand die Abschlussprüfung bevor. In Fort Benning bereiteten sie sich darauf vor. Sie hatten ihre Ausrüstung gereinigt teils ersetzt, die Waffen geputzt und frische Uniformen angezogen.

Jim war ein ruhigerer Typ. Er zog eher mit anderen mit, als selbst etwas zu unternehmen. Er rauchte zwar, trank aber nicht viel Alkohol. Seine blonden Haare waren wie bei jedem Rangeranwärter kurz. Er war der Sohn eines Industrieunternehmers. Nach einem Streit mit seinem Vater, indem es um das Erbe von Jims Mutter ging, meldete er sich freiwillig zur Army.

Mulder war genau das Gegenteil. Er war 1,69 Meter groß, hatte 71 Kilogramm gewogen, nach den zwei Monaten Lehrgang natürlich weniger, trank recht viel, war energisch und schnell aufbrausend wenn ihm etwas nicht sofort gelang. Mulder war mehr ein Einzelgänger und machte sich nicht viel aus Frauen.

"Endlich ist dies vorbei." stöhnte Mulder und legte sich ins Bett. "Mir tun alle Knochen weh."

"Da bist du nicht der einzige." meinte Jim darauf und blickte seinen Kameraden mit geröteten Augen an.

Mätz gähnte und blies die Luft aus: "Jetzt haben wir nur noch eines vor uns."

"Was denn?" wollte John wissen.

"Die Abschlussprüfung."

"Ach die." wies Gino ab. "Die schaffen wir auch noch."

"Wehe du ziehst mich wieder ins Wasser!" knurrte Oskov und putzte seine Stiefel weiter.

"Seid ihr immer noch auf Kriegsfuß?" fragte Mulder nach und hatte seine Augen geschlossen.

"Das kriegt dieser Spaghettisultan zurück." warf Ossi seinem Gegenüber scharfe Blicke zu.

Gino winkte nur ab und murrte etwas in sich hinein.

"Haltet eure Aggressionen in Zaum." ging Mätz dazwischen.

Da ging die Türe auf. Cooper der den Lieutenant zuerst erblickte forderte die Kameraden auf: "Achtung! Offizier anwesend!"

Sogleich sprangen alle auf und standen stramm.

Der Lieutenant machte sich nicht einmal die Mühe ins Zimmer zu treten oder die Männer anzusehen. Er wandte sich sogleich mit seinem Anliegen an die Gruppe: "Cooper, Dimitrij. Meldet euch beim Major. Sofort!" und schon war er wieder gegangen, ohne die Türe zu schließen.

"Habt ihr schon wieder etwas ausgefressen?" grinste Mulder und legte sich wieder nieder.

"Halt die Klappe." fuhr Oskov ihn an und er blickte zu Cooper.

Dieser zuckte mit den Schultern und verließ das Zimmer. Ossi dämpfte seine Zigarette aus und folgte ihm.

Vor dem Büro blieben sie kurz stehen.

"Weißt du etwas?"

"Nein." gab Cooper zurück und klopfte schon an die Türe.

Nach einem schroffen "Herein" befanden sie sich im Büro von Major Mahoni, standen stramm und salutierten.

Mahoni stand hinter seinem Schreibtisch auf, salutierte ebenso und meinte dazu: "Stehen sie bequem." Dann setzte er sich wieder.

"Sie wollten uns sprechen Sir?" forschte Cooper nach.

Der Major öffnete die Mappen in denen sich die Unterlagen von den beiden befanden, ging einige Blätter durch und meinte darauf: "Die letzte Prüfung steht bevor. Aber nicht für euch."

"Wie sollen wir das verstehen Sir?" fragte Oskov und sah dabei kurz zu Cooper, der ebenso überrascht dreinblickte.

Kurz und bündig antwortete der Offizier ohne die beiden dabei anzusehen: "Ihr habt die Prüfung bestanden."

"Jetzt verstehe ich gar nichts mehr." wunderte sich Ossi.

Der Major blickte auf und lehnte sich zurück: "Ich hatte vor fünf Minuten ein Gespräch mit General McEntosch."

Ossi verdrehte die Augen.

"Möchten sie etwas dazu sagen Soldat?"

"Ich kenne diesen General."

"Er war euer Vorgesetzter. Er teilte mir mit, dass ihr beide diese Prüfung zu bestehen habt."

"Und warum?" fragte diesmal Cooper.

"Befehl."

"Der General wollte uns nur schinden." schoss es Ossi heraus.

Mahoni grinste und fügte dem hinzu: "War doch ein Riesenspaß der Lehrgang, oder nicht?"

"Und was für einer." verdrehte Oskov die Augen.

"Aber das können sie doch nicht machen?"

"Warum nicht?" beugte sich Mahoni vor, faltete seine Hände und blickte die Männer an. "Ihr habt euch freiwillig gemeldet und jetzt die Prüfung bestanden."

"Haben wir das?" fragte Ossi unglaubwürdig nach.

Der Major unterschieb zwei Formulare und gab einen Stempel darauf: "Jetzt schon." Er überreichte ihnen die Papiere.

Langsam nahmen sie diese entgegen und sahen die Unterlagen durch.

"Auch noch Gruppenbeste." krächzte Gerry.

"Das ist Betrug."

"Das ist Politik." meinte Mahoni und nahm den beiden die Papiere wieder ab. Er legte sie in die Mappen zurück, schloss sie und sprach: "Ihr könnt gehen. Und herzlichen Glückwunsch zur bestandenen Prüfung."

"Vielen Dank auch." knurrte Oskov weiter. Sie salutierten und verliesen das Büro.

Draußen hob Ossi wütend die Hand, machte eine Faust und brüllte: "Das bekommt er zurück!"

"Das habe ich gehört!" drang es durch die Türe.

Ossi verzog sein Gesicht. "Komm wir verschwinden." und zog Cooper durch den Gang.

Im Zimmer stießen sie auf die anderen.

"Wo ward ihr?" fragte Mulder und lag in seinem Bett.

"Beim Alten." antwortete Cooper und ging zu seinem Spind, öffnete ihn und richtete seine Sachen zurecht.

Gino blickte zu Gerry und fragte ihn: "Wieder ein Alarm?"

Dieser drehte sich nur kurz um und meinte schlicht: "Nein. Aber Mahoni hat uns durch die Prüfung geschoben?"

"Was heißt das?" fragte Jim, dem es im Wüstenabschnitt bereits nach einem Tag wieder besser gegangen war.

"Wir haben die Prüfung bestanden." stolzierte Oskov wie ein Auerhahn durch das Zimmer.

"Wie denn dieses?" wunderte sich Mätz.

"Wir sind halt die Besten." stolzierte der Ukrainer weiter.

"Genau du." schüttelte Stev den Kopf und war dabei seine Waffe zu reinigen. Er saß am Tisch, hatte die Teile vor sich liegen und ölte gerade den Verschluss ein. "Du bist der beste im Liegestütze machen."

Ossi blickte ihn verdattert an. Die übrigen im Zimmer schmunzelten.

"Was habt ihr Mahoni bezahlt?" fragte John schlicht und wartete gespannt auf eine Antwort.

"Gar nichts." bekam Ossi sein Lächeln wieder.

"Welche Admiralsfrau hast du diesmal angeeiert?" stieß Gino die Frage in den Raum.

Ossi kannte sich gar nicht mehr aus. "Was meinst du damit." tat er unschuldig.

"Ohne Grund seid ihr doch nicht hier."

"Woher...?" und er warf einen bösen Blick zu Cooper.

Dieser zuckte mit den Schultern und versuchte sich rauszureden: "Ja weißt du...man spricht über so vieles."

"Dir wird das Reden gleich vergehen!" und er rannte auf Cooper zu. Dieser sprang von seinem Spind weg, Oskov in den Spind hinein und rannte dann seinem kleinen Kameraden hinterher. Cooper rannte mehrmals um den Tisch. Ossi hätte Stev dabei fast umgeworfen.

Die Männer begannen zu johlen und schlossen sogar Wetten ab. Gino öffnete die Türe, Cooper raus und Ossi hinterher. Im Gang fluchte der Ukrainer noch mehr und lauter. Ins Zimmer hinein drangen seine wüsten Beschimpfungen und Gebrüll von anderen Soldaten in die Ossi hineingerannt war.

"Die Zwei." konnte es Thomson nicht fassen und legte sich wieder nieder.

Bei dieser Abschlussprüfung mußte das Gelernte in die Tat umgesetzt werden. Mit voller Ausrüstung am Mann, Verpflegung für nur einen Tag, wurden die Männer in kleinen Gruppen mit Fahrzeugen zum Flugplatz gebracht. Hier bestiegen sie Transportmaschinen, die sie zum Einsatzort brachten. Aus 2.000 Metern Höhe sprangen sie mit den Fallschirmen ab, sammelten sich am Boden und machten sich mit Kompass und einer ungenauen Karte auf den Weg. Jetzt begann das eigentliche Manöver, was 48 Stunden dauerte. Hierbei mußten sie einen Weg durch Wälder, Dschungel, Sumpf, Gestein und Wasser mit einer Länge von 38 Kilometern bahnen. Auf ihrem Weg waren verschiedenste Aufgaben zu bewältigen. Das Manöver war so angelegt, dass es einem tatsächlichen Einsatz schon sehr nahe kam, mit Hindernissen, Stellungen, Bunkeranlagen und Fallen. Wer bei diesem Manöver in Feuergefechten zu oft getroffen wurde, schied aus. Wer zusammenbrach, der schied aus. Wer nicht innerhalb der vorgegebenen Zeit am Ziel sein sollte, schied aus. Das eigentliche Ziel war ein Kampf um ein Gebäudekomplex aus dem eine Flagge erobert werden mußte. Die Gegner die überall auf dem Marsch für Feuergefechte sorgten und natürlich beim Häuserkampf, stellten reguläre Truppen und Ausbilder, die in Überzahl, oft 10:1 auftraten.

Wenige Tage nach dieser Abschlussprüfung standen die restlichen 678 Mann auf dem Paradeplatz von Fort Benning in Reih und Glied. Nachdem die US-Flagge hochgezogen war, ging Major Mahoni aufs Podest und sprach zu den Soldaten: "Männer! Ihr seid vom heutigen Tage an Ranger! Ihr habt den Lehrgang mit Auszeichnung absolviert! Jetzt brecht ihr auch unter härtesten Einsatzbedingungen nicht zusammen! Erfindungs- und Improvisationsvermögen und reaktionsschnelles Verhalten in den jeweiligen Situationen, machen euch zu einer kampfstarken und gefährlichen Spezialeinheit! Hunger, Durst und fehlender Schlaf habt ihr erduldet und im Einsatz werdet ihr euch daran besinnen! Bei eurer Ausbildung habt ihr gelernt alleine oder in kleinen Teams direkt oder hinter den feindlichen Linien den Gegner zu bezwingen! Ihr seid nun befähigt auch Aufträge auszuführen, an denen normale Soldaten scheitern...!"

Nach der Ansprache des Majors begann das Treuegelöbnis für die Ranger, indem sie sich freiwillig gemolden hatten, die Regierung, die Armee und das Volk verteidigen würden, dass sie besser und härter kämpfen als alle anderen Soldaten, dass sie mehr tun würden als ihre Pflicht wäre, niemals einen Kameraden im Stich lassen, niemals einen Verrat begehen würden, dass sie keine Probleme und Schwierigkeiten machen, ihre Aufträge ausführen auch wenn sie der letzte Soldat sein sollten und sie den Feind schlagen würden, da sie besser ausgebildet worden sind.

Nach all diesen Strapazen befanden sich die Männer in ihren Quartieren. Nachdem sie ihre Uniformen und Ausrüstungen in Ordnung gebracht hatten, reinigten sie ihre Waffen.

Jim setzte sich an den Tisch in der Mitte des Raumes, nahm das Emblem des Ranger zur Hand und blickte darauf: "Was sollen wir damit machen?" Er sah seine Kameraden fragend an.

"Was wohl." meinte Mulder, der an seinem Bett stand und die Waffe ablegte. "Annähen, was denn sonst."

"Ich bin doch keine Näherin." gab Gino zu Wort.

"Dann lern es." grinste John und bereitete Nadel und Zwirn zurecht.

"He." was stinkt denn hier so?" motzte Oskov.

Alle blickten um sich. Nur Cooper schlenderte langsam durchs Zimmer.

"Mann. Nimm diese scheiß Zigarre aus dem Mund!" griff Ossi seinen kleinen Kameraden an.

"Was ist dein Problem?" gab Cooper gelangweilt zurück.

"Was...was mein Problem ist?!" und er deutete auf sich. "Das Gestänge zwischen deinen Zähnen stinkt!"

"Deine Zigaretten etwa nicht?"

Oskov nahm die Zigarette aus dem Mund und hielt sie von sich: "Dies ist bester Südstaatentabak und nicht so ein gerolltes Ding."

"Aber stinken tun sie auch." half Mätz zu Cooper.

"Du Nichtraucher, du Mund halten." und schon wandte sich der

Ukrainer wieder an seinen Freund. "Rauch so etwas."

Cooper grinste nur und winkte ab.

"Wie hälst du es nur mit dem Langen aus?" wollte Mulder wissen.

"Das legt sich wieder."

John hatte bereits sein Emblem angenäht und sah es sich an: "Ein bisschen schief. Aber mir egal."

Gino setzte sich zu ihm und meinte: "Kannst du meines auch annähen?"

John blickte Gino an.

"Ich gebe dir fünf Dollar."

"Zuerst das Geld." und John hielt die Hand auf.

Gino kramte in seiner Tasche und zog eine fünf Dollarnote hervor. John ries sie ihm förmlich aus der Hand.

"Eigentlich sollte dies doch die Admiralitätsfrau machen." meinte Mätz.

"Wieso denn die?" wollte Mulder wissen.

"Der Russe hat doch so gute Verbindungen."

Die Männer lachten.

"Fangt nicht schon wieder damit an!" und er warf böse Blicke zu Cooper, der sich in sein Bett gelegt hatte. Gerry hob friedlich die Hände.

"Wenigstens bekommen wir heute wieder etwas normales zu essen." schlug John ein anderes Thema ein.

Jim der auf einen Sessel saß und in einem Buch las, bemerkte kurz: "Wird auch Zeit."

"Es wird doch eh wieder nur ein Fraß geben." ärgerte sich Stev.

"Wenigstens ist es reichlich und man wird davon satt." bemerkte Thomson.

Mätz hatte sich inzwischen sein Waschzeug hergerichtet, stand in kurzen Hosen und oben ohne da. Er legte sein Handtuch über die Schulter und wollte das Zimmer verlassen. Doch da hielt ihn Oskov mit den Worten zurück: "Was machst du denn?"

Ohne seinen Kameraden anzusehen erwiderte er: "Alles stinkt. Ich will es abhaben." und er verließ das Zimmer.

"Stinken tut nur der Kleine mit seiner Zigarre." grunzte Ossi.

"Ahh!" brüllte John auf. "Ich habe mich gestochen." und er lutschte den Finger ab.

"Wenn du Ginos fertig hast, dann näh meines an." forderte Oskov.

"Von dir verlange ich zehn."

"Warum soviel?!"

"Gefahrenzulage."

Ossi wollte schon etwas sagen, aber er brachte kein Wort heraus.

Thomson warf seine Sachen in den Spind und schlug die Türe zu.

"Was ist mit dir los?" fragte Stev Olavson nach.

"Ach nichts." gab dieser genervt zurück.

Ein anderer im Raum antwortete für ihn: "Die Gruppeneinteilung wurde bekannt gegeben. Und Thomson ist nicht in eurer."

"Was? Wie?" und auch Mätz hörte für einen kurzen Moment auf, sein Emblem anzunähen.

"Ihr seid eine tolle Gruppe. Aber es werden immer nur acht in einer beisammen sein. Er ist nicht in eurer, sondern in meiner."

"Scheiße Mann." fuhr Oskov hoch. "Ich dachte die Gruppen sind größer."

"Nicht bei den Rangern." gab der Soldat zur Information.

"Wissen wir auch schon, wo wir eingesetzt werden?" stellte Gino die Frage in den Raum.

"Nein. Dies ist noch geheim."

"Mach dir nichts daraus Thomson." ergriff Mätz das Wort. "Dann bist du halt in einer anderen Gruppe, direkt neben uns." Er versuchte damit die Stimmung wieder etwas zu heben.

"Ach ja?" fuhr Thomson ihn an. "Wir haben alles gemacht was die Ausbilder von uns verlangt haben. Wüste, Dschungel, Gebirge. Jede Gruppe wird woanders eingesetzt."

"Wie meinst du das?" wollte John wissen.

"Die einen gehen nach England, andere nach Italien oder Australien." antwortete Cooper.

"Ach." fuhr Oskov wie so oft dazwischen "Da ist ja einer ganz schlau. Oder weißt du etwas was wir nicht wissen?"

"Ich weiß gar nichts."

"Dann halt den Mund."

"Der kleine hat recht." mischte sich Gino ein. "Nicht alle kommen am gleichen Ort zum Einsatz."

Jim blickte in die Runde und fragte: "Wer ist schlimmer? Die Krauts oder die Japse?"

"Das macht keinen Unterschied." mischte sich nun ein anderer Soldat im Zimmer mit ein. "Beide kämpfen verbissen."

"Dann sind mir die Japse lieber."

"Wieso?" stellte Mätz die Frage an Mulder.

"Die sind kleiner."

"Und auch wilder." deutete Ossi auf Cooper.

"Das ist egal von wem du eine Kugel kassierst. Beide können dich töten." antwortete dieser.

"Bitte." meldete sich nun ein anderer zu Wort. "Jetzt haben wir zwei Monate lang geblutet und geschwitzt und ihr redet schon vom Tot. Wir sind Ranger."

"Aber das ist keine Lebensversicherung." machte Cooper es ihm klar.

"Scheiß drauf." ging Mulder dazwischen. "Wir haben jetzt eine Woche Heimaturlaub."

"Ja." war Ossi der erste der seine gute Laune wieder fand. "Saufen und Weiber."

"Eine Woche, was ist das schon?" meinte John. "Ich wohne in Seattle. Für hin und retour brauche ich schon fast eine Woche."

"Dann komm zu mir." schlug Jim vor. "In vier Stunden bin ich auf unserer Farm."

"Und was mache ich da?"

"Schweine züchten." scherzte Ossi.

"Dann bin ich froh, dass du nicht zu mir kommst. Dann wärst du nämlich das Größte."

Oskov starrte ihn mit weit aufgerissenen Augen an.

"Das ich das noch einmal erlebe." ging Gino sofort dazwischen.

"Einmal hat der Lange nicht das letzte Wort."

Und bevor dieser etwas sagen konnte, lachten schon alle auf.

Während sie weiter an ihrer Ausrüstung arbeiteten, erzählten sie sich Geschichten, was sie früher zuhause gemacht hatten, was sie in dieser einen Woche Urlaub machen würden und natürlich kam bei den meisten das Selbe heraus. Saufen und Frauen. Nur wenige von ihnen wollten diese Tage mit ihren Familien verbringen. Ahnte vielleicht der eine oder andere, dass er nicht wieder kehren würde?

Vier von ihnen, Gino, Mätz, Oskov und Cooper, verließen am Abend die Kaserne. Sie wollten in einer nahegelegenen Bar gemütlich ein Bier trinken. In ihren Ausgehuniformen betraten sie ein kleines Lokal, aber wie überall im Ort, war auch dieses mit Soldaten vollgestopft. An der Bar waren noch einige Plätze frei, an denen setzten sie sich nieder.

Nachdem die Bardame ihnen Gläser mit Bier gebracht hatte, umklammerte Oskov gierig sein Glas und wollte schon trinken.

"He. Warte gefälligst." und Gino schlug ihm die Hand herab, so dass ihm einiges vom Inhalt daneben ging.

"Mann. Gönnst du mir denn gar nichts?"

"Warte bis wir angestoßen haben."

"Dann beeilt euch. Das wird ja schon warm."

Mätz hob sein Glas in die Runde und fügte die Worte hinzu: "Wir kennen uns jetzt schon zwei Monate lang, sind durch dick und dünn gegangen."

"Quatsch nicht soviel ich habe Durst."

"Dann auf uns. Mögen wir alle diesen beschissenen Krieg überleben."

"Dann Prost." und Ossi war auch der erste, der einen Schluck nahm, ohne mit den anderen anzustoßen. "Mann tut das gut." und Oskov vergötterte das Bier. "Jeden Tag könnte ich mich darin baden."

"Und dann hinein pissen." grinste Mätz, der neben ihm saß.

"Spinnst du?"

"Warum? Die Farbe ist doch die Selbe."

Alle lachten auf und sprachen weiter über derartige Sachen.

Cooper der am Rand der vier saß, blickte in die Menge. Er beteiligte sich nicht weiter am Gespräch, sondern dachte über verschiedene Dinge nach.

Die Anwesenden waren zum Teil schon richtig betrunken. Sie lachten, brüllten, einige drückten Arm um zu zeigen wer der Stärkste war. Aber er hatte gar nicht so unrecht. Was nützte es einer Spezialeinheit anzugehören. Damit liefen sie doch Gefahr für heikle Einsätze herangezogen zu werden und dies verkürzt bekanntlich die Lebenserwartung. Die Rangerausbildung schützt nicht vor einer Kugel. Wenn es dich erwischt, bist du weg. Langsam schweifte er seinen Blick weiter durch den, durch Zigaretten verqualmten Raum. Im Hintergrund spielte leise Musik. Und es erstaunte ihn, dass kaum Frauen anwesend waren. Viele hatten gelernt auf ihre Art und Weise mit dem Krieg umzugehen. Männer die kurz vor dem Einsatz standen, warfen mit Geld um sich, natürlich mit einem Hintergedanken, aber was taten nicht viele Frauen, um so leicht an Geld zu kommen. Nicht das es in den USA an Mangel herrschte, aber man hatte doch gelernt sich zu arrangieren. Und nach ein paar Bier, spürte auch er den Alkohol.

"He was ist?" stupste Mätz ihn an.

Cooper wurde aus seinen Gedanken gerissen: "Ich sehe mir nur die Jungs an."

"Und was siehst du?" fragte diesmal Gino.

"Sie saufen sich die Birne zu. Mut ansaufen. Und dann groß angeben."

"Kein Wunder." meinte Mätz darauf. "Wer keine Angst hat, der lügt." Auch er blickte kurz in die Runde. Die einen spielten Karten, andere Billard und einige wenige tanzten mit Frauen. Aber fast alle waren betrunken, einige so stark, dass sie sich nicht mehr auf den Beinen halten konnten.

"Okay Jungs." ging Gino dazwischen. "Ich werde mich verdrücken und noch einige Stunden schlafen. Morgen muss ich früh raus. Ich will von meiner Woche so viel wie möglich genießen."

"Ich bezahle."

"Du bezahlst alles?" wandte sich Oskov an seinen kleinen Kameraden. "Dann noch schnell ein Bier."

"Der Russe kann es nicht lassen." grinste Mätz.

"Ukrainer bitte schön." und schon trank er einen Schluck aus dem frischen Glas.

Gerry schüttelte mit einem Lächeln den Kopf und bezahlte.

Beim Hinausgehen meinte Mätz noch: "Dann in einer Woche. Frisch und munter."

"Red nicht so geschwollen." ging Gino dazwischen. "Das steht dir nicht."

Sie gingen langsam die Straße entlang zurück zur Kaserne und wechselten kaum noch ein Wort. Allesamt waren sie in Gedanken versunken.

Auf der anderen Straßenseite lachte eine Frau und rannte weg, ein betrunkener Soldat ihr hinterher. Sie lachte ihn nur aus und rannte weiter. Der Soldat war so betrunken, dass er sich kaum noch auf den Beinen halten konnte.

"Das könnte Ossi sein." meinte Gino.

Mätz grinste: "Laß ihn das aber nicht hören. Sonst gibt es wieder Krach."

Sie schmunzelten und gingen weiter.

Zum vierten Mal trafen sich die verantwortlichen Männer des Planungsstabes im Pazifikhauptquartier auf Hawaii. Vertreten durch den Planungschef General Meat, die Generäle des Heeres Smith und Black, General der US-Air-Force Henderson und Admiral Jengston.

Die Offiziere waren locker, lachten und sprachen miteinander.

Der Planungschef hatte das Wort:" Meine Herren. Zuerst bedanke ich mich bei ihnen für ihren Einsatz." Der Mann nahm seine Brille aus der Brusttasche, setzte sie auf, öffnete die vor ihm liegende Mappe und las das oberste Blatt vor: "Fast 700 Ranger wurden bislang neu ausgebildet." Der Offizier nahm die Brille ab und legte sie vor sich hin. Dann sprach er weiter: "Eine derartige Anzahl von Spezialisten hatten wir noch nie auf einmal ausgebildet. Wenn man bedenkt; nur zwei Monate und aus einem Menschen wurde eine Killermaschine, ist dies sehr beachtlich. Ich will weitere Ranger."

Der Admiral stellte eine Frage: "Wo wollen sie soviele Männer einsetzen?"

Der Planungschef antwortete darauf: "Wir konnten die Japaner zwar an einigen Stellen zurückdrängen, aber ihr Widerstand ist dennoch ungebrochen."

Der Luftwaffengeneral meldete sich zu Wort: "Wollen sie die japanischen Mutterinseln angreifen?"

"Noch nicht. Aber früher oder später werden wir dies wohl tun müssen. Aber für sie meine Herren, habe ich eine spezielle Aufgabe." Der Mann stand auf, ging zum Schrank indem sich Pläne befanden, zog eine Karte heraus, ging mit ihr zum Tisch zurück und breitete sie aus. Die Karte maß zwei mal zwei Meter und zeigte den gesamten pazifischen Raum. "Wie wir wissen." erklärte der Planungschef. "Kontrollieren die Japaner die Mandschurei, Korea, Formosa, große Teile Südostasiens, Ostchina, die Philippinen, den westlichen und mittleren Teil von Niederländisch-Ostindien bis Papua Neu-Guinea und eine beachtliche Anzahl von Inselstützpunkten."

"Das wissen wir." meinte der Admiral darauf unbeeindruckt.

Der Luftwaffenoffizier zündete sich eine Zigarre an, fuhr mit der Zunge über die Lippen, blickte auf die Karte und sprach: "General Mac Arthur will die gesamten Philippinen befreien und der Präsident ist damit einverstanden. Wollen sie die Ranger darauf ansetzen?"

"Mir persönlich ist der Plan von Admiral Nimitz lieber, den japanischen Machtbereich in zwei Teile zu spalten. Aber wie auch immer. Eine kleine, anscheinend unbedeutende Insel soll das Ziel der Ranger sein. Und sie meine Herren werden diese Landung mit ihren Einheiten unterstützen."

"Aber Sir." ging der Admiral dazwischen. "Wozu eine Spezialeinheit auf eine kleine Insel ansetzen?"

"Aufklärungsflugzeuge haben fast jeden Zentimeter der Insel fotografiert."

"Na schön." sagte einer der beiden Heeresoffiziere. "Dann haben sie Fotos von einer Insel. Wollen sie etwa ihr Landhaus darauf bauen?"

Der Chef dippte mit dem Finger auf die Karte, auf die Stelle, an der sich die Insel befand und erklärte dazu: "Die Insel ist von strategisch wichtiger Bedeutung. Wer sie besitzt, kann alle Inseln im umliegenden Bereich, sowie die Philippinen, Formosa und die japanischen Mutterinseln selbst, mit schweren Bombern erreichen. Die Japaner haben bereits Flugzeuge auf ihr stationiert und werden sicherlich unsere Invasionsstreitkräfte, egal wo sie eingesetzt werden, mit ihnen angreifen. Die Bewilligung für einen Angriff habe ich gestern erhalten. Ein Problem gibt es allerdings." Der Chef machte eine kurze Pause, holte ein großes Foto vom Schrank, legte es auf die Karte und sprach weiter: "Sie hat eine ovale Form, ist 40 Kilometer lang und 15 bis 22 Kilometer breit. Im Süden der Insel erstreckt sich eine Landzunge, auf der sich auch der Flugplatz befindet. Ein Drittel der Insel nimmt das Tatsumi-Gebirge ein, über dem ein Paß führt. Fast den gesamten Rest nimmt ein Dschungel ein. Nur 50 bis 100 Meter Strandtiefe, auf der sich keine Bäume befinden. Im Westen, Nordwesten und Nordosten der Insel gibt es mehrere Lichtungen verschiedener Größen. Seen gibt es im Südosten und im Nordosten. Im südlichen Teil verläuft die Takaya-Stellung aus Bunkern und verstärkten Stellungen vom Gebirge bis zum Strand. Im Norden befinden sich weitere, kleinere Stellungen." Der Planungschef setzte sich wieder auf seinen Sessel, zog aus der Mappe ein weiteres Blatt und nahm davon wichtige Informationen: "Rund um die Insel verlaufen Sand- und Korallenbänke. Nur im Süden der Landzunge, ist es möglich zu landen." er legte das Blatt beiseite. "Meine Herren. Eine großangelegte Landung kann nur auf diesem kleinen Abschnitt erfolgen. Ich vermute daher, dass die japanische Abwehr im Süden am stärksten ist."

"Und wie wollen sie vorgehen?" fragte der Admiral.

"Sie leisten mit der neu aufgestellten Task-Force 200 Unterstützung. Unter ihrem Kommando werden sich auch Träger und mehrere Hilfsträger befinden. Vor Ort haben sie volle Handlungsfreiheit. Die genaue Stärke ihrer Armada werden sie noch erfahren." dann wandte er sich an den Offizier der Air-Force: "Ihre Flugzeuge bombardieren die Insel Tage vorher sturmreif. Ihre Bomber und Jäger werden hierzu auf vorgelagerten Inseln und Trägern stationiert werden." Die beiden Heeresgeneräle erhielten zuletzt ihre Befehle: "Sie General Black leiten diese Operation von hier aus und haben somit den Oberbefehl und sie General Smith direkt vor Ort. Ihnen sind die Marines und die Ranger unterstellt. Sie befehligen die Invasionstruppen. Die Ranger werden zuerst an Land gehen."

Der Heeresgeneral unterbrach: "Sir. Müssen diese Ranger wirklich unter meinem Kommando stehen?"

"Haben sie etwas gegen diese Männer?" stellte der Chef verwundert eine Gegenfrage.

General Smith rümpfte die Nase, sah die Offiziere an und antwortete: "Ich halte nicht viel von denen. Am wenigsten von diesem Major Mahoni. Es sind doch alles Abenteurer, Verbrecher, Befehlsverweigerer und dergleichen. Was können diese Ranger, was meine Infanterie nicht kann?"

Der Chef beugte sich vor und meinte darauf: "Die Ranger sind perfekt für den Kampf im Dschungel und im Gebirge ausgebildet. Sie werden diese Truppen brauchen."

General Black versuchte Smith zuzustimmen: "Was kann eine zwei monatige Ausbildung eines Bataillons gegen die Fronterfahrung einer ganzen Division wettmachen?"

"Meine Herren." wurde der Verantwortliche langsam ungeduldig und man konnte dies auch in seinem Tonfall vernehmen: "Ich bezweifle, dass eine ihrer Gruppen mehrere Tage alleine operieren und dabei Hinterhalte gegen einen überlegenen Gegner erfolgreich durchführen kann."

Smith versuchte dies zu verharmlosen: "Dafür wurden sie ja nicht ausgebildet. Aber meine Männer kämpfen in Kompaniestärke und nicht in kleinen Gruppen."

"Sehen sie General." wollte sich der Mann nicht von seinem Vorhaben abbringen lassen. Er setzte sich bequemer hin, stützte seinen Kopf mit einem Arm ab fuhr fort. "Eine Kompanie in diesem Gelände ist viel zu schwerfällig und auch schwer zu kommandieren. Die Aufgabe der Ranger wird es sein; auskundschaften, im schwierigen Gelände angreifen, Bunker ausheben und den Feind durch Störangriffe im Hinterland zu schwächen. Die Hauptgefechte führen natürlich die Marines durch. Aber mit Hilfe der Ranger können sie auch gegen einen überlegenen Feind schneller zum Ziel kommen. Und dies ist ein Befehl."

"Natürlich Sir." meinte Smith mit einem Tonfall darauf, der einer Schmach gleichkam und fügte dem hinzu. "Ist es aber nicht ungewöhnlich, dass ein Heeresgeneral Marines befehligt?"

"Nicht unbedingt. Aber sobald der japanische Widerstand gebrochen ist, wird die Marineinfanterie durch Heeresverbände verstärkt." Zum Schluß wandte sich der Chef des Planungsstabes an alle Anwesenden. "Ich erwarte von ihnen allen, dass diese Invasion Erfolg hat. Nichts von dem hier Gesagten, darf diesen Raum verlassen. Das wäre alles."

Die Männer nahmen die Mappen mit Informationen mit, die ihnen neu gegeben wurden, nahmen ihre Schirmmützen und setzten diese auf. Beim Verlassen des Raumes knurrte der Heeresgeneral zu seinem Vorgesetzten Black: "Vor Ort habe ich das Sagen."

"Tun sie aber nichts unüberlegtes." und Black blieb stehen.

Smith stand ihm gegenüber und fragte: "Wie meinen sie das?"

"Ich habe das Kommando über die gesamte Operation. Und alles fällt auf mich zurück."

"Sie brauchen sich keine Sorgen zu machen." beschwichtigte Smith. "Die Ranger werden ihre Einsätze bekommen."

Ende Mai 1944.
Die Armada befand sie noch wenige Seemeilen vor Kirgasha entfernt.

Lange hatte General Smith überlegt, wie er die Invasion starten sollte. Aber alle seine Überlegungen hatten Vor- und Nachteile.

Sollte die gesamte Infanterie im Sturmangriff und im Dauerfeuer der Schiffsartillerie an den Strand gesetzt werden?

Sollte zuerst nur das 500 Mann starke Rangerbataillon einen Brückenkopf bilden und erst dann die Division folgen?

Oder sollte die Invasion ohne große Bombardierungen erfolgen?

Egal wie er sich entscheiden würde, die Japaner wußten das sie kommen. Kein Wunder. Die feindlichen Aufklärer flogen Tag und Nacht und so eine große Task-Force wie für diesen Angriff auf die Insel, konnte gar nicht übersehen werden. Zwei große Träger, acht Hilfsträger mit über 360 Flugzeugen, acht Schlachtschiffe, 90 Kreuzer und Zerstörer, Geleitfahrzeuge, etliche Minensuch- und Minenräumboote, fast 250 große und kleine Landungsboote, Truppentransporter, Versorgungsschiffe, Tanker und einige U-Boote, die die Rundumsicherung übernahmen. So eine Flotte musste doch gesehen werden. Unter seinem Kommando stand die 9. Marineinfanteriedivision mit 16.000 Mann und die erwähnten Ranger. An einen Sieg schien er nicht zu zweifeln. Nur, wie viele amerikanische Opfer würde die Eroberung dieser Insel kosten?

Gino und Gerry standen an Deck eines Zerstörers, an der Reling lehnend. Gekleidet waren beide in ihren Kampfuniformen, die sich nicht wie die der Armee grünlich befand, sondern in grünlichen, bräunlichen und grauen Tarnmustern. Auch der Helm hatte einen Tarnüberzug. Bis auf ihr Sturmgepäck führten sie alles am Mann.

Die See war ruhig und geheimnisvoll. Das Kielwasser, was der Zerstörer verursachte, glitt ruhig und gleichmäßig vom Schiff weg. Das Kriegsschiff war nicht besonders groß. Es verdrängte lediglich 1.500 Tonnen und hatte 158 Mann Besatzung. Trotzdem befanden sich auf ihm 125 Ranger. Die übrigen waren auf andere Zerstörer verteilt. Die Division selbst befand sich auf den Truppentransportern, die weit mehr Soldaten befördern konnten.

Der Mond spiegelte sich im Wasser und die Inselküste war nur schwer auszumachen. Und dennoch schleifte sie sich schier endlos dahin. Sein Gebirge war im Dunkeln nur zu erahnen.

Die Schiffe begannen im Kreis zu fahren und ihre Geschwindigkeit zu verringern.

Gino fiel dies sogleich auf und bemerkte: "Also dauert es noch. Ich dachte wir würden noch vor Morgengrauen an Land gehen."

"Nichts klappt so wie geplant." meinte Cooper darauf. "Das tut es nur selten. Die Insel ist zwar schon einige Male bombardiert worden, aber die Invasionsunterstützung ist noch nicht angelaufen."

Gino blickte aufs Meer hinaus und dachte laut nach: "Wie immer ist die Luftwaffe zu spät. Viele gute Jungs werden heute draufgehen."

"Das tut es immer." bemerkte Cooper darauf. "Aber mir macht unser Landungsabschnitt sorgen."

"Aus welchem Grund?" sah Gino ihn nur kurz an, ehe er seinen Blick wieder über die friedliche See schweifen ließ.

"Unser Abschnitt ist nur 1,5 Kilometer lang. 50 bis 100 Meter Sandstrand. Erst dann folgen die ersten Palmen, die noch keine gute Deckung bieten. Viel weiter dahinter werden sie von anderen Baumgruppen abgelöst und werden zu einem undurchdringlichen Dschungel. Und hier sollen wir uns zurechtfinden? In kleinen Trupps? Gegen einen Feind, der seine Stellungen gut ausgebaut und getarnt hat und mit aller Kraft versuchen wird uns an einer Landung zu hindern? Es werden heute weit mehr von uns fallen als uns lieb ist."

Gino nickte dem zustimmend.

"So eine Scheiße!" begann Cooper zu fluchen und wurde dabei so laut, dass es andere Soldaten hören konnten. "Wir riskieren unsern Arsch für eine blöde Insel!"

"Ja." stimmte Gino dem zu, der mit seinen 1,84 Meter seinen Kameraden überragte. "Aber das Schlimmste daran; das Warten. Wann geht es endlich los? Warum Japan nicht direkt angreifen und die Inseln links liegen lassen?"

"Aus Gerüchten hört man; die japanischen Kamikazeflieger würden jeden unserer Angriffe niederschmettern." sprach Gerry wieder ruhiger.

Gino schlug mit der Faust auf die Reling: "Verdammt. Wir haben Krieg. Was bringt es eine einzige Insel zu erobern und ein paar Japse niederzumachen?"

Der kleine zündete sich eine Zigarre an und beugte sich über die Reling, blickte zur Insel und meinte auf Ginos Worte: "Aber die Air Force braucht diese Insel. Sie soll als Sprungbrett für weitere Aktionen dienen."

Auch Gino beruhigte sich wieder, sah Cooper an und fragte: "Was wirst du nach dem Krieg machen?"

"Sollte ich überleben, dann gehe ich nach Utah zurück. Auf die Ranch meines Vaters. Eigentlich wollte ich Schauspieler werden."

Gino huschte ein Lächeln über die Lippen: "Wieso hat es nicht geklappt? Warst du zu klein?"

Cooper zog einige Male an der Zigarre, nahm sie aus dem Mund und antwortete: "Nein. Der Krieg kam dazwischen. Und was wirst du machen? Wirst du deine Zukunft in Italien verbringen?"

"Was soll ich denn dort? Ich wollte in den Staaten alt werden. Ich hatte eine Bar. Die habe ich verkauft. Aber die Staaten geben mir nichts mehr. Zu viele schlechte Erinnerungen. Ich denke ich gehe nach Neuseeland. Schafe züchten. Die bringen gutes Geld.

Da wurden sie aus dem Gespräch gerissen. Aus den Lautsprechern ertönte: "Alle Soldaten die sich an Deck befinden, sollen unverzüglich in ihre Unterkünfte gehen!"

"Lass uns verschwinden." meinte Gerry darauf und warf die halbgepaffte Zigarre ins Meer.

Noch bevor die beiden sich in ihrem Quartier befanden, knackste es an den Lautsprechern und sie hörten die Stimme des Kapitäns des Schiffes: "Männer. Es ist soweit." Dann kam eine lange Pause. Sie hörten den Kapitän tief ein- und ausatmen. Dann ertönte erneut seine Stimme: "Der Divisionskommandeur hat mich über die Landung informiert. Zuerst gehen die Ranger an Land.

Eure Aufgabe ist so simpel wie gefährlich."

"Das wir die ersten sind wissen wir." grunzte Gino. "Das braucht er nicht auch noch zu sagen."

"Ihr stürmt den Strand, kämpft die verbliebene Abwehr nieder und bildet einen Brückenkopf. Erst dann folgt das erste Bataillon der Division. Sie werden den Brückenkopf übernehmen und ihn sichern, damit der Rest der Division anlanden kann. Im 30 Minutentakt werden weitere Anlandungen folgen mit schwerem Gerät und Nachschub." dann hakte der Kapitän ab. "Das wäre alles Männer."

Gino und Cooper blieben kurz stehen, sahen sich an und Gino meinte darauf: "Als ob ich es gewusst hätte."

Gino und Cooper erreichten ihr Quartier und hatten sich in ihre Betten gelegt. Provisorisch standen in diesem Frachtraum in mehreren Reihen Stockbetten. Die Hälfte ihrer Kompanie hatte hier ihren Platz. Zwischen den Betten lagen Kisten, in denen die Soldaten ihre Ausrüstung verstaut hatten. An der Decke hingen Lampen die Licht spendeten. Auf Komfort wurde gänzlich verzichtet. Es gab nicht einmal Bullaugen und die Luft roch stickig nach Zigarettenqualm und Schweiß. Da zudem die Klimaanlage ausgefallen war, wurde es immer schwüler und heißer.

Gerry beobachtete im Liegen einige Kameraden. Viele von ihnen lagen in ihren Betten und lasen in einem Buch. Ob sie sich dabei wirklich auf den Inhalt konzentrieren konnten? Eher nicht. Vielmehr versuchten sie sich dadurch abzulenken. Sein Blick blieb bei einem der Männer stehen. Er schien ruhig und gelassen zu sein, aber dies war nur dem Schein nach so. Als der Mann eine Seite umblätterte bemerkte Cooper wie seine Hand zitterte. Ihm viel weiteres auf, dass so mancher in der Bibel las. Andere die in den Betten lagen, vorwiegend auf dem Bauch, schrieben Briefe. Wohl weil sie dachten an diesem Tag zu fallen. Ein paar letzte Worte an die Familie oder den Lieben zuhause. Wahrscheinlich schrieb so mancher zusätzlich sein Testament und Cooper bemerkte, wie auch sie zitterten. Wer diese Briefe zu lesen bekam, mußte an der Schrift erkennen, wie viel Angst in den Worten steckte. Gerry wandte seinen Blick auf die andere Seite des Raumes. Ihm fiel auf, dass so mancher seine Ausrüstung kontrollierte. Aber dies hatten sie doch schon gemacht. Gleich nach dem Einschiffen. Und immer wieder kontrollierte so mancher seine Gegenstände, zerlegte die Waffe und baute sie wieder zusammen. Dies war keine Angst etwas vergessen zu haben. Nein. Dies war die Nervosität. Und auch ihnen sah er an, wie sie zitterten. Manche so stark, dass ihr ganzer Körper sich bewegte. Dann vernahm er ein Gespräch zwischen zweien.

"Jetzt gehst du schon wieder auf die Toilette."

Der Angesprochene blieb stehen, drehte sich kurz um und meinte: "Was soll ich denn machen? Ich habe einen Druck auf der Blase."

"Sooft wie du bereits gepisst hast, kann doch gar nichts mehr drinnen sein."

"Trotzdem muß ich." und er ging mit schnellen Schritten hinaus. Die Angst machte auch ihm zu schaffen und er konnte seinen Schließmuskel nicht kontrollieren.

Einer der Männer lag zwar in seinem Bett, aber er wälzte sich hin und her. Auch er fand keine Ruhe. Wie denn auch.

Selbst Cooper wurmte es in seiner Magengegend. Obwohl er gegessen hatte und eigentlich satt war, spürte er eine Leere, als ob er hunger hätte, aber er wußte; dies war die Aufregung. Auch ihm schoß das Adrenalin durch den Körper und ließ ihn unruhig werden. Auch ihm zitterten leicht die Hände und es kribbelte ihn einmal in den Armen, dann wieder in den Beinen. Ein paar von den Männern aßen kalte Einsatzrationen. So mancher schlang den Inhalt der Dosen hinunter, kaute kaum, andere hatten den Mund voll und konnten nicht hinunterschlucken. Aber man sollte nichts mehr essen. Knapp vor einer Anlandung war dies auch keine gute Idee. Wer zuviel im Magen hat, der wird einen Bauchschuss nicht überleben. Bei einem leeren Magen durchdringt das Projektil den Körper und man hat gute Überlebenschancen. Doch ein voller Magen behindert den Weg der Kugel. Die Nahrung wird weggedrückt und die Folge daraus ist, dass es einem den Rücken zerfetzt und man elendig zu Grunde geht.

Durch die Schwüle im Raum hatten viele der Männer ihre Hemden abgelegt. Nur im Unterhemd oder gar mit nacktem Oberkörper gingen sie ihrer Tätigkeit nach. Einige putzten zum letzten Mal ihre Waffen, überprüften ihren Munitionsvorrat. Eigentlich hatten sie ja genügend Munition erhalten. Jeder zwei Handgranaten, Magazine für ihre Gewehre, Maschinenpistolen und manche sogar Granaten für Werfer oder Bazookas. Aber hatten sie wirklich genügend Munition? Wie schnell würden sie diese im Gefecht verschießen?

Cooper schweifte seinen Blick weiter. An einigen Stellen im Raum hatten sich Gruppen zusammengeschlossen. Sie spielten Karten oder mit Murmeln.

"He das gilt nicht!" brüllte einer von ihnen.

"Was ist los?" tat einer ganz unschuldig.

"Fünf Dollar ist der Einsatz! Nicht zwei! Außerdem bin ich dran!" und er nahm eine seiner Murmeln, zielte und spickte sie weg. Die Murmel rollte nach mehrmaligem aufsetzen zur Mitte, drückte einige von den anderen weg und kam nahe an der großen zu stehen. "Jahh!" jubelte der Mann und streckte beide Arme in die Höhe. Mit einem Grinsen nahm er das Geld und sortierte es. "Noch eine Runde?" fragte er, während er das Geld schnell in seine linke Brusttasche steckte.

"Na klar." forderte einer mit Nachdruck, der einen größeren Betrag verloren hatte.

Wer mitspielen wollte, legte fünf Dollar in die Mitte des Platzes. Auch der eine wollte mitspielen und legte zwei Dollar hinzu.

"Ich sagte fünf, nicht zwei!"

"Ich habe aber nicht mehr."

"Mir egal, dann borg dir etwas!" und er nahm das Geld vom Haufen und warf es dem einen hin.

"Wer pumpt mir etwas? Du?" und er hatte sich an einen Kameraden gewandt.

"Verschwinde, ich habe selber schon genug verloren!"

"He, was ist mir dir?" hatte er sich an einen anderen gewandt.

"Du bekommst es zurück."

"Nein!" wurde er auch von ihm schroff abgewiesen.

Der Mann wandte sich an einen Dritten, der nur zusah: "Du spielst doch nicht, also gib mir was."

"Ich mache so etwas nicht."

"Dann lass mich für dich spielen. Ich gewinne ganz bestimmt."

"Ich gebe kein Geld." und der Mann hatte genug. Er stand auf und ging weg.

Neben all diesen Geräuschen die die Männer machten, einige schrien, andere sprachen laut, da man sonst ihr eigenes Wort nicht verstehen konnte, dem Geschepper von Ausrüstung, vernahm man im Hintergrund das gleich tonige Schaffen der Maschinen. Das einerseits ermüdend wirkte, andererseits aber doch wieder laut war.

Gino stand auf und klopfte aufs Bett, indem Gerry lag.

"Was ist?"

"Sieh mal wer da kommt."

Cooper hockte sich auf und drehte seinen Kopf zur Seite.

"Guten Morgen Jungs."

"Morgen Oskov."

Gerry nickte nur.

"Was seht ihr mich so an?" Ossi staunte etwas. Beobachtete beide von oben bis unten, dann sah er an sich selber hinab. "Ist etwas nicht in Ordnung?"

"Geht es bald los?"

"Keine Ahnung. Warum?"

"Weil du dein Sturmgepäck anhast." antwortete Gino und deutete darauf.

"Er hat nur Angst, dass der Krieg ohne ihn zu Ende geht." grinste Cooper.

"Ich hol dich gleich vom Bett runter!" wurde er energisch.

Gino lachte laut auf und sprach: "Ihr müsst euch immer in die Haare kriegen."

"Moment. Seit ruhig. Hört ihr das?" unterbrach Oskov die angefangene Diskussion.

"Was denn?" wollte Gino wissen.

Sie horchten gespannt und blickten zur Decke hoch.

"Ich höre es auch." sagte der kleine Amerikaner. Er sprang vom Bett. "Das sind Motorengeräusche."

"Flugzeuge?"

Oskov sah Gino an und meinte: "Ganz recht, Flugzeuge."

"Die klingen aber dumpf." sagte dieser.

"Bomber." sprach Cooper nur.

"Unsere?" fragte er weiter.

"Keine Ahnung. Vermutlich."

"Das will ich sehen. Kommt mit." sagte Gino und lief vor. Beide folgten ihm.

An Deck hatten sich bereits mehrere Soldaten und Besatzungsmitglieder versammelt.

Draußen an Deck waren die Motoren der Flugzeuge viel lauter zu vernehmen. Man mußte schreien um sich unterhalten zu können. Es war allerdings kein durchgehendes Brummen, sondern einmal heller, dunkler, dann wieder schneller und langsamer.

"Die fliegen aber tief!" brüllte einer der Ranger.

Oskov schupfte seinen langen Kameraden und fragte: "Was hat er gesagt?!"

"Was ist?!"

"Was hat der da drüben gesagt?!"

"Die Bomber fliegen sehr tief!"

Sie blickten zum Himmel. Über ihnen flogen 30 B-17 Bomber und 18 P-51 Mustang. Ihre Höhe betrug kaum 5.000 Meter und sie flogen direkt auf den Landungsabschnitt zu.

Die Boeing B-17 flog im Juli 1935 zum ersten Mal. Dieses Flugzeug war als schwerer Bomber gedacht und hatte acht bis zehn Mann Besatzung. Mit 22,8 Metern Länge, einer Höhe von 5,85 Metern und einer Spannweite von 31,63 Metern war sie wirklich ein großer Bomber, angetrieben von vier Motoren mit je 1.200 PS. Ihre Höchstgeschwindigkeit lag bei 485-523 Stundenkilometern und konnte bis annähernd 12.000 Meter steigen. Bewaffnet waren diese Ungetüme mit acht bis 12 schweren und mittleren Maschinengewehren und sie konnten 4.761-5.800 Kilogramm an Bomben mit sich führen, bei einer Reichweite von bis zu 7.113 Kilome-

tern. Gesamt wurden davon über 12.731 Maschinen verschiedenen Typs gebaut.

Die P-51 Mustang war als Langstrecken-Jagdflugzeug und Jagdbomber entwickelt worden und flog erstmals im Oktober 1940. Angetrieben von einem Triebwerk erreichte sie eine Geschwindigkeit von 703 Stundenkilometern und konnte bis auf 12.500-12.770 Meter steigen. Da es diesem Flugzeug möglich war Zusatztanks mitzuführen, betrug die Reichweite bis zu 3.703 Kilometer und war somit der ideale Jagdschutz für Bomber. Und auch die Bewaffnung ließ sich sehen. Sechs nach vorne gerichtete Maschinengewehre und bis zu 908 Kilogramm an Bomben oder Raketen. Gesamt wurden davon annähernd 15.600 Maschinen aller Typen produziert.

"Woher kommen die Flugzeuge?!"

Gerry antwortete auf Ginos Frage: "Von einer Nachbarinsel!"

"Dann muss diese Insel eine harte Nuss sein!" stellte Gino fest.

"Wieso?!" wollte diesmal der Ukrainer wissen.

Gino sah den Mann an. Nach kurzer Zeit antwortete er: "Wenn die schon schwere Bomber dafür einsetzen!"

"Jetzt geht es los!" unterbrach Gerry die Unterhaltung der beiden.

Die B-17 Bomber öffneten ihre Bombenschächte. Nun übernahmen die Bombenoffiziere die Führung der Flugzeuge. Dies war auch der heikelste Augenblick. Denn nun durften die Piloten die Maschinen nicht mehr vom Kurs abbringen. Die Bomben würden somit ihr Ziel verfehlen. Mittels eines Bombenzielgerätes bestimmten die Bombenoffiziere den genauen Abwurfzeitpunkt. Sie hielten die Auslöser in den Händen und liesen nicht vom Zielgerät ab. Als sich die zu vernichtenden Stellen genau in der Mitte ihrer Geräte befanden, drückten sie die Auslöser. Die Bomben fielen vom Gestänge hinab auf die Insel. Kaum waren die Bomben abgeworfen, wurden die Bombenschächte geschlossen und die Piloten übernahmen wieder die Kontrolle der Flugzeuge. Dies war zwar kein genaues Vorgehen, aber durch den Einsatz von vielen Bombern bestand die Möglichkeit die Ziele zu treffen.

Mit einem Heulen gingen die Bomben immer tiefer. Die ersten

schlugen ein. In den Flugzeugen waren die dumpfen Explosionen nur leise zu hören. Kurzes aufflackern und Rauchsäulen stiegen empor. Von der Luft aus wirkte dies alles klein und unscheinbar. Zwischen den Bäumen die kleinen, dunklen Rauchschwaden zu sehen. Viele dieser Einschläge verteilten sich am Strand, bei den Palmen und etwas weiter im Landesinneren. Einige Bomber warfen ihre tödliche Last über dem Flugplatz ab. Auch hier wirkte alles wie Spielzeug. Der Flugplatz mit nur einer Landebahn und einigen Gebäuden und dazwischen die kleinen Explosionen der hunderte von Kilogramm schweren Bomben. Dazwischen blitzten kleine Lichtpunkte auf, die japanische Fliegerabwehr. Von ihren Flugzeugen aus konnten sie sehen, wie einige der Gebäude, die Startbahn und auch ein paar Flugzeuge getroffen wurden.

Doch am Boden war alles viel gewaltiger. Gigantische Explosionen die größer als Gebäude waren, Sand, Schmutz und Betonbrocken wirbelten 100 Meter hoch und die Rauchfrontänen stiegen noch höher. Ein einzelner Mann verschwand in diesem Inferno ohne gesehen zu werden, die Gebäude wirkten wie Papier, weggedrückt, einfach ausgelöscht. Aus dem Flugfeld riss es gewaltige Löcher heraus. Bäume die getroffen wurden knickten wie Streichhölzer. Durch die Explosionen entstanden Brandherde und der Lärm bei den Einschlägen ließ die Trommelfelle einiger japanischen Soldaten platzen, die zum Teil in ihre Einzelteile zerrissen wurden. Niemand war am Ort des Geschehens sicher. Überall schlugen Bomben ein und legten einen wahren Teppich der Vernichtung. Da sich überall am Flugfeld Kerosin und Munition befand, detonierten auch diese und liesen das Inferno noch gewaltiger ausfallen. Selbst zu bodenwerfen war nicht gefahrlos. Splitter und Trümmerteile verletzten auch in einer derartigen Position viele. In Deckung gehen hinter Gebäude oder gar wie mancher es versuchte unter einem Flugzeug Schutz zu suchen, war ebenso keine gute Option. Die Holzbaracken zersprengten und die Flugzeuge, die ja teils betankt und bewaffnet waren, detonierten und verstärkten die Wirkung der Bomben nur.

Nach dem Abwurf drehten die Piloten ab und flogen zurück. Ihre Aufgabe war erledigt. Die Jagdmaschinen folgten und übernahmen weiterhin die Sicherung.

Dann wurde auf den Trägern Alarm gegeben. Während Abfangjäger ständig über der Flotte kreisten, starteten nun die Trägerbomber zu ihrem Einsatz. Sie waren nur leicht bewaffnet, mit einer schweren, zwei mittleren oder vier leichten Bomben. Sie sollten nun im Tiefflug Stellungen und Bunker am Strand und am Flugplatz angreifen. Diese Piloten hatten es schwerer. Der Feind war vorgewarnt, ihre Flak-Geschütze besetzt und da die Trägerflugzeuge näher am Boden flogen, waren ihre Flugzeuge somit auch näher am Feind.

Schwere Flak-Munition, eingestellt auf eine gewisse Höhe, explodierten und übersäten den Himmel mit kleinen Explosionswölkchen. Die Splitter jedoch konnten ein Flugzeug schwer beschädigen. Bei einem direkten Treffer, blieb auch vom Flugzeug nichts mehr als brennende Teile übrig. Leichte Flak-Munition durchsiebte die Flugzeuge und brachte sie somit zum Absturz und sollte sich ein MG-Schütze eingeschossen haben, durchschlugen hunderte Projektile die Maschinen. Einige Jagdbomber gingen ins Meer, andere über dem Strand nieder. Dennoch hielten die Piloten auf ihre Ziele zu. Sie klinkten ihre Last aus und zogen die Maschinen seitlich oder in die Höhe davon. Dieser bodennahe Angriff bewirkte ein genaueres zielen, aber natürlich auch größere eigene Verluste. Während leichte Stellungen ausgehoben wurden, hielten die schweren Bunker diesen Bomben stand. Nur ein direkter Treffer schwererer Bomben brachte auch diese zum Einsturz. Ziel dieses Angriffes war es, die Anlagen des Feindes zu schwächen um der landenden Infanterie den Vormarsch zu erleichtern. Minenfelder sollten somit gezielt ausgedünnt werden, Bunker ausgeschaltet und MG-Nester vernichtet werden und zugleich die Stärke der Abwehr geschwächt werden. Die Anzahl der abgeworfenen Bomben lies auf totale Vernichtung schließen. Die Detonationen und der aufgewirbelte Rauch schlossen sich zu einer einzigen Wand zusammen. Palmen fingen Feuer und es schien, als ob an diesem Strandabschnitt keiner mehr am Leben sein dürfte. Aber wie es sich schon so oft in diesem Krieg gezeigt hatte, die Verteidiger wussten sich zu schützen und konnten immer noch eine Invasion abwehren.

Am Flugplatz machten sich einige japanische Jäger für den Start bereit, doch die tieffliegenden US-Maschinen beschossen diese mit Bomben und Bord-MG`s. Andere nahmen Stellungen ins Visier und brachten auch hier einige zum Schweigen. Jedoch gelang es hier der japanischen Abwehr zwei Flugzeuge abzuschießen, die brennend in den Dschungel stürzten und beim Aufschlag explodierten.

Nachdem die Trägermaschinen ihren Rückflug angetreten hatten, begannen die Kriegsschiffe mit dem Beschuss der Insel. Alle Kaliber bis zu den schweren 460 mm Geschützen bestrichen den Landungsabschnitt.

Die Männer an Deck der Schiffe blickten zur Insel.

"Da bleibt keiner am Leben!" dachte Oskov laut.

Gerry vernahm diese Worte, sah den Ukrainer an und meinte darauf: "Das würde ich nicht sagen!"

"Wieso?!" mischte Gino mit.

"Sonst wären wir Ranger nicht hier!"

Die beiden sahen Cooper an, der zwischen ihnen stand. Während Gino nach kurzer Zeit wieder zum Strand blickte, verharrte Oskov in dieser Position. Erst als weitere schwere Granaten von den Schlachtschiffen abgefeuert wurden, sah auch er wieder zum Strand.

"Okay Männer!" schrie ein Offizier des Schiffes. Er kam über eine Treppe von der Brücke herunter. "Der Kapitän hatte ausdrücklich befohlen unter Deck zu bleiben! Na wird's bald!"

"Der kann sich aber aufregen!" murrte Gerry.

Oskov nickte dem zustimmend.

"Haben sie etwas gesagt Soldat?!" brüllte ein Unteroffizier den Ranger an.

"Ich wundere mich nur über diesen Aufstand Sergeant!" antwortete Cooper.

"Nehmen sie gefälligst Haltung an, wenn sie mit einem Vorgesetzten sprechen!"

Sofort standen alle drei stramm vor dem Unteroffizier, der an sie herangetreten war.

Mit eiskalten Blicken starrte der SergeantMajor in Coopers Augen. Dieser gab keine Regung von sich.

"Wurde ihnen bei der Ausbildung kein Gehorsam eingetrichtert?!"

"Doch Sir!"

"Dann befolgen sie die Anweisungen!"

"Ja Sir!" brüllten die drei, salutierten und liefen zum Schott, das zu den Unterkünften führte.

"Der hat es nötig." murrte Gino.

"Lass ihn doch." meinte Ossi darauf. "Sobald er an Land muss, scheißt er sich doch in die Hosen."

Sie grinsten in sich hinein.

Kaum in ihrer Unterkunft schrillten erneut Alarmsirenen los.

"Was ist denn jetzt?" wunderte sich Oskov.

"Klingt wie Fliegeralarm." antwortete Gino.

"Japanische?"

"Sicher Kamikazeflieger." stellte der kleine Amerikaner fest.

"Dann zieh ich lieber eine Schwimmweste an." meinte Ossi.

Gino blickte ihn verwundert an: "Du hast doch gar keine."

"Dann klaue ich mir eine von der Besatzung."

Und tatsächlich, auf einmal tauchten am Himmel japanische Todesflieger auf. Sofort stürzten sich die US-Maschinen auf den Feind und verwickelten sie in ein Luftgefecht. Da die Japaner sich auf die Flotte zu konzentrieren hatten, beachteten sie dies kaum. Sie hatten Befehl sich auf keine Luftkämpfe einzulassen, sondern die Schiffe anzugreifen. Dies ermöglichte es den amerikanischen Piloten sich hinter den Feindmaschinen zu postieren und viele von ihnen abzuschießen. Bald war der Himmel übersät mit brennenden und abstürzenden japanischen Flugzeugen. Nur wenige scherten aus und liesen sich auf ein Luftgefecht ein.

Der Zerstörer auf dem sich unsere Gruppe befand begann auf einmal zu zittern. Einige der Männer unter Deck mußten sich festhalten. Sogleich hörte das Zittern wieder auf, fing aber sogleich wieder von neuem an.

"Was ist denn dass für eine Scheiße!" brüllte Oskov los. "Sind wir etwa getroffen worden?!"

Cooper blickte zur Decke. Er vernahm ein Donnern, dann kam das Zittern und jedesmal flackerte dabei die Beleuchtung. "Nein!" stieß er nach genauer Überlegung aus. "Der Zerstörer feuert nur!"

"Er feuert nur?!" jammerte der Ukrainer weiter. "Das fühlt sich eher wie ein Erdbeben an!"

Gino grinste in sich hinein und gab zurück, während er sich an einem Stockbett festhielt: "Da sieht man die Kraft der Geschosse!"

"Ach du blöde Sau!" fauchte Oskov und er wäre fast hingefallen, als erneut eine schwere Granate rausgeschickt wurde.

Auch unter den anderen machte sich teils Freude aber auch Angst bereit. Sofort hörten alle mit dem Spielen auf, sammelten ihr gewonnenes Geld ein, liefen zu ihren Betten, adjustierten sich. Wer in einem Buch las, warf es beiseite und zog seine Uniform komplett an. Die Murmeln rollten in alle Richtungen, alle konnten nicht eingesammelt werden und wer darauf trat, fiel zu Boden. Fluchen und schimpfen durchdrang den Raum, oft übertönt von den schnell hintereinander folgenden Abschüsse der Flak.

Als die übrigen Feindmaschinen sich der Invasionsflotte näherten, gingen sie in den Sturzflug über. Da die Amerikaner einen derartigen Angriff vermutet hatten, waren sämtliche Flugabwehrgeschütze und Maschinengewehre besetzt und feuerbereit. Kaum war ein Ziel in Reichweite, wurde das Feuer eröffnet. Schwerste Flak feuerte ihre Granaten ab, die Hülsen fielen heraus, sofort wurde nachgeladen und erneut geschossen. Eine schnelle Schussfolge war ihnen nicht vergönnt, aber wenn sie in der Nähe eines Flugzeuges detonierten, zersiebten sie dieses. Da sich aber die Feindmaschinen mit über 600 Stundenkilometern näherten, legten sie in kurzer Zeit eine große Entfernung zurück und die schwere Flak konnte somit nicht oft schießen.

Die leichteren Flakgeschütze mit einen, zwei oder gar vier Rohren, feuerten schon schnellere Salven ab. Der sitzende Schütze drückte nur den Auslöser, ein weiterer drehte das Geschütz mit einer Kurbel einem Flugzeug nach, zu beiden Seiten schoben Soldaten Magazine in das Geschütz, was ein Dauerfeuer ermöglichte. Allerdings mussten diese Projektille ein Flugzeug treffen, um es zu beschädigen oder gar zum Absturz zu bringen.

Überall auf den Decks waren schwere Maschinengewehre verteilt. Sie besaßen die größte Schussfolge. Hunderte, tausende Kugeln wurden aus ihnen abgefeuert.

Zum Schutz trugen alle Soldaten an Deck Ohrenschützer. Der Lärm wäre ansonsten zu laut für sie gewesen.

Der Himmel war übersät mit Explosionswolken und doch tauchten aus ihnen immer wieder feindliche Flugzeuge hervor, die schnell näher kamen. Dazwischen wurden einige von ihnen getroffen, die explodierten oder brennend ins Meer stürzten. Einige Piloten versuchten dennoch ein Schiff zu treffen.

Das Dauerfeuer der Flugabwehr ging unvermindert weiter. Abschussrauch umhüllte die Geschütze, leere Hülsen überspülten die Decks, niemandem schien dies zu kümmern. Es wurde weitergefeuert. Da explodierte ein Flugzeug in der Luft, die brennenden Wrackteile fielen herab, eine andere Maschine brannte, zog einen Rauchschweif hinter sich her und stürzte ins Meer, wo es explodierte.

Jedesmal wenn eine japanische Maschine zum Angriff ansetzte, erklang ihr unmissverständliches Heulen und alle wußten; es war höchste Zeit dieses Flugzeug abzuschießen. Fals nicht, würde es innerhalb weniger Sekunden auf ein Schiff einschlagen, es beschädigen und viele Kameraden töten.

Einer der japanischen Piloten hielt auf sein Ziel zu. Aus großer Höhe, drückte er seine Maschine hinunter und stürzte sich wie ein Raubvogel auf seine Beute hinab. Da die japanischen Piloten den Auftrag hatten nicht wieder zu kehren, waren ihre Maschinen nur mit der Menge an Treibstoff betankt, um die amerikanische Invasionsflotte zu erreichen. Zum einen damit die Piloten nicht Angst vor dem Tod bekämen und umdrehten, zum anderen, damit durch das niedrigere Gewicht mehr Bomben oder Sprengstoff geladen werden konnte. Einige der Maschinen waren so voll beladen, das sie kaum starten konnten. Durch das mehr an Sprengstoff, sollte die Explosion verheerendere Auswirkungen haben. Der Pilot befand sich unter Dauerbeschuss. Vor und neben ihm detonierte die Flak-Munition, aber er ließ sich dadurch nicht beirren. Er hatte seinen Entschluss gefaßt. Nebenbei war es für ihn die größte Ehre im Kampf für seinen Gott-Kaiser in den Tod zu gehen.

Auf dem Zerstörer blickte der Kommandant einer Flak mit dem Fernglas den Himmel ab. Dann sah er das Flugzeug wie es im Sturzflug immer schneller werdend auf sie zukam. Er nahm das Fernglas von den Augen und gab das Ziel bekannt. Schnell wurde das Geschütz auf das neue Ziel ausgerichtet. Während der Schütze unbeirrt draufhielt, wurde ständig nachgeladen, um keine Unterbrechung im Beschuss zu erhalten. Doch sie trafen das Flugzeug nicht. Zu schnell bewegte es sich. Obwohl der Schütze weit vor dem Flugzeug hielt, war dieses dennoch zu schnell und die Munition ging daneben.

Der japanische Pilot verkrampfte den Steuerknüppel, begann zu schreien und hielt weiter drauf. Das Flugzeug schlug auf dem Deck am Bug ein. Eine gewaltige Explosion überschattete das Geschehen. Der gesamte vordere Bereich des Zerstörers war in einer einzigen Feuerwand gehüllt. Alles und jeder der sich inmitten dieser Wand befand verbrannte oder wurde durch die Wucht zerrissen. Durch den zusätzlichen Sprengstoff an Bord, durchschlug die Kraft die Decke des Schiffes und die Detonationswelle breitete sich in den unteren Decks aus. An ein Löschen dieser Feuersbrunst war nicht zu denken. Unter den Decks lag Munition, die hochging und die Vernichtung dadurch nur verstärkte. Der Schaden war bereits viel zu groß und der Bug drohte sich vom Schiff zu lösen. Durch die enorme Explosion und dem sich dadurch entstandenen Druck, war die Bordwand aufgerissen und ließ Meerwasser zu tausenden Litern einströmen. Pechschwarzer Rauch umhüllte den vorderen Teil und drang immer weiter in den hinteren Bereich vor. Da keine Rettung des Schiffes in Aussicht gestellt war, ließ der Kapitän des Zerstörers die Alarmsirenen ertönen. Jeder der Besatzung wußte was dies bedeutete. Das Schiff war nicht mehr zu retten und der Kapitän veranlaßte die Evakuierung. Um Rettungsboote ins Wasser zu lassen, war keine Zeit mehr. Außerdem hatte der Zerstörer bereits Schlagseite. Jeder der noch laufen konnte sprang über die Reling. Verwundete Kameraden wurden gestützt und über Bord geworfen. Da jeder von ihnen eine Schwimmweste trug, war gesichert, dass sie nicht ertranken. Kaum im Wasser versuchten sie sich so schnell und so weit wie nur irgendwie möglich vom Schiff zu entfernen. Fast jeder blickte zurück und es war ein grauenhafter Anblick. Nicht nur dem Schiffes wegen, sondern noch immer sprangen Kameraden von Bord. Viele von ihnen brannten und es war ungewiss, ob sie überleben würden.

Sofort liefen Rettungsmaßnahmen an. Einige der kleineren Schiffe steuerten auf den brennenden Zerstörer zu, blieben stehen, warfen Kletternetze hinab. Wer noch Kraft hatte, kletterte selber auf diese Netze und stieg auf die Schiffe hoch. Wer nicht mehr konnte, trieb über Wasser. Ihnen wurden Baren hinabgelassen. Kameraden die sich noch im Wasser befanden, schoben die Verwundeten in diese Baren, die alsbald hochgezogen wurden.

Nach nur wenigen Minuten versank der Zerstörer in den Fluten des Meeres. Nur brennendes Öl und Wrackteile zeigten die Stelle an, wo sich noch vor kurzem ein Kriegsschiff befunden hatte.

Der Angriff hatte kaum zehn Minuten gedauert, wirkte aber wie eine Ewigkeit. 56 japanische Maschinen waren angeflogen, viele bereits durch die amerikanischen Flugzeuge abgeschossen, der Rest fiel der Flugabwehr oder ihrem mörderischen Einsatz zum Opfer. Kein einziges japanisches Flugzeug trat den Rückzug an.

Allerdings hatte auch die Invasionsflotte weitere Verluste zu beklagen. Drei Abfangjäger wurden abgeschossen, drei weitere Kriegsschiffe und ein Transporter erhielten Beschädigungen. 114 Amerikaner waren gefallen, über 200 wurden verwundet. Dennoch ging die Invasion unvermindert weiter, so als ob nichts geschehen wäre.

Der Divisionskommandeur General Smith stand auf der Brücke eines Schlachtschiffes, das auch das Flaggschiff war und sah zur Insel.

Ein junger Lieutenant trat auf ihn zu, stand stramm, salutierte und sagte: "Sir, es ist Zeit."

Der General drehte den Kopf zum Lieutenant, sah ihn mit leblosen Augen an und wanderte mit dem Blick weiter. Rechts von ihm stand der Steuermann, dahinter zwei Männer die das Radar und Sonar überwachten. Links neben ihm stand der Kapitän des Schiffes, ein Mann der über Funk mit allen Stationen in Verbindung stand und einige weitere Männer.

Eine Stille machte sich auf der Brücke breit. Die Anspannung stieg von Sekunde zu Sekunde. Keiner machte hastige Bewegungen. Alle standen bereit und warteten auf weitere Befehle.

Schweißperlen standen dem General auf der Stirn. Nicht nur vom tropischen Klima, sondern auch vor Angst vor dem was kommen würde. Seine Hände zitterten, sein Herz schlug schneller als sonst und sein ganzer Körper war angespannt. Seine ganzen Muskeln bereit für Bewegungen, seine Sinne alle geschärft. Tief atmetet er langsam ein und aus, zumindest versuchte er es.

Vom leichten Wellengang verspürten sie auf der Brücke nichts. Das leise Dröhnen der Motoren drang zwar bis zu ihnen hoch, aber ansonsten keinen Laut des Schiffes selbst. Von außen drang natürlich der Lärmpegel des Beschusses herein. Jeder versuchte Bewegungen und Geräusche zu vermeiden und der General merkte, wie die Blicke der Männer ihn durchbohrten. Die Anspannung und Situation wurde unerträglich. Warum zögerte er? Kein Wunder. Lagen doch tausende Leben in seinen Händen.

"Sir." unterbrach der Lieutenant die Stille und riss den Divisionskommandeur aus seinen Gedanken.

"Geben sie den Befehl zum Losschlagen." antwortete dieser schließlich und blickte wieder starr zum Landungsabschnitt.

Alle Anwesenden begannen mit ihrer Arbeit. Schnell und koordiniert verrichteten sie ihre Aufgaben. Für einen Außenstehenden mag es ausgesehen haben, als wüsste keiner was zu tun wäre. Jeder wuselte irgendwie umher, doch alle kannten jeden Handgriff ganz genau. Der Funkoffizier gab den Befehl an die Armada weiter, der Kapitän letzte Anweisungen zur Stellungskorrektur, die der Steuermann sofort ausführte. Die Soldaten an den Geräten meldeten jede Veränderung über und unter Wasser. Es wurde ständig Kontakt mit den anderen Stationen gehalten, Befehle und Anweisungen weitergegeben, Knöpfe, Schalter und Hebel wurden gedrückt und betätigt. Nur einer blieb wie versteinert an seinem Platz, General Smith. Er blickte weiterhin starr auf die Küste.

Auf allen Schiffen schrillten die Alarmsirenen los. War der Lärm schon auf einem Schiff durch den Beschuss so laut, dass ein normales Gespräch nicht geführt werden konnte, drang nun von allen Seiten das typische Geräusch des Alarms von den anderen Schiffen herüber. Auch jetzt wieder sah es aus, als lief der Ablauf wirr und planlos ab, doch auch diese Situation war immer und immer wieder geübt worden, bis jeder der hunderte und tausende von Besatzungsmitglieder eines Schiffes jeden Schritt kannte. Alles lief wie bei einer Übung ab. Jeder der Männer lief auf seine Station, falls er sich noch nicht auf ihr befand. Jeder hatte Splitterhelm und Splitterweste an, die zugleich auch als Schwimmweste diente. Die Bedienungsmannschaften der Geschütze stellten die neuen Zielkoordinaten ein, weitere Munition wurde bereitgelegt und dann das Feuer auf die Insel wieder aufgenommen.

"Jetzt geht es los." sagte Gino.

"Na endlich, wurde schon langweilig." murrte Oskov und zog kräftig an seiner Zigarette. Er gab sich locker, obwohl man ihm ansah, dass auch er Angst hatte. Aber wer hatte keine.

"Gruppen A bis D an Deck sammeln!" ertönte es aus den Lautsprechern.

"Ein komisches Gefühl, wenn man einer der ersten ist." sagte Gerry darauf.

Ein letztes Mal überprüften sie ihre Ausrüstung. Kampfmesser, Verbandsmaterial befand sich in ihren Taschen, um ihre Hüften der Munitionsgurt, an der je zwei Feldflaschen mit Wasser hingen, Munitionstaschen, vollgestopft mit Magazinen, an den Brusthalterungen Handgranaten, auf dem Rücken das kleine Sturmgepäck, indem nicht viel Platz hatte, Reservemunition, Essgeschirr, vielleicht Ersatz-Unterwäsche, Werkzeug für die Waffe, ein paar Dosen Einsatzrationen, der Spaten und einige hatten Privates eingepackt, wie eine Bibel, Fotos, Papier und Schreibzeug. Der Rest der Ausrüstung wie Reserveuniform und Decke, befanden sich im schweren Rückengepäck und sollte nach erfolgreicher Landung nachgeführt werden. Auf ihren Köpfen der schwere Stahlhelm und in ihren Händen die Waffe, die geladen aber gesichert war.

So hatte auch diese Rangergruppe unterschiedliche Waffen bei sich. Oskov, Cooper, Mulder und John eine Maschinenpistole des Typs Thompson. Mätz, Gino, Stev und Jim hatten das M1-Garand, ein Selbstladegewehr.

Gruppen anderer Ranger hatten weitere Funktionen. Die schweren Züge besaßen ein Maschinengewehr, Feuerunterstützungstrupps zusätzlich Bazookas. Die Einheiten der Marineinfanterie waren ebenso in leichte und schwere Gruppen eingeteilt. Bei ihnen gab es aber noch zusätzlich Flammenwerfer- und Granatwerfergruppen.

Im Eiltempo liefen die Soldaten an Deck. Dort herrschte bereits Regestreiben. Kompanie- und Zugsweise wurden die Soldaten aufgereiht. Die Gruppenführer, meist Offiziere eines niedrigeren Ranges, erteilten letzte Anweisungen, die oft nur unzureichend und simpel waren.

"Okay Männer, es ist soweit! Sobald ihr am Strand seid, kämpft ihr die feindliche Abwehr nieder, stürmt vor, bildet einen Brückenkopf und sichert das Gelände...!" brüllten die Kommandeure durcheinander. "Mit der zweiten Welle landet die Marineinfanterie an! Sie übernehmen eure Stellungen und ihr dringt weiter zum Flugplatz vor...!"

Die Hälfte der Anweisungen wurde gar nicht verstanden, der Lärm des Alarms, das Feuern der Geschütze und natürlich auch die der Soldaten, verhinderte eine genaue Aufnahme. Einige der Männer waren auch gar nicht bei der Sache, sondern abgelenkt, in Gedanken versetzt. Viele, so wie auch die Gruppe in der sich

Oskov befand, blickten zu den Kriegsschiffen, die ununterbrochen ihre tödliche Fracht abfeuerten. Die kleinen Kaliber der Geschütze hatten von allen die größte Schussrate. Der Rückstoß drückte die Rohre kurz zurück, aus denen sogleich das nächste Projektil drang. Die mittleren Kaliber über 20 Zentimeter, besaßen eine niedrigere Schussfolge und ihr Abschuss klang viel dumpfer. Bei ihnen kamen die Schiffe schon viel mehr in Bewegung, noch viel größere Feuersäulen stiegen aus ihren Rohren und noch mehr Rauch umhüllte die Geschütztürme. Doch am Spektakulärsten waren die über 30 Zentimeter großen oder gar diejenigen mit 46 Zentimeter Kaliber. Ihre Geschosse klangen am dumpfsten. Sie röhrten und donnerten. Und jedesmal wenn eine abgefeuert wurde, erkannte man sie an ihrem tiefen Grollen. Obwohl diese Geschütze sich nur auf den schweren Kriegsschiffen befanden, konnten nicht alle gleichzeitig eines Schiffes abgefeuert werden, denn dann käme das Schiff zu sehr ins schwanken. Durch die großen und schweren Geschosse, die oft nur mit zusätzlichen Treibladungen abgefeuert werden konnten, besaßen sie die niedrigste Schussfolge. Doch ihre Feuersäulen drangen gleichlang heraus, wie die Rohre selbst waren und die Rauchschwaden umhüllten das ganze Schiff.

Der Himmel verdunkelte sich durch die schweren und tiefliegenden, schwarzen Rauchfrontänen, als ob ein schweres Gewitter an einem heißen Sommertag aufzieht.

Gino zählte mit. Innerhalb kürzester Zeit kam er auf einhundert, doch viele hatte er gar nicht vernommen.

Und sie standen da. In Reih und Glied. Fast die gesamte Breite des Zerstörers einnehmend und in mehreren Reihen hintereinander. Und wieder warten. Endloses warten. Gesprochen wurde nicht viel, verstand doch sowieso keiner die Worte des anderen. Vielmehr blickten sie auf die Geschütztürme wie sie Projektile verschossen, versuchten diese mit ihren Blicken zu folgen und sahen sich die Einschläge am Strand an. Was für ein Gemetzel wenn jetzt eine japanische Granate oder ein Kamikazeflieger in ihre Reihen einschlagen würde. Doch der Himmel war feindfrei und selbst wenn japanische Artillerie feuern würde, in diesem Inferno des amerikanischen Angriffes würden sie doch glatt untergehen. Mätz bemerkte wie er selber immer unruhiger wurde. Sein Atem ging schwerer, sein Herz raste und der Puls klopfte an seinem Hals. Auch seine Hände zitterten immer mehr. Er versuchte durch das aneinander Reiben der Fingerspitzen dem Herr zu werden, was ihm aber nicht gelang. Er sah zu Kameraden, die ihre Blicke leblos umherschweifen liesen. Als ihn einer direkt ins Gesicht blickte, sah er auch in ihm die selben Fragen die alle bedrückten. An den Mundwinkeln einiger sah er ihnen an, dass sie beteten. Mein Gott. Soviele junge Männer. Viele von ihnen würden die nächste Stunde nicht überleben.

Ein Offizier ging langsam vor den Männern auf und ab. Fortwährend blickte er auf die Uhr. Er blieb stehen, sah kurz zum Strand, drehte sich dann ruckartig um, steckte eine kleine Pfeife in den Mund und blies mit aller Kraft, was die Lunge hergab hinein.

Untergebene, meist Unteroffiziere, begannen wild durcheinander zu brüllen: "Es geht los! Rein in die Boote!"

"Schneller! Beeilung!"

Die Männer gingen zur Reling vor und die Sergeante brüllten weiter. Das Meiste was sie von sich gaben, wurde nicht verstanden. Zum einen war der Kampflärm viel zu laut, die Soldaten selbst verursachten viel Lärm und so genau wollte man auch nicht wirklich wissen, was die Unteroffiziere brüllten.

Die ersten von ihnen kletterten über die Reling, hielten sich an den Netzen fest und stiegen hinunter. Es war eine wacklige Angelegenheit. Zum einen waren die Kletternetze nur an der Reling angemacht was sie taumeln lies, zum anderen schaukelte das Schiff und die Wellen ließen es auf und ab schwappen. Doch zu langsam konnten sie nicht hinab, schon drängten andere von oben nach. Und es schien als wollte jeder der erste im Landungsboot sein. Denn die ersten konnten sich noch hinten postieren und waren somit nicht die ersten die unter Beschuss geraten sollten, wenn sich die Luken am Strand öffneten. Da sich aber auch die Landungsboote im Wellengang bewegten, verlangsamte dies zusätzlich das Befüllen.

In ihrer Bauart waren die Boote einfach und billig gehalten. Vorne befand sich die Bugklappe, die am Strand hinuntergelassen werden sollte. Am hinteren Teil auf einer Erhöhung stand der Steuermann, der die Motoren und das Steuerruder bediente. Dazwischen standen die Soldaten. Die Wände der Boote waren mannshoch, um die Innsassen wenigstens ein bisschen zu schützen. Aber wenn es einen direkten Treffer durch ein schweres Geschoss gab, dann nützte auch die dünne Bordwand nichts. Nach oben hin waren die Boote offen. Durch ihren niedrigen Tiefgang, konnten sie dicht an den Strand ranfahren und den Soldaten somit einen kürzeren Weg ermöglichen. In so einem Boot hatten 36 Mann Platz. Das gesamte Rangerbataillon von über 500 Mann stieg in Landungsboote hinab. Hinter ihnen reihten sich bereits Infanteristen der Marines auf.

Obwohl einige Boote bereits voll waren, wurde noch gewartet, ehe sie von den Schiffen ablegten.

Einer der Männer blickte zum Zerstörer hoch. Sein Kumpel fragte ihn: "Du wärst wohl lieber wieder oben."

"Wer wäre das nicht?" Dann suchten sie sich ihren Platz im Boot.

Über Funk bekam der Bootsführer bescheid. Er drehte die Motoren etwas weiter auf und entfernten sie sich vom Zerstörer. Doch sie fuhren immer noch langsam dahin. Vor den Kriegsschiffen sammelten sie sich und gingen in Position. Auch jetzt ging wieder alles nach Vorschrift. In gleichmäßigen Linien mit gleichem Abstand zueinander und alle in der selben Geschwindigkeit.

Währenddessen feuerten die Kriegsschiffe weiter. Der Lärm war grässlich und kaum auszuhalten. Während einige ihre Köpfe einzogen, spähten andere über die Bordwand und blickten um sich.

Zum Glück für Oskovs Gruppe, befanden sie sich im hinteren Teil des Landungsbootes. Dennoch begannen auch sie nervöser zu werden. Die Herzen schlugen schneller, die Pulse pochten wie verrückt, die Atmung ging ebenso schneller und wurde schwerer. Das Adrenalin schoss durch die Körper und man sah ihnen dies an. Ihre Augen weit aufgerissen und leer. Förmlich konnte man den Angstschweiß riechen.

Bei vielen wurde das nervöse Zittern stärker, da Gedanken mitspielten bald sterben zu können, pumpte der Körper noch mehr Adrenalin. Einige zitterten so stark, dass sie nicht mal mehr ihre Waffe richtig halten konnten. Zum Glück hatten sie alle ihre Waffen gesichert, ansonsten wäre sicherlich der eine oder andere Abzug betätigt worden. Nicht bewusst, sondern durch das Zittern des Zeigefingers. So mancher betete. Einigen sah man es nur an, indem sie leicht ihre Lippen bewegten. Andere wiederum hatten ihre Hände zum Gebet gefalten. Wenige beteten so laut, dass es die übrigen Männer hören konnten. Was die Stimmung bei den übrigen nicht gerade hob. So mancher stopfte sich einen Kaugummi nach dem anderen hinein. Selbst als der Mund schon so voll war, dass nicht einmal gekaut werden konnte, wurde weitergestopft. Die Raucher unter ihnen zogen eine nach der anderen hinab, in der Hoffnung sich dadurch beruhigen zu können und diejenigen die lieber Kautabak nahmen, hatten binnen kürzester Zeit ihre Dosen leer gefressen. Einigen war so schlecht, dass sie sich übergeben mußten, wohl kaum aufgrund einer Seekrankheit. Aber es gab auch welche unter ihnen die nervlich so fertig waren, dass sie ihren Stuhlgang nicht halten konnten und in die Hosen machten. Das sich dabei ein Geruch von Urin und Kot breit machte, war zwar für den jeweiligen unangenehm, aber die Kameraden waren froh, nicht selber in die Hosen zu machen und schwiegen. Stattdessen gingen sie nur einen Schritt beiseite.

Normalerweise würden einige der Männer in einem wahren Sprachrausch ausbrechen um ihre Nervosität zu unterdrücken aber nun schwiegen alle. Starre Blicke. Die vorderen spähten zurück, außer einem Nicken gab es kaum ein Zeichen. Kameraden die sich schon lange kannten, zu Freunden wurden, spürten, dass der eine oder andere nicht mehr lange zu leben hatte, vielleicht ahnten sie sogar ihren eigenen Tod. Mit derartigen Augenkontakten, Zunicken und verständlichen Gesten, verabschiedeten sie sich insgeheim voneinander.

Nun sollte es wirklich losgehen. Für viele war es der erste Einsatz. Jetzt wurde der Krieg auch für sie zur vollen Realität. Sprüche die sie im Lehrgang kennengelernt hatten gingen nun vielen durch den Kopf:

Angriff ist die beste Verteidigung!

Vernichte den Gegner zuerst, selbst wenn er sich in der Überzahl befinden sollte!

Unfreiheit lehrt Freiheit!

Töte einen und du bist ein Mörder, töte tausend und du bist ein Held!

Etwas schien die Landung hinaus zu zögern. Die Boote begannen im Kreis zu fahren. Ihre Motoren waren noch immer gedrosselt. Im Kreis fahren sollte ein genaues zielen einer möglichen japanischen Abwehr verhindern. Ab und zu kamen sie dabei ins Kielwasser anderer Boote und Wasser drang ein. Nicht immer durch Überschwappen, sondern auch weil die Boote zum Teil undicht waren.

Nach 15 Minuten fuhren sie noch immer im Kreis. In einigen Booten befanden die Soldaten sich bereits knöcheltief im Wasser.

Ein Offizier blickte zum Steuermann, dieser schüttelte leicht mit dem Kopf. Also doch noch nichts.

Mulder blickte auf seine Armbanduhr: "Wir sind schon lange über der Zeit!"

"Eigentlich sollten wir schon längst am Strand sein!" fügte Jim hinzu.

Diese Sätze wirkten wie ein Zauberwort. Über Funk bekam der Steuermann bescheid. Die Motoren heulten auf, die Boote fuhren ihre Kreise zu Ende und gingen erneut in Position. Der Abstand zueinander betrug 30 Meter.

Cooper blickte über die Bordwand. Zuerst auf die anderen Boote, dann zur Insel. Noch immer schlugen Granaten auf ihr ein und er erkannte jede einzelne Detonation. Leicht schüttelte er den Kopf. Ihr gesamter Landungsabschnitt war in Rauch gehüllt, dazwischen helle Explosionen der Krepierenden. Über ihn vernahm er das Heulen der Geschosse. Aber einen Vorteil hatte dieser immense Beschuss. Nicht nur um den Feind auszuschalten, sondern die schweren Brocken ließen Krater entstehen, in denen sie Deckung finden konnten. Dann nahm er wieder den Platz zwischen seinen

Kameraden ein. Doch eines ließ ihn nicht los. Wann erfolgte der Gegenschlag. Wann würde die japanische Abwehr ihr Feuer eröffnen? Wie heftig würde er sein? Hätten sie überhaupt eine Chance zu landen?

Noch 500 Meter. Die Schiffsgeschütze stellten das Feuer ein. Dadurch wurde es unheimlich ruhig, trotz der heulenden Motoren der Landungsboote und das Aufsetzen der Vorderteile der Boote auf das Wasser.

Noch 400 Meter. Die Männer machten sich bereit. Sie standen noch strammer als eh schon, umklammerten ihre Waffen fester, adjustierten sich ein letztes Mal.

"Scheinen keine Japse mehr am Leben zu sein!" überlegte John.

"Da wäre ich mir nicht so sicher!" gab Stev zurück.

"Das werden wir schon sehen!" mischte Mulder mit.

"Scheiße!" fluchte Mätz und blickte zum Himmel. "Die Sonne steigt immer höher! Das wird eine Schinderei!"

"Sollten da noch Japse sein, dann werden wir sie schon wegpusten!" grinste einer der anderen Soldaten.

"Blöde Sau!" gickte Oskov hinüber.

Dann verstummten die Soldaten für wenige Augenblicke. Sie blickten zum Himmel und horchten gespannt.

"He Jungs!" machte einer auf sich aufmerksam. "Was ist das für ein Heulen?!"

"Verflucht!" schrie Cooper, so dass es alle hören konnten. "Ankommende!"

"Unsere?!" stellte Olavson die Frage in die Runde.

"Steilfeuer!" brüllte ein Unteroffizier, der beim Steuermann stand. "In Deckung Männer!"

"Geht in Deckung!" äffte Gin ihm nach. "Wo denn?! Wir sind hier auf einem schwimmenden Sarg!"

Die ersten Granaten der Gegenwehr gingen ins Meer. Wasserfrontänen spritzten meterhoch empor, schleuderten das Salzwasser den Soldaten in die Gesichter. Die Ranger horchten bei jedem Heulen auf. Je länger und lauter ein Heulen, desto näher das Geschoss. Zwar gab es immer einige, die versuchten ihre Kameraden durch Zurufe davor zu warnen. Aber wo sollten sie sich in Sicherheit bringen. In einem kleinen Boot das zudem nach oben hin noch offen war.

Noch bevor das erste ihrer Boote den Strand erreicht hatte, schlug ihnen die zweite Salve entgegen. Die Landungsfahrzeuge wurden mit Artilleriegeschossen, Mörsergranaten und Maschinengewehrkugeln beschossen. Die Bordwände der Landungsboote konnten zwar die Maschinengewehrkugeln abhalten, aber die Einschläge zerrten doch sehr an der Substanz der Männer. Die Granatgeschosse konnten da schon die Bordwand aufreisen. Zwar duckten sich die Männer in den Booten, aber dies wohl eher mehr aus Reflex. Drei der Landungsboote der ersten Welle erhielten Volltreffer ab. Feuer spuckte hoch, die Bordwände zerfielen, Wasser drang ein und die Boote versanken. Unter den Männern bot sich ein grauenhaftes Bild. Denn sie hatten kaum eine Chance. Manche zogen instinktiv ihre vorstehenden Kameraden zu sich um sich somit in Sicherheit zu bringen, aber die Splitterwirkung war enorm. Sie durchschlugen die Leiber und trafen dahinterstehende. Die Volltreffer zerfetzten die Körper der Männer. Leichenteile, Knochen und Blut wirbelte umher. Wer augenblicklich tot war hatte noch Glück. Ihnen blieb der Todeskampf erspart. Verwundete trieben im Wasser. Ihre Verletzungen hinderte sie am Schwimmen. Und wer nebenbei sein Blut im Wasser treiben sah, wurde nur noch panischer. Zudem saugte sich die Uniform und Ausrüstung schnell mit Wasser voll, was das Gewicht nur erhöhte und die Männer unter Wasser zog. Krampfhaft versuchten sie sich an Wrackteilen oder gefallenen Kameraden festzuhalten. Doch nur wenige konnten sich dadurch über Wasser halten. Aber selbst dann waren sie noch nicht gerettet. Folgende Einschläge und MG-Garben, die scheinbar ihre Opfer selber suchten, waren immer noch eine große Gefahr. Viele weitere starben. Einer der Verwundeten streckte seine Hand an ein vorbeifahrendes Boot aus. Die Insassen blickten ihn nur schweigend an. Dann ging der Mann langsam unter, immer dabei bedacht wieder an die Oberfläche zu kommen, was ihm zweimal gelang, doch dann ging er erneut langsam unter und tauchte nicht wieder auf. Alles schreien, Hilferufe und winkten nutzte nichts. Es gab den obersten Befehl, sich nicht um Verwundete oder im Wasser treibende zu kümmern. Die angesetzte Landung durfte nicht unterbrochen werden. So mancher hätte vielleicht gerettet werden können, aber dafür würden Boote sich länger unter Beschuss befinden, was nur zu weiteren Opfer führen würde. Erst hinterher sollten Rettungsteams folgen, aber die konnten nur noch Leichen bergen.

Das erste Boot legte am Strand an. Die Bugklappe öffnete sich.

"Los Männer!" trieb ein Unteroffizier die Ranger an.

Mit Gebrüll stürmten sie an den Strand. Doch ihr Schreien verstummte bald. Inmitten der Soldaten schlug eine Granate ein, ließ acht Mann in die Luft schleudern, der Rest starb im Kugelhagel.

Das Boot indem sich Oskov und seine Kumpels befanden, fuhr auf den Strand. Der Steuermann brachte die Motoren in den Leerlauf und ließ die Luke hinunter. Sofort schlugen den Männern Projektile um die Ohren.

Zum Glück befand sich die Gruppe im hinteren Teil des Landungsbootes, den die vorderen Männer kamen nicht weit. Kaum war die Luke unten, sahen sie sich einer Abwehr gegenüber, die kaum eine Chance zuließ. Die Projektile der schweren Maschinengewehre durchschlugen mit Leichtigkeit die Körper der Männer. Sie zerbröselten die Knochen, drangen auf der Rückseite wieder hinaus und oft trafen sie einen dahinterstehenden. Die ersten Reihen wurden regelrecht niedergemäht. Die anderen wollten so schnell wie möglich aus diesem Sarg raus, sprangen über ihre toten und verwundeten Kameraden und stürmten vor.

"Raus aus dem Boot!" trieben Vorgesetzte die Männer weiter an. "Ansonsten sterben wir alle!"

Es mag schon paradox klingen, schnell auf einen Gegner zu stürmen, der auf einen feuert. Je näher man am Feind ist, desto eher kann man auch getroffen werden da man ein größeres Ziel bietet. Aber je schneller man die Entfernung zum Feind überbrückt, desto kürzer ist die Zeit, in der man seinem tödlichen Feuer ausgesetzt ist und man kann ihn selbst bekämpfen.

Gino sprang ins Wasser und legte sich hin.

Oskov sprang zu ihm. "Was ziehst du hier für eine Show ab?!" schrie er ihn an.

"Was meinst du damit?!" Gino kroch etwas vor, so dass er nur noch mit dem Unterleib im Wasser lag.

"Uns fliegen die Granaten um die Ohren und du nimmst ein Bad!"

"Lieber fünf Minuten lang baden als ein Leben lang tot!"

Nur kurz widmete sich Ossi den Gefechten. "Ja!" meinte er darauf. "Da bin ich ganz deiner Meinung!" Und er kroch auf Ginos Höhe.

"Scheiße!" rief Gerry und flog zu den beiden.

Eine Granate schlug in die Nähe der drei ein und tötete fünf Männer. Die drei konnten nur noch die Köpfe einziehen und ihre Helme schützten sie vor den Splittern.

"Was machen wir jetzt?!" brüllte Oskov, sah kurz zu Cooper und musste den Kopf erneut einziehen, da Projektile eines Maschinengewehres vor ihm einschlugen und den Sand in sein Gesicht spicken lies.

"Verdammt noch mal!" schrie Gino weiter.

"Wir werfen Handgranaten und stürmen vor! Nach ein paar Meter lassen wir uns zu Boden fallen!" meinte Gerry.

Die Ranger sahen sich an.

"Das sind 30 bis 40 Meter bis zur ersten Deckung!" wunderte sich der Ukrainer.

"Und direkt vor uns ist ein MG-Nest!" fügte Gino hinzu und blickte zur feindlichen Stellung.

Die Stellung war kaum auszumachen. Sie befand sich in einer Mulde zwischen zwei Palmen. Vor der Stellung lagen Sandsäcke, getarnt mit Ästen, Steinen und aufgeworfenem Sand. Nur das Mündungsfeuer der Waffe verriet die genaue Position.

Inzwischen lagen weitere Ranger im Wasser oder am Strand.

Jim flog auf die drei. Oskov schrie auf.

"Was macht ihr denn hier?!" und Jim kroch über die drei.

"Eine Pause, was denn sonst!" fuhr Ossi ihn an.

"Wir haben einen Plan, aber der ist nicht so gut!" antwortete Gino.

"Und wie sieht der aus?!" wollte Jim wissen. Er drehte sich seitlich halb auf den Rücken, während seine Kameraden auf dem Bauch lagen.

Cooper sprach weiter: "Die Granaten sollen den Japsen die Sicht nehmen! Erst wenn wir weiter vorn sind, können wir sie ausschalten!" Der kleine Amerikaner beobachtete die Gegend. Bei den ersten Palmen lagen feindliche Stellungen im Abstand von 25 Metern zueinander. "Sechs Mann stürmen vor! Der Rest gibt uns Feuerschutz!" brüllte er noch lauter, damit alle in seinem Umfeld seine Worte vernehmen konnten.

"Na dann viel Glück!" meinte ein Ranger, der neben Gerry lag und klopfte ihm auf die Schulter.

Sechs Mann zogen Handgranaten. Durch Kopfnicken gaben sie sich das Zeichen. Sie zogen die Sicherungsstifte heraus.

"Jetzt!" schrie Cooper.

Sie warfen.

Fast gleichzeitig explodierten die Granaten, schleuderten Sand und Dreck empor und bildeten eine zusammenhängende Rauchwand.

"Los los Männer!" trieb einer der Soldaten sie an.

Mit der Waffe im Anschlag rannten sie los.

"Sperrfeuer!"

Einige der liegengebliebenen feuerten Magazin um Magazin leer, irgendwo zu den Palmen hin und schafften es tatsächlich das gezielte Feuer der Japaner für kurze Zeit zu unterbrechen, da diese in Deckung gingen. Doch einer blickte weiterhin ungeachtet auf die Anstürmenden. Er schrie etwas. Sofort kamen seine Kameraden wieder hoch und schossen weiter. Die sechs Ranger wurden dadurch gezwungen sich zu Boden zu werfen. Sie mussten dabei ihre Augen schließen, da sie den Sand ins Gesicht bekamen. Nur Oskov atmete noch einmal kräftig ein und bekam einiges in den Mund. Er spuckte, hustete und fluchte herum. Kaum am Boden machten sie sich ganz klein, krochen in Mulden die Granaten verursacht hatten oder nahmen hinter Gefallenen Deckung.

"Jetzt sitzen wir noch tiefer in der Scheiße!" fluchte Oskov weiter herum. "Das war deine beschissenste Idee seit wir gelandet sind!" Und er suchte den Kleinen, der nur etwas weiter seitlich fast auf gleicher Höhe lag.

Eine Granate schlug neben ihnen ein. Ein Soldat war sofort tot. Sein Kopf trennte sich durch die Wucht der Explosion vom Körper. Ein weiterer lag mit zerfetztem Bein auf dem Rücken und schrie so laut er konnte. Sein Blut vermischte sich mit dem Sand und bildete eine klebrige Masse.

"Halt den Kopf unten!" brüllte Gino zu ihm.

Das Geschrei des Mannes wurde noch schriller.

Gino kroch zu ihm hinüber: "Halt endlich die Klappe! Oder sollen die Japse auf dich aufmerksam werden?!"

"Mein Bein! M...ein Bein!" war das Einzige was der Mann rausbekam. Er hielt seine Fetzen fest, versuchte damit instinktiv die Schmerzen zu lindern, aber es half natürlich nichts.

Gino hielt dem Mann den Mund zu, blickte zu Cooper und den Langen und forderte sie auf: "Schaltet endlich das verdammte MG aus!"

"Los Kleiner! Wir sind dran!"

Beide zogen je eine Granate.

"Jetzt!" rief Cooper.

Sie warfen.

Kaum detonierten sie, rannten beide einige Meter und warfen sich erneut zu Boden, vollzogen diese Aktion ein weiteres Mal, jedesmal unterstützt durch Sperrfeuer anderer Männer. Nun lagen sie so nahe an der Stellung, dass es diesmal klappen sollte.

"Gut gemacht!" raunzte Ossi und hatte den Kopf eingezogen. "Jetzt habe ich keine Granaten mehr!"

"Mußt du dich den immer beschweren?!" gab Cooper zurück.

"Natürlich! Immerhin hast du uns in diese Situation gebracht!"

Cooper reagierte nicht weiter darauf, sondern wandte sich an andere im Umfeld: "

"Wer hat noch Granaten?!"

"Ich!"

"Ich auch!"

"Dann werft!"

Beide explodierten in der japanischen Stellung. Die Detonationen schleuderten einen der Feinde und das MG aus der Stellung. Die oberen Sandsäcke der Stellung schleuderten ebenso davon.

"Vorwärts Jungs! Die haben wir!" brüllte ein Soldat. Er stand auf und stürmte vor. Doch er kam nicht weit. Ein gutgezielter Schuss eines Baumschützen streckte ihn nieder.

"Dann müssen wir eben wieder die Sache in die Hand nehmen!" rief Ossi.

Gerry blickte zurück. "Gino! komm endlich!" forderte er ihn auf.

Dieser winkte kurz, widmete sich wieder seinem Kameraden und sprach zu ihm: "Ich muss los! Sobald wir die Japse weggeputzt haben komme ich wieder! Hast du verstanden?! Hee!" Gino rüttelte den Mann. Doch er war tot. Nicht durch den Blutverlust oder das zerfetzte Bein, sondern durch eine Kugel, die durch seinen Helm ging. "Das werden die verdammten Japse bezahlen. Das verspreche ich dir." Gino packte seine Waffe und rannte in geduckter Haltung zur zerstörten Stellung, in der sich bereits seine Kameraden befanden. Er stolperte halb über den Rand und lies sich einfach zu Boden fallen. Dabei rutschte ihm der Helm übers Gesicht.

"Na endlich! Wo hast du denn solange gesteckt?!" fragte Oskov.

Der Südtiroler richtete seinen Helm zurecht: "Ein Picknick! Frag nicht so blöd!"

Oskov wollte schon zurückmotzen, doch Cooper hielt ihn ab: "Etwa 50 Meter vor uns sind weitere Stellungen!"

"Dann machen wir das selbe Spiel ein zweites Mal!" meinte der Ukrainer darauf.

MG-Kugeln schlugen ihnen entgegen, Sand spickte auf und sie versuchten sich in der Stellung klein zu machen.

Ein Soldat wollte an ihnen vorbeirennen, wurde tödlich getroffen und fiel knapp vor Ossi zu Boden. "Langsam sollten wir wirklich von hier verschwinden."

Gino blickte sich kurz um. "Ich kann keinen von unserer Gruppe sehen! Nur andere!" bemerkte er. "Auch Jim ist verschwunden!"

"Ich hoffe die haben es geschafft!" fügte Oskov hinzu.

Cooper hatte inzwischen die Lage gepeilt und erklärte den beiden: "Diese Stellungen sind aber gebunkert!"

Als Bunker diente eine zehn Zentimeter dicke Betonschicht, die die Stellungen umgaben. Nur eine kleine Luke die von innen geöffnet werden konnte, war als Zugang auf der Rückseite der Bunker angebracht. Vorne der Anlagen befand sich ein schmaler Schlitz, der als Schießscharte diente und 60 mal 30 Zentimeter groß war. In jedem der Bunker befanden sich vier bis fünf Mann.

Inzwischen schalteten andere Ranger weitere Stellungen am Strand aus, aber an diesen Bunkern kamen auch sie nicht weiter. Jeder Versuch sie zu knacken war zum Scheitern verurteilt und kostete nur Menschenleben. Da rund um die Anlagen Scharfschützen postiert waren, die auf alles schossen was sich bewegte, waren die Amerikaner gezwungen sich in Trichtern, Mulden, ausgehobenen Stellungen oder hinter Palmen in Deckung zu bringen. Dadurch erlahmte der Vorstoß und drohte zu scheitern. Einige der Soldaten schossen mit ihren Waffen auf die Bunker, was in Anbetracht ihrer Dicke sinnlos war und eher als Verzweiflungstat diente, als wirklichen Schaden anzurichten. Andere schossen einfach vor sich in der Hoffnung, irgendetwas zu treffen.

Auf dem Flaggschiff:

General Smith stand am Fenster und blickte durch das Fernglas zum Strand. Viel konnte er nicht erkennen. Zwar war das Unterstützungsfeuer der Schiffsartillerie seit der Landung verstummt und die Rauchschwaden verzogen, aber dennoch sah er keinerlei Bewegung. "Verdammt!" brüllte er los. "Ich muss wissen was sich am Strand abspielt!" Er wandte sich an den Offizier, der mit den Funkleitstellen sämtlicher Einheiten verbunden war: "Immer noch keine Verbindung zu den Rangern?"

Dieser schüttelte mit dem Kopf: "Nein Sir."

"Versuchen sie es weiter." und er widmete seinen Blick wieder der Insel. Dann sah er auf die Uhr. "Verdammt. In 20 Minuten soll die zweite Welle an Land." Er blickte zum Himmel. Die Sonne stand bereits weit über dem Horizont. Da wurde er aus seinen Gedanken gerissen.

"General Sir. Ich habe Verbindung zu den Ranger."

Der Mann ging schnell zum Funkgerät und nahm es entgegen: "Hier spricht General Smith! Was zum Teufel geht bei ihnen vor?!"

Am Strand in einer Mulde lagen acht Mann. Davon ein Lieutenant und ein Funker. Der Lieutenant drückte die Sprechtaste und antwortete:" Wir sitzen am Strand fest! Die Japaner haben Bunkeranlagen! An denen kommen wir nicht vorbei!"

"Wie viele Verluste haben sie?"

"Die Verluste sind hoch! Ich kann von meiner Stellung aus nur kleinere Gruppen sehen, die sich verbissen zu Halten versuchen!"

Der General hielt kurz inne und dachte nach. Schließlich befahl er: "Gut. Halten sie sich bereit. Wir schiffen sie ein."

"Negativ Sir!"

"Ich habe sie nicht verstanden." wunderte sich Smith.

Der Lieutenant betätigte die Sprechtaste und sprach in die Muschel. Dabei musste er den Kopf einziehen: "Ich sagte, negativ Sir! Wir sind Ranger! Wir gehen nicht zurück!"

"Sollen alle von ihnen sterben?!" wurde der General lauter.

Der Lieutenant sah seine Männer an. Einige von ihnen blickten zu ihm. Welche Antwort würde er geben. Einschiffen, oder kämpfen? Dann drückte er erneut die Sprechtaste: "Das heißt General, dass unser Bataillon umsonst geopfert wurde?! Bei einer Einschiffung würden weitere fallen!" Er ließ die Sprechtaste los, damit er den General hören konnte, wenn dieser sprach.

"Jetzt hören sie mir genau zu!" brüllte Smith los und schlug mit der Faust auf die Tischplatte. Jeder auf der Brücke blickte kurz zu ihm und widmete sich anschließend wieder seiner Aufgabe. "Ich hasse euch Ranger! Aber ihr steht einmal unter meinem Befehl!" Dann ließ der General kurz ab.

Der Lieutenant wartete auf Befehle. Der Funker, der das Funkgerät auf seinem Rücken trug, sah ihn an. Die fragenden Blicke durchbohrten den jungen Offizier. Er zuckte mit den Schultern.

General Smith sah sich auf der Brücke um und versuchte eine Entscheidung zu treffen. Schließlich wandte er sich wieder dem Gespräch zu: "Sie sind vor Ort. Also was schlagen sie vor?"

"Bevor die zweite Welle landet, müssen sie uns einen Weg durch die Bunker freischießen!"

"Das kann ich nicht befehlen. Ihre Männer sind verstreut. Sie lägen in unserem Feuerbereich."

"Mit allem nötigen Respekt Sir!" wurde der Lieutenant verbissener. "Scheiß egal welche Granaten uns zerfetzen! Wenn wir draufgehen, dann sollen es diese Schlitz...!"

"Lieutenant hören sie mich?!"

Ein Rauschen drang durch den Funk.

"Lieutenant können sie mich hören?!" der General ließ die Sprechtaste los. Die Männer auf der Brücke schenkten ihm die ganze Aufmerksamkeit. "Hier spricht General Smith! Können sie mich hören Lieutenant?!"

Doch wieder nur ein Rauschen.

Eine Granate die von einer Haubitze abgefeuert worden war, schlug in die Deckung ein. Die Wucht der Explosion riss dem Lieutenant den Kopf ab. Keiner der Männer überlebte. Alle waren sie zerfetzt, ihre Einzelteile weggeschleudert. Teile ihrer Überreste waren verkohlt und dampften.

General Smith sah mit weit aufgerissenen Augen die Männer auf der Brücke an. Sie schienen förmlich auf eine Entscheidung zu drängen, obwohl sie ihn nicht ansahen sondern ihre Arbeit erledigten. Der General gab dem Funker langsam das Sprechgerät zurück. Was sollte er jetzt tun? Keinen Feuerbefehl und die Ranger somit am Strand abschlachten lassen? Sollte er feuern lassen mit dem Wissen, eigene Leute zu töten? Oder sollte er die zweite Welle an Land schicken in der Hoffnung? Sie könnten eine Presche durch die Japaner schlagen? Jede Sekunde die verstrich starben gute Männer. Und dennoch konnte er sich zu keinem Entschluss entscheiden. Seine Blicke wirkten leer und leblos. Dann ging er langsam zum Kartentisch und sah sich darauf die Insel, insbesondere den Landungsabschnitt an.

"Sir!" wurde er vom Kapitän des Schiffes aus seinen Gedanken gerissen. "Sie müssen eine Entscheidung treffen." Er trat zum Kartentisch hinzu.

Der General würdigte dem keine Aufmerksamkeit. Er fuhr mit einem Stift auf der Karte hin und her. Auf dieser Karte waren jedes Schiff, jede Gruppe, jede Entfernungen und auch Stellungen des Gegners aufgezeichnet. Somit konnte er sich ein klares Bild von der Lage machen.

"Sir." sprach ihn der Kapitän erneut an. "Ihre Entscheidung, Sir."

Der General hob den Kopf, sah den Mann mit harten Blicken an und man erkannte in seinen Augen die Grauen des Krieges. Innerlich jedoch schien er sich nicht immer sicher zu sein, teilweise sogar gebrochen, besonders wenn es um derartige Entscheidungen ging. Noch immer beugte er sich über die Karte. Erst nach Sekunden antwortete er: "Es ist nicht leicht über das Leben von sovielen Männern zu entscheiden." Er richtete sich auf. "Jede meiner Entscheidung kann über ihren Erfolg oder Niederlage bestimmen."

"Soll ich eine Entscheidung treffen?"

"Sie sind Kapitän eines Schlachtschiffes. Was würden sie tun?"

"Der Rangeroffizier hatte Unterstützung angefordert. Diese Männer sind für derartiges ausgebildet worden. Er hatte gewusst was das Beste wäre. Ich würden schießen lassen."

"Warum würden sie dem nachkommen?"

"Auch wenn die Ranger dabei draufgehen sollten, hätte die Infanterie freie Bahn."

Noch einmal überlegte der General. Schließlich befahl er: "Lassen sie die Bunker unter Feuer nehmen. Sie Funker, benachrichtigen sie die Männer am Strand. Wir haben keine Koordinaten, also sollen sie die Köpfe einziehen."

Der Mann am Funk schüttelte den Kopf und meldete: "Ich habe keine Verbindung zum Strand."

Nach tiefem Einatmen setzte sich Smith und dachte laut: "Nichts als Ärger mit den Ranger. Vielleicht ist ja keiner mehr von ihnen am Leben."

In der ausgehobenen MG-Stellung lagen außer Gino, Oskov und Gerry, noch fünf weitere.

"Wenn wir hier bleiben, werden wir langsam aber sicher draufgehen!" meinte einer der Männer und hatte den Kopf eingezogen.

Ein anderer meinte darauf: "Meine Munition geht zu Ende!"

Oskov sah sich um. Granaten flogen über ihre Köpfe hinweg, Kugeln fetzten rund um die Mulde in den Sand. Schreie von verwundeten Kameraden hallten zu ihnen, dazwischen Todesrufe, Heulen von Ankommenden und Explosionen der Krepierenden. Rauch und Feuer überall wo er hinsah. Es stank nach verbranntem Fleisch, verkohltem Holz und nach verschossenem Pulver.

Gino sah die Männer an und fragte: "Und was machen wir jetzt?"

"Unser Kleiner hat doch immer so gute Ideen." mischte Oskov mit.

Der Gemeinte bekam ein mulmiges Gefühl im Bauch. Doch er entschied sich: "Wie ihr wollt. Aber hinterher will ich kein Klagen hören." Kurz machte er eine Pause um die Aufmerksamkeit auf sich zu lenken. "Der Bunker vor uns ist etwa 50 Meter entfernt. Nur wenige Bäume geben Deckung. Was der MG-Schütze nicht trifft, erledigen die Scharfschützen."

"Komm endlich zur Sache." forderte Gino den Kleinen auf, seine Idee preiszugeben.

"Der Bunker vor und der rechts von uns sind intakt. Aber der Bunker links von uns ist bereits ausgehoben."

"Und was bringt uns das?" fragte ein Ranger.

"Die Gruppe zu unserer rechten, soll feuern bis die Flinten glühen. Wir und einige andere Gruppen gehen vor."

"Du willst das Feuer auf uns lenken?" konnte es einer von ihnen nicht begreifen.

"Ja." nickte Cooper und fügte dem hinzu. "Somit kommen einige der anderen seitlich an den Bunker heran."

Gino war nicht gerade davon überzeugt, das Feuer auf sich zu lenken und dies verriet er auch mit seiner Stimmlage: "Ich weiß nicht so recht. Vielleicht sollten wir eine andere Möglichkeit in Erwägung ziehen."

"Und welche?" wurde er von Cooper gefragt.

Gino reagierte sofort. Er hob kurz seinen Kopf und spähte zu allen Seiten, war aber gezwungen ihn sogleich wieder herab zunehmen.

"Wird das heute noch was?!" fauchte Oskov.

"Halt doch das Maul." knurrte Gino in sich hinein. Erneut hob er den Kopf, sah was er wollte und pfiff. Die gemeinten Männer reagierten sofort und blickten zu Gino, der sie herüberwinkte.

Die Männer reagierten und liefen geduckt zur Gruppe. Bei Gino liesen sie sich in den Sand fallen und zogen die Köpfe ein.

"Bei euch ist es aber auch nicht sicherer." meinte einer der Männer. "Da hätten wir doch gleich in unserem Loch bleiben können.."

"Je länger wir hier bleiben, desto schlimmer für uns alle." sprach Gino.

"Demnach scheinst du eine Idee zu haben."

"Nehmt eure Bazookas und feuert auf den Bunker vor uns."

Einer der Männer blickte kurz hoch und zog seine Rübe wieder runter, als Projektile neben ihn vorbeizischten. "Du hast sie doch nicht mehr alle."

"Dafür sind unsere Bazookas zu schwach." bemerkte ein anderer.

"Beide auf die selbe Stelle, an der Schießscharte." bekräftigte der Südtiroler.

Noch einmal blickte einer der beiden Schützen hoch. "Könnte klappen." meinte er, nachdem er seinen Kopf wieder herunter genommen hatte.

Die Neuen blickten sich an.

"Lange können wir uns hier nicht mehr halten. Also was ist?." ging dem Ukrainer dies zu langsam.

"Versuchen können wir es ja."

"Nur versuchen?"

"Hee!" ging einer der Schützen auf Oskov los. "Auch wir wollen hier lebend rauskommen!"

"Dann solltet ihr lieber mal anfangen!" hatte der Ukrainer wieder einmal das letzte Wort.

Die Gruppe brach Kisten auf, entnahmen aus die Munition luden die Bazookas und die Schützen machten sich bereit. Bevor sie jedoch blind schossen, hoben sie mehrmals für kurze Augenblicke die Köpfe und peilten somit die Lage aus.

"Viel Zeit zum Zielen bleibt uns nicht!" bemerkte einer von den beiden.

"Auf drei." meinte der zweite.

Die beiden lagen nebeneinander. Hinter ihnen gingen die Männer beiseite. Denn der Rückstoß konnte jeden töten, der nicht weit genug weg war.

Bei drei gingen beide hoch, richteten die Waffen schnell aus, zielten nur kurz und drückten die Abzüge.

Die Granaten schossen aus dem Lauf, pfiffen davon und man konnte ihre Einschläge hören. Hinter den Waffen drangen Stichflammen und schwarzer Rauch hervor.

"Und getroffen?" wollte Ossi wissen.

"Sieh doch selber nach." meinte einer der Schützen.

Ossi klopfte Gino auf die Schulter: "Los, sieh nach. Es war deine Idee."

Gino schüttelte nur den Kopf und blickte hoch. Inzwischen hatte sich der Rauch verzogen und bevor Gino so richtig die Lage checken konnte, wurde er schon wieder in Deckung gezwungen.

"Antworte schon?"

Gino verzog kurz den Mund und verneinte: "Sie schlugen nicht an der selben Stelle ein. Nur Beulen."

"Das war wieder eine Prachtidee." grunzte Ossi.

"Zumindest hatte ich eine." verteidigte sich dieser.

"Oh ja. Ihr Spaghetti´s habt doch immer so gute Ideen."

"Besser als die russische Methode."

"Beruhigt euch." ging einer der Schützen dazwischen. "Zwei haben wir noch."

"Wenn dies auch nicht funktioniert könnt ihr euch immer noch die Köpfe einschlagen." meinte einer, der eine der Waffen lud.

"Wir zielen auf den Schlitz."

"Okay, wieder auf drei."

Erneut gingen die Schützen hoch und feuerten ihre Munition ab. Diesmal war die japanische Gegenwehr präziser. Der japanische MG-Schütze schien nur darauf gewartet zu haben. Kaum erblickte er sein Ziel, hielt er im Dauerfeuer drauf. Beide Männer konnten sich zwar rechtzeitig in Sicherheit bringen, aber dem MG-Schützen gelang es dadurch ein genaues zielen zu verhindern. Zudem erhielt einer der beiden einen Streifschuss. Nichts ernstes, aber er wurde sofort von einem Kameraden versorgt.

"Hat es diesmal geklappt?" ging Oskov erneut dazwischen.

Der erste Schütze deutete nur mit dem Finger, dass Ossi selber nachsehen solle.

"Okay, das ist deine Stunde." und erneut klopfte der Ukrainer seinem Freund auf die Schulter.

Bevor Gino richtig hochblicken konnte, zwang ihn eine MG-Salve wieder in Deckung.

"Wie es aussieht hat es wieder nicht funktioniert." stichelte Ossi.

"Ansonsten würde wohl keiner mehr schießen." bemerkte Gino.

"Habt ihr noch welche von diesen Dingern?" forschte Ossi nach.

"Nein. Nachschub kommt erst mit der nächsten Welle."

"Solange können wir aber nicht warten." ging ein anderer dazwischen. "Hier machen wir es nicht mehr lange."

Ossi wollte nicht zur Verlierergruppe gehören und bemerkte mit einem rechthaberischen Ton: "Wir hätten gleich Coopers Vorschlag aufgreifen sollen! Ich habe immer schon gesagt; der macht das!"

Sogleich machte sich Cooper daran, seine Idee umzusetzen. Mit Handzeichen und Zurufen wurden weitere Männer eingewiesen.

Die Gruppe zu ihrer rechten besaß fünf Mann. Sie lagen zehn Meter weit entfernt. Mit ihren Maschinenpistolen schossen sie Magazin um Magazin leer. Zur selben Zeit gingen andere Gruppen aus ihren Deckungen hervor. Jeder Baum, jede Mulde, jeder Strauch, sogar gefallene Soldaten dienten ihnen als Deckung. 21 Mann stürmten vor. Natürlich verstärkten die Japaner ihr Feuer. Diesmal schossen ihre MG-Schützen nicht wahllos herum, sondern ihr Beschuss wurde zielgenauer. Viele Ranger starben noch bevor sie ganz aus ihren Deckungen hervor waren. Drei weitere wurden verwundet, einer davon schwer. Nur wenige Meter schafften es die Männer. Das konzentrierte Abwehrfeuer zwang sie in die Knie.

"Verfluchte Scheiße!" brüllte Ossi. "Ich wusste es! Jede seiner dreckigen Ideen treibt uns noch tiefer in die Scheiße!" Seine Deckung war ein Baum, der nur so dick wie sein Kopf war. Kein guter Platz. Ein Projektil konnte den Stamm ohne weiteres durchschlagen und ihn verwunden. Aber er hatte Glück. In dieser Position lag er außerhalb der Schussrichtungen der Scharfschützen. Die Gruppe die Feuerunterstützung gab, stellte ihr Feuer ein. Jeder von ihnen besaß nur noch ein oder zwei Magazine und ein paar Handgranaten. Die Männer vor dem Bunker mussten ihre Köpfe einziehen. Nur diejenigen die sich weiter links befanden, besaßen etwas Spielraum. Sie standen auf und rannten ein paar Schritte, ließen sich zu Boden fallen und krochen erneut in Deckung. Weitere Ranger fielen aus. Einer bekam eine Kugel in den Kopf, einem anderen zerfetzte es den linken Arm, drei weitere starben durch eine Granate. Dann ging das gleiche Spektakel von neuem los.

Nur langsam und unter hohem Risiko drangen die Ranger Schritt für Schritt vor. Die Gruppe mit Cooper lag nun 30 Meter vorm Bunker. Aber jetzt kein weiterkommen mehr für sie. Sie warfen Granaten, aber außer kurze Feuerunterbrechungen erreichten sie nicht viel damit.

Nacheinander liefen die restlichen der linken Gruppe vor. Damit eine Kugel nicht zwei Männer treffen konnte, liesen sie untereinander vier Meter Abstand.

Der erste kam bis auf acht Meter an den Bunker heran, dann streckte ihn ein Scharfschütze nieder. Der zweite konnte bis auf sechs Meter herankommen. Auch ihn traf eine Kugel in den Kopf. Weitere fielen. Nur zwei Soldaten erreichten ihr Ziel. An der Seitenwand lagen sie außerhalb des Wirkungsbereiches des Bunkerschützen. Doch Scharfschützen trieben ihre Kugeln nur wenige Zentimeter an den Soldaten vorbei. Die Projektile hinterließen im Beton ihre Spuren.

"Okay Mex, du bist dran!"

Sie hockten mit dem Rücken an der Wand lehnend. Von ihren Brusttaschen zogen sie Handgranaten. Mex legte sich auf den Boden. Mit den Händen zog er sich vor. Sein Partner folgte ihm.

Die Schießscharte des Bunkers lag 50 Zentimeter über dem Boden. Mex bekam Schmerzen in den Ohren. Genau über ihn drangen ununterbrochen Feuerstöße aus dem Lauf des MG´s

"Ich bin soweit!" rief sein Kamerad zu ihm vor.

Mex zog den Sicherungsstift raus und steckte die Granate durch die Schießscharte. Sein Kamerad machte einen Satz nach vor, auch er steckte eine Granate in den Bunker.

Es gibt zwei Hauptarten von Handgranaten, Eier- oder Splittergranaten. Bei den Eierhandgranaten hat man eine Sprengstofffüllung und die Splittergranaten, wie der Name schon sagt, sind mit zusätzlichen, oft Metallkugeln gefüllt, um die Zerstörung zu erweitern. Kann man bei einer Eierhandgranate liegen ohne dass einem etwas dabei geschieht, natürlich ab einer gewissen Entfernung, durchbohren die Metallstücke bei den Splittergranaten selbst Liegende. Eine Handgranate ist etwa Faustgroß und wiegt um die 400 Gramm. Beim Ziehen des Sicherungsstiftes wird die Granate scharf gemacht. Beim Wurf trennt sich der Sicherungsbügel. Dadurch wird der Zündmechanismus eingeleitet. Heute meist eine Art Zündschnur. Nach einigen Sekunden Verzögerung explodiert der Sprengstoff. Ihr Wirkungsradius liegt bei etwa 10 Metern.

Ein Schrei drang in die Ohren von Mex. "Bill! Bill!" doch der Mann hörte ihn nicht. Ein Japaner bemerkte die beiden, streckte seine Pistole aus dem Schlitz und schoß dem Soldaten ins Gesicht. Überall wo Mex hinsah, Blut. Blut seines Kameraden und er musste verschwinden. Er stand auf, rannte zwei Schritte, dann detonierten die Granaten. Schreie und Rauch drangen aus dem Bunker. Der Arm des Japaners der noch immer aus dem Schlitz lugte, trennte sich und fiel zu Boden.

Ein Schuß ertönte zwischen dem umliegenden Kampflärm.

Mex sank zu Boden. Eine Kugel traf ihn in den Rücken und durchschlug seine Lunge. Er hechelte nach Luft. Durch husten spuckte er Blut. Seine Augen waren weit geöffnet und starr. Seine

Blicke waren zu den Kameraden gerichtet. Er streckte die Hand nach ihnen aus. Wenige Zentimeter schliff er sich noch weiter.

Ein weiterer Schuß fiel.

Von einiger Entfernung mussten die Männer mit ansehen, wie Mex getroffen wurde und das zweite Projektil durch seinen Hals drang. Da die Kugel auf keinen Widerstand stieß, drang sie ungehindert vorne wieder heraus, zog Fleischfetzen und Blut mit. Langsam fiel Mex vorn über und blieb im Sand liegen. Einige Männer sahen dies nicht ein, brüllten, schrien, verfluchten die Japaner. Einer streckte die Hand nach Mex aus, obwohl er wusste, sein Kamerad war tot.

Dumpfe, laute Abschüsse übertönten den Gefechtslärm am Strand. Langanhaltendes Heulen war zu vernehmen.

"Scheiße!" schrie Oskov aus und drückte sich mit dem Bauch voran noch tiefer in den Sand.

"Da kommen ein paar ganz dicke Brocken!" stöhnte Gino. "Wo kommen die denn her?!"

"Das sind unsere!" antwortete Cooper der nur wenige Meter neben ihm lag.

Im Dauerfeuer schossen die Kriegsschiffe ihre tödliche Last ab. Granaten mit Kalibern von bis zu 40,6 Zentimetern schlugen im heiß umkämpften Schauplatz ein. Regelrecht durchpflügten die Geschosse den Strand und das dahinterliegende Gelände. Es schien, als würde jeder Quadratmeter von einer Granate getroffen. Alles was als Deckung hergab, wurde von den Soldaten genutzt. Für die kleineren Geschosse mag dies wohl ausreichend gewesen sein, aber für die schweren Brocken gab es keine Deckung. Bei jedem ihrer Einschläge zitterte der Boden. Sand, Holz und Geröll schleuderten empor, dazwischen wirbelten Leichenteile und Ausrüstung durch die Luft. Kleine Bäume knickten wie Streichhölzer um, Stellungen wurden unkenntlich gemacht, Bunker stürzten bei einem Volltreffer in sich zusammen. Rauch und Feuer stieg höher als die Palmen wuchsen. Die schnell hintereinander einschlagenden Geschosse bildeten eine einzige Rauchwand und nahm beiden Seiten die Sicht. Jeder versuchte sich so klein wie möglich zu machen. Es drohte nicht nur Gefahr von den einschlagenden Granaten, sondern überall flogen Splitter und kleinere Teile durch die Gegend, die zu tödlichen Geschossen wurden. Die Wucht und der Druck schleuderte getroffene Männer meterweit. Schreie gingen in diesem alles zerschmetternden Inferno unter. Da der Druck von allen Seiten gleichzeitig kam, hob es einige der Männer aus ihren Mulden und zerfetzten sie in der Luft. Obwohl sie sich die Ohren zuhielten, platzten einigen die Trommelfelle, andere wurden vorübergehend taub.

Einer der Männer lag mit dem Kopf gewandt zum Strand. Wie in einer Linie, wie heran marschierende Soldaten schlugen die Schiffsgranaten ein und pflügten den Boden um. Und sie kamen auf ihn zu. Geschockt blickte er nur auf die Einschläge. Er wollte wegrennen, aber etwas lies ihn versteinern. Die nächste Salve traf auf seiner Höhe ein. Als die Einschläge weiter landeinwärts gingen und der Rauch sich etwas verzogen hatte, war vom Soldaten nichts mehr außer einigen Fetzen, ein Stiefel und einer Blutlache zu sehen.

"Nimmt denn dass kein Ende?!" schrie Oskov. Zusammengekauert lag er am Boden, die Beine angezogen, das Sturmgepäck als Schutz über sich gelegt, den Stahlhelm übers Gesicht gezogen.

Neben Gino lag ein Ranger und suchte sich eine bessere Deckung. Ein mittleres Geschoss schlug neben ihm ein. Die Wucht trennte den Oberkörper vom Unterleib. Entsetzt sahen seine Kameraden zu ihm. Seine Gedärme quollen heraus und das Blut wurde vom trockenen Sand sogleich aufgesaugt. Beide Teile qualmten durch die Detonation und dennoch lebte der Mann. Ein weiterer Einschlag erlöste ihn von seinen Qualen.

Die Explosion eines 12 Zentimeter Geschosses sprengte eine Palme. Sie stürzte auf eine Mulde zu, in der sich mehrere US-Ranger befanden.

"Raus hier!" brüllte einer der Männer, der den fallenden Baum zuerst sah. Sofort standen sie auf und liefen aus der Deckung. Ein japanischer MG-Schütze streckte sie nieder. Nur ein Mann verblieb in der Mulde. Ununterbrochen starrte er auf das herabstürzende

Teil. Erst im letzten Augenblick sprang er auf und versuchte zu fliehen. Doch die Palme schlug auf den Mann und brach ihm beide Beine. Verzweifelt versuchte der Mann sich vom 25 Zentimeter dicken Stamm zu befreien, doch dieser war zu schwer. Splitter und Kugeln wirbelten um ihn herum und dennoch schien er Glück zu haben, nicht getroffen zu werden. Obwohl er lieber vor Schmerzen schreien würde, fing er zu beten an.

"Ich halte das nicht mehr aus!" Hinter einer Baumreihe lag einer von ihnen in Deckung. Das Dauerfeuer ging in ein Trommelfeuer über und zehrte an der Psyche des Mannes. Er kauerte am Boden, hielt mit beiden Händen den Helm fest und zog ihn noch tiefer übern Kopf. Am liebsten hätte er sich darin versteckt. Mit seinem Gebrüll machte er umliegende Kameraden noch nervöser, ja brachte sie sogar soweit, dass sie ihn beschimpften.

"Halt dein Maul du Idiot! Du machst uns alle wahnsinnig!"

"Mama! Mama!" Der junge Mann, kaum 20 Jahre, hatte Angst, konnte durch den Stress und den Adrenalinschub kaum noch klar denken. Schreie, Explosionen, Krepierende, Staub, Dreck, Pulver, Blut, Vernichtung und Tod zerrten an der Substanz. Und all dies schien kein Ende zu nehmen. Er stand auf und wollte weglaufen. Sein Nachbar stürzte sich auf ihn und drückte ihn zu Boden.

"Lass mich los!" versuchte sich der Junge zu wehren und zappelte wild herum. Der Kamerad lag auf ihn drauf, hielt ihm den Mund zu und schrie ihn an: "Halt um Gotteswillen dein Maul! Ich kann diese Scheiße nicht mehr hören!"

Da fing der ängstliche Mann zu weinen an. Er versuchte zu sprechen, doch durch die Hand des anderen, drang nur ein Winseln durch.

"Uns allen geht es gleich! Also reiß dich zusammen!"

Der junge Mann nickte unter Tränen, dann wurde er vom Kameraden am Kragen gepackt und zur Gruppe zurück geschliffen.

Nur drei Minuten lang dauerte der Beschuss, aber er wirkte wie Stunden.

Kaum endete das Feuer, war es fast totenstill. Selbst die Verwundeten versuchten nicht allzu laut zu sein. Eine Tote und leblose Gegend schien geschaffen worden zu sein. Dichte Rauchschwaden lichteten sich nur langsam, brennende Bäume knisterten oder stürzten um. Der Strand und weiter landeinwärts wirkte die Gegend wie auf dem Mond. Eine Kraterlandschaft machte sich breit. Überall am Strand Leichenteile, zerfetzte Ausrüstung und der Geruch des Todes.

General Smith sah von seinem Befehlsstand, der Brücke des Flaggschiffes, zur Insel. Er atmete tief durch, drehte sich zur Besatzung und befahl mit einem Kopfnicken: "Die zweite Welle soll landen."

Der Kapitän ging auf den General zu und fragte: "Wollen sie nicht warten, bis wir eine Erfolgsbestätigung von den Rangern haben?"

Der General deutete kurz zur Insel: "Glauben sie wirklich, dass da drüben noch einer am Leben ist? Selbst wenn, dann wird eine Handvoll auch nichts ausrichten können. Es ist besser, wenn die Marines anlanden, bevor die Japaner ihre Stellungen neu besetzen."

Der Kapitän sagte auf diese Worte hin nichts mehr, sondern schien sich damit zufriedenzugeben.

Nur langsam kam Leben in diese trostlose Wüste. Von Sand zugeschüttet hoben Überlebende den Kopf. Geschockt und fast wahnsinnig von dem was über sie erging, mussten sie sich erst einmal sammeln, sich besinnen was gerade abgegangen war, wo sie sich befanden und weswegen sie eigentlich hierher gekommen waren. Nur langsam streiften sie sich Sand und Dreck von den Gesichtern und ihren Uniformen. Selbst der Feind, die Japaner verhielten sich ruhig. Waren sie alle getötet worden? Oder mussten auch sie dieses Bombardement erst verkraften? Doch es dauerte nicht lange. Die Japaner kamen aus ihren Deckungen hervor und nahmen die Ranger erneut unter Beschuss. Mit einem Male wusste jeder wieder wo er sich befand und das Kämpfen begann von neuem.

Die Landungsboote fuhren erneut zum Strand. Die Infanteristen blickten über den Rand der Boote. Wrackteile von vernichteten Fahrzeugen, Ausrüstung und Gefallenen trieben auf der Wasseroberfläche und bewegten sich im Einklang mit dem Wellengang. Das Blut hatte das Wasser gefärbt.

Den Japanern in den Arsch treten, das wollte jeder. Sprüche, wie sie den Feind vernichten, ihn ausräuchern, die Insel in wenigen Tagen einnehmen würden, Scherze über die klein gewachsenen Japse, all dies verstummte. Das waren keine zu klein geratenen Liliputaner. Nein, dies waren kampfstarke, gut ausgebildete, für ihren Gottkaiser zum Sterben bereite Soldaten. Nun sahen sie der Realität in die Augen. Viele mussten sich beim Anblick der herumschwimmenden Gedärme ihrer gefallenen Kameraden übergeben. Jetzt wünschten sich viele von ihnen nicht hier zu sein, aber es gab kein zurück.

Die Boote erreichten den Strand. Die Luken öffneten sich. Mit lautem "Hurahhh" sprangen sie von Bord. Doch auch ihnen schlug ein Kugelhagel der japanischen Abwehr entgegen. Nicht alle Stellungen waren getroffen worden und diejenigen die noch besetzt waren, lichteten mit ihrem Beschuss die Reihen der Infanterie.

Unsere drei Helden Oskov, Gino und Cooper, rannten nebeneinander her. Sie liefen geradeaus ohne stehen zu bleiben. Vor, neben und hinter ihnen fielen Kameraden. Lärm, Gestank und Tod waren ständige Begleiter. Hände und Gesicht waren geschwärzt von Ruß und Dreck. Geschosse und Splitter stachelten sich in den Boden und erschwerten jedem das Vordringen. Sand, Erde und abgesprengte Äste flogen den Soldaten buchstäblich um die Ohren.

Das Sturmgepäck drückte auf dem Rücken und das Gelände wurde zunehmend schwerer zu durchdringen. In dieser Gegend wuchsen keine Palmen mehr, sondern diese wurden durch den Dschungel ersetzt. Tropische Bäume, die das dreifache der Palmen am Strand in den Himmel ragten und viel enger beieinander standen. Statt auf Sand zu laufen, ging es nun über Erde. Büsche und Sträucher wucherten am Boden. Obwohl die Männer erschöpft waren, wie die Irren schwitzten und unermesslichen Durst hatten, stürmten sie weiter, immer weiter ins Innere der Insel vor.

Auf einer Lichtung, weit im Inneren der Insel, wurden mehrere Geschütze, sogenannte Feldhaubitzen, in Stellung gebracht. Ihr Ziel, die amerikanische Invasionsflotte.

Der japanische Kommandeur gab Feuerbefehl.

Die Schützen zogen an den Auslösern. Laut und dumpf brüllten die Kanonen los. Flammen und Rauch drang aus den Läufen. Bei jedem Abschuß zitterte der Boden. Die Wucht der Abschüsse drückte die Geschütze einen halben Meter zurück, obwohl die Kanonen Rückstoßdämpfer besaßen. Sofort nach Abschuß wurde die Ladeluke geöffnet, die leere Hülse fiel heraus. Jeweils einer der Handschuhe anhatte nahm die leere Hülse auf und warf sie beiseite. Andere waren damit beschäftigt weitere Munition heranzubringen. Immer mehrere mußten eine Granate auf einer Bare heranschaffen. Mit vereinten Kräften schoben sie die Granaten mit einem Ladestock in die Läufe. Sogleich wurde die Ladeluke geschlossen und die Granate abgefeuert. Durch die Größe und Schwere der Kanonen und die Unhandlichkeit der großen Granaten, war zwar keine schnelle Schussfolge gegeben, aber sollten diese Granaten einschlagen, war die Zerstörung verheerend.

Viele der Granaten gingen ins Meer. Dabei ließen sie gewaltige Wasserfrontänen in die Höhe schießen, neben denen die kleineren Schiffe wie Spielzeug aussahen. Zum Glück für die Amerikaner besaßen die Japaner für diese Geschütze keine Artilleriebeobachter, ansonsten wären sie eine ernst zu nehmende Gefahr für die Us-Flotte gewesen. Dennoch gab es Glückstreffer. Eine der Granaten traf auf einem Zerstörer eine Zwillingsflak. Der Zerstörer erhielt erheblichen Schaden. Von der Flak und der Bedienungsmannschaft war natürlich nichts mehr zu sehen. Ein weiteres Geschoss traf das Deck eines anderen Schiffes, auf dem sich Marines für das Ausschiffen bereit machten. Wie Spielbälle wurden Soldaten davon gewirbelt, entweder im Ganzen oder in Einzelteile. Alleine hier gab es 20 Tote und 41 Verwundete.

Obwohl sich die ganze Zeit über amerikanische Trägerflugzeuge in der Luft befanden, konnten sie diese Geschütze bislang noch nicht ausmachen.

Die Ranger stürmten weiter. Vor ihnen bot sich ein grauenhaftes Bild. Japanische Soldaten richteten ein Blutbad unter den vorrückenden US-Truppen an. Hier im Dschungel zählte der technologische Fortschritt oder die Ausrüstung nicht viel. Hier konnten besonders die schweren, amerikanischen Geräte nicht eingesetzt werden. Hier galt ein Mann gegen Mann Kampf.

Gerry hob die Hand. Sofort gingen seine Kameraden und auch er in Deckung. Aus einer Entfernung von acht Metern beobachteten sie das Geschehen. Freund wie Feind waren in diesem Dickicht nur vom Kopf bis zum Unterleib zu sehen. Büsche und Gräser verdeckten den Rest. Ein Ranger erstach mit seinem Bajonett, dem Kampfmesser, einen japanischen Soldaten. Drei US-Soldaten verloren im gleichen Augenblick ihr Leben, als sie mit Macheten aufgeschlitzt wurden.

Cooper gab Instruktionen durch Handzeichen. Nachdem sich die anderen ein Bild gemacht hatten, zogen sie aus ihren Stiefeln die Kampfmesser. Gleichzeitig erhoben sie sich, rannten vor und kamen von hinten an den Feind heran, der durch einen Nahkampf abgelenkt war.

Ossi verzog sein Gesicht, hielt den Kopf eines Japaners und zog ihn mit aller Gewalt nach hinten. Gleichzeitig stieß er mit ganzer Kraft sein Messer in den Leib des Feindes. Außer ein Röcheln und Winseln bekam der Mann nichts mehr hervor. Den Toten Leib ließ Oskov zu Boden gleiten und kümmerte sich um einen anderen.

Auch Gino handelte gleich. Allerdings mußte er mehrmals zustechen, da sich sein erster Stoß an einem Knochen verfing. Der Japaner konnte dadurch laut aufschreien, was andere im Umfeld darauf aufmerksam machte.

Cooper war dadurch gezwungen auf zwei heraneilende zu springen, um seinen Kameraden zu schützen. Im Flug stieß er die Klinge seines Messers in den Hals eines Japaners. Gemeinsam mit ihm fiel er zu Boden. Das er sich dadurch voll mit Blut machte, schien ihn nicht zu kümmern. Kaum zu Boden, zog er sein Messer aus dem Hals der Leiche, rollte sich ab und warf das Messer dem zweiten Japaner in die Brust, der zu Coopers Glück kurz abgelenkt war, da er nicht wußte ob er sich um Gino oder um Gerry kümmern sollte.

Kaum waren die Gegner ausgeschaltet, rannten sie weiter.

Die Soldaten der ersten Welle stürmten immer tiefer in den Urwald. Sie schossen kleinere Gruppen des Gegners nieder, sprengten sie mit Handgranaten in die Luft oder erledigten sie im Nahkampf. Und allmählich kam der Angriff wieder ins Rollen. Zuerst waren es nur wenige Amerikaner die die Abwehr durchdrangen, doch mit dem Ausschalten der Anlagen am Strand, kamen immer mehr von ihnen durch. Restliche Stellungen wurden von der Marineinfanterie überrannt. Nachfolgende Truppen gelangten somit fast kampflos an den Strand.

Der leitende Kommandeur, General Smith wagte sich auf die Insel. Er sah das Gemetzel, das sich noch vor kurzem abgespielt hatte. Überall wo er hinging, sah er Tote, Verwundete, die sich krümmten und von Sanitätern geborgen wurden, abgetrennte Arme und Beine, er sah verlorene oder zerstörte Ausrüstung. Im Meer schwammen 170 Leichen, am Strand lagen weitere 350 Tote, die zum Teil noch von den Explosionen qualmten. Über dem Kampfschauplatz lag Rauch und Pulverdampf. An manchen Stellen brannte es, entzündet durch die Detonationen schwerer Granaten. Aus der Tiefe des Dschungels drang Kampflärm. Nur noch vereinzelt verirrte sich eine Granate an den Strand. Mannschaften waren bereits dabei Fahrzeuge an Land zu bringen, ebenso schweres Kriegsgerät, Munition, Verpflegung und auch Verstärkungen, die ersten die vollzählig auf der Insel eintrafen.

Smith sah auf die Uhr. Es war knapp vor 11.00 Uhr.

"Bringt die nächste Kiste her!" befahl ein Unteroffizier, der eine Liste der angelieferten Waren führte. Soldaten in zweier Reihen brachten die Kisten zum Unteroffizier.

"Aufmachen!"

Mit Stemmeisen brachen die Männer die Kisten auf. Der Sergeant kontrollierte den Inhalt: "Gut. Bringt sie zu den Pionieren. Die nächste!"

Pionierpanzer planierten sich einen Pfad durch den Urwald, andere hoben Gruben etwas abseits vom Strand aus, in denen die Gefallenen beerdigt wurden. Leichte Erhöhungen und Holzkreuze markierten die Grabstätten. Gleichzeitig begann man die Verwundeten nach der Erstversorgung zurück auf die Schiffe zu bringen.

Vor Gerry und den anderen donnerten plötzlich schwere Geschütze los. Vor Schreck ließ sich die Gruppe, die inzwischen auf 12 Mann angewachsen war, zu Boden fallen. Durch das Schießen waren auch die Bedienungsmannschaften abgelenkt. Diesen Umstand nutzte Cooper aus. Mit Handzeichen gab er seinen Kameraden zu verstehen, dass sie in Deckung bleiben sollten. Er hingegen spähte zwischen einem Buschen hindurch. Vor ihnen war eine

Lichtung geschlagen, auf der sich zwei Geschütze befanden. Hinter den Kanonen verlief ein präparierter Weg. Coopers Blicke wanderten im Gelände umher. Aber außer den Geschützbedienungen sah er niemanden. Nicht einmal Fahrzeuge die Munition geladen hatten. Dies war sehr ungewöhnlich, aber vielleicht waren Fahrzeuge dabei für weiteren Nachschub zu sorgen. Cooper konnte sich darüber keine Gedanken machen. Er mußte handeln. Noch einmal blickte er sich um.

Diese Geschütze waren Haubitzen TYP-96 mit einem Kaliber von 149,1 mm. Sie wogen 4,14 Tonnen und alleine das Rohr war schon über 3,5 Meter lang. Sie verschossen 31,3 Kilogramm Granaten bis zu 11.900 Meter weit. Der erstmalige Einsatz einer derartigen Haubitze war bereits 1937. Bis 1945 wurden nur 440 Stück dieser Geschütze gebaut.

"Und was machen wir jetzt?" fragte einer der Soldaten.

"Es sind an die 20 Japse." meinte ein anderer.

Oskov lag auf dem Rücken, zog eine Feldflasche hervor und schüttelte sie: "Verdammt. Kaum noch etwas drinnen." Er schraubte sie auf und nahm nur einen kleinen Schluck. Lieber hätte er mehr getrunken, aber er wußte nicht wann er frisches Wasser bekommen würde. Bei dieser schwülen Hitze war jeder Tropfen kostbar und man konnte leicht dehydrieren. Also nicht alles Wasser auf einmal trinken. Nachdem er die Flasche wieder eingesteckt hatte, fragte er die Männer: "Wie viele Granaten haben wir?"

"Ich habe zwei."

"Drei." flüsterte ein anderer.

"Ich habe nur noch eine."

"Nicht gerade viel." antwortete Gino.

"Das reicht schon." meinte einer der anderen Ranger.

"Hey." sprach Cooper zwei Kameraden an. "Werft auf die Munitionskisten. Die anderen geben gezielte Feuerstöße ab."

Die zwei erwählten lagen sich auf den Bauch und krochen vor. An den Stellen wo sie nicht kriechen konnten, gingen sie in geduckter Haltung vor. Ihre Augen forschten den Boden ab. Nichts sollte sie verraten. Schritt für Schritt kamen sie der Lichtung näher. Sie knieten sich nieder und zogen je eine Granate. Die übrigen

Männer waren ebenso weiter vorgegangen und hatten sich bereits in Stellung gebracht. Sie standen oder lagen hinter Bäume oder Büsche. Ihre Waffen hielten sie schussbereit, die Läufe auf die Köpfe oder auf die Oberkörper der Japaner gerichtet.

Die beiden Ranger warfen ihre Handgranaten. Eine explodierte inmitten einer sechs köpfigen Gruppe in der Nähe der Geschützmunition, die zweite direkt auf den Kisten. Auch die Munition der Geschütze ging hoch und verstärkte die Wirkung. Die Japaner schleuderten durch die Druckwellen davon, einigen trennte es Teile ab. Zwei die weiter abseits standen starben durch Splitter.

Nur geringen Widerstand leisteten die Japaner, zudem war ihr Feuer ungenau. Mit gezielten Schüssen streckten die anderen Amerikaner den Rest der Bedienungsmannschaften nieder. Sie stellten das Feuer ein, nachdem sich keiner der Feinde mehr bewegte. Nur langsam kamen sie aus ihren Deckungen hervor, bereit für ein Gefecht. Während einige sicherten, gingen andere vor.

"Das sind ja dicke Brocken." sagte einer der Soldaten beim Anblick der Feldhaubitzen.

In ihrer Bauweise sahen die Geschütze etwas altertümlich aus. Sie hatten viele Kurbeln und Räder. So wie man noch im Ersten Weltkrieg gebaut hatte. Eigentlich sahen sie aus als ob nur die Kanone neu war und die Lafette selbst aus dem letzten Krieg stammte. Aber dies schmälerte ihre Wirkung keineswegs.

Oskov nahm den Helm ab und streifte sich den Schweiß von der Stirn.

"Laßt uns verschwinden." forderte sie ein anderer der Gruppe auf, den Platz zu verlassen.

"Ja." stimmte der Ukrainer dem zu und stülpte sich den Helm wieder über.

"Wo müssen wir hin?" fragte Gino und trat auf Cooper zu. Bei ihm angekommen blickte er auf den kleinen Mann.

"Wir müssen nach Norden bis zum Flugplatz." antwortete dieser und deutete in die gemeinte Richtung.

Gino winkte den Kameraden, die rundherum in Stellung gegangen waren und die Gegend sicherten. Dann marschierten sie weiter.

Während der nächsten Stunden stießen weitere Ranger zur Gruppe. Bis 14.00 Uhr war sie auf 68 Mann angewachsen. Darunter befanden sich ein Major, zwei Lieutenante und fünf Unteroffiziere.

Der Major ließ zehn Minuten lang rasten. Während die eine Hälfte ausschwärmte um den Rastplatz zu sichern, saßen sich die anderen nieder. Gino, Oskov und Cooper an einen Baum lehnend.

"Endlich eine Pause." stöhnte Gino und zog seine Beine an. "Ich hätte meine alten Stiefel nehmen sollen."

"Die ließen doch schon Wasser durch." meinte der Ukrainer und machte sich über seine kalte Einsatzration her. Er nahm sein Kampfmesser und stocherte damit am Deckel der Dose herum, bis er sie geöffnet hatte und löffelte den Inhalt in seinen breiten Mund.

"Ja, aber von diesen hier bekomme ich Blasen." sprach der gebürtige Bozner inzwischen weiter.

Cooper saß zur linken der beiden, nahm seinen Helm vom Kopf und stellte ihn zwischen seine Beine auf den Boden. Von seinem Gurt nahm er eine Feldflasche, schraubte sie auf und nahm einen kräftigen Schluck daraus. Etwas Wasser schüttete er sich über den Kopf. "Ist das eine Affenhitze." stöhnte er dabei.

"Nicht soviel." kaute Ossi. "Nimm kleinere Schlucke. Wer weiß wann wir wieder Wasser bekommen."

"Ausnahmsweise hat der Russe recht." mischte Gino mit.

"Ukrainer!" brachte er das Wort geradeso durch den vollgestopften Mund und blickte seinen Kameraden mit großen Augen an. "Du Spaghettisultan."

"Ich brauche mit dem Wasser nicht zu sparen. Wenn ihr euch totgeschlagen habt, dann nehme ich eures."

Für einen kurzen Moment blickten beide zu Cooper, Oskov hatte sogar mit dem Kauen aufgehört. Dann wurden sie abgelenkt. Zwei Soldaten kamen auf sie zu.

"Seht mal wer da kommt." grinste Gino.

"Haha!" lachte Ossi auf. "Das sind doch Mätz und Olavson."

"Hallo Jungs." meinte Mätz. Sie reichten sich die Hände.

Nachdem sie sich gesetzt hatten, fragte Oskov sie: "Wo kommt ihr beide denn her?" Und stopfte sich einen weiteren Löffel voll von irgendetwas aus der Dose in den Mund.

"Wir haben die Einheit am Strand verloren." antwortete Mätz.

Beide nahmen die Helme von ihren Köpfen und erfrischten sich mit Wasser so gut es eben ging.

Der Norweger hatte die obersten Knöpfe vom Hemd offen und goss auch über seine Brust etwas Wasser. "Unsere Kompanie hat schwere Verluste. Unterwegs verloren wir weitere Männer." fügte er hinzu.

"Wir dachten schon, wir wären die Letzten aus unserer Einheit." schloss Mätz ab.

Der Ukrainer hatte sein Mahl beendet, Dose und Löffel eingesteckt, zog seine Zigarettenschachtel aus der Brusttasche, steckte eine Zigarette in den Mund, zündete sie an und sagte darauf: "Jetzt gehört ihr wieder zu unserem Haufen."

"Bist du wahnsinnig!?" fuhr Gerry den Mann an. Mit einem Hieb schlug er ihm die Zigarette aus dem Mund und machte sie aus.

"Sag mal, spinnst du?!"

"Deinen Zigarettenqualm riecht man meilenweit." rechtfertigte sich der Kleine.

"Da stimme ich ihm zu." schloss sich Olavson dem an.

"So ist das also." nickte Ossi und glaubte zu wissen was gespielt wurde. "Es läuft eine Verschwörung gegen mich."

"Was?" konnte Mätz dies nicht verstehen.

"Ich darf nicht rauchen, aber Granaten darf ich werfen. Die Qualmen mehr."

"Die nur einmal, du aber immer." machte Cooper seinen langen Freund mundtot.

Einer der Lieutenante trat auf die Männer zu und sagte: "In einer Minute ist Abmarsch."

Olavson strich sich durch seine dunkelblonden Haare und setzte den Helm auf. "Na los." sagte er zum Ukrainer. "Jetzt hab dich nicht so. Es gibt noch genügend Gelegenheiten. Da kannst du sie Schachtelweise fressen."

Dieser gab mit genervtem Ton zurück: "Du hast leicht reden. Du rauchst ja nicht."

Gino setzte sich aufrecht hin, verschränkte die Hände auf den Knien und wandte sich an den Lieutenant, der sich in der Nähe niedergelassen hatte: "Lieutenant. Was machen wir jetzt?"

Der Offizier antwortete mehr zur Gruppe als zu Gino alleine: "Sobald wir den Flugplatz haben, halten wir ihn, bis Entsatz kommt."

"Wieweit ist es noch bis dorthin?" stellte Mätz die Frage.

"Ein, zwei Meilen."

Olavson sah auf die Uhr und meinte darauf: "Na prima. Dann werden wir fast zwei Stunden unterwegs sein."

"Kommt schon. Machen wir uns fertig." forderte Gerry sie auf. "Der Krieg gewinnt sich nicht alleine."

"Geschwollener kann er nicht reden." knurrte Ossi, packte sein Sturmgepäck zusammen und war immer noch sauer auf ihn.

Cooper nahm das Magazin aus seiner Waffe. Noch acht Patronen befanden sich darin. Dies war ihm zu wenig. Er steckte es ein und ersetzte es durch ein volles.

In alle vier Himmelsrichtungen schickte der Major je eine Gruppe von je drei Mann. Der Abstand von ihnen zum Groß der Truppe betrug gute 150 Meter. Sie sollten dem Trupp nicht nur als Späher dienen und Feindbewegungen melden, sondern auch eigene, versprengte Soldaten dem Groß hinzuführen.

Die Ranger machten sich an den Flugplatz heran.

Auf einer großen Lichtung befand sich das Flughafengelände. Es war eher ein Feldflugplatz. Es gab nur ein Rollfeld, das als Start- und als Landebahn benutzt wurde. Sie war mehrere hundert Meter lang und nur 25 Meter breit. Auf ihr konnte immer nur ein Flugzeug starten oder landen. Das Rollfeld war von Pflanzen gesäubert und geebnet worden.

Am Anfang, am Rand der Rollbahn stand ein Steinhaus. Es diente als Tower. Rechts daneben stand eine in die Länge gezogene viereckige Holzhütte. Dies diente als Unterkunft der Mannschaften. Acht Meter daneben befand sich ein kleineres Haus, das Ersatzteillager. Rund um das Gelände gab es ein 125 Meter tiefes Schussfeld.

Die Ranger konnten Wracks von vier japanischen Jägern ausmachen. Bomben zerstörten MG- und Flak-Stellungen. Obwohl ein massiver Bombereinsatz auf den Flugplatz stattgefunden hatte, waren die Verwüstungen nicht allzu groß ausgefallen. Zwei noch einsatzbereite Maschinen befanden sich auf dem Flugfeld.

Zwölf japanische Männer des Bodenpersonals liefen zu den Flugzeugen, dahinter die beiden Piloten. Sogleich wurden die Maschinen mit Munition bestückt.

Der amerikanische Major teilte die Männer ein.

Trotz des heißen Gefechts und der scheinbaren Unübersichtlichkeit, wußten die Ranger was sie zu tun hatten. Ihre Ausbildung auch im Einzelkampf waren hier Goldwert. Sie operierten selbstständig und reagierten somit schneller, als wenn sie nur im Team ausgebildet worden wären. Kurze Feuerstöße aus ihren Waffen zwangen den Feind in Deckung, was deren Abwehrfeuer stark einschränkte.

Zwei Ranger lagen auf gleicher Höhe, nur wenige Meter voneinander entfernt: "Wirf eine Granate! Ich gehe vor!"

Der Kamerad nickte, rollte sich seitwärts auf den Rücken, nahm eine Granate, war im Blickfeld seines Kumpels, nickte erneut, zog den Stift, warf und rief so laut er konnte: "Granate!"

Alle im Umfeld gingen in Deckung. Kaum detonierte die Handgranate, stand der eine Soldat auf, rannte einige Schritte im Schutze der Detonation und der dadurch ausgelösten Verwirrung und sprang hinter Sandsäcken einer ausgehobenen Stellung in Deckung.

Viele Befehle mußten die Ranger nicht geben. Sie waren gedrillt unter derartigen Bedingungen zu operieren. Während die eine Hälfte in Deckung lag und Feuerschutz gab, stürmte die andere Hälfte einige Meter vor, ging ihrerseits in Deckung, gab Feuerschutz und die erste Hälfte folgte.

Einer der Männer kroch hinter einer zerstörten Flak in Deckung. Mit seinem Karabiner zielte er auf einige Japaner, kaum 20 Meter vor ihm. Sie waren dabei einige seiner Kameraden mit einem Maschinengewehr unter Beschuss zu nehmen. Er zielte, hielt kurz den Atem an und drückte dreimal hintereinander den Abzug. Der MG-Schütze wurde einmal im Kopf und einmal seitlich in die Brust getroffen. Kaum verstummte das japanische Feuer, rannten seine Kameraden weiter vor.

Zwei japanische Techniker befanden sich an einer Jagdmaschine und halfen dem Piloten in den Sitz, kaum befand sich dieser in der Kanzel, zogen die Techniker die Gurte straff. Der Pilot betätigte einige Schalter und Hebel, da fiel etwas vor ihm auf den Boden. Er blickte darauf und bekam große Augen. Er brüllte noch etwas, doch da explodierte die Granate. Den Piloten zerfetzte es, die Techniker schleuderten durch den Druck beiseite. Durch die vollgetankte Maschine verstärkte sich die Detonationskraft. Ein gigantischer Feuerball wälzte zu allen Seiten davon, pechschwarzer Rauch drang zum Himmel. Die Wucht drückte zwei Ranger zu Boden, anderen flogen Wrackteile um die Ohren. Nur das schnelle zu Boden werfen schützte sie davor.

Mulder kroch ganz auf den Boden gedrückt an eine Stellung aus Sandsäcken heran. Über ihn schossen seine Kumpels Projektile hinweg, um die japanischen Soldaten in dieser niederzuhalten. Die Stellung war kaum einen halben Meter hoch wodurch die Kugeln über seinen Kopf hinweg pfiffen. Würden seine Kameraden auch nur eine Sekunde ihr Feuer einstellen, kämen die Japaner aus ihrer

Deckung hervor und er wäre totes Fleisch.

"Beeil dich!" brüllte Gino. "Mir geht die Munition aus!" Und schon pulverte er ein weiteres Magazin aus seinem Karabiner.

Mulder beeilte sich, denn auch er wollte nicht allzu lange in dieser Situation verweilen. Er kroch noch schneller, achtete nicht auf Gegenwehr, sondern mußte sich auf seine Kameraden verlassen. Er kam an der Stellung an, zog den Kopf ein, hielt seine Maschinenpistole über die Sandsäcke und feuerte blind im Dauerfeuer in die Stellung hinein. Kaum war das Magazin leer, ließ er es aus der Waffe gleiten, schob ein volles ein, repetierte, stand auf und feuerte weiter, diesmal jedoch auf Sicht. Zwei der Japaner waren bereits tot, einer nur verwundet, der jedoch mit dem zweiten Magazin ausgeschaltet wurde. Kaum hatte er die Stellung gesichert, ging er wieder in Deckung. Er saß sich nieder mit dem Rücken zu den Sandsäcken lehnend. "Ich mag nicht mehr. Ich bleibe jetzt hier." sprach er zu sich selber. Er mußte sich erstmals verschnaufen, während das Gefecht an anderen Stellen weiterging.

Der Major beobachtete seinerseits die Kämpfe, machte sich einen Überblick wo sich seine und gegnerische Mannschaften aufhielten und erteilte weitere Befehle: "He Russe! Nimm dir zwei Mann und stürme das kleinere Gebäude!"

"Ich bin kein Russe Sir!" brüllte dieser zurück zum Major, der nur etwas weiter vor ihm lag.

"Dann eben Sowjet! Und jetzt beeil dich!"

Mit knurren hob Oskov die Hand als Zeichen, dass er den Befehl verstanden hatte und suchte sich seine Gefährten: "Olavson! Mätz! folgt mir!"

Die drei standen auf, rannten aufs offene Feld, direkt auf das kleinere Gebäude zu. Dabei drangen einige Projektile vor ihnen in den Boden und wirbelten den Staub auf. Doch alle drei kamen ungeschoren an ihr Ziel heran.

Mätz schlug mit dem Kolben seiner Waffe eines der Fenster ein. Der Norweger nahm eine Handgranate, zog den Stift heraus und warf sie durch das zerbrochene Fenster. Beide gingen in Deckung. Nur kurze Augenblicke später detonierte die Granate. Die Fensterscheiben auf der anderen Seite zersplitterten. Sofort standen die drei Männer auf. Oskov gab kurze Feuerstöße ins Innere des Gebäudes ab. Mätz und Olavson rannten in geduckter Haltung zur Türe. Während Mätz sie öffnete, schoß Olavson hinein. Gebückt drangen sie ins Gebäude ein und sicherten die Hütte.

Im Raum lagen fünf getötete japanische Soldaten. In der Mitte stand ein großer Tisch, auf dem sich ein Flugzeugmotor befand. An den Wänden standen Schränke mit Ersatzteilen und Werkzeug, durch den Angriff lag jedoch einiges davon am Boden herum.

Olavson sah sich flüchtig um, ließ seinen Blick auf die Toten fallen, schüttelte den Kopf und sagte: "Die Japse waren kaum älter als zwanzig."

Oskov kletterte durchs Fenster und meinte darauf: "Na und? Ihr beide seid auch kaum älter."

Mätz mischte sich ein: "Aber der Unterschied; wir leben noch." Er nahm den Helm ab, zog seine Feldflasche aus der Halterung und schüttete den Inhalt über seinen Kopf.

Von draußen drang Kampflärm in die Hütte, doch die drei machten sich nicht viel daraus. Sie gingen langsam im Raum hin und her, die Waffen jedoch in Schussposition haltend und suchten nach brauchbaren Gegenständen.

Mätz kam vor dem Tisch mit dem Flugzeugmotor zu stehen, griff ein Teil davon an und bemerkte: "Viel haben die uns nicht gelassen."

"Was hattest du denn erwartet?" fragte Stev aus der gegenüberliegenden Ecke.

"Der Motor ist hinüber. Sie haben versucht ihn zu reparieren."

"Na und?" ging Oskov dazwischen, ohne seinen Blick von den Gegenständen im Raum zu lassen. "Besser er liegt hier kaputt, als laufend in einer Maschine."

Mätz wollte sich nicht auf eine Diskussion mit dem Langen einlassen, sondern schwieg einfach und wandte sich anderen Dingen im Raum zu.

Da überkam es auf einmal den Ukrainer: "Aber jetzt rauche ich eine. Und ihr beide haltet die Klappe. Und kein Wort zum Kleinen." drohte er ihnen noch.

"Ja ja." winkte Mätz ab

Olavson schüttelte nur den Kopf. Während Ossi genüsslich mit einem Grinsen seinen Glimmstängel qualmte, sahen sich die beiden anderen weiter um.

Nach einer kurzen Inspektion meinte Mätz: "Laßt uns verschwinden."

"Du hast recht." stimmte Stev dem zu. "Hier gibt es nichts interessantes für uns."

Nacheinander verließen sie die Hütte.

Inzwischen hatten andere Ranger das Unterkunftsgebäude gestürmt und gesichert.

Die noch wenigen Japaner wurden schnell überrannt. Nach nur zehn Minuten war das gesamte Gelände gesäubert. Die Kämpfe nahmen ab und verschoben sich weiter nach Norden. Die Männer verteilten sich im Umfeld und sicherten nach allen Seiten.

Draußen traf sich Mulder mit einigen seiner Gruppe. Sie standen im Kreis und ließen ihre Waffen sinken.

"War ja eine verdammte Scheiße." bemerkte Jim und sah sich die brennenden Wracks an.

"Wenigstens ging es schnell." erwiderte John, nahm die Zigarette aus dem Mund und blies den Rauch aus.

Auf einmal bekam der Ukrainer große Augen: "He! Hier wird nicht geraucht!"

John blickte ihn verdattert an: "Das sagst gerade du?"

"Befehl vom Kleinen! Ich durfte auch nicht rauchen!"

"Wie kommst du denn darauf?" wußte John immer noch nicht was Ossi damit bezweckte.

"Denn Qualm riecht man im Dschungel kilometerweit!" und Ossi fuchtelte mit den Händen dazu.

John war immer noch verdattert. Er blickte sich um, wie es in ihrer Umgebung brannte und überall Rauch in den Himmel empor stieg. Dann nahm er seine Zigarette und roch daran. "Spinnst du jetzt total?!" fauchte er los. "Hier riecht keiner eine Zigarette! Sieh dich doch einmal um! Hier brennt es überall!"

"Der Kleine hat gesagt; Nicht rauchen! Also rauche ich auch nicht!"

"Und was war in der Hütte?!" ging Mätz dazwischen.

"Ja! Da hast du doch gleich zwei hineingeschlungen!" hielt auch Stev dagegen.

"Hee! Pst!" versuchte Ossi die beiden am Weitersprechen zu hindern. "Seid still." wurde er ganz kleinlaut und leise. Während er weitersprach fuchtelte er mit den Händen rum. "Wenn der Kleine das erfährt."

"Hat er bereits. Er steht hinter dir." meinte John und zog weiter an seiner Zigarette.

Ossi drehte schnell seinen Kopf, wußte nicht was er sagen sollte, und grinste nur.

Cooper atmete tief ein, sprach kein Wort und ging davon.

Mätz öffnete den Verschluss seines Helmes und ließ ihn herabhängen. "Und was machen wir jetzt?" fragte er seine Kameraden.

"Ich habe hunger." bemerkte Stev.

"Wann hast du mal keinen?" sprach Jim.

"Wo ist der Rest von uns?" ging Oskov dazwischen.

"Keine Ahnung." zuckte John mit den Schultern und rauchte weiter.

"He Russe!" brüllte der Major aus einiger Entfernung. "Schnapp dir die Männer und weiter!"

Oskov drehte sich mit dem Rücken zum Offizier und knurrte vor sich hin: "Wenn der mich noch einmal Russe nennt, reiß ich ihm den Kopf ab!"

"Das will ich sehen." grinste Stev.

"Nun beeil dich Russe!"

Oskov fing zu laufen an und erwiderte mit hoher Stimme die eher einer Zustimmung gleichkam, als einer Abneigung: "Ich komme schon!"

"Wußte ich es doch." grinste Stev noch mehr. "Er traut sich nicht."

"Na kommt schon." sorgte Mätz für Ruhe. "Wir sollten ihn nicht alleine lassen. Zum Schluß verläuft er sich noch."

Die Männer liefen Oskov hinterher in den Dschungel und ließen den Flugplatz hinter sich. Je weiter sie sich von ihm entfernten, desto lauter wurde der Gefechtslärm der vorderen Front.

"Es wird schon dunkel. Wir sollten zurück." flüsterte Gino zu Cooper.

Die beiden lagen hinter einem Baum, abkommandiert als Horchposten.

"Wir sollten lieber auf die Ablösung warten." gab dieser zurück.

Hinter ihnen brach ein Ast entzwei. Gespannt horchten sie auf.

Gino drehten den Kopf zurück. "Da hinten ist was." meinte er.

Gerry blickte weiterhin nach vor.

Gino umklammerte seine Waffe noch fester und machte sich bereit zum Feuern.

"Ranger." ertönte leise eine Stimme. "Alpha."

"Die Ablösung." flüsterte Cooper.

Gino antwortete der Stimme des Mannes: "Omega."

"Okay. Wir kommen."

Zwei Infanteristen kamen in geduckter Haltung nach vor. Auf dem Rücken trugen sie ihr Gepäck. Sie knieten sich neben den liegenden hin.

"Wie ist die Lage?" fragte einer der Soldaten.

"Alles ruhig." antwortete Cooper und richtete sich auf.

"Aufgabe?" wollte der andere wissen.

"Horchposten. Meldestand liegt 200 Meter rückwärts. Zu beiden Seiten liegen Unterstützungstrupps." antwortete Gino, der sich ebenso in eine kniende Position gebracht hatte.

"Gut." nickte der erste. "Wir übernehmen."

Die Ranger zogen ihr Sturmgepäck über und machten den beiden Marines Platz. Dann zogen sie sich langsam zurück.

Gino und Cooper kamen aus dem Dschungel zum Flugplatz. Die aufgestellten Wachen zuckten zusammen und hielten ihre Gewehre feuerbereit. Erst als sie merkten, dass es sich um Kameraden handelte, beruhigten sie sich wieder.

"Blos keine Panik." gab Gino mit einem aggressiven Ton zurück.

"Scheiß Marines." meinte Gerry darauf.

"Lauter Grünschnäbel die die Hosen voll haben. Irgendwann erschießen die uns noch." fluchte Gino weiter.

Mätz erblickte die beiden schon aus einiger Entfernung und grinste: "Die Ausreiser sind zurück."

"Die sehen ja abgekämpft aus." meinte Olavson und fing laut zu lachen an. "Da sieht man wieder einmal die richtigen Kampfmaschinen."

Oskov schüttelte nur den Kopf.

Die drei standen am Rand der Rollbahn nahe dem Tower. Außer Waffe und Munitionsgurt trugen sie nichts weiteres bei sich. Selbst den Helm hatten sie durch ihre Mützen ersetzt.

General Smith trat seitlich auf die Männer zu und forderte sogleich: "In 30 Minuten in meinem Zelt."

"Ja Sir." sagte Gino und salutierte.

Der General ging weiter, ohne die Ehrenbezeugung zu erwidern.

"Ja Sir." äffte Cooper ihm nach. Anstatt zu salutieren, winkte er nur mit der Hand.

"Langsam hasse ich diesen Idioten." bemerkte Oskov mit einem Grunzen.

Mätz blickte dem Offizier verstohlen nach und meinte zur Gruppe: "Der wird uns noch einige Schwierigkeiten bereiten."

"Ach." winkte Olavson ab. "Laßt uns zum Lager gehen."

"Ein Lager habt ihr auch schon?" fragte Gino nach.

"Ja, es hat sich einiges getan." antwortete Oskov, schlug Gino auf die Schulter und fügte dem hinzu. "Kommt mit. Macht euch erst einmal frisch."

Hinter dem Tower stand das Kommandantenzelt. Weitere Zelte standen um die Gebäude und am Rand des Rollfeldes. Sie befanden sich in den üblichen moosgrünen Tarnfarben.

Sie führten die beiden zu ihrem Zelt, nur zehn Meter neben dem des Kommandanten. Im Zelt legten sie ihr Gepäck und Helme ab und zogen ihre Mützen auf.

Cooper nahm eine Zigarre aus seiner Tasche und suchte in seinen Taschen nach Feuer: "Scheiße. Ich habe keine Streichhölzer."

Olavson der Nichtraucher war, zog eine Schachtel mit Streichhölzer hervor und überreichte sie Cooper: "Kannst du behalten. Ich habe noch mehr davon."

"Danke Kumpel." Gerry nahm ein Streichholz aus der Schachtel, rieb es an der Fläche und steckte sich die Zigarre an. Das Streichholz blies er aus und steckte es zurück in die Schachtel.

Gino der Nichtraucher war, hatte etwas dagegen: "Sieh zu, dass du aus dem Zelt kommst. Hier wird nicht geraucht."

"Ist ja gut. Ich verschwinde schon." Gerry stand auf und ging zum Ausgang.

"Ahhh!" schrie Oskov auf. "Paß doch auf wo du hintrittst!"

"Dann lieg nicht vorm Eingang herum."

"Das ist mein Schlafplatz!" fauchte dieser weiter. Er zog sein rechtes Bein an sich und hielt das Knie fest, auf das Cooper getreten war. "So klein und so grob!"

Die übrigen im Zelt schmunzelten über die Wehleidigkeit ihres Kameraden.

Im Freien konnte Cooper seine Zigarre ohne weitere Zwischenfälle qualmen, hielt dabei aber ständig die Hand vor der Glut, denn der Glutschein konnte noch aus einer großen Entfernung wahrgenommen werden und einem Scharfschützen als Zielpunkt dienen.

Am Flugplatz hatte sich wirklich bereits einiges getan. Die Feuer waren gelöscht, die Wracks und Trümmer beiseite geschafft, die Abwehrstellungen neu aufgerichtet und mit eigenen Waffen und Soldaten bestückt, Zelte aufgebaut, Fahrzeuge brachten den ersten Nachschub, Verwundete wurden erstversorgt und abtransportiert.

Cooper nahm die Zigarre in den Mund, zog daran, blies aus, zog erneut, nahm die Zigarre aus dem Mund und blies ein weiteres Mal aus. Er nickte sichtlich zufrieden, stimmte ihn der Anblick des Lagers positiver. Jetzt da ein Lager stand, hatten sie wirklich Fuß auf der Insel gefaßt und durch das Eintreffen von frischen Kampftruppen, wurde das Gelände auch immer fester in ihre Hände verankert. Den Flugplatz hatten sie nun. Der erste große Schritt war getan.

Da stockte Cooper kurz: "Na sieh mal wer da kommt." Ihm huschte ein Lächeln über die Lippen. Sofort lugte er ins Zelt und sprach zu den anderen: "Kommt raus. Es gibt eine Überraschung."

"Ein nacktes Weib?"

"Seid ihr im Osten immer so?" fragte Jim.

"Bist du etwa schwul?"

"Depp." und Jim schwang sich ins Freie.

"Mann Thomson." konnte Mätz es kaum glauben. "Verdammt schön dich zu sehen."

"Thomson ist das?" kroch nun auch der Ukrainer aus dem Zelt.

Die Begrüßung unter ihnen war wahrlich herzlich. Sie umarmten einander, einige drückten sich sogar fester aber allen schien diese Begegnung gut zu tun. Hatte jeder von ihnen Kameraden fallen sehen, da war ein Gesicht, das man für tot glaubte, doch ein Freudenschlag.

"Scheiße Mann." sprach Cooper. "Wir sahen deinen Zerstörer in Flammen."

"Das war er auch." seufzte Thomson kurz. "Viele sind dabei draufgegangen."

"Wie seid ihr dann von Bord?" wollte John wissen.

Sie standen in einem Halbkreis um den Ankömmling.

Thomson senkte kurz den Kopf, atmete tief durch und antwortete nach dem Heben des Kopfes: "Viele sprangen ins Wasser und ertranken, Schwerverwundete verbrannten bei lebendigem Leibe." Er stockte etwas, fuhr dann aber fort: "Einer aus meiner Gruppe stand vor mir, wie eine Fackel in Flammen. Ich konnte ihm nicht helfen. Ich habe den Geruch von verbranntem Fleisch noch immer in der Nase." Dabei senkte er seine Stimme.

"Wenigstens dir geht es gut." sprach Mätz.

"Aber wie bist du von Bord gegangen?" fragte Gino nach.

"Ich sprang ins Meer und wurde kurz darauf aus dem Wasser gezogen."

"Wann bist du an Land gegangen?" wollte Oskov wissen.

"Mit der zweiten Welle."

Es herrschte eine zeitlang Stille. Jeder war in Gedanken versunken. Ja sie alle hatten Kameraden fallen sehen. Freunde die sie kannten, Männer aus anderen Einheiten. An einigen Stellen lagen ihre Toten übereinander, niedergemäht von der japanischen Abwehr.

Cooper zog einmal kräftig an der Zigarre und unterbrach das Schweigen: "Auch wir haben viele Ranger fallen sehen. Zum Glück keinen aus unserer Gruppe."

"Wahrhaftiges Glück." gab Thomson zu denken. "Ich habe keine Ahnung ob von meiner Gruppe noch jemand am Leben ist. Wenn doch, keine Ahnung wo sie sich befinden."

"Ach scheiß drauf." winkte Mulder ab. "Du bleibst ab jetzt einfach bei uns."

"So einfach ist das nicht." bemerkte Thomson. "Ich muß mich bei meinem Zugskommandeur melden."

"Der dürfte irgendwo in dieser Richtung sein." sprach Mätz und deutete in die gemeinte Richtung. "Irgendwo da hinten."

Gino blickte auf die Uhr und unterband weitere Worte: "Komm Cooper. Wir müssen zum General."

"Was will der von euch?" wurden sie von Jim gefragt.

"Sicher will der uns nur eine auf den Deckel geben."

Cooper warf den Stummel zu Boden, stand mit dem Stiefel darauf, reichte Thomson die Hand und meinte dazu: "Ich hoffe wir sehen uns noch."

"Das hoffe ich auch."

Während die beiden Ranger zum Zelt des Generals gingen, unterhielten sich die anderen weiter.

Vor dem Kommandantenzelt standen zwei Wachen. "Halt! Wer da?!" fragte sofort einer von ihnen.

"Der erkennt uns nicht." meinte Gino zu seinem kleineren Kameraden und bewegte dabei kaum seine Lippen.

"Wir sollen uns beim General melden." antwortete Cooper der Wache.

Die linke Wache hob das Eingangstuch zur Seite und meldete: "Sir. Zwei Männer wollen sie sprechen."

"Sie sollen reinkommen!" fauchte der Offizier.

"Okay. Ihr könnt passieren."

Ohne sich ducken zu müssen betraten die beiden das Zelt.

"Sie wollten uns sprechen Sir?" meldete sich Cooper an und salutierte.

"Ja." Der Offizier setzte sich auf den Sessel und erwiderte den Ehrengruß nur schlampig. "Stehen sie bequem." meinte er forsch und fuhr fort. "Wie lautet ihr Bericht?"

"Nach der Landung durchbrachen wir die Bunkerstellungen am Strand und rückten weiter vor. Unterwegs verloren wir unsere Einheit aus den Augen. Gegen Mittag trafen Ranger anderer Einheiten auf uns. Ein Major plante mit uns den Angriff auf den Flugplatz und koordinierte uns im Kampf. Anschließend sicherten wir das Gelände und dienten bis vorhin als Horchposten." berichtete Cooper.

"Zeigt mir die Stellen, an denen ihr auf Widerstand gestoßen seid." Der General zog aus der Schublade hinter sich eine Mappe hervor. Darauf stand "TOP SECRET". Er öffnete sie und zog aus einem Stoß Papier eine Karte hervor. Die Mappe lies er offen, so dass die beiden Ranger lesen konnten; Angriff- und Verteidigungspläne von Kirgasha.

Mit einem Bleistift zeichnete Cooper den zurückgelegten Weg und die Stellen ein, an denen sie kämpfen mußten.

"Von welcher Kompanie seid ihr?"

"Vom vierten Sir." antwortete Gino.

Der General zündete sich eine Zigarette an, verzog das Gesicht und meinte halbherzig: "Tut mir leid. Das vierte wurde aufgelöst. Zu viele Verluste. Meldet euch bei Lieutenant Patton. Das wäre alles. Ihr könnt gehen."

Die beiden salutierten und verliesen das Zelt.

"Aufgelöst?" konnte Gino es kaum fassen.

"Unsere Verluste waren demnach höher als geahnt."

Schweigend gingen sie zu ihrer Gruppe zurück.

Gegen 21.00 Uhr ging Gerry ins Zelt. Das Zelt war acht Meter lang, vier Meter breit und zwei Meter hoch. Er besaß seinen Schlafplatz am weitesten vom Eingang entfernt, aber dies machte ihm nichts aus. Die meisten im Zelt schliefen schon. Sie waren durch den Kampf müde und ausgelaugt. Außerdem war es eine von wenigen Gelegenheiten wirklich einige Stunden schlafen zu können. Im Zelt war es heiß, schwül und stickig. Es roch nach Schweiß, Dreck und Pulverdampf. Obwohl sich die Soldaten frisch gemacht hatten, so gut es eben ging, hielt sich der Gestank in der Kleidung. Während Gino, Mulder und Jim wach waren, sich aufgesetzt hatten, schliefen die anderen. Oskov schnarchte vor sich hin und Mulder gab eine Bemerkung dazu: "Nicht einmal im Schlaf kann er ruhig sein."

Die beiden anderen schmunzelten.

"Wie hälst du es bloß mit ihm aus?" fragte Mulder.

Cooper setzte sich nieder und während er alles unbequeme auszog, antwortete er: "Wenn man ihn erst einmal kennt, ist er gar nicht so übel."

Jim streckte seine Beine aus, trank aus seiner Feldflasche und meinte darauf: "Jetzt weiß ich warum die im Osten soviel Wodka saufen."

"Warum?"

"Damit sie den Langen aushalten."

Sie mußten noch mehr grinsen.

"Nicht so laut." sprach Mulder weiter. "Wenn der mithört, gibt es wieder Stunk."

"Ist bei ihm aber auch nichts neues." gab Jim zurück.

Cooper wollte etwas schlafen, so legte er sich nieder, schloß die Augen und beachtete das Gespräch nicht weiter.

Gino öffnete eine Dose, die er schon lange in den Händen hielt und stocherte mit dem Löffel darin herum, ehe er einen Bissen in den Mund schob.

Mulder blickte ihn lange an. "Was?" stellt er die Frage in den Raum.

Gino blickte zu ihm hoch, der ihm gegenüber saß und hatte die Frage nicht ganz verstanden: "Was meinst du?"

"Du bist so schweigsam und kaust unentwegt am ersten Bissen

rum."

Gino schluckte hinunter, blickte beide an, wie sie ihn gespannt ansahen und antwortete schließlich: "Als wir beim General im Zelt waren, haben wir einige Neuigkeiten erfahren."

"Welche?" ging Jim dazwischen. "Nun mach es nicht so spannend."

"Unsere Verluste sind weit höher als wir angenommen haben."

"Wie hoch?" wollte nun auch Mulder wissen.

Gino wartete etwas mit der Antwort. Schließlich sprach er: "So hoch, dass das Vierte aufgelöst wurde."

"Bitte was?" konnte Jim es nicht glauben.

Mulder blickte Jim an, dann zu Gino, wieder zu Jim und zurück: "Moment einmal. Ganz langsam." Er hielt die linke Hand etwas von sich um anzudeuten, dass ihm dies doch etwas zu schnell gegangen war. "Soll das etwa heißen, die vierte Kompanie gibt es nicht mehr?"

"Nicht in einer akzeptablen Stärke, deshalb wurde sie aufgelöst."

"Oh mein Gott." sank Jim innerlich zusammen. "Wenn die anderen Kompanien auch hohe Verluste haben, dann sind nicht mehr viele von uns übrig."

"Schwein muß man haben."

"Was meinst du damit?" fragte Gino.

Mulder gab zur Antwort. "Vielleicht sind wir die letzte Gruppe in Sollstärke."

"Danke für die Neuigkeit." sprach Jim und meinte dies mehr ironisch. "Jetzt kann ich sicherlich besser schlafen."

"Ihr wolltet es doch wissen." wischte Gino die Schuld von sich und schob einen weiteren Löffel aus der Dose in den Mund, auf dem er ebenso lange herum kaute.

Die Stimmung unter den dreien war auf dem Tiefpunkt angelangt. Sie schwiegen lange, suchten neue Gesprächsthemen zu denen ihnen jedoch nicht viel einfallen wollte. Jeder schien in seine Gedanken vertieft zu sein. Mulder legte sich hin, nicht um zu schlafen, sondern um nachzudenken. Jim wollte zur Ruhe kommen, schaffte es aber nicht. Er verließ nach einiger Zeit das Zelt und suchte draußen nach Zerstreuung. Und Gino warf die zur Hälfte ausgelöffelte Dose beiseite.

Anfang Juni 1944.
Bis zu diesem Zeitpunkt hatten die amerikanischen Soldaten die Landzunge der Insel unter ihre Kontrolle gebracht. Im Westen standen die Soldaten vor der Takaya-Stellung. Kaum war das Gelände gesichert, wurde die Nachschubbasis aufgebaut.

In den kommenden Tagen fanden nur kleinere Gefechte statt. Die japanischen Streitkräfte hatten sich offensichtlich zurückgezogen. Durch Verstärkungen wurde die US-Division auf 18.000 Mann erhöht. Ebenso brachten Frachtschiffe schweres Pioniergerät an Land. Die Artillerie wurde auf 236 mittlere und leichte Feldgeschütze ausgebaut.

General Smith rief seine höchsten Offiziere zu sich ins Kommandantenzelt. Nur wenige der 18 Offiziere fanden platz sich zu setzen, die übrigen, vorwiegend rangniedrigere mussten stehen.

"Meine Herren." sprach der General und nuggelte an seiner Zigarette. "Wir haben unsere Sollstärke fast erreicht. Es ist Zeit die Großoffensive zu beginnen." Er machte eine kurze Pause, zog kräftig am Filter und blies den Rauch aus, ehe er mit seinem Gespräch fortfuhr. "Bevor wir jedoch die Offensive einleiten, muss das Gelände zu allen Seiten erspäht werden. Die Ranger sollen die nötigen Informationen beschaffen." Der General wandte sich direkt an Major Mahoni. "Dazu sind sie doch hier. Nicht wahr? Sie stellen die Teams zusammen. Ich möchte, dass sie in 20 Minuten abmarschbereit sind."

"Natürlich Sir." antwortete Mahoni und merkte wie abwertend nicht nur der General gegenüber ihn und seinen Männern wirkte. Die Blicke der anderen anwesenden Offiziere und ihre Gesten, ließen auf den gleichen Schluß folgern.

"Gut meine Herren." sprach der General wieder an alle gewandt und drückte seinen Stumpen im Aschenbecher aus. "Inzwischen werden wir die Offensive planen. Ich erwarte Vorschläge von ihnen. Das wäre alles."

Sie salutierten und verliesen das heiße und stickige Zelt.

Noch einmal sah der General auf die Karte mit der Insel. Seine Uniform war verschwitzt. Am Kragen, unter den Achseln und auf dem Rücken sah man besonders gut die nassen Schweißstellen. "Jetzt geht es euch bald an den Kragen ihr verdammten Japse." murmelte er vor sich hin.

Major Mahoni ging zu einem Zelt.

"Major. Sir." begrüßte ihn Oskov schon von weitem. Es saß auf einem Baumstamm und reinigte seine MP. Sein Oberkörper war frei und in seinem Mund steckte eine Zigarette, an der eine zwei Zentimeter lange Asche hing. Als der Major nähergetreten war, stand Oskov auf und salutierte.

Mahoni erwiderte und kam sogleich zur Sache: "Ich habe mit dir und den Jungs etwas zu besprechen."

Oskov nahm die Zigarette aus dem Mund, drehte seinen Kopf zum Zelteingang und brüllte: "Alle Mann rauskommen! Der Major will uns sprechen!"

Aus dem Zelt traten vier Mann. Auch sie waren oben ohne.

"Welch eine Ehre." meinte Gino. "So einen hohen Besuch hatten wir hier nicht erwartet."

Auch sie salutierten.

"Wen hättest du denn sonst erwartet?" fragte ihn der Major, als er die Ehrenbezeugung erwiderte.

"Vielleicht ein paar geile Weiber." bekam er zur Antwort.

"Wo ist der Rest von euch kümmerlichen Gestalten?" fragte der Major und wischte somit das Frauenthema beiseite.

"Bei der Rollbahn." meinte Olavson.

"Dann hol sie." forderte der Offizier schroff.

"Ja Sir." und er rannte los.

Nachdem alle acht vorm Zelt versammelt waren, in einem Halbkreis um den Major standen, begann dieser: "Männer. Ihr bildet einen Aufklärungstrupp. Ihr geht von hier direkt auf das Tatsumi-Gebirge zu, bis ihr den ersten See erreicht. Dann sollt ihr das umliegende Gelände erkunden. Meldet euch bei der Versorgung. Nehmt mit was ihr für fünf Tage braucht. In zehn Minuten seid ihr abmarschbereit."

"Major?" wollte Gerry eine Erklärung abgeben. "Wieso wir? Wir waren schon letzte Nacht draußen."

"Weil ich das so will."

"Fünf Tage Sir?" fragte Mätz verwundert. "Solange war noch keiner draußen."

"Der Angriff auf die japanische Hauptstellung steht bevor. Wir brauchen Informationen vom umliegenden Gelände. Und da draußen brauche ich alte Hasen."

"So alt sind wir nun auch wieder nicht." meinte Gerry darauf.

"Der Lange schon." und der Offizier blickte zu Oskov, der versuchte sich zu wehren, beim Blick des Majors jedoch nicht wagte etwas darauf zu sagen. Dann wandte Mahoni sich wieder an alle. "Na los. Beeilt euch. Bevor ihr losmarschiert, meldet ihr euch bei mir ab."

"Ja Sir." salutierten die Männer und waren davon nicht gerade überzeugt.

"Dann wollen wir mal unsere Sachen zusammenpacken." befahl Cooper.

Im Zelt machten sie sich für die Mission bereit. Jedes überflüssige Gewicht ließen sie zurück. Nicht einmal der Stahlhelm sollte mitgenommen werden, dieser würde im dichten Dschungel auch nur hinderlich sein. Sie zogen zwar frische Unterwäsche und eine frische Uniform an, vermieden es aber sich zu waschen oder gar zu rasieren. Diese Düfte sind im Dickicht viel zu auffällig und können viele hundert Meter weit gerochen werden. Die Uniformen konnten sie ohne weiteres wechseln, da diese inzwischen den Geruch der Umgebung angenommen hatten. Aus dem Sturmgepäck wurde alles entfernt was nicht dringend notwendig war, um Platz für Munition und Verpflegung zu schaffen. Und es wurden die Verschlüsse der Waffen auf reibungslose Funktion geprüft.

Am Flughafengelände waren unter Zelte Ausgabestellen eingerichtet worden. Schon hatten sich mehrere Rangergruppen vor diesen Stellen angesammelt.

"Wo soll es hingehen?" wurde Gino von einem Kameraden aus der Zweiten gefragt.

"Keine Ahnung." antwortete dieser. "Dies erfahren wir später."
"Wahrscheinlich Spähtrupp. Genau wie wir."

"Schon möglich." wich Gino aus. Er hatte keine Lust darüber zu sprechen.

Die Gruppen versammelten sich in mehreren Reihen und es ging nur langsam voran. Viele sprachen miteinander, einige lachten, manche schwiegen.

Nun war Coopers Gruppe an der Reihe. Sie gingen von links ins erste, zu drei Seiten offenstehende Zelt. Auf Tischen waren Feldflaschen voll mit Wasser aufgereiht. Dahinter standen zwei Männer, die aus Fässer Trinkwasser abfüllten.

"Gebt eure leeren Flaschen ab und nehmt was ihr braucht."

John nahm sein Sturmgepäck von der Schulter, stellte sie auf den Tisch ab, öffnete sie und stopfte mehrere Feldflaschen hinein, ebenso tauschte er beide an seinem Munitionsgurt aus.

"Reicht das?" sah Stev ihn an. "Wir sind fünf Tage draußen."

Kurz überlegte John, dann nahm er zwei weitere Flaschen und verstaute auch sie in sein Sturmgepäck.

Im Nebenzelt, das gleich an das erste anschloss, so dass die Männer glaubten sich in einem einzigen großen zu befinden, wurde die Verpflegung ausgeteilt. Auch hier zwei Soldaten die aus Kisten Dosen entnahmen und sie auf den Tischen aufreihten.

Oskov nahm eine von ihnen in die Hand und blickte darauf. "Wundervoll." meinte er sarkastisch. "Speck mit Bohnen."

"Fang auf." und Gino warf ihm eine zu.

"Es wird ja noch besser. Speck mit Linsen." murrte Ossi weiter und verstaute die aufgefangene Dose.

"Jammere nicht soviel." ging Mätz dazwischen. "Nimm was du kriegen kannst."

"Bei soviel Bohnen hält das ja meine Hose nicht aus." meinte Oskov weiter.

Und dies heiterte die Stimmung nicht nur bei der Gruppe auf.

Sie stopften verschiedene Dosen, Kaugummi, Zigarettenschachteln, Riegeln und andere Päckchen in ihre Sturmgepäcke.

Im Zelt daneben kamen sie zum Munitionsempfang. Ganz gierig nahm Cooper Granaten aus den Kisten und stopfte sich damit die Taschen voll, daneben entnahmen sie aus anderen Kisten Magazine für ihre Waffen, soviel sie tragen konnten.

"Sind wohl ein bisschen gierig was?" blickte Oskov von oben auf seinen kleinen Kameraden.

Cooper stand vor ihm, beide Hände voller Magazine. "Keine Lust, dass mir die Munition ausgeht." antwortete dieser darauf.

"Vermutest du starken Feindkontakt?"

"Ein dummes Gefühl, ja."

"Gut." Oskov ging zwei Schritte vor, stieß einen Ranger beiseite und nahm gleich eine ganze Kiste voller Magazine.

"Was war da mit ganz gierig?" schüttelte Jim den Kopf.

Cooper zuckte nur mit den Schultern.

"Hee! Was soll das?!" fauchte der Soldat, den Ossi weggestoßen hatte.

"Beruhig dich Mann. Wir müssen raus."

"Aber das gibt dir noch lange nicht das Recht mich anzumachen!" war der Soldat immer noch sauer.

Zum ersten Mal versuchte Oskov keinen Streit zu provozieren, sondern er schlichtete: "Mir gefällt es nicht da raus zu müssen. Aber wir sind alleine." und er hielt den Arm ausgestreckt. "Da draußen erhalten wir keinen Nachschub und wer weiß schon wie viele Schlitzaugen herum eiern."

"Ja ja, schon gut Mann." beruhigte sich der Soldat wieder. "Frag das nächste Mal einfach."

Ossi verzog kurz sein Gesicht: "Ach ja. Das hätte ich auch machen können."

Die Männer gingen zurück zu ihrem Zelt und verstauten die Sachen richtig, hatten sie sie vorher nur ins Gepäck geworfen, mussten sie richtig hineingegeben werden, um Scheppern zu vermeiden oder, dass das Gepäck nicht auf den Rücken drückt.

"In welche Scheiße werden wir jetzt schon wieder getrieben?" grunzte Oskov halblaut vor sich hin.

Der dunkelblonde Norweger hörte diese Worte und meinte darauf: "Die schicken uns alleine gegen die Japsenarmee."

"Dann wird es Zeit, dass du etwas für deinen Sold machst. Im U-Boot musstest du ja nicht in dieser Gluthitze marschieren."

"Nun mal halblang Russe."

"Ukrainer." und er hob demonstrativ den Finger dazu.

"Mir scheiß egal woher du kommst." sprach Olavson genervt weiter. "Hier kann ich wenigstens in Deckung gehen. Das ist auf einem U-Boot nicht möglich wenn der Feind dich mit Wasserbomben zuscheißt."

"Leute." mischte sich Gino ein. "Hebt euch das für die Kleinen auf."

Sie sahen zu Cooper.

"Nicht der." verdrehte Gino die Augen. "Die Reisfresser."

Mulder mischte mit: "Bei mir im Flugzeug ging es genauso. Aber ich habe trotzdem ein mulmiges Gefühl bei der Sache."

"Sag jetzt lieber nichts." sprach Jim. "Sonst steckst du mich noch an mit deinem Gefühl."

John versuchte die Sache auf seine Art zu schlichten: "Warum jammert ihr? Wir haben doch Vollverpflegung."

"Fünf Tage Dosenfutter." knurrte Oskov weiter.

"Wenigstens ist Cooper der Gruppenkommandant." meinte Mätz.

"Und der Kleinste hat wieder einmal das sagen." scherzte Oskov.

Gerry der sich bisher kaum zu Wort gemolden hatte, gab zurück: "Ist doch klar. Ihr Großen werdet doch zuerst erschossen."

"Wie meinst du das jetzt?" wollte Gino wissen und auch der Ukrainer spitzte die Ohren.

"Ihr bietet ein größeres Ziel."

Daraufhin mußte John, der mit 1,68 Meter gleich groß wie Cooper war, in schallendes Gelächter ausbrechen.

Nach dem Abmelden beim Major marschierte die Gruppe los.

Bei diesen Aufträgen trug keiner der Ranger einen Helm, sondern ihre Feldmützen. An den Beinen, Unter- und Oberarmen war die Bekleidung mit Gummibänder an den Körper gebunden. Diese

Vorsichtsmaßnahme mußte sein. Lockere Bekleidung rieb an Ausrüstungsgegenständen oder Buschwerk und verursachte verräterische Geräusche. Hände und Gesicht waren geschwärzt.

Die Ranger konnten sich glücklich schätzen, wenn sie in einer Stunde einen Kilometer weit kamen. Selbst um die äußersten Horchposten zu erreichen dauerte es bis zu zweieinhalb Stunden.

Kurz mußte unser Trupp in die Knie gehen.

"Wodka."

"Sake." antwortete Cooper.

"Okay. Kommt raus."

Cooper winkte seinen Männern.

Langsam standen sie auf und schlichen geduckt mit den Waffen im Anschlag weiter. Sie gingen an den Horchposten vorbei, die sich hinter einem Baum hingelegt hatten. Die Blicke der Ranger und Marines trafen sich.

"Viel Glück da draußen Jungs."

Mulder nickte den beiden nur zu.

Nachdem die Ranger am Horchposten vorbei waren, meinte einer der Marines: "Arme Schweine."

"Ja." stimmte der Kamerad dem zu. "Alleine würde ich da nicht raus wollen."

"Gut das wir keine Ranger sind."

Nach kurzer Zeit war die Gruppe aus dem Blickfeld der beiden Marines verschwunden.

Das Gelände was sich jetzt vor ihnen befand, wurde bisher von keinem amerikanischen Soldaten betreten. Hinter jedem Baum, jedem Busch, konnten sich feindliche Späher befinden.

Doch langsam dämmerte es. Ein großer Vorteil für die Ranger, die ja bei Nacht zum "Leben" erwachen. Jetzt waren die wichtigsten Werkzeuge das Gehör- und der Tastsinn. Gespannt horchten sie in den Dschungel hinein. Bei jedem verdächtigen Geräusch gingen sie in die Knie und warteten einige Minuten, bevor sie weitergingen. Schritt für Schritt schlichen sie weiter. Mit den Händen griffen sie nach Buschwerk oder am Boden liegende Äste und gaben sie beiseite. Dann erst wurde der Fuß auf den Boden aufgesetzt immer dabei bedacht kein Geräusch von sich zu geben. Schließlich war es so dunkel, dass sie nicht einmal mehr die eigene Hand vor Augen sahen. Zusätzlich versperrten die Baumkronen den Blick zum Sternenhimmel. Nur durch das Antippen zum Vordermann hielten sie Kontakt zur Gruppe. Ein Gefühl völliger Isolierung von der Außenwelt machte sich in den Männern breit. Einige Vögel schreckten auf und flatterten davon. Jetzt galt sichern und hoffen, dass kein feindlicher Soldat dies vernommen hatte.

"Scheiß Viecher." knurrte Jim.

John lag neben ihm und meinte darauf: "Wenn wir bei jedem aufgeschreckten Wild in Deckung gehen müssen, dann brauchen wir Monate bis wir wieder zurück sind."

"Beruhigt euch." forderte Gino sie auf.

Stev sprach mit: "Einen Vorteil hat es aber."

"Und welchen?" fragte Jim nach.

"Sie verraten uns wo sich der Feind befindet."

"Umgekehrt aber genauso."

"Ruhig Männer." ging Cooper dazwischen.

Gespannt horchten sie weiterhin in die Dunkelheit.

Die Gruppe von Cooper marschierte bis 1.00 Uhr. Dann legten sie eine mehrstündige Pause ein.

Dies war eine der wenigen Gelegenheiten etwas zu schlafen, sofern man von schlafen sprechen konnte. Obwohl die Männer todmüde waren, schreckten sie bei jedem verdächtigen Geräusch auf. Um dennoch genügend Ruhe zu bekommen, hielten immer nur zwei Wache, während sechs schliefen oder anderen Dingen nachgingen, wie etwas essen oder trinken. Normalerweise wäre es üblich gewesen, wenn die Hälfte wach geblieben wäre, da es aber Nacht war und man sie so nicht sehen konnte, genügten zwei vollkommen. Allerdings hatten diese große Probleme auf ihren Posten nicht einzuschlafen.

John der Wache hatte, lag auf dem Boden mit dem Gesicht von der Gruppe weggewandt, aber nur wenige Meter von ihnen entfernt. Er blickte kurz zurück, konnte nicht viel sehen, hörte aber wie sich einer seiner Kameraden im Schlaf umdrehte.

Mätz lag auf der anderen Seite des Lagerplatzes, ebenso nur wenige Meter von seinen Kameraden entfernt. Gespannt horchte er in die Umgebung. Da er so gut wie nichts sehen konnte, war er mehr auf sein Gehör angewiesen. Doch in der Nacht vernahm man Geräusche, die man am Tag gar nicht hört. Vögel kreischten, Grillen zirpten, irgendwo ganz weit entfernt rascheln in den Baumkronen, womöglich von Primaten verursacht. Da ein Gebrüll, da ein Rauschen. Sehr schwer hier ein Geräusch zu vernehmen, das nicht so ganz in die Natur passte.

Mätz war müde. Er gähnte und rieb sich seine Augen, die schon vor lauter Müdigkeit brannten. Er nahm sein Gewehr, hielt es fester und zielte. Es drohte keine Gefahr, aber sollte er gezwungen sein zu schießen, sähe er gar nicht mal wohin. "Verdammt." sprach er zu sich selber. "Es ist so dunkel, ich sehe nicht einmal Kimmel und Korn." Er entspannte seine Hände und horchte weiter in die Nacht.

Als die Sonne aufzusteigen begann und man wieder etwas sehen konnte, marschierten sie weiter. Die Spitze machte Gino. Fünf Meter dahinter folgte Gerry. Dann alle drei Meter ein weiterer. Der Vorderste beobachtete die Umgebung vor sich, Cooper und der fünfte in der Reihe sahen in die Baumkronen, der dritte und sechste Mann spähten zur linken, der vierte und siebte Mann zur rechten Seite. Oskov der das Schlusslicht bildete, hatte seinen Blick nach hinten gerichtet. Da stockte Oskov, als er seinen Blick wieder nach vorne richtete. "Uhh. Was bist denn du für ein Teil." sprach er zu sich selber.

Vor ihm lag eine Schlange. Sie war eingerollt, züngelte und zischte Ossi an.

"Was ist los mit dir? Kusch, kusch." fuchtelte er zur Schlange. "Was willst du denn von mir? Warum beißt du keinen von den anderen? Vielleicht den Kleinen? Denn könntest du sogar im ganzen verschlingen."

Die Schlange zischte noch mehr. Ossi war gezwungen einen

Schritt zurückzumachen. Dann nahm er seine Waffe, streckte seinen Arm aus und fuchtelte mit dem Lauf vor der Schlange herum. "Ich bin stärker als du. Also lass mich in Ruhe." und er begann herum zu hüpfen. Als die Schlange noch mehr zu zischen begann, zog er den Arm schnell zurück. "Okay. Einigen wir uns auf unentschieden. Für dieses Mal lasse ich dich in Frieden." Vorsichtig machte er einen Schritt zur Seite und schlich sich wie ein Gummimann an der Schlange vorbei.

Viele der Bäume waren uralt, hatten einen Umfang von mehreren Metern. Selbst ihre Hauptäste waren dicker als ein Mann. Die Stämme der Bäume sahen feucht und rutschig aus. Die Blätter hingen in einem saftigen grün an den Ästen. Im Dschungel gibt es eine Vielzahl von Vögeln, von den einfarbigen bis zu den bunten, deren prächtiges Gefieder dazu dient ihr Revier zu kennzeichnen und potenzielle Partnerinnen anzulocken. Weitere Gattungen anderer Arten tummeln sich auf den Bäumen. Selbst der Boden ist übersät von allerlei Getier.

Jetzt am frühen Morgen erwachten die Tiere des Tages zum Leben und verursachten allerlei Geschrei. Schwer vorzustellen, dass es in diesem Paradies Krieg gab.

Gino ging ruckartig in die Knie und hob die Hand mit gespreizten Fingern empor. Sofort gab jeder das Zeichen an den Hintermann weiter. Sogleich war in allen Richtungen gesichert.

Gerry ging langsam in geduckter Haltung zu Gino vor. "Was ist?" flüsterte der Gruppenführer.

Gino deutete nur nach vor.

Ein kleiner Fluß kreuzte ihren Weg. Er war vier Meter breit, dahinter lag ein drei Meter hoher, natürlicher Damm, der mit Gräsern und Farnen bewachsen war.

Die Blicke der beiden huschten durch das Umland. Viel konnten sie nicht sehen. Aber dennoch galt es Vorsicht zu wahren.

"Irgendetwas gehört?" fragte Cooper nach.

Gino ließ seinen Blick nicht von der Umgebung ab und schüttelte leicht mit dem Kopf.

Cooper winkte den Männern.

Langsam schlossen sie auf.

"Olavson, auskundschaften." befahl Cooper leise.

Der Norweger nickte und stieg langsam ins Wasser, das ihm allerdings nur bis unterhalb der Knie reichte.

"Feuerschutz." gab der kleine Kommandant weitere Befehle.

Der erste zu sein birgt immer Gefahr. Stev konnte bei einem Feuergefecht nicht auf rechtzeitige Deckung hoffen, also versuchte er so schnell wie möglich den Fluß zu durchqueren, allerdings vermied er es, bei den Schritten die Beine aus dem Wasser zu heben, sondern schlenderte sie unter Wasser weiter vor. Olavson erreichte sicher das andere Ufer, bestieg den Damm und legte sich nieder. Er hob die Hand nach einer kurzen Inspektion und winkte. Die Männer stiegen ins Wasser. Leise, ruhig um nicht viel Lärm zu machen, gingen sie weiter

Plötzlich hob Olavson erneut die Hand. Eine japanische Patrouille mit acht Mann kam ihnen entgegen. Der US-Trupp erreichte sicher das andere Ufer und verteilte sich sofort.

Die japanischen Soldaten trugen Tropenuniformen, Mützen mit Tüchern, die ihnen bis zu den Schultern reichten, kurzärmlige Hemden und Hosen die ihnen bis zu den Knien reichten, in bräunlich- sandiger Farbe. In der Nähe schien ihr Lager zu sein, denn sie hatten kein Sturmgepäck bei sich, nur Munitionstaschen und wenige Feldflaschen. Ihre Bewaffnung waren lange Messer und Gewehre mit aufgepflanztem Bajonett.

Mätz hatte sich hinter einem Baum versteckt und wartete bis die feindliche Patrouille an ihm vorbei war. Da auch die Japaner sehr aufmerksam waren, mußte er sich hüten sich zu verraten. Kurz blickte er zu Boden, um nicht auf Äste zu steigen, dann schlich er um den Baum und ging gebückt an den hintersten der Soldaten heran. Schnell packte er ihn, hielt ihm mit der linken Hand den Mund zu und packte gleichzeitig mit seiner rechten den Kopf des Mannes und riss ihn zur Seite. Ein Ruck und das Genick des Japaners war gebrochen. Langsam lies er ihn zu Boden gleiten, beobachtete dabei aber die anderen Feinde, die langsam aus seinem Blickfeld verschwanden. Sie schienen nichts bemerkt zu haben.

Jetzt übernahm Oskov den hintersten. Er umklammerte sein Kampfmesser fester und stieß mit voller Wucht dem Soldaten die Klinge in die Seite. Genau zwischen Beckenknochen und der untersten Rippe. Dieser Stich schmerzte so sehr, dass das Opfer keinen Ton rausbekam, selbst wenn dieser schreien wollte.

Einer der anderen Ranger machte sich zum Sprung bereit und konnte es ohne weiteres mit den restlichen aufnehmen. Doch einer der Japaner schien etwas bemerkt zu haben, er hatte etwas gehört. Sofort blieb er stehen und nahm sein Gewehr in Anschlag, unterließ es aber zum Glück für Jim, seine Kameraden darüber zu informieren. Der Japaner entsicherte sein Gewehr und lud durch. Seine Aufmerksamkeit galt nur in die Richtung in die er blickte. Nebenbei fiel ihm gar nicht auf, dass bereits zwei seiner Kameraden fehlten. Jim durfte sich nun nicht bewegen, der Japaner hätte sofort geschossen. Langsam ging er mit kleinen Schritten direkt auf Jim zu. Auch dieser hielt seine Waffe oben und war bereit zu schießen, wollte dies aber vermeiden um sich nicht zu verraten.

Noch drei Schritte.

Jim machte sich klein.

Noch zwei Schritte.

Da sprang John hinter einem Nebenbaum hervor und schnitt dem Japaner die Kehle durch.

Nun mußte es schnell gehen. Die übrigen Feinde hatten etwas gemerkt und waren zurückgekehrt. Jim sprang aus seiner Deckung hervor und schlug mit der Faust gegen die Schläfe eines Japaners, der mit seinem Gewehr John ins Visier genommen hatte und stieß anschließend sein Kampfmesser dem betäubten Japaner mitten ins Herz.

Auch Mulder, der mit seinen 25 Jahren bereits mehrere Menschen in Kämpfen getötet hatte, kam aus seiner Deckung und schlug mit dem Kolben seiner Maschinenpistole einem Gegner auf den Kopf, der sofort zu Boden ging. Mulder stürzte sich auf ihn und stach ihn nieder.

Gerry und Olavson machten gemeinsame Sache. Während sich Cooper versteckt hatte, verriet sich der Norweger absichtlich und lenkte somit die Aufmerksamkeit auf sich. Zwei der Japaner hoben ihre Waffen und feuerten diese auf Olavson ab. Stev rannte davon und brachte sich in Deckung. Die beiden Soldaten verfolgten ihn. Cooper sah die beiden und streckte sie mit gezielten Schüssen aus seiner MP nieder.

Nun wurde Jagd auf den letzten Japaner gemacht, der bereits davon rannte um seine Einheit zu informieren. Gino nahm sein Kampfmesser und schleuderte es dem Feind nach. Es blieb im Rücken des Japaners stecken. Sofort ging er zu ihm, zog sein Messer aus dem Leib des Mannes der noch immer lebte. Kurzerhand stieß er zu und tötete ihn.

"Sammeln." ging der Befehl durch die Runde.

Die Gruppe sammelte sich und sicherte in alle Richtungen.

"Das war verflucht noch einmal knapp. Nur eine Minute früher und sie hätten uns am Bach fertig gemacht." seufzte Gino.

"Ich hatte hier keine Japse vermutet." meinte Jim. Er war an einen Baum kniend und hielt seine Waffe feuerbereit.

"Die kundschaften aus genau wie wir." sprach John.

"Glaubt ihr, es sind noch mehrere von denen hier?" fragte Mulder.

"Ich wette die ganze Insel ist voll von ihnen." flüsterte Olavson.

"Die wollen uns hier nicht haben." erwiderte Mätz.

Gino meinte darauf: "Wir sie doch auch nicht."

"Eines gefällt mir gar nicht." gab Cooper zu bedenken.

"Und was wäre das?" wollte Oskov wissen.

"Kein Gepäck."

"Ach so." überlegte Mulder. "Eine Innensicherung?"

"Gut möglich." überlegte Gerry weiter. "Auf jedenfall ist ein Camp in der Nähe."

"Aus welcher Richtung sind sie gekommen?" wollte Jim wissen.

"Osten." antwortete Stev, der sich neben ihm befand.

"Dann sollten wir in die andere Richtung gehen." meinte Mätz darauf.

"Nein." befahl Cooper. "Wir müssen sie auskundschaften."

"Müssen wir wirklich?" fragte Oskov nach.

"Deswegen sind wir doch hier. Also keine Wiederrede." Gerry blickte sich kurz zu seinen Männern um und erkannte, dass sie dies lieber nicht tun sollten. "Laßt uns verschwinden, hier wimmelt es bald von Japsen. Mulder du übernimmst die Spitze."

"Immer auf die Kleinen." meinte dieser und stand auf.

"Na viel größer ist unser Kommandant aber auch nicht." und Oskov blickte seinen Kameraden an.

"Ich habe es dir schon einmal gesagt. Die kleinen trifft man nicht so leicht."

Die Gruppe ging los, wieder in Formation, hintereinander.

An diesem Tag blieben sie ohne lange Pausen auf den Beinen und hatten keinen Feindkontakt mehr.

Gegen Abend erreichten sie den See, in dessen Nähe sie ihr Lager aufschlagen wollten.

Zuvor jedoch galt es die Gegend zu beobachten. So pirschten sie sich in verschiedene Richtungen voran und sahen sich um.

Der See war elliptisch, war gute 500 Meter lang und etwa 400 Meter breit. Das Wasser war ruhig und sehr klar. Unter tags konnte man metertief bis zum Grund blicken. Gespeist wurde der See von kleineren Bächen, die ihre Quellen im Gebirge hatten. Rund um den See befand sich ein natürlicher Strand, auf dem keine Bäume, sondern nur Büsche und Sträucher wuchsen. Meist befand sich der Strand aus Steinen oder groben Sand. An zwei Stellen begannen die Bäume erst über 50 Meter vom Wasser entfernt wieder zu wachsen. So manches Getier benutzte diese Wasserstelle am Tage, andere während der Nacht. Dadurch war nicht festzustellen, ob sich ein Feind oder ein Tier in der Nähe befand.

Nachdem sie festgestellt hatten, dass keine Gefahr drohte, waren vier Mann abkommandiert worden zu spähen, die anderen vier sollten das Lager herrichten.

Zuerst galt es den Lagerplatz von Ästen und Laub zu befreien. Denn diese benutzen viele Kriechtiere wie Spinnen, Schlangen und andere oft giftige Tiere. Wenn man ihnen diesen Schutz nahm, kommen sie nicht in die Nähe des Schlafplatzes. Trotzdem bestand die Gefahr, dass sich das eine oder andere Kriechgetier den Schlafenden nähern könnte. Normalerweise würde ein Feuer dies verhindern, aber mitten im Feindgebiet ein Feuer anzumachen wäre das sichere Todesurteil. Also galt es seinen Blick hin und wieder auf den Boden zu richten. Nach getaner Arbeit konnten die vier endlich ruhen.

"Riecht gut." sagte Jim, der ansonsten nicht viel sprach. Er ging auf Gino zu, der am Boden saß und aus einer Dose kalte Ration, Linsen mit Speck aß.

"Verschwinde. Zivilisten haben in der Feldküche nichts verloren." scherzte er und stopfte sich einen weiteren Löffel von dem

Essen in den Mund.

"Ich geh ja schon, du Meisterkoch." gab Jim zurück und grinste ihn dabei an.

Gino nahm einen kleinen, alten, verrotteten Ast vom Boden auf und warf ihn seinem Kameraden hinterher: "Diese Jugend von heute."

Zwei der Ranger sammelten Wurzeln, zerrieben sie und mischten sie mit ihrem Essen. Da sie in der Ausbildung gelernt hatten, was man essen konnte und was nicht, bestand keine Gefahr für eine Vergiftung. Und es war eine willkommene Abwechslung unter der einseitigen Ration. Dabei trugen sie Waffen und Munition immer bei sich.

Nach dem Schmaus liesen es sich diejenigen die keine Wache hatten gut gehen. Sie lagen unter Bäumen versteckt, waren aber dennoch stets bereit zu kämpfen, falls dies notwendig wäre.

Gegen 20.00 Uhr teilten sie die Nachtwachen ein. John, Mulder, Jim und Mätz hatten die erste Wache, um 02.00 Uhr sollte die Ablöse erfolgen.

"Bist du müde?" fragte Mulder.

"Ich weiß nicht." gab Jim zur Antwort.

"Du wirst doch wissen, ob du müde bist oder nicht."

"Keine Ahnung. Vor Unsicherheit kann ich sowieso nicht schlafen. Und? Wie ist es bei dir?"

"Wenn ich einschlafen sollte, dann weck mich." antwortete dieser und schlug ein anderes Thema ein. "Warum bist du nicht in Europa?"

"Wie meinst du das?"

"Du bist blond und blauäugig. Du wärst der perfekte Spion."

"Lieber nicht." wies Jim ab. "Jeder würde glauben ich wäre ein Deutscher. Selbst eigene Truppen würden mir nicht glauben."

"Gut möglich." Mulder machte eine kurze Pause und fügte hinzu. "Gut. Dann gehe ich wieder auf Streife. Wo sind die beiden anderen?"

"Auf der anderen Seite des Sees."

Mulder nickte, stand auf und sah im Lager bei den schlafenden nach, ob alles in Ordnung war.

John saß sich zu Mätz. Beide blickten kurz über den See zum Schlafplatz. "Alles ruhig?" fragte dieser.

"Ja." antwortete John. "Ich habe das Ufer abgesucht. Nichts. Nicht einmal eine Maus ist hier vorbei."

"Dann ist es ja gut." und Mätz beobachtete wieder die Gegend vor sich. "Hier im Dunklen kann man gar nichts sehen." meinte er nach einer kurzen Pause.

"Das ist auch besser so. Dann sehen uns die Japse auch nicht." Mätz huschte ein kurzes Lächeln über die Lippen.

"Wie spät ist es?"

Mätz blickte auf seine Uhr, konnte aber nicht viel sehen. "Ich schätze so gegen elf."

"Okay. Ich bleib noch ein paar Minuten, dann mach ich noch eine Runde."

Mätz kramte in seiner Brusttasche herum, zog etwas heraus und fragte: "Willst du auch ein Stück?"

"Was ist das?"

"Schokolade."

"Nein danke. Ist mir zu bitter."

Mätz öffnete sie und brach ein Stück ab, das er in den Mund schob. Er kaute zweimal und flüsterte weiter: "Ich habe soviel, davon könnte ich mich tagelang ernähren."

"Hier in der Hitze ist sie doch sicherlich weich."

"Etwas." grinste Mätz. "Wenn sie flüssig ist, dann trinke ich sie." Er kaute etwas herum, schluckte und sprach weiter. "Mein Bruder hatte eine Schokoladenfabrik. Jedesmal wenn er mich besuchen kam, brachte er eine ganze Wagenladung voll mit."

"Dein Bruder hat die Schokolade gemacht?"

"Nein. Er ist auf Hawaii gefallen. Er war Pilot. Jetzt schmeißt meine Schwester den Laden."

"Tut mir leid."

"Schon gut. Irgendwann, früher oder später wird es auch mich erwischen."

"Uns erwischt es noch lange nicht."

"Und wie kommst du darauf?"

"Weil unsere Zeit noch nicht gekommen ist."

Mätz schüttelte den Kopf und sagte nichts mehr darauf. Was hätte er auch noch sagen sollen? Eine Diskussion mit ihm anzufangen, wann wer stirbt?

Nach einer Minute meinte John: "Ich sollte besser wieder auf Streife gehen. Wir wollen nicht von den Schlitzaugen überrascht werden." Dann stand er auf und ging in die entgegengesetzte Richtung aus der er gekommen war.

Nachdem Mätz sich wieder alleine befand, war ihm die Lust auf Schokolade vergangen. Lieber hatte er sie hart und knackig, aber hier auf der schwülen Insel, war sie schon sehr aufgeweicht. Ein Glück, dass sich viel Papier herum befand. Dieser Zuckerschub sollte ihm helfen wach zu bleiben. Er lauschte und beobachtete. Er konnte doch einiges erkennen, zumindest Umrisse, denn hier am See war offenes Gelände. Somit konnte der Mondschein bis auf den Boden gelangen und erhellte diese Lichtung. Wie in jeder Nacht, hörte er auch jetzt wieder Geräusche, die am Tage nicht zu vernehmen sind. Einerseits, da diese Tiere unter tags schlafen, zum anderen, da der Gehörsinn im Dunkeln besser arbeitet, um die fehlende Sicht zu kompensieren. Ein Tier gab kurz einen Laut von sich. Dann war von ihm nichts mehr zu hören. Aber der Wind blies mehr oder weniger die ganze Zeit und brachte die Blätter in Bewegung. Unter Tags war dies nicht besonders schlimm, da verlässt man sich zusätzlich auf die Augen. Aber im Dunkeln klingt das Rauschen viel lauter und drohte dadurch andere Geräusche zu übertönen. Aber auch die Gegenseite kämpfte mit diesen Problemen. Zudem war zu hoffen, dass die Japaner hier keine Amerikaner vermuteten und somit Patrouillengänge in der Nacht unterließen, aber verlassen konnte man sich darauf nicht. Hier alleine, ohne jeglichen Kontakt, fiel es Mätz besonders schwer wach zu bleiben. Er merkte wie er immer öfter in den Sekundenschlaf fiel und er sich wieder aufrappeln mußte.

Mulder und Jim trafen im Lager wieder aufeinander. Jim sah auf die Uhr und meinte: "Noch zehn Minuten. Sollen wir sie wecken?"

"Nein. Laß sie noch. Sie werden es brauchen."

Beide lagen am Boden und spähten in alle Richtungen. Obwohl auch sie müde waren, ihnen teils die Augen zufielen, ließen sie ihren Kameraden die paar Minuten.

Die Männer waren erschöpft, ihre Vorsicht abgestumpft. Ab und zu schreckten sie auf, horchten dann für kurze Zeit angespannt in die Dunkelheit, aber nach kurzer Zeit nahm ihre Aufmerksamkeit wieder ab. Beim nächsten Laut waren ihre Sinne wieder geschärft und erneut horchten sie in die Umgebung. Obwohl sie nichts oder kaum etwas sahen, sperrten sie ihre Augen weit auf und versuchten dennoch etwas zu erblicken. Da oft mehrere Geräusche gleichzeitig entstanden, wußten sie auch nicht genau woher sie kamen oder welches natürlichen Ursprunges sein konnte. Knacken, brüllen, zischen, Geäst brechen, verschiedene Tierlaute von groß bis klein, ständig waren sie überflutet mit neuen Geräuschen. Da war es für sie besser still liegen zu bleiben und selber keinen Laut von sich zu geben. Nach kurzer Zeit ließ die Konzentration erneut nach und sie wurden unaufmerksamer. Außerdem kann man nicht ständig jedem neuen Geräusch Aufmerksamkeit schenken.

"Eigentlich ist die Wildnis schön." sprach Jim. "Die hohen Bäume, das friedliche Zwitschern der Vögel und die saubere Luft. Ich liebe das."

Mulder verzog das Gesicht und gab zurück: "Wenn so einer wie du romantisch wird, kommt mir das Dosenfutter hoch."

Jim sah ihn verächtlich von der Seite an.

"Es ist Zeit für den Wachwechsel." gab Mulder zurück. "Weck die anderen."

"Aufwachen." flüsterte Jim und rüttelte die schlafenden.

"Was ist los?" fragte Oskov mit verschnarchter Stimme.

"Was soll schon los sein? Ihr seid mit der Wache dran." flüsterte nun auch Mätz.

"Nun macht schon." wurde Mulder ungeduldiger.

"Bei was sollen wir was machen?" fragte Cooper im Halbschlaf und drehte sich noch einmal um.

"Los auf." forderte Jim lauter und rüttelte den Ukrainer.

"Ich komme ja schon." gab dieser grob zurück.

"Wo ist der vierte von euch?" fragte John.

"Was für ein vierter?" stellte Gerry eine Gegenfrage und hockte sich auf.

"Der Italiener."

"Der schläft noch." bekam John von Olavson zur Antwort.

"Das höre ich auch. So wie der schnarcht. Weck ihn und dann auf mit euch. Ich will endlich schlafen."

Zu zweit rüttelten sie Gino wach.

"Mach mir einen Kaffee." bat Gino den langen, dunkelblonden um Hilfe, damit er nicht einschliefe.

"Kommt sofort." Oskov öffnete eine Dose, tat zwei Löffel gemahlenen Kaffee in Ginos Trinkbecher und gab kaltes Wasser aus seiner Feldflasche dazu. "Hier hast du."

"Das ging ja aber schnell. Danke." Gino setzte an und nahm einen Schluck. "Pfui, der ist ja kalt."

Oskov wurde leicht aggressiv und sprach: "Was denkst du? Soll ich vielleicht auch noch das Wasser kochen?"

Gino zog seine Augenbrauen hoch und fragte ihn: "Willst du auch einen Schluck?"

"Nein danke." äffte der Ukrainer. "Ich bin hellwach. Geh jetzt auf Streife."

"Ja ja, ich geh ja schon." Gino schüttete den Kaffee weg und ging los.

Langsam drangen die ersten Sonnenstrahlen über die Insel.

Olavson und Gerry trafen sich auf der anderen Seite des Sees. Sie legten sich in Deckung und beobachteten während ihres Gesprächs die Umgebung.

"Was ist? Du wirkst so angespannt." fragte der Norweger.

"Ich weiß nicht recht." gab Cooper ganz leise zurück, so dass es sein Kamerad gerade noch verstehen konnte. "Mir war als ob ich etwas gehört hätte."

"Laß uns lieber zum Lager zurückgehen." schlug der Norweger vor.

Cooper blickte noch einmal genau in die Umgebung. Außer Bäume, Büsche die sich im Wind wiegten und so manches Tier konnte er nichts verdächtiges sehen. Do flogen ein paar Vögel weg, dort trank ein kleines rehähnliches Tier Wasser aus einem Bach, Insekten schwirrten herum, das Zirpen war einmal lauter, dann wieder leiser, ein leichtes Planschen des Wassers, aber nichts über das man sich Gedanken machen mußte. Gerry nickte leicht und hockte sich auf. Langsam und in geduckter Haltung machten sie sich auf den Weg zurück. Rechts neben ihnen lag der See, links ein kleiner kaum 50 Zentimeter hoher Damm überwuchert mit Buschwerk. Zwischendurch machten sie kurze Stops und lauschten. Dann sicherte einer und der andere ging vor, sicherte seinerseits und der erste rückte nach.

Vier Gewehrläufe richteten sich nebeneinander auf. Die Männer luden durch. Ihre Zeigefinger umklammerten die Abzüge. Ein Mann hob leicht die Hand, murrte etwas und ließ zeitgleich die Hand wieder hinab.

Schüsse krachten los. Die Projektile schlugen im Lagerplatz der Ranger ein. Sofort nach dem Abschießen ihrer Kugeln, repetierten sie und feuerten erneut. Erde spuckte hoch als die Projektile in den Boden einschlugen. Einige Kugeln schlugen in Bäume ein und ließen Teile der Rinde wegbrechen. In diesem Gelände hallten die Schüsse und sie schienen von überall herzukommen. Nach einigen Salven stellten die Männer das Feuer ein, standen langsam auf und gingen mit der Waffe im Anschlag, geduckt zum Lager. Drei von ihnen sicherten, einer ging vor, winkte mit der Hand und alle vier gingen ins Lager und durchsuchten es. Sie fanden aber nichts. Es war verlassen. Sie unterhielten sich. Hatte sich hier nicht etwas bewegt bevor sie das Feuer eröffnet hatten? Hatte sich der eine Soldat geirrt? War es doch nur ein Tier gewesen?

Vier Ranger lagen halb im Wasser hinter Büsche versteckt.

"Jetzt!" brüllte Oskov.

Die vier standen auf, gaben kurze Feuerstöße aus ihren Waffen und gingen anschließend sofort wieder in Deckung.

Die Japaner hatten gar keine Zeit zu reagieren. Die Kugeln aus den Maschinenpistolen und Karabinern streckten sie nieder. Der Abschussrauch umhüllte in kleinen, grauen Schwaden die Umgebung.

Die anderen vier Ranger lagen am Boden, von Farnen und Gewächsen bedeckt und hatten sich in einem Halbkreis um das Lager postiert.

Da vernahmen sie Stimmen. Weitere japanische Soldaten kamen dem Schauplatz näher. Untereinander befanden sich die Ranger in Blickkontakt.

Cooper sah zu Mätz, deutete etwas. Dieser schüttelte nur leicht mit dem Kopf. Gerry wollte die Anzahl der Feinde wissen, aber ohne sich zu erheben, könnte er ihre Stärke nicht herausfinden. Also blieb er liegen und versuchte die Lage abzuschätzen. Er wandte seinen Blick in die andere Richtung zu Jim. Auch dieser verneinte. Keiner von ihnen konnte die genau Anzahl der Feinde herausfinden, aber den Stimmen nach müßte es ein ganzer Zug sein und sie kamen näher, immer näher an sie heran, dass konnten sie durch die Geräusche erkennen.

Jim legte vier Handgranaten bereit. Sein Gewehr war mit einem vollen Magazin bestückt und entsichert. Angespannt beobachtete er einige Feinde, behielt aber ständig seine Kameraden im Auge.

John deutete mit dem Finger.

Jim nahm die erste Granate, zog den Sicherungsstift und warf. Sofort nahm er die zweite, die dritte und vierte.

Die Granaten explodierten schnell hintereinander. Feindliche Soldaten befanden sich inmitten der Detonationen. Die Wucht zerfetzte ihre Körper, warf sie zur Seite und ließ gleichzeitig Erde und Pflanzen in die Luft schleudern. Splitter bohrten sich in die Leiber der Getroffenen und schnitten blutige Wunden. Todesschreie, Hilferufe von Verletzten drangen zu ihm herüber. Rauch versperrte den übrigen Japanern die Sicht.

Jetzt warfen John und Mätz je zwei Granaten auf die in Deckung gegangenen Feinde. Drei davon waren ungenau platziert, aber die vierte flog in eine Mulde in der sich zwei von ihnen befanden. Schreie, Rauch. Jetzt eröffneten sie das Feuer aus ihren Waffen. Den japanischen Soldaten wurde keine Chance gegeben. Dort wo sie lagen, drückten sie sich zu Boden.

Jim kroch vor. Durch das niederhaltende Dauerfeuer seiner Kameraden wurde er nicht gesehen. Mit seiner Waffe schoß er den Japanern in den Rücken. Zwei weitere Handgranaten detonierten inmitten ihrer Reihen. Die Ranger blieben jedoch liegen und handelten nach einem Rangergrundsatz; *"Wenn du den Feind aus den Augen verloren hast, bleib liegen auch wenn du alleine sein solltest. Der Feind könnte nach dem selben Prinzip handeln. Warte bis er sich zuerst zeigt."*

Zwei feindliche Soldaten krochen zum See und kamen seitlich an Olavson heran. Einer der beiden verursachte jedoch ein Geräusch. Somit wurde der Norweger durch brechende Äste gewarnt. Er ließ sich zu Boden fallen und warf schnell eine Granate in die gemeinte Richtung. Gras und Erde schleuderten bis zu ihm. Schreie verrieten ihm, dass er die Granate gut platziert hatte. Einer der beiden Japaner, der sich fast auf dem Damm befand, flog durch die Druckwelle über ihr hinweg, rollte weiter und kam mit den Füßen im See zum Liegen.

Olavson sah sich den Toten genau an. Die rechte Hand war halb abgetrennt, der Rücken aufgesprengt, Blut rann aus den Wunden. Der Tote hatte die Augen weit aufgerissen, der Mund stand ihm offen. Ein mulmiges Gefühl überkam ihn. Kurz schloß er fest seine Augen und schüttelte den Kopf. Er kroch langsam weiter näher an die Stelle heran, wo sich ihre Schlafstätte befunden hatte, blickte sich um und kroch weiter an Land.

Ein Schuß fiel.

Mätz sah seinen Kameraden zurück ins Wasser gleiten. Mit voller Kraft schrie er: "Verdammte Scheiße! Gebt ihnen Saures!"

Der Rest der Gruppe kam aus ihren Deckungen hervor und gingen zum Gegenangriff über. Zwei Japaner wurden erschossen, einer flüchtete.

Mätz lief in den Dschungel und schrie wild um sich: "Sucht die Gegend ab und erschießt sie!"

Cooper lief zum See. Eine Blutspur zog sich vom Körper des Getroffenen weg: "Mulder! Hilf mir!"

Zu weit zogen sie Olavson ans Ufer. Gerry kniete sich nieder und hielt den Kopf des Verwundeten hoch.

"Erschießt ihn!" drang es aus dem Dschungel. Augenblicke später hörte man einen Feuerstoß. Dann wurde es unheimlich still.

Cooper widmete sich wieder seinem Kameraden: "Wie geht's?"

Olavson blickte auf seine Schulter. Seine linke Hand hielt er auf seine rechte Brustseite. Sie war mit Blut verschmiert. "Naja." meinte er mit einem Stöhnen. "Ist dumm gelaufen."

Jetzt trafen die übrigen zum Schauplatz hinzu. Sie ließen ihre Waffen sinken.

John sagte leise: "Wir haben das Schwein erwischt."

Oskov beugte sich über den Verletzten. "Wie steht es mit ihm?" wollte er wissen.

Mulder antwortete: "Ein glatter Durchschuss."

Gerry blickte seine Männer an und er schien sie mit seinen Blicken durchbohren zu wollen. Allerdings blieb dies den Männern verborgen. In ihren Gesichtern erkannte er neben der Müdigkeit und Anstrengung, der Schlaflosigkeit nun auch Wut, Zorn und den Willen auf Vergeltung. Die Augen der Kameraden waren leicht gerötet und dies nicht nur durch den Schlafentzug oder der Anstrengung der vergangenen Tage. Ja sie waren Ranger, waren als erste an Land gegangen, wußten das der Eine oder Andere fallen würde, wußten das nicht alle zurückkehren würden. Aber jetzt, da es einen aus ihrer Gruppe erwischt hatte, da war nun alles anders. Warum einer von ihnen? Ganze Züge waren zusammengeschossen worden und sie blieben verschont, warum jetzt einer von ihnen? Und weitere Gedanken schien Cooper in den Gesichtern seiner Kameraden lesen zu können. War Stev der Einzige, oder würden weitere folgen? Würde es Stev überhaupt schaffen? Immerhin befanden sie sich hinter feindlichen Linien, weit weg von eigenen Einheiten ohne medizinische Versorgung. Wie konnten sie ihm helfen? Morphium und Verbandszeug würden nicht lange anhalten. Die Blicke waren zum Teil leer, dann zuckten die Gesichtsmuskeln, Augen waren aufgerissen und dann wieder zusammengekniffen. Kaum einer sprach ein Wort aber man konnte vieles daraus lesen. Selbst Gerry schwand in Gedanken. Wie soll es weitergehen? Was sollte er befehlen? Fände er die richtigen Entscheidungen, Stev zu retten und gleichzeitig den Auftrag auszuführen, durch den hunderte wenn nicht sogar tausende anderer Kameraden das Leben gerettet werden konnte?

Nach einigen Augenblicken entschloß sich Cooper und wandte sich an den Langen: "Ihr drei bringt ihn zurück. Wir treffen uns genau hier wieder."

"Das dauert mindestens zwei volle Tage." meinte Gino darauf.

"Ich weiß." sagte Gerry leicht genervt, den ihm gefiel die Situation auch nicht. Aber es ging um einen ihrer Kameraden. Zudem konnten sie hier draußen auf keine Hilfe hoffen.

"Was macht ihr inzwischen?" mischte Mätz mit.

"Wir bleiben hier und führen unseren Auftrag aus. Dann machen wir sie fertig."

"Aber fangt ja nicht ohne mich an." scherzte der Norweger, obwohl niemandem zu Späßchen zumute war.

"Sichert endlich verdammt noch einmal." ging Cooper dazwischen. "Jim, John, Mulder, Gino. Ausschwärmen und sichern."

Während die vier sich absetzten, kümmerten sich die anderen drei um den Verwundeten.

Oskov nahm eine Kapsel Morphium aus seiner Tasche und jagte sie in den Oberschenkel von Olavson. Dieser stöhnte dabei auf.

Cooper beugte sich über den Kameraden und hob dessen Oberkörper hoch. Stev mußte die Zähne zusammenbeißen um nicht zu schreien. "Tut mir leid. Aber es muß sein."

Während Cooper dessen Oberkörper stützte, öffnete Mätz das Hemd von Stev und streifte es ihm ab.

Olavson hatte viel Blut verloren. An beiden Seiten drang frisches heraus und befleckte Rücken wie Brust des Verwundeten.

"Druckverband Oskov. Schnell." drängelte Mätz.

Oskov richtete das Verbandsmaterial her. Während Cooper stützte, verbanden die beiden anderen ihren Kameraden. Stev mußte aufbrüllen, so dass Cooper gezwungen war ihm ein Stück Holz zwischen die Zähne zu schieben.

Der Druckverband wurde so stark angelegt, dass kaum noch Blut durch die Wunden drang. Das sie sich dabei selber mit Blut ihres Kameraden vollschmierten, war ihnen in diesem Augenblick völlig egal.

"Das müsste eine zeitlang halten." bemerkte Mätz.

"Wie transportieren wir ihn?"

"Baut eine Trage."

Oskov und Mätz sammelten Holz und Farnen und begannen eine Trage zusammenzuflechten.

Cooper hingegen legte Stev vorsichtig auf den Boden zurück, nahm das Holzstück aus dessen Mund und hielt ihm eine Feldflasche entgegen: "Nimm einen Schluck."

Stev hob seinen Kopf und trank gierig. Dabei lief etwas vom Wasser an seinen Mundwinkeln hinab.

"Besser?"

"Et...was." atmete Stev tief und langsam. "Wenn diese verdammten Schmerzen nicht wären. Gib mir noch mehr Morphium."

"Zuviel ist nicht gut." erklärte Cooper. "Warte noch etwas, dann bekommst du noch eine."

"Verfluchter Hund. Ich brauche jetzt eine." und Stev schlug Cooper fest gegen die Brust.

Gerry überlegte kurz. "Also gut." nickte er und stieß seinem Kameraden erneut eine Kapsel durch die Hose ins Bein.

Es dauerte auch nicht lange, bis die beiden eine Trage gebaut hatten und Stev darauf gebettet wurde.

Nachdem sich alle wieder versammelt hatten, erfolgte eine kurze Einweisung.

Während die drei mit ihrem verwundeten Kameraden zurückgingen, trieb Gerry seine verbliebenen, müden Männer weiter an:

"Machen wir uns auf den Weg. Unser Auftrag ist noch nicht zu Ende."

Wieder pirschten sie durch den Dschungel. Gegen Mittag erreichte Cooper mit der dezimierten Gruppe einen weiteren See. Er war etwa dreimal so groß wie der erste. Durch Handzeichen befahl Cooper seinen Männern sich hinzulegen, während er selbst kniend im Anschlag das Umfeld beobachtete.

Am Rand des Sees wucherten kleine Büsche. Der Urwald begann an zwei Seiten fast 20 Meter vom Ufer entfernt. Von Süden, von wo die Ranger gekommen waren, führte ein ausgetrampelter Pfad nordwärts. Im Norden der Gegend zog sich eine baumfreie Grasfläche dahin, die nach einhundert Metern spitz zulief und vor Bäumen endete, die den schier undurchdringlichen Dschungel bildeten.

Cooper blickte hoch zur Sonne. Er mußte die Augen zukneifen, da sie ihn blendete. Obwohl ihm der Schweiß das Gesicht bedeckte, vermied er es ihn abzuwischen. Bis auf Vogelgezwitscher, Insektengeräusche und das Plätschern des Wassers war nichts ungewöhnliches auszumachen. Ein schwacher Wind brachte etwas Erleichterung, was aber in diesen Breitengraden nicht viel ausmachte. Die Temperatur lag bei über 30 Grad Celsius und die Luftfeuchtigkeit schien nahe an die 100 Prozent heranzukommen.

Cooper ging geduckt weiter, die anderen drei standen nacheinander auf, sicherten jedoch weiterhin und folgten ihrem Kommandanten. Sie gingen im Schutze der Bäume nach Osten, blieben jedoch in Kontakt mit dem See. Als Cooper eine geeignete Stelle erspähte, ging er auf sie zu und meinte zu den anderen die zu ihm aufgeschlossen waren: "Kleine Rast."

"Na endlich." jammerte John und ließ sich zu Boden fallen. "Ich habe einen Bärenhunger."

"Noch immer?" wunderte sich Jim, der in dessen Nähe lag und sich am Boden ausstreckte. "Du hattest ja schon zwei Büchsen."

"Du weißt doch selbst." schloß sich Mulder diesem Gespräch an. "Der frisst so lange bis er platzt."

Cooper hielt etwas abseits Wache.

Jim setzte sich auf, band seine Schnürsenkel auf und zog vorsichtig die Stiefel aus. Dabei verzog er mit Schmerzen sein Gesicht.

"Oh verdammt." stieß Mulder aus. "Was machst du denn da?"

"Meine Füße brennen wie verrückt."

Mulder beugte sich etwas vor und betrachtete die Socken seines Kameraden. Dann meinte er dazu: "Blut sehe ich keines."

Jim streifte sich vorsichtig die Socken ab. Seine Füße waren geschwollen und an einigen Stellen hatten sich Blasen gebildet, die zum Teil aufgeplatzt waren.

"Lange kannst du mit denen nicht mehr marschieren." meinte John und aß weiter.

Mulder griff ein Bein von Jim und hielt es John hin: "Willst du mal abbeißen?"

"Vollidiot."

Beide lachten in sich hinein.

Jim nahm seine Feldflasche und schüttete etwas vom Inhalt über seine Füße.

"Nicht so viel." mahnte John, der neben ihm saß. "Das brauchst du noch zum Trinken."

"Ich fülle es mit Seewasser wieder auf."

"Würde ich nicht tun." mahnte John weiter. "Davon wirst du sicher krank."

"Vielleicht haben die Japse das Wasser auch vergiftet." spekulierte Mulder.

"Ja ja." winkte Jim ab und streifte sich die Socken wieder über.

"Verdammte Viecher." fluchte John und klatschte sich mit der Hand an seinen Nacken.

"Die saugen so eine kleine Portion wie dich glatt aus." scherzte Mulder.

"Halt die Klappe Idiot."

Cooper gesellte sich zu den dreien: "Du bist dran John."

"Ich bin mit dem Essen noch nicht fertig."

"Wann bist du jemals fertig mit Fressen." stimmte Jim mit.

"Du Käsefuß halt die Klappe."

"Beruhigt euch." ging Cooper dazwischen und forderte John erneut auf. "Los jetzt."

Dieser packte wiederwillig seine Sachen ein, nahm seine Waffe und ging auf Posten.

Cooper setzte sich, nahm den Hut vom Kopf, zog seine Feldflasche hervor, öffnete sie, nahm einen Schluck und schüttete sich etwas aus der Flasche ins Gesicht. Es war zwar nur für eine kurze Zeit eine Abkühlung, aber es erfrischte ihn. Nach weiteren drei Schlucken schraubte er die Flasche zu und steckte sie wieder ein.

Mulder hatte seine Beine angezogen, blickte zu Cooper und fragte ihn: "Wird Stev es schaffen?"

Gerry zuckte nur kurz mit den Schultern.

"Was meinst du damit?" wollte Jim wissen, der diese Geste nicht ganz verstand.

"Er hat viel Blut verloren. Und hier holt er sich schnell eine Infektion."

"Und was bedeutet das?" fragte Mulder weiter nach.

Cooper nahm seinen Hut, setzte ihn auf den Kopf, lehnte sich zurück und schloß die Augen. "Versucht etwas zu schlafen. Wir bleiben nicht lange." wich er dem Gespräch aus, da er selber nicht wußte was mit ihrem Kameraden geschehen wird.

Mulder war mit dieser Antwort zwar nicht zufrieden, aber er akzeptierte sie.

John befand sich inzwischen auf seinem Posten. Er hockte an einen Baum lehnend und blickte sich zu allen Seiten um. Er konnte nichts verdächtiges sehen. Die Blätter der Bäume wiegten sich leicht im Wind, Vögel flogen von oder zu den Baumkronen. Da die Sonne im Zenit stand, brannte sie gnadenlos herab. Da John sich jedoch unter einem Baum befand, spendete die Krone über ihn einen Schatten. Aber dieser brachte keine wirkliche Abkühlung. Es war heiß und schwül und soviel konnte er gar nicht trinken, was er schwitzte. John spitzte seine Ohren und lauschte in die Umgebung. Hier im Dschungel konnte man oft besser hören als sehen, da das Grünzeug den Blickwinkel sehr einschränkte. Aber außer Tierlaute vernahm er nichts außergewöhnliches. Da zuckte er auf einmal zusammen. Da war doch etwas. Sofort waren seine Sinne geschärft, seine Ohren schienen jedes noch so kleine Geräusch aufzunehmen, seine Augen hielt er auf einen Busch vor sich gerichtet. Durch den Wind bewegten sich die Äste und Blätter leicht hin und her, doch einmal bewegten sich Teile davon viel stärker. Genau und konzentriert blickte er auf die Stelle, die sich viel stärker bewegt hatte. Er nahm vorsichtig seine Waffe, hielt sie vor sich und umklammerte mit dem Zeigefinger den Abzug, steht's bereit abzudrücken. Aber er konnte nichts erkennen. Nach einer Minute entspannte er sich wieder. Die ganze Situation schien ihm einen Streich gespielt zu haben. Kurz blickte er in die Baumkronen über sich und dann wieder nach vorne.

Nach einiger Zeit öffnete Cooper seine Augen, zog den Hut zurecht und blickte auf seine Uhr. Er stand auf und stieß mit dem Bein gegen die Dösenden. Sie schreckten kurz auf. Es wurde dabei nichts gesprochen, da jeder wußte, die Zeit der Pause war vorüber. Jim übernahm die Spitze. Langsam, geduckt und spähend gingen sie weiter.

Der Trupp mit Olavson ging einen anderen Weg zurück als den, den sie gekommen waren, um etwaige Hinterhalte auszuweichen. Zudem war dieser nicht so beschwerlich und verwachsen. Sie machten Rast, aßen etwas und nahmen große Schlucke aus ihren Feldflaschen.

Oskov setzte sich neben den verwundeten Kameraden. Mätz legte sich quer auf den Boden und lies es sich gefallen wie seine Arme und Beine dalagen. Gino saß etwas oberhalb der Böschung und beobachtete die Gegend.

"Geht es noch?" fragte schließlich Mätz und hatte seine Augen geschlossen.

"Ja ja." biss Olavson die Zähne zusammen. "Es sieht schlimmer aus als es ist."

"Aber du hast viel Blut verloren." gab Gino zur Kenntnis.

"Wir wechseln seinen Verband und säubern die Wunde, dann marschieren wir weiter." sprach Oskov. Anschließend nahm er zwei große Schlucke aus seiner Feldflasche und steckte sie zurück in die Tasche an seinem Munitionsgurt.

"Mätz, sichere." stieß Gino ihn an, der zu den Jungs getreten war. Sogleich machte sich dieser daran.

Gemeinsam mit Oskov hob er den Oberkörper von Olavson auf. Während Oskov ihn von hinten stützte, zog Gino das Hemd von Olavson aus. Dabei jammerte dieser und hätte am liebsten geschrien, unterdrückte jedoch die Schmerzen, biss auf seine Zähne und nur ein Winseln drang durch seine Lippen.

Das Hemd war schmutzig, stank nach verbranntem Pulver und Schweiß. Der Stoff hatte das ausgetretene Blut aufgesaugt und bildete große Flecken.

Gino begann den mit Blut vollgesaugten Verband seines Kameraden abzunehmen. Hierzu mußte sich Stev aufsetzen. Gino versuchte ihm sowenig Schmerzen wie möglich zu bereiten, aber je weniger Verband übereinander lag, desto mehr spürte Olavson dies und stöhnte immer mehr.

Oskov zog aus seinem Gepäck eine Flasche Brandy. Er öffnete sie, nahm einen Schluck und verzog dabei das Gesicht.

"Was ist mit dir los?" wunderte sich der Südtiroler. "Verträgst du keinen mehr?"

"Ach doch." meinte dieser. "Aber etwas gekühlt wäre nicht schlecht."

Gino schüttelte nur den Kopf und befasste sich weiterhin mit dem Verband. Als Stev davon befreit war, drang weiterhin Blut aus der Wunde. Oskov schüttete etwas vom Hochprozentigen auf die Wunde. Olavson schrie fast und mußte die Zähne fester zusammen beißen.

Inzwischen hatte Gino ein blutbindendes Pulver aus einem Päckchen auf die Wunde gestreut, einen frischen Verband ausgepackt und band ihn um Stev herum. Allerdings saugte dieser schnell das Blut auf.

"Konntest du ihm nicht noch mehr Pulver draufgeben?" murrte der Ukrainer.

"Das war das letzte." verteidigte sich Gino.

"Verdammt." murrte Oskov. "Verreck uns bloß nicht." Er setzte die Flasche erneut an. Nach einem Schluck hielt er sie an Stev seinen Mund. Dieser zog sogleich kräftig daran.

Während Gino den Verband festmachte meinte er zu den beiden: "Nicht soviel."

"Ach." stimmte Oskov dagegen. "Der krepiert uns fast und du gönnst ihm nicht einmal einen letzten Schluck."

Olavson sah Ossi mit weitaufgerissenen Augen an: "Das hättest du wohl gerne."

"Ich dachte doch nur." verteidigte sich dieser.

Stev riss ihm die Flasche aus der Hand und trank weiter.

Oskov blickte Gino an: "Aber jetzt bin ich unschuldig."

"Genau du." Gino sah ihn an und erwiderte mit kräftiger Stimme: "Er bekommt mehr Durst von dem Zeug. Außerdem soll Alkohol das Blut flüssiger machen."

"Wo hast du denn diesen Scheiß her?"

"Vergiss es einfach." winkte Gino ab. Für ihn gab es wichtigeres zu tun und er wollte sich nicht wieder auf eine Diskussion mit ihm einlassen. Denn meistens begannen sie dabei zu streiten und ihm war nicht danach.

Mätz ging zu ihnen zurück: "Alles klar. Keine Schlitzaugen. Laßt uns weitergehen."

Sie machten sich abmarschbereit.

Am nächsten Morgen erreichten sie den Flugplatz. Als sie auf freies Gelände kamen, ging es schneller vorwärts. Sie steuerten direkt auf die großen Lazarettzelte zu.

"Keine Sorge, gleich hast du es geschafft." hoffte Gino. "Halte durch Kumpel."

Außer ein Stöhnen brachte Stev nicht mehr viel heraus. Er war komplett nass vor lauter Schweiß. Selbst der Verband war nass, nicht nur vom Blut. Zudem hatte Stev Fieber bekommen. Er reagierte immer weniger auf Ansprechen oder Reize.

"Was ist da los?" wunderte sich ein Soldat, der mit einigen Kameraden in einem Kreis stand.

Die Männer drehten sich zu Oskov und seine Mannen hin.

"Die haben einen Verwundeten dabei." meinte ein anderer.

Sofort eilten sie zu den vieren.

"Scheiße, wo kommt ihr denn her?" wunderte sich einer von ihnen.

"Fernaufklärung." sagte Mätz nur.

"Euch hat es aber verdammt schlimm erwischt."

"Wir übernehmen ihn."

"Ja ist gut." erwiderte Oskov.

Zwei der Soldaten übernahmen die Bare.

"Passt gut auf ihn auf." forderte Gino.

"Keine Sorge, machen wir."

"Aloha." meinte Oskov weiter und sprach dabei Olavson direkt an. "Dann mach es gut."

"In zwei...Tagen bin ich wieder auf...den Beinen und mische mit euch...mit." sprach Olavson gequält und brachte die Worte gerade so heraus.

"In einem Monat vielleicht." sagte Mätz darauf. Ihm huschte ein kurzes Lächeln über die Lippen, wußte er doch wie es um seinen Kameraden stand.

"Das gehört ihm." meinte Gino. Und sie überreichten den anderen die Waffe und Ausrüstung von Olavson.

Die Soldaten brachten Olavson sofort zu einem der OP-Zelte. Einer der Ärzte sah sich Stev kurz an, dann trieb er die Männer an: "Legen sie ihn sofort auf den Tisch. Schnell. Beeilung." Dann wandte er sich an einen Assistenten. "Sofort mein Team herbei."

"Jawohl." und dieser eilte davon.

Zu einem zweiten gewandt befahl er: "Frisches Wasser und Verbandszeug. Infusion bereit machen."

Dann ging alles sehr schnell. Das Team war sogleich zur Stelle und sie wußten was zu tun war. Während die Assistenten Wasser und Tücher brachten, OP-Besteck bereit legten, setzte ein Arzt eine Infusion an, jagte die Nadel in den Unterarm von Stev und hängte die Flasche an ein Gestell. Gleichzeitig setzten zwei Ärzte Stev auf und nahmen ihm den Verband ab. Dann begannen sie sogleich mit der Operation.

Stev war zwar halb betäubt von den Strapazen, aber der Chirurg verlangte dennoch Morphium für den Patienten.

Froh ihren Kameraden in guten Händen zu wissen, schnauften die drei tief durch. Mätz rieb sich vor Müdigkeit das Gesicht. Sie standen im Kreis etwas abseits des Weges, auf dem immer wieder Verwundete herbei gebracht wurden.

"Was jetzt?" wollte Oskov wissen.

"Wir sollten zurück."

"Jetzt gleich?" wunderte sich der Ukrainer und blickte Gino an.

"Wann denn sonst? Nächste Woche?"

"Wir sind doch gerade erst gekommen."

"Bleibt ruhig." mischte sich schließlich Mätz ein. "Das ist doch grausam mit euch beiden."

"Und was schlägst du vor?" zischte Oskov.

"Zur Ausgabe. Wir magazinieren auf und schlagen uns die Bäuche voll."

"Gute Idee." strahlte Oskov.

"Wir sollten den anderen etwas mitnehmen." schlug Gino vor. "Ihr Wasser ist knapp."

Sie gingen geradlinig zur Ausgabe. Dort standen unter Zelte und Planen ständig Essensrationen und frisches Wasser. Sie füllten ihre Feldflaschen auf, steckten in ihr Gepäck rein was platz hatte, nahmen mehrere Flaschen und Dosen für ihre Kameraden mit. Beim Einpacken rissen sie einige Pakete und Dosen auf und schlangen gierig den Inhalt hinunter.

"Mann." mampfte Oskov. Er kaute nicht, sondern schluckte gleich. "Hätte nicht gedacht, das Dosenfleisch so gut sein kann." Er riss sich ein Stück Brot von einem Leib ab.

"Hee!" ging ein Bäcker auf ihn zu und nahm den Rest vom Tisch. "Das ist für das Abendessen!"

"Verzieh dich." Oskov stopfte sich in den Mund was hineinging. Das ihm dabei die Hälfte wieder herausflog, störte ihn nicht.

Alsbald gingen sie zur Ausgabe für Munition. Aus Kisten stopften sie sich die Taschen mit Magazinen und Handgranaten voll.

"Wir sollten ein paar Stunden ausruhen." schlug Mätz vor.

"Keine schlechte Idee." stimmte Oskov dem zu.

Gino nickte.

Bei ihrem Zelt angekommen, krochen sie hinein und legten sich nieder. Kaum ausgestreckt, schliefen sie auch sogleich ein.

Inzwischen war Cooper dabei mit seiner drei Mann Armee, die Gegend rund um den See auszukundschaften. Vom See aus gesehen marschierten sie von Osten in einem weiten Bogen nach Westen. Auf ihrem Weg kamen sie zu den Gebirgsflüssen und zum Fuße des Tatsumi-Gebirges das hier 200 bis 400 Meter hoch war. Sie durchquerten die Flüsse und bestiegen die Ausläufer. Auf diesem Gelände standen keine Bäume mehr, nur noch Büsche. Regen hatte in der Vergangenheit die Erde abgewaschen, so dass nur noch in den Ritzen und Spalten des Felsen die Wurzeln Halt fanden. Nur langsam kamen sie voran, immer bedacht in Deckung zu bleiben, spähen und einige Schritte weiter zu gehen. Um zeitlich nicht ins Hintertreffen zu geraten waren sie dadurch gezwungen ihre Pausen auf ein Minimum zu beschränken. Nachdem sie auf der anderen Seite wieder hinab in den Dschungel getreten waren, schlugen sie wieder die Richtung zum See ein.

Diese Ausläufer bildeten die Grenze zwischen dem nördlichen und dem südlichen Teil der Insel. In diesem riesigen Gebiet übersah man vieles, aber es galt nicht jeden feindlichen Soldaten zu finden, sondern viel mehr Stellungen, schwer gebunkerte Anlagen und Stützpunkte, die eine Gefahr für die Division sein könnten.

Es war heiß und schwül und nur ein paar vereinzelte Wolken schwebten am Himmel. Die Erschöpfung stand ihnen ins Gesicht geschrieben, dennoch hielten sie sich strikt an ihren Auftrag.

Nach dem Auskundschaften waren Gerry und seine Männer zurück zum unteren See gegangen und warteten am Treffpunkt. Seit Olavsons Verwundung hatten sie keine Feindberührung mehr. Dies machte Cooper etwas skeptisch: "Leicht wird der Jäger zum Gejagten."

Die vier lagen in einem Kreis derart beisammen, dass sich ihre Stiefel berührten und sicherten nach allen Seiten.

"Glaubst du, dass es Olavson besser geht?" fragte Jim, Mulder und biss ein Stück von einem Riegel ab. Dabei kaute er ganz langsam und hatte durch den trockenen Mampf schwer zu schlucken.

"Na klar." meinte dieser darauf und nahm einen Schluck aus seiner Feldflasche. "Der überlebt uns doch alle."

"Wie kommst du darauf?" wollte John wissen.

"Norweger. Das sind alte Wikinger. Die halten alles aus."

Gerry drehte seinen Kopf kurz zu den anderen, beobachtete sie und meinte darauf: "Der kämpft wieder, noch bevor wir die Insel erobert haben."

Mulder huschte ein kurzes Lächeln über die Lippen und schlug ein anderes Thema ein: "Werden die anderen uns hier finden?"

"Sie sollten eigentlich schon längst hier sein." mischte John mit.

"Ruhig Männer." ging Cooper dazwischen. "Hier ist der Treffpunkt. Die kommen schon noch."

"Da bin ich mir beim Langen aber nicht so sicher." scherzte Jim und alle mußten darüber schmunzeln, kannten sie doch Oskov.

Die drei Ranger, die ihren Kameraden zum Lazarett brachten, trafen am See ein. Sie spähten das Umfeld aus. Es war alles ruhig. Sie lagen am Boden und verhielten sich genauso. Über zehn Minuten verharrten sie in dieser Position, dann nahm der Ukrainer Verbindung mit dem anderen Teil der Gruppe auf. Hierzu imitierte er einen Vogel und dies mehr schlecht als recht. Das Kreischen drang zur anderen Gruppe.

"Sind das unsere?" fragte Mulder.

"Kann sein." antwortete Jim und blickte auf seine Uhr. "Laut Vereinbarung müßten sie es sein."

"Die sind aber reichlich spät." fügte John hinzu.

Cooper machte den Ruf nach.

Er bekam Antwort.

Coopers Gruppe machte sich bereit und schlich den anderen entgegen.

Gino wollte sich erheben, hielt jedoch sofort inne. Links neben sich vernahm er eine Bewegung. Er blickte hinüber. In ihm stockte das Blut. Sein Puls begann auf einmal heftig zu rasen, sein Herz schlug wie wild. Sein Mund war auf der Stelle trocken. Er versuchte zu schlucken, brachte aber keine Spucke zusammen. Schwitzen tat er ja schon zur Genüge, aber jetzt schien ihm der Schweiß förmlich vom Gesicht zu rinnen. Eine zwei Meter lange Giftschlange hatte sich neben ihm aufgestellt. Ihre Zunge schoß ununterbrochen hervor. Gino konnte sie nur anstarren und verharrte ohne eine Bewegung zu machen. Er wollte sie nicht noch mehr provozieren. Die Schlange konnte durch ihre Sinne Gino wie bei einer Wärmebildkamera erkennen und durch die Zunge vernahm sie seinen Geruch.

"He, Italiener. Was ist?" flüsterte Mätz zu ihm hinüber, der sich nur fünf Meter neben ihm befand.

Gino hatte Angst darauf zu reagieren. Bei einem Biss würde er hier draußen nicht überleben.

Als Mätz sah, dass sein Kamerad nicht einmal den Kopf bewegte, kroch er zu ihm hinüber.

Die Schlange bemerkte dies und drehte ihren Kopf zu Mätz, dabei reagierte sie noch wilder und bewegte ihren aufgestellten Oberkörper hin und her.

Gino wollte seinen Freund warnen, konnte aber nichts tun.

Mätz kam näher gekrochen. Nur noch wenige Meter.

Gino öffnete vorsichtig und langsam seine linke Hand, war bereit die Schlange zu packen, unterlies es aber.

Die Schlange wurde unruhiger. Sie fühlte sich bedroht und gab ein Zischen ab.

Jetzt erst bemerkte Mätz das Tier und hielt inne. Langsam griff er zu seinem Gürtel, behielt die Schlange dabei ständig im Auge und zog sein Kampfmesser hervor: "Bleib ruhig. Ich hab sie gleich."

"Nun mach schon."

Mätz warf.

Das Messer durchbohrte den Kopf der Schlange. Sie fiel neben Gino hin. Sofort packte er sie und schleuderte sie weg.

"He. Mein Messer steckt noch darin."

"Das kannst du dir selber holen."

"Was macht ihr denn da?" fragte Cooper und blickte von oben

auf sie herab.

Erleichtert, tief durchatmend stand Gino auf, wischte sich den Staub von der Uniform und meinte nur: "Wir kämpfen hier gegen eine Riesenschlange und du kannst nur dumm fragen."

Die Gruppe versammelte sich.

Nachdenklich fragte Gerry: "Wie ging es Olavson?"

"Etwas schwach. Aber er hat es überlebt." antwortete Oskov. "Und was habt ihr so getrieben?"

"Wir haben das umliegende Gelände abgesucht." sprach John. "Ein paar starke Bataillone liegen im Norden."

"Feindberührung?" wurde Gino gefragt.

Dieser gab Mulder zurück: "Nein. Keine direkte."

"Wir haben an euch gedacht und euch etwas mitgebracht." sagte Mätz und hielt den anderen bereits einige Magazine und Handgranaten hin.

"Sind wohl unter die Poeten gegangen, oder wie?" fand Mulder diesen Spruch nicht gerade amüsant.

"Wir haben sogar Wasser und Proviant mitgebracht."

"Na toll. Noch mehr Dosenfutter."

Nachdem die Ware verteilt war, stellte Jim eine Frage an den Gruppenkommandanten: "Und was machen wir jetzt?"

"Wir sind schon zulange hier. Wird Zeit das wir zurückgehen."

"Wieder zurück?" stöhnte Oskov und hielt den Mund offen. Als er seine Worte wieder fand sprach er weiter. "Wir sind doch erst angekommen."

"Bis zum Nachmittag rasten wir. Dann marschieren wir los." sagte Cooper und legte dabei einen Befehlston ein.

"Nachmittag?" wunderte sich John. "Da ist es doch viel zu heiß."

"Eben. Ich hoffe die Japse denken genauso."

"Na wenn schon." meinte Oskov in seiner harten Art. "Die hauen wir doch alle um."

"So wie Olavson?" fragte Mulder nach.

Für eine kurze Zeit schwiegen alle und dachten darüber nach, doch Cooper erwiderte: "Wir werden ihnen aus dem Weg gehen."

"Ist das jetzt ein Befehl?" fragte Oskov nach, der am liebsten selber eine Gruppe führen würde.

"Ja." antwortete Gerry kurz und ging davon.

"Der Kleine ist dem Großen gewachsen." sprach Gino.

"Ja ja. Halt nur zu ihm." betonte der Ukrainer.

Gino grinste ihn an: "Aber recht hat er. Unsere Aufgabe ist getan. Und unnötig mit einer ganzen japanischen Armee kämpfen will ich auch nicht."

I m Lazarettzelt staute sich die Hitze. Der Stoff des Zeltes verstärkte die Wirkung und man kam sich wie in einem Treibhaus vor. Die Uniformen der Verwundeten waren nass. Durch die hohe Luftfeuchtigkeit und das ständige Schwitzen, konnte die Kleidung nicht trocknen. An den Stellen der Achseln fing sie bereits zu faulen an.

Olavson lag in einen dieser Betten. Es ging ihm schon etwas besser, aber er durfte nicht aufstehen, da dadurch seine Wunde jederzeit aufplatzen konnte.

Ein Rangeroffizier fuhr mit einem Jeep den Weg entlang, den die US-Soldaten von der Landungsstelle bis zum Flugplatz durch den Dschungel getrieben hatten. An manchen Stellen mußte der Offizier mit dem Jeep, auf dem fünf Meter breiten Weg, Granattrichtern ausweichen. Ab und zu beschoss die japanische Artillerie den Nachschubweg der US-Division. Ständig befanden sich Pioniere am Wegrand, um die Straße, sofern man davon sprechen konnte, instand zu halten. Obwohl die Jeeps robust gebaut waren, konnte dadurch schnell eine Achse brechen. Ab und zu mußte er anhalten, da Versorgungsgüter mit LKW´s oder marschierende Einheiten die Straße benutzten. Kurze Zeit später bog er in einen fahrzeugbreiten Feldweg ein, der zum Lazarett führte.

Das Feldlazarett bestand aus vielen Zelten in verschiedenen Größen, aber alle mit den typischen Tarnmustern versehen, wie sie die Amerikaner im Pazifik eingesetzt hatten. Jedes Zelt war zu seiner Erkennung mit weißen Kreisen versehen, in denen sich je ein rotes Kreuz befand. Das kleinste Zelt maß gerade einmal fünf mal vier Meter und war das Büro des Chefarztes. Hier wurden die Akten der verwundeten Soldaten gesammelt, Berichte geschrieben und der ganze Papierkram erledigt. Nebenbei gab es vorgeschriebene Formulare für benötigtes medizinisches Material und natürlich auch Entlassungspapiere, damit die Soldaten ja schnell wieder an die Front konnten.

Mehrere dieser Zelte dienten als Operationsräume. Sofern man von Räumen sprechen konnte. Jedes dieser Zelte war in mehrere Bereiche eingeteilt. Verwundete wurden am Eingang kurz untersucht um den Grad der Verletzung feststellen zu können. Ein Bereich war für das medizinische Gerät vorbehalten, doch den größten Teil nahmen die Operationsstellen in Beschlag. In der Mitte dieser Bereiche standen Tische auf denen die Patienten operiert wurden, rund herum standen Gestänge an denen Infusionsflaschen hingen. Rund um die Tische arbeiteten die Chirurgen und ihre Assistenten und bei ihrer Arbeit gingen sie nicht gerade zimperlich mit den Männern um. Es galt schließlich sie am Leben zu erhalten und nicht sie zu verwöhnen. Die stundenlangen Arbeiten der Ärzte sah man ihnen an. Ständig trafen neue Patienten ein. Es ging wie am Fließband zu. Rein, operieren, nähen, verbinden, raus, der Nächste bitte. Die Ärzte nahmen sich oft nicht einmal die Zeit ihre blutverschmierten Schürzen zu wechseln. Hände waschen, kurz desinfizieren und dann weiter.

In den größten Zelten lagen die Soldaten, aufgereiht wie die Sardinen. Da immer mehr Platz benötigt wurde und nicht so schnell neue Zelte aufgebaut werden konnten, schob man die Betten immer enger zusammen. Zwischen den einzelnen Reihen ließ man gerade einmal soviel Platz, dass man gerade noch hindurchgehen konnte. Soldaten mit leichten Verwundungen mußten schlussendlich sogar vor den Zelten liegen, da man den Platz für diejenigen brauchte, die sich nicht bewegen sollten oder die noch halb betäubt von der Operation waren.

Olavson lag in einem dieser Zelte, an der Wandreihe auf der linken Seite vom Eingang und hatte somit Glück. Hier war es nicht so stickig und schwül wie in der Mitte, denn hier hatte man um für Frischluft zu sorgen, die Zeltwände etwas hochgezogen. Nicht viel, aber es reichte um frische Luft zu erhalten. Um der einfacher halber, wurden die Ausrüstungen und Waffen der Soldaten unter ihre Betten geschoben.

Mit drei Ranger, ein jeder von ihnen führte eine Gruppe, hatte sich Olavson angefreundet. Man schloss im Lazarett schnell Freundschaft, sprach viel miteinander, was sollte man denn auch sonst tun. Sie hatten ihre Betten gegenüber und durch ihre Verletzungen Schwierigkeiten mit dem Gehen und Greifen. Aber ihre

Genesung schritt schnell voran und bald sollten sie wieder an die Front. Sie saßen bei Olavson. Einer neben seinen Beinen, einer neben seinen Kopf und der dritte hatte sich auf dem Nachbarbett breit gemacht, da sich dieser bei einer Untersuchung befand.

"Wann kommst du hier raus?" fragte derjenige, der neben den Beinen saß. Er hatte eine Narbe im Gesicht und hoffte, dass er beim Angriff auf die Takaya-Stellung mit dabei sein würde.

"Keine Ahnung." stöhnte Olavson leicht. "Vielleicht in zwei Wochen."

"Zwei Wochen?" fragte der, der neben dem Kopf von Olavson saß. "Du traust dir etwas zu."

"Ach was soll es. Wir werden in noch so manchen Schlachten kämpfen."

"Die laufen uns bestimmt nicht weg."

"Die nicht." scherzte Olavson. "Aber die Japaner."

"Leider nicht alle."

"Schade das hier keine weiblichen Krankenschwestern sind." meinte Stev.

"Die warten schon auf Hawaii auf dich."

"Na hoffentlich bald. Frische Bettlacken, zarte weibliche Hände."

"Und vielleicht mehr." unterbrach einer der Männer. Und jeder von ihnen malte sich in Gedanken die Bilder aus.

"Lange schlafen." grinste Stev weiter. "Ausgehen, tanzen, saufen."

"Und diese ganze Scheiße hier für ein paar Wochen vergessen."

"Oh ja. Das ist schon was für Vaters Sohn."

"Aber ja nicht ohne uns." mahnte im Scherz einer der Männer zu Stev.

Von allen Seiten drang jammern und stöhnen zu ihnen herüber. Obwohl die Männer gut versorgt wurden und sie alle unterschiedliche Verletzungen hatten, gab es unter ihnen aber doch einige die Fieber hatten. Entweder weil ihre Körper so geschwächt waren, oder weil sich ihre Verletzungen entzündet hatten. Eigentlich wurden so gut es ging diese Männer an den Strand gebracht und mit Schiffen zu einem großen Stützpunkt gebracht, auf dem sich ein

Krankenhaus befand. Aber die immer höher werdende Zahl von Kranken und Verwundeten, verhinderte oft einen schnellen Abtransport. Außerdem mußten die Patienten erst stabilisiert werden, ehe sie transportiert werden konnten. Da machte es auch kaum noch einen Unterschied wie stark der Verwundungsgrad war. Einige sprachen sogar im Fieberwahn und wälzten sich hin und her. Andere waren zwar mit Morphium und weiteren Beruhigungsmitteln vollgepumpt, aber wer Arm oder Bein verloren hatte, konnte gar nicht so ruhig gestellt werden. Unterm Tag ging es noch. Aber in der Nacht wenn es ruhiger wurde, vernahm man dies umso genauer. Wie froh war da jeder, der noch alle Gliedmaßen beisammen hatte. Und mit der Reinlichkeit stand es auch nicht immer zum Besten. Dreckige Lacken, keine frische Wäsche, kaum Möglichkeiten Bakterien wirkungsvoll abtöten zu können. Wer konnte ging sich waschen. Die anderen wurden mit feuchten Tüchern abgerieben. Die hohe Luftfeuchtigkeit war auch nicht gerade hilfreich bei der Genesung der Männer. Ab und zu kamen Sanitäter herein und sortierten regelrecht die Verwundeten aus. Wer Transportfähig war, wurde fortgebracht, oder schlimmer, wer verstarb, der wurde zugedeckt, auf eine Bare gelegt und hinausgetragen. Und jeder im Zelt wußte; der kommt nicht nach Hause, sondern wird irgendwo in ein Massengrab hier auf der Insel vergraben.

Stev wurde aus den Gedanken gerissen: "Hoffentlich gibt es bald essen. Ich habe hunger."

"Du hast doch gerade vor einer Stunde gefressen."

"Ich will was warmes, was Gutes."

Dem dritten huschte ein Lächeln über die Lippen: "Gut ist relativ."

"Aber besser als dieses Dosenzeug." bekräftigte der Mann.

"Man sieht es." meinte Olavson und zeigte auf den Bauch des Soldaten.

"Wer arbeitet muß auch essen."

"Was arbeitest du hier? Das Bett hüten. Sonst nichts."

Die Männer lachten und spaßten weiter.

Der Offizier stellte den Jeep vor einem Zelt ab, stieg aus und ging hinein. Drinnen blieb er stehen und blickte sich um.

Olavson sah zum Offizier und verzog das Gesicht, denn ein Rangeroffizier hatte dieses Zelt noch nie betreten: "Was will der hier?"

Die Kameraden bemerkten den Gesichtsausdruck und blickten selbst zum Eingang.

Der Eintritt des Mannes war aufgefallen. Es dauerte nicht lange bis es im Zelt ruhig wurde und jeder der aufblicken konnte, sah den Major an. Es war Major Mahoni. Er erblickte einen Sanitäter in der Nähe, ging auf ihn zu und fragte ihn etwas. Der Sanitäter zeigte zu Olavson. Mahoni blickte kurz herüber und kam dann auf ihn zu. Kaum beim Bett angelangt begann er sofort zu sprechen: "Wie geht es dir Soldat?"

Olavson verdrehte die Augen, strich sich mit der Zunge über die Lippen, holte tief Luft und antwortete: "Ich habe viel Blut verloren. Die Ärzte meinen; wenn kein Fieber dazu kommt, bin ich bald wieder auf den Beinen."

"Wo ist deine Gruppe?"

"Immer noch im Norden bei den Seen."

"Wie ist dies passiert?" fragte Mahoni immer noch mit strengen Worten.

"Ein Feuerüberfall am ersten See. Nur wenige Kilometer von hier."

"Waren es viele Soldaten?"

"Nein." begann der Norweger erneut zu stöhnen. "Nur ein oder zwei Gruppen."

"Entschuldigen sie Major. Sind sie Arzt?"

Mahoni drehte sich um. Hinter ihm stand ein kleiner Mann in einem grünen Kittel, allerdings ohne Schürze. In seinen Händen trug er eine Liste mit Namen darauf.

"Nein. Aber ich will mich nach meinen Männern erkundigen."

Dem Mann schien dies nicht zu interessieren was Mahoni wollte. Ohne den Offizier anzusehen sprach er weiter: "Wir tun alles was wir können. Und jetzt darf ich sie bitten das Zelt zu verlassen. Sollten sie Fragen haben, dann wenden sie sich an einen Arzt." Jetzt blickte er zum Major hoch und fügte hinzu: "Wenn ich sie noch einmal in einen der Zelte erwischen sollte, dann mache ich Meldung."

Mahoni war nicht der Mann dem man so kommen konnte, aber gegen das medizinische Personal konnte man nicht so leicht ankommen, also schwieg der Offizier, obwohl er den kleinen Mann lieber angeschrien hätte. Und der Sanitäter hatte Recht. Keiner, nicht einmal Offizieren war es erlaubt die Zelte ohne Genehmigung zu betreten. Der Sani hatte sogar das Recht, die Militärpolizei zu rufen und Mahoni abführen zu lassen. Mahoni wußte dies. Also schwieg er und zog stattdessen aus seiner rechten Brusttasche ein Schreiben hervor: "Ich habe Befehl vom alliierten Hauptquartier. Dieser Mann muß schnellstens woanders hin."

Der Sanitäter riss dem Offizier das Papier aus den Händen, las es flüchtig durch und meinte darauf: "Der Patient kann nicht aufstehen. Seine Wunde könnte aufplatzen."

"Das ist ein Befehl von ganz Oben."

"Dürfte ich den Grund dieses schnellen Abtransportes erfahren?"

"Das ist geheim. Außerdem wird er in ein Spital verlegt. Dort wird man sich besser um ihn kümmern können."

Der Sanitäter blickte Mahoni tief in die Augen und schien nicht im geringsten Achtung vor dessen Dienstgrad oder Größe zu haben. Nach wenigen Augenblicken meinte er: "Aber nur unter Protest und weil er in ein Spital kommt. Wenn ich den Chefchirurgen hole, dann bliebe dieser Mann hier." Nach einmaligem durchatmen sprach der Sanitäter weiter: "Gehen sie ins Büro des Chefarztes und zeigen sie ihm diesen Marschbefehl." Dabei hielt er dem Offizier dessen Papier entgegen. "Der Doktor soll dies entscheiden."

"Danke." und er riss dem Sanitäter den Wisch aus den Händen. Nachdem der Sani gegangen war, wandte er sich wieder an Olavson. "Holen sie ihre Sachen. Ich warte draußen."

"Ja Sir." stammelte der Soldat mehr aus Frust als aus seinem Leiden.

Mahoni drehte sich um und verließ mit schnellen Schritten das

Zelt. Kaum draußen zündete er sich eine Zigarette an.

Vorm Zelt rauchen ist verboten." sagte eine Wache. "Och. Entschuldigen sie Sir. Ich habe sie nicht erkannt."

"Schon gut mein Junge. Weitermachen."

"Ja Sir." salutierte der Soldat und ging wieder weiter seiner Streife nach.

"Na dann Jungs." kam Olavson zum Schluß. "Ich hoffe man sieht sich irgendwann wieder."

Seine neuen Kameraden halfen ihm hoch.

"Egal wo du hingehst, denk an uns."

"Wir müssen auch bald wieder an die Front."

Als Olavson stand und von zweien gestützt wurde, meinte er darauf: "Viel Glück Jungs."

"Das wünschen wir dir auch."

Während zwei mit Olavson das Zelt verließen, trug der dritte dessen Ausrüstung. Draußen halfen sie Olavson auf den Beifahrersitz.

Mahoni warf die halbgerauchte Zigarette weg, setzte sich auf den Fahrersitz und startete den Motor.

Als sie losfuhren, blickte Olavson zu seinen Kameraden zurück und hob kurz die Hand. Dann sprach er den Offizier an: "Ich dachte sie wollten meine Papiere holen?"

"Scheiß drauf." meinte der Offizier schroff.

"Das steigt mein Vertrauen in die Armee erheblich." sprach Stev sarkastisch.

Als sie das Gelände verlassen hatten und sich auf der Straße befanden, brannte er auf eine Antwort und hielt sich auch nicht zurück: "Wo soll es hingehen?"

"Du gehst nach Norwegen." antwortete der Offizier und blickte seinen Mann nur kurz an.

"Wieso denn dies?" wunderte sich Olavson und starrte den Major an.

"Im Hauptquartier hat man einiges beschlossen. Deine Aufgabe wird es sein; Widerstandseinheiten aufzubauen und der Wehrmacht in den Arsch zu treten. Wie ist der Gedanke nach Hause zu kommen?"

"Bei diesen Gedanken wird mir ganz warm ums Herz." meinte er nur, aber mehr ironisch als vor Freude. "Mein Zuhause sind inzwischen die Staaten." Nach einer kurzen Pause sprach er weiter. "Eigentlich dürfte ich noch gar nicht aufstehen."

"Auf dem Schiff das dich zurückbringt, wirst du nochmals versorgt."

Der Jeep fuhr zu einer Straßensperre. Der Major bremste ab und kam vor der Sperre zum Stehen. Nagelrollen befanden sich quer über der Straße, vor und hinter dem Jeep tauchten Militärpolizisten auf.

Ein Korporal trat auf den Wagen zu und fackelte nicht lange herum: "Ihre Papiere bitte."

"Natürlich." Mahoni kramte in seiner Tasche herum und zog seinen Dienstausweis hervor. "Warum haben sie vor dem Strand eine Sperre?" fragte er, während der Chargen sich den Ausweis ansah. Dieser antwortete ohne aufzublicken: "Am Hafen wurde einiges gestohlen, darunter auch eine Kiste mit Cognac. Wir sollen jeden überprüfen, der hier vorbeikommt."

"Was hat eine Kiste Cognac auf der Insel verloren?" wunderte sich Mahoni.

Der Korporal gab den Ausweis zurück und antwortete: "Sie war für General Smith bestimmt."

Der Major verzog das Gesicht.

"Ihre Papiere sind in Ordnung. Was ist mir ihrer Begleitung?"

"Für diesen Mann bürge ich."

"Gut, sie können weiterfahren." sprach die Wache.

Einige Soldaten zogen die Nagelsperre beiseite und Mahoni fuhr an.

Am Strand stapelte sich der Nachschub. Waffen, Munition, Verpflegung, Frischwasser, Ausrüstungsgegenstände, Fässer mit Treibstoff und Ersatzteile. Meterhoch waren die Kisten gestapelt und überzogen fast den ganzen Abschnitt. Viele Soldaten liefen umher, luden Waren von den Booten an den Strand oder gleich direkt auf LKW´s, die sie nach vorne bringen sollten. Ein richtiger

Pendelverkehr war eingerichtet worden. Inzwischen waren auch einige provisorische Landungsstege von den Pionieren gebaut worden.

"Es hat sich einiges getan seit wir an Land gegangen sind." meinte Olavson darauf.

"Da sieht man wieder einmal wie schnell unsere Rüstung arbeitet." Der Major wich einem Panzer aus und bremste ab. "Warte hier." Er stieg aus und ging davon.

"Wohin soll ich schon gehen?" murrte Olavson in sich hinein. Stev blieb sitzen und blickte sich um. Er dachte darüber nach wie es war, als sie angelandet waren. Hier hatten sie gekämpft, Kameraden verloren. Hier waren Granaten eingeschlagen, rissen aus ihren Reihen ganze Gruppen in den Tod. Jetzt sah man von alldem nichts mehr. Zwar fuhren ständig Boote im Pendelverkehr von den Schiffen zum Strand und wieder zurück, aber es wirkte ganz anders, nicht hektisch oder schnell. Boote brachten Haufen von Kisten an Land, die auf Wägen gestapelt waren und von Raupen gezogen wurden. An den Ausladungsstellen waren Berge von diesen Kisten und Fässern aufgetürmt. Munition, Verpflegung, Wasser. In den Fässer befand sich der Betriebsstoff für Fahrzeuge. Gerade brachte ein Boot eine dieser Kistenladungen an Land. Sie waren viel größer als die, die er bisher gesehen hatte. In ihnen befanden sich die Granaten für die schwere Artillerie. Zwischen den Bergen aus Kisten und Fässern standen Unteroffiziere, die Befehle erteilten, wohin etwas gebracht werden sollte, die Listen führten, auf welchen LKW was geladen werden sollte, damit ja jeder einzelne Soldat das bekam was er brauchte. Die Versorgungstruppen waren meist oben ohne, an ihren Hälsen baumelten die Erkennungsmarken und er konnte einige von ihnen fluchen hören, dass sie diese Arbeit machen mußten und sie lieber kämpfen würden. Kämpfen, wenn die einmal im Kampf stehen, ganz vorne, würden die sich wünschen wieder nach hinten verlegt zu werden. Die hatten vom Kampf und wie es im Mann gegen Mann Gefecht war doch keine Ahnung. Vielleicht hatten sie sogar seit ihrer Grundausbildung ihre Waffen kein einziges Mal mehr abgedrückt. Aber der Lärm und der Gestank waren geblieben. Die Fahrzeuge knatterten, die Dieselmotoren der Panzer warfen Wolken von Abgasen aus und die Ketten quälten sich durch den Sand. Ein unbeschreiblicher Gestank von Abgasen lag in der Luft. Die grauen bis schwarzen Schwaden die emporstiegen erinnerten ihn an das Gefecht. An anderer Stelle brachten Fahrzeuge Verwundete. Jeder von ihnen schwer. Die Leichtverwundeten blieben auf der Insel und wurden nach kurzer Genesung wieder ins Gefecht geschickt. Da war er mit einem Durchschuss noch richtig gut davon gekommen. Die Männer die verladen wurden, hatten keine Beine oder Arme mehr, ihnen waren die halben Gesichter weggesprengt oder die Körper aufgerissen. Laufend kamen neue Wägen mit Sanitätsabzeichen herangefahren. Es mußten dutzende sein. Auf Tragen brachte man die Verwundeten auf Boote, die zuvor noch Munition oder Verstärkungen an Land gebracht hatten. Kaum war eines voll, ging es auf die weiter draußen wartenden Lazarettschiffe, die die Männer zurück in die Staaten bringen sollten.

Eigentlich eine ganz normale Situation in Anbetracht der Lage. Wenn da eine Kleinigkeit nicht stören würde. Die Raupen die Nachschub an Land gebracht hatten fuhren etwas abseits. Dort wurden Leichensäcke vom Boden aufgehoben. Ganze Kolonnen von Fahrzeugen brachten sie, die man in Reih und Glied schön fein säuberlich am Boden auflegte. Selbst hier standen Unteroffiziere mit Listen und notierten sich Zahlen, alles im Sinne für die Statistik. War ein Leichensack abgehakt, wurde er auf die Anhänger der Zugmaschinen gelegt. Kaum voll, ging es mit der Raupe zurück auf ein Boot und dann hinaus zu den Schiffen. Beim Gedanken daran, dass einige seiner Freunde darunter liegen könnten, stimmte ihn nicht gerade freudig. Schon gar nicht, wenn er darunter liegen würde. Aber nicht jeder der Toten wurde in die Staaten zurückgebracht. Viele wurden aus Zeitgründen in Gräber gebettet. Seine Aufmerksamkeit wurde durch ein lautes Gebrüll geweckt. Er drehte seinen Kopf zur Seite. Nicht weit entfernt stritten einige Soldaten. Der LKW-Fahrer brüllte herum, die Männer würden sein Fahrzeug zu langsam beladen. Eigentlich hätte er schon längst abfahren sollen, aber die eingeteilten Männer ließen sich wirklich Zeit. Selbst durch den Streit machten sie nicht viel schneller und der Fahrer begann zu zweifeln, ob dies noch etwas werden würde. Fast schien es so, als ob die Ladetrupps mit Absicht derart umgingen, denn sie nahmen die Worte des Fahrers nicht wirklich ernst, sondern lachten nur und gaben beleidigende Worte zurück. Erst als ein Unteroffizier einschritt, verstummte der Streit und die Männer beluden den LKW schneller. Vom Strand her fuhren weitere Boote mit Verstärkungen an. Granatwerfergruppen marschierten an Land, daneben lud eine Zugmaschine ein schweres Geschütz aus. Über all dem Geschehen flogen ständig Flugzeuge, um etwaige Attacken von Seiten der Japaner abzuwehren. Weit draußen lag die Flotte vor Anker, die Schiffe weit auseinander, damit japanische Luftangriffe mit einer Bombe nicht mehrere Schiffe treffen könnten. Aber dennoch so nahe, um sich notfalls gegenseitig Schutz zu geben. Auf offener See, außerhalb des Blickwinkels, fuhren die Sicherungskräfte der Schiffe, vorwiegend die Hilfsflugzeugträger, die schweren Einheiten und die Kreuzer und Zerstörer. Sollte eine japanische Flotte anrücken, würden sie sich ihnen entgegenstellen und die Flotte, die vor Anker lag, somit schützen.

Es dauerte auch nicht lange, bis Mahoni mit zwei Männern zurückkam: "Bringen sie diese Sachen aufs Schiff und helfen sie diesem Mann."

Einer der Soldaten half Olavson aus dem Wagen, stützte ihn und der zweite nahm dessen Ausrüstung. Langsam gingen sie zu einem Landungsboot, das am Pier festgemacht hatte.

Beim Anblick dieses Bootes bemerkte der Norweger: "Das ist aber kein Lazarettschiff."

"Lieber auf einem Vergnügungsdampfer, wie?"

"Ich hätte nichts dagegen Major."

Es war ein sehr altes Boot, stammte noch aus dem Ersten Weltkrieg. Rostflecken befanden sich rund herum und die weiße Nummer war nur noch teilweise leserlich.

"Hoffentlich saufen wir damit nicht ab."

Auf dem Steg vor dem Boot, hielten sie inne.

"Mit dieser Büchse brauchst du auch nicht weit fahren. Draußen kommst du auf ein richtiges Schiff. Es bringt dich auf halben Weg zu den Staaten. Auf einer Insel wirst du in ein Flugzeug gesteckt. Alles weitere erfährst du dann in der Zentrale." Mahoni begann zu zögern. Es schien als suche er nach Worten, aber es schienen ihm nicht die passenden einzufallen. Schließlich drückte er herum und meinte: "Es tut mir leid, dass du gehen mußt, auch den anderen in deiner Gruppe wegen. Aber der Befehl kommt nun einmal von ganz Oben."

Olavson nickte und erwiderte: "Lieber würde ich hier bleiben. Was ich anfange möchte ich auch zu Ende führen." Er unterbrach, blickte raus auf die See und fuhr fort. "Ich hoffe nur, dass die anderen dies verstehen werden."

"Es wird ihnen auch nichts anderes übrig bleiben."

Olavson sah den Major an und meinte: "Ich habe meinen Arsch für diese Insel riskiert und jetzt werde ich abgezogen."

"Ist dies nicht eine Genugtuung, ich meine, nach Hause zurück und dort die Deutschen zu bekämpfen?"

"Meine Heimat sind inzwischen die USA. Ich hoffe nur, dass ich nach dem Krieg wieder einreisen kann."

"Selbstverständlich." bekräftigte Mahoni. "Dies ist eine sichere Zusage."

"Ich weiß." wischte Olavson ab. "Eine Entscheidung von ganz Oben. Aber wissen die denn immer was sie tun?"

Mahoni nickte leicht, wußte aber selber nicht so recht ob er dies auch glauben sollte. Um dem entgegenzuwirken, wies er die Männer an, das Gepäck von Olavson an Bord zu bringen. Dann wandte er sich erneut an den Soldaten. "Viel Glück." und er reichte ihm die Hand.

Olavson blickte die Hand an, reichte sie ihm und fragte: "Was passiert mit der Gruppe? Jetzt wo ich nicht mehr dabei bin."

"Einer eurer Kameraden wird deinen Platz übernehmen."

"Und wer ist es?"

"Thomson."

Olavson nickte und meinte dazu: "Ja Thomson ist ein guter

Mann." Dann salutierte er: "Sir. Mit ihrer Erlaubnis."

Mahoni erwiderte die Ehrenbezeugung und nickte: "Natürlich."

Langsam ging Olavson den Steg entlang auf die Gangway, blickte noch einmal zum Major und quälte sich an Bord.

Als das Boot ablegte, blickte Olavson zurück zum Strand. Der Major stand noch immer am Pier und blickte ihm nach.

"Viel Glück Jungs. Hoffentlich sehen wir uns wieder." dann setzte er sich nieder und wurde schon von einem Sanitäter betreut.

Elf Tage waren vergangen, seit die Amerikaner die Insel angegriffen hatten.

Es war 7.31 Uhr. Und wieder versprach der blaue Himmel einen heißen, schwülen Tag.

Der Kommandant, General Smith, saß in seinem Zelt hinterm Schreibtisch. Mit anwesend waren Spezialisten und hohe Offiziere. "Meine Herren. Ich wurde soeben vom Planungsstab unterrichtet. Den Herren da Oben geht unser Invasionskampf zu langsam. Sie wollen endlich diese Insel haben."

"Entschuldigen sie Sir." unterbrach in ein Major. "Wir haben die versprochene Sollstärke noch immer nicht erreicht. Die Insel ist sehr groß und vom Dschungel überwachsen. Es ist nur an wenigen Stellen ein rascher Truppentransport möglich."

"Wir haben Befehle. Und ich erwarte von ihnen, dass sie diese auch ausführen." gab Smith mit Nachdruck bekannt und sprach weiter. "Es sollen Jagdmaschinen und Bomber auf dieser Insel stationiert werden. Aber solange der Flugplatz in Reichweite japanischer Artillerie liegt, ist dies unmöglich. Deshalb sollen wir rasch vorrücken." Er machte eine kurze Pause und gab seine nächsten Befehle bekannt. "Ein Regiment wird zu unserer rechten stationiert. Sie bilden eine Frontlinie vom Strand bis zum Tatsumi-Gebirge. Sie werden uns den Rücken frei halten. Weiteres wird ein Regiment am Gebirge stationiert um unsere Flanke zu schützen. Das Groß der Division wird die Takaya-Stellung frontal angehen."

"Sir." wiedersprach der Offizier erneut. "Ist ein Regiment mit 1.000 Mann genug um uns den Rücken frei zu halten?"

"Wie meinen sie Major?" und der General blickte hoch.

"Nun Sir." suchte der Mann nach den richtigen Worten. "Es ist eine weite Strecke vom Strand bis zum Gebirge."

"Hat sonst noch einer der hier Anwesenden etwas dagegen einzuwenden?" forschte der General.

Mit Kopfschütteln verneinten die Offiziere.

Dann wandte sich General Smith wieder an den Major: "Wie sie selbst sagten; diese Insel ist kaum passierbar durch den dichten Dschungel. Also können die Japaner auch nicht ganze Einheiten einsetzen. Außerdem glaube ich nicht, dass noch viele von ihnen im Gelände herumstreunen. Ihr Großteil hat sich an der Stellung versammelt. Und dort werden wir ihnen ihr Rückgrat brechen." Dann wandte er sich wieder an alle: "In fünf Tagen greifen wir an."

16.37 Uhr.
Der siebenköpfige Aufklärungstrupp befand sich noch wenige Kilometer nördlich vom Flugplatz. Es war nicht mehr so heiß, aber die Schwüle war geblieben. Sie marschierten mit offenen Hemden, die Ärmel hochgekrempelt. Gino, Oskov und Mulder hatten ihre Mützen durch Tücher ersetzt, die den Schweiß besser auffingen. Der Dschungel war zwar etwas lichter geworden, aber noch immer eine Qual für die abgehetzten Männer. Die metalligen Gegenstände fingen durch die hohe Luftfeuchtigkeit zu rosten an. Selbst die Waffen, die ständig geölt wurden, bekamen Rostspuren.

"Ich breche gleich zusammen." stöhnte Jim, der in der Mitte der Gruppe ging.

"Mach jetzt nicht schlapp. Wir haben es gleich geschafft. Vor Einbruch der Dunkelheit sind wir im Lager." sagte John, der hinter ihm ging.

Mulder drehte seinen Kopf nach hinten und meinte darauf: "Noch ein paar Stunden."

"Seid ruhig." machte Oskov auf sich aufmerksam und zwang durch Handzeichen die Gruppe in die Knie.

Mätz deutete auf eine Böschung links der Gruppe. Sie sollten sich darauf eine Deckung suchen. Er selbst ging in geduckter Haltung weiter. Nach 100 Meter blieb er stehen. Nach einer Weile ging er zu Oskov, der ihm den Rücken frei hielt und sich am Fuß der Böschung befand. "Soeben haben sich Japse mit einem Granatwerfer in einem Fuchsloch eingenistet." sagte er.

Oskov meinte darauf: "Laß uns zu den anderen gehen."

Auf der Böschung versammelten sich die Männer und berieten sich.

"Wie sieht es aus?" wollte Gerry wissen.

Mätz antwortete ihm: "100 Meter vor uns ist eine Lichtung. Sie ist etwas 400 bis 500 Meter breit. In die Länge zieht sie sich viel mehr. Sie zu umgehen würde uns einen halben Tag kosten. Vor der Lichtung hat sich ein Trupp mit einem Granatwerfer eingenistet."

Cooper der Anführer dieser Gruppe überlegte. Dann sprach er aus: "Sie zu umgehen geht nicht. Proviant und Wasser gehen aus. Zum anderen können wir sie nicht ausschalten. Wo ein Trupp ist, gibt es mehrere. Was ist noch an Munition vorhanden?"

Sie schüttelten leicht mit den Köpfen. Dies gab Cooper das Zeichen, dass ein Kampf nicht lange geführt werden konnte.

Gerry blickte die Männer an. Er nickte und meinte: "Wir teilen uns. Zwei Mann zum Fuchsloch und verstecken sich. Der Rest über die Lichtung. Erst wenn die Japse etwas merken, knacken wir die Stellung."

"Wäre es nicht besser gleich den Kampf zu suchen? Jetzt sind sie unvorbereitet." fragte Mulder.

"Ich spüre Japse in der Nähe." bedachte Gino. "Und mein Gefühl hat mich noch nie im Stich gelassen."

"Besser zwei opfern als den ganzen Trupp?" forschte Mulder weiter.

Gerry nickte und sprach weiter: "Ich brauche zwei Freiwillige."

Alle sahen weg. Es hatte den Anschein, als ob ihnen diese Sache nichts anginge.

Nach einer Weile sprach Cooper: "Dann werde ich zwei bestimmen müssen." Er gab damit den Männern noch etwas Zeit zum Nachdenken, denn auch ihm gefiel diese Entscheidung nicht.

Die Spannung stieg schnell an. Jeder saß still und bewegungslos da. Nur ihre Augen blickten von Kamerad zu Kamerad.

Oskov starrte zu Gino, dann unterbrach er die gespannte Situation: "Ich bin der Erste."

Erleichtert atmeten sie auf.

"Dann bin ich der Zweite." meldete sich Mätz darauf.

Auch Cooper war erleichtert. Er lächelte etwas, war er doch froh, keinen seiner Freunde bestimmen zu müssen.

"Wir nehmen euer Gepäck, dann könnt ihr schneller rennen." sprach Jim.

"Sobald es dunkel ist, brechen wir auf." befahl Cooper.

Die Dämmerung hatte eingesetzt und es wurde schnell finster.
Der Trupp machte sich bereit. Die Freiwilligen gingen einige Meter
im Schutze der Bäume in Deckung und richteten ihre Waffen aus.
Die Japaner mußten sich sicher fühlen, sie sprachen miteinander
und keiner von ihnen beobachtete die Gegend.

"Die sind ja besoffen." flüsterte Oskov.

"Umso besser für uns." Mätz hielt sein Karabiner schussbereit.

Der Rest der Gruppe ging etwas abseits entlang. Auf der Lichtung gab es keinerlei Deckung.

"Es geht immer einer nach dem anderen." befahl Gerry. " Im Abstand von 20 Metern."

Die Männer nickten.

Noch einmal sah sich Cooper um. Dann klopfte er Mulder auf
die Schulter.

Mulder rannte los. Nach wenigen Metern war er kaum noch zu
erkennen. Die Dunkelheit schien ihn zu verschlingen.

Gerry wartete etwas, dann klopfte er Jim auf den Kopf. Dieser
rannte los. Er führte noch das Sturmgepäck von Oskov mit. Dann
folgte John mit dem Gepäck von Mätz. Es ging der Reihe nach weiter bis zuletzt Cooper loslief. Ohne sich umzusehen rannte er über
die Lichtung. Obwohl es galt schnell die Lichtung zu überbrücken,
versuchte er dennoch so leise wie möglich zu sein. Ab und zu mußte er über größere Steine springen, immer dabei die Angst im
Rücken, beschossen werden zu können. Mitten auf der Strecke hielt
er inne, legte sich schnell zu Boden und richtete seine Waffe auf die
feindliche Stellung aus. Er horchte, ob der Feind etwas vernommen
hatte oder nicht. Kurz darauf stand er auf und rannte weiter. Ohne
Zwischenfälle erreichte er den Schutz der Bäume. Gleich hinter
dem ersten ließ er sich zu Boden fallen und sicherte.

Ein japanischer Soldat, mehr betrunken als nüchtern, erhob sich
und wollte hinaussehen.

Mätz richtete den Lauf seiner Waffe auf ihn und nahm ihn ins
Visier.

Oskov nahm eine Handgranate und zog den Stift.

Der Japaner drehte sich zur Lichtung.

Mätz zielte.

Dann riss ein anderer seinen Kameraden ihn runter und streckte ihm eine halbvolle Flasche Sake entgegen. Dieser nahm sie und trank daraus.

"So eine verfluchte Scheiße." war Mätz angespannt.

Oskov steckte den Sicherungsstift zurück in die Granate und verstaute sie an seiner Brusttasche: "Es wird Zeit. Lass uns gehen."

Sie standen auf, entfernten sich etwas von der Stellung und rannten los.

Die übrigen waren auf der anderen Seite im Dschungel in Deckung gegangen und warteten.

"Das dauert." flüsterte John.

"Sie sollten schon längst hier sein." meinte Jim.

"Es fiel kein Schuß." bedachte Cooper. "Wir warten."

Gino hatte seinen Blick zur Lichtung gewandt und sprach leise: "Da scheinen sie zu kommen."

"Was hat solange gedauert?" fragte Gerry.

Noch ganz außer Atem antwortete Mätz: "Einer spielte verrückt."

"Die haben gesoffen." sprach Oskov weiter. "Und dies ohne mich."

"Und du wärst am liebsten dabei gewesen."

"Ich mag keinen Sake."

"Laßt uns verschwinden." meinte der kleine Amerikaner.

Die beiden nahmen ihr Sturmgepäck.

Sie marschierten weiter in Richtung Süden.

Gegen Mitternacht trafen sie im Lager ein. Sie steuerten direkt auf das Kommandantenzelt zu.

Im Lager selbst war alles ruhig. Nur Streife, Wachen und die Bereitschaft waren wach.

"Halt! Wer da?!" rief die Wache die vor dem Zelt stand und die Waffe erhob.

"Was ist denn das für ein Heini?" brauste Oskov auf.

"Sicher einer von der Infanterie." meinte Gino darauf.

"Ich sagte; Halt wer da?!" Obwohl der Soldat die Umrisse der Ranger erkennen konnte und merkte, dass es sich hierbei um Amerikaner handelte, verharrte er in Schussposition.

"Wir wollen zum Boss." versuchte Oskov die Wache zu besänftigen. Dieser blieb jedoch hart und forderte erneut, diesmal jedoch mit strengerem Ton: "Halt wer da?! Oder ich schieße!"

Die Ranger schüttelten den Kopf.

"Wir sind Amerikaner." verdeutlichte Jim.

"Hör mal zu Junge." übernahm Cooper das Wort. "Wir waren ein paar Tage draußen. Wir sollen dem General Meldung machen."

"Ich führe nur Befehle aus!" sagte die Wache. "Nennt mir euren Namen, Rang und Erkennungsnummer!"

"He du kleines Arschloch! Du hast sie wohl nicht mehr alle!" brauste der Ukrainer erneut auf.

Gino ging auf die Wache zu und forderte: "Geh aus dem Weg."

Blitzschnell riss die Wache sein Gewehr in die Luft und feuerte eine Kugel ab.

Mulder der sich erschrocken hatte, brüllte ihn an: "Bist du wahnsinnig?!"

Der Warnschuss löste allgemeine Panik aus. Die Alarmsirenen wurden betätigt. Daraufhin stürmten die Soldaten oft halbnackt aus ihren Zelten und liefen in ihre zugewiesenen Verteidigungsstellungen, die rund um das Flugfeld verteilt waren. Flak- und Artilleriemannschaften liefen zu ihren Geschützen und machten sie feuerbereit. Die leichtgepanzerten Fahrzeuge wurden bestückt und die Fahrer fuhren über den Platz und gingen in Stellung. Das Sanitätspersonal lief zu den Lazarettzelten und bereitete mögliche Operationen vor. Offiziere eilten zu ihren angetretenen Kompanien und gaben Befehle. Munitionskisten wurden eiligst verteilt. Das Bodenpersonal machte drei Jagdmaschinen vom Typ P-51 Mustang startklar. Die Piloten liefen in ihren Fliegeruniformen übers Flugfeld, stiegen in die Maschinen ein und rollten nach dem starten ihrer Motoren auf die Rollbahn. Leuchtraketen erhellten den Himmel in einen dunkelroten Schein.

Der General stürmte aus dem Zelt. "Was zum Teufel ist hier los?!" schrie er. "Wie viele greifen uns an?!"

Es wurde ruhig auf dem Gelände. Die Männer lauschten gespannt in den Dschungel. Die Soldaten lagen in ihren Stellungen, die Waffen ausgerichtet. Die MG-Schützen legten Kettenmagazine ein, luden durch und entsicherten. Schließlich vernahm man nur noch das Brummen der Fahrzeuge im Leerlauf und die drei gestarteten Maschinen. Die Leuchtraketen brannten aus und es wurde wieder dunkel.

"Was zum Teufel geht hier vor?!" wollte der Kommandant wissen. "Wer hat hier geschossen?!"

"Das war ich Sir!" antwortete die Wache verunsichert.

"Und aus welchem Grund haben sie gefeuert?!"

"Es war ein Warnschuss Sir!"

"Ein was?!" wurde der General noch lauter und ihm fuhr dabei die Röte ins Gesicht.

"Ein Warnschuss Sir!" wiederholte die Wache.

"Ja sind sie denn total verrückt? Ballern hier im Lager herum, als ob die ganze verdammte Japsenarmee angreift!"

"Aber Sir!" versuchte sich die Wache zu verteidigen. "Ich habe Befehl zu schießen, wenn sich Unbefugte dem Kommandantenzelt nähern!"

"Wir hatten ihm erklärt, dass sie uns sprechen wollten." mischte sich Cooper ein.

"Er hätte mich beinahe erschossen!" brauste Oskov los.

Der General konnte es nicht glauben. Er schüttelte den Kopf, rief wütend einen Major herbei und gab ihm Befehle: "Das war falscher Alarm. Lassen sie eine verstärkte Einheit draußen. Die Japse haben dies sicher mitbekommen. Und holen sie die Jäger runter."

"Natürlich Sir." salutierte der Offizier und lief davon.

"Und jetzt zu dir du Trottel! In 30 Minuten will ich deinen Arsch in meinem Zelt sehen!" brüllte der General und wurde dabei von Wort zu Wort lauter und schrillen.

"Ja...Sir." bekam der Mann nur noch heraus.

General Smith wandte sich an die Ranger: "Wer von ihnen hat den Trupp geführt?"

"Ich Sir."

"Gut." sprach er Cooper an. "Kommen sie rein. Die anderen können wegtreten."

Gerry betrat das Zelt hinter dem General, der noch immer murrend über die Wache schimpfte. Als seine Worte wieder klarer wurden, bot er Cooper einen Platz an.

"Danke Sir." Cooper setzte sich auf den Sessel, der sich vor dem Schreibtisch befand. Sein Sturmgepäck stellte er auf den Boden, links neben sich. Die Waffe legte er auf seinen Schoß.

"Wo waren sie?" kam der General gleich zur Sache, der sich selber gesetzt hatte.

"Nördlich von den Seen."

"Dieser Vollidiot ballert hier rum." fluchte der General erneut.

Der kleine Ranger meinte darauf: "Wie sollen wir den Krieg gewinnen, wenn schon die eigenen Leute auf uns schießen?"

"Das ist ein Grünschnabel. Ich dachte; vor dem Zelt kann er keine Scheiße bauen. Das war bereits das zweite Mal, dass er ohne Grund in die Luft geschossen hat." Der General zündete sich eine Zigarette an, zog ein paar Mal daran, entspannte sich etwas und fuhr mit ruhigeren Worten fort: "Vor einigen Tagen haben wir seinetwegen ein Flugzeug verloren. Der Pilot konnte noch rechtzeitig abspringen. Ich frage mich auf welcher Seite er steht. Wenn ich nicht jeden einzelnen Mann brauchen würde, stände er schon längst vor einem Kriegsgericht. Nun zu ihnen." Der General breitete auf dem Tisch eine Karte aus, auf der die Insel abgebildet war. "Zeigen sie mir, wie sie gegangen sind."

Gerry fuhr mit dem Finger die Strecke ab und erklärte hierbei: "Wir durchquerten einen kleinen Fluß und schalteten dort eine japanische Patrouille aus. Beim ersten See hatten wir einen Feuerüberfall. Einen von uns hat es dabei erwischt."

"Und?" fragte Smith nur.

"Ein glatter Durchschuss. Er liegt im Lazarett."

"Wie viele Japse?"

"Etwa zwei Gruppen gesamt."

"Was haben sie beobachtet?"

"Hinter den Ausläufern des Tatsumi-Gebirges fanden wir Spuren von Ketten- und Radfahrzeugen. Einen zerschossenen Panzer, vereinzelte Bunker und Artilleriestellungen bevorzugt an günstigen Geländeverhältnissen. Wir versuchten sie zu umgehen, doch eine motorisierte Einheit versperrte uns den Weg. Wir konnten uns dennoch unbemerkt absetzen."

"Eine motorisierte Einheit? Mitten im Dschungel?"

"Ja Sir. Auf einem Schleichpfad."

"Das glaub ich nicht." wischte der General diese Meldung vom Tisch. "Unsere Aufklärer hätten dies schon längst von oben bestätigt. Sie haben sicherlich einen Pfad gesehen, auf dem Pferdekarren herumgefahren sind. Eine motorisierte Einheit müßte auf einer Lichtung stehen. Es wurde aber keine gesichtet."

"Sir. Ich kann Panzer von Fuhrwerken unterscheiden."

Smith lehnte sich zurück, zog langsam an der Zigarette und fragte unbeirrt: "Zu welcher Tageszeit haben sie diese angebliche Einheit gesichtet?"

"Nachts."

"Konnten sie erkennen wie viele Fahrzeuge sich in diesem Verband befanden?"

"Nein. Sie waren getarnt."

"Sehen sie. Sie haben sich getäuscht." beharrte der General auf seine Meinung.

"Fragen sie die anderen. Ich weiß was ich gesehen habe."

"Ja ja ihr Ranger." meinte der Offizier abwertend.

"Sir. Sie sollten eine bewaffnete Einheit das Gebiet sichern lassen."

"Moment." unterbrach der General und beugte sich vor. "Das Denken und Befehlen überlassen sie mir. Außerdem stehen wir kurz vor der Erstürmung der Takaya-Stellung. Da kann ich keine Hirngespinste nachjagen lassen."

"Aber Sir..."

"Das wäre alles." ging Smith sofort dazwischen.

"Sir." versuchte Cooper ein weiteres Mal ein Gespräch anzufangen. "Sie müssen..."

"Ich muß gar nichts." blickte der General den kleinen Mann mit schroffen Augen an.

"Natürlich Sir." erkannte Cooper, dass mit dem General nicht zu reden war. Er nahm seine Sachen, stand auf und salutierte.

Der General blieb sitzen und erwiderte den Gruß nur schlampig. Ohne den Ranger anzusehen, studierte er die Karte weiter.

Cooper drehte sich um und verließ das Zelt.

Draußen landeten die Jagdmaschinen. Soldaten kehrten zu ihren Zelten zurück. Die Fahrzeuge fuhren wieder zu ihren Ausgangsstellungen zurück.

Gerry betrat sein Gruppenzelt.

"Und? Was hat er gesagt?" wollte Mulder sogleich wissen.

"Dieser Arsch glaubt uns nicht." antwortete Cooper und machte es sich auf seinem Platz bequem.

"Was?!" fuhr Oskov hoch. "Will der behaupten; wir lügen?!"

"Anscheinend ja." meinte Jim.

Cooper zog seine Stiefel aus, schnallte den Munitionsgurt ab, zog die Uniform aus und suchte sein Waschzeug.

"Was machst du da?" fragte Mätz.

Die Männer sahen Gerry an. Es wurde still im Zelt. Der Mann drehte sich um. Nur mit der Unterhose bekleidet stand er da und antwortete: "Ich gehe mich waschen." und er verließ das Zelt.

Die Ranger sahen sich verwundert an.

"Wir werden als Lügner dargestellt und der nimmt ein Bad." stellte der Ukrainer klar und machte dabei große Augen.

Mätz drehte das Licht der Lampe etwas höher. Auch er begann sein Waschzeug zu suchen.

"Und was machst du?" fragte ihn Gino.

"Cooper hat recht. Wir haben unseren Auftrag ausgeführt. Seit Tagen haben wir uns nicht mehr gewaschen."

"Und du glaubst das verbessert unsere Lage?" fragte ihn Oskov.

"Nein. Aber sie stinkt dann wenigstens nicht mehr so." und Mätz krabbelte über ihn hinweg, hinaus ins Freie.

Oskov blieb verstört sitzen, während auch der Rest daran ging ihr Waschzeug zu suchen und aus dem Zelt zu steigen. Als er sich alleine im Zelt befand, hob er seinen rechten Arm und roch."Stinkt ja grauenvoll." murmelte er und rümpfte die Nase. Jetzt suchte auch er seine Sachen.

Neben den Lazarettzelten standen Wasserwannen.

Gino griff hinein: "Mann ist das kalt."

Könnte man gar nicht meinen bei dieser Hitze." scherzte John und war selber über eine Wanne gebeugt.

"Morgen bestelle ich dir einen Zimmerservice mit einem heißen Bad." grunzte Mulder.

Cooper tauchte die Hände ins Wasser, faltete sie zu einer Schüssel und wischte sich mit dem darin befindlichen Wasser das Gesicht ab.

Es war für die Männer eine richtige Wohltat, endlich wieder frisch zu sein. Um die hygienischen Mitteln auch durchziehen zu können, waren zwar Duschen in Holzbaracken aufgebaut worden, aber es waren viel zu wenige und ständig besetzt. Viele mußten sich davor aus großen Waschwannen bedienen, so auch unsere Gruppe. Alles was sie ausziehen konnten, wurde abgelegt. Sogar die Unterwäsche.

"Schwuchteln." bemerkte Oskov und behielt demonstrativ seine Unterhose an.

Unterm Einseifen gickte Mulder hinüber: "Der hat wohl Angst sich zu zeigen."

Gino grinste in sich hinein: "Nicht jeder ist so freizügig wie wir."

"Haltet die Klappe!" fauchte der Ukrainer.

"Egal." winkte Mätz ab und lachte dabei. "Wenn es anfängt zu stinken, dann wissen wir wer es ist."

"Na so ein Ferkel." grunzte Jim.

Alle blickten zu Oskov, auch einige andere Soldaten, die hinter ihm vorbeigingen.

Dies wurde ihm zu blöd. Nur wiederwillig zog er seine Unterhose aus und bedeckte seinen Unterleib sogleich mit einem Handtuch. "Wußte ich es doch, Schwuchteln." murrte er in sich hinein.

"Ist das nicht fein, den ganzen Dreck abwaschen?" stellte John die Frage in die Runde.

"Mein Wasser ist schon ganz schwarz." bemerkte Mätz.

"Vielleicht warst du bisher auch ein Neger!" schimpfte Oskov.

"Jetzt hab dich nicht so." ging Cooper dazwischen. "Deinem Schwanz tut es auch gut endlich wieder einmal sauber zu sein."

"Der ist sauber genug."

"Und die Sackratten?" grinste Jim.

Oskov öffnete sein Handtuch, hielt es aber immer noch vor sich und schaute an sich herab: "Etwas beißen tut es schon."

"Habt ihr gehört?!" brüllte Mätz und er deutete auf ihn. "Der da hat Sackratten!"

"Halt die Klappe!" fuhr Oskov ihn an und ging schon einen Schritt auf ihn zu, dabei rutschte ihm das Handtuch herab. Sofort zog er es wieder hoch. Aber dies verhinderte nicht, dass alle umliegenden ihn auslachten.

Oskov ärgerte sich über diesen Blödsinn und er lief auch schon rot an. Um seine Scham zu bedecken, rührte er sogleich Rasierschaum an und pinselte sich damit sein Gesicht ein. Das er vor lauter hudeln zuviel davon auftrug fiel ihm gar nicht auf und er stand da wie ein nackter Weihnachtsmann. Die übrigen hatten ihren Spaß dabei. Genervt und mit Wut begann sich Oskov zu rasieren und strich die Klinge schnell über seine rechte Wange, dann zuckte er plötzlich auf. In seiner Euphorie hatte er sich geschnitten, was den anderen wieder etwas zum Schmunzeln gab.

Wieder beim Zelt, verstauten sie ihre Sachen und machten es sich davor gemütlich.

Jim streckte sich am Boden aus, schloß die Augen und fragte: "Und was machen wir jetzt?"

"Etwas schlafen." gähnte John und döste schon vor sich hin.

"Morgen gehe ich zum Major und erkläre ihm alles. Vielleicht hört er auf uns."

"Bist du dir da auch sicher?" fragte Jim nach.

"Wenn der nicht auf uns hört, wer dann?" meinte John.

Mulder verschränkte seine Hände auf seiner Brust und erwiderte darauf, ohne jemanden dabei anzusehen: "Er ist bisher der Einzige, der sich um uns Gedanken macht."

"Ja." mischte Oskov halblaut mit. "Dieser General ist doch eine Pfeife, der interessiert sich nicht für uns."

"Der war schon von Anfang an gegen uns." erklärte Cooper.

"Weißt du etwas, was wir nicht wissen?" stellte Gino die Frage an den Kleinen.

"Nicht viel mehr als ihr, aber wie er uns immer behandelt hat."

"Ja." nickte Oskov dem Zustimmend. "Ein richtiges, arrogantes Arschloch."

"Nicht so laut." forderte Gino. "Sein Zelt lieg in der Nähe."

"Mir doch Scheiß egal!" fauchte Oskov und warf einen bösen Blick in die Richtung des Kommandantenzeltes. "Viel mehr Scheiß kann er uns auch nicht mehr aufbrummen!"

"Es bring nichts sich darüber aufzuregen." versuchte John zu schlichten.

"Ach ja?!"

"Wie wäre es mit einem Kriegsgericht?" unterstützte Jim, seinen Kameraden.

"Scheiß auf dieses Gericht. Wir kommen hier sowieso nicht lebend raus."

Mätz gähnte vor sich hin, stand auf und machte sich bereit ins Zelt zu schlüpfen.

"Was machst du denn?" wurde er von Gino gefragt.

"Ich haue mich aufs Ohr. Wer weiß wie lange wir Zeit zum Schlafen haben."

"Gute Idee." schloß sich Cooper dem an.

Langsam verschwanden sie einer nach dem anderen ins Zelt. Zuletzt Oskov. Er spähte noch einmal hinaus und legte sich nieder.

Am nächsten Morgen stürmte Major Mahoni ins Zelt des Generals.

Der Kommandant saß auf seinem Sessel hinter dem Schreibtisch. Eine fette Zigarre hing in seinem Mund und zog einen übel riechenden Geruch durchs Zelt. Auf dem Schreibtisch ein halbvoller Wasserkrug. Der General beugte sich über Pläne und Papiere.

"Was gibt es Major?" maulte der General zwischen seinen Zähnen hervor.

Mahoni stand vor seinem Vorgesetzten und salutierte. Nur schlampig bekam er die Ehrenbezeugung erwidert.

Ohne aufgefordert zu werden nahm der Major eine bequemere Haltung an und sprach: "Wollen sie behaupten, dass meine Männer lügen?!"

Der General blickte hoch und sah den Offizier verdattert an: "Wie kommen sie darauf?" fragte er, ohne die Zigarre aus dem Mund zu nehmen.

"Ich habe soeben eine Beschwerde erhalten. Sie stellen meine Männer als Lügner dar!"

Nun wußte der General was gemeint war. Er stand auf und wurde ebenso lauter: "Erstens sind dies nicht ihre Männer, sondern meine!" Er nahm die Zigarre aus dem Mund und fuhr fort. "Ich habe hier das Kommando!"

Mahoni hatte zu diesem Zeitpunkt keinen Respekt vor dem General und so brüllten sie sich gegenseitig an: "Ein Ranger sagt immer die Wahrheit! Dazu wurde er gedrillt und zwar hart!"

"Ach ja?! Und meine Infanterie sagt etwa nicht die Wahrheit?!"

"Die Ranger sind hier um Fernaufklärung zu leisten! Und da sie in ihrer Division keine Aufklärungseinheiten besitzen müssen sie sich auf die Ranger verlassen!"

"Da bin ich aber einmal gespannt! Nur jeder zweite Aufklärungstrupp kam zurück!"

"Das beweist doch; hinter dem Berg stehen starke japanische Kräfte!"

Beide Männer standen sich gegenüber. Ihre Uniformen verschwitzt. Mahoni beugte sich leicht über den Schreibtisch, stützte sich mit beiden Händen am Tisch ab und blickte dem General dabei tief in die Augen.

Smith kaute unterdessen fortwährend an seiner Zigarre. Er zog zweimal daran, nahm sie erneut aus dem Mund und sprach leiser, verlor dabei aber nicht die Härte der Worte: "Von Oben wird mir der Arsch aufgerissen, weshalb wir hier nicht weiterkommen. Laut dem Planungsstab hätte ich gestern die Takaya-Stellung angreifen sollen. Da aber unsere Stärke, insbesondere bei der Artillerie noch nicht voll erreicht ist, zögere ich den Angriff hinaus. Und ich kann nicht auf alles Rücksicht nehmen."

Mahoni sprach ruhiger, aber in der selben Tonlage wie Smith: "Wir wissen so gut wie nichts über die japanischen Kräfte."

"Ach was." wischte der General diese Bedenken beiseite und setzte sich wieder hin. "Nach unserer Invasion sind es nur noch ein paar schwache Kompanien."

"Das Selbe dachten wir auf den Salomoneninseln auch. Und dann hatten wir grässliche Verluste."

"Es ist ihnen wohl sicherlich nicht entgangen, dass jeweils ein Regiment unsere Flanke und unseren Rücken sichert."

"Dann sollte ihnen aber auch klar sein, dass ein Regiment 6 Kilometer und das andere über 10 eine Front durch den Dschungel zu verteidigen hat und diese auch noch halten sollen. Es genügt nur ein einziger Angriff an eine beliebige Stelle und sie fallen uns in den Rücken."

Der Kommandant winkte nur ab und lehnte sich zurück, nahm die Zigarre aus dem Mund und blies demonstrativ den Rauch aus.

Der Major sprach indessen mit normaler Stimme weiter: "Lassen sie einen Rangertrupp auf der Nordseite der Insel landen und die Gegend auskundschaften."

Der General blieb stumm, nahm einen weiteren Zug und blies den Rauch ins Gesicht des Majors. Dieser verzog keine Mine, sondern blickte weiterhin in die Augen des Generals.

"Ich mag sie und ihre Ranger nicht. Und ich wollte euch hier nicht dabei haben. Aber ich mußte euch mitnehmen, weil ihr unsere Verluste niedrig halten solltet. Und was kam dabei heraus? Der Strand war übersät mit euren Leichen."

"Herrgott noch einmal!" brauste Mahoni erneut auf. Er lehnte sich weiter über den Schreibtisch, blickte von oben auf den General hinab und sprach weiter."Sie begreifen immer noch nichts! Sie können ihre Männer nicht in eine Schlacht schicken, in der sie nichts über den Gegner wissen! Wollen sie ein Blutbad?!"

"Jetzt halten sie einmal die Luft an!" schrie Smith und sprang vom Sessel auf. Er hielt den Zeigefinger drohend von sich und starrte nur ins Gesicht von Mahoni.

Es dauerte etwas bis wieder etwas gesprochen wurde und Smith übernahm das Wort: "Wie sie wollen Major. Es wird eine Kompanie in den Norden verschifft. Aber keines von den Rangern. Sondern meine Marineinfanterie wird diese Aufgabe übernehmen. Sind sie jetzt zufrieden?"

"Ja Sir." antwortete der Offizier. Er stellte sich wieder gerade hin, aber so ganz zufrieden war er mit dieser Entscheidung nicht. Die Marines waren keine Eliteeinheit für derartige Aufgaben. Hierzu waren sie zu wenig ausgebildet worden. Keiner von ihnen hatte eine Einzelkämpferausbildung und verpflegen konnten sie sich auch nicht so aus der Natur wie die Ranger. Und Mahoni wußte; eine ganze Kompanie, dies waren zu viele Männer. Sie waren bereits jetzt schon verloren. Aber was sollte er noch machen? Der General hatte doch seinen Wunsch erfüllt. Ohne ein weiteres Wort zu verlieren, salutierte Mahoni und verließ das Zelt.

Mitte Juni 1944.
9.35 Uhr.
Im Umkreis des Flugplatzes versammelte sich das Groß der Division. Sie war inzwischen verstärkt worden. Jede Menge Kriegsgerät lag bereit. Auf dem Rollfeld versammelten sich die Fahrzeuge. Rad- und Kettenpanzer, Pionierpanzer, Lastkraftwagen und Jeeps.

Während der vergangenen Tage schlugen Pioniere eine Straße durch den Dschungel, auf dem die Fahrzeuge und Geschütze in ihre Bereitstellungsräume gebracht werden konnten.

Mehrere Gruppen von Pionieren liefen zum Ende der Straße. Aus mitgeschleppten Kisten entnahmen sie Dynamit. Schnell banden sie den Sprengstoff an Bäumen auf einer Tiefe von zehn Metern. Abschließend wurden die Sprengstoffe mit Kabeln versehen, die über Kabelrollen ausgelegt und nach hinten in sicherer Entfernung gebracht wurden. Dort klemmte sie der Sprengmeister an den Auslöser. Mehrere Männer brüllten damit sich alle in Sicherheit bringen konnten. Der Sprengmeister kurbelte am Auslöser und drückte den Hebel nach unten. Sämtliche Ladungen gingen hoch und sprengten die Bäume, die in verschiedene Richtungen fielen. Gleich nach der Sprengung rückten andere Pioniereinheiten mit Raupen heran. Soldaten banden Ketten um die gefällten Bäume, die mit den Raupen zur Seite gezogen wurden. Andere Fahrzeuge waren damit beschäftigt die Stumpfen aus dem Boden zu ziehen, was nicht immer eine einfache Angelegenheit war. Sobald sie aus dem Weg waren, wurde der Humus abgetragen und zur Seite geschoben, dann fuhren LKW,s heran und schütteten mit Sand und Kies den Boden auf. Pionierraupen verteilten die Ladung und zuletzt wurde das ganze mittels Walzen verdichtet. Inzwischen hatten die ersten Pioniereinheiten wieder ein Stück mit Sprengstoff beseitigt. Jedoch lief nicht immer alles so glatt. Den Japanern blieb dieser Vorgang nicht unbemerkt. Regelmäßig behinderten sie durch Artilleriebeschuss die Arbeiten. Deswegen mußte die Straße auch im rückwärtigen Gebiet immer wieder ausgebessert werden. Einheiten mußten ständig abgelöst werden, da ihre Ausfälle durch

Tote und Verwundete stiegen. Dennoch wurden diese Arbeiten nur kurz behindert. Nur solange bis Sanitäter die Verluste fortgeschafft hatten und frische Truppen die Arbeit übernahmen. Je näher sie jedoch an die japanische Verteidigungslinie kamen, desto intensiver wurde der Beschuss und die Ausfälle erhöhten sich. Getroffene Fahrzeuge wurden mit Pionierpanzern zur Seite geschoben. Trotzdem gingen die Arbeiten zügig voran.

Im Hinterfeld wurden die Panzer aufgestellt und betankt. Da sie mühevoll aus Fässern betankt werden mußten, verzögerte sich dadurch die Planung. Erst mußten mehrere Männer die vollen Fässer zu den bereitgestellten Fahrzeugen heranbringen, dann wurden Pumpen aufgesetzt und der Betriebsstoff wurde mit Muskelkraft umgefüllt. So ein Ungetüm von Panzer fasste gute 1.000 Liter. Nebenbei wurden Reservebehälter abgefüllt, die auf die Panzer gebunden wurden. Gleichzeitig erfolgte das Beladen der LKW´s mit Kisten in denen sich Munition, Verpflegung, Wasser und weiteres Material für einen Vorstoß befanden. Die Instandsetzungstrupps kontrollierten ein letztes Mal den Bestand, durfte ja nicht einfach ein Fahrzeug aufgrund von Mangel oder Verschleiß stehen bleiben. Jedes Fahrzeug wurde für diese Operation benötigt. Jeder Infanterist rüstete sich mit Munition auf, soviel er tragen konnte. Passierte im Gefecht oft, dass Aufgrund von Munitionsmangel, ganze Einheiten ausfielen. Auch konnte Wasser und Nahrung nicht immer wenn es benötigt wurde nach vorne verteilt werden. Schon gar nicht während eines Gefechtes.

In den Sanitätsunterkünften begannen die Ärzte und Sanis Betten und Operationsbesteck herzurichten, rüstete man sich auch hier mit einer großen Anzahl von Verwundeten ein, die so schnell wie möglich behandelt werden sollten. Obwohl man von vornherein wußte, dass der Bedarf an Material und vor allem an Personal nicht gedeckt werden konnte. Selbst im Freien wurden diesbezüglich Unterstände von Pionieren schnell aufgebaut, dass die Männer zumindest von der Sonne geschützt wären. Und wieder hoben Pionierraupen Gräben für die noch Fallenden aus, denn die Japaner würden keinen Schritt zurückweichen. Um Krankheiten zu vermeiden, sollten eben speziell diese in Massengräbern schnell beseitig werden. Für mögliche gefallene Amerikaner wurden einzelne Gräber ausgehoben, falls sie nicht auf Schiffen in die Staaten zurück gebracht werden konnten. Für Gefangene wurde komischerweise nichts vorbereitet, die Japaner starben lieber, als sich zu ergeben, falls doch, dann nur eine Handvoll und diese würden sofort auf die Schiffe verteilt werden.

Der Rangertrupp unter Coopers Führung befand sich am Ende des Flugplatzes. Sie waren ohne Mützen und Hemden und arbeiteten mit 200 anderen Ranger, um die Landebahn zu erweitern. Ihre Waffen hatten sie abgelegt, aber immer griffbereit in ihrer Nähe.

Lastkraftwagen fuhren ununterbrochen Schotter heran und kippten sie an zugeteilten Stellen ab. Das dabei Staub aufwirbelte, kümmerte die Fahrer nicht. Die Soldaten waren gezwungen Tücher um den Mund und die Nase zu binden, um nicht zuviel davon in die Lungen zu bekommen. Aber dafür ging er in die Augen. Oskov mußte sich umdrehen, aber er hatte schon zuviel davon abbekommen. Mit Wasser versuchte er den beisenden Staub aus den Augen zu waschen. Was ihm allerdings nicht viel brachte. Kaum war der Schotter abgeladen, fuhren die LKW´s zurück, um frisches Material zu besorgen. Pionierraupen verteilten grob die Ladung. Danach gingen die eingeteilten Soldaten daran den Schotter besser zu verteilen. Kaum hatten sie eine Stelle belegt, fuhren Walzen darüber und verdichteten den Schotter gleichmäßig. Zuletzt wurden Stahlmatten darüber gelegt, auf denen die Flugzeuge starten und landen konnten. Wie am Fließband wurde geschuftet und obwohl die Landebahn eine große Fläche benötigte, ging es rasch vorwärts.

Die Sonne glühte vom Himmel und die meisten der Männer waren oben ohne. Dies verhinderte nicht, dass sie am ganzen Körper schwitzten. Der aufgewirbelte Staub verfing sich an ihnen und bildete mit dem Schweiß eine gräuliche Schicht, die nur schwer abzukriegen war.

Mulder stand abseits, hatte seine Schaufel in den Boden gerammt und lehnte sich darauf. Die übrigen der Gruppe traten herbei und sahen dem Treiben der Walzen zu.

Sie zogen die Tücher von den Gesichtern

"Warum verlegen wir diesen Scheiß, wenn die Walzen alles platt machen?" bemerkte Jim.

"Was weiß ich." meldete John genervt.

Gino nahm seine Feldflasche, schraubte sie auf, trank einige Schlucke und schüttete sich etwas vom Inhalt übers Gesicht. Der sich verfangene Staub rann in schwarz-gräulichen Tropfen an seinen Wangen hinunter.

Mätz beobachtete ihn dabei, sprach aber kein Wort.

Cooper sah, dass neuer Schotter herangefahren wurde und stellte sich direkt hinter Oskov, der den ganzen Staub abbekam. Es nervte den Ukrainer, aber er wollte auch nicht von seiner lockeren Haltung ablassen. Er schloß nur die Augen. Hinterher sah er selber wie ein Staubklumpen aus.

Cooper trat hinter ihm hervor und hatte nichts abbekommen.

"Das ist typisch." grunzte Oskov. "Der Kleinste bekommt wieder einmal nichts ab."

"Der war gescheit." grinste Jim. "Er hatte sich hinter dir versteckt."

Sofort blickte Oskov um sich und blieb mit seinem Blick bei Gerry stehen. Dieser zuckte nur mit den Schultern, ging aber einige Schritte von ihm weg, da er sah, wie sehr sich der Ukrainer darüber ärgerte.

"He ihr da!" brüllte ein Unteroffizier von weitem. "Wollt ihr wohl weitermachen?!"

Nur langsam zogen sie ihre Schaufeln aus dem Boden und machten sich wieder an die Arbeit.

"Hoffentlich werden wir bald abgelöst." grämte Mulder. "Ich kann meine Arme kaum noch spüren."

John fluchte: "Was sind wir?! Ranger oder Baumeister?!"

Jim gab seine Bemerkung dazu: "Infanteristen kundschaften die Gegend aus und wir schuften hier!"

Sie standen in einer Linie und schaufelten den Schotter zurecht.

An anderer Stelle, weiter vorne von der zu schaffenden Landebahn, sprengten Ranger Bäume um und verfuhren genau gleich wie bei der Straße. Die Landebahn sollte solange erweitert werden, bis die erforderliche Länge erreicht war, damit auch schwere Bomber problemlos landen und starten konnten. Am Rande dieser Bahn wurden die Bäume ebenso auf einer Breite von jeweils 50 Metern gefällt.

"Wir stehen hier und vergrößern das Rollfeld!" schimpfte Mulder.

"Wie lange soll die denn werden?" fragte Gino.

Mätz antwortete ihm: " Noch 300 Meter länger."

Oskov steckte seine Schaufel in den Boden, stützte sich mit dem Ellbogen am Stiel ab und zündete sich eine Zigarette an. Nach zwei Zügen zog er die Schaufel aus dem Boden und warf sie vor sich hin. "Ich habe keine Lust mehr!" schrie er und ging ein paar Schritte weg, setzte sich auf einen Haufen mit Baumstämmen und trank einige Schlucke aus seiner Feldflasche. Den Rest schüttete er sich über den Kopf. Wassertropfen bildeten sich auf seinen dicken Lippen. Er saugte sie ein und spuckte aus.

Direkt neben ihm lud ein Fahrzeug erneut Schotter ab. Der Wind blies genau in seine Richtung und umhüllte ihn, dass er kaum noch zu sehen war.

"Du verdammter Scheißer!" sprang Oskov auf. "Komm hier her! Ich schlage dir die Schaufel um die Ohren!"

"Halt doch die Klappe!" fauchte der Fahrer heraus und kümmerte sich nicht weiter darum. Diese Reaktion war für Oskov zu viel. Er ärgerte sich noch mehr. Mit der Schaufel schwingend und einer Wut im Bauch eilte er zum Fahrzeug und schlug mit der Schaufel gegen die Türe: "Komm raus du Schweinehund!"

Der Fahrer packte den Stiel, zog die Schaufel aus Oskov seiner Hand und warf sie ihm nach. Dann fuhr er davon und winkte verächtlich dem Ukrainer zu. Oskov rannte dem Fahrzeug hinterher und fluchte was er konnte in allen sämtlichen Sprachen die er kannte.

Gino blickte Oskov nach und meinte nur: "Über welchen Scheiß sich der aufregen kann."

"Ach lass ihn." erwiderte Mätz. "Der wird sich nie ändern."

"Eine traurige Gestallt ist er aber schon." bemerkte Cooper und grinste in sich hinein.

Mulder lachte laut auf: "Wie eine Palme die sich im zu starken Wind wiegt!"

"Still. Er kommt zurück." mahnte Jim.

"Erst machen die Löcher und wir dürfen sie wieder zuschaufeln!" fluchte Oskov weiter, nachdem er wieder den Rückweg angetreten hatte.

"Soldat!" brüllte ein Lieutenant und trat auf den Ukrainer zu. "Gehen sie sofort wieder an die Arbeit!"

"Ja ja!" gab er zurück.

"Wie war das?!" und der Lieutenant trat direkt vor ihn.

"Zu Befehl Sir!" brüllte Oskov noch lauter und stellte sich stramm vor den kleinen Mann hin.

"Und werfen sie ihre verdammte Zigarette weg!" und mit einem Wisch schlug der kleine Offizier dem Langen den Stummel aus dem Mund.

Oskov rannte förmlich zurück zu den anderen, um nicht noch mehr in Ungnade zu fallen und begann wie wild zu schaufeln. "Ja keine dummen Bemerkungen!" ging er seine Kameraden schroff an, die verzweifelt versuchten ihr Lachen zu unterdrücken.

Ein LKW fuhr von hinten an Oskov heran und schüttete eine Ladung Schotter ab. Fast hätte er den Ukrainer dabei unter sich begraben. Im letzten Augenblick sprang er noch zur Seite: "Du verdammter Penner! Pass doch auf!"

Der Fahrer winkte aus dem Führerhaus und gab zurück: "Das nächste Mal überroll ich dich du Superranger!"

"Den mach ich kalt!"

Gino und Mätz, die beiden größten in der Gruppe, hielten ihn zurück.

"Lass diesen Scheiß!"

"Willst du vor ein Kriegsgericht?!"

"Beruhig dich!" ging Cooper dazwischen.

"Dich hat er ja nicht angemacht!" war Ossi immer noch aufbrausend. "Hier werde ich noch überfahren!"

"Was ist dir lieber, überfahren oder von den Japanern erschossen zu werden?"

"Nichts von beiden!"

"Ich dachte ja nur."

"Nicht denken, arbeiten!"

"Sie haben es gerade nötig!" stand der Lieutenant erneut hinter ihm.

Oskov verdrehte seine Augen und knurrte in sich hinein: "Nicht der schon wieder." Und er begann hektisch zu schaufeln, damit der Lieutenant verschwinden möge. Als dieser ging, murrte Oskov ihm nach: "Dem ziehe ich die Schaufel auch noch über."

"Seid alle ruhig." sprach Mulder und deutete auf die Rollbahn. "Seht mal wer da kommt."

Die Männer blickten hoch.

Mahoni kam mit einem Jeep daher und blieb neben der Gruppe stehen, dass sich dabei der Staub hochwirbelte und die Gruppe umhüllte, schien ihnen dieses Mal nicht viel auszumachen. Ohne den Motor abzustellen befahl der Major sogleich: "Holt eure Sachen und steigt ein."

"Was ist es diesmal?" fragte Cooper und stand locker da.

"Spezialauftrag."

"Na endlich." grinste Thomson. "Jetzt sind wir wieder im Rennen."

"Na los!" befahl Cooper. "Ihr habt den Major gehört!"

Die Männer liesen die Schaufeln fallen, stürmten zu den Baumstämmen auf denen Oskov gesessen hatte, nahmen ihre Waffen und Hemden und stiegen in den Jeep ein.

"Jetzt wird es eng."

"Schwuchteln." bemerkte Oskov.

Mahoni fuhr los, noch ehe der letzte von ihnen sich gesetzt hatte. Unterwegs adjustierten sie sich.

"Um was für einen Auftrag handelt es sich?!" stellte Cooper mit lauten Worten die Frage, da unterm Fahren ein normales Gespräch nicht möglich war.

"Wir gehen zum Kommandantenzelt und schnüffeln in den Unterlagen rum! Ich muss wissen ob die japanische Stärke bekannt ist!"

"Dem Alten in die Suppe pissen!" grinste Mätz. "Das gefällt mir!"

Mahoni blieb vor dem Zelt des Generals stehen und stellte den Motor ab. Die Männer sprangen vom Jeep und stellten sich hinter dem Major auf.

Vor dem Zelt befand sich eine Wache.

"Ich bin ihre Ablöse." sagte Jim in einem überzeugenden Ton. "Irgendwelche Vorkommnisse?"

"Jetzt schon Ablöse?" wunderte sich der Soldat.

"Ja." sprach Jim unbeirrt weiter. "Wegen dem Aufmarsch haben sich die Wachzeiten geändert."

"Nun denn." war der Mann damit sichtlich zufrieden. "Es war alles in Ordnung."

"Melden sie sich bei ihrer Einheit." befahl schließlich Mahoni.

"Zu Befehl Sir." Die Wache schulterte sein Gewehr, salutierte und ging davon.

"Ist der General drinnen?" fragte Mulder nach.

"Nein. Der ist vor einigen Minuten ins Offizierscasino gegangen." antwortete der Major.

"Befehle Sir?" fragte Thomson nach.

"Jim bleibt hier und gibt uns Bescheid wenn der General auftaucht. Die anderen rein."

Jim stellte sich breitbeinig mit seinem Karabiner vor dem Eingang hin, die anderen huschten hinein.

Im Zelt war es wie in einem Treibhaus. Es verstärkte die Wirkung der Hitze und Schwüle wie in einer Sauna. Schnell schwitzten die Männer noch mehr und nasse Stellen zeichneten sich an ihren Uniformen ab. Um dennoch etwas Kühlung zu ergattern, hatten sie ihre Ärmel hochgekrempelt und die Knöpfe oben offen gelassen.

Der Major setzte sich auf den Sessel des Generals und blickte sich die Papiere auf dem Schreibtisch an. Schließlich sprach er mehr zu sich selber, aber so laut, dass es die anderen vernehmen konnten: "Es wäre besser wenn wir hohe Offiziere auf unserer Seite hätten."

Oskov begriff nicht was der Major damit meinte und fragte: "Wieso wäre es besser?"

Noch bevor Mahoni antworten konnte, erklärte Mätz: "Sie könnten Druck ausüben."

Oskov sah eine Zigarrenkiste auf dem Tisch liegen. Er öffnete sie, grinste und rieb sich die Hände: "Na da werden wir uns ein oder zwei Stücke flatzen."

Cooper drückte den Deckel zu und sah ihn an.

"Ich wollte ja nur." verteidigte sich dieser, schwieg aber, als er Mahonis Blick erhaschte, der nur kopfschüttelnd diese Aktion mit verfolgte.

Gino betrachtete Gegenstände im Zelt. John der dies bemerkte ging auf ihn zu und fragte: "Was siehst du?"

"Ach nichts." machte er eine abweisende Bemerkung. "Ich sehe mich nur um." Plötzlich funkte es ihm. "Wir könnten doch einfach im Norden der Insel landen, anstatt Unterlagen zu suchen."

"Wieso das?" fragte John.

"Wenn wir Marschbefehle fäl..."

"Genau." unterbrach Mulder. "Gino hat recht."

"Somit gewinnen wir Zeit." spekulierte Thomson.

Sie schwiegen, dachten nach. Ohne auf Befehl des Majors zu warten, suchten sie Formulare. Sie öffneten Schubladen, durchsuchten Mappen, machten sich Notizen von der Insel.

"Beeilt euch Männer." sprach Mahoni dazwischen, saß noch immer auf dem Sessel und in ihm wurmte ein komisches Gefühl.

"Was haben wir denn hier?" sprach Gerry zu sich selber, als er eine Schublade geöffnet und sich die Papiere durchgesehen hatte. "Vorgedruckte Marschbefehle." Er zog einige davon heraus, schloß die Schublade wieder und ging zum Arbeitstisch.

"Was hat er gefunden?" wollte Mätz wissen.

"Marschbefehle."

"Und was nützen uns die?"

"Wir könnten sie fälschen."

"Kannst du das denn?" wollte Gino wissen.

"Das werden wir gleich sehen." meinte der kleine Amerikaner. "Findet ein Formular mit der Unterschrift des Generals." forderte er sie auf.

Es dauerte auch nicht lange, bis Oskov eines gefunden hatte und zum Arbeitstisch brachte. "Bin ich nicht gut?" strahlte er.

Cooper nahm einen Stift vom Tisch, legte das beschriebene Blatt über den Marschbefehl und drückte langsam die Unterschrift nach. Unter dem zu fälschendem Papier war die Vertiefung gut zu sehen und Cooper brauchte sie nur nachzufahren. Dann überreichte er den Befehl an Mahoni. Dieser sah sich beide Unterschriften genau an. "So ein kleiner Hund." meinte er darauf und füllte den Marschbefehl aus, dann steckte er ihn ein und Oskov legte das Papier mit der Unterschrift des Generals zurück an seinen Platz.

Gino nahm eine zwei Zentimeter dicke Mappe aus dem Regal und blätterte durch.

Jim gab die Plane beiseite und spähte ins Zelt: "Schnell. Er kommt."

Gino riss ein Blatt aus der Mappe, stopfte es ohne zu falten in seine Brusttasche und stellte die Mappe zurück an ihren Platz.

Schnell und leise verliesen sie das Zelt. Jim die Wache und der Major blieben vor dem Zelt stehen. Die anderen eilten hinters Zelt, außer Sichtweite. Jim zog die Mütze etwas tiefer ins Gesicht um nicht erkannt zu werden.

Mit einem Lächeln begrüßte Smith den Mann: "Guten Morgen." Als er jedoch Mahoni erblickte, verging ihm das Lachen. "Sie schon wieder. Wollen sie zu mir?"

"Jawohl General."

"Na gut. Kommen sie rein. Ich hoffe sie mußten nicht allzu lange warten." sagte er höhnisch und setzte sich auf den Sessel.

"Nicht der Rede wert." sprach Mahoni schnell, um die Aufmerksamkeit auf sich zu lenken. Dabei blickte er sich um, ob sich ja alles auf seinem Platz befände.

Der General griff unbeirrt in die Zigarrenschatulle und entnahm eine daraus. "Auch eine? Oder lieber eine Zigarette?" bot er dem Major an.

"Nein danke."

Mit einem Nicken verschloß Smith die Schatulle, biss das vordere Ende ab, spuckte es auf den Boden, zündete sich die Zigarre am hinteren Ende mit einem Streichholz an und zog einige Male kräftig daran. Als die Zigarre richtig glühte, lehnte sich der General zurück und sprach weiter: "Was verschafft mir an einem so schönen Morgen die Ehre ihres Besuches."

Obwohl die Worte abwertend und desinteressiert klangen, ließ sich Mahoni davon nicht beeindrucken, sondern sprach sogleich: "Ist die Kompanie verschifft worden?"

"Ja Major. In der Nacht sind die Boote ausgelaufen. Bevor es hell wurde, dürften sie an Land gegangen sein."

"Können sie mir zeigen wo sie angelandet sind?"

Smith lehnte sich vor, stützte sich mit beiden Armen am Tisch ab, nahm die Zigarre aus dem Mund und meinte: "Ich weiß, dass es sie interessiert. Aber dies geht sie nichts an."

Mahoni bemerkte im Gesichtsausdruck des Generals, dass er etwas zu merken schien, einige Papiere waren nicht sachgemäß zurückgelegt worden. So sprach er seinen Vorgesetzten weiterhin an: "Wann gedenken sie loszuschlagen?"

"Eigentlich wollte ich morgen den Befehl zum Angriff geben. Aber es dauert etwas bis die Truppen ihren Aufmarschraum erreicht haben. Die Panzer kommen viel zu langsam voran. Unsere Flanken- und Rückensicherung muß erst ihre Stellungen ausheben."

"Auf wann haben sie den Angriffstermin festgesetzt?"

"Donnerstag."

"Erhalten wir Artillerieunterstützung von den Zerstörern?"

"Nein." bedauerte der General und atmete tief durch. "In der Nähe sind japanische U-Boote gesichtet worden."

Und tatsächlich. Eines der japanischen U-Boote war getaucht und befand sich auf Schleichfahrt. Der Kommandant des Bootes blickte durch das Periskop. Vor ihnen befand sich ein Frachter, geleitet von einem Zerstörer. Der Kommandant gab Befehle, die an die Feuerleitstelle weitergegeben wurden. Die Mannschaft fuhren die Torpedos in die Torpedorohre und stellten sie ein. Die Abschussluken wurden geöffnet. Noch einmal blickte der Kommandant durch das Periskop und gab dann den Feuerbefehl.

Nacheinander schossen die Torpedos auf ihr Ziel zu. Der erste Offizier hielt eine Stoppuhr in der Hand.

Treffer, dann der zweite.

Durch das Periskop sah der Kommandant, wie die Wasserfrontänen seitlich des Frachters emporschlugen, dazwischen das Detonationsfeuer. Als sich der Rauch etwas verzogen hatte, sah er wie der Frachter Schlagseite bekam und binnen weniger Minuten zu sinken drohte. Er fuhr das Periskop weiter. Da stockte ihm der Atem. Der Zerstörer kam direkt auf ihn zu.

Der amerikanische Zerstörer gehörte der Fletcher-Klasse an. Von diesem Typ wurden zwischen 1942 und 1944 175 Schiffe gebaut und zählten zu den besten Zerstörern im Krieg. Ihre Wasserverdrängung lag bei 2.083 Tonnen. Sie waren 112 Meter lang, 12 Meter breit und besaßen einen Tiefgang von 4,2 Metern. Angetrieben wurden diese Schiffe durch zwei Motoren mit gesamten 60.000 PS. Somit lag ihre Höchstgeschwindigkeit bei 38 Knoten. Die Reichweite dieser Schiffe lag bei maximal 6.500 Seemeilen. Die Besatzungen stellten je 273 Mann und bewaffnet waren diese Schiffe mit mehreren 12,7 Zentimeter Mehrzweckgeschützen, 4 mal 2,8 Zentimeter Fliegerabwehrkanonen, 10 Torpedorohren und eine beachtliche Anzahl von Wasserbomben.

Sofort wurde auf dem U-Boot Alarmtauchen befohlen. Alle Stationen machten sich sogleich dafür bereit. Doch bis das U-Boot zu sinken begann, hatte der Zerstörer bereits sein Ortungsgerät aktiviert. Die Pings, die dadurch entstanden, dröhnten Schrill in der Stahlröhre des U-Bootes. Ihr Kommandant befahl hart nach Steuerbord.

Auf dem Zerstörer hatten die Männer das japanische Boot auf dem Sonar. Der Kommandant erteilte Feuerbefehl. Am Heck des Zerstörers wurden die Wasserbomben auf eine bestimmte Tiefe eingestellt. Die Wasserbomben wurden somit durch den immer höher steigenden Wasserdruck zur Detonation gebracht. Kaum waren die ersten Bomben abgesprengt, wurden weitere mit der befohlenen Wassertiefe eingestellt und ebenso zu Wasser gelassen.

Im U-Boot machte sich eine bedrückende und angespannte Situation breit. Die Schraubengeräusche des Zerstörers wurden so laut, dass es für die Soldaten kaum auszuhalten war, dann die ersten Detonationen. Das U-Boot wurde durchgeschüttelt, Sicherungen brannten durch, Lampen platzten, Rohre brachen und Wasser drang ein. In Windeseile versuchte die Mannschaft den Wassereinbruch zu stoppen, schlossen Ventile, aber da detonierten die nächsten Wasserbomben direkt neben dem Druckkörper des Bootes und brachten weiteren Schaden.

Der Zerstörer machte eine Schleife, durch das Sonar konnten sie das U-Boot orten. Da sie vermuteten, dass das feindliche Boot in die Tiefe tauchte, wurden die Wasserbomben auf eine neue Tiefe eingestellt. Dreimal griff der Zerstörer an, dann ließ der Kommandant die Maschinen stoppen. Zu allen Seiten beobachteten sie die Wasseroberfläche.

"Sir! Wrackteile auf Achtern!" wurde gemeldet.

Der Kapitän blickte in die vermeintliche Richtung. Und tatsächlich. Auf der Wasseroberfläche schwammen Wrackteile und eine Ölspur. Dazwischen trieben zwei Leichen mit dem Rücken nach oben. Der Kapitän wandte sich an das Sonar. Der Mann am Gerät schüttelte den Kopf.

"Gut. Eintrag ins Logbuch." befahl er. "Feindliches U-Boot zerstört." Dann wandte er sich an die Besatzung auf der Brücke: "Schiffbrüchige bergen."

Sofort wurden die Maschinen gestartet und der Zerstörer fuhr zum sinkenden Frachter und begann die in Seenot geratene Besatzung zu bergen.

"Danke General. Geben sie mir Bescheid. Meine Männer sind bereit."

"Davon bin ich überzeugt." spottete Smith.

Mahoni salutierte und verließ ohne auf die Ehrenbezeugung des Generals zu warten das Zelt. Sein Weg führte ihn zu seiner Rangergruppe unter Cooper, die sich vor ihrem Zelt versammelt hatten. Mahoni wandte sich dabei zuerst an Gino: "Hast du das Papier noch?"

Überrascht war Gino darauf nicht, hatte ihn der Major dabei beobachtet. "Natürlich Sir. Was denken sie?" und er überreichte es dem Offizier.

Mahoni blickte sich kurz um und meinte darauf: "Laßt uns ins Zelt gehen."

"John bleib hier." befahl Cooper.

"Ist gut." meinte dieser und setzte sich direkt vor den Eingang hin und beobachtete die Gegend.

Drinnen bildeten die Ranger einen Kreis. Mahoni knüllte das Papier auseinander und legte es vor sich hin, so dass alle darauf blicken konnten. Es war nur ein DIN-A4 großes Blatt. Darauf war die Insel abgebildet, mit Längen- und Breitengraden. Eingezeichnet waren auch die eroberten Gebiete, ebenso eine Anzahl von eigenen Flugzeugen, Panzern und Einheiten und wo sie eingesetzt werden sollten.

Bei Angriffsbeginn, hatten die Pioniere den Auftrag, die letzten Bäume vor dem Schussfeld zu sprengen um somit einen Durchgang für die Fahrzeuge zu schaffen. Die Artillerie sollte in einer Linie postiert werden, die japanische Verteidigung niederhalten und den eigenen Angriff unterstützen. Zu ihnen zählten auch die Granatwerfergruppen. Versorgungseinheiten hatten für den nötigen Nachschub zu sorgen. Die vorderste Angriffswelle soll durch Kampfpanzer erfolgen, dahinter Schützenpanzer mit aufgesessener Infanterie. Das Groß der Infanterie folgt dahinter zu Fuß. Zuletzt sollen Fahrzeuge Ausrüstung und Munition nach vorne bringen und anschließend Verwundete abtransportieren. Hierzu waren ihnen auch die Sanitätstruppen zugeteilt. Luftunterstützung war keine vorgesehen. Sie sollten lediglich die eigenen Einheiten vor japanischen Jägern schützen, da die Flugzeugträger bereits abgerufen worden waren und somit nur begrenzte Lufthoheit bestand.

"Ganz schlau werde ich aber aus diesem Plan nicht." bemerkte Jim und blickte noch immer auf das Platt Papier in ihrer Mitte.

"Ich vermute der General weiß es auch nicht." grinste Mulder in die Runde.

"Soviel ich sehen kann." ging der Major dazwischen. "Soll der Angriff auf einem Kilometer Breite am Strand erfolgen."

"Will der General die Stellung seitlich aufrollen?"

"Das ist doch Wahnsinn." antwortete Mulder auf die Frage von Mätz. "Dabei behalten die Japaner die meisten Stellungen und wir sollen die Bunker einzeln angehen?"

"Eine kleine Einheit soll am Strand seitlich die Bunker umgehen." gab Cooper zu bedenken und erklärte weiter, indem er mit dem Zeigefinger auf eingezeichnete Pfeile verwies. "Sie sollen dem Feind in den Rücken fallen, um somit an einer Stelle den Durchbruch zu erzielen."

"Und was macht die Verstärkung?" forschte Gino nach.

"Die fächert auf dem freien Schussfeld aus."

"Wozu?" verstand Oskov diese Vorgehensweise nicht.

"Dann können die Japaner von drei Seiten angegriffen werden." erklärte Mahoni.

"Ja. Aber erst hinterher." bedachte Cooper weiter. "Erst der Durchbruch an einer Stelle und dann die anderen Bunker angehen. Zu riskant."

"Der General wird schon wissen was er tut."

Alle sahen Mulder an.

"Was?" verteidigte sich dieser. "Mir gefällt dieser Plan ebenso wenig wie euch. Aber vielleicht weiß er etwas was wir nicht wissen."

Der Major kam auf seine eigentliche Absicht zurück: "Uns allen ist klar, dass der Aufklärungstrupp der Marines für derartige Aufgaben nicht ausgebildet wurde. Zudem sind sie über 100 Mann stark. Zu viele." Der Mann machte eine Pause, rieb sich das Kinn und fuhr fort. "Die sind bereits jetzt verloren. Männer." Er sprach damit alle direkt an. "Ihr geht heute bei Dämmerung an Bord eines Patrouillenbootes. Ihr werdet an der selben Stelle an Land gehen und den selben Weg. Auf dem Boot wird sich ein Funkgerät befinden. Aber ihr funkt mich nur im äußersten Notfall an. In zwei Tagen will der General losschlagen. Ich muß wissen wie stark der Gegner im Norden ist."

Oskov schüttelte den Kopf: "Ich bin nicht der Hellste, aber in zwei Tagen schaffen wir es nicht hier her zurück."

"Deshalb das Funkgerät." und Mätz watschte dem Ukrainer von hinten eine auf den Kopf, so dass dieser den Kopf einzog.

"Machen wir es" überlegte Thomson. "Einen ausgestellten Marschbefehl haben wir ja."

"Irgendwelche Befehle?" kam Cooper zum Abschluss.

"Nein. Ihr habt freie Hand. Macht euch bereit." Der Major nahm das Papier an sich und verließ das Zelt.

John kam herein und er wurde in den Auftrag eingeweiht. Sogleich sortierten die Männer ihre Ausrüstung, besorgten sich Munition und Verpflegung und versuchten noch einige Stunden zu schlafen.

Gegen Dämmerung ging der Trupp an Bord eines Patrouillenbootes.

Das sogenannte PT-Boot war ein Schnellboot, das in mehreren Typen etwa 700 mal gebaut worden war. Diese Boote hatten eine Wasserverdrängung von nur 43 Tonnen, waren 23,77 Meter lang, 6,07 Meter breit und besaßen einen Tiefgang von lediglich 1,6 Metern. Durch ihre drei Motoren erreichten diese Boote eine beachtliche Geschwindigkeit von 41 Knoten. Ihre Reichweite war jedoch mit 520 Seemeilen eingeschränkt. Trotz einer Besatzung von nur 11 Mann, waren diese Boote mit vier Torpedos, drei Fliegerabwehrkanonen und vier schweren Maschinengewehren stark bewaffnet.

Nur mit halber Kraft fuhr das PT-Boot hinaus auf die offene See, an den ankernden Schiffen vorbei.

Die Gruppe befand sich am Heck des Bootes und blickte über die Reling. Einige von ihnen saßen, andere standen. Oskov kaute kaltes aus einer Dose, John nahm kleine Schlucke aus einer seiner Feldflaschen, ehe er sie wieder zuschraubte und einsteckte. Sie fuhren an den verschiedensten Schiffen und Booten vorbei, von den kleinen Landungsbooten, die Nachschub an den Strand brachten, über Versorgungsschiffe, die die Ladung löschten, kleinere Kriegsboote, Zerstörern und weiter draußen die dicken Brocken. Aus einigen Truppentransportern wurden frische Reserveeinheiten ausgeschifft. Auch hier wurden die Truppen im Pendelverkehr an Land gebracht. Sie fuhren an einem Landungsboot vorbei. Beide Insassen sahen sich nur schweigend an. Wie perfekt die Neuen doch adjustiert waren. Jeder von ihnen besaß noch die gesamte Ausrüstung, saubere Uniformen, die Stiefeln geputzt, die Waffen blitzten blank, ihre Gesichter rasiert, rein ohne Staub. Auch standen sie in den Booten in Reih und Glied, wie bei der Ausbildung. Wahrscheinlich gingen diese Jungs in ihr erstes Gefecht. In anderen Landungsbooten wurden Fahrzeuge, Panzer und Geschütze transportiert. Auch hier schien der Nachschub nicht abzubrechen. Die Sonne schickte sich an unterzugehen und die Dämmerung brach schnell herein. Dennoch ging das Ausladen der Schiffe unbeirrt weiter.

Was in den Köpfen der Gruppe vor sich ging, war nur schwer zu beschreiben. Auf der einen Seite waren sie froh nicht Bauarbeiten ausführen zu müssen und endlich wieder im Einsatz zu sein, aber auf der anderen Seite drohte dadurch, dass einer oder mehrere dabei ihr Leben verlieren konnten. Selbst Oskov, der immer einen dummen Spruch parat hatte, schwieg. Stattdessen zog er eine Zigarette nach der anderen hinunter. Durch den Fahrtwind glühten sie schnell ab, was ihn nicht daran hinderte, wie ein Kettenraucher zu wirken. Obwohl kein Wort gesprochen wurde, wußten sie dennoch was die anderen dachten. Man brauchte sie nur anzusehen. Das der eine oder andere ein gezwungenes Lächeln aufsetzte, täuschte über die gedrückte Stimmung nicht hinweg.

Als es fast dunkel wurde, wechselte das Boot die Richtung nach Norden

In einem Abstand von einer Meile zur Insel fuhr das Boot die Küste entlang. Von der Insel aus, konnte das kleine Boot nicht gesehen werden. Zudem hatten sie alle Lichtquellen abgeschaltet.

Gegen 02.30 Uhr stopten die Motoren.

Ein letztes Mal überprüften die Ranger ihre Ausrüstung. Die Männer gaben ein Schlauchboot ins Wasser. Dahinein legten sie das Funkgerät, das ansonsten auf den Schultern getragen wurde. Einer nach dem anderen stiegen ein und legten sich hin. Das Patrouillenboot startete seine Motoren und fuhr langsam davon. Die Männer warteten bis sie das Boot nicht mehr vernahmen, dann nahmen sie die Paddeln und tauchten sie ins Wasser ein. Langsam, ohne jegliche Geräusche zu verursachen kamen sie dem Strand näher. Zwischendurch hielten sie inne und horchten in die Dunkelheit.

Cooper blickte durch ein Fernglas. Er konnte nichts verdächtiges sehen. Von der Insel selbst waren nur Umrisse zu erkennen.

300 Meter vor dem Strand blieb das Schlauchboot mit einem Ruck stehen.

"Was war das?" flüsterte Jim. "Wir stehen."

"Wir sind aufgelaufen." gab John leise zurück.

Oskov lugte über den Rand ins Wasser. "Sandbank." bemerkte er dazu.

Cooper schnallte sein Gepäck und den Munitionsgurt ab und rollte sich langsam und leise ins Wasser. Sofort saugte sich die Uniform mit Meerwasser voll. Er tastete sich etwas vor und es wurde wieder tiefer, jedoch nur bis zu seiner Brust.

Die anderen taten ihm gleich. Zu beiden Seiten am Schlauchboot haltend, wanderten sie weiter zum Strand.

"Hoffentlich haben die Haie schon gefrühstückt." scherzte Cooper.

"Siehst du welche?" drehte Oskov schnell seinen Kopf hin und her.

"Mach dir nicht in die Hosen. Du hast nur die Eine." sprach Gino.

"Als Haifutter will ich nicht enden."

"Seid ruhig." ging Mätz dazwischen.

Oskov murrte in sich hinein, während die anderen grinsten.

An manchen Stellen fielen die Sandbänke wieder ab, so dass sie keinen Grund mehr unter ihren Füßen spürten, dann hangelten sie sich wieder ins Schlauchboot und paddelten weiter, bis sie ein weiteres Mal aufliefen. Erneut stiegen sie ins Wasser.

"Ich spür was an meinen Beinen." ängstigte sich John.

"Wieder so ein blöder Scherz." gab Oskov genervt zurück.

"Ich fühle mich auch nicht wohl." meinte Jim, der sich vor dem Langen befand.

"Ja genau. Du jetzt auch noch. Es reicht schon wenn mir einer Angst macht."

Mulder verhielt sich plötzlich ganz ruhig.

Jim tippte ihn an den Schultern an: "Warum stockst du?"

"Ich habe auch etwas gespürt. Und das war kein Fischchen." Sofort stieg sein Puls an und sein Herz begann zu rasen.

"Die meisten Haiangriffe passieren in Strandnähe, keine zwei Meter tief." sprach Thomson aus, was jeder dachte.

"Halt deine beschissene Klappe." fuhr Oskov ihn an und geriet fast in Panik. "Laßt uns das Boot über die Bank ziehen und dann nichts wie rein."

"Ruhig Männer." sprach Cooper. Das Wasser reichte ihm bis zur Brust, während die Mitte des Bootes auf der Sandbank auflag. "Keine Bewegung."

"Irgendetwas ist da draußen und beobachtet uns." spekulierte Mätz.

"Vielleicht ein Hai." äffte Oskov. Dabei drehte er seinen Kopf hinaus aufs offene Meer und hoffte keine Flosse zu erspähen.

Langsam hob Cooper seine Hand, griff ins Boot und nahm seine Maschinenpistole heraus. Er entsicherte sie. Es war still, verdammt still. Als seine Männer das Klacken des Sicherungsbügels vernahmen, sprach Oskov ihn sofort an: "Was zum Teufel tust du?"

"Haie." antwortete dieser kurz.

"Da hinten, eine Flosse." sagte Mulder erregt und deutete mit dem Finger in die gemeinte Richtung.

Alle blickten über die Wasseroberfläche.

"Zusammenrücken. Einheit bilden." befahl Cooper und hatte damit nicht einmal so unrecht. Der Hai konnte dann die Männer

als ein Ganzes ansehen und meistens griffen sie nichts an was größer als sie selbst waren.

"Es ist zu dunkel. Wie konntest du da eine Flosse erkennen?"

"Im Schein geflimmert." Gerry drehte sich weiter und hielt die
Waffe schussbereit.

"Das gefällt mir nicht." mahnte Jim. "Warum schnappt er nicht
zu?"

"Vielleicht mag er kein Russenfleisch." scherzte Gino.

"Vollidiot."

"Das ist jetzt nicht der richtige Zeitpunkt um zu streiten."
schlichtete Mätz.

Gino griff ins Boot, auch er nahm seine Waffe.

Plötzlich tauchte eine Rückenflosse in 20 Metern Entfernung
auf. Sie raste auf Cooper zu. Im Sternenhimmel und der ansonsten
ruhigen Oberfläche des Meeres, konnte er sie erkennen. Immer
schneller kam sie auf ihn zu. Cooper legte an. Schnell griffen auch
andere ins Boot und nahmen ihre Waffen.

So schnell wie die Flosse aufgetaucht war, so schnell war sie
wieder unter Wasser verschwunden.

John bekam Panik: "Verdammt noch mal."

Oskov wollte schon ins Boot steigen.

"Ruhig bleiben." forderte Cooper erneut. "Näher zusammenrücken."

Da! Wenige Meter vor Gerry tauchte die Flosse wieder auf. Das
Tier sprang hoch, flog über die Männer und das Schlauchboot auf
die andere Seite und tauchte wieder ab. Cooper wollte schon
feuern, hielt sich aber gerade noch zurück.

"Ein Delphin! Das ist nur ein Delphin!" wurde Oskov laut und
hielt sich sogleich den Mund zu, ansonsten hätte er noch vor Freude geschrien.

"Mein Gott. Dieser Stress hier." schnaufte Mulder durch.

Gino lachte auf und klopfte Thomson auf die Schulter.

Nur langsam löste sich die Spannung.

"Verschwinden wir von hier." schwitzte Jim, mehr vor Angst.
Sein Adrenalinausstoß lief auf Hochtouren.

Die Männer legten ihre Waffen zurück ins Boot und gingen vorsichtig weiter.

Ohne weitere Zwischenfälle erreichten sie den Strand. Sie lagen halb im Wasser und sicherten. Nichts ungewöhnliches war zu sehen, kein verdächtiges Geräusch zu hören. Der Wind blies leicht vom Meer über ihre Körper hinweg. Minutenlang lagen sie regungslos da und strengten ihre Augen an.

"Los." befahl Cooper.

Die Männer sprangen auf, packten das Boot und rannten los. 42 Meter Sandstrand mußten sie zurücklegen, ehe sie Schutz hinter Palmen finden konnten. Das Boot behinderte sie dabei vollends. Langsamer als gewollt kamen sie voran. Der Sand knirschte unter den Füßen der Männer. Ihr Schnaufen verriet die Anstrengung.

Noch zehn Meter.

Sie nahmen ihre letzte Kraft zusammen.

Noch fünf Meter.

Dann ließen sie sich zu Boden fallen und sicherten nach allen Seiten.

Zehn Minuten lang blieben sie liegen und gaben keinerlei Bewegung von sich.

"Gehen wir weiter." gab Cooper erneut einen Befehl.

Jeder nahm seine Sachen aus dem Schlauchboot. Oskov schnallte sich zusätzlich das Funkgerät um, dann packten sie das Schlauchboot, ließen die Luft heraus, gruben ein Loch, warfen das zusammengerollte Boot hinein und schaufelten es zu. Nur kurz darauf verschwanden sie im Dickicht.

D er 106 Mann starke Aufklärungstrupp stand bereits einige Kilometer tief in Landesinneren. Sie stießen auf eine Schlucht, in der keine Bäume oder Büsche wuchsen, sondern nur Gras, das sich durch seine Länge bereits neigte.

Der Kommandant der Kompanie ließ halten und rief seine Zugskommandeure zu sich. Er nahm sein Fernglas und beobachtete das Umfeld der Schlucht. Die Schlucht war 600 Meter lang und 20 Meter breit. Die Wände zogen sich 150 Meter zu beiden Seiten in einem 30-42 Grad Winkel hoch und die Schlucht endete im Dschungel.

"Die Schlucht zu umgehen ist schwierig und an einigen Stellen unmöglich." sagte der Kommandant. "Steile Wände und Felsen, oben wieder Bäume."

"Dann gehen wir durch die Schlucht." meinte sein Stellvertreter, der sich zu ihm gesellt hatte und ebenso die Gegend durch ein Fernglas betrachtete.

"Wir machen erst Rast. Stellen sie hier Wachen auf, die die Gegend beobachten." meinte der Kompaniechef und ließ von der Schlucht ab. "In einer viertel Stunde marschieren wir weiter."

"Ja Sir." bestätigte der Captain.

Die nötigen Befehle wurden hierfür gegeben. Die Soldaten waren froh endlich eine Pause einzulegen. Vielen drückten die Stiefel, die sie auch auszogen. Einige nahmen sich diese Auszeit um etwas zu essen, manche sogar um kurz zu dösen. Die Wachen hingegen konnten nicht ausruhen, sie mußten konzentriert bleiben und das Umfeld beobachten.

Nachdem die Zeit abgelaufen war, trieben Sergeante die Männer wieder an.

"Das sollten eigentlich die Ranger machen. Wieso wir?"

"Die schieben am Flugplatz eine ruhige Kugel." sprachen die Männer miteinander.

Ein SergeantMajor sorgte für Ruhe: "Wollt ihr wohl still sein! Wir sind hier im Feindgebiet!"

Von den Soldaten bekam er die Bemerkung: "Dann brüllen sie hier nicht so rum."

"Vorwärts!" befahl der Unteroffizier weiter mit lautem Ton.

Der Kommandant befand sich direkt am Eingang zur Schlucht und beobachtete noch einmal die Umgebung. "Sind von den Wachen irgendwelche Vorkommnisse gemeldet worden?" fragte er einen seiner Untergebenen.

"Nein Sir." antwortete dieser, der sich direkt hinter ihm befand.

"Nun denn. Laßt die Männer aufstehen."

Der Befehl wurde durch Handzeichen weitergegeben. Die am Boden sitzenden Männer standen auf und machten sich für den Abmarsch bereit. Dann marschierte die Vorhut von sechs Mann los, der Rest folgte mit 20 Meter Abstand. Zueinander ließen sie gut 2,5 Meter Platz, damit eine Kugel nicht zwei Mann treffen konnte. Es herrschte eine ungewöhnliche Stille. Fast schon zu still für eine Insel auf der hart gekämpft wurde. Viel konnten die Männer nicht sehen. Oberhalb war alles mit Bäumen und Büschen verwachsen. Eine ganze feindliche Armee könnte sich dort oben verstecken und sie würden nicht gesehen werden. An den Hängen selbst war nichts auffälliges zu sehen. Nichts deutete darauf hin, dass sich hier vor kurzem jemand befunden hätte. Kein Gras war niedergedrückt und selbst am Boden gab es keine Fußspuren. Kaum vorzustellen, dass hier keine feindlichen Patrouillen vorbeikämen. Obwohl die Soldaten alles genau betrachteten und überall hinsahen, gab es nichts verdächtiges. Die Geräusche die von allen Seiten zu kommen schienen, waren selbst nur diejenige, die von der Natur ausgingen, Wind, das Rascheln der Gräser, Vögel und ab und zu ein Schrei von einem größeren Tier. Sie selbst verursachten kaum Geräusche. Außer dem Gehen, ab und zu ein Klappern der Ausrüstung oder das Schnaufen der Männer selbst.

Plötzlich explodierten inmitten der marschierenden Männer Granaten und sie wurden von Maschinengewehrfeuer unter Beschuss genommen.

"Hört ihr das?" fuhr Oskov hoch.

"Ja." erwiderte Gino. "Das hört sich sehr nahe an."

"Das kann täuschen." erklärte Jim. "Im Dschungel kann das von überall her kommen."

"Wir sehen trotzdem nach." entschied Cooper.

Im Eiltempo marschierte die Gruppe weiter, gleichzeitig in alle Richtungen sichernd um nicht in einen Hinterhalt zu geraten.

Inzwischen lag die Kompanie der Marineinfanterie unter Dauerbeschuss. Vor, hinter und zwischen ihnen detonierte es. Die Japaner warfen Handgranaten aus ihren Deckungen in die Schlucht hinunter. Einige gingen auf den Hängen hoch, aber viele inmitten der US-Soldaten. Dazwischen Salven von Maschinengewehren. Dabei zielten die Schützen nicht lange, sondern feuerten die Hänge hinunter. Viel Deckung konnten die Amerikaner nicht nehmen, also war ein genaues zielen nicht notwendig. Kaum war ein Magazin verschossen, wurden die Waffen neu bestückt und es wurde fast im Dauerfeuer weitergefeuert. Dabei zogen die Schützen die Waffen schnell hin und her. Das dabei die Läufe zu rauchen anfingen, schien ihnen nicht viel auszumachen. Dazwischen schossen japanische Soldaten mit ihren Gewehren. Sie zielten kurz, drückten den Abzug, repetierten und drückten erneut ab. Waren ihre Magazine leer geschossen, legen sie sogleich ein volles ein und schossen weiter. Um besser in der Wildnis zurecht zu kommen, hatten die Japaner nur ihren Munitionsgurt umgeschnallt, an denen auch Feldflaschen mit Wasser hingen. Helme trugen sie keine, waren diese doch in diesem Gelände sehr hinderlich. Stattdessen trugen sie Mützen, die an ihrer Hinterseite einen Stoff angenäht hatten, um den Nacken vor der Sonne zu schützen. Aber das Aussehen ihrer Uniformen ließ darauf schließen, dass sie schon lange keine frische Wäsche angezogen hatten. Verdreckt, zerrissen, mit Pulverspuren befleckt, Schweißflecken überall und natürlich rochen sie dementsprechend streng. Aber für die Japaner war dies alles nebensächlich. Der Kampf stand für sie im Vordergrund. Da war es auch kaum verwunderlich, dass sie selbst ihre Unterwäsche seit Wochen nicht gewechselt hatten. Nachschub an Kleidung wurde nicht vollzogen. Munition und Verpflegung stand im Vordergrund, obwohl sie aussahen, als ob sie täglich hungerten. Manchen sah man bereits die Knochen unter ihrer Haut hervorstechen, aber dies minderte nicht im geringsten ihren Kampfeswillen.

Verzweifelt versuchten die Amerikaner in Deckung zu gehen. Außer sich hinlegen und den Kopf einziehen hatten sie nicht viele Möglichkeiten. Die Splitterwirkung traf auch sie. Einige schossen die Hänge hinauf, sahen aber außer den Mündungsfeuer des Feindes kein Ziel. Manche von ihnen feuerten einige Schüsse ab, drehten sich zur anderen Böschung und schossen hier einige Munition nach oben. Verwundete schrien, deren Gebrüll im Kampflärm unterging. Zerfetzte Leiber verstreuten sich im Umfeld, Soldaten zerriss es in ihre Einzelteile.

"Bleibt in Deckung Männer!"

"Unten bleiben!"

Von allen Seiten ertönten Befehle von Vorgesetzten. Doch in dem allgemeinen Chaos verstummten ihre Anweisungen nur all zu oft.

"Nehmt endlich den Feind unter Beschuss!"

"Das Feuer kommt von beiden Seiten Lieutenant!"

"Aufteilen! Jeder zweite feuert rechts!"

Doch auch dieser Befehl ging unter.

Nach wenigen Minuten des Gefechts lies der japanische Kommandant das Feuer einstellen. Er nahm sein Fernglas zur Hand und blickte damit das Schlachtfeld ab. Langsam fuhr er von links nach rechts. Anfangs konnte er nicht viel erkennen, da der Rauch von verschossener Munition sich in der Senke gesammelt hatte und sich nur langsam zu lichten begann. Wie eine undurchdringliche Wand versperrte sie dem Kommandanten die freie Sicht. Nur ab und zu ließ der Rauch einen Blick hindurch. Doch je länger es dauerte, desto mehr verzog sich der Pulverdampf und der Japaner konnte mehr erkennen. Unten in der Schlucht sah er Tote, versprengte Körper, blutende Leichen, Verwundete, die umherkrochen oder sich nur wenig bewegten. Einige die nichts abbekommen zu haben schienen, krochen vorsichtig herum, suchten Kontakt zu anderen, noch lebenden Kameraden oder hielten ihre Waffen schussbereit. So mancher zog gefallene Kameraden zu sich und baute somit eine schützende Wand. Überlebende stellten sich sogar tot, um nicht weiterhin unter Beschuss genommen zu werden. Der Mann wandte seinen Blick weiter bis zum anderen Ende der Schlucht. Zu ihnen hoch drang schreien, jammern und wimmern. Der Vielzahl nach konnten nicht allzu viele verwundet sein. Der Kommandant nahm für kurze Zeit das Fernglas herab und gab weitere Befehle. Seine Soldaten luden ihre Waffen durch und richteten die Läufe hinunter. Sie gaben aus den Maschinengewehren kurze, gezielte Feuerstöße. Diejenigen die mit Gewehren bewaffnet waren, zielten auf jeden Körper, egal ob sie sich bewegten oder nicht und schossen darauf. Somit wollten sie sicher gehen, keinen am Leben zu lassen.

Die Rangergruppe unter Führung von Cooper erreichte den Eingang der Schlucht. Sofort nahmen sie Deckung, sicherten und lauschten. Sie konnten jedoch nichts ungewöhnliches entdecken.
"Es ist nichts zu hören." flüsterte Mulder, ließ die Gegend jedoch nicht aus den Augen.
"Und was jetzt?" wollte Jim wissen.
Gerry analysierte die Lage und befahl: "Wir warten etwas, dann gehen wir hinunter."
"Da runter?" wunderte sich Gino.
"Wenn noch Japse da sind, sind wir tot." bemerkte Mätz.
Die Ranger sahen sich gegenseitig an.
"Das ist glatter Selbstmord." meinte Thomson darauf. "Die schießen uns wie die Hasen ab."
Ohne ein weiteres Wort zu verlieren blickte Cooper mit dem Fernglas die Gegend ab. In der Schlucht gab es noch immer Dampfwolken von verschossenem Pulver. Er sah leblose und zersprengte Körper. Er wandte seinen Blick zu den Hängen. An einigen Stellen lagen amerikanische Soldaten, die versucht hatten die Böschung hochzukriechen, im japanischen Feuer jedoch liegen blieben. Ausrüstungsgegenstände lagen verstreut herum und kein Mann der sich noch bewegte. Sein Blick wanderte hoch bis zu den oberen Enden der Schlucht. Dort sah er niedergetrampeltes Gras,

aber keine feindlichen Soldaten. Nachdem er alles abgesucht hatte, reichte er das Fernglas weiter und bemerkte: "Außen herumzugehen ist nicht drin, zu wenig Zeit."

Jim blickte John an. "Auch wieder wahr." meinte er darauf. "Wir verlieren zuviel Zeit.

Mit einem Kopfnicken bestätigte John diese Meinung und fügte hinzu: "Selbst oben können sie uns erwischen."

"Soll ich dem Major Meldung erteilen?" fragte Oskov und hatte schon den Hörer abgenommen.

"Nein. Noch nicht." wies Cooper ab. "Der Feind hört uns sicherlich ab. Nur im Notfall."

"Wenn das kein Notfall ist." bemerkte Mulder sarkastisch. Nachdem sich Mulder einen Überblick verschafft hatte, zog er den Kopf etwas ein und meinte sichtlich nicht erfreut: "Das ist doch Wahnsinn."

"Was meinst du?" hatte Jim die Meinung nicht ganz verstanden.

"Glaubt wirklich jemand von euch, dass wir da so einfach runter spazieren können?"

John kaute langsam einen Kaugummi, nickte und stimmte seinem Kameraden zu: "Mulder hat recht. Da unten liegt eine ganze Kompanie und wir sind nur eine Gruppe."

"Hat es jemand von den anderen geschafft?" fragte Thomson vorsichtig nach.

"Dann wüßten wir es bereits." antwortete Gino.

"Wie kommst du darauf?" fragte Mulder nach.

"Die Japse würden keinen entkommen lassen. Wir würden Schüsse hören."

"Die Japse sind sicher noch hier." mahnte Mätz.

"Das Gefühl habe ich auch." stimmte John dem zu. "Die warten doch nur bis wir kommen."

"Warum gehen wir nicht außen rum?" wollte Mulder wissen, wäre ihm dieser Weg doch lieber gewesen.

"Zu wenig Zeit." antwortete Oskov im vorbeigehen. Er pirschte sich an den Kameraden vorbei und beobachtete das rückwärtige Gelände.

"Was heißt keine Zeit?" fauchte Mulder. "Was soll dieses blöde Gequatsche?"

"Wir bräuchten viel zu lange außen rum. Außerdem müssen wir Meldung machen, bevor der General wieder einen Blödsinn macht." mischte Gino weiter.

"Aber wenn wir tot sind, nützt dies auch niemandem." hielt John zu Mulder.

Die Männer warteten zehn Minuten. In dieser Zeit beobachtete Cooper ständig die Schlucht und das darüber liegende Gelände. Nichts. Mit Handzeichen gab er den Befehl zum Abmarsch.

Die Ranger standen auf und gingen bis zur letzten Deckung vor. Dort hielten sie kurz inne.

"Mein Gott." sagte Gino, der sich als zweiter in der Reihe befand. "Die Japse haben wirklich ganze Arbeit geleistet."

Vor ihnen lag ein toter Zugführer. Mätz nahm ihm das Fernglas ab und meinte mehr zu sich selber: "Entschuldigung, aber dies brauchst du nicht mehr."

"Seht euch den Leichenfledderer an." grunzte Oskov.

"Immerhin besser als blind durch die Gegend zu laufen." rechtfertigte sich Mätz.

Sie sahen Tote, zerfetzte Körper, verbrannte Grasflächen, abgetrennte Arme und Beine, zerschossene Körper und aufgesprengte Köpfe.

"Da dürfte keiner mehr am Leben sein." sagte Mätz.

"Laß mich einmal." sprach der Ukrainer, nahm das Fernglas entgegen und betrachtete das Schlachtfeld.

Jim meinte: "Die Steilhänge sehen aus, als ob Artilleriegeschoße eingeschlagen sind."

Und so machte das Fernglas die Runde.

Mulder bekam als Letzter das Fernglas. Seine Meinung dazu: "Da oben ist alles ruhig. Ich kann nichts erkennen."

"Dann wollen wir." befahl Cooper.

Schnell, weit auseinandergehend, gingen sie in die Schlucht. Ihre Augen suchten alles ab. Sie stiegen über Tote, zerfetzte Körper in denen Granatsplitter steckten. Aus einigen Körpern hingen die

Eingeweide heraus, über die sich Kleingetier breitmachte. Blut lag überall verspritzt herum. Sie sahen geplatzte Schädel aus denen das Hirn tropfte. Bis zur Mitte zählten sie 56 Tote.

Jim und Mulder mußten sich bei diesem Anblick übergeben.

Gino blickte zu den beiden, sah wie sie würgten und mußte sich selber übergeben, bis nur noch eine gelblich-grüne Flüssigkeit hochkam. Sobald sie mit dem Würgen fertig waren, begann sie zu rennen. Auch den anderen drehte es den Magen um. Sie waren einiges gewohnt, aber dies ging dann doch über ihre Grenzen.

Oskov stand neben einen Gefallenen, einem Offizier. Ungeziefer schwirrten über der Leiche hinweg. Er schluckte einmal und drehte die Leiche um. Er mußte sein Gesicht wegdrehen. Der Kopf des Mannes war zerfleischt. Die Fetzen hingen von ihm und er konnte die Knochen darunter erkennen. Er wandte sich von der Leiche ab und ging schnell weiter.

Cooper war der einzige, der die Toten zu Ende zählen konnte.

Als der erste das andere Ende erreichte, befand sich der letzte von ihnen noch 200 Meter dahinter.

Ohne Zwischenfälle erreichten alle das Ende der Schlucht. Sie sammelten sich in einer Gruppe und mußten erst einmal durchatmen.

Mulder griff zu seiner Feldflasche, nahm einen Schluck Wasser in den Mund, spülte ihn aus und spuckte das Wasser vor sich auf den Boden. "Wie viele mögen draufgegangen sein?" fragte er.

"Schätze alle." erwiderte Gino.

Jim spuckte hinter sich aus und sprach: "Die Japse haben wirklich ganze Arbeit geleistet."

Cooper blickte in die bleichen Gesichter seiner Männer, setzte sich nieder, nahm den Hut vom Kopf, wischte sich den Schweiß von der Stirn und sprach: "Die Kompanie hatte 106 Mann. In der Schlucht liegen alle."

Sie waren schockiert.

Sie schüttelten ihre Köpfe und schwiegen.

Oskov wollte sich schon eine anzünden, als er die Zigarette im Mund hatte, schnaufte er tief durch, nahm sie aus dem Mund und steckte sie zurück in die Schachtel, die alsbald in seiner Brusttasche verschwand.

"Was machen wir jetzt?" unterbrach Jim die Stille. "Sollen wir nicht doch den Major anfunken?"

"Nein." erwiderte Cooper.

Sie sahen ihn stumm an.

Cooper ging mit seinem Blick die Runde durch und stieß durch ihre Reaktionen auf Unverständlichkeit. Doch er hatte strickte Befehle und wollte die Funkstille dadurch nicht unterbrechen: "Anscheinend wissen die Japse nicht das wir hier sind. Und dabei möchte ich es auch belassen." Er stand auf und lehnte sich abseits an einen Baum.

"Die Führung nagt an ihm." bemerkte Thomson.

Mulder nickte zustimmend.

Mätz machte sich daran seine Stiefel auszuziehen.

Mulder hielt sich die Nase zu: "Das stinkt ja gewaltig."

Mätz reagierte nicht darauf, sondern war dabei auch seine Socken auszuziehen.

"Mach das bloß nicht." mahnte Oskov.

"Halt du dich da raus." wiedersprach Mätz. Seine Füße waren geschwollen. Zwischen den Zehen war die Haut gesprungen und blutete. Blasen befanden sich an mehreren Stellen.

Der Ukrainer stand auf und ging zu ihm hinüber. Er betrachtete die Füße von Mätz und machte eine Bemerkung in seiner typischen Art: "Sieht ja lecker aus."

"Willst du abbeißen." und Mätz hielt ihm sein linkes Bein hin.

Oskov winkte ab und meinte darauf: "Nein danke. Ich habe selber solche." und setzte sich wieder nieder.

"Wenn ich wieder in den Staaten bin, investiere ich in Aktien." schlug Jim das Thema um.

John saß neben ihn, rieb sich die Augen die gerötet waren, lehnte sich an einen Baum und fragte: "Bist du so reich?"

"Nein. Aber damit hoffe ich es zu werden."

Beide grinsten.

"Und was willst du damit machen?"

"Keine Ahnung. Alles mögliche." Er nahm einen Schluck aus seiner Flasche, schraubte sie wieder zu und verstaute sie am Munitionsgurt. Er dachte an Zuhause, träumte vor sich hin und meinte: "In drei Wochen habe ich Geburtstag."

John sah ihn an: "Ja? Dann gehörst du schon zum alten Eisen."

"Nein nein." wies dieser ab. "Mit 26 noch lange nicht."

"Aber alt kannst du auf dieser Insel auch nicht werden." ging Mätz dazwischen, der seine Füße pflegte.

"Nun mach mal halblang." warf Mulder ihm einen Stock entgegen. "Keiner kann wissen wie alt er wird."

"Wenn man nach Coopers Größe geht, wäre dieser erst 17." scherzte Oskov.

"Das ist nicht meine Schuld." verteidigte sich dieser und ging auf diesen Spaß ein. "In meiner Familie bin ich der Größte."

Thomson lachte laut auf, hielt sich aber sogleich die Hand vor den Mund.

"Was hast du an deinem 26. gemacht." wurde Gino gefragt.

"Das liegt ja schon Jahre zurück." ging Mätz darauf ein.

Gino mußte erst nachdenken. Seine Augen glänzten dabei. Doch er verlor bald den Glanz. Schließlich sprach er: "Ich wurde nach Utah versetzt. Kam nach der Grundausbildung zur Artillerie. Es gab nicht viel zu tun. Befanden wir uns ja in einem sicheren Gebiet. Ab und zu gab es Scharfschießen, aber das war auch alles. 1941 wurde ich mit meiner Einheit auf Hawaii stationiert, da sich Spannungen abzeichneten. Aber keiner von uns dachte an einen schnellen Kriegseintritt, schon gar nicht an den japanischen Angriff..." Gino begann zu schweigen. Und keiner sprach ihn darauf an, wußten sie doch alle zur Genüge was sich im Dezember 1941 auf Hawaii abgespielt hatte.

Gerry saß etwas abseits und behielt die Gegend im Auge. Er löste das Magazin aus der Waffe, sah die Patronen an und steckte das Magazin zurück in die Waffe. Das Geräusch des Einrastens bestätigte ihm, das Magazin richtig eingesetzt zu haben. Er blickte zu Mätz und zu Mulder. Beide lagen auf dem Boden, die Mützen ins Gesicht gezogen und versuchten etwas zu schlafen. Cooper nahm einen kleinen Stein vom Boden und warf ihn auf Mulder. Dieser schreckte sofort auf und griff zu seiner Waffe. Gerry meldete: "Wir gehen weiter. Weck die anderen."

Mulder stieß Mätz in die Seite.

"Was ist?" fuhr dieser auf.

"Wir brechen auf. Zieh deine Stiefel an."

Sie machten sich für den Abmarsch bereit.

Mätz goss sich Wasser über die Füße, zog die Socken an und schlüpfte in seine Stiefel.

"So eine Verschwendung." bemerkte Oskov.

"Ein Soldat der nicht marschieren kann, ist kein guter Soldat." erwiderte Mätz darauf.

"Ja. Aber ein verdursteter bringt es auch nicht."

"Wenn meines ausgeht, dann nimm ich deines."

"So siehst du auch aus." sagte der Lange und kehrte seinem Kameraden den Rücken.

Fast zur selben Zeit, als die Kompanie in der Schlucht abgeschlachtet wurde, marschierte die Division auf. Die Truppen zogen sich auf einer Meile Breite nahe dem Strand zusammen. Bodenpersonal rollten Treibstofffässer zu den Flugzeugen, gaben die Stutzen in die Tanks und pumpten den Betriebsstoff in die Flügel. Techniker beluden die Maschinen mit Kettenmagazinen. Die Piloten adjustierten sich, erhielten letzte Instruktionen und begaben sich dann zu ihren Flugzeugen. Nachdem ihre Maschinen beladen und aufgetankt waren, starteten sie die Motoren und fuhren zur Startbahn. Hier sollten sie in Warteposition gehen. Alle möglichen Panzer und gepanzerte Infanteriefahrzeuge, waren ebenso betankt und voll beladen. Die Panzer fuhren auf den Straßen weiter vor in ihre Bereitstellungsräume. Panzergrenadiere wurden auf die motorisierten Fahrzeuge gewiesen, die dann ebenso näher zur Front fuhren. Der Lärm und der Gestank von den Dieselabgasen war unbeschreiblich und der Boden zitterte als sich die tonnenschweren Kolosse in Bewegung setzten. Zugmaschinen brachten die schweren Haubitzen auf ihre Positionen auf freigeschlagene Lichtungen, die über geschaffene Wege erreicht werden konnten. Die leichteren Feldgeschütze wurden von ihren Bedienungsmannschaften in Position gezogen. Truppen für den Nachschub häuften Berge von Munition an. Die Granatwerfer- und Minenwerfertrupps brachten sich näher an der Front in Position. Die letzten Infanterieeinheiten magazinierten sich aus dem Lager auf und marschierten in ihren Einheiten hintereinander zu beiden Seiten der Wege nach vor.

"Wie lauten ihre Befehle." fragte ein Colonel.

General Smith blickte auf seine Uhr und meinte: "Um 0600 schlagen wir los."

Die Männer standen um einen Jeep, fünf Meter vorm freien Schussfeld.

Der stellvertretende Divisionskommandeur in einem Rang eines BrigadeGenerals, trat hinzu.

"Was gibt es?" fragte Smith.

"Die dritte ist am Strand. Sie gehen auf die Stellung zu."

"Gut."

Im Jeep befand sich ein Funker, dieser stand in Verbindung mit sämtlichen Einheiten der Division. Da bekam er eine Meldung. Nach Erhalt wandte er sich an den General: "Sir. Die Reserveeinheiten haben ihre Stellungen bezogen." Da bekam er eine weitere Nachricht, die er sogleich weitergab: "Die Artillerie meldet Gefechtsbereitschaft."

"Gut. Halten sie mich auf dem Laufenden."

"Jawohl Sir." und der Mann widmete sich wieder dem Funk zu.

Die Offiziere befanden sich in Kampfuniform und jeder von ihnen hatte seinen Helm auf, jedoch wie viele der Soldaten den Riemen am Kinn offen. Ihren Dienstgrad konnte man erkennen an den Abzeichen, an den Schulterstreifen oder direkt am Helm.

Smith blickte durch sein Fernglas hinaus auf die offene Weite zur japanischen Verteidigungsstellung. Er murrte vor sich hin: "Mir wäre lieber bei Dunkelheit anzugreifen, aber der Planungsstab will nicht länger warten." Smith wandte sich an seine acht Offiziere: "Na gut, dann wollen wir einmal." Er sprach den Funker, der im Jeep saß an: "Geben sie mir den Artilleriekommandanten."

"Ja Sir." und der Funker stellte eine Verbindung her. Kurz darauf meldete er dem General: "Sir. Der Artilleriestand."

Smith nahm den Hörer des Funkgerätes und gab Anweisungen: "Beginnen sie mit dem Beschuss."

Um diesen Angriff zu unterstützen, wurde die Artillerie erheblich verstärkt. Unter ihnen befanden sich 7,5, mehrere 10,5 und 15,5 Zentimeter Haubitzen. Die schwersten unter ihnen waren die 20,3 Zentimeter Geschütze, die auf achträdrige Lafetten standen.

Das Kaliber dieses schweren Geschützes besaß 20,3 Zentimeter und hatte ein Gewicht von nahezu 13,5 Tonnen. Alleine das Rohr war über fünf Meter lang und verschoss seine 90,72 Kilogramm schweren Granaten bis zu 17 Kilometer weit.

Jedes dieser Geschütze befand sich in einer extra hierfür ausgehobenen Mulde, die mit Sandsäcken und Tarnnetzen umgeben waren. Die Bedienungsmannschaften hatten zwar ihre Helme auf, aber den Oberkörper frei. Die Munition dieser schweren Geschütze mußte von mehreren Männern herangebracht werden. Die Munition wurde auf eine Art Barre gelegt und zum Geschütz gebracht. Zwei Männer schoben die Granaten in das Rohr und es wurde verschlossen. Dann wurde das Rohr auf einen vorher bestimmten Winkel hochgedreht. Der Schütze zog den Auslöser. Ein Donnern und Krachen erschütterte die Luft. Der Boden bebte, der Druck hob die Vorderräder des Geschützes in die Höhe. Zurückgedrückt konnte das Geschütz nicht werden, da die beiden Seitenstützen fest am Boden verankert waren. Die 15,5 Zentimeter Geschütze verschossen Granaten, die etwas mehr als nur die Hälfte wogen, aber deren Wirkung genauso tödlich waren. Da Dauerfeuer befohlen war, wurde nach dem Abschuß die Ladeluke geöffnet, die leere Hülse entfernt und eine scharfe Granate eingeschoben. Bei den schwereren Geschützen mußte zuerst das Rohr wieder gerade gestellt werden, um neu laden zu können. Dies war auch der Grund, warum schwere Geschütze nicht eine derartige Schussfolge besaßen, wie die leichteren, deren Granaten von nur einem Mann getragen werden konnten. Bei den kleinsten Kalibern, wog die Granate nur noch 6,35 Kilogramm. Dennoch wirkte das Zusammenspiel der einzelnen Geschütze bombastisch. Innerhalb kürzester Zeit hatten alle Geschütze gefeuert und wurden sogleich wieder nachgeladen. Bei jedem Schuß umhüllte der Abschussrauch die Waffe und die Mannschaften, dennoch ließen sie sich dadurch nicht beirren, sondern luden erneut. Da die Mannschaften nicht warten mußten bis erneut ein Feuerbefehl kam, ging alles sehr schnell. Wie bei den ganzen Übungen gingen sie auch jetzt vor. Die Ladeluke der Geschütze wurden geöffnet, die leeren Hülsen flogen heraus oder wurden entnommen. Soldaten die Handschuhe anhatten, hoben sie auf und warfen sie zur Seite, wo bereits mehrere Hülsen lagen und sich dadurch langsam aber beständig Haufen bildeten. Viele der Männer trugen Ohrenschützer. Denn bei jedem Abschuß entstand eine Druckwelle, die ohne weiteres die Trommelfelle platzen lassen können. Wer keinen Schutz trug, hielt sich jedesmal die Ohren zu, auch um dem Lärm entgegen zu wirken.

Die schnellste Schussfolge besaßen die Granatwerfer. Nach dem einstellen des Winkels brauchte der Lader die rund drei bis fünf Kilogramm schwere Granate, je nach Typ, einfach ins Rohr gleiten lassen. Am unteren Teil des Rohres befand sich eine spitze Nadel. Die herabgleitende Granate fiel darauf, wodurch sich das Zündhütchen am unteren Teil der Granate zündete. Die Granate flog mit einem kurzem "Plopp" aus dem Rohr. Sogleich ließ der Lader die nächste Granate ins Rohr gleiten. Da diese Waffen je nach Typ um die 60 Kilogramm wogen und nur aus wenigen Teilen bestanden, konnten sie von einer Truppe schnell irgendwo auf und wieder abgebaut werden. Durch ihre schnelle Schussfolge, war der Munitionsverbrauch allerdings enorm.

Artilleriebeobachter gaben die Einschläge an die Feuerleitstelle weiter. Diese wiederrum an die Geschützkommandanten, die dadurch den Winkel neu einstellen konnten.

Die Granaten gingen über der feindlichen Stellung nieder. Vor, hinter, seitlich, dazwischen oder direkte Treffer. Schnell und vor allem viele schlugen innerhalb kürzester Zeit ein. Gewaltige Rauch- und Dreckfrontänen schleuderten empor und verdeckten die Sicht. Jeder Quadratmeter sollte mehrmals umpflügt werden. Der Stacheldraht zerriss und wirbelte umher, Stellungen aus Sandsäcken wurden durcheinander geworfen. Schützengräben brachen ein. Die leichten Stellungen wurden zerstört, leichte Bunker stürzten bei Volltreffern in sich zusammen. Nur die schwersten Bunker blieben stehen, jedoch rissen die einschlagenden förmlich ganze Brocken aus ihnen. Druck und die Wucht brachte vieles zum Bersten. Von den Japanern vergrabene Minen gingen hoch und verstärkten die Wirkung der Zerstörung. Eingegrabene Waffen wurden aus ihren Stellungen gehoben und vernichtet. Minutenlang hielt das Dauerfeuer an bis es zum Trommelfeuer überging, wodurch der Beschuss intensiviert wurde und die Zerstörung zunahm. Tausende Granaten allen Kalibers gingen über der japanischen Stellung nieder. Nichts sollte übrig bleiben, jeder Widerstand, jeder Schutz bereits jetzt schon vernichtet werden. Helle Explosionsblitze zwischen der Wand aus Rauch und Dreck, deuteten die Einschlagsstellen an.

Und der Beschuss dauerte an.

Sand und Erde schleuderten meterhoch empor. Die spanischen Reiter und Stolperfallen zerfetzten unterm Druck der Explosionen, kleinere Panzersperren wurden weggedrückt. Der dahinterliegenden zweiten Linie erging es gleichfalls. Ganze Löcher riss es in die Stacheldrahtverhaue. Wenige Meter dahinter verlief ein Schützengraben, zwei Meter tief und einen Meter breit mit Holz und Drähten verstärkt, der sich die gesamte Takaya-Stellung entlang zog. Erde drang in den Schützengraben. Ein Volltreffer ließ den Graben einstürzen. Dahinter folgten Betonbunker mit wenigen Zentimetern dicke und boten Platz für eine MG-Mannschaft. Sie waren klein, in den Boden eingegraben und unregelmäßig aufgebaut. Bei den kleineren Geschossen bebten zwar die Wände, aber nur bei den schwereren trugen sie Schaden davon und stürzten teilweise ein. 100 Meter dahinter standen in einer Linie im Abstand von 50 Metern große, schwere Bunker bestehend aus 35 Zentimeter dickem Stahlbeton, ebenso im Boden eingegraben und teilweise mit Sandsäcken geschützt. In ihnen waren Maschinengewehre und Geschütze postiert. Dazwischen befanden sich Verteidigungsanlagen, Sperren und Minen. Nur die schwersten Artilleriegeschütze der Amerikaner vermochten sie zu knacken. Aber hiervon hatten die Amerikaner viel zu wenige. Granatwerfergeschosse klopften bei ihnen nur an. Hinter den schweren Bunkern folgten weitere Sperranlagen und Schützengräben, sollten die Anlagen von hinten angegriffen werden. Auch hier gab es im rückwärtigen Gebiet ein hunderte Meter tiefes Schussfeld. Am Strand selbst waren Hindernisse, Sperriegel und Minenfelder angelegt worden. Sie sollten die Flanke der Stellung von See her schützen.

"Wir haben keine Gegenwehr." schrie ein Colonel.

Der General starrte mit seinem Feldstecher auf die feindliche Stellung und reagierte nicht darauf.

"Sir." sprach ihn der Funker an. "Meldung von der Feuerleitstelle."

Smith ließ vom Geschehen ab und wandte sich an den Funker, der sogleich weitersprach: "Die Munition bei der Artillerie wird knapp. Wenn der Beschuss in dieser Form weitergeht, können sie den Angriff der Division nicht mehr unterstützen."

"Ach verdammt!" fluchte der General. Er überlegte kurz und gab Befehle: "Sie sollen weiterfeuern. Ich lasse den Angriffszeitpunkt der Division vorverlegen."

Während der Funker die Meldung weitergab, orderte Smith den Angriff. Er wandte sich an alle Kommandeure: "Befehl zum Losschlagen!"

Die Offiziere salutierten und nahmen ihrerseits Verbindung mit ihren Einheiten auf.

Zuerst schlugen die Truppen am Strand los. Die Soldaten rannten aufs offene Feld, immer mit der Erkenntnis, jederzeit unter Beschuss zu geraten. Zwischendurch warfen sich die Soldaten zu Boden, standen wieder auf und rannten weiter. Der feine Sand unter ihren Füssen erschwerte das Laufen. Zu vorderst stürmten Pioniere, die Stacheldraht zerschnitten, andere Soldaten legten sich über die Verhaue, so dass ihre Kameraden über sie hinweg rennen konnten. Einige Minen am Strand gingen hoch und man glaubte dies wäre Feindfeuer. Dennoch stürmten die Männer weiter und erreichten die Ausläufer der Stellung mit ihren ersten Bunkern. Die Kommandeure ließen halten und ihre Truppen sammeln. Nur wenige waren gefallen oder verwundet worden. Kaum war das Groß hinter einer Düne versammelt, gingen sie weiter zum Angriff über. Vereint fielen sie in die japanische Stellung ein.

Dann setzte sich die Division durch freigesprengte Schneisen im Minenfeld, in Bewegung. Panzer fuhren aus dem Dschungel aufs offene Feld. Unterm Fahren feuerten die Richtschützen auf Bunker oder vermeintliche Stellungen des Feindes. Dazwischen befanden sich Flammenwerferpanzer, die ihre brennende Fracht weit nach vorne verstreuten. In ihrem Einzugsbereich fing alles Feuer. Mit Leichtigkeit überwanden die Ketten der Fahrzeuge die Hindernisse und rissen somit Schneisen für die nachstoßenden Einheiten. Direkt vor den Stellungen feuerten die Bedienungen der Schützenpanzer mit ihren leichten Kanonen und Maschinengewehren auf alles was zum Feind gehörte. Kaum in der Stellung, sprang die aufgesessene Infanterie ab und ging zum Angriff über. Über die Schützengräben legten Pionierpanzer Stahlplatten und ermöglichten somit den Radfahrzeugen ein übersetzen.

Schnell und unbeirrt drangen die Amerikaner ein. Soldaten mit Flammenwerfer krochen im Schutze der Kameraden an Bunker heran und fackelten in die Schießscharten der Anlagen. Alles was brennen konnte fing Feuer. Andere Bunker wurden von hinten angegangen. Die Soldaten öffneten die Eingänge, warfen Granaten hinein und stürmten nach deren Detonationen die Bunker.

Allmählich verstummte der Gefechtslärm und eine unsichere Stille legte sich über das Geschehen. Ab und zu fiel ein Schuß oder ein kurzer Feuerstoß aus einem Maschinengewehr. Die Männer lagen in Deckung und spähten hervor.

Nur langsam verzog sich der Pulverdampf. Vereinzelt gingen die Gruppen weiter und suchten sich ständig Deckung. Aber langsam wurde ihnen klar, dass sich hier keine Feinde befanden. Sie fanden lediglich Ausrüstungsgegenstände und kaputte Waffen.

Diese Unheimlichkeit war fast schon erschreckend.

"Hier ist niemand Sergeant." meldete ein Soldat, der hinter einem schweren Bunker in Deckung lag.

"Die Vögel scheinen ausgeflogen zu sein." meinte ein anderer.

"Trotzdem aufpassen Männer. Wir gehen weiter vor." Mit Handzeichen gab er Befehle.

An anderer Stelle brach eine andere Gruppe die Eingangstüre zu einem Bunker auf. Durch Kopfnicken kam der Befehl und es wurden zwei Granaten hineingeworfen. Kaum waren sie detoniert, drangen sie ein. Doch außer leere Räume, verlassene Stellungen und Betten fanden sie nichts vor.

"Was ist da vorne los?" wollte General Smith wissen.

Der Funker nahm Verbindung mit den vorderen Linien auf, dann antwortete er dem General: "Sir. In der Stellung gibt es keine Japaner."

"Was?" wunderten sich die Kommandeure.

"Geben sie mir das Ding." und Smith riss dem Mann den Hörer aus den Händen. "Was soll das heißen, es gibt keine Feinde?!" brüllte er in den Hörer.

Der befehlshabende Offizier der Angriffstruppen saß in einem Jeep, der neben einem Artilleriebunker stand und sprach ins Funkgerät: "Die Stellungen sind leer."

"Das kann nicht sein." glaubte Smith es nicht. "Sie haben uns noch vor wenigen Stunden beschossen."

"Aber jetzt ist keiner mehr da."

"Besetzen sie die gesamte Stellung bis zum Gebirge."

Der Offizier, ein BrigadeGeneral unterbrach die Verbindung und gab die nötigen Befehle hierzu.

Smith war erleichtert. Er setzte sich großspurig in sein Befehlsfahrzeug und meinte mit einem Lächeln: "Habe ich es nicht gesagt? Es gibt hier auf der Insel keine starke japanische Kräfte mehr. Aber unser Rangermajor bekommt gleich Panik."

Alle Anwesenden waren erleichtert darüber und mußten lachen.

"Nun gut." winkte Smith dem Fahrer in überheblicher Weise zu. "Bringen sie mich nach vorne."

Der Fahrer startete den Motor und fuhr los.

Im Dschungel rannten hunderte japanische Soldaten mit Granatwerfer und Sprengladungen. Sie schonten sich und ihre Ausrüstung nicht. Sie liefen so schnell es ging, sprangen über Büsche, verhielten sich aber ruhig. Kein Siegesgeschrei, kein Gebrüll. Nur so schnell wie möglich vorwärtskommend.

Das Regiment, das in der Flanke der Division positioniert wurde, hob noch immer Schützengräben aus. Nur jeder vierte lag mit dem Gewehr im Anschlag auf Wache. Die einzelnen Gräben waren erst einen Meter tief und zum Teil noch nicht miteinander verbunden.

"Ist das eine Scheiße. Wir puddeln hier im Dreck, während der Kampf ganz woanders abläuft." meinte einer der Soldaten und schaufelte Erde aus dem Graben.

"Du weißt doch ganz genau warum wir hier sind." sagte einer der anderen und türmte Steine und Holz vor der Stellung auf.

Ein dritter saß am Rand des Grabens und ließ seine Beine hinab hängen. Er zündete sich eine Zigarette an und sprach mit: "Ich finde das sowieso beschissen. Wir sind hier auf einer kilometerlangen Linie mit 1.000 Mann mitten im Dschungel."

Die beiden anderen ließen die Worte nachwirken, hörten mit dem Arbeiten auf und setzten sich hinzu.

"Und wozu machen wir es dann?" fragte der kleinste der drei.

"Flankenschutz." antwortete derjenige mit der Zigarette im Mund. "Aber hat es auch einen Sinn?"

"Wie meinst du das?"

"Seht euch mal um. Vor, hinter und neben uns, nur der Dschungel. Die da Oben sind sich sicher; sollten wir angegriffen werden, können wir das Gelände für uns ausnützen."

"Ich habe gehört; hier soll es nur noch wenige Schlitzaugen geben. Die meisten hätten wir bereits am Strand erledigt." sprach der Kleinste weiter.

Der zweite nahm aus seiner Feldflasche einen großen Schluck Wasser und überblickte die Gegend.

Das Umfeld war eben. Die Bäume standen an diesem Abschnitt weit auseinander und dazwischen wucherten Büsche, Farnen und Gräser.

Ein Korporal trat auf die Männer zu und sprach sie an: "Wenn ihr keine Arbeit habt, ich habe welche für euch."

"Was denn für eine?" blickte der Mann mit der Zigarette hoch.

"Sprengfallen, 100 bis 200 Meter vor unseren Stellungen anbringen."

"Nein danke. Lieber grabe ich." meinte einer, nahm seine Schaufel wieder auf und grub weiter, während sein Kamerad Steine aufschichtete. Der dritte warf die halbgerauchte Zigarette weg und machte sich selber wieder an die Arbeit. "Die verdammten Chargen können auch immer nur meckern." grollte er, nachdem der Korporal wieder verschwunden war. "Ich wette der Kojote hat seit Monaten keine Löcher mehr geschaufelt.

Da horchte einer der drei auf: "Was ist denn das für ein dumpfes Donnern?"

Ein ganzer Zug legte die Arbeit nieder und lauschte in die Wildnis.

"Ist das nicht der Angriff auf die Takaya-Stellung?" stellte einer der Männer die Frage in die Runde.

Die Luft wurde durch Donnern und Grollen erfüllt.

"Das klingt aber sehr nahe."

Heulen durchdrang die Luft und es schien von überall her zu kommen.

"Ich denke nicht, dass dies von der Takaya-Stellung kommt."

"Woher willst du das wissen?"

"Mir scheint es kommt von vorne."

"Das kann täuschen."

"Mag sein. Aber es klingt doch verdammt nahe."

"Ein merkwürdiges Heulen." stellte ein anderer fest.

Ein Unteroffizier stand hinter dem Graben und horchte in den Urwald. Plötzlich schrie er wild um sich: "Ankommende! Volle Deckung!"

Im selben Augenblick schlugen die ersten Granaten ein. Neben dem Sergeant explodierte ein Geschoß mittleren Kalibers. Der Körper des Mannes zerfetzte. Blut und Eingeweide schlug den umliegenden Soldaten in die Gesichter. Steine und Holz die als Deckung dienten, wirbelten durcheinander und fielen zum Teil in den Graben hinein. Diejenigen die sich im Graben befanden, waren einigermaßen vor Splitter sicher. Aber an den Stellen, an denen sich noch keine zusammenhängende Stellung befand, waren die Soldaten gezwungen sich hinter Bäumen in Deckung zu bringen. Vor, hinter, neben und über ihnen krepierten Ankommende. Ganz am Boden kauernd, die Füße angezogen, die Hände über den Kopf haltend, versuchten sie sich klein zu machen. Für viele war dies jedoch keine Rettung. Metallsplitter, Bäume, Geäst und Steine bohrten sich in die Körper der Amerikaner. Ein zielgenauer Beschuss durch Beobachter in den Bäumen ermöglichte es den Japanern, ihre Granaten direkt in die Verteidigungslinie zu leiten.

Verzweifelt versuchten die Marines in Deckung zu gehen. Wo sie sich gerade befanden, warfen sie sich zu Boden. Sie versteckten sich hinter Bäume und zogen die Köpfe ein. Mancher warf sich hinter einem Busch in Deckung und kroch weiter um besseren Schutz zu finden. Wer sich im oder am Schützengraben befand, schmiss sich in ihn hinein.

Der Beschuss der Japaner war gut gewählt. Sie ließen ihre Artillerie einige Male feuern, den Abschusswinkel neu einstellen und wieder einige Male schießen. Wie eine Wand kamen die Einschläge näher. Jeder Bereich vor der Stellung sollte umgepflügt werden. Äste, ganze Bäume wurden umgenietet, Büsche aus dem Boden gerissen und alles was herumlag durch die Gegend geschleudert. Soldaten wurden die Gliedmaßen abgerissen, die Körper aufgesprengt, Splitter durchbohrten die Leiber der Männer. Obwohl sie sich so klein wie möglich machten, um dem Druck keine Angriffsfläche zu bieten, kamen viele in diesem Geschosshagel ums Leben. Manch einer wurde mehrmals getroffen. Nur wer sich im Graben befand, hatte einigermaßen Schutz. Doch die Einschläge kamen immer näher. Schlug eine Granate vor dem Graben ein, sprengte sie den Rand weg und ließ die Erde hineinrutschen. Doch viele gingen direkt hinein. Durch die Beengtheit verstärkte sich die Splitterwirkung. Einige versuchten dem zu entfliehen, doch es gab keine sichere Deckung. Jeder Meter Boden wurde von mehreren Granaten umgepflügt, ganze Schneisen rissen sie in den Dschungel. Das einzige was die Männer tun konnten; dies über sich ergehen zu lassen. An manchen Stellen mußten sich die Amerikaner freigraben und sich auf das unvermeidliche vorbereiten, nämlich den Angriff der feindlichen Infanterie. Der würde sicher kommen, alleine die Intensivität des Beschusses ließ keinen anderen Grund zu. Durch die schnell, hintereinander einschlagenden Granaten wurde die Sicht genommen. Ganze Einheiten wurden von ihren Nachbartruppen abgeschnitten. Reihenweise fielen US-Marineinfanteristen im Hagel der feindlichen Artillerie.

"Sanitäter! Sani! Sofort hierher!"

"In Deckung bleiben Männer!"

Soldaten mit zerfetzten Körpern lagen in ihren Deckungen und schrien um Hilfe. Selbst die wenigen Sanitäter erlitten hohe Ausfälle, als sie Kameraden helfen wollten und dadurch ihre geschützten Deckungen verlassen mußten.

Auf einmal wurde es totenstill. Nur das Schreien und Jammern der Verwundeten war noch zu hören.

"Oh Scheiße." fluchte einer der Soldaten in sich hinein. "Jetzt kommt der Angriff."

Erneut lagen die Männer unter Beschuss, diesmal jedoch nicht zielgenau.

"Steilfeuer in die Tiefe verlegt!" schrie ein Offizier.

Jeder der Soldaten wußte was dies zu bedeuten hatte. Die japanische Artillerie schoß jetzt zur Unterstützung ihrer Infanterie. Wer noch kämpfen konnte, brachte sich in Stellung. MG-Schützen richteten ihre Maschinengewehre zurecht, Soldaten brachten Kettenmagazine herbei. Die zweiten MG-Schützen richteten Ersatzläufe herbei, da die Läufe bei zu langem Schießen schnell überhitzen und ausgewechselt werden müssen, dann hoben sie die Kettenmagazine die in den Waffen eingelegt waren, damit der Gurt sich beim Feuern nicht verdrehen konnte.

Ehe sich der letzte kampffähige Soldat in Stellung gebracht hatte, konnten sie den Feind hören. Die Amerikaner wurden nervös und griffen ihre Waffen noch fester. Sie rissen Augen und Ohren auf. Einige von ihnen zitterten derart, dass sie nicht richtig zielen konnten. Aber jeder von ihnen kannte seine Aufgabe; Halten um jeden Preis. Sie waren die Sicherung der Division. Zudem machten die Japaner nur selten Gefangene. An ihnen lag Sieg oder Niederlage. Ein Mann gegen Mann Kampf schien unausweichlich. Der Feind würde nicht zurückweichen, egal welche Verluste er erlitt. Aber sich verteidigen, womit? Sie hatten keine Artillerie, nicht einmal genügend Werfer. Nur einige Maschinengewehre und die eigenen Handfeuerwaffen. Da würden auch die wenigen Handgranaten die an ihnen verteilt wurden nicht viel ausrichten. Die Stellung halten. Welche? Sie war ja noch nicht einmal fertiggestellt. Und die Sprengfallen die sie bisher verlegt hatten, würden bei einem konzentrierten Angriff nicht reichen.

Einer der MG-Schützen deutete mit dem Finger auf den Feind

und brüllte: "Da kommen sie!"

Dies klang wie ein Befehl. Sofort feuerten die Amerikaner mit ihren Waffen, bis die Flinten glühten.

In diesem Dschungel war zielen nicht gerade wirkungsvoll, zu viele Bäume und Büsche behinderten die Schussbahn der Projektile. Deshalb waren die Schützen gezwungen ihre Waffen schnell hin und her zu reißen. Die MG-Schützen gaben kurze, aber schnell hintereinander folgende Feuerstöße ab. Überall wo einer der Feinde sich befinden konnte, wurden einige Kugeln hineingejagt. Die zweiten MG-Schützen waren damit beschäftigt die MG-Gurte zu halten und hatten Reservemunition bereitgelegt. Kaum war ein Kettenmagazin verschossen, wurde die Waffe geöffnet, eine frische Kette eingelegt, die Waffe geschlossen, repetiert und weitergefeuert. An der rechten Seite der Waffen flogen die leere Hülsen nur so heraus und begannen den Boden zu bedecken.

Soldaten mit Maschinenpistolen verhielten sich ebenso wie die MG-Schützen. Ohne viel zu zielen jagten sie ein Magazin nach dem anderen raus. Vor einzelnen Soldaten lagen leere Magazine und ihr Munitionsvorrat schwand zunehmend.

Die Soldaten die mit Karabinern bewaffnet waren, waren so ziemlich die einzigen die halbwegs ein Ziel aufs Korn nahmen. Kaum ein Ziel ausgemacht, ein-, zwei- oder dreimal darauf geschossen, dann ein anderes ausgesucht. Auch vor ihnen bildeten sich Haufen von leeren Magazinen, die achtlos beiseite geworfen wurden. Aber auch sie hatten immer weniger Zeit zum Zielen, da immer mehr Japaner kamen.

Wo der Feind in großer Zahl zu erkennen war, wurde er mit Handgranaten beworfen, was große Löcher in die japanischen Reihen riss. Doch auch dies konnte sie nicht aufhalten. Ein MG-Schütze mußte sein Feuer einstellen. Der Lauf rauchte wie verrückt und drohte sich zu verbiegen. Mit seinem Kameraden mußte er den Lauf wechseln, ehe er weiter draufhalten konnte. Doch während dem Wechseln, kamen die Japaner näher und sie sollten die nächsten Opfer dieses Angriffes sein.

Die japanische Infanterie ging zum Sturmangriff über. Reihenweise wurden sie zwar von den Amerikanern niedergemäht und dennoch schien ihre Zahl nicht abzunehmen, im Gegenteil. Für jeden getöteten Japaner schienen fünf neue zu kommen und sie begannen wie wild zu schreien, was ihre Entschlossenheit nur noch verstärkte. Im Kampflärm schrillte ihr Angriffsgebrüll in den Ohren der Marines. Die Schützen wußten nicht mehr, auf welchen sie feuern sollten. Wie Ameisen kamen sie näher. Je mehr ihrer Kameraden getroffen wurden, desto verbissenen schienen die übrigen zu kämpfen. Mit dem Mut der Verzweiflung versuchten sie diesen Ansturm zu bremsen. Doch die japanische Wucht lies nicht nach.

"Ladehemmung!" schrie ein MG-Schütze. Durch Überhitzung durch das Dauerfeuer versagte die Waffe.

"Munition! Ich brauche Munition!" brüllte ein anderer.

Innerhalb weniger Minuten hatten sie ihren Munitionsvorrat aufgebraucht.

Die Sprengfallen, die die Amerikaner bereits verlegt hatten, töteten zwar Feinde, aber es waren zu wenige, um den Ansturm aufzuhalten. Als Sprengfallen dienten Handgranaten die mit einem Draht versehen waren. Berührte jemand diesen Draht, wurde der Sicherungsstift aus der Granate gezogen und detonierte. Andere Fallen bestanden aus eingegrabenen Personenminen, die bei Kontakt hochgingen. Doch der Feind kam immer näher. Die vorderen Reihen wurden durch Kugeln zersiebt. Die Projektile drangen in die Brust ein, zerschmetterten Knochen und drangen am Rücken wieder heraus. Schädel zersprengten und die Gehirnmasse spritzte heraus. Bei den kleinkalibrigen Geschossen waren die Ein- und Austrittstellen nicht so verheerend, was aber nicht weniger schädlich war. Japanische Soldaten die nur verwundet waren, Streifschüsse hatten, drangen trotzdem weiter vor. Obwohl sie wußten in den Tod zu laufen, waren sie gewillt dies auf sich zu nehmen. Sogar direkt vor der amerikanischen Stellung gingen sie nicht in Deckung. Todesmutig mit Gebrüll stürmten sie weiter. Sie sprangen über gefallene Kameraden und es störte sie nicht im geringsten wenn neben ihnen weitere fielen.

Dann kam der befürchtete Bajonettkampf. Die Japaner fielen in die amerikanischen Stellungen ein. Manche von ihnen hatten Sprengstoff um ihre Körper gewickelt, die sie in den Stellungen zündeten. Sie brüllten noch etwas in ihrer Sprache und jagten sich mit einigen Amerikanern in die Luft. Was die japanische Artillerie nicht vernichtet hatte, wurde mit diesen geballten Ladungen zerstört.

Was mag in den Köpfen dieser Männer vor sich gegangen sein. Zu wissen in diesem Augenblick zu sterben. Doch die Ehre zu halten war für sie viel wichtiger. In Unehre zu leben war für sie eine viel größere Qual als der Tod. Und für ihren Gottkaiser Hirohito zu kämpfen und zu sterben, war für sie die größte Ehre die je ein Soldat erlangen konnte. Vielleicht war es bei einigen auch der Zwang es ebenso wie die meisten tun zu müssen. Und niemand sollte einen Japaner im Kampf einen Feigling nennen. Durch die mit vielen Kilogramm bestückten Ladungen wurden bei ihrer Detonation tiefe Krater gesprengt.

Blutjunge Amerikaner, zum Teil in ihrem ersten Gefecht sahen jetzt das Weiße in den Augen ihrer Gegner. Mit den Gewehren schlugen beide Seiten in der Enge des Grabens aufeinander. Nur wer schnell reagierte, hatte eine Chance im Zweikampf zu überleben.

In dem engen Schützengraben behinderte oft die Ausrüstung den Kampf. Hier kam es in erster Line darauf an, schnell und stark zu sein. Was Stärke betraf, waren die Amerikaner im Vorteil. Sie waren meist größer und auch kräftiger gebaut als die kleinen, schmächtigen Japaner, aber die glichen diesen Nachteil mit Geschick und Willen aus. Im Grabenkampf wurde nur noch wenig geschossen. Die Waffen in dieser Situation waren das Bajonett, das Kampfmesser oder gar der Spaten. Wer nicht rechtzeitig eine dieser Waffen zur Hand hatte, begnügte sich damit im Handgemenge den Gegner nieder zu ringen. Da wurde mit den Kolben auf den Feind eingeschlagen, die Waffe gedreht und ihm das Bajonett in den Körper gestoßen. Viel handlicher waren da die Kampfmesser. Mit ihnen konnte man besser verfahren. Die Klingen verursachten tiefe Schnittwunden, was den Gegner schwächte und erst wenn die

Möglichkeit gekommen war, wurde die Klinge bis zum Griff in den Körper des jeweiligen Feindes getrieben. Wer mit einem Spaten kämpfte, schlug einfach schnell und wild drauflos, bis sich der Gegner nicht mehr bewegte. Durch die scharfen Kanten, wurden auch mit ihnen schwere Wunden geschlagen.

Doch einen Vorteil besaßen die Japaner. Ihre nachstoßenden Einheiten lagen nicht mehr so stark unter Beschuss. Sie konnten über die Stellungen springen und die Amerikaner, die sich im Zweikampf befanden von hinten niederschießen oder abstechen.

Blutverschmiert, bis zur totalen Erschöpfung kämpften beide Seiten.

Einige US-Marineinfanteristen gingen zum Gegenangriff über, aber auch dieser letzte Versuch die Japaner zu stopen, scheiterte.

Die japanischen Angreifer überrannten das Regiment in einem einzigen Ansturm. Ein Funker konnte nur noch den Durchbruch durch die eigenen Linien melden, ehe auch er dem Angriff zum Opfer fiel.

Die nachstoßenden japanischen Reservetruppen, gingen in Reihen das Schlachtfeld ab. Sie sahen sich die am Boden liegenden Kameraden an. Wer tot war, dem wurde Waffe und Munition abgenommen. Wer verwundet war, wurde den Sanitätern übergeben. Sie kamen an abgesprengten Baumstümpfen vorbei, einige Bäume oder deren Reste loderten, da sie bei den Granateinschlägen zu brennen begonnen hatten. Noch immer stiegen Rauchschwaden in die Luft und mischten sich mit dem Gestank des Todes. Als die Einheiten näher an den Schützengraben herankamen, lagen weit mehr zerstückelte Kameraden am Boden, hervorgerufen durch die Sprengfallen oder Handgranaten. Am Graben selbst lagen die japanischen Leichen wie auf einen Haufen aufgeschüttet. Dazwischen zogen sie verwundete Kameraden hervor. Im Graben lagen gefallene Amerikaner. Viele Tote beider Seiten lagen quer durcheinander, was die Heftigkeit des Kampfes zeichnete. Aber auch verwundete Marines lagen am Boden. Da die Japaner den Befehl erhalten hatten, keine Gefangene zu machen, wurden die verwundeten Amerikaner regelrecht abgeschlachtet. Ein Soldat der schon mehr tot als lebend war, war durch Bajonette komplett durchbohrt, aus dessen Blut rann. Ein japanischer Soldat hob seine Waffe, repetierte und schoss dem Mann in den Kopf. Für den Amerikaner war dies eine Erlösung.

Diejenigen die nicht so schwer verwundet waren, wurden an Ort und Stelle auf die Knie gezwungen und durch einen Schuß in den Hinterkopf oder durch einen Stich mit dem Bajonett hingerichtet. Nur die amerikanischen Offiziere erlitten ein anderes Schicksal. Zuerst glaubten sie gefangen genommen zu werden und man würde nur die einfachen Soldaten töten, aber schnell zerschlugen sich ihre Hoffnungen. Sie wurden von mehreren Soldaten auf die Knie gedrückt und teils festgehalten. Japanische Offiziere stellten sich hinter ihnen, zogen ihre Schwerter und schlugen mit Genuss den Offizieren den Kopf ab. Nach getaner Arbeit, grinsten sie höhnisch, nahmen saubere Tücher aus den Taschen und wischten damit die Klingen ihrer Schwerter ab, ehe sie sie zurück in die Scheide steckten. Die mit Blut verschmierten Tücher liesen sie verächtlich auf die enthaupteten Körper fallen.

Inzwischen entbrannte auch bei der Takaya-Stellung eine heiße Schlacht. Die japanischen Streitkräfte hatten sich vor dem Kampf im Norden der Linie gesammelt und begannen ihre Gefechte von dort. Der Mittelabschnitt war somit heiß umkämpft.

Für die Amerikaner war es verwunderlich, warum die Japaner die Stellung nicht gehalten hatten. Vielleicht wußten die Japaner über die Feuerkraft der amerikanischen Artillerie und möglicher Unterstützung der Kriegsschiffe. Sicherlich hätten die Japaner dadurch weit mehr Verluste in der Anfangsphase dieser Schlacht erlitten. So nutzten die Asiaten einen wesentlichen Vorteil. Da sich die US-Marines nun nahe bei den feindlichen Truppen befanden, konnte die amerikanische Artillerie nicht wirkungsvoll eingreifen. Zudem wußte in diesem Gewirr von Bunkern und Anlagen niemand so genau wo sich welche Einheit befand. Jeder Bunker, jedes Hindernis, jeder Graben, sogar jeder Granattrichter wurde als Deckung oder Stellung genutzt. Abwechslungsweise gingen die Amerikaner, dann die Japaner zum Angriff über. In der Mitte des Schauplatzes wechselten einige Anlagen binnen Minuten mehrmals den Besitzer. Auch hier heiße Kämpfe um Bunker, in den Schützengräben mit geballten Ladungen, Handgranaten, Feuerwaffen und Kampfmessern. Oft, nur wenige Meter unter höchsten Verlusten, drangen beide Seiten vorwärts, oder wurden zurückgeschlagen. Um strategisch wichtige Punkte wurden ganze Züge geopfert, nur um diese einzunehmen, oder um sie zu verteidigen. Und der Kampf schien kein Ende zu nehmen. Beide Seiten trieben ihre Reserven in die Schlacht. Dies bewirkte, dass auf engstem Raum tausende Soldaten beider Seiten fochten, oft nur wenige Meter voneinander getrennt. In diesem Gewirr von kämpfenden Truppen, wurden die Handgranaten zur bevorzugten Waffe. Es kam soweit, dass die amerikanischen Marines nicht weiter vordringen konnten. Sie mußten sogar verzweifelt ihre Stellungen halten. An manchen Stellen wurden sie sogar unter grässlichen Opfern zurückgedrängt. Nirgendwo schienen sie sicher zu sein. Wer durch Beschuss in Deckung gezwungen wurde, wurde anderwärtig bekämpft. Und das unübersichtliche Gelände der Stellung tat ihr übriges. Schließlich gewannen die Japaner langsam die Überhand und gingen vor, wenn auch nur Schritt um Schritt. Die japanischen Kommandeure wiesen nachfolgende Einheiten ein, die Amerikaner zu umgehen und sie in der Flanke zu nehmen. Als die Marines dies bemerkten, kam es zu noch härteren Abwehrkämpfen.

An einem dicken Bunker waren Soldaten beider Seiten herangegangen und feuerten abwechselnd auf den jeweiligen Gegner. Allerdings brachte dies nicht viel.

"Tim! Kody! Granaten!" befahl ein Unteroffizier. Beide machten sich an den Seiten des Bunkers heran, zogen die Sicherungsstifte und warfen die Granaten. Kaum detonierten sie, standen die Männer auf, rannten um den Bunker und schossen auf die noch lebenden und geschockten Japaner. Doch da wurden sie auch schon selbst aus anderen Stellungen heraus unter Feuer genommen.

"Chargen! Wir kommen hier nicht weiter vor!" brüllte einer der

Soldaten. "Die Stellung vor uns ist zu stark bewaffnet!"

Auch hier lag eine Gruppe Marines in einer Mulde in Deckung. Sie konnten das Feuer auf den Bunker nicht erwidern, kaum blickten sie über die Deckung, schlug ihnen schon härteste Abwehr entgegen.

"Wartet hier! Ich komme gleich zurück!" sprach der Chargen, kroch aus der Stellung und ließ sich in einen Schützengraben fallen.

"Wo sollen wir schon hingehen?!" brüllte ihm einer der Männer nach.

Einer seiner Kameraden blickte kurz über den Rand der Stellung, feuerte eine Salve auf den Bunker und zog sogleich den Kopf wieder ein. Er drehte sich auf den Rücken, nahm das leer Magazin aus seiner Waffe, zog ein volles aus seiner Tasche und steckte es in die Waffe. "Das ist mein letztes Magazin." meinte er.

"Hier." Der ihm gegenüberliegende warf ihm ein volles zu: "Mach was draus."

"Wo ist der Chargen hin?" stellte ein anderer die Frage in die Runde.

"Der hat in die Hosen geschissen und ist weg."

"Gestunken hat er auf jedenfall." grinste ein anderer.

"Da wäre ich mir nicht so sicher." deutete ein weiterer.

"Wen hat er da dabei?"

Der Chargen kam mit einem Soldaten zurück, der auf seinem Rücken einen Flammenwerfer geschnallt hatte.

"Gut Männer! Wird Zeit das wir von hier abhauen!" erklärte der Mann. "Sperrfeuer! Unser Kumpel hier heizt den Japsen ein, dann raus und weiter vor! Also los!"

Fast alle krochen an den Rand der Stellung. Sie hielten ihre Köpfe unten, nur die Waffen hoch und schossen blind auf den Bunker. Gleichzeitig stieg der Mann mit dem Flammenwerfer hoch und drückte den Abzug. Am Ende des Flammenwerfers brannte ein Feuer. Durch das Betätigen des Abzuges drückte es eine brennbare Flüssigkeit heraus, die sich an der Flamme entzündete und über 30 Meter weit einen einzigen Feuerstrahl ergoss. Der Mann sprang auf, rannt zum Bunker und gab weiter Flammenstöße ab. Ihm taten die Männer gleich. Sie gingen aus der Deckung hervor und stürmten dem Kameraden nach. Alles was sich im Bunker befand und brennen konnte fing Feuer. Munition ging hoch und die Japaner verbrannten bei lebendigem Leibe. Dies zog die Aufmerksamkeit anderer Japaner auf sich. Ein Schütze drehte sein MG und beschoss seinerseits den Feind. Projektile durchschlugen den Tank des Flammenwerfers. Nach wenigen Einschlägen fing dieser Feuer. Verzweifelt versuchte der Mann den Tank von sich zu reisen, da explodierte er schon und umhüllte den Soldaten mit einer Feuersbrunst.

In der Mitte der Frontlinie gingen beide Seiten gleichzeitig zum Angriff über. Unterm Rennen feuerten sie ihre Waffen ab. Ganze Gruppen, ganze Züge wurden in wenigen Sekunden ausgeschaltet, Kompanien schmolzen auf kleinere Trupps zusammen, die sich oft alleine schlagen mußten.

"Code red! Code red! Japaner fallen uns in die Flanke! Erbitte sofortige Panzerunterstützung!" brüllte ein Funker mit dem Generalsstab, die dies Geschehen nur von weitem beobachteten. Der Funker lag mit einigen Kameraden in einem Granattrichter. Von allen Seiten drangen die Japaner auf sie zu. Obwohl sich die Amerikaner verbissen wehrten und viele Feinde töteten, kamen sie immer näher.

"Wo befinden sie sich?" drang es aus dem Hörer.

Der Funker lag am Boden, den Kopf eingezogen, den Helm übers Gesicht gestreift, hielt sich sein rechtes Ohr zu und den Hörer an das linke gedrückt: "Irgendwo zwischen den Bunkern und Stellungen!"

"Können sie ihren Standort nicht präziser beschreiben?"

"Tut mir leid! Aber hier sieht alles gleich aus!"

"Werfen sie Rauchgranaten wenn sie welche haben. Ansonsten halten sie den Kopf unten."

Der Funker beendete die Verbindung, brüllte zu seinen Kameraden: "Wer eine Rauchgranate hat soll sie werfen! Andernfalls den Kopf einziehen!"

Von vorne übers offene Feld kommend, drangen amerikanische Panzer tiefer in die Verteidigungslinien der Japaner ein. Kurz blieben sie stehen, schossen, rollten wieder an und drangen noch tiefer in das Verteidigungsnetz ein. Alles was nicht amerikanisch aussah, wurde unter schwerem Beschuss genommen.

"Volle Deckung!" brüllte der Funker, als er über den Rand blickte. Ein amerikanischer Sherman-Panzer fuhr über sie hinweg. Einer der Soldaten mußte zur Seite rollen, ansonsten hätten ihn die Ketten überrollt. Seitlich an ihnen fuhren weitere Shermans vorbei. In jedem Panzer waren die Maschinengewehre besetzt, sogar an den Turmluken standen Besatzungsmitglieder und hielten drauf auf alles was sich bewegte. Die 12,7 Millimeter Munition durchpflügte den Boden, trafen sie Soldaten, zerfetzte es sie regelrecht.

Der Sherman-Panzer ist wohl einer der bekanntesten Panzerfahrzeuge auf Seiten der Alliierten. Er wurde von den USA entwickelt, hatte 31.360 Kilogramm und eine Panzerrung von 12,7 bis 105 Millimeter. Allerdings war die Reichweite mit nur 161 bis 250 Kilometer sehr begrenzt. Trotzdem konnte die fünf Mann starke Besatzung den Panzer auf 46,4 Stundenkilometern hochjagen. Bewaffnet war dieser Panzer mit einem 75 Millimeter Geschütz, einem 12,7 Millimeter Fliegerabwehr-MG auf dem Geschützturm und ein bis zwei 7,62 mm Maschinengewehren an der Frontseite. Mit diesem Panzer war es den Amerikanern gelungen nicht gerade das beste, aber ein vielseitig einsetzbares Fahrzeug zu entwickeln, von dem bis Kriegsende je nach Quellenangaben über bis zu 49.243 Stück gebaut wurden und der in fast allen Streitkräften in verschiedensten Typen und Einsatzbereichen der Alliierten seinen Dienst versah. Selbst die Sowjetunion hatte über 2.000 Sherman-Panzer im Einsatz.

Dahinter folgten leichtere Einheiten die aus gepanzerten Fahrzeugen auf Ketten oder Rädern bestanden. Einige ihrer Zugskommandeure unterhielten sich per Funk. Sie standen vorwiegend in den Fahrzeugen, so dass ihr Oberkörper aus den Turmluken heraus sahen. Da sich ihre Bewaffnung aus einer 3,7 Zentimeter Kanone stellte, hatte sie eine viel höhere Schussfolge. Da jedoch ihre Durchschlagskraft dadurch litt, kompensierten die Amerikaner dies, indem sie nicht immer genau zielten, sondern ihnen war es wichtig durch schnelles schießen den Feind niederzuhalten.

"Vierter Zug in einer Linie." befahl der Kommandant.

Sogleich bildeten die vier Fahrzeuge eine Linie.

"Haltet drauf Männer." folgte der nächste Befehl.

Neben und hinter ihnen erweiterten andere Züge die Linien. Auch aus ihren Rohren wurde Geschoß um Geschoß abgefeuert.

"Sir. Damit kommen wir frontal nicht durch." bemerkte einer der Gruppenführer.

"Wir fahren einen Bogen und stoßen in ihre weiche Flanke."

"Verstanden Sir."

Dieses Zusammenspiel ermöglichte es den gepanzerten Streitkräften die Initiative wieder zu erlangen und den japanischen Angriff von der Flanke her aufzuhalten, ihn sogar zurückzuwerfen.

Doch die Japaner wehrten sich verbissen. Ihre leichten Geschütze zur Panzerabwehr konnten den Kolossen nichts anhaben, das wußten sie. Deshalb dirigierte ein japanischer Offizier das Feuer auf die leichteren Einheiten. Die Bedienungsmannschaften brachten ihre Geschütze in eine neue Stellung, luden sie und schossen eine Granate nach der anderen ab. Den amerikanischen Schützenpanzern schlug eine harte Gegenwehr entgegen. Zwar gingen viele Projektile daneben, aber ihre Feuerkraft wurde dadurch gemindert.

Eine grelle Explosion erschütterte das Umfeld. Einer der Schützenpanzer wurde getroffen und ging in Flammen auf. Sofort kam das Gefährt zum Stillstand.

"Verflucht!" brüllte der Kommandant in den Funk. "Tom hat es erwischt! Ausschwärmen!"

Sogleich lösten die Fahrzeuge ihre Linien auf, behielten ihren Angriffsschwung jedoch bei.

Der Kommandant fuhr am brennenden Wrack vorbei. Einer der Besatzungsmitglieder kroch aus dem Gefährt. Seine Kleidung brannte. Der Mann kam am Boden zu liegen und rührte sich nicht mehr. Im Kommandanten stieg die Wut hoch. "Macht diese verdammten Bastarde fertig." sprach er in den Funk.

Ein Sherman Panzer wurde ebenso getroffen, dessen Panzerung war jedoch zu stark.

Der Fahrer blieb stehen, schwenkte in die Richtung von wo der Beschuss kam: "Da hat uns doch jemand als Zielscheibe benutzt."

Der Schütze richtete den Turm aus, der Lader öffnete das Panzerrohr, die leere Hülse flog heraus und er schob eine scharfe Granate hinein. Nach dem Schließen des Rohres gab er das Zeichen zum Feuern: "Bereit zum Schuß! Mach dieses Arschloch fertig!"

Der Richtschütze zielte auf einen feindlichen Panzer. "Da hab ich dich." Er drückte den Abzug und zerstörte den Japaner mit einem einzigen Schuß. "Eiskalt erwischt."

"Guter Schuß Max." beglückwünschte ihn der Kommandant. "Anfahren!"

Der Panzer setzte sich wieder in Bewegung.

Den feindlichen Panzer zu zerstören war auch nicht weiteres schwer, denn die japanischen Panzer waren klein, schwach und nur unzureichend gepanzert. Sie taugten vielmehr im Kampf gegen chinesische Einheiten, die kaum über Panzerabwehr verfügten, aber gegen die amerikanischen Tanks waren sie hoffnungslos unterlegen.

Bei dem zerstörten japanischen Panzer handelte es sich um einen Leichtpanzer vom Typ 95. Mit 7.400 Kilogramm wogen sie nur ein Viertel der Sherman und hatten auch nur drei bis vier Mann Besatzung. Zudem waren sie mit 4,38 Metern Länge viel kleiner. Ihr 120 PS-Dieselmotor brachte das Fahrzeug zwar auf 45 Stundenkilometer und 250 Kilometer weit, aber ihre Panzerung war mit 6 - 14 Millimeter viel zu dünn. Bewaffnet waren sie mit einem 37 Millimeter Geschütz und zwei 7,7 Millimeter Maschinengewehren. Für einen Kampf gegen Panzer somit nicht geeignet. Bis 1943 wurden von diesem Typ je nach Quelle 1.100 bis 2.375 Stück hergestellt. Viele von ihnen wurden auf den Pazifik-Inseln zur Verteidigung eingesetzt.

General Smith hatte sich mit seinem Stab und einem Funker an sicherer Position bei einen Bunker platziert und beobachtete die Kämpfe mit dem Fernglas.

Der Funker bekam eine Meldung rein. Sofort reicht er den Hörer an General Smith weiter: "Sir! Regimentskommando vom Nordabschnitt!"

Der General nahm den Hörer, ließ vom Kampfgeschehen ab und sprach: "Hier spricht General Smith."

Aus dem Hörer klang: "Wir liegen unter schwerem Beschuss! Können Stellung nicht mehr lange halten!"

"Nun mal halblang." versuchte der General dies herunterzuspielen. "Das sind sicher nur versprengte Einheiten."

"Starke Feindkräfte dringen nach Süd...!"

"Colonel! Colonel!" brüllte der General in den Hörer. Doch der Mann meldete sich nicht mehr. Stattdessen drangen japanische Worte, Schreie und Explosionen aus dem Funkgerät.

"Oh mein Gott." und der General ließ den Hörer sinken. "Die Japse sind durchgebrochen." Einen Augenblick lang stand er desorientiert neben dem Jeep.

"Sir? Sir?" holte ihn ein Captain wieder in die Realität zurück.

"Captain. Holen sie unsere Männer hier raus. Wir ziehen uns zurück."

"Aus welchem Grund Sir?"

"Unsere Rückendeckung wurde überrannt. Japaner stürmen auf den Flugplatz vor."

"Ja...Sir." konnte der Offizier dies nicht ganz glauben.

Smith und sein Funker stiegen in den Jeep. Der Fahrer drückte das Gaspedal durch und fuhr übers Schussfeld an gefallenen Soldaten und ausgebrannten Wracks vorbei. Neben ihnen schlugen Granaten und MG-Projektile in den Boden.

"Funken sie alle Einheiten an!" befahl der General unterm Fahren. "Sie sollen sich am Flugplatz sammeln und sich zu einem Gegenstoß vorbereiten!"

Jetzt begann ein Wettlauf mit der Zeit. Die Japaner, die die Rückendeckung der Division durchbrochen hatten, mußten so schnell wie möglich den Flugplatz erreichen und ihn einnehmen.

Dies wußten beide Seiten. Zuerst jedoch handelten die Japaner. Ihr General befand sich inmitten seiner Truppen bei der leichten Artillerie. Er hatte seinen Gefechtsstand vorverlegt um schneller reagieren zu können. Vor ihm auf dem Tisch lagen Pläne von der

Insel, ihren Stellungen und die der Amerikaner. Nach einem kurzen Blick auf eine der Karten, wandte er sich an den Funker: "Befehl an das 1. und 3. Infanterieregiment; Vorstoß an der gesamten Takaya-Stellung. Verwickelt die Amerikaner in schwere Gefechte um ihren Rückzug zu bremsen."

Der Funker übermittelte den Befehl, während der General weiterhin Karten studierte.

"Herr General." meldete sich der Funker.

Der General sah hoch.

"Oberst Tanaka meldet; alleine wird die Infanterie nicht viel ausrichten können."

Das 154. Artilleriebataillon wird Sperrfeuer geben."

Sofort wurden die Anweisungen weitergegeben.

Auch am amerikanischen Befehlsstand der Infanterie kam eine Meldung nach der anderen herein, soviele und so schnell, dass kaum Zeit zum Überlegen war, geschweige denn, Anweisungen durchzugeben.

"Einige Einheiten melden Munitionsmangel."

"Der Treibstoff für Fahrzeuge geht zur Neige."

"Das zweite meldet; sie müssen den Angriff abbrechen, ansonsten müssen sie die Panzer stehen lassen."

"Was ist mit dem Nachschub? Der geht doch nach vorne." griff ein Major ein.

"Die Nachschubwege sind durch Feindbeschuss zertrümmert. Nachschub kommt nur noch spärlich nach vorne."

"Meldung von unseren Einheiten im Osten; Feind an einigen Stellen durchgebrochen. Keine Möglichkeit sie aufzuhalten."

"Sir. Befehl von General Smith. Sofortiger Rückzug aller Einheiten."

Nur kurz überlegte einer der hohen Offiziere, dann befahl er: "Vom Feind lösen. Alles so schnell wie möglich zurück."

Sogleich machten sich mehrere Funker daran diese Befehle weiterzuleiten.

Bei den Truppen, die die Takaya-Stellung angegriffen hatten, befand sich zudem fast das gesamte schwere Gerät. Bei einer Einkesselung wären diese ohne Versorgung und somit wirkungslos. Einen Verlust diesen Ausmaßes, hätte das Einschiffen der restlichen Truppen zur Folge.

Egal wie müde, abgekämpft oder ausgeblutet die Soldaten waren, ständig trieben sie die Offiziere weiter: "Vorwärts Männer! Wir müssen zurück!"

Unter dem ständigen Druck der japanischen Truppen, waren die Amerikaner gezwungen viele ihrer Einheiten zurückzulassen, um dem Rest den Rückzug zu ermöglichen. Panzereinheiten und aufgesessene Infanterie fuhren meist einzeln zurück, um einer Einkesselung vorzubeugen. Die Strategie der Japaner machte sich hier bezahlt.

Gegen Nachmittag entbrannten heftige Dschungelkämpfe. Überall schienen japanische Soldaten aus Löchern oder Bunkern sogar hinter Bäumen hervorzukommen. Dadurch spalteten sie die Amerikaner weiter in noch kleinere Gruppen und bekämpften diese von allen Seiten. Den Marines blieb nichts anderes übrig als sich zu wehren so gut es eben ging. Sie schossen Magazin um Magazin leer um sich wenigstens einen Weg freizukämpfen. Oft entbrannten heftige Nahkämpfe Mann gegen Mann. Die Kompanien schmolzen zu Zügen zusammen, Züge zu Gruppen. Erst mit dem Einsetzen der Dunkelheit sollte es den Marines gelingen sich vom Feind zu lösen. Doch bis dahin sollte es noch ein harter Kampf werden.

Jetzt wiesen die japanischen Offiziere ihre leichte Artillerie in neue Feuerstellungen ein. Leichte Geschütze und Granatwerfer wurden inmitten des Dschungels postiert, ihre Rohre in einem 45 Grad Winkel eingestellt und Munition bereitgestellt. Hier zwischen den Bäumen waren sie sicher vor Entdeckung oder gar vor Flugzeugangriffen. Auf ein Zeichen begannen sie den Flugplatz zu beschießen. Das gesamte Areal wurde mit Feuer belegt. Granaten schlugen überall verteilt ein, die grellen Explosionen erhellten das Umfeld, Dreck und Gesteinsbrocken schleuderten umher, Rauchschwaden drangen zum Himmel empor.

Am Flugplatz kurbelten Posten Sirenen, die von Hand bedient werden mußten. Alle verfügbaren Männer die sich noch nicht in ihren Schanzanlagen befanden, wie Mechaniker, Köche, Stabstruppen, krochen aus ihren Zelten, liefen teils ohne der gesamten Ausrüstung, nur mit Waffen und Munition bestückt in die zugewiesenen Stellungen.

Der gutgeleitete japanische Artilleriebeschuss ging unterdessen unbeirrt weiter. Die Explosionen rissen gewaltige Brocken aus der Landebahn. Flugabwehrstellungen die um das Flugfeld verteilt waren, erlitten schwere Verluste. Gebäude und der Tower wurden getroffen, die in sich zusammenstürzten. Da es sich vorwiegend um Holzbauten handelte, fingen diese Feuer und was der Einschlag nicht vernichtet hatte, wurde ein Raub der Flammen. Wer konnte, suchte sich Deckung.

Ein japanischer Artilleriebeobachter der sich bereits zuvor unbemerkt durch die amerikanischen Linien geschlichen hatte, hockte in einem Baum, beobachtete mit dem Fernglas das Umfeld und gab über Funk Zielkoordinaten durch, die die Artillerie sofort mit Geschossen belegte. Der Beschuss wurde auf die Flugzeuge gelenkt, die am Flugfeld an mehreren Orten aufgestellt waren. Hierbei benötigte es keinen Volltreffer, es reichte schon ein Einschlag in dessen Nähe, damit Splitter die Flugzeuge durchbohrten und sie somit unbrauchbar machten. Wurden jedoch Treibstofffässer getroffen oder Munition, stieß ein Feuerblitz in die Höhe, dessen Intensität alle anderen übertraf. Jede dieser Explosionen ließ den Boden erschüttern. Der Druck ließ Soldaten auch noch in meterweiter Entfernung zu Boden werfen. Kurz nach dem Alarm stürmten die Piloten und Techniker zu den Flugzeugen. Techniker hatten Cockpits geöffnet, die Piloten stiegen ein, die Techniker halfen den Piloten sich fest zu gurten. Sogleich das Bodenpersonal wieder verschwunden war, starteten die Piloten die Motoren und rollten auf die Startbahn und konnten abheben. Andere hatten weniger Glück. Sie konnten kaum sichtbare Schäden nicht rechtzeitig ausweichen, fuhren in Granattrichter wobei sich die Flugzeuge aufstellten und zerbrachen. Ein Flugzeug brannte, der Pilot konnte noch die Kanzel öffnen, aber in der Panik gelang es ihm nicht den Gurt zu lösen. Endlich schaffte er es, da hatte ihn das Feuer bereits umschlungen. Sein Anzug fing Feuer. Wie eine brennende Fackel ließ er sich aus dem Cockpit fallen. Herbeieilende Techniker versuchten ihn mit Handfeuerlöscher zu retten. Doch der Pilot verbrannte bei lebendigem Leibe. Ein bestialischer Gestank von verbranntem Fleisch drang in die Nasen der Männer und vor ihnen lag ein Klumpen verkohltes und dampfendes Etwas, was früher ein Mensch war. Auch einige vom Bodenpersonal brannten lichterloh. Sie gingen noch einige Schritte, ehe sie zu Boden gingen. Ihre Hilfeschreie gingen im Gefechtslärm und der Panik unter.

Pioniereinheiten, die eingeteilt waren die Landebahn zu erweitern, befanden sich noch immer an den zu arbeitenden Stellen. Gesamt ihrer 300. Bei einem Angriff oder Beschuss, hatten sie die Order, an Ort und Stelle das Gebiet zu verteidigen.

Der Funker bei der Pioniereinheit erhielt eine Meldung und wunderte sich. Erst als der Captain, der neben dem Jeep stand indem der Funker saß etwas bemerkte, reagierte dieser: "Meldung von General Smith. Der Feind ist durchgebrochen und rückt auf den Flugplatz vor. Wir sollen Verteidigungsstellung beziehen."

"Was ist denn das für ein Schwachsinn?!" brüllte der Captain. "Wir liegen doch bereits unter Dauerfeuer!"

Der Funker zuckte nur mit den Schultern.

"Dann los Junge, bring dich in Sicherheit."

Auch sie suchten sich Deckung und mußten das Steilfeuer über sich ergehen lassen. Auch hier hatten die Amerikaner kaum eine Chance. An vielen Stellen schlugen feindliche Granaten fast zeitgleich ein. Doch für einen Großteil gab es kein Entkommen. Beobachter in den Bäumen lenkten auch hier das Artilleriefeuer auf Truppenansammlungen. Tote lagen herum, Verletzte schrien. Und keine Abwehr, die den Angriff abschwächen vermochte. Geschosse pflügten die Rollbahn um. Meterhoch schleuderten Stahlmatten und Erde in die Höhe. Die wenigen Pionierpanzer, die an der Rollbahn arbeiteten wurden schnell ausgeschaltet und brannten aus.

Die wenigen amerikanischen Geschütze die als Abwehr dienten, waren nur mäßig besetzt. Mannschaften mußten erst zu ihren Geschützen gelangen, sie in Position bringen und Munition aus den Kisten nehmen. Zuviel Zeit verging und ein Großteil von ihnen wurde ausgeschaltet, noch ehe sie einen Schuss abgegeben hatten.

Selbst das Ärztecamp wurde nicht verschont. Fünf Ärzte und ein Verwundeter, der gerade operiert wurde, fielen dem zum Opfer. In den Zelten der Verwundeten entstand Panik. Die Zeltwände fingen Feuer und dieses breitete sich schnell aus. Wer gehen konnte versuchte ins Freie zu gelangen, aber viele die keine Beine mehr hatten, verbrannten auf ihren Liegen. Weitere Granaten schlugen ein und detonierten im Inneren. Wer nicht bereits tot war, verbrannte oder erstickte qualvoll.

Da alle gleichzeitig aus einem Zelt hinaus wollten, behinderten sie sich gegenseitig. Keiner wollte zurückbleiben, wobei es egal war ob eine Granate jemanden im Zelt oder draußen tötete. Aber im Freien fühlten sie sich doch etwas sicherer, da sie in alle Richtungen davon eilen konnten und sie sahen zudem wo und wie die Einschläge vonstatten gingen. Auch hier blieben viele tot oder schwerverwundet zurück. Kaum ein Zelt stand noch. Dabei war es egal ob eines von ihnen einen Volltreffer erlitten hatte oder nicht. Alleine die Druckwellen bei den Einschlägen reichten aus, um die Zelte umzuwerfen.

Ständig gaben japanische Funker die Lage durch. Dadurch erhielt ihr General ein genaues Bild von den Kämpfen von allen Stellen. Mit seinem Stab, der sich mit ihm am Kartentisch bei der Artillerie befand, beriet er sich: "Überall sind die Amerikaner auf dem Rückzug." Und er strich mit der Hand auf der Karte herum.

Einer seiner Untergebenen führte den Gedanken weiter: "Die Takaya-Stellung ist bereits wieder in unserer Hand. Die Amerikaner werden zurückgedrängt. Allerdings sind unsere Infanterieregimenter stark geschwächt."

Der General nickte und befahl: "Schicken sie das 6. zur Verstärkung raus. Und halten sie den Druck aufrecht."

"Zu Befehl." und der Offizier gab die Anweisung weiter.

Ein anderer Offizier blickte ebenso auf die Karte und bemerkte:

"Wenn wir jetzt alles einsetzen, haben wir die Möglichkeit den Flugplatz einzunehmen, bevor die Amerikaner sich dort erneut festsetzen können."

"Da haben sie recht Oberst." stimmte der General dem zu. "Am Flughafen sind sie schwach. Lassen sie alles und jeden zum Angriff übergehen. Steilfeuer in die Tiefe verlegen. Jetzt beenden wir es und treiben diese Hunde ins Meer zurück."

Aufgrund der Minimalbesetzung und der schon im Vorfeld ausfallenden Einheiten, konnte am Flugplatz von einer Abwehrlinie nicht gesprochen werden. Die meisten dieser Soldaten hatten seit der Grundausbildung keine direkten Kampfeinsätze durchgeführt, waren also zweitklassig. Einen frontalen Ansturm der Japaner würden sie nicht einmal zeitlich aufhalten können. Zudem besaß diese sogenannte Linie keine Schützengräben und nur wenige durch Sandsäcke verstärkte Stellungen. Man hatte dies schlicht versäumt, dachte man nicht im geringsten daran, dass die Japaner noch einmal am Flugfeld auftauchen könnten.

Und da kamen sie. Die Japaner machten sich nicht einmal die Mühe langsam und in Deckung vorzugehen. Sie waren ihres Sieges sicher. Sie rannten, brüllten und tobten. Ihr Geschrei schien von allen Seiten zu kommen und ihre Lautstärke ließ auf eine ganze Armee schließen. Natürlich bekamen die Amerikaner Angst. Hier im Dschungel konnte man sowieso nicht weit sehen. Bäume und Büsche verdeckten die tiefe Sicht und ein Feind könnte nur wenige Meter vor dir stehen, ehe du ihn zu sehen bekämest.

"Schicken die ihre ganze verdammte Armee auf uns?"

"Und wir sind nur eine Handvoll."

"Ruhig bleiben Männer!" ging ein Lieutenant dazwischen. "In Deckung bleiben!"

"Der hat gut reden. Die überrennen uns doch glatt."

"Verdammt. Ich kann sie hören, aber nicht sehen."

"Das wirst du schon noch früh genug."

"Ja. Aber dann stehen sie bereits vor mir und nicht nur einer."

"Ruhig bleiben Männer! Macht euch gefechtsbereit!"

Da, kaum zehn Meter vor ihnen kamen die Japaner in Sichtweite. Sogleich wurde das Feuer eröffnet und die Japaner erwiderten es, mit ihren Waffen im Anschlag und unterm Rennen. Die ersten wurden noch mit Leichtigkeit abgewehrt, aber die nachrückenden Japaner gingen teilweise in Deckung, warfen Granaten und stürmten dann weiter. Und beide Seiten prallten aufeinander. Auch hier gab es an einigen Stellen harte Mann gegen Mann Kämpfe. Soldaten wurden aus nächster Nähe erschossen, mit Bajonetten niedergestreckt und die Amerikaner drohten den Kampf zu verlieren, da jeder von ihnen gleichzeitig gegen mehrere Angreifer standhalten sollte. Es dauerte auch nicht lange, bis die japanischen Einheiten diese letzte Linie durchbrachen und aufs Flugfeld drangen. Ihr Sieg schien sicher.

In dieser Stunde der amerikanischen Niederlage, tauchten die ersten Panzer auf. Als einige der Kommandanten die Lage vor Ort sahen, stockten sie vor Schock, rafften sich aber bald wieder und leiteten den Gegenschlag ein. "Infanterie ab und zum Gegenangriff!" dann wandten sie sich an die eigenen Besatzungen. "Treibt diese Reisfresser zurück in den Busch!"

Obwohl sämtliche Maschinengewehre, sogar die schweren Kanonen das Feuer eröffneten, waren es zu wenige. Um effektiv gegen die Japaner vorgehen zu können, benötigte es mehrere von ihnen. So konnten sie nur punktuell eingreifen. Nur tröpfchenweise kamen weitere Einheiten aufs Schlachtfeld. Nichtsdestotrotz stürmten sie vor.

Die Japaner kämpften bis aufs Blut, waren fast am Ziel und sie wollten dies nicht mehr aus ihrer Hand geben. Jedes zurückflutende Fahrzeug, ob Panzer, Schützenpanzer oder einzelne Infanteristen ging sofort ins Gefecht über. Von einem Panzerturm schoss der Schütze mit seinem 12,7 mm Maschinengewehr im Dauerfeuer das Magazin leer. Die leeren Hülsen flogen aus der Waffe und bildeten auf dem Panzer einen Berg. Die großkalibrigen Projektile durchschlugen mit einer Leichtigkeit die Leiber der Japaner. So mancher von ihnen wurde sooft getroffen, dass sich Fetzen aus deren Körper sprengten. Doch dies schien sie nicht davon abzuhalten bis zum letzten Atemzug zu kämpfen. Da tauchte ein Flammenwerfer-Panzer auf. Auch dieser ging sofort zum Angriff über. Seine Feuersbrunst sprühte er in große Ansammlungen von Feinden und bewirkte dadurch, dass auf über 100 Metern alles brannte. Obwohl mehr als 30 japanische Soldaten brannten, feuerte der Schütze weitere Strahle auf sie. Der Fahrer fuhr einfach geradeaus weiter. Jedesmal wenn es etwas holperte wußten sie, sie hatten einen von den Feinden überfahren. Aber dies schien ihnen nichts auszumachen. Immerhin war der Feind sogleich tot und mußte nicht lebendig verbrennen. Doch die Zähigkeit der Japaner regte Respekt in ihnen. Selbst als sie lichterloh brannten, hielten sie ihre Waffen im Anschlag und kämpften weiter.

Immer mehr Einheiten der zurückflutenden Amerikaner erreichten das Flugfeld und bildeten langsam aber sicher eine starre Abwehrlinie. Im Schutze der Fahrzeuge ging die Infanterie weiter vor. Doch noch immer drangen Japaner zu hunderten aus dem Dschungel. Deren Ansammlungen wurden von Panzern niedergeschossen. Obwohl sich unter den Japanern einige mit geballten Ladungen befanden und diese auch zur Explosion brachten. Einer von ihnen rannte auf einen Panzer zu.

"Halt drauf!" brüllte der Panzerkommandant und klopfte dem MG-Schützen gleichzeitig auf die Schulter, denn Worte verstummten in diesem Lärm nur allzu oft.

Der Schütze drehte das MG und beschoss den Angreifer. Doch der Japaner befand sich bereits im toten Winkel, kroch unter das Fahrzeug, schrie etwas und zündete die Ladung.

Die Panzerbesatzung versuchte noch aus dem brennenden Stahlkoloss auszusteigen, aber es war bereits zu spät.. Am Boden kamen sie zu liegen und verbrannten.

Doch just in dieser letzten Sekunde, erreichten einige Kompanien geschlossen den Flugplatz und stürzten sich sogleich in die Kämpfe. Desweiteren bildeten gepanzerte Fahrzeuge kleinere Gruppen und konnten nun wirksam in die Kämpfe eingreifen. Dieser geschlossene Vorstoß brachte die Japaner zum Stehen. Nicht nur dass, sie sahen sich sogar gezwungen langsam zurückzuweichen, bis sie in einen allgemeinen Rückzug übergingen.

Gegen Mitternacht stellten beide Seiten das Feuer ein. Munitionsmangel, Materialverschleiß und hohe personelle Ausfälle zwangen sie zum Abbruch der Kampfhandlungen. Zudem ließ die Dunkelheit keine Koordination größerer Verbände zu, obwohl sich vereinzelte Kämpfe noch über Stunden hinzogen.

Manche Bataillone waren auf Kompaniestärke geschrumpft, einzelne Züge existierten nur noch auf dem Papier. Die US-Division büßte zwei Fünftel ihrer Kampfstärke ein. Die Panzerwaffe verzeichnete einen Ausfall von 70 Prozent. Die Reste des Regiments, das den Rücken der Division zu schützen hatte, zählte nur noch vereinzelte Gruppen und diese waren zum Teil abgeschnitten und nicht mehr in der Lage ohne Verstärkungen zu operieren. Erst mit dem Rückzug der japanischen Streitkräfte, konnte gegen Morgendämmerung eine Verbindung zu ihnen hergestellt werden.

Erst jetzt wurde das eigentliche Ausmaß ersichtlich. Die Rollbahn war zerschmettert, das Lazarettcamp zertrümmert, ein Großteil der Flugzeuge vernichtet, das Munitionsdepot war explodiert, viele Zelte verbrannt, die Hälfte des Sanitätspersonals war gefallen. Die Verwundeten mußten nach der Erstversorgung eingeschifft werden. Versorgungslager waren zum Großteil vernichtet, ihre Munition unbrauchbar. Wasser und Verpflegung waren in den Kämpfen verloren gegangen. Abwehrstellungen waren ausgehoben und überall verstreut lagen Ausrüstungen oder Wrackteile herum. Feuer brannte an vielen Stellen, Rauchschwaden drangen zum Himmel und dunkelten alles ein. Kaum eine Einheit besaß noch Sollstärke. Obwohl die Aufräumarbeiten sofort begannen, zog sich dieser Vorgang nur schleppend dahin. Zuviel war vernichtet und verwüstet, zu viele Opfer die erst geborgen werden mußten. Zudem mußten die Einheiten erst wieder geordnet werden, um Befehle wirksam umsetzen zu können. Selbst die Ranger die vom General als normale Soldaten eingesetzt wurden, büßten ein Drittel ihres Solbestandes ein.

Jetzt begann die Zeit des Wartens. Welche der beiden Seiten würde sich zuerst erholen und einen erneuten Angriff starten.

Der Morgen des 23. Juni.
Jetzt erst gestanden sich die Herren im Planungsstab das Scheitern des Angriffes ein. Sie berufen erneut eine Konferenz ein.

Der Raum war mit zehn Männern gefüllt. In der Mitte ein runder Tisch, an dem sechs Offiziere der Armee, der Marine und der Luftwaffe saßen. Zwei Männer waren als Wachen eingeteilt und zwei dienten als Schreiber. Eine große Türe führte in den Raum, ein gegenüberliegendes Fenster sorgte für das nötige Tageslicht, Schränke waren mit Akten und Informationsmaterial vollgestopft.

Die Offiziere waren in ihren typischen Uniformen gekleidet. Grüne, hellbraune und schwarze, kennzeichneten die Gattungen. Orden und Auszeichnungen hingen an den Uniformen der Männer. Vor ihnen lagen Unterlagen über die Insel und über den bisherigen Kampfverlauf.

Der Planungschef saß mit dem Rücken zum Fenster, die übrigen zu seinen Seiten. Er öffnete die Mappe vor sich, nahm die Brille, setzte sie auf und sprach mit bedrückten Worten: "Meine Herren. Das Versagen der Division auf Kirgasha ist auf folgende Gründe zurückzuführen. "Die Unterschätzung des Feindes und die falsche Führung der Truppen." Der Mann nahm die Brille herab, legte sie vor sich hin, sah die Offiziere an und sprach weiter. "Die hartnäckige Abwehr der Japaner beweist nicht nur ihren Kampfeswillen, keinen Meter Boden preiszugeben, sondern auch die Wichtigkeit dieser Insel. Sie ist von strategisch wichtiger Bedeutung. Sie muß unbedingt genommen werden." Dann wandte er sich an den Nachrichtenoffizier im Rang eines Colonel. "Was ist da auf dieser Insel passiert?"

"Nun." begann der Mann, blickte einige Blätter durch und erklärte weiter. "Es ist einiges schief gelaufen. Alle Informationen habe ich noch nicht erhalten. Laut den letzten Meldungen hat die Division nur noch Defensivstärke und ist zu keinen weiteren Angriffen mehr bereit. Zwar mußten die Japaner in der letzten Schlacht mehr Verluste erleiden, aber ihr Widerstand ist dennoch ungebrochen." Er nahm ein anderes Blatt zur Hand, überblickte es flüchtig

und sprach weiter: "Eine andere Meldung berichtet von japanischen U-Booten vor Ort, die ihre Einheiten mit Nachschub versorgen. Weiteres ist ein japanischer Zerstörerverband nordwestlich
der Insel gesichtet worden, angeblich mit frischen Truppen an
Bord."

Eine Zeitlang herrschte Stille im Raum. Dann sprach der Chef
des Planungsstabes weiter: "Was denken sie Admiral?"

Der Marineoffizier erwiderte sogleich mit den Worten: "In 15
Stunden kann ein Kreuzerverband mit einigen Hilfsträgern auslau-
fen. Auf Truppentransportern werden just in diesem Augenblick
frische Verstärkungen eingeschifft."

Bevor der Chef darauf erwidern konnte, fügte der Armeeoffizier
hinzu: "Eine weitere vollständige Division wäre abmarschbereit."

Zum Schluß berichtete der höher stehende Luftwaffenoffizier:
"Sobald die Landebahn wieder betriebsbereit ist, kann ich eine
Jagdstaffel und eine leichte Bomberformation hinüber schicken."

"Sir." übernahm ein Rangeroffizier das Wort. "Ich möchte sie
darauf hinweisen, dass General Smith die Ranger nicht akzeptiert
und sie als gewöhnliche Infanterieeinheiten einsetzt. Mein Befehlshaber vor Ort klagt über hohe Verluste seiner Männer durch falsche Befehle und Ignoranz. Anstatt ihre Aufgabenbereiche auszuführen, lässt der General die Marineinfanterie dies übernehmen.
Eine Meldung über starke Feindkräfte im Norden der Insel wurde
von General Smith ignoriert, was auch ein Grund für dieses Desaster war."

Der Planungschef ließ diese Worte nachwirken. Er überlegte,
rieb sich die Nase und kam dann zum Entschluss. Dabei blickte er
den Admiral an.: "Zuerst muß die japanische Nachschublinie vernichtet werden, zugleich ihre Sicherung."

"Natürlich. Zur Sicherheit lasse ich eine weitere Task-Force in
dieses Gebiet abkommandieren."

Der Chef war damit zufrieden, nickte und sprach weiter:
"Gleichzeitig muß unsere Verstärkung und der Nachschub anrollen
und darf bis zur vollständigen Eroberung der Insel nicht abbrechen. Des weiteren will ich eine weitere Landung, diesmal im Nor-

den der Insel."

Einer der Männer wollte etwas sagen, aber der Planungschef winkte ab und fuhr fort: "Da es in diesem Teil der Insel schwer ist anzulanden und nur den Einsatz kleinerer Verbände ermöglicht, wird das neuaufgestellte 17. Ranger- und das 13. Marineinfanteriebataillon an Land gehen. Um ein weiteres Desaster in dieser Größenordnung zu vermeiden werden die Ranger aus den Einheiten genommen und einem selbstständigen Kommando unter dem dort stehenden Major Mahoni gestellt. Des weiteren wird General Smith seines Kommandos enthoben." Der Mann schloß die Mappe und kam zum Schluß. Hierfür beugte er sich vor, um seiner Entscheidung mehr Druck zu verleihen: "Meine Herren. Sorgen sie dafür, dass dieses Unternehmen Erfolg hat. Die Eroberung dieser Insel hat oberste Priorität. Notfalls verschieben sie andere Operationen."

Die Männer standen auf, packten ihre Sachen zusammen und verließen den Raum.

Zwei Tage waren vergangen, seit die Kämpfe auf der Insel beendet wurden.

Das Flugfeld wurde schnellstens ausgebessert und erweitert. Noch während die letzten Arbeiten vollzogen wurden, landeten die ersten Transportflugzeuge mit Sanitätspersonal. Am Rand des Rollfelds gruben Pionierpanzer wie schon so oft Gräben aus. Während die toten Marines einzeln begraben wurden, schoben Raupen die gefallenen Japaner nachdem ihnen sämtliche Dokumente abgenommen waren, in Massen in die Gruben. Eingeteilte Einheiten sammelten die Leichen im Umfeld ein. Durch die Hitze und Schwüle auf der Insel, waren viele Leichen auf gedunstet, verfärbt und an manchen hingen bereits die Maden dran. Der Gestank von verrottendem Fleisch hing in der Luft. Um Krankheiten zu vermeiden waren die Soldaten mit Mundschutz und Handschuhen ausgestattet worden, die zudem in die Gruben fortwährend Chlor in Pulverform auf die in den Gruben zusammengepferchten Leichen schaufelten. Am schlimmsten waren die Verbrannten. Ihr Gestank war erbärmlich und so mancher verkohlter Leichnam bestand aus mehreren Stücken. Die Wracks von Flugzeugen und Fahrzeugen wurden von den Raupen einfach zur Seite geschoben, nahe an den Dschungel hin.

Während dieser Arbeiten befand sich eine weitere Transportmaschine im Anflug, beschützt von zwei Jagdflugzeugen.

Bei diesem Transportflugzeug handelte es sich um eine Douglas C-47 Skytrain/Dakota, das wichtigste Transportflugzeug der Alliierten im Zweiten Weltkrieg. Obwohl sie nur vier Mann Besatzung hatte und eine Transportkapazität von 2.722 Kilogramm besaß, brachten ihre beiden Triebwerke sie 3.420 Kilometer weit, bei einer Flughöhe von 7.070 Metern und einer Höchstgeschwindigkeit von 370 Stundenkilometer. Anstelle der Fracht konnten auch bis zu 35 Soldaten befördert werden.

Nach der Landung fuhr der Pilot auf einen seitlichen Abstellplatz und schaltete die Motoren aus. Die Türe öffnete sich und einer der Besatzungsmitglieder hängte eine Leiter an das Flugzeug hinab. An der Türe erschien ein Offizier. Perfekt adjustiert und eine saubere Uniform an. Er hielt kurz inne, blickte sich um und stieg dann die Leiter hinab. Dann blieb er erneut stehen und sah sich ein weiteres Mal um.

"He he, was ist denn das für einer?"

In der Nähe befanden sich einige Soldaten, führten Ausbesserungsarbeiten durch.

Sie blickten hoch und sahen sich den Neuen an.

"Der hat Generalssterne." bemerkte ein anderer.

"Ja." spekulierte ein dritter. "Der hat aber mehrere von ihnen."

"Sieht mir wie ein GeneralLieutenant aus." erkannte ein weiterer.

"Ein GeneralLieutenant? Hier?"

"Jungs ich ahne etwas."

"So? Was denn?"

"Der soll sicher das Kommando übernehmen."

"Das glaub ich nicht."

"Denk einmal nach. Wir haben eine Schlappe erhalten. General Smith ist auch nicht gerade der Beste, hat kaum Führungsqualitäten. Und jetzt kommt ein hohes Tier an. Ranghöher als Smith. Der alte Knabe wird abgesetzt."

"Wurde aber auch Zeit. Smith treibt uns noch alle in den Tod."

"Und du glaubst der Neue ist besser?"

"Auf jedenfall kann es für uns nicht schlimmer kommen."

"Okay Jungs. Geht wieder an die Arbeit." forderte einer von ihnen seine Kameraden auf. "Der Neue beobachtet uns."

Nur langsam machten sie mit ihrer Aufgabe weiter, immer den Offizier im Blick haltend.

Nur kurz darauf fuhr ein Jeep zum Flugzeug. Der Fahrer und der Offizier sprachen kurz miteinander, dann stieg der General-Lieutenant auf den Beifahrersitz. Aus der Transportmaschine brachten Soldaten das Gepäck des Offiziers und legten es auf den Rücksitz des Jeeps. Dann fuhr der Fahrer los zum Lager, jedoch nicht zum Kommandantenzelt.

Beim Lazarett bot sich ein chaotisches Bild. Der Platz war überfüllt mit Verwundeten. Später eintreffende mußten abseits gelagert werden.

Der GeneralLieutenant schritt durch den Verbandsplatz. Jeder der hier liegenden Männer hatte eine andere Verwundung am Körper, Kopf, Armen oder Beinen. Sie waren mit Blut verschmiert, ihre Uniformen dreckig und zerrissen. Ein Gestank von Blut, Kampf und Tod lag in der Luft. Soldaten mit abgetrennten Gliedmasen und zerfetzten Körpern lagen auf dem Platz verstreut. Verwundete stöhnten und schrien. Sanitätspersonal sortierten die Verwundeten von den Toten. Überall sah der Offizier das selbe Bild. Er mußte aufpassen, wohin er trat. Verwundete und Ausrüstungsgegenstände lagen verteilt, als ob man sie einfach liegengelassen hätte. Der GeneralLieutenant blieb stehen, sah vier Männer bei ihrer Arbeit zu. Von einem Haufen am Boden liegenden, nahmen sie einen Soldaten nach dem anderen herunter. Jeweils zwei fassten an Armen und Beinen an.

"Der ist Tod." meinte einer von ihnen nur.

Sie gingen mit ihm einige Schritte und warfen die Leiche auf einen Haufen, der mit 30 leblosen Körpern aufgetürmt war. Eine Blutspur markierte den zurückgelegten Weg. Die Männer gingen zurück, nahmen einen weiteren und prüften seinen Puls.

"Schwach. Aber er lebt noch."

Ein anderer schüttelte den Kopf und meinte: "Aber nicht mehr lange."

"Egal." sprach ein dritter. "Wir bringen ihn zum Sani. Soll der entscheiden was mit ihm passiert."

Ein Bagger fuhr heran, senkte seine Schaufel und fuhr in den Haufen der toten Körper. Er fuhr an und hob die Schaufel hoch, das dabei einige wieder herabfielen, schien niemanden zu stören. Kalt und ohne jegliche Gefühlsregung fuhr der Fahrer mit den Leichen zu einer Grube und ließ sie ins Massengrab hinab.

Der General ging weiter. Vor einer OP-Station, die nur notdürftig mit Planen bedeckt war, blieb er erneut stehen. Davor lagen über 25 Männer.

"Ich will nicht sterben." weinte ein Soldat. Er war kaum älter als 18. Sein Gesicht war mit Blut verschmiert. Mehrere Kugeln steckten in seinem Körper. Ein älterer Kamerad kniete neben ihn, hielt den

Kopf des Jünglings und sprach zu ihm: "Ach was. Das wird schon wieder."

"Versprich mir eines." schluchzte der Mann weiter. "Wenn ich sterbe, bring du die Nachricht meiner Familie."

"Das brauch ich gar nicht. Nächste Woche fechten wir wieder Seite an Seite." meinte er, obwohl er selber nicht an diese Worte glaubte.

Der junge Mann zitterte, nahm die Hand seines Kameraden und drückte zu. Doch lange hielt er es nicht aus. Der Druck seiner Hand wurde schwächer: "Ich...ich habe Angst. Es ist..." Sein Mund schloß sich, seine Augen waren glasig und weit aufgerissen.

Der Kamerad fuhr mit der Hand übers Gesicht des Toten. Dann erblickte er den General, der nur in drei Metern Entfernung stand und ihm zusah. In den Augen des Soldaten standen Wut und Verzweiflung. "Wieso?!" brüllte er den Offizier an. "Wann endet dieser Wahnsinn?! Warum soviele junge Männer?!"

Doch der General kannte keine Antwort.

"Mein Bein! Nicht mein Bein! Ahhh!"

Der General ging zum Zelt und blickte hinein.

Im Zelt stand ein Tisch. Um ihn fünf Ärzte in grünen Mänteln und blutverschmierten, weißen Kitteln, mit Kopf- und Mundschutz. Auf dem Tisch lag ein Soldat, dem das halbe rechte Bein oberhalb des Knies zerfetzt war.

"Beruhigt ihn endlich!" forderte der Chefarzt.

Sein Assistent sah den Arzt an und sagte: "Wir haben nichts mehr."

"Dann haltet ihn fest."

Die vier OP-Ärzte hielten jeweils ein Glied des Soldaten fest. Um ihn besser in Griff zu haben, stemmten sie ihr ganzes Gewicht darauf.

Der Chefarzt nahm eine Säge. Sie war 35 Zentimeter lang und fünf Millimeter dick. Die Zacken der Säge waren bereits abgenutzt und rosteten teils. "Haltet den Mann gut fest." Er setzte die Säge an der Wunde an.

Der Mann erblickte diese Aktion, riss die Augen weit auf und versuchte sich mit aller Kraft dagegen zu wehren. Er schrie, zappelte und schlug wild um sich.

Mit kräftigen Zügen begann der Chefarzt zu sägen. Die Ärzte mußten sich mit aller Kraft auf ihn stürzen um ihn festzuhalten. Der Chefarzt machte weiter, dann blieb die Säge stecken, sie hatte sich festgefressen.

"Laßt mein Bein los! Nicht mein Bein!" weinte und schrie der Mann.

Der Doktor ließ vom Sägen ab, das Werkzeug steckte jedoch weiterhin im Knochen fest. "Sorgt endlich dafür, dass der Mann den Mund hält!" ging er aggressiver los.

Einer der Ärzte schob ein Stück Holz zwischen die Zähne des Mannes, so dass dieser darauf biss und nur noch ein Wimmern und Winseln aus ihm drang.

"Doc. Können sie ihm helfen?" Ein Soldat betrat das Zelt. In seinen Armen trug er einen blutenden Kameraden.

"Was haben sie hier verloren?!" ging der Chefarzt ihn an.

"Können sie ihm helfen?"

Der Doc ging zum Eingang, wo der Mann stand. Mit seiner linken Hand öffnete er die Augen des Verwundeten. "Keine Pupillenreflektion." sagte er trocken. Dann fühlte er den Puls. "Schmeißen sie ihn vors Zelt."

"Aber Doc. Er braucht Hilfe." bettelte der Mann und blickte den Arzt unglaubwürdig an.

"Hunderte andere brauchen auch Hilfe! Er wird es nicht schaffen und jetzt verschwinden sie!"

Der Mann ging langsam hinaus, während der Chirurg zurück zum Tisch ging.

In den Augen des Soldaten sah der General die selben Fragen wie bei sovielen der Männer.

"Ihr verdammten Offiziere!" sprach der Soldat respektlos, seinen Kameraden noch immer in den Händen haltend. "Ihr wusstet genau was uns erwartet! Und dennoch habt ihr uns auf die Schlachtbank geführt!"

Der General war nicht der Mann mit dem man so sprechen konnte, aber in Anbetracht dieses Schreckens mit einem Meer aus Blut und Tränen, das mit dem Gestank des Todes überschattet war, mußte auch er sich selbst über dieses Massaker eine Frage stellen: "Warum?"

Der Doktor griff zur Säge. Mit einem Ruck zog er sie aus dem Knochen. Der Verletzte biss die Zähne noch fester zusammen. Das Laken auf dem der Mann lag war mit seinem Blute getränkt. Es war soviel, dass das Laken es nicht mehr aufsaugen konnte und der rote Saft zu Boden rann.

"Festhalten."

Als die Ärzte sahen, was der Chirurg vorhatte, drückten sie den Patienten noch fester nieder. Dieser riss die Augen noch weiter auf und erstarrte.

Mit einem Schlag hackte der Chirurg das Bein ab.

Der Mann zuckte, schlug um sich, sein Gesicht kreidebleich, dann versank er in Bewusstlosigkeit.

Dem Chirurgen schien dies nicht weiteres zu kümmern. Er warf das abgehackte Bein einem Assistenten zu, der soeben das Zelt betrat und ihn dabei mit Blut vollspritzte: "Bring es weg und hol mir den Nächsten rein."

Dem General wurde übel. Er ging weiter, eilte zum Kommandantenzelt, das an der selben Stelle errichtet worden war wie das erste. Er stürmte regelrecht an der Wache vorbei ins Zelt.

General Smith saß auf seinem Sessel hinter dem Schreibtisch und hielt ein volles Glas Whisky in der Hand. Auf dem Tisch stand eine halbleere Flasche.

"Unsere Männer schaufeln Massengräber aus, haben kaum noch den Mut zu kämpfen, die Moral ist im Arsch und sie sitzen hier herum und besaufen sich!"

"Ist doch egal. Die Schlacht haben wir verloren." lallte der General vor sich hin. Seine Augen waren gerötet und halb geschlossen. Auf seiner Stirn standen Schweißperlen. Seine Uniform war verlaust, dreckig und verschwitzt.

Der GeneralLieutenant beugte sich über den Tisch, stützte sich mit den Händen ab und erwiderte mit strengem, wuterfüllten Ton:

"Dies wäre alles nicht passiert, wenn sie die Warnungen der Ranger ernst genommen hätten!"

Smith trank in einem Zug das Glas aus und schenkte sich erneut ein. "Ja ja." grunzte er. "Diese Superranger. Zum ersten Mal im Gefecht und mir vorschreiben wollen, wie ich einen Krieg zu führen habe."

Norman riss dem General das Glas aus der Hand, warf es beiseite, packte Smith am Kragen, zog ihn über den Tisch und brüllte ihn an: "Sie sind ihres Kommandos enthoben! Es wäre besser sie würden sich selber erschießen! Wenn sie in einer Stunde nicht nüchtern sind, bringe ich sie vor ein Kriegsgericht! Haben sie mich verstanden?! Sie sind eine Schande für diese Armee!" Dann ließ er den Betrunkenen los. Dieser torkelte zu Boden. Mit einer Wut im Bauch verließ GeneralLieutenant Norman das Zelt.

Der achtköpfige Rangertrupp unter Coopers Führung schlug sich noch immer einen Weg durch den Dschungel. Sie erreichten den Fuß des Tatsumi-Gebirges. Auf ihrem bisherigen Weg, stießen sie auf starke Feindkräfte. Sie erspähten schwere Artillerie, Kommandostellen, Truppenansammlungen und Panzer, wenn auch schwach bewaffnet. Dank ihrem Wissen und einer großen Portion Glück, blieben sie unentdeckt. Jetzt mußten sie über den Paß, dem einzigen Durchgang des Gebirges.

Sie blickten auf den Mount-Siku, dem höchsten Gipfel, der 2.400 Meter empor ragte. Es schien als strahlte der Berg Zufriedenheit, Ruhe und Frieden aus. Mit seinen steilen, herabfallenden Wänden wirkte er majestätisch. Das Gebirge bestand aus Lavastein, das vor tausenden von Jahren durch Vulkanausbrüche entstanden war. Die Baumgrenze lag bei etwa 1.000 Metern. Die Buschgrenze bei 1.700. Dann waren die Wände zu steil, als dass sich darin Wurzeln verfangen konnten. Nur auf dem Paß und in ihm wucherten kleinere Bäume und Büsche. Der Paß führte auf 1.600 Meter und verlief rechts neben dem Mount-Siku.

"Dann wollen wir einmal den Berg erklimmen." meinte Oskov.

Gino blickte zum Paß hinauf und spekulierte: "Da oben sind sicher Feindstellungen."

"Warum bist du dir da so sicher?" fragte Mulder.

Ehe Gino eine Erklärung abgeben konnte, antwortete Mätz für ihn: "Das ist der einzige Durchgang."

"Und da sollen wir hindurch?" fragte Jim und hielt dies für einen Scherz.

"Willst du etwa um die ganze Insel." fragte John.

Jim verneinte durch ein Kopfschütteln.

"Wir gehen bis zur Baumgrenze hoch." befahl Cooper. "In der Nacht gehen wir hindurch."

Nicht gerade erfreut darüber, machten sie sich auf den Weg. Hintereinander gingen sie weiter.

Da sie auf sich alleine gestellt waren und auf keine Unterstützung hoffen konnten, waren sie gezwungen im Rücken des Feindes sich so unbemerkt wie möglich zu verhalten. Durch die Pirsch, die

Hälfte ging vor, während die andere sicherte, kamen sie nicht gerade schnell voran. Zwischendurch hielten sie inne und lauschten in die Umgebung. An einem günstigen Ort, indem sie sicher vor Entdeckung waren, selbst aber einen weiten Überblick besaßen, schlugen sie ihr Lager auf.

Oskov ging einige Schritte abseits und setzte sich nieder. Von seinem Standpunkt aus hatte er einen guten Überblick über einen großen Teil der Insel, das Meer und den Horizont. Kurz schwenkte er seinen Blick nach Westen, wo die Sonne stand und im Begriff war unterzugehen.

Cooper kam auf ihn zu und setzte sich neben ihn.

"Ist es hier nicht herrlich?" begann Oskov das Gespräch nach einer Minute des Schweigens.

Gerry nickte und antwortete: "Eine wirklich paradiesische Insel."

"Wenn der scheiß Krieg nicht wäre, würde ich mich hier grad niederlassen."

Dem kleinen Amerikaner huschte kurz ein Lächeln über die Lippen, dann deutete er vor sich und sprach: "Dort sind wir an Land gegangen."

Oskov bemerkte dazu: "Und da unten liegt die Schlucht."

"Vergessen wir das lieber."

"Vergessen?" und der Ukrainer warf ihm einen unverständlichen Blick zu.

Cooper bemerkte dies und sprach weiter: "Wir konnten ihnen nicht helfen. Außerdem geht dies auf die Rechnung von Smith."

"Ach dieses arrogante Arschloch." und Oskov schweifte seinen Blick wieder aufs Meer hinaus.

"Ich wette mit dir." sprach Cooper weiter. "Den Gefechtslärm den wir gehört haben, war ein Großangriff."

"Da brauchst du nicht zu wetten, dass weiß ich selber. Die Frage ist nur, wer den Angriff geführt hat."

"Wenn wir durch sind, wissen wir es."

"Das will ich gar nicht." Oskov nahm seine Waffe und legte sie auf seine Beine. "Aber ich habe da so eine Ahnung." Er saß im

Schneidersitz und blickte weiterhin über die Insel.

Mulder hatte sich niedergelegt, den Hut übers Gesicht gezogen und döste vor sich hin.

"Schläfst du eigentlich immer?" meckerte ihn Jim an.

Ohne sich viel zu bewegen meinte dieser gelassen: "Wir wissen nicht wann wir wieder schlafen können. Also solltest du dich auch etwas hinlegen."

"Ich bin viel zu aufgeregt dafür."

"Du solltest es wenigstens versuchen."

"Später vielleicht. Ich habe sowieso die erste Wache." er stand auf und ging etwas abseits in Deckung.

Mulder hob kurz seinen Hut, blickte ihm nach, schüttelte kurz den Kopf und döste weiter.

Mätz hatte sich eine Dose aufgemacht und schlang gierig den Inhalt hinunter.

"Fressen kannst du ja gewaltig."

Mätz hörte mit dem Kauen auf, sah Gino an und meinte nicht gerade erfreut darüber: "Jetzt ist der Lange weg und du suchst dir ein neues Opfer."

"Nein." entschuldigte sich Gino. "So war das nicht gemeint. Aber es fällt mir auf. Immer im Einsatz isst du viel."

"Ja." stimmte Mätz dem zu. "Vielleicht weil ich dann immer so nervös bin."

"Also hast du gar keinen richtigen Hunger?"

"Nicht wirklich."

John grinste und gab seine Bemerkung dazu: "Wenn deine Ration aufgebraucht ist, von mir bekommst du nichts."

"Mach dir darüber keine Sorgen." gab Mätz zurück. "Ich habe ein paar Sonderrationen mehr mitgehen lassen."

"Wenn du die Schokolade nicht willst, ich nehme sie."

"Ach, jetzt auf einmal. Aber mir etwas abgeben, davon willst du nichts hören."

Thomson mischte im Gespräch mit: "Einen Kaffee würde ich gerne trinken."

"Dann tu es doch." meinte John.

"Ich will einen heißen, frischen, nicht dieses Pulver, das mit Wasser aus der Feldflasche zusammengerührt wird."

"Da wirst du dich noch etwas gedulden müssen."

"Ach." winkte Thomson ab. "Du kannst heute vielleicht wieder einen Scheiß zusammenquatschen."

"Was ist los?" fragte Oskov, der von Gino geweckt wurde. Dieser antwortete ihm: "Es ist Zeit. Wir gehen durch."

"Verdammt." gähnte der Ukrainer. "Wie spät ist es?"

"Halb eins."

Oskov murrte und rieb sich die Augen. Er stand langsam auf, packte seine Sachen zusammen und schnallte den Munitionsgurt um, den er sich zum Schlafenlegen abgetan hatte.

Der Paß war 300 Meter lang und nur 40 Meter breit und glich eher einer Schlucht. Die Seitenwände gingen hunderte Meter steil empor. Am Boden befand sich nur Gestein und vereinzelt wuchs Gestrüpp oder kleinere Bäume. Doch am Ende des Passes befand sich ein Dschungelstreifen, in diesem vermuteten sie Japaner.

50 Meter davor legten sie sich auf den Boden und krochen hinter einen Felsbrocken, der auf der rechten Seite der Wand lag.

"Was nun?" flüsterte Mätz.

"Ich habe ein ungutes Gefühl." meinte Oskov.

"Da bist du nicht der Einzige." erwiderte Gino darauf.

John sah zum Himmel. Es war helle Mondnacht, doch in den Paß drang kein Schimmer.

"Wenn sich da vorne Japse befinden, sind wir totes Fleisch." machte Jim ihnen die Lage klar, in der sie sich befanden.

Mulder meinte: "Gehen wir vor, dann wissen wir es."

"Ja." stimmte Gino damit überein. "Wir können nicht die ganze Nacht warten."

"Dann los." spornte Thomson die Mannschaft an. "Holen wir den Teufel aus der Hölle."

"Der ist da unten schon längst ausgezogen." sprach Mätz. "Hier hat er mehr Arbeit."

"Du mußt auch immer das letzte Wort haben." mischte Oskov

weiter mit.

"Wenigstens einmal nicht du."

Cooper mischte sich ein: "Bleibt auf dem Teppich Jungs. Wir haben hier ganz andere Sorgen."

In der Dunkelheit krochen sie vor. Langsam, immer dabei bedacht kein Geräusch zu verursachen, zogen sie sich Meter um Meter vor. Zwischendurch blieben sie liegen, hoben ihre Waffen und waren gefechtsbereit, sollte es erforderlich sein. Dann krochen sie wieder ein Stück weiter. Mit den Händen tasteten sie den Boden ab, gaben spitze Steine beiseite, hoben ihren Körper vom Boden ab, zogen sich vor, legten ihn wieder auf den Boden und verblieben bei dieser Vorgehensweise. Je weiter sie jedoch vordrangen, desto genauer lauschten sie. Da sie kaum etwas sehen konnten, mußten sie sich auf ihr Gehör verlassen. Obwohl alle versuchten keinen Laut von sich zu geben, hörte man des öfteren vom Nachbarn, wie er mit den Stiefeln vorging. Ab und zu vernahmen sie in der Ferne einen Schuß oder einen Granateinschlag, dann verhielten sie sich ganz ruhig. Obwohl sie ständig Blickkontakt zueinander hielten, wurde immer nur der jeweilige Nachbar gesehen. Das Kriechen raubte ihnen enorm viel Kraft. Sie mußten sogar schon durch den Mund atmen. Und diese Anstrengung brachte sie ordentlich ins Schwitzen, so stark, dass in großen Tropfen der Schweiß von ihren Körpern rann.

Cooper kroch weiter und legte sich wieder auf den Bauch. Ein kurzes schlurfen zeigte ihm das Oskov weiter vordrang. Cooper spürte etwas in seiner Bauchgegend. Er griff unter sich und zog einen spitzen Stein hervor, den er beiseite legte. Dann kroch er etwas weiter und verharrte wieder in ruhiger Position. Was wenn jetzt direkt vor ihm ein Japaner auftauchen würde? Oder schlimmer noch, ein Feind ihn bereits aufs Korn nahm und das Feuer eröffnen würde? Befand sich hier überhaupt einer der Japse, oder war der Paß feindfrei? Würden sie auf einige wenige oder eine ganze Kompanie stoßen? Was für Fragen gingen nicht nur ihm durch den Kopf. Jeder in seiner Gruppe bedachte derartiges. Sollten sie jetzt in einen Kampf verwickelt werden, dann wären sie auf dem Präsentierteller und alle in kürzester Zeit tot. Doch es half nichts. Meter für Meter robbten sie weiter.

Mätz kroch unter eine MG-Stellung, die er nicht gesehen hatte. Der Lauf der Waffe war in seine Richtung gerichtet. Das MG-Nest befand sich am Rand der Bäume. Würde Mätz den Kopf heben, stieße seine Mütze am Lauf des Maschinengewehres an. Er schwitzte noch stärker. Sein Atem wurde heftiger und unregelmäßiger. Zu seinem Glück schlief der Schütze. Mätz blickte vorsichtig hoch, konnte jedoch nicht viel erkennen. Die anderen der Gruppe waren bereits im Dschungel verschwunden. Jetzt war seine Chance gekommen. Die Wachen befanden sich abseits der Stellung. Er zog vorsichtig sein Kampfmesser, wußte aber noch nicht genau wie er vorgehen sollte. Das ungute Gefühl, dass ihn jemand sehen konnte, hielt ihn wieder zurück. Dann überwand er seine Angst, sprang in die Stellung, riss dem schlafenden Schützen zu Boden und stieß ihm die Klinge bis zum Anschlag ins Fleisch, zwischen Becken- und Rippenknochen. Er dachte kurz nach, hob das MG auf, in der eine Leiste mit Munition hing und schlich sich davon.

Bei dieser Waffe handelte es sich um ein leichtes Maschinengewehr mit einem Kaliber von 7,7 Millimeter. Die Waffe wog über 10 Kilogramm und konnte 800 Schuss in der Minute abfeuern. Dies war die theoretische Feuergeschwindigkeit dieser Waffe. In Wirklichkeit konnte damit weit weniger geschossen werden, denn das Magazin fasste nur 30 Patronen. Für ein Maschinengewehr viel zu wenig. Dennoch konnten damit auch noch Ziele in 800 Metern Entfernung bekämpft werden. Trotzdem wurde diese Waffe etwa 100.000 mal gebaut und kam während des gesamten Krieges zum Einsatz.

Nach kurzer Zeit kam Mätz an das Ende des Dschungels. Jetzt traf er auf eine Wiese, die sich mit 18 Prozent Gefälle an die 100 Meter hinab erstreckte. Weiter unten standen Büsche und Bäume. Einen kurzen Augenblick lang blickte er zum Horizont, wo sich Himmel und Erde zu treffen schienen. Dann sah er aufs weite offene Meer hinaus. Von hier aus hatte er einen weiten Überblick. Durch das Mondlicht konnte er größere Konturen erkennen, wie den Strand, das Meer, das sich durch das Mondlicht spiegelte, die

Baumgrenze, den Dschungel und natürlich die offene Ebene und die Takaya-Stellung der Japaner. Dann vernahm er hinter sich Worte. Dies weckte ihn aus seinen Gedanken und er huschte weiter.

In dieser Nacht gingen die US-Truppen erneut auf die Takaya-Stellung vor.

Der neue Oberkommandierende General wollte nicht den selben Fehler wie sein Vorgänger machen. Heimlich ließ er Material und Nachschub nach vorne bringen. Die restliche Artillerie ließ er strategisch positionieren. Sie hatten die Anweisungen erst auf Befehl zu schießen. Pioniereinheiten ließ er still die Wege ausbessern. Die Fahrzeuge fuhren langsam und so leise es eben ging in die Bereitstellungsräume. Truppen, die die wenigsten Ausfälle besaßen, stellte er in die vorderste Linie, die geschwächten Einheiten sollten als Reserve dienen. Sein Angriffsplan sah vor, im Schutze der Dunkelheit die Infanterie vorgehen zu lassen. Aber auch sie sollten sich bei ihrem Vormarsch ruhig verhalten und das Feuer nur erwidern wenn auf sie geschossen wird. Erst wenn die Infanterie an der Stellung ist, sollte die Panzerwaffe vordringen und das Gelände sichern.

An den vorderen Linien machte sich Ungeduld bemerkbar. Am liebsten würden die Männer vorpreschen. Die kommandierenden Offiziere mußten sie immer wieder zurückhalten.

"Wartet noch Männer."

"Wann soll es losgehen?" zappelte einer der Soldaten. Sein Offizier blickte auf die Armbanduhr und antwortete: "Um Mitternacht."

"Das dauert."

"Nur noch ein paar Minuten." schlichtete der Offizier.

Dann endlich kam der Zeitpunkt. Die Offiziere drangen mit ihren Männern aus dem Dschungel und gingen im Laufschritt vor. Auf der gesamten Breite der Stellung kamen Soldaten aus dem schützenden Wald. Zwischenzeitlich ließen sie sich zu Boden fallen und sicherten, dann standen sie wieder auf, rannten weiter und sicherten erneut, immer auf einen Gegenschlag bedacht und bereit zu kämpfen. Knapp vor der Stellung ließen sie sich alle zu Boden. Offiziere blickten durch ihre Ferngläser und fuhren damit die Front ab. Doch nichts außergewöhnliches war zu sehen.

Einer der Kommandeure gab Anweisungen: "Erste Gruppe vor, die anderen sichern."

Ein paar Männer standen auf und liefen in geduckter Haltung vor. Sie übersprangen Stacheldrahtverhaue, andere warfen sich darauf, Kameraden rannten über die Männer über die Hindernisse hinweg. An den ersten Bunkern verharrten sie, überblickten die Lage und gingen weiter.

"Die Stellung ist verlassen." bemerkte einer von ihnen und war mit dem Rücken an einen der Bunker gelehnt.

"Da verlieren wir den Großangriff und jetzt nehmen wir sie ohne Kampf ein."

"Weiter Männer." befahl ein Sergeant.

Die Männer rappelten sich auf und durchsuchten weiter.

GeneralLieutenant Norman befand sich bei seinem Befehlsstand, neben ihm ein Wagen, indem sich ein Funker saß.

"Bis jetzt noch kein Schuß Sir." bemerkte einer seiner Stabsoffiziere.

"Hoffentlich bleibt das auch so."

Der Funker bekam etwas rein und meldete: "General Sir, Meldung von der Infanterie."

Der General blickte zum Funker. Dieser sprach weiter: "Keine Gegenwehr. Die feindliche Stellung wurde an mehreren Stellen durchbrochen." Dann horchte er weiter in den Funk. "Die Takaya-Stellung ist feindfrei. Sie wird soeben von unseren Truppen genommen."

"Hätte nicht gedacht das die Japaner ihre beste Stellung so leichtfertig aufgeben." meinte einer der Stabsoffiziere.

"Besser so als kämpfen." bemerkte ein anderer.

"Dann haben sie mehr Verluste erlitten als sie vertragen konnten." lächelte ein dritter, was die Stimmung sehr erheiterte und alle Anwesenden zu schmunzeln anfingen.

Doch Norman gab sich nicht so optimistisch: "Es werden noch genügend von ihnen am Leben sein. Harte Kämpfe werden wir noch erleben. Vielleicht haben wir nur unsere Wunden schneller geleckt."

"Ihre Befehle Sir?"

Norman sah den Colonel an, der die Frage gestellt hatte und meinte: "Wenn wir die Stellung schon geschenkt bekommen, dann sollten wir sie auch sichern. Alle Einheiten vor." Dann wandte er sich an alle: "Gentleman aufsitzen. Diese Linie möchte ich mir einmal ansehen."

"Und wie soll es dann weitergehen?"

"Wir werden auf Verstärkungen warten müssen, besonders an schwerer Artilleriemunition und an Panzern. Stellungen ausbauen und verstärken. Vielleicht greifen uns die Japaner genau hier an."

"Sind sie sich da sicher Sir? Es gibt leichtere Stellen uns anzugreifen."

"Das schon." nickte der General. "Aber die Japaner kämpfen irrational. Bei denen muß man auf alles gefaßt sein."

Die Männer setzten sich in ihre Fahrzeuge und fuhren los. Und tatsächlich die Stellung auf gesamter Breite war verlassen. Wie befohlen sicherten die Einheiten und bauten Verteidigungsstellungen aus. Als Norman bei den vordersten Einheiten eintraf, wurde ihm Bericht erstattet. Norman ließ Horchposten und Aufklärungstrupps rausschicken. Als auch diese keine Feinde meldeten, konnte er sich etwas Zeit gönnen. Am leichtesten konnte er nachdenken, wenn er spazieren ging. So schlenderte er durchs Lager und traf immer wieder auf Soldaten, die ihre Zelte aufbauten.

"GeneralLieutenant, Sir." sprach ein Korporal den Mann an. Sie standen im Dschungel neben der Sinsa-Bai bei der eingenommenen Linie.

"Was gibt es Chargen?" Der General setzte sich auf einen Baumstumpf und nahm sein Frühstück ein, bestehend aus Brot und Kaffee. Noch bevor der Mann antworten konnte, hatte der General schon vorgegriffen. "Wie lange sind sie schon hier?"

"Von Beginn an Sir."

"Welche Funktion haben sie?"

"Kriegsberichterstatter."

Mit einem Schluck Kaffee spülte der Offizier das gekaute Brot hinunter. Dann fragte er den neben ihm stehenden Mann: "Wie kann ich ihnen helfen?"

"Wie werden sie weiter vorgehen?"

"Zuerst müssen wir auf die Verstärkung warten, dann sehen wir weiter. Wie alt bist du mein Junge?" und er wich den journalistischen Fragen des Mannes aus.

"Gerade neunzehn geworden Sir."

"Glückwunsch. Freiwillige Meldung?"

"Ja Sir."

"Bist du gerne Soldat?"

"Was heißt gerne. Ich finde jeder amerikanische Bürger hat die Pflicht sein Vaterland zu verteidigen."

"Das ist ein guter Vorsatz."

"Ja. Aber ich will lieber mit meiner Kamera schießen, als mit einem Gewehr."

"Warum dieses?"

"Damit an der Heimatfront die Menschen wissen was hier geleistet wird."

Der General nickte und fügte hinzu: "Auch das ist wichtig."

Dann schwiegen beide und blickten aufs Meer hinaus.

Gerrys Gruppe stand 300 Meter vor dem offenen Feld, hinter der Takaya-Stellung.

"Verdammt." stöhnte Oskov. "Japse."

"Die sind ja alle tot." sagte Gino darauf und sah sich um.

"Scheint ja ein heißer Kampf gewesen zu sein." meinte Jim.

"Da kannst du deinen Arsch verwetten." erwiderte John.

Mätz packte das MG von den Schultern und richtete aus.

"He? Wo hast du denn dieses Ding her?" fragte Mulder.

"Die habe ich im Paß gefunden."

"Die hast du geklaut." meinte Cooper.

"Na wenn schon. Die lag da so rum." verteidigte sich der große

Mann.

Sie schüttelten den Kopf und gingen weiter. Kurz vor dem Ende des Dschungels blieben sie stehen. Wrackteile von Geschützen lagen herum.

Mätz nahm das MG fester zur Hand und ging mit der schweren Waffe Schritt um Schritt hinaus aufs offene Feld, dann ließ er die Waffe sinken.

Die anderen traten ebenso hinaus.

"Steck deine Waffe weg." sprach Gino zu Mulder, der seine Maschinenpistole im Anschlag hatte. "Das sind unsere."

"Richtig erkannt." meinte Oskov. "Hat dieser Idiot wirklich ohne auf uns zu warten den Angriff begonnen."

"Wen meinst du?" stellte Thomson die Frage.

Oskov blickte auf den Mann herab und antwortete ihm: "Na dieser Depp von General."

"Ach den meinst du."

"Wen denn sonnst? Unser Major würde nie auf eine derart idiotische Idee kommen."

Da vernahmen sie ein Brummen. Ein Jeep der US-Army fuhr auf die Gruppe zu und blieb stehen.

"Wer seid ihr?" fragte der Fahrer.

Die Ranger konnten es nicht fassen, was der Mann sie fragte. Sie blickten sich stumm an. Immerhin waren sie seit einiger Zeit auf sich alleine gestellt gewesen und dieser Kerl fragte wer sie waren?

"Was ist los? Hat es euch die Sprache verschlagen?"

"Spähtrupp." antwortete Cooper und gab seine linke Schulter vor, damit der Mann das Abzeichen der Ranger erkennen konnte, das jeder Ranger aufgenäht hatte.

"Muß ja wohl ein harter Auftrag gewesen sein, so wie ihr ausseht." blickte er auf das Abzeichen.

"Ja es ging so." meinte Jim darauf.

"Ich lasse euch einen Wagen bringen." und der Fahrer fuhr los.

"Wir sollten zuerst zum Major gehen." schlug John vor.

"Ja, das wird wohl das Beste sein." ging Mulder darauf ein.

"Der ist auch der Einzige der auf uns hört." sprach Gino.

"Eine Mütze voll Schlaf wäre auch nicht schlecht."
"Ich könnte ein Steak vertragen und ein Bier dazu."
Alle blickten Oskov an.
"Was habe ich jetzt schon wieder falsches gesagt?"

In der folgenden Nacht trafen drei japanische U-Boote im Norden der Insel ein.
Die U-Boote befanden sich auf Sehrohrtiefe. Die Kommandanten blickten durch die Periskope. In der Nacht konnten sie nur die Umrisse der Insel erkennen. Ihr Blick galt der Küste. Dort blinkten Lichtzeichen auf. Sofort gaben die U-Bootführer die Befehle, die Sehrohre einzufahren und aufzutauchen. Kaum über Wasser wurden die Brücken besetzt. Eingeteilte Mannschaften öffneten die Versorgungsluken, brachten Schlauchboote zu Wasser und füllten sie mit Nachschub an. Kaum war eines dieser kleinen Boote beladen, fuhren sie an den Strand. Dort wurden sie schon sehnlichst erwartet. Die kämpfenden Einheiten nahmen die Ladungen entgegen, die hauptsächlich aus Munition, Nahrung, Wasser und Arzneimittel bestanden. Als Verstärkung dienten lediglich zwei Züge. Mehr konnten auf den U-Booten auch nicht mitgeführt werden, hierzu waren sie viel zu klein und nicht geräumig genug. Kaum war ein Schlauchboot entladen, fuhren die Männer zurück um weiteres Material an Land zu bringen. Die ganze Aktion dauerte mehrere Stunden. In dieser Zeit wurde der Himmel und auch die See beobachtet, um notfalls beim Auftauchen von US-Einheiten "Alarm zu tauchen".

Knapp vor Sonnenaufgang wurden die Mannschaften mit den Schlauchbooten wieder an Bord genommen und die U-Boote fuhren rückwärts die See hinaus, bis sie eine gewisse Tiefe erreicht hatten, um die Maschinen in den Vorwärtsgang zu schalten und abzutauchen.

Fast jede weitere Nacht legten mehrere U-Boote an um für Nachschub zu sorgen. Anfangs hatten die Japaner Schiffe eingesetzt, die wurden aber durch amerikanische Kriegsschiffe und Flugzeuge auf Grund gesetzt. Zwar hätten diese weit mehr an Versorgungsgüter und Truppen an Land bringen können, aber sie waren auch viel schneller entdeckt worden. Außerdem würde ein Ausladen von Versorgungsschiffen weit mehr Zeit in Anspruch nehmen.

In der selben Nacht sichteten Aufklärungsflugzeuge von einem der Hilfsträger in 210 Seemeilen Entfernung einen japanischen Zerstörerverband.

"Hier ist Rosberry 18. Haben Sichtkontakt mit den feindlichen Kräften. Können zwölf schwere und leichte Zerstörer erkennen. Weiteres befinden sich fünf andere Schiffe und eine Menge kleinerer Boote im Verband."

"Haben verstanden Rosberry 18. Kommen sie zurück."

Der Admiral ging zur Seekarte auf der Brücke, bestimmte die Entfernung zum feindlichen Verband und gab Befehle aus: "Lasst die Flotte in den Wind drehen."

Die Befehle wurden weitergeleitet und mit Flaggen gab ein Matrose die Übermittlung weiter.

"Nur Zerstörer und kleine Einheiten. Weit und breit nur Meer." war der Admiral über die Seekarte gebeugt und studierte sie. Er schüttelte den Kopf und sprach weiter mit sich selber: "Keine Luftunterstützung. Wo sind ihre Träger? Was haben diese verdammten Schlitzaugen vor?" Er wandte sich an einen Lieutenant und befahl ihm: "Schicken sie weitere Langstreckenaufklärer raus. Ich muß wissen ob nicht irgendwo da draußen ein Träger herumkurvt."

"Ei ei."

Der amerikanische Flottenverband zählte drei Hilfsträger mit 81 Jagdmaschinen, Sturzkampfbombern und Torpedobombern an Bord, acht Kreuzer, 23 schwere und leichte Zerstörer. Unterstützung bekamen sie von zwei australischen Zerstörern. Für die Fernsicherung waren acht U-Boote im Einsatz. Die Frachtschiffe befanden sich mit den Hilfsträgern in der Mitte, rundherum die Kriegsschiffe. Eventuelle japanische Luftangriffe sollte somit erschwert werden, die wichtigen Schiffe in der Mitte zu versenken.

Diese Hilfsträger konnten nicht unbedingt mit den üblichen Trägern verglichen werden. Sie waren klein und konnten nur 27 Flugzeuge aufnehmen. Sie waren als Geleitträger gedacht, um Konvois auch von Luft aus zu schützen. Die großen Flugzeugträger brauchten viel zu lange um gebaut zu werden, also entschloß man sich Plattformen auf Rümpfen von Frachtschiffen zu bauen um im gesamten Pazifik präsent zu sein. Das Ergebnis waren kleine und leichte Träger mit 860 Mann Besatzung und einer Verdrängung von 11.074 Tonnen. Mit einer Länge von über 156 Metern waren sie kleiner als herkömmliche Flugzeugträger. Dennoch betrug ihre Reichweite aus 18.360 Kilometer und sie erreichten eine Geschwindigkeit von 19 Knoten. Dementsprechend leichter war auch ihre Bewaffnung die aus einem 127 Millimeter und 16, 40 Millimeter Geschützen bestanden. Alleine von der Casablanca-Klasse sollten 100 Stück gebaut werden.

Um 03.15 Uhr mußte der Admiral der einen Kreuzer als Flaggschiff gewählt hatte, eine Entscheidung treffen. Bisher wurde noch kein feindlicher Träger gesichtet. Um sich nicht zu verraten, hatte der Befehlshaber jeglichen Funkverkehr verboten. Nur in Ausnahmefällen sollte die Funkstille unterbrochen werden. Die Japaner sollten glauben, die Aufklärungsflugzeuge kämen von der Insel. Hingegen hatten sie 18 japanische Funksprüche abgefangen, die zum Teil bereits entschlüsselt waren.

"Sir. Der japanische Verband ist nur noch 137 Seemeilen von uns entfernt. Unsere Flotte hat bereits Schlachtformation eingenommen. Einige Zerstörer sind mit dem Nachschub auf dem Weg zur Insel."

Der Admiral schien noch etwas unsicher zu sein und fragte lieber nach: "Feindliche Träger?"

"Nein. Nichts."

Dann nickte der Admiral.

Der Befehl zum Angriff wurde sofort weitergeleitet. Überall auf den Kriegsschiffen schrillten die Alarmsirenen los. Jeder Mann lief auf seinen Posten. Die Piloten und Techniker zu den Flugzeugen, die Bedienungsmannschaften zu den Flak- und MG-Stellungen, Löschmannschaften machten sich bereit, eventuell ausbrechendes Feuer zu löschen.

Auf den Hilfsträgern starteten die ersten Maschinen. Die Hälfte der Angriffsgeschwader waren mit Torpedos, die anderen mit je einer Bombe bestückt. Nur ein kleiner Teil von ihnen wurde zurückbehalten. Nicht als Reserve, sondern sie starteten nachdem die Angriffsgeschwader die Decks verlassen hatten, um als Luftschutz der Flotte zu dienen.

"Wir sind für den Angriff bereit." sprach der Geschwaderkommandant und wartete auf weitere Befehle.

"Neuer Kurs auf 281 Grad." meldete der Mann am Funk. Dieser bekam von der Radarleitstelle die neuesten Informationen über den Feindverband. "Entfernung zum Ziel 47 Meilen."

"Habe verstanden." Dann wandte sich der Geschwaderkommandant an seine Besatzungen: "Formation beibehalten und folgt mir."

Nach der Kurskorrektur flogen die Flugzeuge genau auf den Feindverband zu.

"Bald müßten wir sie zu sehen kriegen." sprach einer der Piloten.

"Ja. Mir juckt schon der Pelz."

"Dann solltest du dich einmal waschen."

"Idiot."

"Haltet Funkdisziplin Männer." ging der Kommandant dazwischen.

"Aber so mit der Reinlichkeit nimmt Huges es wirklich nicht ernst."

"Ich habe heute geduscht."

"Und was beißt dich dann?"

"Japse sind in der Nähe, dann juckt mir immer das Fell."

"Flotte an Geschwader, sie sind noch wenige Meilen vom Feind entfernt. Sie müßten sich bald sehen."

Die Piloten blickten aus den Kanzeln auf die Wasseroberfläche.

"Nichts. Nur die weite See."

Langsam tauchte die Sonne am Horizont auf. Die See war ruhig und die Flugzeugbesatzungen hatten weite Sicht.

"Geschwaderführer an alle. Feindliche Flotte auf zwei Uhr."

"Ich sehe sie." waren die Männer heller Freude.

"Die liegen da wie auf dem Präsentierteller."

"Bleibt dennoch wachsam Männer." mahnte der Kommandant. "Leicht werden sie uns es dennoch nicht machen."

"Dann wollen wir einmal zum Angriff übergehen."

"Nehmt euch die schweren Brocken in der Mitte vor. Gruppen

ausbrechen."

Die Männer brachen links oder rechts weg und gingen gruppenweise in Angriffsformation, da jede von ihnen ein anderes Ziel angreifen sollte.

Die japanische Flotte fuhr in einer Formation, die eigentlich unüblich war, nämlich in einem Dreieck. Aber auch hier befanden sich die wichtigen Schiffe in der Mitte. Die schweren Einheiten zu beiden Seiten, die leichteren hinten.

Ein Beobachter spähte mit dem Fernglas den Himmel ab, da sah er kleine Punkte am Himmel, die schnell größer wurden. Über Funk löste er Fliegeralarm aus. Fast zur selben Zeit schrillten auf den Schiffen die Alarmsirenen los. Zwar waren die japanischen Mannschaften bereits auf ihre Posten, aber durch stundenlanges wach sein, ließ die Konzentration nach. Der Alarm sollte alle wieder zur Aufmerksamkeit bringen. Die Fliegerabwehrkanonen sowie die schweren Maschinengewehre, befanden sich am Rand der Schiffe. Sie standen auf Schienen und konnten somit in 360 Grad gedreht werden. Während die schwere Flak nur ein Rohr besaß, hatten die mittleren und leichteren zwei oder vier Rohre. Bei jedem Geschütz gab es einen Schützen, zwei Mann die links und rechts standen und Munition in die Waffen führten, ein oder zwei Männer als Reserve und einen Kommandanten, meist ein Unteroffizier, der mit einem Fernglas den Himmel absuchte, den Feuerbefehl erteilte und bestimmte, welches Flugzeug unter Feuer genommen werden sollte.

Die amerikanischen Flugzeuge die mit Torpedos bestückt waren, gingen runter. Zehn Meter über der Meeresoberfläche gingen sie in die Horizontale und drosselten ihre Geschwindigkeit. Torpedos konnten nur in gerader Fluglage abgeworfen werden. Und die Maschinen durften auch nicht zu hoch und zu schnell fliegen, damit der Torpedo beim Auftreffen auf die Wasseroberfläche seinen Kurs beibehält und nicht abgelenkt wird. Zugleich soll die niedrige Höhe verhindern, dass zu viele Abwehrkanonen die Flugzeuge unter Beschuss nehmen konnten. Die schwere Flak konnte nicht so tief gesenkt werden, aber dafür lagen die Torpedobomber unter

Dauerbeschuss der Maschinengewehre. Um zu verhindern, dass die Schiffe ausweichen konnten, wurden die Torpedos kurz vor dem Feindschiff ausgeklinkt. Kaum war der Torpedo im Wasser, flog der jeweilige Pilot so schnell wie möglich über die Flotte hinweg, außer Reichweite der japanischen Abwehr.

Die Flugzeuge mit Bomben an Bord, stürzten sich in einem scharfen Winkel von oben auf ihre Ziele. Auch sie wurden von der japanischen Abwehr unter Beschuss genommen. Ihnen schlugen jedoch zusätzlich schwere Geschosse entgegen. Die schwere Flak, feuerte Granaten auf die Flugzeuge. Diese explodierten in einer voreingestellten Höhe. Dadurch war der ganze Himmel bald von kleinen Explosionswolken übersät. Aber diese Piloten hatten einen Vorteil. Durch den rasanten Höhenverlust verhinderten sie ein genaues Zielen der Abwehr. Das mehrere Ziele gleichzeitig angegriffen wurden, hatte einen weiteren Vorteil, die Schiffe konnten sich nicht gegenseitig unterstützen, da jedes für sich selbst, Flugzeuge bekämpfen mußte, die es auf sie abgesehen hatten. Die Motoren der Sturzkampfflugzeuge heulten auf. Bei optimaler Höhe klinkten sie die Bomben aus, zogen die Maschinen in waagrechter Lage oder nach oben und sahen zu, sich so schnell wie möglich zu entfernen.

Die japanische Abwehr war gewaltig. Doch ließen sich die Piloten dadurch nicht von ihrer Aufgabe abbringen. Einige der Torpedos verfehlten ihre Ziele. Diejenigen die trafen, ließen das Ziel erzittern. Es schien als würden die Detonationen die ganze Schiffswand aufreisen. Die Wasserfrontänen waren so gewaltig, dass sie höher als die Schiffe stiegen. Auch bei den Bomben, gab es die selbe Wirkung. Trafen sie ein Schiff, konnte man meinen, dass durch die Explosion das halbe Deck weggesprengt wurde. Auch hier gab es Fehlwürfe und auch sie ließen Wasserfrontönen so hoch schleudern, dass die Schiffe dagegen klein wirkten.

Während des ganzen Kampfes waren die Piloten untereinander und auch mit den Trägern über Funk verbunden.

"Ich bin noch 400 Meter über dem Ziel. Meine Bombe ist scharf."

"Ich bin direkt hinter dir."

Flakfeuer schlug ihnen entgegen.

"Verdammt ich bin getroffen!" brüllte der Flügelmann.

"Zieh die Maschine hoch und verschwinde!"

"Ich habe sie nicht mehr unter Kontrolle!"

"Steig aus! Steig aus!"

Das Flugzeug explodierte in der Luft. Ihre brennenden Einzelteile flogen neben einen schweren Zerstörer ins Meer.

"Verfluchte Scheiße! Howard hat es erwischt!"

"Halten sie Funkdisziplin." wurde er vom Gruppenführer aufgefordert.

Der andere Pilot konnte seine Bombe ausklinken und brach hart weg. Die 454 Kilogramm schwere Bombe flog auf das zweite Artilleriegeschütz. Eine gewaltige Explosion vernichtete es. Eine Feuersbrunst stieg höher in die Luft als der Zerstörer hoch war, die Rauchsäule stieg pechschwarz in die Höhe und wurde noch aus großer Entfernung gesehen. Die bereitgestellte Munition des Geschützes detonierte ebenso und ließ das ganze Schiff erzittern.

Aber auch bei den Torpedoflugzeugen kamen nicht alle heil davon.

"Dann wollen wir den dicken Fisch in den Sack stecken."

"Bin zu deiner rechten."

"Hier schwirrt aber eine Menge Müll herum." bemerkte der Pilot über die Projektile, die um sein Flugzeug vorbei schwirrten.

"Torpedo zum Ausklinken bereit."

"Getroffen! Ich bin getroffen!"

"Zieh hoch!"

Der Pilot der getroffen Maschine verlor die Kontrolle. Er versuchte noch hochzuziehen, trudelte jedoch ins Meer und die Maschine zerschmetterte beim Aufprall.

Der andere Pilot klinkte seinen Torpedo aus und flog über das Schiff hinweg. Der Torpedo traf den Zerstörer und riss ein großes Loch in den Rumpf. Die Wasserfontäne beim Einschlag spritzte weit in die Höhe und die Detonation steckte das Schiff in Brand. Sogleich bekam der Zerstörer Schlagseite.

Nach dem ausgeführten Auftrag flogen die restlichen Flugzeuge zu den Hilfsträgern zurück. Einer der Gruppenkommandanten nahm Verbindung mit der Leitzentrale auf: "Ziele getroffen. Die meisten von ihnen brennen."

"Verstanden. Wie ist ihr Status."

"Sechzehn Maschinen abgeschossen, vier beschädigt."

"Habe verstanden. Bringen sie die vier kaputten Vögel zuerst rein."

Die Piloten sahen noch einmal zurück. Zwei der Zerstörer die von Torpedoflugzeugen angegriffen wurden, hatten Schlagseite und brannten. Die Löschmannschaften versuchten vergebens die Brandherde zu löschen. Weitere Explosionen hinderten sie näher heranzugehen. Drei andere Schiffe brannten ebenso und waren in Begriff zu sinken. Drei Schiffe waren beschädigt worden, aber immer noch fahr- und kampftauglich. Im Meer schwammen Überlebende, die von den kleineren Schiffen und Booten aufgesammelt wurden. Doch ob sie wirklich gerettet waren, war nicht gesichert, denn es dauerte nicht lange, bis der amerikanische Kampfverband auf Schussweite von 25 Seemeilen herangekommen war.

Auf den US-Kriegsschiffen wurden über Fließbänder die Munition und zusätzliche Treibladungen der schweren Geschütze heran gebracht und hydraulisch in den Lauf geführt.

Der Lärm war ohrenbetäubend. Die Mannschaften trugen Gehörschutz. Dennoch war es für viele noch zu laut. Bei jedem Schuß krachten die Geschütze, ein Feuerstrahl schoß viele Meter weit aus den Mündungen. Der Rauch nebelte fast die ganzen Schiffe ein. Der Rückstoß war derart gewaltig, dass die Schiffe wackelten. Deshalb konnten auch nicht alle schweren Geschütze eines Schiffes gleichzeitig feuern. Von der Feuerleitstelle wurde jedem Geschützturm separat die Feuererlaubnis erteilt. Da das Laden sehr lange brauchte, konnte dadurch jedoch ein gleichbleibender Beschuss gewährleistet werden.

Sofort nach den ersten Abschüssen amerikanischer Granaten, nahmen die Japaner eine Schlachtformation ein und erwiderten das Feuer, aber ihre Geschütze waren zu schwach und hatten nicht dieselbe Reichweite. Die Amerikaner konnten sich somit aus dem

Feuerbereich der Japaner heraushalten und ein Schiff nach dem anderen unter Beschuss nehmen.

Viele Granaten gingen ins Wasser und ließen Wasserfrontänen emporsteigen. Traf jedoch eine Granate, riss es ein großes Loch in die Schiffswand. Die Explosionen waren derart gewaltig, das Stahlteile weggeschleudert wurden, brennbares Feuer fing und Geschosse teilweise sogar mehrere Wände durchschlugen, ehe sie im Inneren detonierten. Waren die Geschütze erst einmal eingeschossen, gab es für das Ziel kein entrinnen mehr. Je mehr Treffer, desto stärker die Verwüstung. Brandrauch signalisierte wie stark ein Schiff getroffen war. Einige fuhren langsamer, da die Beschädigungen zu groß waren, manche bekamen Schlagseite.

Die japanischen Mannschaften versuchten die Feuer zu löschen, manche sprangen über Bord um sich zu retten. Währenddessen erhielten die Schiffe weitere Treffer, setzten weitere Brände an, töteten Soldaten und die Lage wurde zunehmend hoffnungsloser.

Schwere Schäden erlitten die leichten japanischen Einheiten, die nicht stark genug gepanzert waren. Viele ihrer Schiffe stellten den Beschuss ein, denn feuern ab einer gewissen Schlagseite war nicht mehr möglich. Die Kapitäne zogen es schließlich vor, die Besatzungen von Bord zu bringen. Einige Schiffe nebelten sich ein, um somit den kleineren Einheiten ein Entkommen zu ermöglichen, aber diese waren hoffnungslos langsam und kaum bewaffnet. Damit zögerten sie das Unausweichliche nur hinaus, nämlich ihre Versenkung.

Die amerikanischen U-Boote kamen nicht zum Einsatz, sondern führten nur eine Beobachterrolle aus. Zu leicht konnten sie im Gefecht ein eigenes Schiff versenken.

Als die Japaner sich ergaben, versenkten einige ihrer Besatzungen ihre eigenen Schiffe, damit sie nicht in die Hände des Feindes geraten. Noch während die japanischen Zerstörer in den Fluten des Pazifiks versanken, kamen die amerikanischen Schiffe näher und begannen mit der Rettung der im Wasser treibenden.

Der Verlust dieser Flotte war ein schwerer Schlag für die kaiserliche, japanische Marine, die immer weiter zurückgedrängt wurde

wurde und zunehmend an Stärke verlor.

Die amerikanische Flotte erreichte die Insel und begann sofort Verstärkungen und Nachschub für die US-Division an Land zu bringen.

Gerry und seine kleine Truppe badeten im Meer. Dies war eine von wenigen Möglichkeiten um etwas Entspannung zu erhalten. Als die Verstärkungen ausgeschifft wurden, zogen sie sich an und gingen zum Sammelplatz am Strand. Einige der Gruppen setzten sich auf Berge von Kisten und sahen den Männern zu. An die 850 frische Soldaten hatten sich bereits am Strand versammelt, aufgeteilt in die einzelnen Kompanien, die wiederum in ihren Zügen und Gruppen gestaffelt waren.

Gerry trug kein Hemd. Seine Erkennungsmarke baumelte am Hals. Er grinste, schüttelte den Kopf und meinte zu seinen Kameraden: "Seht euch einmal diese Jungs an. Wie frischgestriegelt ihre Uniformen aussehen."

"Die sind bestimmt erst vor vier Wochen in die Armee eingetreten." sagte Gino darauf.

Oskov zündete sich eine Zigarette an, nahm zwei Züge, blies den Rauch nach oben aus und lachte die Neuen an. "He Jungs!" schrie er zu ihnen hinüber. "Vergesst nicht eure Stiefel zu putzen!"

Die Ranger lachten, da ihre Stiefel und Uniformen, oder zumindest das was sie anhatten, selber verdreckt waren.

Die Ankömmlinge reagierten nicht auf die Sprüche der alten Hasen. Sie standen in Habt acht.

"Meine Güte." seufzte Mulder. "Das sind ja alles Grünschnäbel, kaum älter als achtzehn."

"So mancher von uns ist doch selbst kaum älter." gickte Gino hinüber, der an einer Kiste lehnte und die Beine verschränkt hatte und blickte den Ukrainer an.

Dieser zog an seiner Zigarette und gab zurück: "Schau mich nicht an. Ich bin alt genug."

Dann blickten sie zu Mätz, einem der Jüngsten unter ihnen.

Mätz machte sich nichts daraus. Er schielte seine Kumpels an, formte seine Lippen zu einem Lächeln und gab mit lässigen Worten zurück: "Ich kann aber kämpfen. 28 Einsätze habe ich schon hinter mir. Und wie ihr seht, lebe ich immer noch."

"Wir hatten wenigstens eine gute Ausbildung." sagte Mulder und trank einen Schluck aus seiner Feldflasche. Er sprach weiter. "Ich wette; diese hier waren noch in keinem Gefecht."

"Ach was soll es." mischte sich Jim ein. "Mein Bruder hat einen Job im Verteidigungsministerium. 16 Millionen Soldaten wollen die USA aufstellen."

John lachte und rief aus: "Dann wird es wohl kein Problem sein, die Japse zu vertreiben!"

Thomson stimmte ihm zu: "Bis Weihnachten ist der Krieg vorbei."

"Täuscht euch nicht." meinte Cooper und gab den Jungs etwas zum Nachdenken. "16 Millionen Mann sind viel. Aber vergesst nicht. Maximal die Hälfte von ihnen sind Kampftruppen und ein Großteil geht nach Europa. An gewissen Fronten müssen zehn Mann eingesetzt werden, damit ein Mann an Kämpfen teilnehmen kann. Japan hat vor kurzem eine weitere Million Mann rekrutiert."

Die Jungs wurden still und blickten Cooper an. Dieser sah zurück und sprach weiter: "Die Deutsche Wehrmacht hat fast ganz Europa überrannt. Sie standen in Nordafrika, von Frankreich bis zum Kaukasus. Italien und der halbe Balkan sind ihre Verbündete, oder waren es. Auch sie haben Armeen in Millionenstärke. Japan eroberte fast ganz Südostasien bis Australien. Der Krieg dauert noch eine ganze Weile und die Toten kann man jetzt schon nicht mehr zählen."

"Mußt du immer den Spaß verderben?" motzte Oskov.

"Ich bleibe realistisch."

Nach einer Minute des Schweigens unterbrach Mulder: "Kommt. Gehen wir an die Arbeit."

Nur zögernd folgten die anderen. Sie nahmen ihre Hemden und Waffen und fuhren mit einem Jeep zurück zum Flugplatz.

Mulder und Cooper befanden sich nach der Arbeit beim Waschlager und rasierten sich. Sie pinselten ihre Gesichter mit Schaum ein und fuhren langsam mit dem Rasierer über die Wangen. Beide waren ziemlich gleich groß und standen sich gegenüber. In der einen Hand hielten sie einen kleinen Spiegel, in der anderen den Rasierer.

"Ach verdammt!" Mulder wusch den Rasierer in einer Wasserschüssel die vor ihm lag, aus.

"Was ist?" fragte Cooper und blickte seinen Kameraden an.

"Ich habe mich geschnitten."

Gerry blickte kurz auf dessen Wange und meinte darauf: "Nur ein kleiner Kratzer."

"Vielleicht sollte ich die Klinge wechseln."

"Wenn wir welche hätten."

Mulder rasierte sich weiter.

"Wie oft hast du dich früher rasiert?" fragte Gerry, ohne von seiner Arbeit abzulassen.

"Wann?"

"Als Pilot."

"Zweimal die Woche."

"Viel mehr machst du das jetzt auch nicht."

"Wenn es hoch kommt, dann einmal."

Cooper war mit seiner Rasur fertig, wusch sich mit den Händen das Gesicht ab und trocknete es mit einem kleinen Handtuch ab.

"Du schon fertig?" wunderte sich Mulder.

"Ja. Ich quatsche beim Rasieren auch nicht so viel."

Kurz unterbrach Mulder, blickte seinen Kumpel an und sprach mit dumpfen Worten: "Du hast da noch einen Flaum am Kinn."

"Macht nichts. Wächst sowieso nach."

Mulder grinste in sich hinein und schlug ein anderes Thema ein: "Hoffentlich bekomme ich bald das Magazin."

"Welches?"

"Das mit Miss Juli drinnen."

"Miss Juli?" wunderte sich Cooper. "Ist das nicht ein bisschen früh?"

"Doch." grinste Mulder und sah Cooper dabei an. "Mein Kumpel arbeitet in der Redaktion. Er hat mir das Foto versprochen, noch bevor es groß in den Handel kommt."

"Also hast du es nur auf das Foto abgesehen und nicht auf das Magazin."

"Ach egal. Hauptsache etwas Tolles." und sein Grinsen wurde zu einem schmalen Lächeln.

"Mir egal." winkte Cooper ab.

"Was ist los mit dir? Stehst du etwa auf Männer?"

"Idiot. Aber was nützt es mir mich aufzugeilen, wenn keine Frauen hier sind. Aber für den Langen wäre dies etwas."

"Der Russe?"

"Ukrainer. Vergiss das nicht. Er legt großen Wert darauf."

Mulder grinste wieder mehr: "Der darf das Magazin wirklich nicht in die Hände bekommen, dann picken die Seiten zusammen."

Und beide mußten lachen.

"Ja ja, diese lange Bohnenstange. Ein komischer Kautz."

"Aber ein guter Mann." verteidigte ihn Cooper.

"Du warst doch schon vorher mit ihm zusammen. War er immer schon so?"

Gerry überlegte kurz und antwortete: "Anfangs war es schwer. Aber wenn man ihn erst einmal kennt, geht es schon."

"Aber seine Stichelleien gehen ordentlich auf den Keks."

"Der Krieg verändert Menschen. Das ist seine Art damit fertig zu werden."

Kurz darauf war auch Mulder fertig, wusch sich das Gesicht ab und machte gleichzeitig seine Haare nass: "Was machst du nach dem Scheiß hier? Gehst du nach Utah auf die Ranch?"

"Ich denke nicht. Rinderzüchter ist nicht mein Beruf."

"Das muß ja gewaltig stinken." grinste Mulder.

"An den Geruch gewöhnt man sich. Aber ich würde viel lieber Schauspieler werden."

"Haha! Nicht dein Ernst. Du und Schauspieler?"

"Ja. Das wollte ich schon vor dem Krieg."

"Kriegsfilme?"

"Jetzt sicher nicht mehr." Cooper packte seine Sachen zusammen und ging davon.

"Warte auf mich." Hastig schlüpfte Mulder in sein Hemd, nahm seine Sachen und folgte Cooper, der einige Schritte langsam voraus gegangen war.

Der Rest der Gruppe saß vor ihrem Zelt und spielten Poker. Im Pott lagen bereits mehrere Scheine und einige Münzen.

Oskov zog nervös an seiner Zigarette, sah die Männer an, blickte auf seine Karte und zählte anschließend sein Geld, das vor ihm lag. Kritisch betrachtete er mit seinen braunen Augen das Geld im Pott. "Ich erhöhe um zehn." sagte er und warf das Geld auf den Haufen.

Jim blickte auf sein Blatt. Er überlegte kurz, schüttelte den Kopf, warf die Karten hin und meinte: "Das ist zuviel für mich."

"Kein Glück Blondie?" fragte Gino, grinste und blickte zu Oskov. Dann kratzte er sich an der Brust.

"Waschen nicht kratzen." meinte Ossi.

Gino gab konter: "Wer sich wäscht ist nur zu faul um sich zu kratzen." Dann kam er wieder zum Spiel: "Ich gehe mit und erhöhe um 5."

Auch Mätz der am Boden lag, warf seine Karten nieder. Drei Buben, eine Dame und einen Zehner. "Das kann ich mir nicht leisten." winkte er ab.

Oskov nickte, warf 5 Dollar in den Pott und sagte: "Ich will sehen."

Gino deckte drei Asse auf.

Der Ukrainer legte drei Könige vor sich hin.

Gino folgte mit einer Dame.

Oskov sah aufs offene Blatt von Gino, fing zu grinsen an und warf ebenso eine Dame hin. "So alter Mann." meinte er weiter und legte seine letzte Karte auf. "Einen Königpoker."

"Der hat ein Schwein." sagte Jim.

"Jetzt kannst du mir die Schulden zurückzahlen." meinte Mätz zu Oskov und hielt die Hand auf.

"Ja ja. Später. Ich muß erst das Geld zählen."

Vor Oskov lag ein Haufen von Papierscheinen und Münzen. "58 Dollar und 50 Cent." sagte er stolz.

"Dann kannst du es mir ja geben." meinte Gino und warf seine letzte Karte hin.

"Du Arsch!" fluchte der Ukrainer laut. Dann stand er auf und warf Gino das Geld hin. Unterm Weggehen fluchte er weiter.

Die Jungs lachten den Langen aus.

Gino sammelte das Geld ein und steckte es in seine Hosentasche.

"Warum hast du solange gewartet?" fragte Jim unterm Lachen.

"Wenn er schon verliert, dann soll er das Geld wenigstens einmal in den Händen halten." erwiderte der Südtiroler.

"Noch eine Runde?!" rief Mätz dem Langen hinterher.

Dieser stand fünf Meter abseits, drehte sich um und schrie zurück: "Nein danke!"

"Was ist?" fragte John die Gruppe. "Machen wir noch ein Spiel?"

"Lieber nicht." sprach Jim und winkte ab. "Gino ist mir zu kriminell."

"Und was ist mit dem Rest?" fragte John weiter.

"Ich habe für heute genug gewonnen."

Auch Mätz schüttelte den Kopf.

Zwei Tage später. Knapp vor Sonnenaufgang machte sich die auf zwei Divisionen verstärkte US-Armee für den weiteren Vorstoß bereit. Die Flanken und den Rücken deckten mehrere Regimenter in hintereinander liegenden Stellungen. Sie waren bestens ausgerüstet, besonders die leichte Artillerie und Granatwerfer waren erheblich verstärkt worden. Auf dem Flugfeld, das inzwischen auf die geforderte Länge erweitert war, standen 35 Maschinen für Aufklärungszwecke und zur Unterstützung der Infanterie bereit. Da sich auf der Insel kaum geeignetes Panzergelände befand, wurde die Feuerkraft durch zusätzliche Schiffseinheiten verstärkt, die von See her die Armee unterstützen sollten.

Ein 32 Mann starker Aufklärungszug kam nach einer mehrstündigen Auskundschaftung zum Lager zurück.

Ein Colonel lief zum Kommandanten, der sich bei der Takaya-Stellung in einem Zelt befand.

Der GeneralLieutenant blickte nur hoch.

Der Colonel salutierte und sprach: "Die Aufklärung ist zurück. Sie haben hinter der Sinsa-Bay am Fuß des Tatsumi-Gebirges ein verlassenes Dorf entdeckt."

"Gut." entschied der Kommandant. "Nehmen sie sich ein Bataillon und sichern sie es."

"Ja Sir." Der Colonel salutierte erneut und verließ das Zelt.

Gegen Mittag traf das Bataillon im Dorf ein. Es bestand aus mehreren Hütten aus Holz, Schilf und Blättern.

Bis wenige Meter vor dem Dorf standen Bäume. Nur auf der südlichen Seite, von wo das Bataillon gekommen war, lag eine größere baumfreie Zone, das früher als Getreidefeld gedient hatte, aber nach der Besetzung durch die Japaner, von den Dorfbewohnern aufgegeben wurde. Was mit den Zivilisten geschehen ist, konnte nicht genau festgestellt werden, wahrscheinlich wurden sie von der japanischen Militärverwaltung evakuiert oder zur Zwangsarbeit verpflichtet.

"Das soll das Dorf sein?" fragte der Colonel und beobachtete das Umfeld mit dem Fernglas.

"Ja Sir." antwortete ihm ein Lieutenant, der bereits mit dem Aufklärungszug hier war.

"Na gut." meinte der Offizier. "Die Gegend scheint sicher zu sein. Ausschwärmen und nach allen Seiten sichern. Erst dann gehen wir rein."

"Ja Sir." Mit Handzeichen wurde der Befehl weitergegeben.

Kurze Zeit später war das Dorf umstellt. Kleinere Gruppen gingen von allen Seiten vor. Wie bei der Pirsch, immer darauf bedacht zu sichern und in einen Hinterhalt geraten zu können. Das Dorf selbst lag auf einer freien Fläche, frei von Bäumen und Sträuchern. Es bestand aus Holzhütten die auf Pfähle standen. Dies hatte den Zweck, jegliches Getier abzuhalten in die Häuser zu gelangen. Da die Soldaten im Schutze des Dschungels vorgingen, waren auch sie gut geschützt.

Einer der Männer ging in die Knie und gab mit der Hand das Zeichen, damit seine nachfolgenden Kameraden sich ebenso ruhig verhielten. Er spähte in die Gegend, konnte kein verdächtiges Geräusch vernehmen, stand auf und deutete den Kameraden, dass es weitergehen sollte. Er schlich wieder einige Schritte vor, da zwang ihn etwas erneut in die Knie. Er ließ seine Kameraden halten und hob seine Waffe, die er im Anschlag von sich streckte. Da tauchte vor ihm, kaum in sechs Metern Entfernung ein Soldat auf. Schnell erkannte er, dass es sich hierbei um einen Amerikaner handelte, der von der anderen Seite her das Dorf umschlichen hatte. Da erblickte ihn der gegenüberstehende. Erleichtert nahm der Soldat die Waffe herunter, gab erneut ein Zeichen und ging weiter.

Nachdem sich der Kreis geschlossen hatte und der Kommandant informiert worden war, teilte dieser einige Gruppen ein, ins Dorf zu gehen. Da sie hier kaum Deckung hatten, rannten sie geduckt, liesen sich zu Boden fallen, sicherten, standen auf gingen weiter vor und sprachen dabei kein einziges Wort. Nur durch Blickkontakt und Handzeichen wurde kommuniziert. Im Dorf selber schien alles ruhig zu sein. Nichts verdächtiges. Dann teilten sich die Gruppen und waren bereit die Häuser einzeln zu durchsuchen. Langsam bestiegen sie die Treppen. Es ließ sich dabei nicht verhindern, dass das Holz beim Besteigen knarrte. Ein möglicher Angreifer könnte sich dabei in Stellung bringen. Die Amerikaner gingen jedoch in eigener Vorgehensweise die Sache an. Immer zwei postierten sich an den Seiten des Einganges, andere schlichen zu den Fenstern. Während die Eingänge Türen aus Holz besaßen, waren die Fenster offen. Eigentlich nur ein viereckiges Loch ohne Schutz oder Glas. Waren alle in Position, wurde ein Zeichen gegeben. Die beiden vor den Türen stießen sie auf, drangen mit der Waffe im Anschlag hinein, während die Männer vor den Fenstern aufstanden und mit ihren Waffen ins Innere zielten.

Als alles frei zu sein schien, gingen sie vorsichtig weiter. Die Innenräume der Hütten waren einfach und nur mit dem Notwendigsten versehen. Im Hauptraum befand sich eine Feuerstelle, mehrere am Boden liegende Matten aus Stroh, offene Schränke, ein Tisch mit mehreren Sesseln dabei und einige wenige Habseligkeiten. Im hinteren Teil der Hütten befand sich ein Durchgang, nur mit einigen getrockneten Blättern abgegrenzt. Auch hier drangen die Marines ein. In diesen kleinen Nebenräumen befanden sich die Schlafstätten und einige Körbe in den Ecken. In diesen wurde Nahrung aufbewahrt. Die Unordnung in den Hütten ließ darauf schließen, dass hier einst Eingeborene hausten, dann allerdings von den Japanern vertrieben wurden, die ihrerseits das Dorf als Quartier benutzt hatten. Alles ließ auf einen schnellen Abzug hindeuten. Einige wertlose Gegenstände lagen herum, leere Patronenhülsen und einige wenige Ausrüstungsgegenstände. Das ganze Dorf war verlassen.

"Nicht eine Menschenseele in diesem Kackdorf." grunzte einer der Soldaten, der in einem Hauptraum stand und sich einige Gegenstände ansah.

"Währe dir lieber gewesen um dieses Dorf zu kämpfen?" fragte einer seiner Kameraden nach.

"Nicht unbedingt. Aber wenn wir hier sie nicht töten, dann müssen wir weiter und woanders gegen sie kämpfen."

"Und was hättest du dann getan? Das Dorf angezündet?"

"Wieso nicht? Mit Granaten hätten wir eine Hütte nach der anderen in die Luft gesprengt."

"Und wenn hier noch Einwohner gelebt hätten?"

"Egal. Die sehen doch alle gleich aus."

"Du Arsch." blickte der Mann seinen Kameraden an. "Wir sind wegen den Japsen hier, nicht um Zivilisten abzuschlachten."

"Mein Leben ist mir wichtiger."

Der Mann schüttelte nur den Kopf und verließ die Hütte.

Einige der Soldaten verblieben im Dorf selbst, während andere ausschwärmten und die Gegend sicherten.

Der GeneralLieutenant der den Oberbefehl übernommen hatte, befand sich in seinem Zelt und studierte Pläne. Vor ihm auf dem Tisch stand eine Flasche Whisky, in seinem Mund hing eine fette Zigarre. Jedesmal wenn er sich einen anderen Plan ansah, knurrte er dabei, murmelte etwas vor sich hin und machte sich Notizen.

Da ging die Plane zur Seite und ein Captain blickte herein. "Sir." lenkte er die Aufmerksamkeit auf sich.

Der Offizier sah kurz hoch und meinte: "Was gibt es denn Rick?"

"Unser Aufklärungstrupp hat das Dorf eingenommen."

Norman nahm schnell die Zigarre aus dem Mund und verlangte sofort weitere Informationen: "Und? Feinde?"

"Nein Sir. Es war feindfrei."

"Gut. Sehr gut." war der Offizier erleichtert und steckt sich die Zigarre wieder in den Mund. "Meine Kommandeure sofort zu mir."

"Jawohl Sir." und der Captain ging davon.

Norman goss sich mit einem Lächeln etwas vom Brand in ein danebenstehendes Glas und trank es zufrieden aus. Er lehnte sich zurück und paffte seine Zigarre weiter.

Nachdem sich die höchsten Offiziere im Kommandantenzelt befanden, breitete der GeneralLieutenant die Pläne zurecht, hatte im Vorfeld schon die Truppen und Vorstöße eingetragen und erklärte seinen Kommandeuren die Vorgehensweise. Dann kam er zum Abschluss seines Vortrages: "Machen sie sich aber keine Illusionen. Nur weil wir die Stellung und ein Dorf kampflos eingenommen haben. Selbst in der Unterzahl kämpfen diese kleinen Hunde bis zum Letzten. Also machen sie ihre Augen auf. Noch Fragen?"

"Ja Sir." meldete sich ein LieutenantColonel zu Wort, der ein Bataillon führte: "Unsere Erfahrungen haben gezeigt, dass große Einheiten im Dschungel nicht geführt werden können."

"Das ist richtig." und der General wandte sich erneut an einen seiner Pläne, die auf einer großen Pin-Wand gesteckt waren. "Wenn wir einfach losstürmen bilden sich zwischen unseren Einheiten Lücken, durch die der Feind uns von allen Seiten bekämpfen kann. Dadurch können wir unseren Truppen keine Feuerunterstützung mehr geben. Deshalb will ich, dass die Linien nur ein Stück vorgehen, warten bis alle eine vorgegebene Position erreichen und erst dann zur nächsten Linie vordringen." und er zeigte mit dem Finger auf dem Plan herum, auf der er mit einem Grünstift Linien gezogen hatte.

"Mag sein Sir. Aber dadurch geben wir den Japanern die Chance, sich immer wieder vor uns festzusetzen und ihre Stellungen auszubauen." meinte ein anderer Offizier.

"Auch hierfür gibt es Anweisungen." und er wandte sich direkt an den Artillerieoffizier. "Sobald wir eine Linie erreicht haben, beschießt ihre Artillerie den frontnahmen Bereich. Dann erst stoßen unsere Truppen weiter vor. Begonnen wird der Angriff leise und ohne vorherigem Beschuss."

"Das wird aber ein harter und langer Kampf werden." erwiderte ein weiterer.

"Richtig. Deshalb will ich auch, dass an bestimmten Linien unsere vordersten Truppen durch frische ersetzt werden. Deshalb muß die Funkverbindung unter allen Umständen ständig aufrecht erhalten bleiben." dann machte er eine kurze Pause und wollte zum Schluß kommen. "Wenn keine weiteren Fragen sind, dann gehen sie auf ihre Posten."

Als die Männer das Zelt verliesen, sprach der General: "Major Mahoni. Bleiben sie bitte noch."

Als sich die beiden alleine im Zelt befanden, ging der General auf Major Mahoni zu, stand vor ihm und suchte nach Worten, schließlich sprach er: "Ich möchte mich für meinen Vorgänger entschuldigen."

"Warum sie Sir?" wunderte sich Mahoni.

"Ihre Ranger sind Goldwert und durch falsche Führung wurden sie verheizt."

"Das ist aber nicht ihre Schuld."

"Nein das nicht." stammelte der GeneralLieutenant herum, suchte nach passenden Worten und fuhr fort. "Aber ich brauche ihre Männer an vorderster Front und dabei wird es weitere Verluste geben."

"Meine Männer unterstehen ihrem Befehl. Ich weiß, dass sie sie richtig einsetzen werden. Aber ich verlange Gerechtigkeit für das was geschehen ist."

"Was verlangen sie Major?"

"Ein Disziplinarverfahren gegen General Smith."

Norman nickte leicht und bedachte: "Ein Verfahren gegen einen General ist eine heikle Angelegenheit..."

"Sir, bei allem nötigen Respekt. Wenn ein Soldat etwas falsch macht, wird er bestraft. Aber wenn ein General ein größeres Verbrechen begeht kommt er straffrei dabei raus. Ist es das was sie sagen wollen?"

Der General atmete tief ein und sprach mit gedämpften Worten: "Nein, das wäre falsch. Ich leite ihr Ansuchen weiter und werde persönlich ein Schreiben an den Oberkommandierenden schicken. Aber versprechen kann ich nichts."

Mahoni war damit nicht ganz zufrieden, aber er nickte und meinte: "Wäre das alles Sir?"

"Natürlich Major."

Mahoni verließ ohne ein weiteres Wort zu verlieren das Zelt.

Der General blickte ihm noch nach, ging dann hinter seinen Schreibtisch und setzte sich.

Die Rangergruppen standen im Westen an vorderster Linie. Auf Befehl des GeneralLieutenant setzte sich das Groß der Armee in Bewegung.

Leise, schnell und ohne Artillerievorbereitung eroberten sie weites Terrain. Dieses Mal sollte eine straff organisierte und vor allem gut koordinierte Operation den gewünschten Erfolg bringen.

Am Nachmittag zog eine Sturmfront auf. Sie passte so ganz und gar nicht in das Konzept der Planung. Eigentlich sollte das Ausschiffen der Truppen, die im Norden der Insel an Land gehen sollten, in der Nacht erfolgen, aber die Sturmfront zwang sie, die Landung um Stunden vorzuverlegen. Ein großes Problem; es war noch hell und japanische U-Boote in der Nähe, erleichterten die Sache überhaupt nicht. Die schweren Schiffseinheiten waren auf Feindfahrt. Es sollte ja keine weiteren Verstärkungen für die japanische Armee vor Ort durchkommen und die wenigen Zerstörer die noch zur Verfügung standen, sollten die Armee mit ihrem Feuer unterstützen, da schwere Artillerie in diesem Gelände nicht schnell genug nach vorne gebracht werden konnte. Eine Verschiebung auf einen späteren Zeitpunkt würde zudem die Geheimhaltung erschweren. Der Wetterdienst konnte nur vage Angaben über Dauer und Heftigkeit des Sturmes nennen. Würden die Truppen zulange warten, könnte vielleicht ein Ausschiffen im Norden nicht erfolgen.
Da es sich hierbei um eine Nebenlandung handelte, befanden sich unter den Invasionsstreitkräften vorwiegend leichte Überwassereinheiten, die von einigen Flugzeugen geschützt wurden. Vor dem Ausschiffen wurde der Strandabschnitt unter Beschuss genommen. Da man nicht wußte ob und wie viele Feinde sich in diesem Raum befanden, wurde insbesondere der schmale Landungsstreifen und das sich dahinter befindliche Gelände unter Feuer genommen. Die Zerstörer konnten durch ihre kleineren Kaliber zwar eine schnelle Feuergeschwindigkeit aufrecht erhalten, aber man war gezwungen zusätzlich leichte Bomber und Sturzkampfbomber hinzuzufügen, die treffsicherer ihre tödliche Last ins Ziel brachten. Der Beschuss hielt nur kurz an, dann wurde mit dem Ausschiffen begonnen. Wie bei Manövern und zuvor begonnenen Invasionen, fuhren die Landungsboote in Reih und Glied dem Strand näher. Einige der Männer beteten, andere blickten über die Bordwand zur Insel. Kaum am Strand, wurden die Bugklappen herabgelassen

und die Soldaten stürmten aus den Booten, rannten so schnell es ging vom Strand weg zu den schützenden Bäumen. Knapp dahinter sammelten sie sich und sicherten vorerst nur, um das Ausschiffen der anderen Wellen abzuwarten.

"Sir. Hier ist niemand." meldete einer der Soldaten einem Colonel, der mit der ersten Welle an Land gegangen war.

Sie befanden sich hinter Bäumen versteckt und checkten die Lage. An ihnen gingen Gruppen entlang, weiter vor.

Der Colonel war über diese leichte Landung verunsichert und berief eine Lagebesprechung ein: "Kompanieführer zu mir. Und besorgt mir einen Funker."

Einige der Männer eilten davon. Kurz darauf kamen die Kompanieführer, meist im Range eines Major oder Captain. Sie ließen sich beim Colonel nieder und warteten auf weitere Befehle.

"Wie es aussieht ist der Strand leer." begann der Colonel. "Aber dies will nichts heißen. Vielleicht wartet der Feind nur auf die zweite Welle, um uns dann alle gleichzeitig zu erledigen."

"Wieso sind sie sich da so sicher Sir?" stellte ein Major die Frage. "Wäre es nicht besser für die Japse gewesen, gleich die erste Welle zu beschießen?"

"Wäre dies der Fall gewesen." spekulierte der Colonel. "Dann könnten unsere Schiffseinheiten uns Feuerunterstützung geben. Jetzt allerdings stünden wir im Frendly-Fire."

Mit dieser Antwort begnügte sich der Major und ein Captain stellte seinerseits eine Frage: "Wie gehen wir weiter vor?"

Der Colonel überlegte kurz und antwortete: "Wir schwärmen aus und sichern, machen somit Platz für die nächsten Wellen."

"Und wie weit sollen wir vorstoßen?"

"500 Meter, dann zu allen Seiten sichern. Wenn alle an Land sind, marschieren wir ab."

"Ja Sir."

Die Kompaniekommandeure salutierten und begaben sich zu ihren gesammelten Einheiten.

"Sir. Der Funker."

Der Soldat mit dem Funkgerät am Rücken, gesellte sich zum Colonel.

"Ich brauche eine Verbindung zu den Schiffen."

Der Funker nickte und stellte eine Verbindung zur Invasionsflotte her. Dann meldete er: "Sir, der Admiral."

Der Offizier nahm den Hörer zur Hand und betätigte die Sprechtaste: "Admiral, Colonel Bocket hier. Die Landung war erfolgreich. Keine Gegenwehr. Setzen sie den Rest an Land." Der Offizier ließ die Sprechtaste los und wartete auf Bestätigung, dann meldete er sich ab und gab dem Funker den Hörer zurück. Schließlich wandte er sich an die Gruppe, die bei ihm lag: "Dann wollen wir mal."

Sie standen auf und drangen weiter landeinwärts vor.

Ohne auf Gegenwehr zu stoßen, landete der Rest der Ranger und marschierten geschlossen ins Landesinnere.

Die Truppen gingen nach Westen. Ihre Aufgabe; gegnerische Einheiten in den Rücken fallen und vernichten. Der GeneralLieutenant wollte dadurch eine Desorientierung und Schwächung des Feindes erreichen. Zudem sollte der Nachschub für die vordersten japanischen Einheiten unterbrochen werden. Mit dieser Aktion sollten die Japaner von zwei Seiten in die Zange genommen werden, da die Armee selbst nach Westen vordrang mit dem Befehl; feindliche Stellungen zu nehmen und sich mit den Bataillonen die im Norden der Insel gelandet waren, zu vereinen.

Die Frontlinie der beiden Angriffsdivisionen reichte vom Meer bis zum Tatsumi-Gebirge. Somit ergab sich eine Frontbreite von 6 bis 8 Kilometern. Doch die Japaner dachten nicht daran ohne Kampf den Amerikanern die Insel zu überlassen. Sie hatten hierzu im Südwesten Stellungen errichtet. Sie lagen in mehreren hintereinander liegenden Schützengräben, die kilometerweit voneinander getrennt waren. Somit sollte bei einem Angriff immer nur eine Stellung beschossen werden können. Die Japaner hatten Befehl die Stellungen zu halten, solange es ging. Würde jedoch der amerikanische Angriff zu stark werden, sollten sie ihre Posten verlassen und sich in die dahinter liegende Stellung zurückziehen. Wenn dies nicht möglich wäre, dann müßten sie im Rücken der Amerikaner operieren und Störangriffe leisten. Am Wendepunkt der Insel, wo die Amerikaner nach Norden einschwenken mußten, lagen weitere gut ausgebaute Stellungen die getarnt und mit Stacheldraht geschützt waren. Insgesamt lagen somit vier Kampflinien gestaffelt. Spätestens bei der letzten würde laut Angabe der japanischen Führung der zu erwartende Angriff der Amerikaner steckenbleiben, da viele ihrer Fronttruppen herausgenommen werden müßten, um die Störangriffe in ihrem Rücken zu bekämpfen.

So stürmten die Sturmspitzen der US-Armee auf die erste Verteidigungslinie. Der Dschungel bot gute Deckung für die japanischen Soldaten. Aufgrund der Geländebeschaffenheit konnten nur kleinere Gruppen der Divisionen, meist in Kompaniestärke herangeführt und befehligt werden, den Hügel und der undurchdringliche Dschungel machten den Einsatz von geschlossenen Verbänden unmöglich. Verbissene Abwehr schlug den Sturmspitzen entgegen, die aus Ranger bestanden. Nur langsam und im kriechen, kamen die Männer an den Feind heran. Während einige Feuerschutz gaben, sprangen andere von Deckung zu Deckung. Sie waren gezwungen sich bis auf Wurfweite heranzuarbeiten, damit die Stellungen geknackt werden konnten. Aber auch der Feind setzte Granaten ein.

"Und wieder einmal sitzen wir tief in der Scheiße." grunzte Oskov, lag im Dreck und hatte den Kopf eingezogen.

Neben ihm lag Gino, sah ihn an und grinste.

"Was ist so komisch?" fragte der Ukrainer.

"Nichts. Nur du."

"Was soll denn das heißen?" fauchte er zurück.

"Weil du immer nur meckerst."

"Ist diese Scheiße hier vielleicht kein Grund dazu?! Wir liegen im Dreck, sind voller Schlamm! Durchnäßt vom Regen, liegen unter Dauerbeschuss und sollen uns abschlachten lassen!"

"Noch lebst du aber!" wurde auch Gino lauter.

"Ja noch!" bekräftigte Ossi.

"Ihr beide schon wieder." traf Mätz bei den beiden ein. Er mußte sich sofort zu Boden werfen, da auf ihn geschossen wurde, dabei spritzte er sich mit Schlamm voll: "Ach so ein Mist!"

"Der darf fluchen. Ich nicht."

"Was ist mit dem los?"

"Ach nichts." winkte Gino ab und schlug ein anderes Thema ein. "Wo ist der Rest von uns?"

Mätz deutete zu seiner rechten und sprach: "Ein paar Meter daneben."

Gino blickte zu den Kameraden und nickte.

Der Rest der Gruppe kroch zu ihnen.

"Eine Idee wie wir da durchkommen?" fragte Ossi und blickte seinen kleinen Kameraden an.

Cooper inspizierte zuerst die Lage, zog den Kopf wieder ein und meinte: "Kleine Befestigungen."

"Aber auch die können töten." fuhr Ossi auf.

"Hat wohl schlecht geschlafen." grunzte Mulder.

Ossi wollte schon etwa sagen, mußte sich aber aufgrund direkten Beschusses noch tiefer an den Boden drücken.

"Ich sollte den Japanern danken." sprach Mulder zu sich selbst. "Die haben den Langen zum Schweigen gebracht."

"Fragt sich nur wie lange." mischte Thomson mit, der diese Worte vernommen hatte.

"Bleibt ruhig Männer." ging Cooper dazwischen. "Vier Granaten, dann stürmen wir vor."

Die Gruppe war damit einverstanden.

Nachdem die Granaten explodiert waren, standen sie auf und stürmten mit den Waffen im Anschlag weiter vor. Sie übersprangen den Erdwall der die Stellung bildete, schossen auf alles was nicht amerikanisch war und gingen in Deckung. Von ihrer Position aus konnten sie die Flanken der Japaner bestreichen und somit ihren Einfall vergrößern. Dadurch erleichterten sie nahestehenden Einheiten den Einfall.

Erst als mehrere Einbrüche geschafft waren, verstummte die japanische Abwehr und der Angriff kam wieder ins Rollen.

Doch zwei Kilometer weiter, die zweite Verteidigungslinie. Die bereits angeschlagenen Sturmtruppen erlitten weiter schwere Verluste. Hier war der japanische Widerstand härter.

Wieder lagen unsere Ranger in Deckung, hinter Bäume, Büsche oder in Mulden.

"Machen wir es wieder gleich wie beim ersten Mal?" wollte Jim wissen.

"Wieso nicht? Hat doch gut geklappt." meldete sich Thomson zu Wort.

Mätz drehte sich auf den Rücken und repetierte sein Karabiner. "Verfluchter Dreck. Der Verschluss ist voller Schlamm." Mit dem Finger versuchte er ihn zu reinigen, doch dies schien nicht zu funktionieren. Er hielt die Waffe in die Luft und drückte den Abzug. Doch nichts geschah. Da nahm er sein Kampfmesser und steckte es auf den Lauf der Waffe. "Dann muß es eben so gehen.

Cooper der dies beobachtete sprach ihn an: "Komm du zuletzt."

"Ist gut." nickte dieser. "Aber lasst mir noch ein paar übrig."

"Keine Sorge." dann wandte sich Gerry an die Gruppe. "Wir machen es wie beim letzten Mal."

Wieder wurden vier Granaten geworfen, wieder standen sie auf und stürmten vor. Zuletzt kam Mätz und auch er wurde sogleich in einen Nahkampf verwickelt. Langsam aber doch gewannen sie Überhand. Mulder blickte zur Seite. Kaum 20 Meter neben ihn sah er eine Feuerwand. Einer der Marines, der mit einem geschulterten Flammenwerfer ausgerüstet war, sprühte seine tödliche Fracht in den Graben. Hinter ihm folgten weitere Marines und kämpften die Japaner nieder.

Der gesamte südliche Teil stand nun unter dem Einfluß der Amerikaner.

Dann endlich kam der langersehnte Befehl zum Halten. Es war inzwischen dunkel geworden. Regen weichte den Boden auf und das Groß kam nur langsam voran. Die Spitzen mußten aufgefrischt und mit Nachschub versorgt werden, der im nassen Gelände zu versiegen drohte. Dies gab den japanischen Truppen Zeit, ihre folgenden Stellungen weiter auszubauen und zu verstärken.

In der Nacht verhielten sich die Hauptstreitkräfte beider Seiten ruhig, jedoch gingen kleinere Störangriffe unbeirrt weiter.

Die Gruppe unter Coopers Führung stand in einem ausgegrabenen Loch, in das Wasser vom Regen eindrang. Sie hatten mit Stämmen und Blätter ein Dach gemacht, aber es verhinderte nicht, dass Wasser durchdrang. Es regnete noch immer in Strömen und ließ den Boden zu einem Morast werden, indem die Männer bis zu den Knöcheln einsanken. Jegliche Bewegung mit Fahrzeugen oder schwerem Gerät blieb völlig im Schlamm stecken.

Mätz reinigte seine Waffe. Mit Wasser wusch er den Schlamm aus dem Verschluss, mit einem Lappen wischte er alles ab. Ohne Magazin repetierte er und drückte ab. "Na endlich." grunzte er und steckte ein volles Magazin hinein.

"Scheiß Regen." fluchte Oskov. Er nahm eine Zigarette aus der Schachtel und wollte sie anzünden. Er zog ein paar Mal, doch der Tabak fing nicht zu glühen an. Wütend nahm er die Zigarette aus dem Mund, sah sie an und warf sie weg. "Vollkommen nass diese Scheiße."

"Dann versuch doch mit dem Rauchen aufzuhören." sagte Gino und sah ihn dabei an.

"Du hast leicht reden." gab Oskov genervt zurück. "Du rauchst ja nicht."

"Warum auch? Ist doch ungesund."

"Eine Kugel im Kopf ist auch ungesund!" brüllte der Ukrainer fast.

"Ihr müsst euch auch immer in die Haare kriegen." mischte Mulder mit.

"Bei diesem Scheiß hier ist das auch kein Wunder." fügte Jim hinzu. Er zog aus seiner Brusttasche eine kleine Flasche heraus, schraubte den Verschluss auf und nahm einen kräftigen Schluck.

"Was säufst du da?" fragte Mätz.

"Bester Kentucky."

"Ein Ranger trinkt nicht im Einsatz." meinte John bei diesem Gespräch.

"Ich will mich ja auch nicht besaufen." verteidigte sich Jim.

"Aber es wärmt."

"Wir sind hier mitten in den Tropen." mischte Oskov weiter.

"Ich meinte ja auch die Seele."

Cooper zündete sich eine Zigarre an.

"He? Warum brennt die und meine nicht?"

"Weil ich sie gut verpackt habe."

"Gute Idee. Kann ich eine haben?"

Gerry warf dem Langen eine zu. Dieser nahm sie und steckte sie an. Cooper wollte ihn schon warnen, aber da hatte er schon einen Lungenzug gemacht und konnte sich vor lauter husten nicht mehr auf den Beinen halten: "Gott. Das kratzt."

"Zigarren pafft man auch." meinte Thomson ohne seinen Blick von der Umgebung abzulassen.

"Immer diese Besserwisser." knurrte Oskov.

"Wie soll es weitergehen?" schlug Mulder ein anderes Thema ein.

Alle acht blickten in die vier Himmelsrichtungen aus dem Loch und hatten ihre Waffen im Anschlag.

"Morgen früh greifen wir wieder an." antwortete Cooper.

"Mir wäre lieber in der Nacht." sagte Oskov und blickte nach oben, was er lieber nicht tun hätte sollen. Es tropfte ihm genau ins Gesicht. Er wischte mit der Hand die Tropfen ab und zog einige Male an der Zigarre. Fast hätte er wieder einen Lungenzug gemacht, konnte sich aber gerade noch zurückhalten. Er sah die Zigarre an, roch daran und meinte zu sich selber: "Die stinken ja fürchterlich. Vielleicht sollten wir den Japsen einige geben. Die bekämen sicher Dünnschiss davon."

"Ich muß mal pinkeln." sagte John.

"Aber nicht hier." forderte Mulder.

"Viel nasser kann es hier auch nicht werden." wehrte sich der Mann. Dann kroch er aus dem Loch hinaus.

"Hat der etwa Hosenflattern?" fragte Oskov und lachte dabei.

"Es ist nicht jeder so ein heißer Typ wie du." erwiderte Gino.

"Haltet die Klappe." mischte Mätz mit. "Und zwar alle."

"Die Schlitzaugen schießen wieder." bemerkte Cooper.

Sie horchten in die Dunkelheit.

"Die gehen rein." meinte Gino.

"Falsch Italiener, die gehen raus." erwiderte Oskov.

"Nein." schüttelte Gino den Kopf. "Die gehen rein."

Erneut widersprach der Lange: "Die gehen raus." Und er blickte zu Gino, der aus der Stellung sah. "Ich weiß doch was ich..." er hielt kurz inne und brüllte dann los. "Verflucht die gehen rein!"

Sofort zogen alle den Kopf ein.

Artilleriegranaten schlugen vor, hinter und neben ihnen ein und erhellten bei ihren Explosionen die Nacht.

"Ich sagte doch die gehen rein!"

"Ist ja schon gut, ich glaub es dir ja!"

Sie gingen in die Knie. Splitter würden sie ansonsten zerreisen. Aber einen Volltreffer würde der Unterstand nicht aushalten. Da er sich jedoch zwischen zwei Bäumen befand, schien ein Volltreffer unmöglich.

Durch den dauerhaften Regen waren die Wände wie auch der Boden des Unterstandes vollkommen durchnässt. Da die Erde das Wasser nicht mehr aufnehmen konnte, drückte es an der schwächsten Stelle durch und sammelte sich im Unterstand. Die Stiefeln der Soldaten waren durch den Matsch vollkommen verdreckt. Auch das Dach ließ Wasser hindurch, somit waren auch die Uniformen verdreckt und mit Wasser vollgesaugt. Da es aber ein warmer Regen war, machte es ihnen zwar nicht so viel aus, aber die vollgesogene Kleidung wurde zunehmend schwerer und behinderte in den Bewegungen.

Überall waren Lichtblitze zu sehen, verursacht durch die Einschläge. Zwischenzeitlich konnten sie dadurch aber die Umgebung erkennen und vermuteten hinter jedem Baum oder Gebüsch einen Japaner.

Erde bröckelte durch die Erschütterungen der Einschläge von den Wänden ab und fiel in die Stellung.

"Wenn der scheiß Regen noch länger anhält, sitzen wir bald in einer Dreckhöhle!" bemängelte Jim.

"Der Dreck macht mir nichts aus! Aber die Granaten!" bemerkte

Gino darauf.

"Wenn es weiteres nichts ist!" äffte Oskov.

Schreie drangen zu ihnen.

"Da hat es wohl einen Unterstand erwischt!" meinte Mätz darauf.

"Wohl eher ausgehoben!" mischte Thomson mit.

Cooper stand auf und blickte hinaus aufs Gelände.

"Komm runter!" forderte ihn der Ukrainer auf. "Sonst erwischt es dich noch!"

"Wenn wir alle da unten rumhocken, stehen auf einmal die Japse vor uns!"

"Aber von Granaten getroffen zu werden ist ungesund!" sprach Oskov weiter.

"Wenn wir einen Volltreffer abbekommen ist es egal ob wir stehen oder knien!" gab Cooper trocken zurück.

Dies wollte der Ukrainer nicht auf sich sitzen lassen, stand ebenso auf und grunzte in sich hinein: "So klein wie du bist, trifft dich sowieso nichts."

"Haltet endlich die Klappe und sichert!" ging Mätz dazwischen.

Erst jetzt standen wieder alle auf und beobachteten die Gegend.

Da brach auf einmal die Seite ein, bei der Mulder stand und begrub ihn unter sich. "Verfluchte Scheiße!" brüllte er los und grub sich frei. "Jetzt ist alles im Arsch!"

Oskov blickte zu ihm hinüber und versuchte vergebens einen Scherz zu machen: "Jetzt bist du wenigstens gut getarnt!"

"Halts Maul Langer!" fluchte Mulder weiter und stellte sich auf eine andere Seite hin.

"Sobald der Beschuss aufhört kommt der Angriff!"

"Warum bist du dir da so sicher?!" fragte Thomson.

Jim hatte so eine Vorahnung und sprach sie aus: "Ist das nicht immer so?!"

Mit der Waffe im Anschlag waren sie kampfbereit. Während sie warteten, schlug der Wind ihnen den Regen ins Gesicht. Dennoch waren sie vorbereitet und ließen sich dadurch nicht beirren.

"Wo zum Teufel ist John?!" fragte Jim nach.

"Wasserlassen!" antwortete ihm Mulder, der den Schlamm von seiner Uniform strich.

Mätz hielt seinen Kopf hinaus und brüllte so laut er konnte: "John! Beweg deinen Arsch hierher! John!" Mätz wollte hinauskriechen, doch Cooper packte ihn am Gürtel und zog ihn zurück: "Bist du wahnsinnig?! Bleib hier!"

"Ich muß John helfen!" versuchte sich Mätz loszureißen.

"Wenn du da raus gehst bist du totes Fleisch!"

"Ich kann ihn doch nicht im Stich lassen!"

"Das nützt uns wenig, wenn ihr beide verreckt!"

"Herrgott noch einmal! Sollen wir ihn da draußen krepieren lassen?!"

"Du weißt ja nicht einmal ob er noch lebt!"

"Ein Ranger lässt seinen Kameraden nie im Stich! Hast du das bereits vergessen?!"

"Nein das habe ich nicht! Doch bevor du ihn findest fällst du selber!"

"Der Kleine hat Recht!" mischte sich Oskov ein. "Du kommst keine zwei Meter weit!"

Sie gingen wieder in Deckung, da eine der Granaten in ihrer Nähe einschlug. Dann plötzlich wurde das Feuer eingestellt.

"Scheiße, was kommt jetzt?" wollte es Gino so gar nicht wirklich wissen.

Langsam standen sie auf.

Auf einmal war es ziemlich ruhig. Zu hören war nur der Regen, wie er auf die Blätter, auf das Dach und auf den Boden schlug. Jedoch war dieser so laut, dass sich eine ganze Armee anschleichen könnte, ohne bemerkt zu werden. Von anderen Stellungen wurde gerufen, nach Sanitätern geschrien.

Da wurden einige Leuchtkugeln in die Luft geschossen, die an Fallschirmen langsam herabglitten und das ganze Umfeld in ein rötliches Licht tauchten. Nach einigen Sekunden gingen sie aus und es wurde wieder dunkel.

"Los Jim, hilf mir!" schrie Mätz und kroch hinaus.

Jim folgte.

John lag nur wenige Meter von der Stellung entfernt. "Es brennt! Es brennt!" brüllte er.

Mätz nahm den Kopf von John und legte ihn auf seine Schenkel.

"Verfluchte Scheiße!" rief Jim aus, der aus seiner Hosentasche einen Erste-Hilfe-Pack zog.

"Sanitäter! Sani! Sofort hierher!" brüllte Mätz so laut er konnte.

John schrie währenddessen unbeirrt weiter. Eine Granate war vor ihm eingeschlagen. Die Explosion zerfetzte seinen Oberkörper. Von der Brust bis zum Unterleib war es eine einzige klaffende Wunde. Das rohe Fleisch dampfte im Regen. John war mit Schlamm und seinem eigenen Blut beschmiert. Sein Körper zuckte vor Schmerzen. Seine Augen waren weit geöffnet und blickten schnell hin und her.

"Halte durch. Der Sani kommt schon." versuchte Mätz ihn zu beruhigen.

Jim zog eine Morphiumkapsel aus der Packung und jagte die kleine Nadel durch das Hosenbein in Johns Körper.

John fing zu husten an. Er spuckte Blut.

Der Rest der Gruppe war hinzugetreten, blickten auf ihn und wußten; sie konnten ihm nicht helfen.

"Gib jetzt bloß nicht auf!" brüllte Mätz ihn in seiner Verzweiflung an. "Wenn du jetzt abkratzt, dann bringe ich dich um!" Er schrie erneut in die Dunkelheit. "Wo bleibt der verdammte Sanitäter?!"

John stöhnte nur noch. Er brachte kein Wort heraus. Das Blut rann ihm aus dem Mund.

Mulder standen Tränen in den Augen.

John zuckte immer weniger. Seine Hand glitt zu Mätz, hielt ihn am Kopf fest. Ein letztes Stöhnen. Sein Mund stand weit offen, die Augen starr.

"Nein!" rüttelte Mätz den leblosen Körper. "Verflucht, nein!"

"Scheiß Japse." bemerkte Oskov.

Lange blieben sie noch bei ihrem toten Kameraden. Erst nach Minuten traf ein Sanitäter bei ihnen ein, doch er wußte sogleich was los war. Außer ein, "Tut mir leid." brachte er nichts heraus.

"Du verdammtes Arschloch!" Mätz stürzte sich auf Cooper. Mit seinen 1,89 Meter, war er ein gutes Stück größer als Gerry und wog zudem 26 Kilogramm mehr. Mit beiden Händen hob er den kleineren hoch und schleuderte ihn weg. Cooper flog mit dem Rücken zu Boden. Sofort stürzte sich Mätz erneut auf ihn und schlug auf ihn ein.

Mulder und Oskov rannten zu Mätz und zogen ihn von Cooper runter.

"Das reicht jetzt!" schrie der Ukrainer ihn an.

"Laßt mich los!" wehrte sich der Streitende vergebens. "Dank diesem Scheißkerl ist John tot!"

Oskov drückte Mätz an den nächsten Baum und brüllte ihn an: "Dieser Scheißkerl hat dir das Leben gerettet! Ansonsten würdest du jetzt neben John liegen! Also beherrsch dich jetzt!" Langsam lies er ihn los.

Gerry lag noch immer am Boden. Mit seiner schlammbedeckten Hand strich er sich um den Mund, um das Blut von seiner aufgeplatzten Lippe zu wischen.

Mulder ging auf ihn zu und hielt ihm die Hand hin: "Komm, steh auf."

Gerry fasste die Hand und rappelte sich hoch.

Mätz atmete tief durch. Schließlich sprach er: "Tut mir leid Mann. Mir gingen die Nerven durch."

Cooper blickte ihn an: "Macht nichts. Du bist nicht der Einzige, der in dieser Hölle durchdreht. Sie dir Gino und den Russen an."

"Jetzt reicht es aber!" erwiderte Oskov. "Der Italiener zwingt mich dazu!"

"Was mach ich?!"

"Ja! Das letzte Mal beim Pokern!"

"Du hast es doch nicht anders verdient!" wurde Gino laut.

"Du Arsch!" und Oskov machte einen Schritt auf ihn zu.

Jetzt endlich mischte sich Jim ein, der nur ruhig dagestanden hatte: "Halltet alle die Klappe! Ist es wirklich schon so weit?! Kämpfen wir gegen die Japse oder Alle gegen Alle?!"

Die Gruppe stand schweigend da.

Jim war der erste, der zurück in die Stellung ging.

Nur kurz konnten sie trauern, denn um 05.00 Uhr ging der Vorstoß weiter.

Die Granatwerferzüge dienten als direkte Unterstützung der eigenen Infanterie. Durch ihre Wendigkeit war es leicht die Granatwerfer aufzubauen, einige Granaten rauszufeuern, die Werfer aufzunehmen und weiter vorzurücken.

"Granatwerfer hier aufstellen."

Die Männer stellten den Werfer zu Boden.

"45 Grad." gab der Zugführer einen weiteren Befehl.

Einer der Männer stellte den Winkel ein. Andere führten Granaten mit sich und reichten sie dem Schützen weiter. Dieser steckte eine Granate in den Lauf und ließ sie hinein gleiten. Sofort drehten alle die Gesichter beiseite. Kaum berührte das hintere Teil der Granate die Nadel, flog sie schon mit einem dumpfen Plopp aus dem Rohr. Sofort steckte der Lader eine weitere hinein. Dies machten sie vier mal.

"Weiter vor."

Die Männer packten alles zusammen. Der Stärkste von ihnen griff den Werfer mit Handschuhen an, da das Rohr durch das Benützen heiß wurde, hob es hoch und sie rannten weiter vor. Ihr Ziel war es die japanischen Anlagen direkt vor den eigenen Truppen sturmreif zu schießen. Im Dschungel jedoch verhinderten Bäume oft einen wirkungsvollen Effekt, da viele Granaten bereits beim Einschlag in die Bäume detonierten und so mußte an vielen Stellen der Feind im zähen Ringen ausgehoben werden. Allerdings konnten sie durch den dichtbewachsenen Dschungel nahe an den Feind herankommen, die dann mit Handgranaten ausgeschaltet wurden.

Aber auch die Amerikaner standen unter heftigem Abwehrfeuer japanischer Artillerie und Maschinengewehrnester. Die japanische Taktik durch hintereinander angelegte Stellungen machte sich bezahlt. Ihr Widerstand versteifte sich und die amerikanischen Kräfte verschlissen zunehmend.

"General Sir." erhielt der kommandierende Offizier eine Meldung von seinem Funker. Sie befanden sich hinter den eigenen Linien auf einer Lichtung im Dschungel. Von allen Seiten drang Kampflärm zu ihnen herüber. Weitere Funker waren mit den verschiedenen Einheiten in Verbindung.

Der GeneralLieutenant war über einen Kartentisch gebeugt, um ihn herum sein Stab. Er blickte hoch und wartete auf Meldung.

"Sir die Delta Kompanie ist an der dritten Linie festgenagelt. Sie stehen unter schwerem Beschuss und kommen nicht weiter."

Der Offizier nickte.

Da meldete sich ein weiterer Funker: "Sir auch die Alpha Kompanie sitzt an der dritten Feindlinie fest."

"Sir, das zweite Bataillon meldet Stillstand. Kein durchkommen an der feindlichen Linie. Sie haben hohe Verluste und fordern Verstärkung an."

Der General nickte erneut, blickte weiterhin auf die Karte und erklärte kurz zu seinem Stab: "Die dritte Feindlinie scheint die Stärkste zu sein." Und er fuhr ihre Linie auf der Karte mit dem Finger ab.

Sein Stab war ebenso über die Karte gebeugt und lauschte seinen Worten.

"Dennoch dürfen wir den Angriff nicht abbrechen. Gebt die Koordinaten an die Artillerie weiter. Sämtlicher Beschuss auf die dritte Linie. Und schicken sie die Reservetruppen vor. Wir müssen diese Linie durchbrechen. Dann schwärmen wir aus und fallen den Japanern in den Rücken."

Die Offiziere nickten und gaben die Befehle weiter.

Währenddessen kämpfte auch unsere Gruppe unermüdlich weiter.

"Wie viele dieser Arschlöcher müssen wir noch vertreiben?" bemerkte Jim.

"Kampflos werden sie uns die Insel nicht überlassen." fügte Thomson hinzu.

"Was du nicht sagst."

"Wie weit noch bis zu ihnen." wollte Mulder wissen und duckte sich, als Granaten über ihre Köpfe hinweg flogen.

Mätz blickte durch ein Fernglas und schätzte die Entfernung ab: "Vielleicht 100 Meter. Aber ich kann nichts genaueres erkennen."

"Und was jetzt?" regte sich Oskov auf.

"Wir werden die Truppen vor uns umgehen und sie in der Flanke packen." antwortete Cooper. Er lag auf dem Rücken, zog den Stahlhelm etwas hoch und hatte die Waffe umklammert.

Die sieben Männer lagen in einer Mulde zwischen drei Hügeln, die nur zwei Meter hoch waren, aber gute Deckung boten.

Es regnete noch immer. Die Männer waren durchnässt und ihre Uniformen ein einziger Schlammhaufen. Ihre Waffen waren verdreckt, das Sturmgepäck mit Wasser vollgesaugt und wog dadurch mehr als sonst.

Da sprangen zwei Marineinfanteristen in die Mulde.

"Aha, die Verstärkung." bemerkte Gino sarkastisch.

"Wer seid ihr?" fragte Mulder.

"Wir sind von der fünften."

"Bringt eure Kompanie hierher. Wir stürmen dann vor und fassen sie in der Flanke." befahl Cooper.

Die beiden Infanteristen leisteten den Worten sofort Tat. Sie glaubten Cooper wäre ein Ranghöherer. Bei dieser Schlammschlacht war dies auch kein Wunder, man konnte keine Abzeichen mehr erkennen.

"Der Kleine wurde soeben zum General befördert." meinte Oskov und grinste dabei.

Nur kurze Zeit später kamen die beiden mit 43 Männer zurück.

"Ist das alles?"

"Mehr ist von unserer Kompanie nicht übrig." bekam der Ukrainer zur Antwort.

Gerry nickte: "Dann muß es eben so gehen." Er legte sich auf den Bauch und kroch über einen der Hügel, der zu einem aufgehäuften Damm führte. Die Infanteristen folgten. Die anderen Ranger warteten, bis zum Schluß, ehe sie folgten.

"Der glaubt wirklich er wäre General." sprach Oskov aus.

"Dann sollten wir ihm besser helfen." meinte Gino und kroch

hoch.

Gerry hatte die halbe Strecke des Dammes hinter sich gebracht, blieb stehen, setzte sich nieder und lehnte sich mit dem Rücken gegen den Damm.

Die Infanteristen liefen in geduckter Haltung weiter.

"Was ist los? Wieso bleibst du stehen?" fragte Mätz, als sie bei ihm ankamen.

"Nichts ist los. Ich warte nur auf gutes Wetter."

Oskov blickte zum Himmel und meinte darauf: "Das wird noch etwas warten müssen."

Verdattert blickten sie ihn an, bis Cooper darauf meinte: "Das war ein Wortwitz."

"Dazu haben wir jetzt keine Zeit." sagte Mulder.

Soeben schlugen MG-Projektile auf den Damm ein, genau über ihnen.

"Auf ihr Hunde!" schrie Jim und rannte vor.

"Der hat Nerven." meinte Thomson darauf und rannte ihm hinterher.

Inzwischen waren die ersten Infanteristen an der Flanke der feindlichen Stellung angelangt. Doch die Japaner waren aufmerksam und bemerkten die Gefahr. Sie richteten ihre Waffen neu aus und nahmen die anstürmenden unter Beschuss. Der MG-Schütze riss seine Waffe hin und her und feuerte auf alles was sich bewegte. Er hatte auch keine Zeit zu schauen, wer sich gerade vor seinem Lauf befand. Er mußte die Amerikaner unter allen Umständen am weiteren Vormarsch hindern. Andere Japaner warfen Handgranaten um den Angriff abzuschwächen. Die ersten Infanteristen der dezimierten Kompanie fielen im Kugelhagel. Ununterbrochen hielten die Japaner ihr Dauerfeuer aufrecht. Die nachfolgenden Truppen suchten Deckung wo sie sich gerade befanden.

"Wheinbauer! Komm hier her!" rief einer der Soldaten, der sich hinter einem Baum versteckt hatte.

"Ich bin getroffen!" Er lag am Boden und versuchte in Deckung zu kriechen.

Der Japaner schoß weiter.

Die Kugeln durchlöcherten von hinten den Körper von Whein-bauer.

"Ihr verdammten Reisfresser!" schrie der Mann, stand auf und stürmte mit einer Wut im Bauch gegen die feindliche Stellung. Unter dem Rennen schoß er sein Magazin leer. Sein Feuer war derart heftig, dass die Japaner in Deckung gehen mußten. Sie brüllten einander an. Ein Ranghöherer befahl dem Schützen weiter zu feuern. Er griff den Abzug und hielt drauf. Der Amerikaner befand sich nur noch wenige Meter vor dem Schützengraben, als ihn eine Salve niederstreckte. Der Mann fiel in einen mit Wasser gefüllten Granattrichter. Schnell waren die Japaner wieder aus der Deckung.

"Was machen wir jetzt?" fragte Oskov sich selbst. Er lag hinter einen Baum und hatte alles beobachtet. Er wollte keine Zielscheibe abgeben und drückte sich so gut es ging zu Boden, dabei mußte er sein Gesicht mehrmals in den Schlamm stecken.

"Handgranaten und von Baum zu Baum springen!" befahl Cooper. "Wer nicht vorstürmt gibt Sperrfeuer!"

Einige Männer, darunter die Ranger, krochen vor. Auf dem Gelände, auf dem sie sich befanden, standen nur wenige Bäume. Viele hatten die Japaner gefällt um besseres Schussfeld zu haben. Obwohl die Infanterie die Japaner unter Sperrfeuer nahm, fielen drei Mann, ehe sie auf Handgranatenwurfweite herangekommen waren.

"Zieht und werft!" brüllte Cooper aus.

Die Männer zogen jeweils eine Granate und warfen. In und um den Schützengraben explodierten sie. Die mit Sandsäcken geschützte Stellung brach zusammen. Schlamm schoß meterhoch in die Luft. Einer der Japaner hob es aus der Stellung heraus. Das Maschinengewehr zerriss in seine Einzelteile.

"Vorwärts!" schrie Gino.

Mit Gebrüll machten sie sich selber Mut. Sie liefen in die Stellung, die eigentlich nur ein Ausläufer war und drangen über die vernichtete MG-Stellung in die japanische Linie ein. Wie man es von den Japanern gewohnt war, leisteten sie heftigen Widerstand. Es kam zum Mann gegen Mann Kampf. Selbst mit den Gewehrkolben schlugen sie auf den jeweiligen Gegner ein. Einer der japanischen Soldaten drückte Jim mit dem Gewehr gegen die Wand des Grabens. Jim drohte die Luft auszugehen. Mit voller Wucht schlug er sein rechtes Knie in den Unterleib des Mannes. Sofort ließ dieser los. Diese Gelegenheit nutzte Jim aus und rammte dem Japaner ein Messer in den Bauch. Doch in der Hitze des Gefechtes verirrte sich eine Kugel und traf Jim in den Rücken. Ohne von den anderen bemerkt zu werden ging er in die Knie. Tief atmend mit weit aufgerissenem Mund war er fast bewegungslos. Um ihn herum kämpften, schlugen und schossen Kameraden und Feinde. Er war in einen schockartigen Zustand gefallen. Ihm kam alles wie in Zeitlupe vor. Selbst der Lärm und das Gebrüll wirkten schemenhaft, verschwommen und hallend. War dies der Schock, indem sein Körper verfiel? An den Augenrändern verschwamm alles. Tief mußte er atmen, blickte kurz zu sich herab, sah aber keine Wunde. Die Kugel hatte sich an den Rippen festgesetzt, die ein durchdringen verhinderten. Dennoch war seine Lunge verletzt worden, denn er begann Blut zu spucken. Er hustete und bekam immer weniger Luft. Seine Blicke irrten ziellos umher. Ein weiterer Blick galt dem Himmel, der in einem gleichmäßigen grau schien. Jim hustete und noch mehr Blut rann aus seinem Mund. Ihm wurde kalt und warm zugleich. Der stechende Schmerz in seinem Rücken ließ langsam nach. Er begann fürchterlich zu zittern.

Von hinten drang ein japanischer Soldat an Jim heran. Mit einem Säbel schlug er auf ihn ein. Ein letztes hecheln, dann fiel Jim bewegungslos mit dem Gesicht voran zu Boden.

Ständig drangen weitere Amerikaner in den Schützengraben ein. Sie schafften es an mehreren Stellen einzubrechen. Die Opferzahlen schnellten auf beiden Seiten in die Höhe, doch die Linie brach zusammen und wurde genommen.

Kurz darauf ließ der GeneralLieutenant halten. Die vordersten Truppen waren erschöpft und ausgeblutet, ihnen mangelte es an Sanitätsmaterial und an Munition und vor allem benötigten sie Verstärkungen. Die Artillerie lag weit hinten und mußte erst nach vorne gebracht werden. Allmählich verstummte auch der Kampflärm. Beide Seiten hatten bis zur Erschöpfung gefochten. Eine Pause war dringend notwendig. Die Leichen wurden nicht gezählt und nur wenige Verwundete wurden gefunden.

D er nächste Tag.
Langsam dämmerte es. Die Sonne schob sich über den Horizont. In der Nacht konnten die Amerikaner ihre Stellungen behaupten, trotz kleinerer Angriffe des Feindes.

Eine Transportmaschine landete auf dem Flugplatz von Kirgasha. Ein paar Soldaten rannten auf die zum Stillstand gekommene Maschine. Die Türe öffnete sich. Der Chef des Planungsstabes persönlich stieg aus der Maschine. Beim Anblick des Mannes stockten die Soldaten, hatten sie doch keinen weiteren so hochgestellten und hochdekorierten General erwartet. Also mußte die Insel ein sehr wichtiger Punkt für den Sieg sein. Trotz seines Alters war der Mann gut durchtrainiert. Seine kurzgeschnittenen Haare schauten ein wenig unter der Schirmmütze hervor. Sogar Abzeichen und Orden aus dem Ersten Weltkrieg hatte er sich an seine Brust geheftet. Der Mann hatte eine moosgrüne Uniform an, sauber und gebügelt. In seiner rechten Hand hielt er eine schwarze Aktentasche. Zu den Männern die zur Maschine gelaufen waren, wandte er sich sogleich: "Bringt mich sofort zum GeneralLieutenant."

"Ja Sir." konnten sie es noch immer nicht fassen, dass ein weiterer drei Sterne General eingetroffen war. Sie organisierten einen Jeep, währenddessen rollte der Pilot der Maschine an den Anfang der Startbahn, gab Schub und hob ab.

Da sich der GeneralLieutenant ziemlich weit vorne befand, mußte er erst zurückbeordert werden. Im Kommandantenzelt unterhielten sich beide Männer.

"Guten Morgen. GeneralLieutenant."

"Guten Morgen Sir. Ich habe sie hier nicht erwartet."

"Mein Kommen wurde auch nicht angekündigt."

Der Offizier nickte und bot dem Mann einen Platz an. Er selbst setzte sich hinter dem Schreibtisch: "Möchten sie einen Kaffee Sir?"

"Nein danke." wich dieser aus, legte seine Aktentasche auf den Tisch und öffnete sie. "Ich möchte gleich zur Sache kommen." Aus der Tasche zog er mehrere Mappen, die neue, geplante Offensiven im gesamten pazifischen Raum beinhalteten. "Wie sieht es aus?" wollte er wissen.

"Der südliche Teil der Insel ist erobert. Derzeit stehen unsere Truppen in heftige Kämpfe im Westen der Insel. Im Osten ist derzeit alles ruhig."

"Die Truppen im Norden?"

"Sind angelandet, aber noch nicht weit vorgedrungen. Wir hatten ständig Funkkontakt, aber seit gestern keine Meldung mehr von ihnen."

Beide unterhielten sich nüchtern, während der Chef des Planungsstabes Informationen aus den Mappen bereitlegte: "Denken sie an heftigen Widerstand im Norden?"

"Nein. Ich vermute eher ein technisches Problem."

"Was gedenken sie in dieser Situation zu tun?"

"Ich lasse zwei Kompanien des dritten Bataillons zum Paß marschieren. Sie sollen ihn einnehmen und jeden der Schlitzaugen der sich dort befinden sollte, eliminieren."

"Sie sagten; im Osten wäre alles ruhig?" sprach der Mann und legte vor dem Offizier einige Unterlagen hin.

Dieser nahm sie entgegen, sah sie durch und sprach zugleich: "Das ist korrekt." und fügte dem hinzu. "Bewaffnete Aufklärung hat keine Anzeichen gebracht, dass die Japaner erneut versuchen an dieser Stelle zu operieren."

"Gut." nickte der Planungschef. "Wie geht es den Rangern?"

"Vor meinem Ankommen hatten sie schwere Verluste erlitten. Jetzt übernehmen sie die Aufgaben, für die sie eigentlich ausgebildet wurden."

"Und Major Mahoni?"

"Der war erfreut als ich das Kommando übernahm."

"Wo befindet er sich jetzt?"

"Vorne bei seinen Männern."

"Vorne?" wunderte sich der Mann.

"Ja." nickte der GeneralLieutenant dazu. "Er wollte es unbedingt. Also ließ ich ihn gewähren."

"Nun denn." wollte der Mann weiterkommen. "Wie lief es bei ihnen bisher?"

"Schwere Artillerie kann nicht mehr eingesetzt werden. Sie würden eher unsere Truppen als die des Feindes treffen. Um der Infanterie dennoch nötige Unterstützung zu bieten, wurden die Granatwerferzüge auf einzelne Kompanien aufgeteilt, jede mit eigener Funkabteilung. Somit kann jederzeit der Feind beschossen werden."

"Halten sie diese Splitterung für nötig?"

"Ja Sir." atmete der General tief durch und fuhr fort. "Die Japaner haben sich gut getarnt. Sie kämpfen hart, sind wir jedoch stärker, lassen sie uns durchsickern und greifen uns von hinten an. Außerdem ist inmitten des Dschungels kein großer Verband gut zu koordinieren, also müssen wir meist kompanieweise taktieren." Der Offizier atmete tief ein und sprach über die Lage: "Unsere Munition wird langsam knapp. Die vordersten Züge kämpfen nur noch mit dem Messer. Einige dieser Einheiten müssen sich schon mit Beutewaffen zur Wehr setzen. Und es scheint, als hätten die Japaner unbegrenzte Munition."

Der Chef breitete Unterlagen auf dem Tisch auf.

"Was sind das für Fotos?"

"Von dieser Insel hier."

Der GeneralLieutenant nahm sie zur Hand und blickte sie genauer an. Er hob den Kopf und sah den Mann an: "Von wann sind die?"

"Die ersten sind einige Monate alt, aber die jüngsten erst seit ein paar Tagen."

Der Offizier sah sie noch einmal erneut an, diesmal etwas genauer, konnte aber nicht erkennen was er da sah: "Ich verstehe nicht ganz."

"Sie müssen schneller vorrücken."

"Das geht nicht." bekräftigte der Mann. "Die Truppen sind ausgepumpt."

"Darauf können wir jetzt keine Rücksicht nehmen. Sie müssen den Druck aufrecht erhalten."

"Wie bitte soll ich das machen?!" wurde der Offizier lauter. "Viele meiner Einheiten sind zusammengeschmolzen. Einige Truppenteile stecken irgendwo und ich habe keine Verbindung zu ihnen."

"Auf dies müssen wir leider verzichten." bekräftigte der Chef.
"Verzichten?!" fuchtelte der General mit den Händen herum.
"Sollen sie etwa geopfert werden?!"
"Mit diesen annehmbaren Verlusten müssen wir rechnen."
"Annehmbar?!" konnte es GeneralLieutenant Norman nicht fassen.
"Jetzt passen sie einmal auf!" ging auch der Chef härter zur Rede. "Sie befehlen hier ein paar tausend Mann. Aber im Planungsstab müssen Entscheidungen getroffen werden bei denen es um Hunderttausende geht! Ihr Aktion hier ist nur ein Teil eines ganzen Planes! Und die Reaktionen der Japaner darauf haben einiges geändert!"
Der General sprach kein Wort mehr, sondern sah den Mann nur tief in die Augen.
"Herrgott noch einmal!" versuchte der Chef die Lage zu entschärfen. "Wir haben Krieg! Und wir wurden angegriffen! Diese kleinen Scheißer geben nicht von alleine auf!"
"Die Truppen brauchen eine Pause!" fuhr der General von neuem hoch. "Die vorderen Linien müssen aufgefüllt werden! An manchen Stellen können nicht einmal die Verwundeten nach hinten gebracht werden!"
Der Chef der vor dem Tisch, dem Offizier gegenüber saß, schlug mit der Faust auf den Tisch, sprach härtere und lautere Worte: "Wir haben japanische Funksprüche erhalten! Sie haben in den letzten Monaten kilometerlange Stollen in den Berg getrieben! Und das ist noch nicht alles! Sie haben diese Stollen mit Sprengstoff vollgepackt und wollen diese Insel sprengen!"
"Mehr als kämpfen können meine Männer nicht!"
Der Chef beugte sich über den Tisch, stützte sich dabei mit beiden Händen ab und sprach wieder ruhiger: "Ich weiß, dass sie ihr Bestes geben. Seit sie das Kommando haben geht alles etwas zügiger voran. Aber die Zeit drängt."
"Sie hätten von Anfang an das Kommando an einen anderen übergeben sollen und nicht General Smith."
Der Chef setzte sich wieder aufrecht hin und rückte näher an

den Tisch heran. Er rieb sich das Gesicht mit der rechten Hand ab und sprach weiter: "Ja ich gebe zu, es war ein Fehler von mir, General Smith hierfür auszuwählen. Aber das ändert nichts an der Sache."

"Was würde passieren, wenn die Japaner den Berg sprengen?" forschte der Offizier nach. "Sie wissen es, also sagen sie es mir."

Der Chef ließ einige Augenblicke verstreichen, blickte den Offizier an und wich vom Thema ab: "Haben sie einen Brandy hier?"

"Natürlich." huschte dem GeneralLieutenant ein Lächeln über die Lippen. Er drehte sich mit dem Sessel um, öffnete einen Schrank, nahm zwei Gläser und eine volle Flasche Brandy heraus und stellte alles auf den Tisch. Mit der linken Hand nahm er die Flasche hoch, mit der rechten, öffnete er sie und schenkte die Gläser halb voll ein.

Sie nahmen die Gläser zur Hand, hielten sie kurz in die Höhe und während der Offizier am Glas nur nippelte, trank der Chef in einem Zug seines aus. Er stellte das Glas ab und der Kommandant goss erneut nach.

"Also was hat es mit diesen Stollen auf sich?" kam der Offizier zum Thema zurück.

Der Chef nahm das Glas und trank die Hälfte daraus: "Das die Japaner bis zum letzten Mann kämpfen, dass wissen wir."

Der Offizier nickte dem zustimmend.

"Aus den Funksprüchen geht hervor, dass die Japaner den Berg sprengen sollen. Durch diese gewaltigen Explosionen werden nicht nur die Japaner selbst getötet, sondern auch viele unserer Jungs. In Washington ist man der Meinung, dass dadurch die gesamte Insel für uns unbrauchbar werden kann. Vor allem, da wir auf den Flugplatz hier angewiesen sind."

"Entschuldigen sie Sir." unterbrach der GeneralLieutenant, strich sich durch seine grau melierten Haare und ließ sich auf dem Sessel zurückfallen. "Wieso glauben die in Washington, dass dadurch die ganze Insel betroffen wäre?"

"Die Insel ist in Wirklichkeit ein erloschener Vulkan. Bei einer Sprengung könnte er wieder aktiv werden."

"Aber bitte." belächelte der Offizier diese These. Er lehnte sich wieder vor und stützte sich mit beiden Armen am Tisch ab. "Das ist doch der größte Schwachsinn, der mir je in die Ohren gekommen ist. Wie sollte eine Sprengung einen Vulkan auslösen?"

"Ich weiß selbst, dies klingt alles mehr als nur verrückt."

"In der Tat."

"Aber die geologischen Wissenschaftler des Weißen Hauses und auch die Berater des Präsidenten sind sich darüber einig. Aus der letzten geknackten Meldung geht hervor, dass die Japaner einen Stollen senkrecht nach unten getrieben haben. Da der Vulkan jederzeit erneut ausbrechen könnte, kamen die Herren ins Schwitzen."

"Und wie sollte dies gehen?" konnte der GeneralLieutenant dies immer noch nicht verstehen.

"Unsere Wissenschaftler glauben, dass, wenn der Berg weggesprengt wird, oder noch mehrere Stollen hinunter getrieben werden, der Vulkan genügend Druck besäße, auch den Rest zu durchdringen. Er braucht nicht einmal auszubrechen. Es reicht schon das Lava sich über die Insel ergießt. Sollte dies wirklich geschehen, ist die Insel für uns wertlos. Die Japaner hätten einen taktischen Sieg errungen."

"Und was glauben sie? Glauben sie diesen Schwachsinn?"

"Ich selber nicht. Aber Washington ist darüber sehr verunsichert. Die Japaner sollen an geheimen Waffen forschen die eine hohe Vernichtungskraft besitzen. Zudem experimentieren sie mit Schweißbohrungen die durch Fels geht, wie ein Messer durch Butter und was weiß der Teufel was sonst noch. Vielleicht würde eine von diesen genügen." der Chef trank sein Glas leer und fuhr fort: "Ich wurde vom Präsidenten persönlich betraut, hierherzufliegen und die Sache zu überwachen."

"Und wie stellen sich die edlen Herren das vor, was ich hier machen soll?" klang Spott und Hohn in den Worten.

"Verstärkungen sind unterwegs, doch bevor die hier sind, sollen sie weiter angreifen. Ihre Truppen müssen schnellst möglichst die Japaner überrumpeln, damit sie erst gar nicht zu einer Aktion kommen."

"Und wie soll ich das hier auf einer kleinen vom Dschungel bewachsenen Insel machen?"

"Auf einigen Pazifikinseln wurden ganze Geschwader von schweren Bombern zusammengezogen. Sie werden den Angriff einleiten und dann müssen sie mit allem was sie haben, so schnell wie möglich und wenn es geht von allen Seiten gleichzeitig den Feind niederringen."

"Sagen sie mir wie das gehen soll? Ich kann nur von einer Seite angreifen. Meine Divisionen weiter zu teilen und dann noch Gruppen von ihnen zurück nach Osten zu verlegen ist irrsinnig und würde demnach alles nur verzögern."

"Dann greifen sie frontal an und kommen sie nicht zum Stillstand."

"Ich würde gerne einmal die Politiker sehen, wie sie mitten im Busch eine ganze Division geschlossen vorwärts stürmen lassen wollen. Ganz zu schweigen vom Nachschub. Die wissen oft selbst nicht wo sich die eigenen Jungs befinden. Zu unübersichtlich ist das Gelände."

"Deshalb haben die Bomber auch eine speziell hierfür vorgesehene Ladung."

"Und was wäre das?"

"Napalm."

Dem GeneralLieutenant verschlug es den Atem: "Sie wollen die ganze Insel abfackeln?"

"Dann sollten sie genügend Platz für einen geschlossenen Vormarsch haben."

"Von wem stammt dieser Plan?" konnte es der Offizier immer noch nicht fassen.

"Von einem General der Bomberflotte."

"Nur so ein Idiot kann auf eine derart beknackte Idee kommen." der Offizier konnte nicht mehr ruhig sitzen bleiben. Er stand auf und ging langsam im Zelt auf und ab. Schließlich sprach er weiter: "Wann soll dieser Bomberangriff stattfinden?"

"Den genauen Zeitpunkt erfahren wir noch. Allerdings sollten sie die genauen Positionen ihrer Truppen bekannt geben, damit nicht sie versehentlich unter Beschuss liegen."

"Aus welcher Höhe soll der Angriff erfolgen?"

"Das Bomberkommando will möglichst kein Flugzeug verlieren. Sie sind teuer und ihre Produktion ist langwierig."

"Aus großer Höhe also. Dass ist ein Himmelsfahrtskommando für meine Männer."

"Ist das nicht der ganze Krieg?" und der Chef sprach sogleich weiter, damit der Offizier nicht noch mehr von seiner Unmut loswerden konnte. "Tieffliegende Aufklärer werden die Stellungen im vorhinein ausmachen und photographieren. Nach der Auswertung werden wir wissen wo sie sich verkrochen haben. Markierer werden der Bomberflotte vorausfliegen und Signalbomben abwerfen und somit das Zielgebiet markieren. In Europa hatten wir damit große Erfolge."

"Da wurden die Bomben auf Städte geworfen, Tagesmärsche weit weg von unseren Einheiten. Aber hier?"

"Ich verstehe sie." begann der Chef mit einem anderen Ton. "Wenn sie diese Aufgabe nicht übernehmen wollen, wird sich sicherlich einer finden lassen."

"Nein nein!" sprach Norman und zeigte mit dem Finger auf den Mann, um seinen Worten Nachdruck zu verleihen. "Ich habe dieses Kommando übernommen und ich bringe es auch zu Ende."

"Etwas anderes habe ich auch nicht von ihnen erwartet." der Mann stand auf und wollte zum Schluß kommen. "Bis wir den genauen Angriffstermin haben, sollten sie aber mit ihrem Angriff weiter fortfahren."

Dem GeneralLieutenant blieb auch kaum etwas anderes übrig, so nickte er zustimmend: "Wie der Präsident befiehlt."

Der Chef ging zum Ausgang, drehte sich noch einmal um und meinte abschließend: "Der Krieg dauert schon so lange. Mit dieser Insel hier, können wir das Japanische Mutterland verstärkt angreifen und somit den Krieg verkürzen. Damit retten wir tausenden von Soldaten das Leben, unseren Soldaten. Greifen sie weiter an. Der Schwung darf aufgrund von Nachschubproblemen nicht ins

Stocken geraten." Dann verließ er das Zelt.

Norman konnte es immer noch nicht glauben was er da gehört hatte. Aber Befehl war Befehl und dieser kam von ganz Oben. Er lehnte sich zurück und trank einen weiteren Brandy.

T rotzdem waren die Amerikaner gezwungen einige Tage zu warten. In diesen Tagen griffen ständig japanische Einheiten an, deren Feuerüberfälle immer nur wenige Minuten lang andauerten, dann zogen sie sich wieder zurück.

Über Wege, die durch den Dschungel geschlagen wurden, wurde der Nachschub nach vorne gebracht. Pioniereinheiten waren ständig dabei bedacht, diese Transportwege in Schuß zu halten.

"Und da kommt schon wieder eine Ladung." grunzte einer der Pioniere. Er stand mit seiner Gruppe am Wegrand und beobachtete wie ein LKW eine Ladung Kies auslud. Hinter ihm folgte eine Pionierraupe, die grob das Kies verlegte. Kaum war sie weitergefahren, wurde die Gruppe von einem Unteroffizier angetrieben: "Beeilt euch Männer! Die Löcher stopfen sich nicht von alleine!"

"Der hat gut reden." murrte der Mann.

"Macht nichts." klopfte ihm sein Kamerad auf die Schulter. "Besser hier Löcher stopfen, als vorne zu verrecken."

"Ach du blöde Sau."

Die Männer gingen daran den überschüssigen Kies zu verteilen. Mit Schaufeln füllten sie die Löcher auf und stampften darauf herum.

"In einem Tag ist die Straße doch sowieso wieder hinüber."

"Halt den Mund George!" fuhr der Unteroffizier den Mann an. "Und stopf die Löcher!"

"Lieber würde ich etwas anderes stopfen."

"So wie du aussiehst will dich doch keine." grinste einer seiner Kameraden.

"Wieso?" und er blickte an sich hinab. Er sah auch nicht gerade einladend aus. Die Uniform verdreckt, das Hemd offen was durch den Schweiß an seinem Körper pickte, unrasiert, nicht gewaschen und er stank nach allem Möglichen.

"Geht zur Seite!" trieb der SergeantMajor die Männer zurück.

Eine ganze Wagenkolonne rollte mit Nachschub heran. Ihre lauten Dieselmotoren dröhnten und aus ihren Auspuffen qualmte dicker, schwarzer Rauch.

Der Mann blickte zu den Reifen der Fahrzeuge, wie sie die eben erst zugeschütteten Löcher erneut schufen und grunzte in sich hinein: "Und schon wieder schaufeln."

"Volle Deckung!" schrie ein Mann in die Runde.

Sogleich vernahmen alle das Heulen der Ankommenden. Schnell liesen sie alles fallen und sprangen hinter Bäumen in Deckung. Mehrere Granaten schlugen um und auf der Straße ein. Eine grelle Explosion hob sich von den anderen ab. Einer der LKW´s wurde getroffen und brannte. Nach nur einer Minute war der ganze Spuk vorbei.

"Los auf!"

"Fahrer und Beifahrer zu ihren Fahrzeugen!"

"Räumpanzer her!"

Von allen Seiten drangen Befehle herbei. Nur langsam erhob sich der Mann und wischte sich den Dreck von sich. Er blickte auf den getroffenen LKW. Durch die Flammen erkannte er im Führerhaus die brennenden Leichen. Er machte ein Kreuzzeichen und murrte weiter: "Selbst hier hinten ist man nicht mehr sicher."

An der Front machte sich der GeneralLieutenant ein Bild von der Gesamtlage. Vor dem Fuße des Tatsumi-Gebirges, im westlichen Teil der Insel, stand der General auf nacktem Fels und blickte hinunter. Er stand über 200 Meter über dem Meeresspiegel und hatte von dieser Position aus einen guten Überblick über das Gelände.

Die Sonne war bereits aufgegangen. Es herrschte wieder schönes, heißes und schwüles Wetter. Der Boden war zwar an einigen Stellen noch schlammig, aber für den Weitermarsch sollte er nicht hinderlich sein.

Ein letztes Mal blickte der General auf das Gelände, auf dem seine Männer in wenigen Minuten vorstürmen sollten. Die Breite vom Gebirge bis zum Strand betrug an der engsten Stelle kaum zwei Kilometer. Dies war ein Nadelöhr, um von hier aus in den nördlichen Teil der Insel zu gelangen. Vor den Truppen lag eine 500 Meter breite, baumfreie und felsige Zone. Dahinter schloß der Dschungel erneut an. Das leicht abfallende Gelände hatte einen

Höhenunterschied von 52 Metern und bot keinerlei Deckung. Nur am Strand und am Rand des Gebirges verlief jeweils ein schmaler Baumstreifen. An diesen beiden Stellen hatten sich die Rangertruppen gesammelt.

"Gut." meinte der General und ließ von seiner Beobachtung ab. "Da hilft nur ein Frontalangriff." Er drehte sich zu seinem Stab um, ihrer sechs, die hinter ihm um einen Tisch standen. Mit großen langsamen Schritten ging er auf sie zu. Er blickte auf eine Karte mit der Westseite der Insel. Dann wandte er sich an einen Lieutenant-Colonel, der den Befehl über die auf der Insel stationierten Flugzeuge inne hatte: "Wenn die Bodentruppen auf Widerstand stoßen, müssen ihre Flugzeuge sie unterstützen."

"Ja Sir." meinte dieser. "Die Truppen sind mit Rauchgranaten ausgerüstet worden. Diese werden als Zielmarkierungen verschossen."

Die Piloten der Maschinen befanden sich bereits am Rand der Startbahn. Bei Alarm, müssten die Techniker nur noch die Probeller andrehen. Bestückt waren sie mit Bomben und vollen Magazinen für ihre Bordgeschütze. 18 Flugzeuge mit je zwei 250 Kilogramm Bomben waren startbereit.

Der GeneralLieutenant ging den Angriffsplan noch einmal im Kopf durch und fragte nach: "Der Beschuss durch Artillerie?"

Der verantwortliche Offizier antwortete sogleich: "Sie nehmen die Baumreihen unter Feuer, sobald der Einsatzbefehl kommt."

"Gut." nickte der General. "Der erste Vorstoß erfolgt hier am Fuße des Berges und am Strand um die Flanken zu sichern, erst dann geht das Groß in der Mitte vor. Dies wäre alles."

Sie leisteten gegenseitig die Ehrenbezeugung und stiegen vom Felsen hinunter zu ihren Fahrzeugen, die sie auf fast unpassierbaren, holprigen Pfaden zu ihrem jeweiligen Gefechtsstand brachten.

Die Rangergruppe unter Coopers Führung, die nur noch aus sechs Mann bestand, befand sich in einem 65 Meter langen Graben, der am Fuß des Tatsumi-Gebirges von den Japanern zur Verteidigung angelegt worden war. In diesem Graben warteten 45 Ranger auf ihren Einsatz.

"Hoffentlich hat diese Scheiße bald ein Ende." fluchte Oskov vor sich hin.

"Da bin ich mir nicht so sicher." meinte Gino, der zwischen dem Ukrainer und Gerry stand.

"Es muß bald zu Ende sein." meinte Oskov weiter. "Zuerst Olavson, dann John, Jim."

"Ja." seufzte Mätz. "Drei gute Jungs."

Mulder meinte darauf: "Wenn ich darunter stürme, werde ich ihren Tod rächen."

Cooper zog an einer Zigarre und sprach mit: "Das wird nicht so leicht sein. Die Japse kämpfen von Stunde zu Stunde härter."

Thomson sprach vor sich hin: "Gott sagte; lasse dort Ranger sein und sie öffneten die Pforte zur Hölle."

"Aber wie eine Hölle sieht es hier nicht aus." sprach Oskov weiter.

"Warte ab." ging Gino dazwischen und sah den Ukrainer an. "Noch ist die letzte Schlacht nicht geschlagen."

"Wollen die bis Mittag warten?" fragte Mätz und sah sich um. "Wann geht es endlich los?"

"Schon Sehnsucht nach dem Tod?" fragte Mulder nach.

"Nein, das nicht. Aber wir verlieren den Schutz der Überraschung wenn wir länger warten."

"Mach dir da mal keine Sorgen." ging Thomson mit ein. "Die wissen das wir kommen."

"Ich bin mir nicht sicher ob der neue Kommandant weiß was er tut." meinte Oskov und spuckte vor sich aus.

"Er soll ein As sein. Ein verdammt guter Taktiker." sprach Cooper.

Alle blickten zu ihm.

"Du weißt doch etwas." spekulierte Mätz.

"Nein das nicht. Aber es wird viel geredet."

"Und was wird so geplaudert?" ließ auch Mulder nicht locker.

"Natürlich verschweigt der uns etwas." stimmte Thomson mit ein und hatte Cooper damit gemeint.

"Ach nur das Übliche. Jeder sagt etwas anderes und im Endeffekt stimmt gar nichts."

"Aber du weißt das er ein Ass ist." mischte Mulder weiter.

"Auf alle Fälle besser als Smith."

"Dieser Scheißer kann mir gestohlen bleiben." knurrte Thomson.

Cooper nahm den Helm ab, setzte sich bequem hin, blickte seine Kameraden an und erwiderte darauf: "Macht euch keine Sorgen. Der neue Kommandeur passt schon auf uns auf."

"Ach ja?" ging nun auch Oskov in dieses Gespräch mit ein. "Aber auch er kann das Blutvergießen nicht vermeiden."

"Zumindest jagt er uns nicht in eine Scheiße wenn ersichtlich ist, dass wir verlieren." ging nun Gerry in die Verteidigung.

"Also weißt du doch etwas." hielt Mulder den Kurs.

"Jetzt lasst mal den Kleinen in Ruhe." mischte sich Gino ein.

Oskov starrte den Südtiroler an und erwiderte schroff: "Das ist aber auch mein Blut das hier vergossen werden soll."

"Du hast genug davon."

"Wie kommst du denn darauf?"

"Du bist eine Giraffe."

"Na warte du Itaker." und Oskov wollte sich schon auf ihn stürzen, doch Mätz hielt ihn mit den Worten zurück: "Jetzt bleibt ruhig! Und zwar alle! Das ist doch nicht mehr auszuhalten!"

Oskov hielt inne und setzte sich nieder, aber man konnte seinen Grimm spüren.

Im Umfeld der Gruppe befanden sich andere Einheiten, die ebenso über das Bevorstehende sprachen, aßen oder ihre Waffen reinigten. Auch bei ihnen merkte man den Unmut durch die harten Kämpfe der vergangenen Wochen. Ein jeder von ihnen hätte schon längst Fronturlaub erhalten sollen, aber hier auf der Insel abgelöst zu werden, war doch etwas schwieriger als gedacht. Ging es doch um einige tausend Mann.

Es dauerte nicht lange, da fuhren Kettenfahrzeuge zur Linie.

"Was wird das jetzt?" wollte Mätz wissen.

Von den Fahrzeugen sprangen Soldaten ab und luden Kisten aus. Mit diesen gingen sie die Linie ab und versorgten die Truppe.

Als eine von ihnen fast auf Oskov seine Füße trat, da er sie lang von sich ausgestreckt hatte, kam es wieder zu einer Auseinandersetzung, aber die Männer ließen sich nicht darauf ein. Sie stellten die Kisten auf den Boden, öffneten sie und entnahmen daraus Dosen.

"Was ist das?" wollte Gino wissen.

"Verpflegung." antwortete einer von ihnen und stellte einige davon auf den Boden ab.

Thomson hob eine davon auf, betrachtete sie und meinte nicht gerade erfreut darüber: "Speck mit Bohnen. Wohl die Henkersmahlzeit."

"Diese Scheiße fresse ich schon seit Monaten!" regte sich Oskov auf. "Ein Steak wäre mir lieber! He?! Hast du eines?!"

Der Mann ließ sich nicht auf eine Diskussion ein, hatte er bereits schon des öfteren derartige Meldungen erhalten. Sein Kamerad jedoch fauchte zurück: "Wir verteilen dies nur! Beschwer dich doch beim General, oder am besten gleich beim Präsidenten selbst!"

"Ist ja schon gut!" gab Oskov zurück. Als die Männer wieder weiter wollten, hielt er sie zurück und steckte aus der Kiste noch einige Dosen mehr in sein Gepäck.

"Nimm nur." meinte einer von den Versorgungstruppen unbeeindruckt. "Hinterher können wir wieder alles einsammeln."

"Das kriegt ihr sicher nicht wieder."

"Im Jenseits brauchst du kein Dosenfutter."

Bevor Oskov einen Streit anfangen konnte, war Mätz wieder einmal gezwungen ihn zurückzuhalten.

Von anderen Trupps erhielten sie frisches Wasser und Munition.

Nach alldem war die Gruppe wieder unter sich und das Warten begann von Neuem.

"Scheiße, was machst du da?" fragte Gino.

Mulder hatte sein Hemd ausgezogen und durchsuchte es.

"Verdammt der sucht Läuse." bemerkte Mätz.

Oskov begann sich zu kratzen.

"Vielleicht solltest du auch nach Läusen Ausschau halten." grinste Thomson.

"Lieber kratze ich mich." grunzte der Ukrainer.

Unbeeindruckt suchte Mulder weiter, zog die Biester raus und zerdrückte sie. Dabei knackte ihr Chitinpanzer wie Pop-Corn.

"Mann das ist ja eklig." bemerkte Mätz.

"Ich habe keine Lust, dass sie mich auffressen."

Ein noch junger Lieutenant trat von hinten an sie heran: "Okay Männer. Raus aus der Deckung und bereitmachen."

"Jetzt geht es los." sagte Mätz zu Oskov.

"Wurde auch langsam Zeit." gab dieser zurück.

Die Ranger stiegen aus dem Graben und gingen im Eilschritt den kleinen Erdwall hoch. Auf ihm legten sie sich nieder. Das Sturmgepäck drückte dabei aufs Kreuz und der Ukrainer hatte wieder etwas gefunden um zu fluchen: "Das scheiß Ding behindert mehr als es hilft."

Wie Ginos Mentalität war, mischte er gleich mit: "Du bist auch mit gar nichts zufrieden."

"Da unten im Busch werden die Japse warten." sprach Mulder.

Cooper sah ihn an und meinte: "Hast du etwas anderes erwartet?"

"Dann können sie uns abschlachten wie Vieh." gab Oskov sein Kommentar dazu und fuhr fort. "Zuerst warten wir im Graben und jetzt auf dem Hügel. Verdammt, da wird man ja verrückt."

"Du kommst schon noch früh genug zum Henker." sprach Gino den Ukrainer an.

"Haltet doch endlich einmal die Klappe!" sagte ein Ranger aus einer anderen Gruppe.

"Halt du dich da raus." forderte Cooper.

Der Ranger wollte schon auf den kleinen Mann losgehen, doch Mulder hielt ihn zurück: "Bleib cool Junge. Die Wut kannst du dir für die Reisfresser sparen."

Sie beruhigten sich nur langsam. Gemurmel und fluchen folgten, bis es nach einigen Minuten verstummte.

Da dröhnte der ganze Himmel.

"Wo kommt das her?" wollte Thomson wissen.

"Da oben." und Mätz deutete zum Himmel.

"Scheiße sind das viele." sprach Gino zu sich selber.

Am Himmel konnten sie über die ganze Länge hinweg Flugzeuge ausmachen, die Kondensstreifen hinter sich herzogen.

"Was zum Teufel ist das?" stellte Oskov die Frage an alle.

Cooper blickte genau hinauf und antwortete: "Das sind B-29 Bomber."

"Du kennst diese Teile?" wunderte sich Ossi.

"Ja." behielt Cooper den Blick zum Himmel und sprach weiter. "Die schwersten je gebauten Bomber."

Die Boeing B-29 Superfortress war in der Tat der schwerste, gebaute Bomber des Zweiten Weltkrieges. Dieses Flugzeug hatte 9-10 Mann Besatzung und war über 30 Meter lang. Seine Flügelspannweite betrug über 43 Meter. Vier Triebwerke gesamt 8.800 PS, brachten dieses Ungetüm auf 10.200 Meter Höhe, bei einer Reichweite zwischen 5.200 und 9.382 Kilometer und einer Höchstgeschwindigkeit von 576 Stundenkilometern. Bewaffnet war dieses Flugzeug wie eine Festung mit 11 Maschinengewehren. Einige Versionen hatten zusätzlich noch ein 20 Millimeter Geschütz mit an Bord. Die Bombenlast betrug über 9 Tonnen. Bereits 1940 wurden Pläne für dieses Flugzeug ausgearbeitet. Erstmals flog ein Prototyp am 21. September 1942. Zu Kampfeinsätzen wurden dieser Bomber jedoch erst ab Sommer 1944 zugelassen. Insgesamt wurden 3.970 dieser Bomber in verschiedenen Varianten gebaut.

Noch bevor die Bomber die Abwurfzone erreichten, öffneten sie die Bombenschächte. Mittels einem Bombenzielgerät, das Flughöhe und Geschwindigkeit miteinbezog, konnte die Besatzung den genauen Abwurfzeitpunkt erreichen. Kaum darüber, drückten sie die Knöpfe und die Bomben lösten sich von den Halterungen und flogen in die Tiefe. Nur starker Wind konnte die Bomben noch aus dem Zielgebiet hinausdrängen. Da die Bomber über 9.000 Meter hoch flogen, um der japanischen Flak zu entgehen, bestand allerdings eine große Gefahr, die kleinen Zielpunkte nicht genau zu treffen. Früher als berechnet durften die Besatzungen ihre tödliche Last aber nicht loslassen, denn da könnten eigene Einheiten in ihrem Wirkungsbereich liegen. Der Befehl galt daher, lieber etwas später als zu früh abzuwerfen. Das aus einer derartigen Höhe natürlich nicht mehr genau getroffen werden konnte, stand fest. Doch eigene Truppen zu treffen, hätten hunderte am Boden wartenden Amerikanern den sicheren Tod bedeutet. Es genügte, wenn die rückwärtigen Linien der Japaner vernichtet würden, so in Washington.

Die mehrere hundert Kilogramm schweren Bomben regneten auf die Insel hinab. Durch den Einsatz von über 50 Flugzeugen, die allerdings mit nur wenigen Begleitjägern flogen, dachte man auf kaum Gegenwehr der Japaner, könnte der gesamte nordwestliche Teil der Insel bombardiert werden. Ein Flächenbombardement aus großer Höhe auf eine kleine Insel, war schon ein sehr gewagtes Unterfangen, aber man ließ sich auch nicht davon abbringen. Mit einem Heulen und Pfeifen flogen die Bomben schnell dem Boden näher. Sogar von den umliegenden Schiffen aus konnte man ihren Absturz hören, der immer lauter wurde, je näher die Bomben dem Boden kamen.

Da schlugen sie ein. Hunderte von ihnen schnell hintereinander folgend. Da diese schweren Bomben mit stark brennbarem Phosphor gefüllt waren, drangen gewaltige Feuersäulen in die Höhe. Das Phosphor entzündete sich sogleich, spritzte in die Flugrichtung und alles was brennen konnte fing Feuer. Die Soldaten am Boden mußten ihre Ohren zuhalten. Der Druck und die Lautstärke hätte ansonsten ihre Trommelfelle zerrissen. Durch die schnellen hintereinander folgenden Einschläge bebte der Boden nicht nur, sondern es wirkte wie ein sekundenlang anhaltendes Erdbeben. Die Feuersäulen drangen doppelt so hoch wie die Bäume wuchsen. Mit einer einzelnen Bombe waren bereits viele Quadratmeter Fläche zerstört, der brennende, umher spritzende Phosphor vernichtete weitere große Flächen. Schnell vereinten sich die einzelnen Brandherde zu einer gigantischen Flammenmauer, die sich binnen kürzester Zeit zu einem ganzen Flammenmeer ausbreiteten. Mehrere Quadratkilometer des Dschungels ging somit in kürzester Zeit in Flammen auf. Feuersbrünste sogen durch die Hitze und die dadurch entstehenden Winde gen Himmel empor. In Wirbeln zogen die Flammen an einigen Stellen hunderte Meter hoch und wirkten wie ein Hurrikan. Die Temperatur stieg schnell an, sog aus dem Umfeld noch mehr Luft an und trieb die Flammen noch höher. Alles an ihren Rändern wurde von diesen Sog erfasst und zur Mitte gezogen. Zum Glück wehte der eigentliche Wind nach Norden, weg von den US-Bodentruppen, aber selbst aus hunderten von Metern Entfernung spürten sie die Hitze, die Glut der Vernichtung. Durch den Zusammenschluss der Feuer zu einem einzigen Herd, entstand ein Höllenlärm. Das Tosen und Krachen übertönte jegliche andere Geräusche. Selbst schreien war noch zu leise. Schnell stieg die Temperatur auf tausend Grad an. Stahl begann sich zu verformen, was lebte verdampfte, selbst Aluminium schmolz und fing Feuer und es wurde immer schlimmer. Die Flammen zogen sich zur Mitte hin wie eine Pyramide in die Höhe, züngelten hunderte Meter hoch. Der schwarze Rauch thronte tausende Meter zum Himmel und stieg immer höher. Die Japaner im Umfeld hatten keine Chance. Wer inmitten dieses Feuermeeres stand hatte Glück, denn er war auf der Stelle tot. Viele Japaner zog der heiße Wind zu den Flammen. Sie versuchten am Boden liegend sich festzuhalten, aber schnell verließ sie die Kraft und es zog sie zu den Flammen. Wer Kraft hatte, wurde zwar nicht hineingezogen, aber durch die enorme Hitze fingen umliegende Bäume und Büsche Feuer, ja sogar die Uniformen der Soldaten. Das Feuer brüllte und drohte alles zu verschlingen. Die rötlichen, gelben Flamen bildeten wahrhaftig das Tor zur Hölle. Wer nicht verbrannte, dem zerriss die tausend Grad heiße Luft die Lunge wie Reispapier. Das Blut der Soldaten fing zu kochen an, die Haut warf große Blasen und schmolz von den Körpern der Japaner. Wer sich außerhalb dieses Infernos befand, war auch nicht sicher. Das Phosphor konnte nicht so einfach abgestreift werden. Es war kaum zu löschen, schon gar nicht mit Wasser. Selbst sich am Boden wälzen war keine Alternative, denn das Phosphor brannte richtige Löcher in die Leiber.

Die Ranger und Marines blickten diesem Inferno zu.

"Verflucht, was ist das nur für ein Zeug?!" brüllte Mätz.

Sämtliche Soldaten lagen am Boden und blickten sich dieses

Schauspiel an.

"Gott. Die Hölle könnte nicht schlimmer aussehen." stöhnte Gino.

"Und ich dachte schon was für ein Feuerwerk, wenn einer Flammenwerfer-Panzer abdrückt." schüttelte Oskov mit dem Kopf.

"Wie der Eingang zur Hölle." sprach Cooper.

"Und genau da müssen wir durch." bemerkte Mulder.

"Ich warte bis das Feuer aus ist." antwortete Thomson betroffen und ließ sich die Düne hinab gleiten. Kurz darauf wandten sich auch die anderen der Gruppe ab.

"Ob da noch jemand am Leben ist?" wollte Mulder wissen.

Thomson schüttelte kurz den Kopf und meinte: "Auf jedenfall nicht mehr viele."

"Wollen wir es hoffen." grunzte Oskov.

"Habt ihr gesehen?" fragte Mätz. "Viele Bomben regneten aber weit hinten ab."

"Sicher drei oder vier Kilometer." ergänzte Gino.

"Und den vorderen Teil, den dürfen wir säubern." war Oskov damit nicht gerade einverstanden.

Cooper wandte sich an die ganze Gruppe: "Da drinnen stecken sicher noch einige von den Japsen. Und die geben nicht auf."

"Also wieder ein harter Kampf." murrte Oskov.

"Wenigstens erhalten sie keine Verstärkung mehr. Die ist Asche." meinte Thomson.

"Das ist ein Trost, danke." sprach Mulder sarkastisch.

Nach einiger Zeit hatte sich das Feuer von selbst soweit gelöscht, dass es kaum noch eine Gefahr darstellte.

Die Granatwerferzüge begannen mit ihrem Einsatz. Sie bauten die Werfer hinter dem Hügel auf, stellten den befohlenen Winkel ein. Kaum war eine Granate draußen, gab der Lader eine neue hinein. Mit einem dumpfen Pfiff schossen die Granaten hinaus, über die Köpfe der Soldaten, hinunter in den Dschungel. Einige Granaten schlugen auf dem felsigen Gelände ein. Das Gestein zersplitterte beim Aufschlag und flog meterweit durch die Luft. Im Urwald ließen die Granaten Erde, Asche und Äste hochschleudern. In kürzester Zeit explodierten über 100 dieser Geschosse. Schnell hintereinander und eng beisammen schlugen sie in ihre Ziele ein. Äste zerbrachen, kleine Bäume fielen um. Grau bis schwarzer Rauch stieg über den Einschlagstellen hoch.

Der GeneralLieutenant ließ vom Schauplatz ab und gab einen Befehl an den Funker, der mit den Luftstreitkräften in Verbindung stand: "Die erste Welle soll starten."

Sofort gab der Funker die Anweisung weiter.

Sobald der Befehl bei ihnen eintraf, gaben Techniker das OK-Zeichen und zogen die Bremsklötze von den Reifen weg. Die Piloten schalteten die Motoren ein und gaben vollen Schub. Einer nach dem anderen hob ab. In der Luft fuhren sie das Fahrwerk ein, flogen eine Schleife um sich zu sammeln und flogen in niedrige Höhe ihrem Einsatzziel entgegen. Währenddessen rollte die zweite Welle an die Startbahn heran und hielt sich für weitere Einsätze bereit.

Die Ranger gingen los. Ihr Weg waren die beiden Baumstreifen. Während die Hälfte vorstürmte, gaben die anderen Feuerschutz. Dann ging die erste Hälfte in Deckung und die zweite stürmte vor. Mit dieser Abwechslung gaben sich die Ranger Feuerunterstützung und Schutz zugleich. Die Männer kamen schnell vorwärts. Die Baumstreifen waren licht und am Boden befanden sich kaum Hindernisse. 200 Meter hatten sie bereits hinter sich. Plötzlich stießen sie auf unerwarteten, harten Widerstand. Vor ihnen tauchten gutgetarnte Stellungen auf. Schweres Maschinengewehrfeuer schlug ihnen entgegen. Handgranaten flogen auf sie zu. Die vordersten Reihen der Ranger wurden niedergestreckt. Das Knattern der Maschinengewehre hallte in den Ohren der Soldaten. Nur wer sich hinter einem dicken Baum befand, war vor den Kugeln sicher. Dünnere Bäume wurden einfach durchschossen. Verletzte krümmten sich am Boden. Die Explosionen der Handgranaten schleuderte die Männer in unmittelbarer Nähe weg. Splitter rissen tiefe Wunden ins Fleisch. Im selben Augenblick schoß die japanische Artillerie aus dem Dschungel, nahe dem offenem Feld, auf den Hügel auf die amerikanischen Soldaten. Aus dem Dschungel blitzten Mündungsfeuer auf. Ein Dauerfeuer von Kugeln und Granaten gingen ununterbrochen über die amerikanischen Linien nieder. Selbst die vermeidlichen, sicheren Posten der amerikanischen Granatwerfer wurden durch Steilfeuer beschossen.

Der GeneralLieutenant stand auf dem Felsen und beobachtete mit dem Fernglas den Kampfverlauf. Er rief Funker zu sich und gab Instruktionen: "Roter Rauch! Wir brauchen roten Rauch! Die Bomben wurden zu weit hinten abgeladen!"

Der Funker gab diesen Befehl sofort weiter. Die Artillerieleitstelle gab die Koordinaten durch und gab Feuerbefehl. Die Rauchgranaten detonierten an gewünschten Stellen. Er war mehr rosa als rot, aber jeder wußte was dies zu bedeuten hatte.

Der Geschwaderkommandant erblickte den Rauch und sprach durch sein Mundstück indem sich auch der Bordfunk befand: "An alle. Die Bodentruppen haben Unterstützung angefordert. Wir gehen runter."

Die Piloten brachen rechts aus und gingen auf Baumwipfelhöhe. Sie flogen über die amerikanische Linie, übers offene Feld und auf die japanischen Verteidiger zu, die vergebens versuchten die Rauchgranaten zu löschen. An vier Stellen stieg Rauch auf. Zwei am Fuße des Gebirges, eine in der Mitte und eine in der Nähe vom Strand.

Mit gedrosselten Motoren steuerten die Piloten die Ziele an. Kurz über dem Rauch klickten sie ihre Bombenlasten aus und zogen die Maschinen hoch. Die gewaltigen Explosionen zerstörten selbst stark befestigte Anlagen. Für die japanischen Soldaten gab es kaum sicheren Schutz. Die Kraft der Detonationen, die Druckwellen und die Splitterwirkung waren enorm. Erdbrocken wurden aus dem Boden gerissen und hinterließen Krater mit mehreren Metern im Durchmesser. Kleine Bäume splitterten und fielen um. Stellungen mit Sandsäcken verstärkt, boten keinen Schutz. Die Soldaten, die sich in der Nähe eines Bombeneinschlages befanden wurden durch die Druckwelle weggedrückt. Die Schützengräben gaben nach und verschütteten die Männer. Getroffene Geschütze wurden unbrauchbar. Die Bedienungsmannschaften hatten keine Chance. Obwohl den Piloten schwere Abwehr entgegenschlug, wurden nur zwei Maschinen abgeschossen. Kaum waren die Bomben abgelassen, flogen die Piloten zum Stützpunkt zurück, um nachzuladen, während weitere Maschinen die sich noch am Boden befanden zum Start rollten. Hiermit sollte eine dauerhafte Luftunterstützung gewährleistet werden.

Die US-Marineinfanterie war nun an der Reihe. Mit lautem Gebrüll stürmten sie vor. Den Piloten und der eigenen Artillerie war es jedoch nicht gelungen, die gesamte gegnerische Abwehr auszuschalten. Dadurch stieg die Opferzahl in die Höhe. Dennoch rannten die Amerikaner weiter ins Massengrab.

Am Strand gingen die Rangereinheiten weiter vor. Allerdings ließen sich die Japaner nicht allzu sehr in die Enge treiben. Sobald der Artilleriebeschuss aufgehört hatte, erhoben sie sich wieder und nahmen alles was nicht zu ihnen gehörte unter Dauerfeuer. Doch die Ranger schaften es schnell nahe heranzukommen. Als sie sich nur noch 30 Meter von den Stellungen entfernt befanden, warfen sie Handgranaten und zwangen den Feind somit erneut in Deckung. Hier gelangen ihnen schnell einige Einbrüche und sie drängten die Japaner zurück.

Im Baumstreifen am Berghang ging es nicht so glatt. Hier zeigte die Artillerievorbereitung kaum Wirkung und die meisten Stellungen blieben intakt. Als die Ranger erneut vorstürmten, gingen die Japaner sogar zum Gegenangriff über. Hier prallten beide Seiten aufeinander und es entstanden heftige Mann gegen Mann Kämpfe. Beide Seiten setzten ein was sie gerade in die Hände bekamen. Sogar mit Spaten wurde der jeweilige Gegner bekämpft. Da die Amerikaner jedoch körperlich größer und auch kräftemäßig stärker waren, gewannen sie die meisten Zweikämpfe und als immer mehr eigene Truppen erschienen, drängten sie auch hier die Japaner langsam zurück. Jedoch nicht so schnell wie gewünscht, denn die Japaner wehrten sich verbissen. Ihre Offiziere trieben Einheit um Einheit in die Nahkämpfe und kämpften selbst mit ihren Schwertern wie einst die Samurai, die sie geschickt einsetzten. Ein Lieutenant sprang in eine kleine Gruppe von Zweikämpfen, schwang sein Schwert schnell hin und her und schlug Amerikanern Arme und Beine ab. Anderen stieß er die Klinge in den Rücken, dann drehte er sich schnell, holte erneut aus und schlug einem Ranger den Kopf ab. Aber erst als ein ganzes Magazin in seinen Körper steckte, ging er zu Boden und wollte selbst dann noch weiterkämpfen. Eine Kugel in den Kopf beendete diesen Kampf.

In der Mitte der Front stießen die Marines am weitesten vor und erreichten den Dschungel. Doch dann auch hier heftige Einzelkämpfe. Mit geballten Ladungen sprengten die Infanteristen Stellungen und Geschütze des Feindes. Sie warfen sich zu Boden, krochen im Schutze der Bäume und Sperrfeuer ihrer Kameraden an die Stellungen heran, zogen den Sicherungsstift und warfen die Pakete über die Sandsäcke. Sie zogen die Köpfe ein und warteten bis die Detonation erfolgt war, dann standen sie auf, sprangen in die Stellung, gaben kurze Feuerstöße ab und rannten weiter. Anfangs konnten die Japaner den Angriff noch abfangen, aber als immer mehr Stellungen ausgehoben wurden und immer mehr Marines erschienen, wurde auch hier an mehreren Stellen die Linie aufgebrochen. Nachströmende Truppen fielen den Japanern in die Flanke oder rollten sie von hinten auf. Die ganze Abwehrlinie der Japaner vom Strand bis zum Gebirge geriet ins Wanken und drohte zu fallen.

Zuletzt folgten Sanitätseinheiten, die Verwundete aufsammelten und sie nach hinten brachten, aber auch sie waren nicht sicher. Viele Sanitäter wurden niedergeschossen. Unter ihnen befanden sich auch Militärgeistliche, die Schwerverwundeten die letzte Ölung gaben, bei denen ersichtlich war, dass sie nicht überleben würden.

Die Hauptkampflinie verlegte sich währenddessen langsam aber stetig nach vor.

Die Rangergruppe unter Coopers Führung ging hinter Bäumen in Deckung. Neben ihnen stürmten andere Einheiten weiter vor.

"Warum halten wir?!" fragte Mulder und mußte im Gefechtslärm schreien.

"Ich habe ein verdammt ungutes Gefühl!" antwortete Cooper.

"Ich auch!" meldete sich Oskov zu Wort. "Wir sind viel zu leicht durchgebrochen!"

Dann mußten sie ihre Köpfe einziehen. Sie lagen unter Granatbeschuss. Gefechtslärm, klappern von Ausrüstung, Schreie, Rufe, Befehle und das Keuchen der müden Männer drangen von allen Seiten herbei.

"Das stinkt gewaltig!" mischte Gino mit. "Das sieht wie eine Falle aus!"

"Und was jetzt?!" fragte Thomson nach. "Wir können nicht hier bleiben!"

An der letzten Linie der Japaner stand ein hoher Offizier. Er hörte den Kampflärm näher kommen, aber noch wurde nicht unmittelbar bei ihm gekämpft. Er gab einige Befehle, die sofort weitergeleitet wurden. Hinter ihm rannten Soldaten herbei. Einige von ihnen führten Maschinengewehre mit und brachten sie in Stellung. Hunderte brachten sich an dieser Linie in Stellung. Sie brachen Kisten auf, verteilten Munition, Handgranaten und waren gewillt hier an dieser Stelle keinen Schritt zu weichen.

Der Offizier zog sein Schwert aus der Scheide und schrie was er konnte: "Hier werden wir die Amerikaner aufhalten! Hier kommen sie nicht weiter! Ich befehle euch; keiner von euch stirbt ehe er nicht zehn dieser Imperialisten getötet hat!" Dann hob er seinen Degen höher und brüllte noch lauter, damit so viele wie möglich seine Worte vernehmen konnten: "Für unseren Gottkaiser leben wir! Für unseren Gottkaiser kämpfen wir! Für unseren Gottkaiser sterben wir!"

Diese Worte stachelte die Männer an. Sie schrien, brüllten, tobten und waren noch weit entschlossener als zuvor. Dies steckte auch Nachbareinheiten an, die nichts von den Worten vernahmen, aber sie wußten, dass ihre Stunde gekommen war und allen Entbehrungen zum Trotz; jetzt galt es zu kämpfen, zu siegen oder zu sterben. Jetzt konnten sie sich beweisen, im Kampf zu sterben, ihr Gesicht zu wahren und ihre Familien damit ehren.

Baumspäher informierten über die Positionen der amerikanischen Truppen. Über Funk erhielt der General die Meldung.

"Reservebataillone vor. Wir umgehen die Amerikaner und fallen ihnen in die Flanke."

Sogleich machte sich das Bataillon daran an den Ausläufern des Tatsumi-Gebirges vorzupreschen.

"Feuerbefehl an die Artillerie."

Der Funker gab diese Anweisung weiter.

Die schwere japanische Artillerie war auf gerodeten Flächen aufgebaut. Als der Feuerbefehl kam, schossen sie ihre schweren Granaten aus den Rohren. Schnell wurde nachgeladen und somit ein Dauerfeuer erreicht. Während leichtere Granaten oft in den Bäumen explodierten, durchschlugen die dicken Brocken die Stämme und detonierten erst als sie auf den Boden auftrafen. Bäume knickten um, begruben Amerikaner unter sich, Druck und Splitter zerrissen weitere in ihre Einzelteile. Bis zur Unkenntlichkeit wurden einige zerfetzt. Druck ließ Trommelfelle platzen, so dass Blut aus den Ohren rann. Als die ersten Amerikaner diese japanische Stellung erreichten, hagelte es ihnen Kugeln aus den Maschinengewehren entgegen. Offiziere bliesen in Pfeifen. Mit lautem Gebrüll sprangen die Japaner hoch und gingen zum Gegenangriff über. Tausende erhoben sich und stürmten mit der Waffe im Anschlag vor. Ihr Gebrüll übertönte zeitweise sogar den Kampflärm. Es gelang ihnen an beiden Flanken durchzubrechen, dann wechselten sie die Richtung, die einen nach links, auf der anderen Seite nach rechts. In der Mitte stießen sie aufeinander und kesselten somit ganze Truppenteile der Amerikaner ein.

"Wir müssen von hier verschwinden!" schrie Gerry.

"Dann warte nicht, sondern komm!" rief Mulder aus und geriet fast in Panik. "Es werden immer mehr!"

"Wir müssen uns neu formieren!" schlug Mätz vor.

"Welche Befehle?!" wollte Oskov wissen und blickte zu Cooper hinüber, der mit dem Rücken am Boden lag und den Kopf an einem Baum abgestützt hatte. "Mir geht die Munition aus!"

Cooper drehte sich um und blickte in die Richtung, in der sich ihre Division befand. Er sah in einiger Entfernung Kameraden im harten Abwehrkampf. Doch für jeden getöteten Japaner, schienen zehn neue zu kommen. Endlich sah er einen Weg, um sich abzusetzen und gab den Befehl: "Folgt mir!" Cooper sprang auf, rannte los und gab kurze Feuerstöße aus seiner Waffe. Als das Magazin leer war, ließ er es herausfallen, steckte ein volles Magazin ein, repetierte und schoss weiter.

"Hoffentlich komme ich hier heil raus." sprach Gino mit sich selber. "Das ist mein letztes Magazin."

Da der GeneralLieutenant mit den verschiedensten Einheiten in Funkkontakt stand, konnte er sich eine relativ gute Lage verschaffen. Auf einer Karte konnte er seine Einheiten verschieben und Schwerpunkte bilden. Dann forderte er seinen Funker auf, eine Verbindung mit der Luftwaffe herzustellen. Als die Verbindung stand, nahm der Offizier den Hörer zu sich und sprach, während er weiter auf die Karte starrte: "Es sollen weitere Flugzeuge starten und unsere Bodentruppen unterstützen."

"Tut mir leid General." drang es aus dem Hörer. "Dies ist nicht möglich."

"Und aus welchem Grund?" sah der GeneralLieutenant hoch.

"Beide Seiten sind vermischt. Wir könnten unsere eigene Männer treffen."

"Wenn sie gar nichts tun, brechen die Japaner durch."

"Sir. Die Bomber haben einen großen Teil von ihnen vernichtet."

"Aber nicht direkt an vorderster Front! Die Bomben gingen zu weit nach hinten!" wurde der Offizier lauter. "Einige unserer Truppen sind abgeschnitten, andere müssen sich wieder zurückziehen!"

"Tut mir leid General. Der Feind ist nicht zu unterscheiden. Ohne roten Rauch, kann ich keinen Einsatz fliegen."

"Wir haben keine Rauchgranaten mehr!"

"Sir, unter diesen Umständen ist es mir nicht mög...!"

Da unterbrach der GeneralLieutenant und brüllte in den Hörer hinein: "Meine Männer brauchen Luftunterstützung!"

Wieder erhielt er ein Gegenargument. Es entbrannte eine heiße

Diskussion. Beide Seiten begannen immer lauter zu brüllen. Es kamen Argumente und Gegenargumente. Schließlich versuchte der GeneralLieutenant sein Kommando durchzusetzen: "Ich führe hier den Angriff und sie haben meinen Befehlen zu gehorchen!"

"Tut mir leid Sir. Die Flugzeuge unterstehen dem Admiral und er verweigert unter diesen Umständen ihren Einsatz."

"Ja Himmel Arsch und Zwirn!" und der Offizier warf den Hörer beiseite.

"Also keine Luftunterstützung Sir?" forschte ein BrigadeGeneral.

"Nein zum Teufel." wurde der Offizier wieder ruhiger. Er beugte sich erneut über die Karte und studierte sie weiterhin. Schließlich wandte er sich erneut an den Funker: "Verbinden sie mich mit dem Admiral."

"Ja Sir."

Nach 50 Meter kam Coopers Gruppe zum Stehen. Kämpfende Einheiten versperrten ihnen den Weg. Vor, hinter und neben ihnen starben Männer beider Seiten, teilweise abgeschlachtet wie Vieh. Es galt der Grundsatz; entweder er oder ich.

"Und was jetzt du Schlauberger?" keifte Oskov.

"Voll durch." gab Cooper zurück.

Sie standen aus ihren Deckungen auf, feuerten ihre letzten Patronen ab und schossen sich somit einen Weg frei.

An der Steigung angekommen, drangen die Japaner die Gegner hinaus aufs offene Feld.

"Jetzt sind wir bald dran" keuchte Mulder mit zittriger Stimme.

"Hat noch jemand ein Magazin!" brüllte Oskov los. Dann nahm er einen Stein vom Boden auf und warf ihn. "Fuck! Das ist das erste Mal das ich mich geschlagen geben muß!"

Gino gickte hinüber: "Na und? Für einen Ranger endet der Krieg nicht mit einer verlorenen Schlacht, sondern mit dem Tode."

"Jetzt kommt der Philosoph bei ihm durch." bemerkte der Ukrainer nur.

Thomson warf eine Granate zu den Bäumen, als drei japanische Soldaten herausliefen.

Mit letzter Kraft rannten die Marines den felsigen Hügel hinaus und zurück in ihre Ausgangsstellungen, viele von ihnen verwundet. Einige konnten aufgrund ihrer Verletzungen nur noch kriechen. Etliche warfen ihr Sturmgepäck weg, um schneller laufen zu können.

Ein japanisches MG wurde am Rand der Bäume aufgestellt. Der zweite MG-Schütze schob einen Ladestreifen in die Waffe, der Schütze entsicherte, repetierte und schoß. Kugeln schlugen hinter Mulder ins Gestein. Ein schriller Schrei. Mulder stürzte getroffen rückwärts den Hügel hinunter.

"Mulder!" brüllte Oskov los und wollte hinunterrennen. Doch Gino hielt ihn zurück und brüllte ihn an: "Bist du wahnsinnig?! Willst du selber draufgehen?!"

Der große Ukrainer versuchte sich loszureißen, doch Gino war stärker. Er hielt ihn mit beiden Händen fest. Oskov streckte die Hand nach seinem Kameraden aus, dessen Körper immer weiter hinunter rollte, bis er auf einen anderen Gefallen stieß und liegen blieb. Dabei löste sich der Stahlhelm und rollte noch einige Meter weiter.

"Mulder!"

Gino versuchte ihn zu überzeugen: "Du kannst ihm nicht mehr helfen! Er ist tot!"

"Nein!"

"Verdammt noch einmal! Beweg endlich deinen Arsch!"

Erst als Cooper zu den beiden zurücklief und Oskov am Arm packte, lies er ab und sie rannten gemeinsam den Hügel hinauf. Noch wenige Meter, dann könnten sie auf der anderen Seite in Deckung gehen.

Da brüllte Mätz auf. Eine Gewehrkugel steckte in seiner rechten Schulter. Er sank zu Boden

Oskov der dies bemerkte, reagierte sofort: "Gino, hilf mir!"

Beide rannten zu ihrem Kameraden, der sich wieder hochrappelte. Sie stützten ihn und eilten weiter. Endlich oben und hinter dem Wall in Deckung, riss Oskov das Hemd von Mätz auf.

Während dieser aufschrie, versuchte der Lange ihn zu beruhigen: "Ist nicht so schlimm. Es blutet nur stark."

Der Verwundete biss die Zähne zusammen, sah den Ukrainer an und fauchte förmlich: "Olavson war auch nur verwundet!"

Gino blickte beide schnell hintereinander an und wollte es zu keinen neuen Streit kommen lassen: "Aber im Gegensatz zu dir hat er viel mehr Blut verloren."

Immer mehr zurückflutende Einheiten brachten sich hinter ihrer Ausgangsposition in Sicherheit. Viele von ihnen nicht mehr einsatzfähig.

Cooper traf bei seinen Jungs ein. "Hier." und er überreichte Mätz eine halbvolle Feldflasche. Dieser nahm sie und trank kräftige Züge daraus. Dann machte die Flasche die Runde. Als sie wieder bei Gerry ankam, trank er den Rest mit einem einzigen Zug aus und verstaute sie wieder an seinem Munitionsgurt.

Mätz biss die Zähne zusammen. Er hatte fürchterliche Schmerzen. Am liebsten hätte er gebrüllt, aber er wollte nicht noch mehr schreien.

"Wie sieht es aus?" wollte Cooper wissen.

Gino der neben dem am Boden liegenden Verwundeten kniete, blickte kurz hoch und zog die Mundwinkel zusammen. Also wußte er es nicht genau. Dann zerriss er das Hemd von Mätz, dabei brüllte dieser auf. "Drück deine Hand auf die Wunde." forderte Gino.

Mätz drückte seine rechte Hand auf die blutende Wunde. "Fuck." brachte er nur heraus und krächzte weiter. "Morphium. Gib mir Morphium."

Gino zog eine Kapsel heraus und jagte sie seinem Kameraden in den Körper. Sogleich nahm er Verbandszeug heraus. "Hilf mir." forderte er Cooper auf. Dieser kniete sich nieder, hob den Oberkörper des Verwundeten hoch, so dass dieser saß und Gino begann die Fatschen um den Oberkörper von Mätz zu binden. Als er damit fertig war meinte er nur: "Das sollte fürs Erste die Blutung stillen, aber du brauchst dringend einen Sanitäter, der dir einen richtigen Verband anlegt."

"Das...geht sch...on."

"Nein geht es nicht." packte Gino den Rest zusammen. "Nicht

lange, dann ist das Teil vollgesaugt und du verlierst noch mehr Blut." Er wandte sich an Gerry. "Ich besorge einen Sanitäter." Er stand auf und eilte davon. Nur kurz darauf kehrte er mit zwei Männer zurück, die ihren Kameraden weiter behandelten.

Und wieder war die Gruppe geschmolzen und der Rest von ihnen sah auch nicht viel besser aus. Sie waren es im Laufe der Zeit gewohnt mit Dreck verschmiert zu sein, die Uniform dementsprechend auch in Mittleidenschaft gezogen, aber nun konnte man die Tarnflecken kaum noch erkennen. Matsch, Dreck und Pulver klebten an ihnen, einige hatten sogar Risse in ihren Uniformen. Hände und Gesichter schwarz, hauptsächlich von verschossenem Pulver. Die Hitze und Schwüle tat ihr Übriges. Nass, verschwitzt, sie stanken nach altem Schweiß. Dadurch waren die Uniformen nass und an ihnen klebte der Dreck nur noch mehr. So mancher hatte bereits sein Wasser ausgetrunken und bei jedem Schluck schien der glühende Körper nur noch mehr zu schwitzen.

"Langsam kann ich nicht mehr." stöhnte Thomson. Er lag auf dem Boden, alle Gliedmaßen ausgestreckt und schnaufte, als ob er einen Marathon hinter sich hätte.

Oskov zog das Magazin aus seiner Maschinenpistole, blickte hinein und warf es weg: "Schon wieder keine Munition mehr." Auch er schnaufte wie verrückt, nahm den Helm vom Kopf und warf ihn an seine Seite. "Soll ich jetzt mit dem Messer kämpfen? Oder wie?"

Cooper warf ihm ein Magazin hinüber.

Oskov hob es auf, blickte seinen kleinen Kameraden an und fragte ihn: "Wie viele hast du noch?"

Kurz schüttelte dieser den Kopf und antwortete: "Nichts mehr. Dieses habe ich auch nur zufällig am Boden gefunden."

Oskov warf es ihm zurück und sprach: "Behalte es. Du wirst es noch brauchen."

"Und du?"

"Ich klaue mir irgendwo eines."

"Das sieht dir wieder ähnlich."

"Jetzt pass einmal auf du Spaghettisultan."

"Geht das jetzt schon wieder los!" mischte sich Mätz mit ein. Er lag am Boden, hielt seine Wunde und schnaufte wie wild. "Ihr und eure Kleinigkeiten!"

"Das ist keine Kleinigkeit." verteidigte sich Oskov.

"Ach!" winkte Mätz nur ab und blickte zur Seite. Eine Diskussion anzufangen war nicht richtig. Jeder wußte wo dies enden würde. Ein Streit, ein Gebrüll und Alle gegen Alle. Auf das hatte er nun wirklich keine Lust.

Selbst Thomson der schon etwas sagen wollte, hüllte sich lieber in Schweigen.

Mehrere Männer liefen mit Holzkisten herum. Einer kam zu der kleinen Gruppe.

"Was ist da drinnen?" forderte Cooper sie auf zu antworten.

Sie stellten die Kisten ab, öffneten sie und einer antwortete: "Munition."

In den Kisten befanden sich Handgranaten, Ladestreifen für die Karabiner und Magazine für die Maschinenpistolen.

Sofort griff Oskov mit beiden Händen in eine der Kisten und nahm mehrere Granaten heraus.

"Wußte ich es doch; du bist der Gierigste von uns allen." bemerkte Gino.

Der Mann betrachtete seinen Kameraden nicht, sondern meinte nur: "Wenn ich schon draufgehe, dann bitte mit einem ordentlichen Bums."

Nachdem sich die fünf letzten der Gruppe aufgerüstet hatten, gingen die Männer mit ihren Kisten weiter.

Die japanischen Soldaten kamen fast ungehindert den baumlosen Hügel hoch. Die derzeitige Bilanz der amerikanischen Division; die Artillerie verschlissen, die Kampfkraft angeschlagen, die Soldaten ausgeblutet, der Nachschub nur spärlich. Trotzdem; sie mußten weiterkämpfen. Wer Munition erhalten hatte oder verarztet war, kroch auf den Damm, legte sich nieder und versuchte die Stellung zu halten. Den ersten Ansturm der Japaner konnten sie zurückschlagen, aber immer mehr von ihnen kamen hoch und vor allem in den beiden Baumstreifen, wo sie einigermaßen vor Beschuss sicher waren und drohten dadurch gleich von beiden Flanken einzufallen.

Die letzten amerikanischen Einheiten, die sich noch am Abhang oder in den beiden Baumstreifen befanden, wurden von den anstürmenden japanischen Soldaten überrannt. Dadurch entstanden überall kleine Gefechte und Mann gegen Mann Kämpfe.

Aus kürzester Entfernung schoß ein Marine aus seiner Maschinenpistole ein ganzes Magazin auf einen heran preschenden Japaner. Dieser wollte einfach nicht aufgeben. Vollgepumpt mit Blei stürzte er sich auf den Marine. Beide sahen sich an, doch die Kraft verließ den Angreifer. Verzweifelt versuchte er seine Hände um den Hals des Amerikaners zu schlingen, doch er rutschte langsam zu Boden. Zuletzt stieß der Marine ihn von sich: "Verfluchter Reisfresser!"

An einer Stelle hatten sich mehrere Japaner und Marines in Deckung geworfen, getrennt waren sie nur fünf Meter. Abwechselnd schrien sie, verfluchten sich gegenseitig und feuerten Magazin um Magazin leer.

"Mir geht die Munition aus!"

"Granaten wir brauchen Granaten!"

"Schlachtet diese Schlitzaugen endlich ab!"

"Tot den Imperialisten!"

Auf engstem Raum bekriegten sie sich. Ohne viel zu zielen wurde einfach draufgehalten.

"Ich habe zwei Granaten! Meine letzten!" rief ein Marine.

"Dann wirf endlich!" forderte einer seiner Kameraden.

Der Mann zog aus beiden den Sicherungsstift und warf. Die Japaner schreckten auf. Einer hob eine auf und warf sie zurück.

Fast zeitgleich explodierten beide Granaten. Keiner auf beiden Seiten überlebte.

Auf der offenen Anhöhe wurde ebenso verbissen gekämpft. Ein Japaner stürmte auf einen Marine. Er hatte sein Gewehr im Anschlag und drückte den Abzug. Doch es klackte nur. Auch der Amerikaner wollte schießen, aber auch sein Magazin war leer. Beide warfen die Waffen weg. Der Amerikaner holte aus und versetzte dem Gegner einen Faustschlag ins Gesicht. Kurz war dieser benommen und hielt inne. Der Amerikaner nahm beide Hände zum Faustkampf hoch. Der Japaner machte ihm gleich.

"Dann komm her du verfluchter Hurensohn!"

Der Japaner brüllte ebenso etwas und stürzte sich auf seinen Gegner. Beide schlugen aufeinander ein. Einmal der eine, dann der andere. Obwohl der Amerikaner größer und kräftiger war, wollte der Japaner nicht aufgeben. Bis sie sich schließlich aneinanderhefteten, zu Boden gingen und sich hin und her drehten. Es lag der Marine am Boden, der Japaner auf ihn drauf, da zog der Asiate einen am Boden liegenden Ast zu sich und schlug mit voller Wucht auf seinen Gegner ein. Der Amerikaner konnte gerade noch einen Stein aufheben und ihn gegen die Schläfe des Feindes schlagen. Der Japaner fiel seitlich weg. Beide lagen verwundet am Boden und konnten sich kaum noch rühren. Der Japaner wußte, dass sein Ende gekommen war. Er zog eine Granate, grinste, sprach etwas, hielt den Amerikaner am Bein fest, der versuchte davonzukriechen und zog den Stift.

An anderer Stelle hatte ein Japaner sein Messer gezogen und drückte es an die Kehle eines Marine. Mit aller Kraft versuchte dieser sich dagegen zu wehren. Da der Japaner aber oben war, konnte er seinen ganzen Körper einsetzen, während der Marine nur mit seinen Armen dagegen stemmen konnte. Langsam aber sicher kam die Klinge der Kehle näher. Der Marine wußte; würde er nicht gleich reagieren, stieße der Japaner die Klinge bis zum Anschlag in seinen Hals. Instinktiv schlug er gegen die Schläfe des Japaners. Dieser war für einige Augenblicke benommen, aber dies genügte. Der Marine drücke seinen Gegner weg, schwang sich seinerseits auf ihn und schlug immer wieder auf den Schädel des Feindes ein. Das Blut spritzte, doch er schlug weiter. Der Japaner bewegte sich nicht mehr, doch er schlug weiter. Über dreißig Mal, dann erst ließ der Marine von ihm ab, sah den aufgeplatzten Schädel an, wie das Hirn heraustropfte, schnaufte einmal tief durch, stand auf und wollte weiter. Ein Schuß. Der Marine ging auf die Knie und fiel rückwärts leblos zu Boden.

Zwischen den kämpfenden tauchte ein Infanterist auf. An seinem Rücken hatte er einen Flammenwerfer geschnallt. "Kommt schon ihr verfluchten Pissratten!" Er drückte den Abzug, schwenkte flüchtenden Japanern nach und erwischte sie. Brennend gingen sie zu Boden und wälzten sich, brachten das Feuer aber nicht zum Löschen.

Einer seiner Kameraden wollte die Japaner erschießen, doch der Mann hielt ihn zurück: "Laß sie verbrennen! Sie sollen brutzeln wie ein Schwein auf dem Spieß!" Und schon drückte er erneut den Abzug. Alles was brennen konnte fing Feuer. Und wieder erwischte er einige Feinde. Einer der Japaner zog sein brennendes Hemd aus und wollte flüchten, doch der Marine hielt erneut drauf. Die brennbare Flüssigkeit haftete am Körper des Mannes. Die Haut warf blasen, das Blut fing zu kochen an, die Lunge zerriss beim Einatmen der heißen Luft. Jetzt konnte der Kamerad nicht länger zusehen und erschoss den brennenden Mann.

"Wieso hast du das getan?! Das Schwein soll brennen!"

"Du bist ja komplett wahnsinnig!"

"Wohl Mitleid mit diesen Bastarden?!"

"Es sind Menschen!"

"Dann hätten sie uns nicht so feige angreifen sollen!" und er verspritzte weiter seine brennende Fracht.

Aber so ein Tank war auch äußerst gefährlich. Eigentlich genügte nur ein Treffer, um den Inhalt herausfließen zu lassen. Da er zudem auch noch leicht entzündlich war, fing der Tank meist Feuer. Durch einen Querschläger stand der Schütze nun selbst von Flammen umgeben, kurz darauf explodierte der Tank.

Sein Kamerad drehte sich um und übergab sich.

"Da!" schrie Thomson und deutete mit der ausgestreckten Hand den Hang hinunter.

"Nein." kam Oskov ins Zweifeln.

Gino schüttelte den Kopf und meinte: "Sie schicken jetzt alles was sie haben gegen uns."

Nach wenigen Augenblicken bemerkte Cooper laut: "Die schiessen auf ihre eigenen Leute!"

Die frischen Truppen sprangen von hinten auf die japanische Artillerie, schalteten die Bedienungsmannschaften aus und sprengten die Geschütze Anschließend stürmten sie aufs offene Feld und fielen den japanischen Soldaten in den Rücken.

"Das sind unsere Verstärkungen Männer!" schrien Offiziere und trieben die Männer von neuem an. Erst folgten nur zögernd ein paar, dann kleiner Gruppen.

Gerry, nahm das Fernglas von dem gefallenen Offizier, der neben ihnen lag und blickte hindurch. Durch das Fernglas sah er einen Mann derart groß, als ob er nur wenige Meter vor ihm stehen würde. Er sah wie ein amerikanischer Soldat einem Feind das Bajonett in den Rücken stieß und wie der Japaner schreiend zu Boden fiel.

"Das sind unsere Männer!" rief der kleine Gruppenführer aus, warf das Fernglas zu Gino, packte seine Waffe und stürmte hinunter.

"Spinnst du?" fragte dieser. "Wirft mir den Operngucker auf den Helm"

Oskov hob den Feldstecher auf und sah hindurch: "Mensch. Das sind wirklich unsere." Und auch er ging zum Angriff über.

"Na komm schon!" meinte Mätz. "Oder willst du ewig leben?"

Gino folgte Mätz, der durch die Medikamente und der Verwundung benommen war.

Erneut kam der Angriff in Schwung. Langsam trieben sie die Japaner in die Mitte des offenen Feldes. Soldaten anderer Nationen hätten sich schon längst ergeben, aber für die Japaner gab es keine Kapitulation, sie würden dadurch ihr Gesicht, quasi ihre Ehre verlieren. So kam es zu vielen einzelnen Scharmützel.

Gino kämpfte mit einem Soldaten. Sie standen sich gegenüber. Der Japaner drückte sein Gewehr gegen Ginos Hals. Dieser packte das Gewehr und drückte dagegen. Schnell und flink schob der Japaner sein Fuß zwischen Ginos Beine, umschlang sie und brachte ihn zu Fall. Sogleich stürzte sich der Mann auf den Amerikaner und wollte mit dem Bajonett zustechen. Doch dann trat Oskov von hinten an den Soldaten heran und schoß ihn in den Rücken. Der Getroffene fiel auf Gino drauf. Sofort packte dieser die Leiche und stieß sie weg. "Mußt du ihn unbedingt auf mich fallen lassen!" schrie Gino und stand auf.

Der Ukrainer gab mit gereiztem Ton zurück: "Den nächsten Reisfresser lasse ich zustechen!"

Auch Cooper kämpfte mit einem Soldaten. Auch sie standen sich gegenüber und drückten auf einem Gewehr herum. Cooper stieß sein rechtes Knie in den Unterleib des Mannes. Der Japaner sackte zusammen und der kleine Amerikaner schlug mit dem Kolben seiner Waffe mehrmals auf den am Boden liegenden Japaner ein.

"Sei doch nicht so brutal!" rief Thomson, der neben dem Ranger stand. "Erschieß ihn lieber!"

"Munitionsverschwendung!" bekam er als Antwort.

Der Ring um die japanischen Soldaten zog sich schnell enger. Ständig erhielten die US-Soldaten Verstärkungen vom Hügel oder vom Dschungel aus. Sah es noch vor kurzem aus, als würden die Japaner den Sieg davon tragen, stieg hingegen nun die Anzahl der kämpfenden Marines und Ranger stetig an. Es gelang ihnen den Feind zwischen den beiden Baumreihen zu stopen und ihn zugleich langsam wieder zurückzudrängen. Verließen sich die Marines auf ihre ganze Gruppe, kämpften die Japaner oft nur für sich, was deren Kampfkraft schmälerte und dadurch ihre Verluste in die Höhe schnellen ließ. Natürlich war es ein harter, zäher Kampf und die Amerikaner kamen wirklich nur schrittweise voran, aber ihre nun ausspielende Überlegenheit, machte sich immer stärker bemerkbar. Die Japaner waren nun ihrerseits von vorne und hinten bedroht. Nachdem es den Marines und den von Norden eingetroffenen Truppen zusätzlich gelang beide Baumreihen unter ihre Kontrolle zu bekommen, trieben sie den größten Teil der Japaner auf die baumfreie Zone. Während sie selbst zwischen den Bäumen Deckung suchten und die Japaner gezielt unter Feuer nahmen, besaß der Gegner seinerseits keine Deckung mehr. Dann gingen die Amerikaner weiter vor, kamen aus ihren Deckungen und trieben die Japaner immer weiter zur Mitte. Je aussichtsloser die Situation wurde, desto verbissener kämpften sie. Viele Japaner stellten sich tot, warteten bis die Marines bei ihnen waren, dann liesen sie Handgranaten hochgehen, jagten sich und einige US-Soldaten in die Luft. Dies bewirkte, dass die Amerikaner drangingen, mehrere Kugeln jeden am Boden liegenden Japaner in den Leib zu jagen, egal ob tot oder lebend, zumindest waren sie hinterher alle tot. Und immer wieder kam es vor, dass sich einige Asiaten zusammenrauften und zum Gegenangriff übergingen, was allerdings nicht viel brachte, da sie schnell über den Haufen geschossen wurden. Und dennoch, der Wahnsinn des Abschlachtens ging weiter. Hätten sie sich ergeben, die Marines würden sofort das Feuer einstellen, aber solange sie selbst noch beschossen wurden, trieben sie die Japaner wie eine Herde zusammen und knallten einen nach dem anderen ab.

Diejenigen die sich in Zweikämpfe befanden, hatten es da schon schwerer. Die Chance zu siegen lag bei 50 Prozent. Eigentlich waren die Japaner schwach gebaut, aber dennoch befanden sich einige Brocken unter ihnen. Wer Glück hatte, dem half ein Kamerad beim Vorbeistürmen.

Auch Thomson befand sich in einem Handgemenge. Beide gingen mit dem Kampfmesser auf den jeweils anderen los. Der Japaner hob die Hand und wollte das Messer von oben auf Thomson herab stechen. Dieser bemerkte die Aktion, sprang einen Schritt zurück und der Stich ging ins Leere. Aber fast wäre Thomson ausgerutscht. Der steinige, lockere Boden gab nach, doch er fand gleich wieder die Balance. Erneut stürzte sich der Japaner auf Thomson und wieder wich er aus. Doch schließlich beim dritten Mal fiel Thomson zu Boden und der Japaner sogleich auf ihn drauf. Sie drehten sich und setzten all ihre Kräfte ein. Jeder wollte oben liegen, das eine größere Chance zum Siegen bot. Thomson lag auf dem Rücken, zog die Beine an und konnte den Japaner von sich streifen, dabei verlor er sein Messer. Und lange hatte Thomson auch keine Zeit zu überlegen. Er stand auf. Mit leicht angewinkelten Knien stellte er sich hin, die Arme leicht von sich gestreckt und war für eine Verteidigung bereit. Der Japaner war inzwischen wieder aufgestanden, wischte sich das Blut von seinen Lippen, begann zu grinsen, da er sah, dass er seinen Gegner entwaffnet hatte, schrie und stürzte sich auf Thomson. Dieser hatte natürlich mit einem unüberlegten Vorpreschen in dieser Situation gerechnet, ging schnell auf die Knie, hob ein Schwert vom Boden auf und stieß es dem Angreifer in den Bauch. Dieser stockte und war schockiert über diese Aktion. Sah es aus, als würde er als Sieger aus diesem Zweikampf hervorgehen. Thomson stand langsam auf und drückte das Schwert noch tiefer ins Fleisch seines Gegners. "Verdammt stirb endlich." und noch tiefer stieß er das Schwert.

Doch der Japaner wollte sich damit nicht abfinden. Mit letzter Kraft machte er einen Schritt vor, drückte sich somit das Schwert selbst bis zum Anschlag in sein Leib, aber er kam nahe an Thomson heran, der durch diese Aktion verwirrt war, dass der Japaner das Messer ins Herz von Thomson stoßen konnte. Thomson riss den Mund auf und stöhnte. Der Japaner sah ihm grinsend in die Augen. Gemeinsam gingen sie langsam auf die Knie. Der Japaner sprach noch irgendetwas in seiner Muttersprache. Wahrscheinlich verhöhnte er Thomson.

"Du scheiß Reisfresser stirbst aber vor mir." keuchte Thomson noch, ehe beide seitlich zu Boden fielen.

Währenddessen begannen die Sanitäter erneut mit der Bergung von Verwundeten.

Der GeneralLieutenant der am Felsen stand, blickte hinunter und murmelte unverständliche Worte vor sich hin, dann sprach er lauter und klarer: "Gott sei Dank sind unsere Truppen rechtzeitig eingetroffen. Nicht auszudenken was sonst passiert wäre."

Gegen Abend ergaben sich doch 268 japanische Soldaten. Doch vereinzelte Kämpfe im Nordosten der Insel sollten noch tagelang anhalten.

"Herr General." trat ein Lieutenant von hinten auf den Kommandeur zu.

Der japanische General drehte sich um.

"Die Amerikaner haben Verstärkungen erhalten. Sie haben unsere Kräfte besiegt."

"Was ist noch übrig." und der Offizier drehte sich wieder weg.

"Nichts Herr General. Auch unsere letzte Linie wurde eingenommen."

"Keine Reserve mehr?"

"Nein."

Der General sah in die Baumkronen hoch, widmete seinem Untergebenen keinen Blick und meinte nur: "Dann waren sie stärker als wir."

"Aber General. Wir können immer noch aus dem Hinterhalt..."

Der Offizier hob die Hand und unterbrach somit die Worte seines Lieutenants. Dieser wollte sich damit nicht zufrieden geben, ging auf seinen Vorgesetzten zu und sah ihn an: "Unsere Männer in den Höhlen können aber noch kämpfen."

"Dann leiten sie dies in die Wege."

Sichtlich zufrieden damit salutierte der Lieutenant und ging weg.

Der General jedoch wußte, dass er verloren hatte. Er ging langsam in den Dschungel hinein. Als er sich weit genug entfernt hatte, zog er sein Schwert vom Gurt und blickte nach oben. Er sah einen Vogel davonfliegen. Langsam ging er auf die Knie und legte sein Schwert vor sich hin. Er nahm seinen Hut ab, legte ihn neben die Waffe, öffnete den Gurt und auch diesen legte er ab. Mit beiden Händen knöpfte er sein Hemd auf, streifte es sich ab und legte es ordentlich zusammen. Er legte beide Hände auf den Boden, verbeugte sich und sprach einige Worte. Dann hob er den Oberkörper wieder. Wieder vernahm er einen Vogel. Diesmal hörte er dessen Gesang und er lauschte ihm zu. Der Vogel sprang in unmittelbarer

Nähe von Ast zu Ast und trillerte unaufhörlich weiter. Dem General huschte ein kurzes Lächeln über die Lippen. Jetzt schien wieder alles ruhig und friedlich. Er atmete zweimal tief ein und aus, dann senkte er seinen Kopf und blickte das Kurzschwert an, das noch immer in der Scheide steckte. Er beugt sich leicht vor und nahm das Schwert mit beiden Händen auf, zog es zur Hälfte aus der Scheide und sah die glänzende Klinge an. Es war so sauber und poliert, dass er sich darin spiegeln konnte. Dann zog er es vollends heraus, legte dieses beiseite und griff mit beiden Händen den Griff an. Langsam drehte er die Spitze der Klinge zu seinem Bauch und hielt noch einmal inne, als er die Klinge an seiner Haut spürte. Noch einmal nahm er tief Luft, wartete kurz, nahm all seine Kraft zusammen, atmete schnell aus und stieß sich gleichzeitig die Klinge in den Bauch. Kurz stockte er, umklammerte den Griff fester und drückte das Kurzschwert noch tiefer in sich hinein. Er stöhnte noch ein paar Mal, fiel langsam vorne über und hauchte den letzten Atem aus.

Nach dieser Schlacht gingen die amerikanischen Soldaten zurück auf den Hügel. Eine Kompanie war eingeteilt worden das Schlachtfeld zu säubern und den Sanitätern zu helfen, die Verwundeten aus den Haufen von Toten zu fischen. Gefallene US- und japanische Soldaten lagen eng beisammen. Einige Soldaten ließ man liegen, obwohl sie noch nicht tot waren. Die leichter Verwundeten gingen selbst hoch, Schwerverwundete wurden auf Barren zum Sammelplatz getragen. Ein amerikanischer und ein japanischer Soldat knieten aneinander lehnend. Beide hatte das Bajonett des jeweiligen Gegners im Bauch.

Gino war der erste der Gruppe, der auf dem Hügel ankam. Unten im Gefecht hatte sich die Gruppe aus den Augen verloren. Oben angekommen ließ er sich zu Boden gleiten, saß im Schneidersitz und blickte hinunter aufs Schlachtfeld, über dem noch immer der Gestank von verschossenem Pulver, Rauchschwaden und der Tod hingen. Gino nahm seinen Helm ab, legte ihn links neben sich, öffnete sein Hemd, nahm die Feldflasche und trank große Schlucke daraus. Sein Gesicht und seine Hände waren geschwärzt von verbranntem Pulver. Seine Uniform an vielen Stellen zerrissen. Blutflecken am ganzen Körper zeichneten die Brutalität des Kampfes.

Mätz kroch den Hügel hoch.

Gino hob die Hand zur Begrüßung, verlor dabei aber kein Wort.

Mätz ließ sich neben ihn nieder.

"Na? Noch am Leben?" fragte Gino und überreichte seinem Kameraden die Flasche.

"Nicht mehr so ganz." schnaufte Mätz, nahm einen großen Schluck und schüttete sich den Rest über den Kopf.

Gino sah ihm dabei zu und meinte: "Du bist schon so ein Verrückter."

"Warum?"

"Du bist verwundet und stürmst hinunter."

"Weit kam ich nicht." winkte Mätz ab. "Eigentlich habe ich den Japanern nur in den Rücken geschossen. Einen Zweikampf hätte ich nicht überstanden."

"Wie konntest du kämpfen?"

"Schlecht. Ich mußte mich verstecken." er blickte auf seinen blutdurchtränkten Verband.

"Wir rackern uns ab und du versteckst dich."

"Du bist ja gut ohne mich zurechtgekommen."

Ein Sani stützte Oskov und brachte ihn den Hügel hoch.

"Setz mich bei den beiden Vögeln ab."

"Was ist los mit dir?" wurde er auch schon von Mätz gefragt.

"Ein paar Schlitzaugen haben mich als Zielscheibe verwendet."

"Kein Wunder, so wie du aussiehst."

Der Lange setzte sich neben Gino. Die rechte Wange des Ukrainers war aufgeplatzt, durch Kolbenschläge verursacht. Die Wunde verlief von der Stirn bis zum Mundwinkel. Sein ganzes Gesicht war mit eigenem Blut verschmiert. Obwohl er bereits einen Verband angelegt bekommen hatte, drückte das Blut hindurch. Der Sani gab Oskov Zigaretten und Feuer. Im Gefecht hatte Oskov seinen Helm und sein Rückengepäck verloren. Seine kurzgeschnittenen, blonden Haare waren ebenso mit Blut und Dreck verpickt. Er saß am

Boden und klagte über Kopfschmerzen und Schwindelanfälle.

Erst Minuten später ging Cooper den Hügel hinauf. Sein Gepäck trug er halb über der Schulter, seine Waffe über der anderen. Obwohl der Verschluss seines Helmes während des Kampfes kaputt ging, hatte er ihn aufgelassen. Langsam, mit kleinen Schritten schlenderte er hoch. Er erspähte seine Kameraden und ging auf sie zu. "Schön euch zu sehen." meinte er und ließ sich neben ihnen zu Boden fallen.

"Das Beschissendste haben wir hinter uns." sprach Gino.

Cooper der neben ihm saß meinte: "Unseren Zug gibt es nicht mehr."

Sie nickten schweigsam, nur Oskov murmelte in sich hinein: "Und wieder welche von uns. Es ist doch zum Kotzen."

"Was meinst du, wie viele es sind?" fragte Mätz nach einer Minute des Schweigens.

Gino antwortete ihm: "Ich habe zu viele fallen sehen. Ich will es gar nicht wissen."

"Und was machen wir jetzt?" fragte Oskov nach.

"Wir gehen zum Flugplatz und beantragen Fronturlaub."

"Kleiner Scherzkeks wie?" gickte er zu Cooper.

Oskov zündete sich eine neue Zigarette an, nahm einen tiefen Zug und fragte die anderen: "Wo ist Thomson?"

Gino drückte herum und antwortete schließlich: "Nein."

"Gott! Nicht schon wieder einer aus unserer Gruppe." er wollte wieder an der Zigarette ziehen, sah sie an und warf sie weg.

Die vier letzten der Gruppe saßen nebeneinander, die meisten im Schneidersitz.

Mätz stöhnte auf und blickte nach seiner Wunde. Blut drückte durch und rann an seinem Körper hinunter. Aber er war zu erschöpft, um darauf zu reagieren.

Alle vier starrten vor sich hin. Kaum jemand sprach ein Wort. Zu erschöpft, ausgelaugt und ausgeblutet waren sie. Stattdessen sahen sie die Männer an, die den Hügel heraufkamen. Auch sie waren am Ende ihrer Kräfte. Mehr schlendernd als gehend, einige zogen sogar ihre Waffen am Boden mit. Viele verwundet, die sich kaum noch auf den Beinen halten konnten. Oben angekommen ließen sie sich zu Boden fallen, einige legten sich sogar nieder. Viele wurden von Kameraden gestützt. Auch sie sprachen nicht viel. Doch drang von allen Seiten kommend jammern, stöhnen und schreien. Was waren sie doch erst für eine Armee, jetzt nur noch ein Haufen zusammengeschossener Lumpen. Von Divisionen konnte nicht mehr gesprochen werden, schon gar nicht von einer hohen Kampfkraft oder Moral.

Gino schwenkte den Kopf nach Westen. Die Sonne stand schon tief am Horizont und ihre Strahlen schimmerten auf der Meeresoberfläche.

Unerwartet stieß Major Mahoni zur Gruppe. Auch er war vom Kampf gezeichnet. Als Kommandeur der Ranger hätte er nicht kämpfen müssen, wollte aber bei seinen Männern bleiben.

"Sir? Sie leben noch?" fragte Gino. Ihm huschte ein Lächeln über die Lippen.

"Wo ist der Rest von euch?"

Mätz schüttelte den Kopf und fügte hinzu: "Nein Sir."

Mahoni mußte tief durchatmen.

"Und was jetzt?" fragte Oskov und blickte im sitzen den Offizier an.

"Übermorgen früh geht es zum Strand. Schlauchboote bringen euch auf Schiffe. Sie bringen euch zum Hafen. Wir werden die Insel bald verlassen."

"Geht es nach Hause?" wollte Cooper wissen.

Der Major nickte und antwortete: "Sicher bald."

"Aha." bemerkte Mätz. "Bald bedeutet im Leichensack."

Mahoni sagte nichts darauf. Er zog einen Brief aus seiner Brusttasche und überreichte ihn Gino, ehe er schweigend weiterging.

Gino nahm mit einem Kopfnicken das Schreiben an und las den ersten Satz. "Der Brief ist von Olavson!" rief er erstaunt aus.

"Was?" wunderte sich Mätz. "Ist der nicht tot?"

"Nein ist er nicht."

"Ja was denn nun?" kannte sich Oskov gar nicht mehr aus.

"Was schreibt er?" forderte Cooper auf, das Gino den Brief vorlesen sollte.

"Hallo Jungs.

Zuerst möchte ich mich bei Euch bedanken. Ihr habt mir das Leben gerettet.
Als ich im Lazarett lag, kam Mahoni mit einem Marschbefehl von ganz Oben. Ich wurde nach Pearl gebracht, wo ich derzeit meine Genesung absitze. Wenn Ihr den Brief lest, bin ich vielleicht schon in Norwegen. Als gebürtiger Norweger kenne ich mich in meinem Land aus und soll dort den aktiven Widerstand gegen die Deutschen aufbauen.
Lieber wäre ich jetzt bei Euch. Ich liege zwar am Strand und genieße das Leben, aber lieber wäre ich mit Euch im Dreck.
Keine Ahnung wann wir uns wiedersehen werden, aber ich werde den Rest des Krieges in Norwegen verbringen.

Bis bald meine Freunde."

"Der alte Schwede lebt und wir dachten er wäre tot." sagte Cooper mit einem Grinsen im Gesicht.
"Wenigstens eine gute Nachricht." bemerkte Gino.
"Er ist Norweger, kein Schwede." meinte Ossi.
Alle sahen ihn an. War er doch der einzige, der den Spruch nicht verstand.
"Was?!" fragte er genervt.
Alle blickten weg, die einen schüttelten den Kopf, die anderen zogen die Augenbrauen hoch.
"Immer auf mich." grunzte Oskov in sich hinein und blickte zu Boden.
"Wenn ich in Norwegen bin, dann nehme ich mir den Kleinen zur Brust." dachte Cooper laut.
"Wenn der wüßte, dass wir nur noch zu viert sind." meinte Mätz darauf.
Gino faltete den Brief zusammen und steckte in ein.
Ein letzter Blick auf das Schlachtfeld, dann kehrten auch sie die-

sem Massengrab den Rücken.

Zwei Tage später, der 8. Juli 1944

Fast 2.000 Verwundete, Sanitäter und Hilfskräfte marschierten auf mehreren Pfaden auf dem Hügel nach Westen zum Strand.

Wenn man die Männer anblickte, mußte man den Kopf schütteln. Waren sie doch am Anfang eine respektable Einheit gewesen, gut durchtrainiert, perfekt adjustiert, saubere, frische Uniformen, den Helm bis zu den Augen heruntergezogen, jedes Gepäck richtig gepackt, die Waffen geputzt und geölt, in Reih und Glied stehend nach Größe und Einheiten geordnet, im Gleichschritt marschierend und das Gewehr geschultert.

Jetzt standen die Truppen oder deren Reste oft meterweit auseinander. Im Gleichschritt wurde schon lange nicht mehr marschiert, die Uniformen verdreckt, vollgeschwitzt und zerrissen. Entweder hatten sie keinen Helm mehr oder kein Gepäck. Die Männer waren teils verlaust und unrasiert. Immer öfters hatten sie Ladehemmungen und selbst die Moral war am Boden. Vor der Invasion machten sie Witze über die Japaner, waren voller Zuversicht. Doch jetzt sah man in ihren Augen Angst, Müdigkeit, Frust und Respekt vorm Gegner. Viele Männer waren gefallen. Die Sollstärke mancher Kompanien betrug keine 40 Prozent mehr. Aber einen Lichtblick gab es doch. Nach dieser letzten Schlacht gab es nur noch wenige, kampfschwache japanische Einheiten auf der Insel, die zum Teil weit auseinander lagen.

Mätz wurde von Oskov gestützt und dieser strauchelte.

"Mach jetzt nicht schlapp alter Junge."

"Ich brauche eine Pause."

"He Cooper."

Gerry blieb stehen und drehte sich um.

"Der braucht eine Pause." gickte Ossi.

Cooper nickte.

Langsam ließ Oskov seinen Kameraden zu Boden gleiten. Mätz legte sie hin. Die anderen setzten sich hinzu.

Gino nahm seine Feldflasche, öffnete sie und hielt die Öffnung an den Mund von Mätz. Dieser begann gierig zu trinken.

"Nicht so hastig." hielt der Südtiroler ihn davon ab.

Mätz schnaufte und keuchte. Obwohl er frisch verbunden war, drückte Blut nach, denn beim Marschieren war die Wunde wieder aufgebrochen.

Oskov atmete tief durch. Er zog die Beine an sich, nahm den Hut vom Kopf und legte ihn neben sich. Aus seiner Brusttasche zog er eine verknitterte Schachtel Zigaretten, entnahm daraus eine, steckte sie in den Mund und zündete sie an.

Cooper schweifte seinen Blick zu den an ihnen vorbeiziehenden Männern. Sie alle waren kaputt, verdreckt, fertig, ausgeblutet. Fast jeder von ihnen war an Beinen, Armen oder am Kopf verbunden. Viele mußten von Kameraden gestützt werden. Der Rest schlenderte dahin, oft die Beine nicht mehr aufgehoben, nur noch hinterher gezogen. Was für eine Kampftruppe. Aus allen möglichen Einheiten stammten sie. Ranger, Marines, Pioniere, Artilleristen. Es schien als hätte es alle gleichermaßen erwischt. Endlos und schweigsam zog sich die Kolonne dahin. Cooper wandte sich an seine Jungs: "Wir müssen weiter." Und er stand auf.

Gino tat ihm gleich.

Oskov setzte seinen Hut wieder auf, warf den Stumpen weg und wollte Mätz hochheben, doch dieser schrie auf.

"Verdammt, gehen kann der nicht mehr." meinte Oskov.

"Dann werden wir ihn tragen müssen." sprach Gino.

"Etwa über die Schulter?" fragte Ossi nach.

Cooper der daneben gestanden hatte übernahm das Wort: "Ich besorge eine Trage."

Die beiden ließen sich wieder nieder.

Kurz darauf kam Cooper mit einem Sanitäter herbei. Dieser überreichte Gino eine Trage und meinte nur: "Ihr werdet ihn selber tragen müssen. Ich muß mich um andere kümmern."

"Typisch." krächzte der Ukrainer.

Der Sani ließ sich nicht auf eine Diskussion ein, sondern ging zurück, von wo Cooper ihn aufgelesen hatte.

"Dann auf mit ihm." meint Gino und griff die Hände von Mätz an. Ossi nahm die Beine und gemeinsam hoben sie ihn auf die Trage. Dann hoben sie die Bare hoch, Ossi voran, Gino dahinter.

"Aber wir wechseln." forderte Oskov und blickte Cooper an.

"Sehen wir zu, dass wir von hier wegkommen." meinte dieser nur und ging vor. Sie mischten sich wieder unter die Marschierenden und gingen weiter.

Obwohl Sanitäter ständig frische Verbände anlegten, Soldaten Wasser und Nahrung brachten, konnten sie dennoch nicht verhindern, dass Männer erschöpft zusammenbrachen. Während dem Marsch zum Strand erweiterte sich die Todesliste ständig. Verletzungen und Erschöpfung sogen das Letzte aus ihnen heraus.

Am Strand gingen die Männer auf Schlauchboote zu. Sie mußten hierfür 50 Meter weit ins Wasser gehen. Die Schlauchboote waren klein, boten gerade Platz für zwei Besatzungen und sechs Mann.

"Vorsicht mit dem Verletzten." forderte einer der Männer.

Gerry der vorne ging, überreichte dem Mann die Barre. Dieser zog sie ins Boot, während Gino von hinten schob.

Mätz stöhnte vor Schmerzen, es hatte sich seine Wunde entzündet und er hatte Fieber bekommen.

"Ist ja gut Junge." sagte Cooper und klopfte ihm auf die Beine. "Jetzt kommst du ja nach Hause."

Oskov stand neben dem Schlauchboot. Erneut überkam ihn ein Schwindelanfall.

"Cooper hilf mir!" rief Gino. Beide eilten zum Ukrainer, der mit dem Gesicht nach unten im Wasser lag. Sie brachten ihn zum Boot.

"Mann ist der schwer." stöhnte einer der beiden Männer als er Ossi hineinzog.

"Ist doch gar nicht wahr." bemerkte Gino. "Der hat abgenommen."

Zuletzt stiegen Gino und Cooper ein. Kurz darauf fuhren sie mit gedrosseltem Motor los.

Gino gab den Verletzten Wasser zu trinken.

Cooper öffnete eine Konservendose und aß wie schon so oft kalte Einsatzration. Mit der Gabel pickte er das Fleisch heraus. Man sah ihm an, dass es nicht schmeckte, aber oft war er froh gewesen, wenigstens etwas im Magen zu haben.

"Das muß ja die Hölle gewesen sein." sprach einer der Besatzungsmitglieder.

"Ja. Ganz nett." erwiderte Cooper sarkastisch und aß langsam weiter. Dann sah er auf Mätz, der halbverreckt im Boot lag, sich kaum bewegte und ständig stöhnte. Sein Blick wanderte zu Oskov, der am hinteren Ende saß und seine Augen geschlossen hatte. Coopers Blick wanderte weiter, kurz zu Gino und dann aufs Meer hinaus, wie andere Boote die Männer zu den weit draußen stehen Schiffen brachten. Die Sonne stand bereits hoch am Himmel und sie brütete gnadenlos herab.

Wieder war fast ein Tag vergangen und die Sonne stand bereits tief am Horizont.

Den ganzen Tag befanden sich kleinere Boote im Pendelverkehr und brachten Soldaten an Bord der Schiffe. Die Verwundeten wurden unter Deck gebracht und versorgt. Als der Platz sich dem Ende neigte, wurden sie an Deck gebettet. Zumindest gab es hier an Bord genügend Sanitätsmaterial. Wer operiert werden mußte, kam auf eine Warteliste, die immer länger wurde. Ganze Teams waren damit beschäftigt, die Verwundeten auszusortieren und sie den Operationsstellen zuzuweisen. Und noch immer befanden sich Massen von ihnen am Strand und warteten bis sie an die Reihe kamen.

Cooper ging langsam vom Oberdeck zur Reling und blickte auf das Unterdeck am Bug hinunter. Fast schon übereinander lagen die Verwundeten. Schreie, Jammern und Stöhnen drangen zu ihm hoch und ein fürchterlicher Gestank. War auch kein Wunder, tagelang hatten sie sich nicht gewaschen, stanken nach Schweiß, Blut, verschossenem Pulver, Rauch und Dreck. An einer Stelle hatten sich Soldaten zusammengefunden, lagen oder saßen am Boden und sangen leise ein Lied, einige summten dazu. Und doch waren es so viele, dass er sie bis zu sich hinauf hören konnte. Zwischen den Reihen ging der Militärpfarrer hindurch und nahm denjenigen die es nicht schaffen würden die Beichte ab. An einer Stelle wurde Wasser ausgegeben. Um die Toten und frisch verstorbenen kümmerte man sich vorerst nicht viel. Es wurden über ihre Körper lediglich Decken übergezogen. Viele von den Lebenden, besonders die blutjungen weinten, beteten und wollten nur noch nach Hause.

In all diesem Elend, Blut und Tod, fanden sich viele Fragen. Aber keiner konnte eine Antwort darauf geben.

Cooper wandte sich von diesem Anblick ab und schlenderte langsam zu seinen Kameraden zurück, die am Heck einen Platz ergattert hatten und ließ sich zu ihnen auf den Boden nieder.

Drei Tage später erhielten die Ranger den Abmarschbefehl. Sie standen am frühen Morgen, kurz nach Sonnenaufgang an Deck eines Truppentransporters in Reih und Glied. Von den einst 500 Rangern, standen nur noch 67 Männer bereit. Alle anderen waren gefallen, verstümmelt oder vermisst.

"Worauf warten wir hier?" fragte Oskov.

Gino der links neben ihm stand flüsterte zurück: "Keine Ahnung. Wir stehen schon seit mindestens eine halbe Stunde hier."

"Seht mal wer da kommt." mischte Cooper mit.

"Der Major persönlich." erwiderte Gino.

Der Major trat seitlich auf sie zu und blieb 15 Meter vor den angetretenen Männern stehen.

"Habt acht!" brüllte ein noch junger Lieutenant. "Augen rechts!" erklang sein nächster Befehl.

Mit einem Ruck standen alle Männer stramm und blickten zum Major, den Blick immer auf ihn gerichtet, selbst als er zum Lieutenant schritt.

Die beiden Offiziere leisteten sich gegenseitig die Ehrenbezeugung. Dann meldete der Lieutenant: "Alle 67 Mann angetreten."

"Danke Lieutenant, lassen sie ruhen."

Erneut folgte der Gruß, der Lieutenant wandte sich an die Männer und befahl: "Ranger, Habt acht!"

Die Köpfe und Augen der Männer gingen wieder in Ausgangsposition, gerade aus.

"Bataillon, ruht!"

Die Männer stellten den rechten Fuß einige Zentimeter nach vor und stampften mit dem Stiefel auf den Boden. Die Haltung die sie nun einnahmen, war locker. Sie drehten die Köpfe, ließen die Arme hängen und flüsterten miteinander.

Dann wandte sich der Major an die Truppe und lenkte die Aufmerksamkeit somit auf sich: "Männer! Dank eurem Einsatz habt ihr vielen Soldaten der US-Marines das Leben gerettet! Zu Beginn der Invasion wurdet ihr falsch eingesetzt, was unter euch zu hohen Verlusten führte! Aufgrund eures Einsatzes und eurer tapferen Leistungen beschloß der Oberkommandierende, weitere

Rangereinheiten für das Inselspringen einzusetzen!"

"Wir sind halt die Besten!" brüllte einer dazwischen.

Dann stimmten andere diesem Wortlaut mit.

Oskov der immer etwas zu sagen hatte, meldete sich ebenso und stach durch seine Lautstärke unter den anderen hervor: "Als Dank bekommen wir jetzt Fronturlaub und können auf Hawaii ein bisschen Hula-Hula machen!" Und er tanzte dazu.

"Jede Menge Bräute!" rief ein anderer aus der hintersten Reihe hervor.

"Und endlich etwas zum Saufen!" tobte ein dritter.

Gino lachte und stellte dem Major eine Frage: "Wie lange haben wir Urlaub?! Zwei oder drei Wochen?!"

"Jipihhh!" brüllte ein weiterer. "Saufen und Weiber!"

"Am Strand liegen und sich endlich einmal die Bäuche mit einem saftigen Steak vollschlagen!" stieß Cooper hervor.

Mahoni huschte selber ein Grinsen über die Lippen, doch er verfiel nicht lange in dieser Stimmung. Sein Gesicht verdunkelte sich und lenkte die Aufmerksamkeit wieder auf seine Worte: "Der Urlaub wird noch etwas warten müssen!"

Die Männer wußten nicht was Mahoni damit meinte. Ihr Lachen und Getobe verstummten schnell.

"Sollen wir etwa länger hier verweilen?!" stieß einer der Männer hervor.

"Aus welchem Grund?! Unsere Arbeit ist getan!" rief ein anderer.

Der Lieutenant wollte schon dazwischen gehen und für Ruhe sorgen, doch Mahoni hielt ihn zurück und sprach zur Truppe: "Jeder von uns möchte den Krieg so schnell wie möglich beendet sehen!"

"Und was hat dies mit uns zu tun?!" unterbrach ein Soldat den Vorgesetzten.

Mahoni sprach weiter: "Drei Rangerbataillone werden in Kürze nach Europa verlegt! Hier im Pazifik gibt es derzeit nur das 7. und euch! Neue Rangereinheiten werden erst in zwei Monaten verfügbar sein!" Mahoni machte eine kurze Pause und suchte nach passenden Worten.

Die Männer wurden unruhig und neugierig zugleich. Jeder einzelne von ihnen konnte sich schon denken was folgen würde, aber keiner wagte es zu glauben.

Mahoni sprach mit dumpfen und deprimierten Worten weiter: "Männer! Zur Zeit sind wir die einzigen Ranger mit Fronterfahrung! Wir werden dem 7. unterstellt! Dieser Transporter bringt uns zu unserem neuen Einsatzziel, fast 300 Kilometer näher zum Japanischen Mutterland!" Mahoni blickte in die fassungslosen Gesichter seines kümmerlichen Restes. Dann nahmen seine Worte einen bedauerlichen Klang ein. "Ich kann eure Endtäuschung verstehen! Aber der Befehl kommt von ganz Oben!" Der Major riss abrupt ab, drehte sich um und ging davon. Mahoni, der stählerne Mann ohne Gnade, konnte nicht länger die Endtäuschung seiner Männer mit ansehen.

"Das gibt es doch nicht!" rebellierte einer unter ihnen.

Die Moral der Ranger sank ins Bodenlose. Kopfschüttelnd und niedergeschlagen standen sie da und diskutierten lautstark miteinander.

"Wir sollen noch einmal Kanonenfutter spielen?!" glaubte Gino es nicht.

"Wir sollen einfach so verheizt werden?!" stachelte Oskov die Situation weiter an. "Wäre es nicht besser wenn mir meutern?!"

Und die Menge ließ sich kaum noch halten. Der Lieutenant ging dazwischen, aber er wurde lautstark übertönt. Er mußte sogar die MP zu Hilfe holen um für Ruhe zu sorgen.

"Befehlsverweigerung?" fragte Cooper und blickte dabei seinen langen Kameraden an. "Willst du vor ein Kriegsgericht und für 15 Jahre in den Bau?"

"Immerhin besser als auf einer anderen Insel abgeschlachtet zu werden." verteidigte sich dieser.

"Ich mache bei dieser Scheiße nicht mehr mit!" brüllte einer von ihnen.

"Wer war das?!" forderte ein Captain der MP und ging auf die Männer zu. "Wer war das?!" brüllte er noch lauter.

"Sklaventreiber!"

Immer mehr Männer wurden unzufrieden und brüllten durcheinander.

"Sollen sich einmal die Offiziere abschlachten lassen!"

Der Captain ging durch die Reihe und zog den Mann heraus, der dies gesagt hatte. Sogleich wurde der Offizier mit Dosen und kleineren Gegenständen beworfen. Dieser blies in eine Pfeife. Sogleich gingen mehrere Soldaten der MP dazwischen. Zwei von ihnen zogen dem Mann mit einem Gummiknüppel eine über.

"Laßt mich ihr Schweine!"

Mehrere der Männer versuchten ihm zu helfen, stürzten sich auf die MP schlugen auf sie ein, warfen sie zu Boden und ließen ihrer Wut freien Lauf.

Sofort wurde Verstärkung angefordert, die hart zur Sache gingen und die Meute auseinanderzogen. Einer der MP blieb vor Ossi und Cooper stehen, sah sie an und hielt den Gummiknüppel in einer Hand und schlug damit in seine andere.

"Mit diesem Ding kommst du dir Stark vor." ließ sich Ossi nicht davon beeindrucken.

"Willst du mal kosten?" gierte der Polizist.

"Wage es." drohte Oskov.

"Nur zu gerne, komm schon."

"He." ging Cooper dazwischen. "Wir haben mit diesem Scheiß nichts zu tun. Wir stehen nur wie befohlen hier herum."

"Das möchte ich euch auch geraten haben."

Ein richtiger Tumult entstand. Respekt wurde keiner gezollt. Es wurde geschlagen, getreten, gezogen. Der Captain zog seine Pistole aus der Halterung, hielt den Lauf in die Höhe und drückte zweimal ab. Erst jetzt beruhigte sich die Lage etwas. "Zurück ins Glied!" trieb er die Männer wieder in die Reihen. Diejenigen die jedoch am wildesten waren, wurden von der MP davon getragen.

"Wer erneut Widerstand leistet, wird wegen Befehlsverweigerung vor ein Kriegsgericht gestellt!" brüllte der Captain weiter.

"Jetzt kommt diese Tour!"

"Schweig Soldat, oder du bist gleich der Erste!" dann wandte er sich wieder an alle und ging dabei langsam die erste Reihe ab. "Wir sind hier nicht im Kindergarten!"

Der Lieutenant wandte sich an die Männer: "Ihr habt den Major gehört! Also nehmt eure Sachen und ab in eure Unterkünfte!"

Nur zögernd bereiteten sich einige auf den Abmarsch vor. Die MP war erneut gezwungen die übrigen unter Einsatz von Drohungen anzutreiben.

Gino, Oskov und Cooper standen bei der Abfahrt an der Reling, ohne Helm, Waffen und Gepäck, nur in frischer Uniform und gestriegelten Stiefeln. Mätz war auf ein Lazarettschiff gebracht worden. Er sollte in die Staaten zurückverlegt werden, bis er wieder stark genug für den Einsatz wäre.

"Und ich dachte es geht in den Urlaub." seufzte Oskov.

Alle drei waren über der Reling lehnend und blickten bei ihrer Abfahrt ein letztes Mal auf die Insel.

Gino nickte und meinte darauf: "Es ist zu schön um wahr zu sein."

Cooper machte sich zum Gehen bereit und sagte: "Ich besorg mir eine Flasche und besauf mich. Besser als darüber nachzudenken."

"Ich komme mit." schloß sich Oskov dem an.

"Gute Idee."

Cooper warf die halbgepaffte Zigarre über Bord, drehte sich zu seinen Kameraden, blickte ihnen tief in die Augen und schloß mit dem Gedanken ab: "Viel Glück Jungs. Wir werden es brauchen."

*D*er 2. Weltkrieg war wohl das grausamste, schrecklichste, blutigste und menschenverachtendste Ereignis des 20. Jahrhunderts das durch Menschen ausgelöst wurde.
Doch wie konnte etwas derart brutales zustande kommen, in einer doch so aufgeklärten Welt, vor allem, da der "Große Krieg" erst 20 Jahre zurücklag?
Aber wo beginnt die Geschichte des 2. Weltkrieges? Und wo endet sie?
Nun. Da muß man wohl 1918 anfangen als der "Große Krieg" beendet war, zu einer Zeit, da man noch nicht daran dachte Weltkriege zu nummerieren.

In Deutschland war man unzufrieden, nicht einverstanden mit dem "Diktatfrieden" von Versailles. Deutschland war der Sündenbock für fast viereinhalb Jahre Krieg und der Zerstückelung Europas, das in einer schweren Krise lag. Reparationszahlungen von 132 Millionen Goldmark, anfangs wurden von den Siegermächten 226 Millionen Goldmark gefordert, zerstörten den letzten Rest des am Boden liegenden Deutschlands. Zudem entstand Polen und Ostpreußen war vom Rest Deutschlands getrennt worden, das Rheinland wurde entmilitarisiert und das Saarland dem neu gegründeten Völkerbund unterstellt.
Inflation der desolaten Wirtschaft Deutschlands, die Rheinlandbesetzung durch Frankreich bis 1930, verschärften die Lage zusehends. Der Dollar kostete 1919 8,57 Mark, Mitte 1922 1.000 Mark, im Mai 1923 bereits 1 Million und im November 1923 4 Billionen Mark.
Der Österreicher Adolf Hitler, Freiwilliger in einem bayrischen Regiment zur Zeit des 1. Weltkrieges, stieg durch seine Reden und Weltanschauungen schnell politisch auf und wurde schließlich Führer der NSDAP. Er wollte Lebensraum und Weltherrschaft für die arrische Rasse. So begann Hitler am 9.11.1923 in München einen Putsch, der jedoch schnell zerschlagen wurde. Hitler kam ins Gefängnis und schrieb dort "Mein Kampf". Nach seiner vorzeitigen Freilassung war sein oberstes Ziel der Führer eines Deutschen Reiches zu werden und die jüdische Rasse in Europa zu vernichten. Doch vorerst regierte in der sogenannten "Weimarer Republik" noch die Demokratie und 1926 wurde Deutschland in den Völkerbund aufgenommen. Trotzdem baute Deutschland insgeheim in der Sowjetunion Kampfschulen auf. Im Gegenzug wurden russi-

sche Soldaten in Deutschland zu Offizieren ausgebildet.

Am 24.10.1929 dem Schwarzen Freitag, brach in New York die Börse zusammen und löste die wohl verheerendste Weltwirtschaftskrise aus. Das Resultat daraus, 15 Millionen Arbeitslose in den USA, sechs Millionen Arbeitslose in Deutschland. Wohlbedacht, damals arbeiteten vorwiegend die Männer. Dieses Heer der Arbeitslosen brachte Hitler viele Sympathien und regen Zulauf, der Arbeitsplätze und Wohlstand versprach. Die NSDAP wurde immer stärker und die Konkurrenz systematisch ausgeschaltet.

Am 30.1.1933 wurde Hitler zum Reichskanzler ernannt. Als am 2.8.1934 der 82 jährige Reichspräsident Hindenburg starb, war Hitler am Ziel und der alleinige Herrscher Deutschlands, da er die Ämter des Reichspräsidenten und des Reichskanzlers zusammenschloß.

Großbritannien das die "Balance of Power" in Europa wollte, jedoch nicht ohne Hintergrund, schlug Deutschland bereits am 16.3.1933 eine militärische Stärke Deutschlands von 200.000 Mann vor. Laut Versailler Vertrag von 1919, durfte Deutschland nur über ein Landheer von 100.000 Mann und 15.000 Marinesoldaten ohne Flugzeuge und schwere Waffen besitzen.

Aber Hitler rüstete weiter auf mit der Aussage, dass die Nachbarstaaten Deutschlands zu hochgerüstet wären und Deutschland sich somit nie wirklich verteidigen könne, denn laut seiner Ansicht wäre die Sicherheit Deutschlands kein geringeres Recht, als die Sicherheit der anderen Nationen. So besaß die Deutsche Wehrmacht bereits am 18.12.1933 300.000 Mann und ihre Stärke wurde durch das Britisch-Deutsche Flottenabkommen vom 18.6.1935 sogar auf 550.000 Mann festgelegt, inklusive Flugzeuge und schwere Waffen, obwohl Deutschland im Oktober 1933 aus dem Völkerbund ausgetreten war. Frankreich protestierte, Großbritannien beschwichtigte.

Noch im selben Jahr 1933 schlug Polen aus Angst, Frankreich einen Präventivkrieg gegen Deutschland vor. Frankreich lehnte ab, fühlte sich hinter seiner Maginot-Linie sicher und außerdem würde England dem nie zustimmen.

Hitlers weltpolitischer Erfolg "für den Frieden" war am 26.1.1934 ein Nichtangriffspakt mit Polen, dacht jeder doch, dass nur Polen eine Aggression Deutschlands auslösen könne, da Ostpreußen durch dieses Land *vom Rest des Reiches getrennt war.*

In den Augen der Welt schien Hitler wirklich nur den Frieden zu wollen, obwohl er am 16.3.1935 die Allgemeine Wehrpflicht einführte und die Wiederaufrüstung Deutschlands öffentlich bekanntgab, darunter den Bau von 12 U-Booten.

Vom 2. auf den 3.10.1935 überschritten italienische Truppen durch den selbsternannten "Duce" Benito Mussolini, der sich bereits durch den Marsch auf Rom am 28.10.1922 an die Macht in Italien gesetzt hatte, Abessinien, das heutige Äthiopien und eroberten es bis zum 9.5.1936. Der Völkerbund griff nicht militärisch ein, sondern verhängte Italien Sanktionen an der sich Deutschland jedoch nicht beteiligte.

Weiteres stellten Italien sowie Deutschland ab dem 18.7.1936 für die Rechten mit ihrem Führer "Franco" der in Spanien einen Bürgerkrieg entfacht hatte, Truppen und Waffen, was die Beziehungen zueinander verbesserte und schließlich zur Achse Berlin-Rom führte. Der spanische Bürgerkrieg hielt drei blutige Jahre lang an, indem insgesamt 600.000 Menschen starben und den die Rechten gewannen. In diesem Konflikt kämpften aktiv 10.000 bis 20.000 Deutsche als "Freiwillige" von denen 300 starben.

Erfolge feierte Hitler auch als er im März 1935 durch eine Abstimmung das Saargebiet ins Reich zurückholte, sowie als er am 7.3.1936 ins entmilitarisierte Rheinland einmarschierte und niemand von den Westmächten dagegen handelte.

Bereits am 5.11.1937 proklamierte Hitler, mit Gewalt Lebensraum für Deutschland sichern zu wollen. Terror, Anschläge, provozierte Krawalle, sollten Österreichs Politik und Volk gefügig machten. Italien versagte Österreich die Hilfe als Dank an Deutschland für seine Abessinienpolitik und zugleich beharrte Hitler auf das Selbstbestimmungsrecht der Völker. Er wollte vorerst nur eine Personalunion mit Österreich eingehen. So wurde Österreichs Regierung erpreßt und für den Einmarsch reif gemacht. Und so kam was kommen mußte. Als Oberbefehlshaber der Wehrmacht erteilte Hitler am 11.3.1938 um 19.25 Uhr den Befehl zum Einmarsch in Österreich. Proteste über diesen Einmarsch verstummten rasch. Die überwältigende Zustimmung der österreichischen Bevölkerung veranlaßte Hitler dazu, die ehemalige Ostmark im Reich aufgehen zu lassen.

Sein nächstes Ziel war die Tschechoslowakei. Um einen bewaffneten Konflikt mit Deutschland zu verhindern, die Tschechoslowakei hatte bereits Mobil gemacht, übten die Westmächte Druck auf den tschechischen Staatspräsidenten Benes aus, der die geforderten Gebiete, das Sudetenland, an Deutschland abtrat, in das die Wehrmacht am 1.10.1938 einmarschierte. Dadurch wurden 3,25 Millionen Sudetendeutsche ins Reich geholt. Durch Druck und die Loslösung der Slowakei zum selbstständigen Staat, hörte die Tschechoslowakei auf zu existieren und so nahm Deutschland vom 14. auf den 15.3.1939 die Resttschechei unter seinem "Schutz" und begründete das Protektorat Böhmen und Mähren.

Jetzt erst sahen die Westmächte das mit Beschwichtigung den Deutschen nicht Einhalt zu gebieten wäre. Man stimmte überein, dass weitere Forderungen Hitlers an Land, unweigerlich zum Krieg führen würde, da Deutschland auch von Litauen das Memelgebiet zurückerlangte, das 1920 verloren ging. Und zum allgemeinen Staunen der Welt unterzeichneten Deutschland und die Sowjetunion am 1.8.1939 den Hitler-Stalin-Pakt, wollte der Westen doch die Sowjetunion für sich gewinnen, um Deutschland einzuschränken.

Und Hitler landete den nächsten Coup. Ungarn und die Slowakei verbündeten sich mit Deutschland, Italien das bereits am 7.4.1939 Albanien besetzt hatte, paktierte ebenso mit Hitlerdeutschland.

Hitler wollte nun Polen zur Abgabe des polnischen Korridors zwingen um eine Landverbindung mit Ostpreußen herzustellen. Wie von Hitler gewünscht, weigerte sich Polen zu diesem Schritt, dass sich durch Großbritannien und Frankreich geschützt fühlte. Doch Deutschland und die Sowjetunion schlossen am 23.8.1939 einen Nichtangriffspackt und die Aufteilung Polens.

So überfiel die Deutsche Wehrmacht am 1.9.1939 Polen. Der 2. Weltkrieg hatte somit offiziell begonnen und niemand ahnte welche Schrecken noch kommen sollten.

Doch was war bis dato im Pazifik geschehen? Japan wollte ebenso Anspruch auf mehr und hatte diesbezüglich einiges getan.

1876 eroberte Japan die Kurillen und die Riu-kiu Inseln.

1895 besetzte Japan die Insel Formosa, das heutige Taiwan.

Am 10.2.1904 erklärte Japan an Russland den Krieg um in Ostasien die Alleinherrschaft zu erlangen. Zwischen August 1904 und Jänner 1905 kam es in der Gegend um Port Arthur zu mehreren Schlachten indem die Japaner 90.000 Soldaten einsetzten. Verteidigt wurde dieses Gebiet von insgesamt 40.000 Russen. Die Japaner gewannen diese Kämpfe nachdem sie 60.000 und das Zarenreich 40.000 Soldaten verloren hatten. Gegen die militärisch straff organisierten Japaner konnten die Russen auch in den folgenden Kämpfen nicht bestehen. Zwischen dem 20.2.1905 und dem 10.3.1905 bekämpften sie sich bei Mukkden und in der Mandschurei in China. Obwohl die Japaner hier nur insgesamt 270.000 Mann einsetzten verloren die Truppen des Zaren von 330.000 Mann, 89.000. Die Verluste der Japaner beliefen sich auf 71.000 Mann.

Zu einem vernichtenden Seegefecht für das zaristische Russland kam es vom 27. auf den 28.5.1905 bei Korea und im Japanischen Meer. Beide Seiten setzten je 31 Kriegsschiffe ein. Doch nach dem Sinken von 21 Schiffen und den Verlust von 4.380 Marinesoldaten zogen sich die Russen zurück, während die Japaner nur 117 Mann verloren hatten.

Am 5.9.1905 endeten die Kämpfe beider Seiten. Japan erhielt als Sieger den südlichen Teil der Insel Sachalin, Port Arthur und erlangte Einfluß in der von den Russen besetzten Mandschurei. Insgesamt verlor Japan mehr als 450.000 Soldaten in den Monaten dieses Krieges und ging trotzdem als Sieger hervor.

1910 gliederte Japan Gesamtkorea in seinen ideologischen Machtbereich ein.

Im 1. Weltkrieg stand Japan auf der Seite der Alliierten und konnte somit einige Inseln im Pazifik vom Kaiserreich Deutschland fast kampflos erobern und war somit endgültig zur Großmacht aufgestiegen.

Doch Japan hatte noch nicht genug. Die Herrscher wollten eine Neuordnung des Pazifikraumes unter japanischer Herrschaft. So drängten sie am 18.9.1931 zum Offenen Konflikt mit China. Nach vier Tagen war der Süden der Mandschurei erobert, bald darauf die ganze Provinz.

1932 besetzte Japan vorübergehend mit 75.000 Mann die Stadt Shanghai.

1933 wurde die Provinz Jehol erobert und an die besetzte Mandschurei angegliedert. China konnte kaum Widerstand leisten da es sich in einem Bürgerkrieg mit Maos Kommunisten befand indem bereits mehrere Millionen Menschen gestorben waren.

Zwischenzeitlich gab es Friedensperioden zwischen Japan und China in denen es jedoch militärische Handlungen gab.

Ab dem 7. und 8.7.1937 drängte Japan erneut zum Offenen Krieg mit China. Sie marschierten am 28.7.1937 in Peking ein und lösten die Mandschurei als den Marionettenstaat "Mandschukuo" von China in die "Unabhängigkeit".

Wenige Wochen später bombardierten japanische Flugzeuge Shanghai und griffen es mit 200.000 Soldaten an. Die Stadt wurde bis zum 8.11.1937 erobert. Ebenso eroberten japanische Einheiten weitere Teile Chinas im Norden des Landes.

Bereits am 10.12.1937 startete Japan einen Großangriff auf Chinas Regierungssitz Nanking und eroberte es nur drei Tage später.

Am 16.12.1937 griff Japan britische und amerikanische Schiffe, die sich in China aufhielten an und versenkten sie teils. Reaktionen des Westens blieben dabei fast vollkommen aus.

Bis zum selben Tag hatte Japan 868.000 Quadratkilometer chinesischen Gebietes mit einer Bevölkerung von 59 Millionen Menschen erobert. Zum Vergleich; Chinas Bevölkerung lag 1939 bei rund 400 Millionen Einwohnern und Japans Fläche Ende 1937 bei 430.000 Quadratkilometern mit 70 Millionen Einwohnern.

Zwischen Juli 1937 und Jänner 1938 befanden sich insgesamt 450.000 japanische und 2,15 Millionen chinesische Soldaten in den Kämpfen im Nordosten des Landes, wobei die Chinesen einen Verlust von 450.000 Mann hinnehmen und sich zurückziehen mußten. Japans Einheiten blieben im Jahre 1938 auf dem Vormarsch und drangen bis Zentralchina vor und sie eröffneten eine See- und Luftblockade gegen China.

Am 22.12.1938 erklärte Japan die Neuordnung Asiens unter seiner Vorherrschaft und hatte zu diesem Zweck mit Deutschland den Antikommintern-Pakt geschlossen und war bereits am 11.12.1937 aus dem Völkerbund ausgetreten.

Und was war mit unserem sogenannten Riesen der USA?

Nach dem 1. Weltkrieg und der Demobilisierung ihrer Streitkräfte von 3,7 Millionen Soldaten, zogen sie sich vollends in die Neutralität zurück, denn sie glaubten durch zwei große Meere von allen Kriegsgeschehen sicher zu sein. Durch das Abrüstungsabkommen Ende des 1. Weltkrieges hatten die USA 60 Prozent ihrer Kriegsschiffstonnage abgewrackt und sie besaßen nur noch ein stehendes Heer von 136.000 Mann. Damals besaß selbst Rumänien ein stehendes Heer je nach Quellen, zwischen 200.000 und 300.000 Mann.

Natürlich wurde in den USA mit Argwohn die Entwicklungen auf beiden Seiten des Erdballs beobachtet. Doch für die Amerikaner waren diese rein europäische und asiatische Angelegenheiten. Das Volk wollte keine Einmischung. Im September 1939 waren lediglich sieben Prozent der Bevölkerung für ein Eingreifen in Europa. Laut Gesetz waren die USA zur Neutralität verdammt und zur Zeit gab es niemanden der die USA bedrohte. Zudem waren die Auswirkungen der Weltwirtschaftskrise immer noch zu spüren, die den USA alleine 1929 14 Milliarden Dollar gekostet hatte. Also kein Grund für Kriegsanstrengungen. Jedoch wußte der US-Präsident Theodore Roosevelt, dass früher oder später auch die USA in diesen Konflikten hineingeraten würden und insgeheim wollte er lieber den Briten helfen als mit ansehen zu müssen, wie eine vernichtende Diktatur Europa überrannte, oder sich in Asien eine neue Großmacht ausbreitete. So ließ Roosevelt die Armee aufstocken. Das Heer durfte 1939 83.000 Mann, das Marinecorps 10.000 und die Navi 42.000 Mann rekrutieren. Rein um nur die eigenen Interessen zu schützen, wie es hieß. Die Navi forderte ein Budget von 1,5 Milliarden Dollar. Dies waren mehr Rüstungsgelder als bisher im Frieden, jedoch nicht zu vergleichen mit den Rüstungsausgaben die noch kommen sollten.

Im Laufe der Zeit machte sich auch in der amerikanischen Bevölkerung ein Umdenken breit. Eine Umfrage bekräftiget zu 57 Prozent, dass das Neutralitätsgesetz geändert werden sollte, um Waffen zu verkaufen. Jedoch wurde kriegerische Einmischung weiterhin strikt abgelehnt. Die Regierung konnte das Gesetz ändern, lagen die Sympathien des Volkes doch bei den Briten und Chinesen. So unterzeichnete die US-Regierung im November 1939 einen Vertrag, damit England und Frankreich Waffen in den USA kaufen konnten. Die eigene Armee behielt jedoch ihre symbolische Stärke.

In Europa machten sich Massenheere bereit.

Die Aufrüstung Deutschlands brachte ihnen mit einer neuartigen Strategie zu Beginn des Krieges die Blitzkriegserfolge. Die deutsche Aufrüstung verschlang von 1933 bis 1939 80 Milliarden Dollar. Sie stellten eine Armee mit 30 Panzer-, 70 motorisierte- und 140 Infanteriedivisionen auf. Sie besaßen die größte Luftwaffe, nicht die größte aber doch die stärkste Panzerwaffe der Welt.

Fall Weiß:
Gegen Polen zog die Deutsche Wehrmacht 70 Divisionen mit 3.200 Panzern, 2.000 Flugzeugen und 1.500.000 Soldaten zusammen. Polen hingegen konnte nur 1.130 alte Panzer, 745 Flugzeuge, darunter nur 150 Jagdmaschinen und 86 Bomber und 1,2 Millionen Mann aufstellen.

Um 4.45 Uhr dem 1.9.1939 eröffnete das deutsche Schulschiff die "Schleswig-Holstein" das Feuer auf polnische Einheiten auf der Westerplatte.

Mit zwei großen und mehrere kleineren Zangenarmen von drei Seiten, zerstörten die Deutschen schnell und genau die polnische Abwehr.

Zwar erklärten Großbritannien und Frankreich am 3.9.1939 an Deutschland den Krieg, jedoch griffen sie nicht konzentriert an, sondern wähnten sich in ihren Stellungen geschützt. Dies ermöglichte der Wehrmacht weiterhin mit geballter Kraft die polnische Armee zu zerstückeln. Durch die kombinierten Einsätze von Panzern und Flugzeugen drangen die Deutschen schnell ins polnische Hinterland vor, unterbrachen deren Kommunikationseinrichtungen und kesselten große Verbände ein. Bereits am Freitag dem 8.9.1939 hatten die Deutschen Warschau erreicht und die Stadt bis zum Mittwoch dem 13.9.1939 eingekreist, das sie mit 1.000 Geschützen und 370 Flugzeugen angriffen.

Am 17.9.1939 griff die Sowjetunion wie im Zusatzprotokoll mit Deutschland vereinbart, Polen an. Zehn Tage später dem 27.9.1939 kapitulierte Warschau mit 120.000 bis 140.000 Mann und einen Tag später kapitulierte Polen, das nichts mehr gegen diese beiden starken Gegner entgegenzusetzen vermochte. Die letzten Kampfeinheiten Polens legten jedoch erst am 6.10.1939 die Waffen nieder.

Polens Flotte trat kaum in Erscheinung, besaßen sie lediglich vier Zerstörer, fünf U-Boote und 12 kleinere Schiffe. Deutschland setzte hingegen in der Ostsee 114 große und kleine Schiffe, sowie U-Boote ein.

Die Verluste im Polenfeldzug hielten sich bei den Sowjets und den Deutschen in Grenzen. Die Sowjetunion verlor 737 Soldaten an Toten und 1.850 an Verwundeten. Dafür verschoben sie ihre Grenzen um bis zu 300 Kilometer nach Westen, eroberten ein Gebiet von 140.000 Quadratkilometern mit 12 Millionen Einwohnern. Deutschland hatte lediglich 10.572 Tote, 30.220 Verwundete und 3.400 Vermisste, 217 Panzer und 282 Flugzeuge zu beklagen. Polen hingegen leistete einen hohen Blutzoll. Ihre Verluste beliefen sich auf 123.000 Tote und 133.000 Verwundete. Weiteres gerieten 217.000 polnische Soldaten in sowjetische und 694.000 in deutsche Kriegsgefangenschaft. Dennoch gelang es 76.000 polnischen Soldaten in Nachbarstaaten zu fliehen, die den Kampf auf Seiten Englands fortführten.

Die Sowjetunion wandte sich nun ihren anderen Zielen zu, die sie mit Deutschland vereinbart hatten. Estland unterzeichnete am 28.9.1939, Litauen am 5.10.1939 und Lettland am 10.10.1939 auf Stalins Druck hin, einen Beistandspakt mit der Sowjetunion und gingen als Sozialistische Sowjetrepubliken in die UDSSR auf.

Der Krieg war nun vollends entbrannt.

Die Sowjetunion ging nun gegen das kleine Finnland los, das sowjetischen Forderungen nicht nachkam. So kam es am 30.11.1939 zum Russisch-Finnischen Winterkrieg mit der Begründung; die Finnen hätten das Feuer eröffnet, was jedoch eine Lüge war.

Das kleine Land, das im Frieden nur 30.000 Mann besaß, war auch in den anderen Waffengattungen weit unterlegen. Sie besaßen nur 60 Panzer, 150 Flugzeuge und ganze 22 Fliegerabwehrkanonen. Finnland bekam jedoch Unterstützung von anderen Ländern und wehrte sich erfolgreich gegen den Angreifer, der zum Schluß 2.000 Flugzeuge gegen das kleine Finnland einsetzte. Zwar brachten die Finnen den Sowjets große Verluste bei, die im unwirtlichen Gelände mit ihren schweren Waffen liegen blieben und die es nicht schaften die finnischen Verteidigungslinien zu durchbrechen und stellenweise nur 30 Kilometer vorwärts kamen, aber schließlich mußten die Finnen aufgeben, da ihre Armee trotzalldem hohe Verluste erlitt und vom 12. auf den 13.3.1940 wurde ein Friedensvertrag unterzeichnet.

Während dieses Krieges setzten die Sowjets 1 Million Mann ein und Finnland setzte sich mit insgesamt 175.000 Kämpfern zur Wehr. Ihnen

gelang es dabei mehrere russische Divisionen einzukreisen und zu ver-
nichten. Die schwersten Kämpfe ereigneten sich im Südosten des Landes
an der sogenannten Mannerheim-Linie. Hier hielten die Finnen einer
sowjetischen Übermacht stand, die zwar einige Stellungen durchbrachen,
aber immer wieder zurückgeworfen wurden.

Die Verluste in diesen Monaten betrugen je nach Angaben 24.900 bis
60.000 Tote und 43.500 bis 250.000 verwundete Finnen, sowie auf Seiten
der Sowjetunion 48.750 Tote und 158.800 Verwundete und mehrere
hundert Flugzeuge. Dennoch mußte Finnland ein Gebiet von 40.000
Quadratkilometern an den Feind abtreten.

Obwohl Großbritannien und Frankreich mit Deutschland im Krieg
standen, tat sich im Westen nicht viel. Der starre Verteidigungssinn der
Franzosen in ihrer Maginot-Linie verhinderte, das Deutschland einen
Zwei-Fronten Krieg führen mußte und somit konnte die Wehrmacht in
aller Ruhe im Westen aufmarschieren. Paradoxerweise bekamen die fran-
zösischen Truppen ein Verbot auf Deutsche zu schießen.

Ab dem 7.10.1939 landeten 161.000 britische Soldaten mit 24.000
Fahrzeugen in Frankreich, aber auch diese verhielten sich rein defensiv.

Politisch unterzeichneten die Briten und Franzosen mit der Türkei am
20.11.1939 einen Beistandspakt, sollte die Türkei angegriffen werden.

Die Kampfhandlungen konzentrierten sich im Westen vorerst auf See
im U-Bootkrieg gegen England, denn alleine im Osten der britischen In-
seln wurden jährlich 50 Millionen Tonnen an Gütern gelöscht. Zu Be-
ginn des Krieges besaß Deutschland nur 57 U-Boote, die jedoch sogleich
zum Schlag gegen England ausholten.

Am 16.9.1939 lief der erste Konvoi von Kanada nach England aus. Da
England zu wenig Begleitschiffe besaß, konnten sie den Transportern nur
200 Seemeilen um Großbritannien einen Schutz bieten. Nebenbei hatte
England seit den 20 Jahren des Friedens vier Millionen Einwohner mehr
zu versorgen, aber fast 2.000 Frachter weniger als noch 1918 und der
Ölverbrauch der Insel ist in diesen 20 Jahren um das Zehnfache gestiegen.

Durch den Verlust eines Flugzeugträgers am 17.9.1939 durch ein
deutsches U-Boot zog die britische Regierung ihre verbliebenen drei Trä-
ger in sichere Häfen zurück.

Um ihre Truppentransporte nach Frankreich zu sichern, verlegte die

Royal-Navi im Ärmelkanal eine Minensperre von 3.636 Minen. Und tatsächlich gelang es im gesamten Krieg nur einem deutschen U-Boot diese Sperre zu durchbrechen. Alle anderen waren gezwungen um die britischen Inseln zu fahren, um im Atlantik den Tonnage-Krieg zu führen. Nur zwei Monate später erklärte Hitler den uneingeschränkten U-Boot-Krieg.

Der Krieg in Europa weitete sich aus.
Die deutsche Erzeinfuhr betrug 22 Millionen Tonnen pro Jahr. Durch die britische Seeblockade gingen Deutschland dadurch rund 10 Millionen Tonnen verloren. Weitere 10 bis 11 Millionen Tonnen Erz bezog das Deutsche Reich aus Schweden über den eisfreien norwegischen Hafen Narvik. Sollten die Alliierten auch diese Einfuhr unterbinden, wäre für Deutschland der Krieg so gut wie beendet. Beide Seiten wußten dies. Doch während die Alliierten zögerten, handelte Hitler.
Das Unternehmen "Weserübung", die Besetzung Dänemarks und Norwegens begann am 9.4.1940. Dänemark ergab sich sofort, da ihre Streitkräfte gerade einmal eine Stärke von 14.500 Mann besaßen und wurde innerhalb eines Tages erobert. Für den Handstreich gegen Norwegen, das nur 60.000 Mann aufbieten konnte, setzte Deutschland 23 große Kriegsschiffe, 31 U-Boote und 870 Flugzeuge ein. Die 80 norwegischen Maschinen konnten dem kaum Widerstand leisten und traten nur vereinzelt in Erscheinung.
Am selben Tag holte die britische Marine zum Gegenschlag aus. Am 13., 15. und 18.4.1940 landeten britische, französische und polnische Exiltruppen mit einer Gesamtstärke von 42.000 Mann in Norwegen. Trotz Überzahl, aber schlechter Koordination der Alliierten, blieben die deutschen Truppen überlegen. Die Mobilmachung der Norweger war zum Teil noch gar nicht richtig angelaufen. Ohne es zu wissen, hätten die Alliierten in Norwegen gewonnen, denn die Deutschen zogen sich bereits zurück. Aber ihrer hohen Verluste zwangen sie, am 30.4.1940 sich wieder einzuschiffen, jedoch landeten sie im Mai des selben Jahres erneut. Die Deutschen nutzten diese Chance und hatten sich dieses Mal festgesetzt.
Anfang Juni 1940 kam es zur endgültigen Evakuierung alliierter Soldaten in Norwegen, da die Truppen in Frankreich benötigt wurden, denn hier befand sich die Deutsche Wehrmacht bereits auf dem Vormarsch.

So endete der Norwegenfeldzug am 10.6.1940. Die deutschen Verluste betrugen 13 große Kriegsschiffe, vier U-Boote, 1.320 Tote, 1.600 Verwundete und 2.370 Vermisste. Die Briten verloren unteranderem einen Flugzeugträger, 11 schwere Kriegsschiffe, fünf U-Boote und 4.400 Mann. Im Gegenzug übernahmen die Briten von den Norwegern 1.000 Handelsschiffe. Weitere Verluste betrugen 1.330 Norweger, 530 Franzosen und Polen sowie 17 Dänen. Für die Deutschen waren die Erzlieferungen gesichert, denn die Schweden lieferten weiter.

Nach dem ungestörten Aufmarsch im Westen, konnte Hitler nun zum Westfeldzug ausholen, dem "Fall Gelb". Hierzu hatte Hitler neben großen Infanterieverbänden auch 2.500 Panzer und 3.800 Flugzeuge aufgeboten. Die Franzosen hatten zur Verteidigung rund 2,2 Millionen Mann aufgestellt. Sie besaßen neben 4.000 Panzern auch 1.600 Flugzeuge. Das britische Expeditionsheer wurde durch 1.150 Flugzeuge unterstützt. Die Benelux-Länder besaßen weitere 300 Maschinen. Der Angriff im Westen wurde von Hitler von 1939 an, insgesamt 29 mal verschoben. Dadurch verloren Gerüchte über einen deutschen Angriff an Glaubwürdigkeit, was der Wehrmacht zugute kam.

Der Angriff begann am 10.5.1940. Obwohl die deutsche Panzerwaffe der französischen in der Stückzahl unterlegen war, setzten die Deutschen ihre stählernen Kolosse in Gruppen ein, die von Flugzeugen unterstützt wurden. Die Franzosen hingegen sahen in der Panzerwaffe lediglich eine Unterstützung der Infanterie und setzten sie oft einzeln ein. Anbei besaß jeder deutsche Panzer ein Funkgerät, was zu diesem Zeitpunkt noch nicht üblich war. Zudem behinderte der starre Verteidigungssinn der Franzosen ihre Überlegenheit auszuspielen und somit diktierten die Deutschen den Alliierten die Vorgehensweise.

Wie geplant setzten sich britische und französische Einheiten durch Belgien hindurch in Marsch, als die Deutschen sich anschickten Holland, Belgien und Luxemburg anzugreifen. Und die deutsche Falle schnappte zu. Panzereinheiten fuhren durch unwegsames Gelände der Ardennen an den nördlichen Ausläufern der Maginot-Linie mit 40.000 Fahrzeugen vorbei, durchbrachen die französische Abwehr und marschierten tief ins Hinterland vor und den deutschen Panzerverbänden gelang es am 20.5.1940 den Ärmelkanal zu erreichen. Nun befanden sich große Teile der französischen Armee, das britische Expeditionskorp und belgische Einheiten in einem riesigen Kessel, abgeschnitten vom Nachschub über Land. Die schwachen niederländischen Einheiten hatten bereits am 15.5.1940 kapituliert und der Ring um die eingeschlossenen Alliierten schloss sich immer enger, die sich um die Stadt Dünkirchen zusammenzogen.

Am 26.5.1940 begann die Evakuierung der alliierten Truppen aus Dünkirchen. Tagelang pendelten 850 Schiffe zwischen England und der Stadt hin und her. Obwohl die Engländer dabei 230 Schiffe und Boote verloren, gelang es ihnen unter Zurücklassung fast aller schweren Waffen, insgesamt 338.000 Soldaten zurückzuführen.

Am 28.5.1940 kapitulierte Belgien.

Nun konnte der "Fall Rot" beginnen. Der eigentliche Angriff auf Frankreich.

Der schnelle Vorstoß der Deutschen Wehrmacht hatte sogar die kühnsten Erwartungen Hitlers übertroffen. Geplant wäre eigentlich nur gewesen, Nordfrankreich mit den Benelux-Ländern zu besetzen und den Alliierten schwere Verluste zuzufügen, um sie verhandlungsbereit zu machen. In Anbetracht der wenigen Verluste die das deutsche Heer erlangte und den schweren Schlägen die sie dem Feinde zugesetzt hatten, entschlossen sie sich, Frankreich total zu vernichten und diese Vorgehensweise machte sich bezahlt. Frankreich dachte an eine Kriegsfolge wie im 1. Weltkrieg mit Stellungen und hohen Verlusten auf beiden Seiten. Nun jedoch waren noch nicht einmal alle Mobilmachungen abgeschlossen und das französische Hinterland somit weitgehend unverteidigt.

Am Mittwoch dem 5.6.1940 griff die Wehrmacht erneut an. Sie durchbrachen die dünnen Frontlinien der Franzosen und überrollten deren Einheiten.

Fünf Tage später dem 10.6.1940 griff Italien in den Krieg mit ein und marschierte mit 400.000 Mann gegen Frankreichs Süd-Ostflanke.

Vier Tage später dem 14.6.1940 besetzten deutsche Truppen Paris.

Tage später am Sonntag dem 22.6.1940, unterzeichnete Frankreich die Kapitulation, da eine Fortführung der Kriegshandlungen für ihre zerschlagenen Truppen nicht mehr erfolgen konnte. Verbliebene Einheiten gerieten in Gefangenschaft oder sie schifften sich nach Möglichkeit nach Nordafrika in ihre Kolonialgebiete ein.

Drei Fünftel von Frankreich wurde von den Deutschen besetzt, der Süden blieb frei mit einer Regierung die mit Hitlerdeutschland sympathisierte und sie durften eine Armee von 100.000 Mann besitzen, hauptsächlich um die innere Ordnung zu sichern. Den Deutschen war es mit diesem Handstreich gelungen direkten Zugang zum Atlantik zu erlangen. Und die Briten sollten es noch zu spüren bekommen, was die neuerschaffenen deutschen U-Bootbasen in Frankreich für sie bedeuteten.

Die Verluste nach sechs Wochen Westfeldzug betrugen 2.900 Tote Niederländer, 7.000 Tote Belgier. England verlor 680 Panzer, 2.500 Geschütze, 84.500 Fahrzeuge und Motorräder, 3.500 Tote und 64.000 Mann an Verwundeten und Gefangenen. Italien hatte einen Verlust von 1.350 Toten und 260 Verwundete zu verzeichnen. Sie erhielten einiges Grenzland und sie besetzten Korsika. Durch ihren Blitzkrieg hielten sich die Verluste der Deutschen in Grenzen. Sie verloren lediglich 27.100 Soldaten an Toten, 111.000 an Verwundeten und 18.300 Vermisste. Die Größten Verluste des Westfeldzuges erlitten jedoch die französischen Truppen. Mitunter mußte die hochgejubelte Maginot-Linie nur zweimal von der Wehrmacht durchbrochen werden und die französischen Befestigungstruppen wurden einfach von hinten her aufgerollt. Alleine in diesem Bollwerk ergaben sich 400.000 französische Soldaten. Ihre weiteren Verluste betrugen 121.000 Tote, gesamt 1,9 Millionen Gefangene und drei Millionen BRT an Schiffsraum durch Versenkung, Internierung und Erbeutung.

Hitler erlangte mit der schnellen Unterwerfung Frankreichs seinen größten Sieg. Nun stand gegen Deutschland nur noch England und der Angriff auf die Insel sollte bald folgen.

Durch eine Invasion sollte England ausgeschaltet werden. Doch eine erfolgreiche Landung deutscher Truppen auf der Insel konnte nur erfolgen, wenn die britische RAF die Royal-Air-Force vernichtet und britische Schiffe aus dem Ärmelkanal vertrieben wären. Erst dann wäre England reif für eine Eroberung, besaßen sie zur Zeit auf 2.600 Quadratkilometer nur einen Panzer, auf 1,4 Kilometer Küstenlinie nur ein Maschinengewehr und zudem mußten sie fast all ihr schweres Kriegsgerät in Frankreich zurücklassen.

So begann offiziell die Luftschlacht um England am 10.7.1940. Deutschland setzte hierzu 2.350 Flugzeuge ein. Im Laufe der Luftschlacht steigerte sich die Anzahl auf 4.800 Maschinen. Zur Verteidigung des Luftraumes standen England je nach Angaben zwischen 620 und 960 Jagdmaschinen zur Verfügung. Doch die Tagesangriffe und die unzureichende Reichweite deutscher Jäger um ihre Bomber zu schützen, brachten den Deutschen schwere Verluste bei. Zudem steigerte England die monatliche Jägerproduktion von 140 Maschinen auf 500.

Fast wäre England in der Luft besiegt worden, doch die schweren deutschen Verluste an Bomber und Jagdmaschinen veranlassten sie dazu, die Invasion der britischen Inseln am 12.10.1940 zu verschieben und sie stellten die großflächigen Angriffe ein. Trotzdem sollte England weiterhin bombardiert werden.

Die deutschen Verluste in der Luftschlacht um England ergaben je nach Quellen zwischen 1.700 und 2.300 Flugzeuge. Die englischen Verluste beliefen sich auf 640 Flugzeuge und mindestens 15.000 Tote durch deutsche Bomben und 21.000 verwundete Zivilisten.

Trotzdem begann die schwache britische Bomberflotte von anfänglich 400 Maschinen mit dem Überflug über Deutsches Reichsgebiet. Nicht um Bomben zu werfen, sondern um mit Flugblattaktionen das Deutsche Volk zu bewegen, diesen Krieg zu beenden. Erst später wurden die Bomber eingesetzt, um deutsche Fabriken zu vernichten.

Bereits am 4.9.1939 warfen 39 britische Bomber über dem Ruhrgebiet tonnenweise Flugblätter ab. Die deutsche Abwehr schoss fünf Flugzeuge ab.

Am 1.10.1939 flogen vier Bomber über Berlin und in der Zeit vom 10.11.1939 bis zum 16.3.1940 betätigten sich ständig 20 bis 30 britische Bomber über dem Reichsgebiet, Österreich und Prag und warfen Flugblätter ab. Dabei verloren sie kein einziges Flugzeug, die deutsche Abwehr blieb unverständlicherweise stumm. Diese Flugblattaktionen gaben den Briten wichtige Informationen um kommende Bomberangriffe wirkungsvoll einzusetzen.

Von September 1939 bis September 1940 verloren die Alliierten durch die Kriegsmarine der Luftwaffe, U-Boote und Minen, 1.100 Schiffe mit vier Millionen BRT. Um letzteres zu unterbinden besaß England im April 1940, 400 Minenräumboote und steigerte diese Zahl bis zum Juli 1940 auf 700. Im selben Zeitraum verlor die deutsche U-Bootflotte 28 U-Boote.

Die deutsche Handelsmarine verlor bis März 1940 71 Handelsschiffe mit 340.000 BRT. 325 deutsche Schiffe mussten in neutrale Häfen einlaufen, um nicht von den Engländern aufgebracht zu werden.

Im Dezember 1940 beteiligten sich 27 italienische U-Boote an der Schlacht im Atlantik.

Da Frankreich den Krieg zu diesem Zeitpunkt verloren hatte, bestand die Gefahr der Auslieferung der französischen Flotte an die Deutschen. So forderte England diese Flotte an die freifranzösischen Truppen, die den Krieg weiterhin an Englands Seite fochten, unter General Charles de Gaulle zu übergeben. Als die Vichy-Regierung dies jedoch untersagte, eröffneten britische Schiffseinheiten das Feuer auf die französische Flotte im Mittelmeer und versenkten dabei einen Flugzeugträger, sowie 10 größere Schiffe. Jedoch blieben drei Flugzeugträger, 15 schwere, 50 leichte Kriegsschiffe und 80 U-Boote den Vichy-Truppen erhalten.

Und der Krieg weitete sich aus. Italien träumte nun von einem neuen Römischen Reich. Bei ihrem Kriegseintritt besaß Italien ein Gebiet von Italien, Lybien, der Cyrenaika, den Dodekanes vor der Türkei, Somalia, Eritrea und Äthiopien. In diesem Gebiet befanden sich sechs Schlachtschiffe der Italiener, 22 Kreuzer, 60 Zerstörer, 68 Torpedoboote, 120 U-Boote und viele kleinere Einheiten. In Italien selbst besaß der "Duce" Benito Mussolini, 1.800 Flugzeuge, darunter 600 Jäger und 800 Bomber. In Italien standen 1,2 Millionen Soldaten unter Waffen, weitere 350.000 in Ostafrika und 250.000 in Lybien.

Im Gedanken eines leichten Spieles überfiel Italien am 13.9.1940 die britischen Truppen in Ägypten, die hier nur 36.000 Mann unter Waffen hielten. Schlechte Ausrüstung und minderwertige Kampfmoral zwangen die Italiener am 9.12.1940 zurück, die dabei 38.000 Mann an Gefangenen zurückliesen. Nur 300 Flugzeuge besaß das Britische Empire in Afrika, dem Nahen Osten und auf Zypern und nichts desto trotz, flogen sie Angriffe gegen italienische Stellungen.

Gleichzeitig forderte Mussolini von Griechenland Gebiete, da er auch hier leichtes Spiel vermutete. Von Albanien aus griffen sie Griechenland am 28.10.1940 mit 155.000 Mann und 400 Flugzeugen an.

Bereits am 29.10.1940 landeten britische Truppen nach Absprache mit der griechischen Regierung und zur Unterstützung der griechischen Truppen auf der Insel Kreta.

Griechenland das nur 430.000 Mann mit unzureichender Bewaffnung gegen Italien aufbringen konnte, schlug die Italiener erfolgreich und drang selbst bereits am 21.11.1940 in Albanien ein.

Der Hass gegen die jüdische Bevölkerung machte auch im Krieg nicht halt. So wurden im Oktober 1939 die ersten Juden aus Österreich und Mähren nach Polen in Lager deportiert. Noch im selben Monat wurde das Tragen des Davidsternes im Reich angeordnet.

Einen Monat später, dem 8.11.1939 explodierte im Münchner Bürgerbräukeller eine Bombe mit dem Ziel Hitler zu töten. Doch der Führer war früher abgereist als vermutet. Sechs Menschen starben, 63 weitere wurden verwundet.

Um im Krieg nicht an Materialgrenzen zu stoßen, übergab Deutschland an die Sowjetunion einen im Bau befindlichen schweren Kreuzer. Dafür erhielten sie hunderttausende Tonnen an Treibstoff, Nahrungsmittel, Metalle und Kriegsgüter.

Am 27.9.1940 unterzeichneten Deutschland, Japan und Italien den Drei-Mächte-Pakt.

Am 23.10.1940 verhandelten Hitler und Franco über einen Kriegseintritt Spaniens auf Seiten Deutschlands. Hitler versprach Gibraltar von den Briten für Spanien zu erobern, doch Franco wies einen Kriegseintritt mit der Begründung ab, Spanien würde für einen Krieg militärisch wie wirtschaftlich ebenso wenig industriell in der Lage sein, erfolgreich gegen das Britische Empire zu bestehen.

Am 20.11.1940 trat Ungarn dem Drei-Mächte-Pakt bei. Am 23.11.1940 folgte Rumänien und am 24.11.1940 die Slowakei.

In Ostasien war der Krieg durch die Japaner bereits in vollem Gange.

In den Wochen vom 28.5. bis zum 16.9.1939 kam es in der chinesischen Provinz Nomonkon zu Grenzstreitigkeiten zwischen dem Japanischen Kaiserreich und dem stalinistischen Russland. Erst nach dem Verlust von 24.000 sowjetischen und 18.000 japanischen Soldaten wurde eine zufriedenstellende Grenzziehung vollzogen und beide Seiten veräußerten am 30.1.1940 die jeweiligen Grenzen zu respektieren. Dieses Zweckbündnis kam so weit, dass beide Seiten am 13.4.1941 einen Neutra-

litäts- und Freundschaftsvertrag abschlossen.

Da Frankreich bereits geschlagen war, marschierte Japan durch einen Vertrag mit der Vichy-Regierung in das französische Indochina (Vietnam, Laos, Kambodscha) ein.

Desweiteren wurde der Krieg in China mit aller Härte weitergeführt und Japan marschierte über Indochina in Südchina ein. Auf Druck Japans hin, erklärte Thailand sich bereit, keinen Handel mehr mit Länder zu führen, die gegen Japan standen.

Zwischen September 1940 und dem 5.12.1940 kam es in China zu einer großen Schlacht zwischen chinesischen und japanischen Truppen. Obwohl die Chinesen 400.000 Soldaten einsetzten, unterlagen sie durch schlechte Führung und Bewaffnung einem so straff organisierten militärischen Riesen wie Japan.

Im Jahre 1940 bekamen die USA Angst, dass der Krieg auf ihr Territorium ausgeweitet werden könnte, lebten doch damals in Brasilien 1 Million Deutsche und 260.000 Japaner. Ebenso wurden zu diesem Zeitpunkt deutsche Flugzeuge in Ecuador mit Bombenhalterungen ausgestattet. Nicht zuletzt dadurch und um sich selbst zu schützen, wurde das Land-Lese-Abkommen in Kraft gesetzt, an alle freien und unterstützenden Nationen Kriegsgerät zu liefern. Denn nach einer Statistik des US-Geheimdienstes könnten nach dem Sieg der Nazis zwei Milliarden Menschen unter deren Joch stehen, eine weitere Milliarde Menschen unter japanischem. Im Jahre 1941 waren es bereits 450 Millionen Menschen die dieses Los teilten. Sollten diese beiden, großen Reiche den Krieg tatsächlich gewinnen, wäre nur noch Amerika ein freies Land, das nur drei Zehntel der bekannten Ressourcen und nur ein Achtel der Weltbevölkerung besitzen würde.

Das Jahr 1941 war geprägt von der Ausweitung der europäischen und asiatischen Konflikte zum Weltkrieg.

Für Italien stand es in Afrika nicht zum Besten. Trotz zahlenmäßiger Überlegenheit waren die Briten bis Februar 1941, 900-1.200 Kilometer vorgedrungen und brachten den Italienern einen Verlust von 400 Panzern, 1.300 Geschützen und die Gefangennahme von 130.000 italienischen Soldaten ein. Nordafrika drohte für die Achsenmächte verloren zu gehen. So verlegte Hitler einen Panzersperrverband nach Nordafrika.

Vom 8. auf den 9.2.1941 begannen die Deutschen in Afrika eine Offensive gegen England. Schnell und hart schlugen Rommels unterstellten Truppen zu und fielen bereits am 12.4.1941 in Ägypten ein. Da die Engländer jedoch stetig Verstärkungen erhielten, die Deutschen jedoch kaum, konnten sie Rommels Eingreiftruppe stopen. Die deutschen Nachschublinien wurden durch britische Flugzeuge und Schiffe derart attackiert, dass Rommels Nachschub für das deutsche Afrikakorps, zwischen 60 und 80 Prozent als Verluste bezeichnen musste. Nicht zuletzt dadurch gelang es Britannien wieder vorzupreschen und Ende des Jahres wieder tief in der Cyrenaika (Lybien) zu stehen.

Unerwartet putschte man in Jugoslawien und kündigte am 27.3.1941 den am 25.3.1941 erzwungenen Beitritt zum Drei-Mächte- Pakt.

Hitler der die Südflanke gegen den Russlandfeldzug gesichert haben wollte, beschloß gegen Jugoslawien zu marschieren und wollte zugleich den italienischen Truppen, die in Albanien bereits um ihr nacktes Überleben kämpften, Hilfestellungen leisten und zugleich Griechenland unterwerfen.

Am 6.4.1941 überfiel die Deutsche Wehrmacht Jugoslawien und Griechenland. In Blitzkriegsmanier wurde Jugoslawien schnell von allen Seiten zerschlagen. Bereits am 12.4.1941 wurde Belgrad erobert und am 17.4.1941 kapitulierte die Jugoslawische Armee. 330.000 ihrer Soldaten gerieten in deutsche Gefangenschaft. Die deutschen Verluste in Jugoslawien betrugen nur 151 Tote, 390 Verwundete und 15 Vermisste. Slowenien ging im Deutschen Reich auf, Kroatien wurde selbstständig und schloß sich am 15.6.1941 Deutschland an.

Im Süden erreichte die Deutsche Wehrmacht am 27.4.1941 die griechische Hauptstadt Athen. Jedoch gelang es ihnen nicht die Evakuierung britischer und griechischer Truppen in der Stärke von 50.000 Mann vom Festland zu verhindern.

Am 30.4.1941 endeten offiziell die Kämpfe in Griechenland.

Da von Kreta aus die rumänischen Erdölfelder in Ploeşti erreicht werden können, entschloß sich Hitler dazu, die Insel Kreta von der Luft aus zu erobern. Auf Kreta standen zu dieser Zeit 42.500 Soldaten aus den Britischen Dominien und Griechenland zur Abwehr bereit.

Am 20.5.1941 landeten deutsche Truppen mit 500 Transportmaschinen auf Kreta. Nur der zähe Kampf, der Siegeswillen der Deutschen und das schnelle Aufgeben der Alliierten brachte Kreta trotz zahlenmäßiger Unterlegenheit der deutschen Luftlandetruppen, die oft nur in kleinen Gruppen ohne Nachschub ihre Brückenköpfe erkämpfen mußten, die Insel bis zum 1.6.1941 in deutsche Hand.

Die Verluste der Deutschen im Griechenlandfeldzug betrugen 2.400 Tote, 8.600 Verwundete und Vermisste. Auf Kreta gingen weitere 6.600 Soldaten verloren sowie 270 Transportmaschinen. Die Engländer verloren insgesamt 30.000 bis 39.900 Mann, acht Kriegsschiffe versenkt und 25 weitere beschädigt. Desweiteren gingen 233.000 griechische Soldaten in deutsche Gefangenschaft.

Den Engländern blieb nichts anderes übrig, als ihre Flotteneinheiten nach Gibraltar, Malta, Zypern und Alexandria zurückzuziehen. Und von dort aus sollten sie nicht weiter zurückgedrängt werden.

Die Sowjetunion. Hitlers Hauptkriegsziel.

Ein Sechstel der Landmasse mit 23 Millionen Quadratkilometern und 193 Millionen Einwohnern. Deutschland besaß damals 80 Millionen. Und dieses so schier unbändige Land mit seiner weiten Entfernungen wollte Hitler zur Rohstoffgewinnung erobern. 213 Millionen Barrel Öl wurden in diesem Land jährlich gefördert. Die Sowjetunion besaß damals 52 Prozent der bekannten Erdölreserven. 3,8 Millionen Ballen Baumwolle wurden in diesem Land jedes Jahr geerntet und es besaß ein Drittel des besten Weizen der Welt. Und auf dieses Land ließ Hitler seine Wehrmacht los.

Am 22.6.1941 griffen 3,25 Millionen deutsche Soldaten die Sowjetunion auf einer Breite von 2.130 Kilometern an. 200 Kampfdivisionen in drei Stoßrichtungen mit 600.000 Fahrzeugen, 3.580 Panzern und 1.800 bis 2.700 Flugzeugen, 7.300 Geschützen und 650.000 Pferde.

Am selben Tag erklärten Rumänien und Italien Russland den Krieg, sie stellten jeweils weitere 300.000 und 250.000 Soldaten.

Vom 23.6 - 27.6.1941 folgten Ungarn, Finnland und die Slowakei der Kriegserklärung an Russland, die weitere 600.000 Soldaten und 1.000 Flugzeuge stellten.

Russland oder die Sowjetunion, besaß damals eine gewaltige Streitmacht von neun Millionen Soldaten, davon 4,7 Millionen in Europa, mit 20.000 Panzern und 10.000 Kampfflugzeugen. Die Gesamtstärke der Deutschen Wehrmacht am Angriffstag betrug 7,25 Millionen Soldaten aller Waffengattungen an allen Fronten und in allen besetzten Gebieten.

Schnell, hart, wie gewohnt schlugen die Deutschen zu und zerfetzten in gigantischen Kesselschlachten die russischen Armeen was ihnen einen schnellen Vorstoß ermöglichte. Bereits am ersten Kriegstag waren 1.200 russische Flugzeuge am Boden zerstört worden. Am 28.6.1941 wurden bei Minsk 500.000 Rotarmisten aufgerieben. Am 16.7.1941 wurde Smolensk, 370 Kilometer vor Moskau erobert. Am 19.9.1941 fiel Kiew und am 26.9.1941 verloren die Russen durch eine dieser Kesselschlachten eine weitere Million Mann mit 3.700 Geschützen und 880 Panzern. Im Oktober 1941 gingen weitere 660.000 Rotarmisten in deutsche Kriegsgefangenschaft die 5.400 Geschütze und 1.250 Panzer verloren hatten.

Aber auch die Deutschen erlitten ungeahnte Verluste. Bis zum 26.9.1941 verloren sie alleine im Osten 530.000 Mann. Trotzdem standen die Deutschen am 20. Oktober 1941 nur noch 100 Kilometer vor Moskau. Doch dann setzte die Schlammperiode ein und jegliche Bewegung versank im Morast. Die deutschen Panzer blieben im metertiefen Matsch stecken, ihre Geschütze versanken mannshoch im Schlamm und der Nachschub für die Fronttruppen versiegte. Auf den wenigen befahrbaren Straßen gab es zähe Kämpfe und die Russen stopten auch hier den deutschen Vormarsch durch Vernichtung der letzten Vorstoßwege. Von der Ostsee bis zum schwarzen Meer war dies ein gezwungener Stop, den wahrscheinlich die Sowjetunion vor ihrer Vernichtung rettete. Den um fünf Wochen verschobenen Russlandfeldzug, da die Deutschen zuerst ihre Südflanke sichern mussten, den Angriff auf Jugoslawien und Griechenland, brachte sie nun in eine miserable Lage. Die Sowjetunion erhielt dadurch erstmalig die Möglichkeit ihre Fronten auf ganzer Linie zu stabilisieren. Verstärkungen rollten aus dem Osten heran, da man in Moskau erfahren hatte, dass Japan kein Interesse zeigte Russland anzugreifen, sondern sich lieber gegen die USA wandten.

Erst als am 15.11.1941 der erste Frost einsetzte, ging es für die Wehrmacht weiter, doch nicht mehr wie gewohnt, obwohl am 16.11.1941 die Krim und am 21.11.1941 Rostow erstmalig genommen wurde, obwohl die deutschen Truppen nur noch acht Kilometer vorm Kreml in Moskau standen und die Russen bis dahin 2,5 Millionen Soldaten verloren und die Deutschen bis dato 1,3 Millionen Quadratkilometer sowjetischen Boden erobert hatten, versteifte sich der russische Widerstand ins Unermessliche.

Alleine in der Schlacht um Moskau, "Unternehmen Taifun", wurden zwischen dem 2.10.1941 und dem 7.1.1942 auf beiden Seiten jeweils 1,5 Millionen Soldaten eingesetzt. Die Verluste stiegen ins unermessliche und brachten den Deutschen 250.000 und den Russen 700.000 Mann an Toten, Verwundeten und Gefangenen ein.

Doch nun kam den Sowjets der russische Winter zugute. Im Glauben Russland innerhalb von vier Monaten zu zerschlagen, hatten die Deutschen es versäumt sich auf den Winter vorzubereiten. Bei minus 30 Grad Kälte froren die Motoren der Fahrzeuge und das Waffenöl der Gewehre ein. Zehntausende deutsche Soldaten erfroren und als am 5.12.1941 bestausgerüstete sibirische Kämpfer zum Gegenangriff ansetzten, wurden die deutschen Linien vor Moskau zerschlagen und 200 Kilometer zurückgedrängt. Erst am 31.12.1941 stabilisierte sich die Front der Deutschen im Mittelabschnitt wieder.

Auch vor Leningrad waren die Deutschen zu einer Pause gezwungen, da Hitler die Stadt lieber belagern wollte, als sie in einem vernichtenden Häuserkampf zu nehmen.

Und ein weiteres Mal zwang es die Deutschen zu einer Ruhepause. Ihre Gesamtverluste beliefen sich im Osten auf inzwischen 830.000 Mann, 2.100 vernichtete und 1.300 beschädigte Flugzeuge, 2.750 Panzer und mehr als 60.000 andere Fahrzeuge. Zudem befand sich das Dritte Reich seit dem 11.12.1941 im Krieg mit den USA.

Die Russen hatten es nicht nur geschafft die deutschen Armeen zu stopen, sondern sie bekamen auch sofort Hilfe vom Westen. Und zwar über Murmansk, dem Eismeer und über dem Iran. Ein beachtlicher Teil des bisher verloren gegangenen Kriegsgerät konnte somit ausgeglichen werden und die Sowjetunion blieb damit wahrscheinlich als der Hauptgegner der Deutschen bestehen. Ihnen gelang es zudem in diesem Jahr mehr Flugzeuge und fast das doppelte an Panzern zu bauen, als es die Deutschen konnten.

Aber auch andere Ereignisse ergaben sich im Jahre 1941.

Am 1.3.1941 trat Bulgarien dem Drei-Mächte-Pakt bei.

Am 18.6.1941 schlossen das Deutsche Reich und die Türkei einen Freundschafts- und Nichtangriffspakt.

Am 3.4.1941 erklärte der Irak an England den Krieg. Sie wollten ihre Freiheit. Doch waren die Streitkräfte des Landes mit 56 Flugzeugen und 37.000 Mann hoffnungslos unterlegen. Von den versprochenen deutschen Hilfslieferungen trafen nur geringe Mengen ein. England hatte sich auf Ägypten zu konzentrieren und wollte keine feindlichen Aktivitäten in ihrem Rücken dulden. So setzten sie unteranderem 250 Flugzeuge ein. Schnell drangen die britischen Bodentruppen vor, standen bereits am 30.5.1941 vor Bagdad und brachten den Irak am 31.5.1941 zur Kapitulation.

Da Vichyfrankreich deutsches Kriegsgerät durch Syrien passieren ließ, begannen die Briten eine Strafexpedition und fielen in Syrien und dem Libanon ein. Frankreich besaß in diesem Gebiet 33.000 bis 40.000 Mann mit 90 Panzern und 160 bis 290 Flugzeugen. Aber die Vichytruppen waren zu schwach. Bereits am 21.6.1941 fiel Damaskus in die Hand der Briten und am 14.7.1941 kam es zum Waffenstillstand.

Zwei Tage zuvor kam es zwischen der Sowjetunion und Großbritannien zum Bündnis. Russland und England drangen am 24.8.1941 in den Iran ein und trafen sich am 17.9.1941 in Teheran. Obwohl sich der Iran gegen diesen Angriff wehrte, fügte er sich schließlich. Die Südseite der Nachschublinien für die Sowjetunion waren somit gesichert, über die Russland bis Kriegsende fünf Millionen Tonnen erhalten sollte.

Auch in Ostafrika gewannen die Briten die Oberhand. Die italienischen Streitkräfte kapitulierten am 28.11.1941.

Am 6.12.1941 erklärte Großbritannien an Ungarn, Rumänien und Finnland den Krieg.

Am 9.12.1941 erklärte China an das Deutsche Reich den Krieg.

Im August 1941 betrug die wöchentliche Gütereinfuhr Britanniens eine Million Tonnen. Deutschland konzentrierte sich darauf dies zu unterbinden. So verloren Britannien und neutrale Länder im Jahre 1941, 1.300 Handelsschiffe mit 4,3 Millionen Bruttoregistertonnen an Schiffsraum. Die Deutschen verloren im selben Zeitraum 35 ihrer U-Boote.

Aber auch Italien büßte in diesem Jahr ein Drittel seiner Handelsschiffskapazitäten mit 1,6 Millionen BRT ein und selbst die Deutschen

verloren einen Schiffsraum von 335.000 BRT.
Durch deutsche Bomben starben in Britannien 1940 und 1941 43.000
Zivilisten.

Im Sommer 1941 hatte Japan bereits 65.000 Soldaten in Indochina sta-
tioniert und ihre Zahl wuchs bis Ende November 1941 auf 95.000 Mann.
Die USA forderten den Rückzug der Japaner aus Indochina, war dieses
Land doch von strategischer Bedeutung. Mit dieser Lage konnten japani-
sche Kampfflugzeuge die Philippinen, Malaysia, Singapur und die Malla-
ka-Straße erreichen.
Am 26.7.1941 froren die USA die Konten der Drei-Mächte-Staaten ein
und drei Tage später stellten die Niederlande den Handel mit Japan ein
und wiederum drei Tage später die USA.
Bereits im Jänner 1941 forderte Japan einen Präventivschlag gegen die
USA, sollten die Verhandlungen über freien Zugang zu Rohstoffen im
Pazifik scheitern. Die letzten Verhandlungen diesbezüglich fanden im
November 1941 statt. Dies dato besaß Japans kaiserliche Marine eine
Stärke von 17 großen und kleineren Flugzeugträgern, 27 schweren
Kriegsschiffen, 28 kleine Kreuzer, 127 Zerstörer, 69 U-Boote und vielen
kleineren Hilfsschiffen, eine Marine von gesamt 680 Einheiten, zudem
eine Luftflotte von über 3.400 Maschinen.
Am 10.11.1941 lief eine japanische Angriffsflotte zu ihren Sammel-
punkten aus und steuerte am 26.11.1941 ihr Ziel an. Der Überra-
schungsangriff sollte am Sonntag dem 7.12.1941 gegen Pearl Harbor und
den Hawaiinseln erfolgen. Die USA besaßen in Pearl Harbor 86 Kriegs-
schiffe, allerdings keinen ihrer drei Träger, diese befanden sich noch auf
See und steuerten auf die Hawaiinseln zu.
Japan konnte sich seines Erachtens einen Krieg gegen die USA erlau-
ben, da sie der Meinung waren, die USA müssten bald in Europa inter-
venieren und sie könnten sich keine zwei Flotten leisten, um im Atlantik
und im Pazifik stark aufzutreten.
Der Überraschungsangriff gelang und die Japaner brachten den USA
schwere Verluste bei. Die Amerikaner verloren von 14 Schlachtschiffen
fünf, drei weitere wurden beschädigt. Weiteres sanken zwei kleinere
Kriegsschiffe und 188 Flugzeuge wurden zerstört. 2.400 US-Soldaten
verloren dabei ihr Leben. Über 1.175 wurden zum Teil schwer verwundet.

Japan verlor hingegen nur fünf Klein-U-Boote und 29 Flugzeuge. Ein großer Erfolg der japanischen Kriegsmarine, doch sie hatten einen schlafenden Riesen geweckt der nun zu allem Entschlossen war.

So planten die USA den Bau von 50.000 Kriegsflugzeugen und einer zweiten Flotte in der Stärke von 200 Kriegsschiffen. Die Produktion begann jedoch mit lediglich 117 Flugzeugen im Monat. Bedenkt man die Anfangsstärke der USA, so schien es fast unmöglich wie schnell und wie viel sie produzieren konnten. Im Mai 1940 bestand die US-Armee aus lediglich 187.000 Mann mit 488 Maschinengewehren, 235 Feldgeschützen und geradeeinmal je nach Quellenangaben zwischen 10 und 29 Panzer. Die US-Marine besaß 120.000 und die US-Luftwaffe 22.380 Mann. Bereits am 1.9.1940 wurden weitere 60.000 Nationalgardisten einberufen und 16 Millionen zum Wehrdienst eingeschrieben. Nur einen Tag später erhielt die USA von Großbritannien Stützpunkte im Atlantik als Tausch für 50 alte Zerstörer aus dem 1. Weltkrieg.

Am 1.1.1941 waren laut Umfrage 68 Prozent der Amerikaner dafür, England zu helfen. 1936 war nur einer von 20 für einen Kriegseintritt der USA, 1941 bereits 14 von 20.

Am Donnerstag dem 2.1.1941 wurden in den US-Werften 200 Frachter mit je 7.500 BRT in Auftrag gegeben. Mitte September des selben Jahres sollten es bereits 312 Frachter mit 2 Millionen BRT sein.

Am 8.1.1941 wurde das Verteidigungsbudget mit 17,5 Milliarden Dollar veranschlagt und im Sommer 1941 besaß die US-Armee bereits eine Stärke von 1,5 Millionen Mann. Der Höchststand sollte bei acht Millionen liegen und gesamt während des Krieges bei 16 Millionen Mann.

Bereits am 2.8.1941 erfolgte die 1. Waffenlieferung an die Sowjetunion und am 11.9.1941 erfolgte ein US-Schießbefehl gegen die Achsenmächte.

Am 14.11.1941 fanden sich in San Franzisco japanische Diplomaten ein, die am 17.11.1941 mit dem amerikanischen Präsidenten Theodore Roosevelt zusammentrafen. Jedoch scheiterten die Verhandlungen.

Zwei Tage vor dem japanischen Angriff wurde bekannt, dass die USA in geheimen gegen Deutschland fünf Millionen Mann aufstellen wollten.

Am Tag des japanischen Angriffs auf die USA, erblickte ein Gefreiter auf Hawaii Flugzeuge 130 Kilometer nordöstlich der Inseln. Der Zufall wollte es, dass zur selben Zeit B-17 Bomber vom Festland herübergeflogen werden sollten und so wurde nichts unternommen. Um 7.55 Uhr fielen die ersten Bomben und um 9.45 Uhr war der Angriff beendet. Trotzdem besaßen die Amerikaner noch immer eine intakte Flotte von drei Flugzeugträgern, 20 schweren Kreuzern und 65 Zerstörern.

In Nordafrika erzielten die Deutschen große Erfolge. Aber ihr Vormarsch hing sehr vom Nachschub ab. Britische Flugzeuge und Schiffe versenkten bis zu zwei Drittel des deutschen Nachschubes für Rommels Afrikakorps. Kamen Schiffe durch, drang Rommel vor, gab es keinen Nachschub, musste sich Rommel zurückziehen. Die britische 8. Armee erhielt hingegen fortwährend Verstärkung über das Mittelmeer oder über der Südspitze Afrikas herum.

Nach einer kurzen Pause und Auffrischung der deutschen Truppen, griff Rommel am Mittwoch dem 21.1.1942 an. Sie erreichten am 29.1.1942 Bengasi. Der Nachschub rollte weiter für die Deutschen, da die Luftwaffe am 2.4.1942 Malta bombardierte und dadurch die britischen Flugzeuge niederhielt. Somit eroberten die Deutschen am 21.6.1942 Tobruk und 32.220 Briten gerieten in Gefangenschaft.

Die Deutschen drangen weiter vor und erreichten am 23.6.1942 die Linie bei El-Alamein, einem Engpaß durch die Katara-Senke hervorgerufen, der nur 75 Kilometer breit ist, aber nur noch 100 Kilometer vor Alexandria entfernt liegt. Das Afrikakorps musste hier dringendst halten, da nur noch 70 Panzer einsatzbereit waren.

Beide Seiten erhielten Verstärkungen und im August 1942 besaß das Afrikakorps wieder 104.000 deutsche und italienische Soldaten mit 490 Panzer, 1.220 Geschützen und 675 Flugzeugen. Die britischen Streitkräfte zogen sich aus Engländern, Neuseeländer, Australier und Inder zusammen. Sie waren mit einer Stärke von 195.000 Mann, 1.030 Panzer, 2.310 Geschützen und 750 Flugzeugen vertreten.

Rommel griff zuerst an und setzte seine Truppen vom 30. auf den 31.8.1942 in Bewegung und scheiterte.

Durch weitere Verstärkungen besaß die britische 8. Armee Ende Oktober eine Stäre von 220.000 Mann und 1.100 Panzer. Nun gingen sie in die Offensive und am 2.11.1942 gelang ihnen der Durchbruch. Innerhalb einer Woche verloren die Deutschen 55.000 und die Briten 14.000 Mann. Rommel war zum Rückzug gezwungen, auch weil in der Nacht vom 7.

auf den 8.11.1942 amerikanische Truppen in Marokko und Algerien mit 107.000 Mann und 450 Panzer, sowie britische Truppen mit 25.000 Mann gelandet waren. Die Vichytruppen leisteten den Alliierten kaum Widerstand, einige Truppenverbände verbündeten sich sogar mit ihnen. Als Reaktion darauf besetzten deutsche und italienische Einheiten am 11.11.1942 den freien Süden Frankreichs. Am selben Tag waren die Deutschen aus Ägypten vertrieben.

Am 13.11.1942 eroberte die britische 8. Armee Tobruk und am 20.11.1942 die Hafenstadt Bengasi.

Im Osten ging der Krieg in eine neue heiße Phase über. Nach der deutschen Niederlage vor Moskau und den frisch herangeführten sibirischen Truppen für Stalin, erklärte Hitler unverständlicherweise am 11.12.1941 den USA den Krieg, wohl im Glauben, die Japaner würden somit in die Sowjetunion einfallen, doch diese hatten vorerst nicht die Absicht den russischen Bären zu reizen.

Nun war es tatsächlich zum Weltkrieg gekommen.

Zum ersten Mal wurden im Osten zwei deutsche Einheiten am 18. und 22.1.1942 eingekesselt. Die deutsche Luftwaffe unterstützte und versorgte die Eingeschlossenen und nach vier Monaten wurden die Kessel vom Boden aus entsetzt.

Dann setzte die Frühjahrsschlammperiode ein und zwang beide Seiten zu einer Pause. Dadurch gelang es den Deutschen die Front im Osten wieder zu stabilisieren und beide Seiten rüsteten zur Sommeroffensive.

Die Russen wollten auf ganzer Front losschlagen die Deutschen hingegen nur im Süden. Dies ermöglichte der Wehrmacht bei der Heeresgruppe Süd eine Übermacht zusammenzuziehen was auch ihren rasanten Vormarsch erklärte. Ziel Hitler war es, die Kornkammer und das Öl im Kaukasusgebiet zu erobern. Vorab musste jedoch noch die Krim zur Gänze in Deutsche Hand fallen. So schlugen auf der Halbinsel Kertsch auf der Krim, die Deutschen am 17.4.1942 zu und eroberten es nach zehn Tagen schwerer Kämpfe. Die Stadt Charkow in der Ukraine fiel am Donnerstag dem 28.5.1942. Am Samstag dem 7.6.1942 begann der Kampf um Sewastopol auf der Krim, die stärkste Festung der Welt, die nach zähen Ringen und Aufopferung der russischen Soldaten am 3.7.1942 in die Hände der Deutschen fiel.

Bis zum 15.5.1942 hatte die Deutsche Wehrmacht im Osten 3.000 Flugzeuge verloren, 2.000 weiter waren beschädigt und die Russen verfügten nur noch über 3.160 einsatzbereite Maschinen die sie zudem auf ganzer Frontlinie verteilt hatten. Damit besaßen die Deutschen im Südabschnitt die Luftherrschaft und unterstützten die eigenen Bodentruppen wirkungsvoll.

So begann wie geplant am 28.6.1942 die deutsche Sommeroffensive mit dem Ziel über den Don nach Stalingrad und dann in den Kaukasus. Hiermit sollte auch die Hilfe an Russland über den Iran unterbunden werden. Woronesh fiel am 7.7.1942, am Donnerstag dem 23.7.1942 Rostow. Hitler teilte nun die Heeresgruppe Süd in Heeresgruppe A und B um Stalingrad und den Kaukasus gleichzeitig anzugehen, was in Anbetracht der großen Entfernungen ein fataler Fehler sein sollte. Doch vorerst ging es schnell weiter. Ende August fielen die Ölfelder in Majkop und am 21.8.1942 besetzten die Deutschen den höchsten Berg des Kaukasus den Elburus mit einer Höhe von 5.642 Metern. Doch ab hier sollte es für die Wehrmacht nur noch rückwärts gehen, denn ihre Kräfte waren überspannt und Reserven keine mehr vorhanden.

Am 20.9.1942 befanden sich die Deutschen bereits in der Stadtmitte von Stalingrad, doch auch hier kein Vorwärtskommen mehr möglich. Deutsche, Rumänen, Ungarn und Italiener waren mit über 1 Million Mann bei Stalingrad angetreten und auch die Russen hatten hier ein Verteidigungsbollwerk von über 1 Million Soldaten zusammengezogen. Die Russen gingen zuerst in die Offensive über. Am 19.11.1942 brachen sie im Norden Stalingrads durch die schwachen rumänischen Linien und am 20.11.1942 im Süden, ebenso durch die Rumänen, die nicht einmal geeignete Panzerabwehrwaffen besaßen. Bereits am 22.11.1942 bildete sich der Kessel von Stalingrad. Auf einer Fläche von 1.500 Quadratkilometern waren 260.000 Soldaten der Achsenmächte eingekesselt dazu 50.000 Pferde, 10.000 Lastkraftwagen, 1.800 Geschütze und 100 Panzer.

Und die Russen stießen weiter vor. Sollten sie bis Rostow gelangen, wären 1,5 Millionen Mann der Achse im Kaukasus von gesamten 4,5 Millionen im Osten, abgeschnitten. Dies und Hitlers Haltebefehl waren der Todesurteil der deutschen 6. Armee. Zugleich wurden 240.000 russische Partisanen im Rücken der Wehrmacht tätig. Im Gegenzug jedoch befanden sich 600.000 Hilfswillige von den eroberten Gebieten im Hinterland, die lieber für die Deutschen als für Stalin kämpften.

Aber auch an anderer Stelle machte sich der Weltkrieg bemerkbar. Am 18.1.1942 schlossen die Drei-Mächte-Pakt-Staaten Deutschland, Italien und Japan einen Militärpakt.

Am 26.1.1942 trafen die ersten US-Einheiten in Nordirland ein. Bis Ende 1942 sollten es zwei Millionen Mann sein.

Im Jahr 1942 wurde die geplante Judenvernichtung in 20 Konzentrationslagern mit 165 Nebenlagern beschlossen.

In der Nacht vom 30. auf den 31.5.1942 bombardierten 868 Flugzeuge Köln. Die großen Bomberoffensiven der Alliierten zwangen die Deutschen zwei Drittel ihrer Jäger für die Heimatfront abzuziehen. So standen der Luftwaffe im Osten nur noch 2.500 Flugzeuge bereit, während die Rote Armee ihre Luftwaffe aufgestockt hatte und gegen Ende des Jahres 1942 7.500 Maschinen einsetzen konnten.

Am 2.6.1942 unterzeichneten die USA und China einen Vertrag für Waffenlieferungen an die chinesische Armee.

Am 11.6.1942 schlossen die USA und die Sowjetunion ein Bündnis.

Am 28.8.1942 erklärte Brasilien an das Deutsche Reich den Krieg.

Nur zwei Tage später wurde Luxemburg dem Deutschen Reich einverleibt.

Am 27.11.1942 versenkte Vichyfrankreich 100 Kriegsschiffe um sie nicht in die Hände der Deutschen fallen zu lassen. Darunter befanden sich ein Flugzeugträger, drei Schlachtschiffe, sieben Kreuzer, 29 Zerstörer und 16 U-Boote.

Madagaskar stand bis dato unter Vichyfrankreich und die Briten hatten Angst, Japan könnte die Insel erobern. Für England war die dritt größte Insel mit 3,8 Millionen Einwohnern strategisch wichtig, führten ihre Schiffskonvois um Afrika an dieser Insel vorbei. So landeten die Briten am 5.5.1942 auf der Insel und es kam zu Gefechten mit den Vichyfranzosen. Am 29.9.1942 landeten die Briten im Süden der Insel, eroberten am 30.10.1942 die Hauptstadt und am Donnerstag dem 5.11.1942 kapitulierten die Vichyfranzosen auf Madagaskar.

Bereits 1942 experimentierten die Deutschen mit einem Raketen-U-Boot, das aber nur theoretisch weiterverfolgt wurde.

Um den Krieg zum siegreichen Ende zu bringen, gaben die Deutschen für Rüstungszwecke in diesem Jahr 140 Milliarden Reichsmark aus, einem heutigen Wert von 526 Milliarden Euro. Die Einnahmen jedoch beliefen sich auf nur 69 Milliarden Reichsmark.

Im Jahre 1942 versenkten die Deutschen 7,7 Millionen BRT alliierten Schiffsraumes. In den bisherigen 3,5 Jahren Krieg gelang es den Westmächten jedoch nur 7,2 Millionen BRT neu zu bauen. Dennoch erreichten Russland von Juni 1941 bis Ende 1942, 219 Schiffe mit dringend benötigtem Kriegsmaterial. Darunter 3.275 Panzer, 2.665 Flugzeuge, 24.400 Fahrzeuge und 615.000 Tonnen Munition. Ein Arsenal, mit dem die Sowjetunion weiterhin mit ganzer Gewalt gegen die Wehrmacht drücken konnte.

Ende 1941 und Anfang 1942 waren die Ziele der japanischen Angriffe ganz Südostasien, die Philippinen, Indonesien und einige Inseln im Pazifik zu erobern. Innerhalb von nur sechs Monaten sollte der weitumspannte Angriff abgeschlossen sein, um die Rohstoffversorgung des Japanischen Mutterlandes sichern zu können, denn Lager gab es in Japan nur für diesen kurzen Zeitraum und auf den Hauptinseln waren Rohstoffe nicht genügend vorhanden. Japan mobilisierte hierzu zusätzlich 1,2 Millionen Soldaten. Niemand ahnte bei den Alliierten von dieser gewaltigen Offensive die in den Zielen nur wenige und schlecht ausgerüstete Einheiten stationiert hatten.

So griff Japan am 8.12.1941 Singapur, Hong-Kong, die Philippinen, Malaysia und verschiedene Inseln im Pazifik gleichzeitig an.

Am Mittwoch dem 10.12.1941 wurden zwei britische Schlachtschiffe versenkt und Japan landete auf Luzon (Philippinen) und hatte die Insel Guam, die 541 Quadratkilometer groß ist und 2.000 Kilometer östlich von Manila liegt, besetzt. Einen Tag später schlug der japanische Angriff auf die 6,5 Quadratkilometer große Insel Wake fehl, doch versuchten sie es erneut und eroberten sie am Dienstag dem 23.12.1941.

Am 12.12.1941 waren weitere japanische Truppen auf anderen Inseln der Philippinen gelandet, die aus insgesamt 7.107 Inseln besteht und eine Gesamtfläche von 300.000 Quadratkilometern besitzt. Weitere japanische Truppen landeten am 17.12.1941 auf Borneo, am 20.12.1941 auf Mindanao, am 21.12.1941 mit 80 Transportschiffen bei Lingaien.

Bereits in der Nacht auf den 25.12.1941 kapitulierte Hong-Kong. In *diesen 18 tägigen Kämpfen setzten die Japaner 40.000 Mann gegen das von nur 15.000 britischen Soldaten verteidigte Gebiet ein. Die Verluste betrugen hierbei 3.000 Japaner und 15.000 Briten. Einen Tag später kapitulierte auch Britisch-Borneo.*

Auf den Philippinen zogen sich die US-Streitkräfte auf die Halbinsel Bataan zurück. Bereits Anfang 1942 besetzten die Japaner Manila, die Hauptstadt der Philippinen.

Am Samstag dem 11.1.1942 landeten die Japaner auf Niederländisch-Indien (Indonesien).

Am 16.1.1942 hatten nach 14 Tagen, japanische Einheiten Siam durchdrungen, standen vor Burma und griffen es am 19.1.1942 an.

Singapur die Perle Südostasiens mit 693 Quadratkilometern Fläche wurde von den Briten gehalten. Die Japaner wollten auch dieses. Am Samstag dem 1.2.1942 wurde die Stadt von 70.000 britischen Soldaten verteidigt. Doch bereits am 8.2.1942 überschritten die Japaner die ein Kilometer lange und nur 1,2 Meter tiefe Meerenge und befanden sich am Samstag dem 14.2.1942 bereits in den Vororten der Stadt, die nur einen Tag später kapitulierte.

Und die japanischen Überraschungsangriffe gingen weiter. Am 1.2.1942 rückten die Japaner in Malaysia (Thailand) weiter vor, am 8.2.1942 landeten sie auf Bali, am 13.2.1942 auf Sumatra, führten am 19.2.1942 einen Luftangriff auf Australien durch, landeten am 20.2.1942 auf Timor und Australien, das die Generalmobilmachung ausrief.

Am Freitag dem 27.2.1942 besiegten die Japaner eine alliierte Flotte in der Java See, wodurch sie sieben Kriegsschiffe versenkten, landeten am 1.3.1942 auf Java und am 6.3.1942 auf Neu-Guinea. Zwei Tage später kapitulierte Niederländisch-Indien. Indonesien war somit in japanischer Hand.

Und der japanische Angriff ging unvermindert weiter. Am 7.3.1942 fiel die burmesische Hauptstadt Rangun in ihre Hände, am 23.3.1942 besetzten sie die Andamanen-Inseln im Golf von Bengalen. Am 3.4.1942 wurde die burmesische Stadt Mandalay angegriffen und die Japaner rückten in ganz Burma weiter vor. Daraufhin drangen 30.000 chinesische Soldaten in Burma ein, um die bedrängen Briten zu unterstützen.

54 Tage nach Beginn der Offensive war die ganze malaysische Halbinsel mit einer Fläche von 329.750 Quadratkilometer erobert. Die Verluste der Japaner im Kampf um Malaysia und Singapur betrugen 9.820 Tote, die der Briten 138.700 an Toten, Verwundeten und Gefangenen.

Auch auf den Philippinen blieben die Japaner ungeschlagen. Am Mittwoch dem 8.4.1942 kapitulierten die Amerikaner auf der Halbinsel Bataan. Einen Tag später landeten die Japaner auf Cebu das zwei Tage darauf kapitulierte und am 29.4.1942 landeten sie auf Corregidor, das bereits am Mittwoch dem 6.5.1942 in die Hände der Japaner fiel. Von den 180.000 amerikanischen und philippinischen Verteidigern auf dem Inselstaat, gerieten 131.000 in japanische Gefangenschaft.

Im Norden eroberten die Japaner am 3.5.1942 und dem 7.6.1942 die zu Alaska gehörenden Aleuten-Inseln Unaluska, Attu, Kiska und einige weitere.

Am 17.5.1942 gaben die Briten Burma auf, da sie es nicht mehr halten konnten. Nur drei Straßen führten durch den burmesischen Dschungel. Mit ihrer Eroberung unterbanden die Japaner die Hilfslieferungen an China, das nun nur noch über dem Luftweg versorgt werden konnte. Und auch in China befanden sich die Japaner in der Offensive. Von April bis Mai griffen sie die dort befindlichen US-Luftstützpunkte an, um diese zu erobern.

Auch die Insel Ceylon (Sri Lanka) wurde im April mit Flugzeugen und Schiffen angegriffen. Die Briten verloren dabei einen Träger, vier andere Kriegsschiffe und 30 Handelsschiffe.

Am 30.5.1942 wurden sogar Sydney und Madagaskar von japanischen Einheiten beschossen.

Am 7.10.1942 gaben die Japaner einige Aleuten-Inseln auf, da sie nur als Ablenkung von Midway dienen sollten, dessen Eroberung jedoch gescheitert war.

Ende des Jahres 1942 bombardierten die Japaner Kalkutta in Indien.

Den feigen Angriff auf Pearl Harbor hatten die Amerikaner nicht vergessen. Anfangs waren sie noch zu unvorbereitet, um den Japanern einen Schlag zu versetzen, aber um einen eigenen moralischen Auftrieb zu erlangen und dem Feind zu zeigen, dass die USA sich nicht eingeschüchtert fühlten, entwickelten die Amerikaner einen einmaligen Plan. Am 18.4.1942 starteten von einem US-Flugzeugträger 16 B-25 Bomber um japanische Städte zu bombardieren. Dies war ein großes Wagnis, denn die

Landflugzeuge waren viel zu groß und schwerfällig um von einem Träger zu starten. Jedes unnötige Gramm Gewicht wurde aus den Flugzeugen entfernt und der Start gelang. Die 16 Bomber hatten keine militärische Wirkung, da fünf Städte angegriffen wurden, aber sie zeigten Japan, dass sie nicht unverwundbar waren und sie zogen große Jagdverbände auf den Hauptinseln zusammen um zukünftige Bombereinsätze der USA abzufangen. Da die US-Bomber nicht auf Flugzeugträger landen konnten, sollten sie nach China weiterfliegen und so weit wie möglich im Hinterland landen, wenn möglich außerhalb der von den Japanern besetzten Zone.

Im Mai 1942 kam es in der Korallensee zu einem ersten großen Luft- und Seegefecht zwischen US- und japanischen Einheiten. Die Verluste waren zwar auf beiden Seiten fast gleich und die japanischen Einheiten weit stärker vertreten, aber mit einem Verlust von einem Träger, 20 weiteren Kriegsschiffen und 121 Flugzeugen, zog sich die japanische Marine zurück. Die Amerikaner vereitelten dadurch die Landung japanischer Bodentruppen auf einer Insel, die sie als Sprungbrett gegen Australien verwenden wollten.

Die Midway-Inseln mit 5,2 Quadratkilometern Größe, lagen wie Steine zwischen Japan und dem US-Festland und bildeten einen strategisch wichtigen Stützpunkt, den Japan unbedingt für sich beanspruchen wollte. Mit einer Armada von vier Trägern, zwei Hilfsträgern, 11 Schlachtschiffen, 14 Kreuzern, 54 Zerstörern, 15 U-Booten und 15 Transportschiffen mit 5.000 Infanteristen, begann der Angriff am 3.6.1942 bei den Midway-Inseln. Zur Verteidigung standen den USA lediglich drei Träger zur Verfügung, aber mit den Landflugzeugen besaßen sie quasi einen zusätzlichen, unsinkbaren Träger. Binnen Minuten des Gefechtes versenkten die Flugzeuge beider Seiten drei japanische und einen US-Träger. Einen Tag darauf wurde der vierte japanische Träger versenkt. Zusätzlich hatten die Japaner 330 und die USA 150 Flugzeuge verloren. Mit diesem gewaltigen Verlust zogen sich die restlichen japanischen Schiffe zurück und verzichteten des weiteren auf die Eroberung der Midway-Inseln. Zudem wurde die US-Marine immer stärker. Während sie sieben große Flugzeugträger bauten, gaben die Japaner nur einen in Auftrag.

Doch der Krieg ging an anderen Schauplätzen weiter. Am 21.7.1942 landeten 5.000 japanische Soldaten in Neu-Guinea um Port-Moresby zu

erobern. 50 Kilometer vor der Stadt wurden sie gestopt und zurückge-
drängt. Dies war die größte Ausdehnung des Japanischen Kaiserreiches
mit einer Frontlänge von insgesamt 35.000 Kilometern.

Doch nun gingen die Amerikaner in die Offensive. Ihr erstes Ziel ihrer
Rückgewinnung waren die Salomoneninseln nördlich von Australien.
Am 7.8.1942 landeten 11.000 US-Marines auf Guadalcanal und 6.000
auf Tulagi, die im Mai 1942 von den Japanern besetzt worden waren. Der
Kampf auf Tulagi war schnell beendet. Hier waren nur 2.000 japanische
Soldaten stationiert, von denen sich allerdings nur 23 ergaben. Der Rest
opferte sich sinnlos. Der Kampf um Guadalcanal war viel härter und
schwieriger und sollte insgesamt sechs Monate lang dauern.

Am Dienstag dem 15.9.1942 versenkte ein japanisches U-Boot vor der
Insel Guadalcanal einen Träger und einen Zerstörer und beschädigte ein
Schlachtschiff.

Im Oktober 1942 zogen die Japaner vor Guadalcanal vier Träger, vier
Schlachtschiffe und 38 Kreuzer und Zerstörer zusammen und waren den
US-Einheiten um das Doppelte überlegen. Gleichzeitig verstärkten beide
Seiten ihre Einheiten an Land. Die USA auf 23.000 und die Japaner lan-
deten weitere 4.500 Soldaten an. Bis Ende des Jahres waren beide Seiten
fast gleichstark im Dschungel der Insel vertreten.

Am 23.11.1942 eroberten australische Truppen eine Stadt auf Neu-
Guinea zurück.

Zu Beginn des Krieges gegen Japan besaßen die USA nur 50 U-Boote
im Pazifik, die allerdings sofort Jagd auf Feindschiffe machten.

Der US-Präsident Roosevelt erkannte sogleich den weltumspannenden
Krieg. Die USA wären gezwungen in Afrika, später in Europa und im
Pazifik offensiv zu werden. Waffenlieferungen an befreundete Staaten
liefen bereits auf Hochtouren.

Bereits Ende 1941 erklärte der Präsident die Rüstungswirtschaft der
USA zu stärken und beschloß für 1942, 20.000 Flugabwehrkanonen bau-
en zu lassen, 1943 sollten es 35.000 weitere Flak-Geschütze sein. An
Flugzeugen wollte er 1942, 60.000 Stück und 1943 sogar 125.000 Stück
bauen lassen, davon alleine 100.000 Kampfflugzeuge. 1942 sollten 25.000
Panzer gefertigt und 1943 sogar 75.000 Panzer gebaut werden. Der Be-
sitz an Schiffsraum sollte 1942 bei 6 Millionen BRT und 1943 bei 10 Mil-

lionen BRT liegen. Der deutsche Minister für Volksaufklärung und Propaganda Dr. Josef Goebbels belächelte dies als Irrsinn, könnten die USA ihre Kriegswirtschaft nicht so schnell und vor allem nicht in diesen Dimensionen ausbauen.

Am 10.1.1942 ging ein Erlaß in den USA aus, indem alle Bürger japanischer Abstammung zu internieren seien. Bis Ende März befanden sich bereits 110.000 von ihnen in Internierungslagern.

Im Jahre 1942 versenkten US-U-Boote 180 japanische Schiffe.

Die US-Flugzeugproduktion stieg bis Ende des Jahres 1942 auf 5.500 Stück im Monat.

Und eine weitere Arbeit wurde 1942 erstellt. Das Manhattan-Projekt, der Bau der Atom-Bombe wurde in den USA zur obersten Priorität, an der insgesamt 600.000 Menschen in irgendeiner Form beteiligt waren, wurde vermutet, dass die Deutschen bereits ebenso am Bau einer derartigen Waffe arbeiteten.

Der Rückzug der Wehrmacht vollzog sich nun auch in Afrika.

Nach Kreta wollte Hitler keine Luftlandeunternehmen im großen Stil bewilligen und weigerte sich trotz mehrmaligem Druck seiner Generäle die Inselfestung Malta zu erobern, die dem Nachschub für Rommels Afrikakorps schwere Verluste zufügte. Immer wenn die deutsche Luftwaffe Malta bombardierte, erhielt das DAK genügend Nachschub und Rommel stieß vor, doch sobald das Bombardieren aufhörte, versenkten die Briten den Nachschub und Rommel musste sich zurückziehen.

Nach der Landung alliierter Truppen in Nordafrika sah sich Rommel einem Zweifrontenkrieg gegenüber und ohne Nachschub blieb kein anderer Ausweg, als der Rückzug. So eroberten die Briten am Sonntag dem 23.1.1943 Tripolis und nur drei Tage später waren die Deutschen nach Tunesien abgedrängt worden.

Am 6.3.1943 begannen die Deutschen die letzte Offensive gegenüber den Briten in Nordafrika, die kläglich scheiterte. Ihrerseits griffen die Briten am 20.3.1943 mit Unterstützung von 5.000 Flugzeugen an. Deutsche und italienische Maschinen waren nur 300 vorhanden. Und der Kreis um das DAK schloß sich immer enger, so dass am 13.4.1943 die Deutschen in Tunesien nur noch ein Gebiet von 60 Kilometer Länge und 30 Kilometer

Breite hielten. Einige Wochen zuvor hatten sich britische und US-Einheiten in Nordafrika vereinigt.

Am 7.5.1943 fiel Tunesien in die Hände der Engländer und am 13.5.1943 endeten die Kämpfe in Nordafrika. 130.000 deutsche und 120.000 italienische Soldaten gerieten in Gefangenschaft.

Die Gesamtverluste der Achse in Nordafrika betrugen 7.600 Flugzeuge, 6.200 Geschütze, 2.550 Panzer, 70.000 LKW´s, 624 Schiffe jeglicher Art und 975.000 Mann.

Vier Wochen später am 11.6.1943 eroberten die Alliierten die italienische Insel Panellera und sie bereiteten sich darauf vor, Italien von Süden her aufzurollen.

Am 10.7.1943 landeten britische und amerikanische Einheiten auf Sizilien. Die Amerikaner landeten mit 160.000 Infanteristen, unterstützt von 600 Panzer, 2.000 Geschütze und 14.000 Fahrzeugen. Zusätzlich kamen 4.250 Flugzeuge zum Einsatz. Die Achsenmächte verteidigten die Insel mit 230.000 bis 260.000 Mann. Nach nur 12 Tagen befreiten die Amerikaner die Stadt Palermo.

Drei Tage später dem 25.7.1943 wurde Mussolini vom faschistischen Rat verhaftet und am 5.8.1943 der Faschismus in Italien aufgekündigt.

12 Tage später wurde die sizilianische Stadt Messina von den Alliierten erobert, nach dem Plan, dass die Briten im Osten und die Amerikaner von Westen her die Insel aufrollen sollten.

Obwohl die Deutschen rund 100.000 Mann aufs Festland evakuieren konnten, gerieten ebensoviele in alliierte Gefangenschaft. Die Verluste der Alliierten betrugen im Kampf um Sizilien 16.000 Mann.

Am 3. und dem 9.9.1943 landeten Briten und Amerikaner im Süden des italienischen Festlandes. Am selben Tag unterzeichnete Italien einen Waffenstillstand mit den Westmächten. Die Deutschen entwaffneten daraufhin 42 italienische Kampfdivisionen und besetzten das Land, als Italien bedingungslos kapitulierte.

Am 20.9.1943 wurde die Insel Sardinien von den Deutschen geräumt und am 1.10.1943 befreiten die Amerikaner Neapel. Nur fünf Tage später zog sich die Wehrmacht aus Korsika zurück.

Die neue italienische Regierung erklärte am 5.10.1943 an das Deutsche Reich den Krieg.

Da Mussolini immer noch ein Freund und Partner Hitlers war, wurde er am 12.9.1943 aus seiner Haft befreit.

Da die Wehrmacht an allen Fronten in die Defensive gedrängt worden war, wollten sie in Italien nur noch hinhaltenden Widerstand leisten. Würde der Druck auf sie zu groß, zögen sich die Deutschen auf die nächste dahinterliegende Stellung zurück. Stellung um Stellung sollten somit den Alliierten größtmögliche Verluste zugeführt werden.

1943 war für die Deutschen im Osten kein gutes Jahr. Laut Angaben des Sowjetbüros sollte die wöchentliche Panzerproduktion bei 400 Stück gelegen haben. Die Russen hatten sich erholt und mit den Hilfslieferungen wieder starke Offensivkräfte aufgebaut. Zudem waren sämtliche Fabriken abgebaut und hinter den Ural verlegt worden, somit außer Reichweite deutscher Bomber.

Am 18.1.1943 entsetzten die Russen Leningrad und am Dienstag dem 2.2.1943 kapitulierten die Deutschen nach 162 Tagen im Kessel von Stalingrad. In diesen schweren Kämpfen in und um Stalingrad hatte die Wehrmacht mit ihren Verbündeten 500.000 Soldaten verloren. Die Verluste der Sowjetunion beliefen sich auf 750.000 Mann. 91.000 Soldaten der Wehrmacht gerieten in Gefangenschaft von denen nur 6.000 jemals wieder heimkehren sollten.

Und die Russen drangen weiter nach Westen. Die deutschen Frontlinien wurden aufgerissen und konnten nur notdürftig geflickt werden, nur um abermals gesprengt zu werden. Der Wehrmacht fiel es im Osten an allem und sie konnten nur hinhaltenden Widerstand leisten. Besonders im Süden schwerste Abwehrkämpfe und bevor die Russen am 16.2.1943 Rostow erobern konnten, waren eine Million deutsche Soldaten aus dem Kaukasus zurückgeführt worden. Mit den freiwerdenden Truppen starteten die Deutschen eine Gegenoffensive und stabilisierten die Front und die saisonbedingte Schlammperiode Ende März, war eine willkommene Pause für die ausgebluteten deutschen Verbände.

Die Lage am Mittelmeer zwang die Deutschen im Sommer 1943 Truppen nach Italien zu verlegen. Gleichzeitig wurden alle italienischen Verbände von der Ostfront abgezogen. Der Nebeneffekt war eine Ausdünnung der Linien im Osten, die bei einem konzentrierten russischen Angriff zusammengebrochen wäre.

Am 4.7.1943 begann die wohl spektakulärste Panzerschlacht des Krie-

ges. Zwischen der Heeresgruppe Mitte und der Heeresgruppe Süd, hatten die Russen einen großen Frontbogen bei Kursk gebildet. Hitler wollte diesen unbedingt zerschlagen, um einerseits die Frontlinie zu verkürzen und zugleich die Initiative im Osten wieder zu gewinnen. An diesem 150 Kilometer langen Frontbogen zogen die Deutschen 900.000 Mann mit 10.000 Geschützen, 2.800 Panzer und 1.800 Flugzeuge zusammen. Stalin wußte um die Wichtigkeit dieses Frontbogens und ließ darin die Stellungen siebenfach ausbauen. Durch Geheimdienste war bekannt, dass die Deutschen hier zuschlagen wollten und Stalin beorderte in diesen Frontbogen 1,3 Millionen Mann mit 20.000 Geschützen, 3.600 Panzer und 2.600 Flugzeuge und ließ 80.000 Minen verlegen. Der deutsche Angriff kam wie erwartet und nach nur 35 Kilometer Vormarsch brach die deutsche Offensive zusammen und sie befanden sich bereits am 15.7.1943 wieder in ihren Ausgangspositionen. Die Verluste in dieser sinnlosen Schlacht betrugen 210.000 Deutsche und 178.000 Russen.

Nun gingen die Rotarmisten ihrerseits in die Offensive. Im Süden am 17.7.1943 Mit einer Überzahl von 6:1. Am 5.8.1943 gingen sie bei der Heeresgruppe Mitte in die Offensive. Bereits am 24.9.1943 standen die Russen bei Smolensk und eroberten die Stadt zurück. Den Deutschen blieb auf breiter Front nur der Rückzug. In der Nacht vom 1. auf dem 2.11.1943 landeten die Russen auf der Krim, am 6.11.1943 eroberten sie Kiew zurück und abermals griffen die Russen am 24.12.1943 im Süden auf einer Frontbreite von 800 Kilometern an.

Alleine im Jahr 1943 eroberten die Russen ein Gebiet von 480.000 Quadratkilometer zurück und brachten den Deutschen schwere Verluste zu die sich bemerkbar machten. Alleine im Winter 1942/1943 verlor die Wehrmacht 5.090 Flugzeuge, 9.190 Panzer, 20.360 Geschütze, 30.700 Maschinengewehre, 500.000 Gewehre, 17 Millionen Granaten, 128 Millionen Patronen und fast 1,2 Millionen Soldaten.

Im Jänner 1943 hatte Deutschland 400 U-Boote im Einsatz, das Mindeste was der BDU Karl Dönitz bereits zu Beginn des Krieges gefordert hatte. Bedenkt man, waren zu Beginn des Krieges im September 1939 nur 57 U-Boote bereit. Erst mit dieser Anzahl könnte Britannien von den Versorgungen über See her abgeschnitten werden, befand sich doch immer jedes dritte U-Boot auf An- und Abfahrtswege, jedes dritte entweder in

Reparatur oder zu Schulungszwecke und nur ein Drittel direkt am Feind.
Bis Ende Mai 1943 hatte Deutschland 608 U-Boote gebaut. Diese
Waffe versenkte zwischen dem 1.3.1943 und dem 31.10.1943, 323 Schiffe
mit 1,7 Millionen BRT.

Zwischen dem August 1940 und Mai 1943 verloren die Alliierten alleine im Atlantik 175 Kriegsschiffe und 3.500 Handelsschiffe. Aber es gab
immer bessere Waffen gegen die deutsche U-Boot Gefahr. Darunter flogen
ständig 1.000 Flugzeuge gegen deutsche U-Boote und setzten am
23.5.1943 erstmalig Raketen gegen diese Gefahr ein.

Im Jahre 1943 wurde die Bomberoffensive gegen deutsche Städte mas-
siv verstärkt auch gegen zivile Einrichtungen. Zwischen Jänner und Mai
1943 setzten die Alliierten dabei gesamt 3.570 Flugzeuge ein und verloren
durch Abschuß 266 Maschinen.

Die deutsche Produktion verlief derweilen unvermindert weiter, so
dass sie im Juni 1943 1.000 Jäger ausliefern konnten.

Zwischen dem 24.7.1943 und dem 2.8.1943 war Hamburg neun Bom-
berangriffen der Alliierten ausgesetzt. 36.000 Gebäude wurden zerstört,
es gab 55.000 Tote und Vermisste und 600.000 Menschen wurden obdachlos.

Am Freitag dem 18.8.1943 wurde erstmals Österreich Ziel eines Bom-
berangriffes. Wiener Neustadt wurde von 61 Bombern angeflogen.

Zwischen dem 18.11.1943 und dem 2. auf dem 3.12.1943 war Berlin
das Ziel alliierter Bomber. In fünf Angriffen wurden in der Hauptstadt
70.000 Häuser zerstört.

Trotz der Bedrängnis der Deutschen Wehrmacht an allen Fronten lief
die Vernichtung der Jüdischen Rasse in vollem Umfang weiter. In Maj-
donek wurden am 3.11.1943 18.400 Juden ermordet und im Vernich-
tungslager Auschwitz/Birkenau konnten jeden Tag 60.000 Menschen
vergast und verbrannt werden. Es wurde damit begonnen, sämtliche
Ghettos im Reich und den besetzten Gebieten systematisch zu räumen.

In Kairo kam es vom 22. bis zum 26.11.1943 zu einer Konferenz zwischen den USA, den Briten und China über den Kampf im Pazifik und
danach zwischen dem 28.11. und dem 1.12.1943 in Teheran zwischen den
USA, den Briten und den Sowjets für Europa.

Am 29.11.1943 erklärte Italien an das Deutsche Reich den Krieg und Ende des Jahres stand Deutschland mit 43 Staaten weltweit im Krieg und die Türkei weigerte sich am 6.12.1943 für einen Kriegsbeitritt auf Seiten der Alliierten, da ihnen nichts zugesprochen wurde.

1943 betrug der deutsche Ölverbrauch 11 Millionen Tonnen, die Hälfte davon stammte aus den rumänischen Ölfeldern bei Ploeşti. Hitler hatte hier starke Kräfte zusammengezogen um diese Ölfelder zu schützen, somit waren viele Einheiten gebunden, die woanders sinnvoller eingesetzt hätten werden können.

Im Jahre 1943 war Japan nur noch gegen China direkt Offensiv. Gegen die USA konnten sie nur noch defensiven Widerstand leisten, vor allem auch, weil die oft tausende von Seemeilen vom Mutterland entfernten Inseln durch den Verlust von vielen Trägern nicht mehr wirkungsvoll versorgt werden konnten.

Die Japaner wurden schwächer, während die USA immer stärker wurden. Jetzt begann das US-Rüstungsprogramm richtig zu greifen.

Am 8.2.1943 evakuierten die Japaner von Guadalcanal ihre 10.000 verbliebenen Soldaten und überliesen die Insel somit den USA. In den sechs Monaten langen Kämpfe um Guadalcanal hatten die Japaner 25.000 Tote zu beklagen. Die USA hingegen 1.500 Tote und 4.300 Verwundete.

Anfang März 1943 wollten die Japaner ihre Truppen auf Inseln im Bismark-Archipel durch 7.000 Mann verstärken. Ein US-Angriff verhinderte dieses Vorhaben und acht von acht Transportern sowie vier von acht Zerstörern der japanischen Marine wurden dabei versenkt.

Mitte Mai 1943 konnten sich die Japaner in China behaupten und eroberten den Regierungssitz Tschungking, stellten aber dann am 25.5.1943 die Offensive ein.

Am 16.6.1943 griffen japanische Flugzeuge Guadalcanal an und verloren dabei 98 Maschinen und am 28.7.1943 räumten sie eine weitere Aleuteninsel kampflos.

Die Engländer beschäftigten sich im Jahre 1943 im Fernen Osten hauptsächlich damit die Grenzen Indiens zu schützen und Kommandos hinter den japanischen Linien in Burma abzusetzen.

Die Amerikaner wählten die Strategie des Inselspringens. Eine Insel erobern und von dort aus die nächste anzugreifen, immer näher zum Japanischen Mutterland hin.

Zuvor wurde die zu Alaska gehörende Aleuteninsel Attu befreit. Mit 11.000 Mann landeten die USA am 11.5.1943 auf der unwirtlichen Insel, die von 2.400 Japanern verteidigt wurde und schlossen den Kampf am 29.5.1943 ab. Die Verluste betrugen hier 600 Amerikaner und nur 28 Japaner ergaben sich.

Bis Mai 1943 gelang es den USA alle bis auf drei Schiffe die bei Pearl Harbor beschädigt oder versenkt wurden zu bergen und sie wieder in Dienst zu stellen.

Im Süden landeten die USA am 1.6.1943 auf der Insel Neu-Georgia die zu den Salomonen gehört, am 30.6.1943 auf der Insel Rondova und auf Neu-Guinea und am 2.7.1943 auf der Insel Mundo, die acht Kilometer von Rendova entfernt liegt, die sie am 5.8.1943 eroberten und im selben Monat landeten sie auf einer weiteren Salomoneninsel.

Im Oktober und November 1943 wurde die größte Salomoneninsel befriedet.

Am Freitag dem 19.11.1943 landeten die USA auf einer der Gilbert-Inseln, setzten hierzu 11 Träger, 8 Begleitträger, 13 Schlachtschiffe und 35 Kreuzer und Zerstörer ein. Einen Tag später landeten sie auf der Insel Betio mit 18.600 Mann, die von 5.000 japanischen Soldaten hartnäckig verteidigt wurde. Dieser Kampf dauerte bis zum 23.11.1943. Die amerikanischen Verluste betrugen 1.009 Tote, 2.100 Verwundete, die der Japaner 4.983 Gefallene und nur 17 Gefangene.

Ende des Jahres am 20.11.1943 landeten 16.000 US-Marineinfanteristen auf der von 4.000 Japanern verteidigten Insel Tarawa, die sie am 25.11.1943 mit der Insel Makin, die beide zu den Gilbert-Inseln gehören, eroberten.

Am 15.12.1943 landeten amerikanische und australische Einheiten in Neu-Britannien, das von 135.000 Japanern verteidigt wurde. Diese Kämpfe dauerten bis zum 26.12.1943 an.

In Italien das die Deutschen als besetztes Gebiet verteidigten, blieben sie defensiv, denn die Enge des italienischen Stiefels ermöglichte es der Wehrmacht, hintereinander gestaffelte Stellungen zu bauen und die Alliierten waren somit gezwungen, jede Stellung direkt von vorne anzugehen.

Da sich in der Mitte Italiens ein Gebirgszug von Nord nach Süd erstreckt, konnten die Briten und Amerikaner zudem keine geschlossene Front bilden. Die wenigen befahrbaren Straßen für schweres Kriegsgerät konzentrierten sich auf beiden Seiten Italiens an den Küsten und diese wußten die Deutschen sehr gut zu verteidigen. Nur schubweise drangen die Alliierten somit nach Norden, jeweils mit großen Verlusten.

Am 17.1.1944 begann die große Schlacht in der das Kloster Monte Casino miteinbezogen wurde. Sie sollte bis zum 18.5.1944 dauern. Während die deutschen Verteidiger an dieser Stellung 360.000 Mann einsetzten und 80.000 Mann verloren, büsten die Alliierten von 670.000 eingesetzten Soldaten, 105.000 ein. Um derartige Stellungen in der Flanke zu packen, landeten die Amerikaner am 22.1.1944 mit 70.000 Mann bei Anzio, südlich von Rom, konnten aber aufgrund Zögerns eines amerikanischen Generals diesen Vorteil nicht für sich nutzen und die Deutschen bauten einfach eine neue Verteidigungslinie.

Da viele alliierte Einheiten in England stationiert oder für andere Operationen herangezogen wurden, sah man in der Italienfront bei den Alliierten nur eine zweitrangige Aufgabe und genau hier kämpften die Deutschen verbissen als wäre es ihr eigenes Land. Oft nur Meter um Meter unter hohen Verlusten drangen die Alliierten vorwärts. Die Deutschen nutzten dabei jedes natürliche Hindernis zur Verteidigung. Auf der engen, gebirgigen Apenninenhalbinsel waren die Alliierten gezwungen die deutschen Stellungen frontal anzugehen und Regen machte ein Vorwärtskommen kaum noch möglich.

Am 4.6.1944 gaben die Deutschen Rom auf und am selben Tag marschierten die Amerikaner in die Ewige Stadt ein.

Und auch im Jahre 1944 verschlechterte sich die Lage der Deutschen Wehrmacht im Osten immer mehr. Während die Deutschen immer schwächer wurden und Einheiten an andere Fronten abgeben mußten, wurden die Russen zunehmend erdrückend.

Am 4.1.1944 überrannten die Russen mit einer gewaltigen Übermacht die Polnisch-Russische Grenze von 1939 und am 14.1.1944 gingen sie gegen die Heeresgruppe Nord bei Leningrad in die Offensive und trieben sie vor sich her.

Am 4.3.1944 war fast die gesamte Ukraine von den Rotarmisten be-

freit worden.

Vom 15.3.1944 an, besetzten die Deutschen Ungarn, da die neue ungarische Regierung vom deutschen Bündnispartner abzufallen drohte. Damit sollten auch die ungarischen Ölfelder für die Wehrmacht gesichert bleiben. Auch besetzten die Deutschen am 28.3.1944 Rumänien, die ebenfalls in Anbetracht der russischen Ländergewinne abzufallen drohten.

Am Montag dem 10.4.1944 räumten die Deutschen die ukrainische Hafenstadt Odessa am Schwarzen Meer und bis Ende April 1944 waren die Russen alleine im Süden, seit Beginn ihrer Offensive, 450 Kilometer weit vorgedrungen.

Obwohl der Krieg bereits seit vier Jahren und acht Monate andauerte, wurde er verbissener denn je geführt. Besonders im Osten zeigte sich die Härte und Grausamkeit die sich die jeweiligen Gegner zufügten.

Am 22.6.1944 dem 3. Jahrestag des deutschen Angriffes auf die Sowjetunion brach der Sturm los. Die Sowjets packten diesmal bei der Heeresgruppe Mitte an um diese zu zerschlagen. Sie waren hierzu mit 7.000 Flugzeugen, 6.000 Panzern, 45.000 Geschützen und 2,5 Millionen Mann angetreten die, auf die nur schwachen deutschen Linien stürmten, sie durchbrachen, weiter nach Westen drangen und am Montag dem 3.7.1944 die weißrussische Stadt Minsk befreiten. Die Heeresgruppe Mitte wurde hierbei einfach überrollt und ihre Divisionen zerfetzt. Innerhalb von nur fünf Wochen war das Schlachten beendet. Die Heeresgruppe Mitte hatte 400.000 Mann verloren und sie existierte nicht mehr. Bis zum 31.7.1944 waren die Sowjets 720 Kilometer nach Westen vorgestoßen und standen nun vor Ostpreußen. Und der Russe hielt nicht inne. Er rollte sogar an der gesamten Front weiter.

Der Zusammenbruch der Ostfront zwang Hitler weitreichende Rückzugsbefehle zu geben und dies blieb natürlich auch den deutschen Bündnispartner nicht verborgen. War bereits Italien abgefallen, sollten weitere folgen. Bereits am 7.5.1944 war die Heeresgruppe Süd aus der Ukraine vertrieben worden.

Bulgarien beendete am 16.8.1944 den Krieg mit der Sowjetunion, in dessen Land die Russen am 5.9.1944 einmarschierten und sie zwangen, an Deutschland am 8.9.1944 den Krieg zu erklären.

Am Mittwoch dem 23.8.1944 wurde die rumänische Regierung gestürzt. Die neuen Machthaber des Landes schlossen mit der Sowjetunion

Frieden und erklärten Deutschland ihrerseits am 25.8.1944 den Krieg. In der Slowakei kam es am Donnerstag dem 29.8.1944 zum Aufstand, den die Deutsche Wehrmacht allerdings schnell niederschlug. Am 2.9.1944 kapitulierte Finnland und schloß zwei Tage darauf einen Waffenstillstand mit der Sowjetunion. Mitte des Monats befanden sich nun auch die Finnen auf Druck Stalins, mit dem Deutschen Reich im Kriegszustand.

Durch die Rückführung deutscher Divisionen vom Balkan und dem gezwungenen russischen Stop aufgrund Nachschubschwierigkeiten, gelang es den Deutschen im Osten Mitte November, wieder eine zusammenhängende Frontlinie zu bilden, die allerdings sehr ausgedünnt war und sich über 1.000 Kilometer in die Länge zog.

Am 5.12.1944 begann der Kampf um Budapest und die Ungarn erklärten den Deutschen als nächster Staat aufgrund russischem Druck hin den Krieg.

Gegen Ende des Jahres war die deutsche Luftwaffe im Osten so gut wie nicht mehr vorhanden und auch bei anderen Waffengattungen waren die Sowjets den Deutschen weit überlegen, an Infanterie 9:1, an Panzer 6:1 und an Geschützen 10 - 15:1.

Im Westen bereitete man sich auf die Invasion Overlord vor. Die Eröffnung einer weiteren Front, diesmal in Frankreich. Monatelang wurde dieses Vorhaben von den Alliierten vorbereitet. Drei Millionen Soldaten waren hierzu auf den Britischen Inseln zusammengezogen mit allen erdenklichen Kampfmitteln. Die Versorgungsgüter stapelten sich auf sechs Millionen Quadratmetern Lagerfläche, 1.000 Loks, 20.000 Güterwagons, zwei Millionen Tonnen Kriegsgerät, 163 Flugplätze waren gebaut worden, Schienen wurden 275 Kilometer verlegt.

Die Deutschen wußten um eine Invasion, aber nicht wo genau sie stattfinden sollte. Ihre Streitkräfte betrugen in Frankreich eine Stärke von 550.000 Mann. Zudem waren tausende Bunkeranlagen und Hindernisse entlang der nordfranzösischen, der belgischen und niederländischen Küste erbaut worden.

Im Mai 1944 wurde aufgrund der bevorstehenden Invasion gesamt Nordfrankreich von den Alliierten bombardiert. Hierzu standen ihnen mehr als 14.800 Maschinen zur Verfügung. Die Deutschen konnten le-

diglich 448 zur Abwehr aufbieten.

Und die Invasion kam. In der Nacht vom 5. auf den 6.6.1944 landeten 18.000 Fallschirmjäger um Brücken und Stellungen zu sichern. In den frühen Morgenstunden am Dienstag dem 6.6.1944 kam die Landungsflotte auf die Küste der Normandie zu. Und ihre Anzahl war gewaltig. 4.126 Landungsfahrzeuge, 138 Kriegsschiffe zur Feuerunterstützung, 221 Zerstörer, 287 Minensuch- und Räumboote, 936 kleinere Kampfschiffe, 58 Schiffe zur U-Boot-Abwehr, 864 Transportschiffe und 300 Amphibienfahrzeuge. Die Deutschen konnten lediglich mit 34 U-Booten, fünf Zerstörern und 402 kleineren Booten dagegenhalten, die aber kaum ins Geschehen eingriffen, da die Alliierten zudem die Lufthoheit beherrschten. An manchen Landungsabschnitten war eine harte Abwehr, die aber nach wenigen Stunden gebrochen wurde. So landeten bereits am 1. Tag auf Omaha Beach 30.000 und auf dem Abschnitt Utah 20.000 amerikanische Soldaten. Mit den anderen drei Landungsabschnitten zusammen, befanden sich bereits bis zum Abend des 1. Tages 120.000 alliierte Soldaten an Land. Am 8.6.1944 waren es bereits 176.000 gelandete Alliierte mit 20.000 Fahrzeugen und am 6. Tag der Landung bereits 326.000 Mann. Doch sie kamen nur langsam vorwärts, obwohl sich am 30.6.1944, 850.279 Soldaten mit 148.803 Fahrzeugen und am 8.7.1944 bereits 1 Million alliierte Soldaten in Nordfrankreich befanden. Die Verluste bis zum 25.7.1944 betrugen bei den Alliierten 210.000 und bei den Deutschen 240.000 Mann an Gefallenen, Verwundeten und Gefangenen.

Dann endlich am 31.7.1944 durchbrachen sie die deutschen Linien und stießen schnell in den leeren Raum vor. 97 Tage nach der Invasion waren die Alliierten 500 Kilometer nach Süden marschiert.

Und weitere Einheiten landeten in Frankreich. Diesmal im Süden am Dienstag dem 15.8.1944. Hier gelang es am 1. Tag 50.000 Mann an Land zu bringen. Unterstützt wurden sie durch 168 Kriegsschiffe, neun Geleitträger und 5.000 Flugzeuge. Die deutsche Luftwaffe war mit 200 Maschinen so gut wie nicht vorhanden. Diese Landung hatte nebenbei die Folge, dass sich die gesamte Wehrmacht im Westen zurückzog. So konnte Paris am Freitag dem 25.8.1944 befreit und die Grenze am Montag dem 4.9.1944 nach Belgien überschritten werden und nur sieben Tage darauf die Niederländische.

Von Juli bis September 1944 verlor die Deutsche Wehrmacht im Wes-

ten 1,2 Millionen Mann, trotzdem besaß sie an allen Fronten, in den be-
setzten Gebieten und im Reich immer noch eine Stärke von 10 Millionen
Soldaten.
  Am Sonntag dem 17.9.1944 leiteten die Alliierten die Operation Mar-
ket Garden ein. Durch 1.500 Transportflugzeuge und 478 Lastenseglern
sollten 36.000 Fallschirmjäger über den Niederlanden abspringen und die
Brücken bei Eindhoven, Nimwegen, über den San und Arnheim einneh-
men. Das 30. Korps bestehend aus 20.000 Fahrzeugen, sollte die Brücken
übernehmen und sichern. Ziel war es dann ins Ruhrgebiet vorzustoßen
und den Krieg somit rasch zu beenden. Doch nicht alle Brücken konnten
genommen werden. Das Hauptziel Arnheim scheiterte und der Krieg zog
sich in die Länge. Am 26.9.1944 endete diese Operation mit dem Verlust
von 400 polnischen, 4.000 amerikanischen, 6.800 britischen und 3.300
deutschen Soldaten.
  Am Sontag dem 14.10.1944 eroberten die Amerikaner Aachen als erste
deutsche Stadt.

  Die Deutschen sahen sich gezwungen von den ionischen Inseln im
Mittelmeer abzuziehen und begannen mit der Evakuierung ihrer Einhei-
ten am 12.9.1944. Bereits am 3.10.1944 war Athen befreit. Zehn Tage
später wurde auch Albanien von deutschen Truppen geräumt und am
16.11.1944 Mazedonien.

  Vom 1.3.1944 bis zum 30.4.1944 versenkten die deutschen U-Boote
nur 27 alliierte Handelsschiffe mit 161.300 BRT.
  Anfang 1944 experimentierten die Deutschen mit der sogenannten V3
einem Granatengeschütz. In einem langen Rohr sollten die Granaten
durch zusätzliche Treibladungen an den Seiten des Rohres, eine hohe Ge-
schwindigkeit und vor allem eine hohe Reichweite erhalten. Diese kaum
zu schützenden Stellungen wurden von englischen Bombern vernichtet
ehe sie auch nur einen Schuß abgeben konnten. Daraufhin wurde das
Programm V3 eingestellt.

  Und weiteres ereignete sich 1944 in Europa.
  Während die Amerikaner die deutschen Städte bei Tage angriffen,
bombardierten die Engländer in der Nacht. Schwere Schäden an der

Treibstoffindustrie verhinderte, dass die Deutschen mit geballter Kraft zurückschlagen konnten. Statt 150.000 Tonnen standen der Luftwaffe nur noch 7.000 Tonnen im Monat zur Verfügung, obwohl die synthetische Treibstoffproduktion im Juni 1944 bei 107.000 Tonnen lag.

Im Jahr 1944 warfen alliierte Bomber 1.188.580 Tonnen Bomben über deutsche Städte ab. Dennoch produzierten die Deutschen 1944 31.822 Kampfflugzeuge und 14.000 Panzer und sie bauten ihre Flugabwehr im Reich aus und sollte im August 1944 bei einer Million Flak-Helfer liegen.

Am 13.6.1944 wurde erstmals eine unbemannte Flugbombe die V1, auf England abgeschossen. Diese unbemannte Flugbombe besaß ein Gewicht zwischen 2.180 und 2.810 Kilogramm. Der Sprengstoff betrug 841 Kilogramm. Diese Flugbomben waren 640 Stundenkilometer schnell und besaßen eine Reichweite von 250-320 Kilometer. Innerhalb der ersten drei Tage waren es 244 V1, bis zum 6.7.1944 2.745 und bis zum 1.9.1944 sogar 8.564 V1 die England über sich ergehen lassen mußte.

Am Freitag dem 8.9.1944 startete die erste V2-Flüssigkeitsrakete. Sie war 14,026 Meter hoch und 1,65 Meter im Durchmesser. Ihr Gewicht lag bei 12.825 Kilogramm, davon besaß der Sprengstoff ein Gewicht von 975 Kilogramm. Angetrieben wurden diese Raketen mit Alkohol und flüssigem Sauerstoff. Dadurch hatten sie eine Reichweite von 380 Kilometer, flogen die 5fache Schallgeschwindigkeit und aufgrund ihrer Flughöhe von 80 Kilometer gab es keine Vorwarnzeit.

Ende Dezember 1944 kam die V4 zum Einsatz. Hierbei handelte es sich um eine 4fach Festbrennstoff-Mehrstufen-Boden-Boden-Rakete. Sie besaß eine Reichweite von 194 Kilometer und ein Gesamtgewicht von 1.700 Kilogramm, wobei der Sprengkopf 40 Kilogramm betrug. Allerdings kam dieses System zu spät zum Einsatz. Bis Kriegsende wurden nur 220 Stück gebaut.

Am 20.7.1944 gab es wohl den bekanntesten Anschlag auf Hitler, doch er überlebte ihn wie die anderen 28 Anschläge davor. Der Hauptakteur, Graf Schenk von Stauffenberg, wollte Hitler beseitigen, die Regierungsgeschäfte an sich reißen und mit den Alliierten Frieden schließen. Er sah den Krieg wie viele andere als verloren an und wollte dem Deutschen Volke weitere Verwüstungen ersparen. Da es zu unvorhergesehenen Komplikationen kam, verletzte sie Hitler nur und seine Rache sollte rasch folgen. Stauffenberg wurde verhaftet und hingerichtet. Ihm folgten Tau-

sende andere. Der Berühmteste unter ihnen war wohl Generalfeldmarschall Rommel, der Wüstenfuchs. Auch ihm lastete man ein Mitwissen an und man zwang ihn sich selbst zu ermorden, andernfalls würde man seine Familie in ein Konzentrationslager schicken. Sein Selbstmord bescherte ihm ein stattliches Reichsbegräbnis, er währe in seiner Pflicht um Deutschland gefallen.

Die nachfolgenden Monate bis Kriegsende waren für Deutschland verheerender als die Jahre des Krieges davor. Ihre Städte wurden systematisch ausradiert und die Opfer waren genauso hoch, wie seit 1939.
Nach der Ungarnbesetzung durch die Deutschen wurden 476.000 ungarische Juden nach Auschwitz deportiert.

Auch für Japan war das Jahr 1944 keine ruhige Zeit. Am 4.2.1944 stießen sie zwar nach Assam und Imphāl in Indien vor, leiteten im März und April 1944 Offensiven in Burma und Südchina ein, mußten gegenüber den Alliierten aber weiter zurückweichen.

In Burma gewannen die Briten nichtsdestotrotz an Boden. Am 9.1.1944 nahmen sie Maungdaw ein und am 6.4.1944 leiteten die britischen und indischen Truppen mit 100.000 Mann einen Gegenangriff ein, um die Belagerungsringe um die indischen Städte Imphāl und Kokin zu sprengen.

Die USA ihrerseits griffen Anfang des Jahres am 19.1.1944 die Insel Eniwetok an. Auf dieser kleinen Insel befand sich eine japanische Garnison von 2.600 Mann. Nach zwei Tagen voller Schlachten und Nahkämpfe hatten die USA die Insel befreit.
Landungen amerikanischer Marineinfanteristen auf einigen Marshall-Inseln fanden am 28.1.1944 statt und befriedeten sie bis zum 4.2.1944
Am 13.2.1944 flogen die Amerikaner Luftangriffe gegen japanische Ziele nahe Hong-Kong.
Am 29.2.1944 landeten US-Einheiten auf den Admiralitätsinseln mit 2.500 Mann und hatten diese bis zum 9.3.1944 erobert.
Weitere Landungen seitens der USA gab es in den Monaten März und April 1944 auf Inseln des Bismark-Archipels und Neu-Guineas.

Im Pazifik waren die Amerikaner weiterhin auf dem Vormarsch. Am 11.6.1944 landeten sie auf einigen Marianen-Inseln, die aus 14 Eilande bestehen. Unterstützt wurden die 130.000 Mann der Invasionsarmee von 93 Kriegsschiffen, 550 Landungsbooten und 1.000 Flugzeugen.

Am 19.6.1944 landeten sie auf Saipan, die nur 1.500 Meilen von den japanischen Mutterinseln entfernt liegt. Auf dieser Insel befanden sich 31.600 japanische Soldaten. Bereits am Abend des 1. Tages befanden sich 20.000 Amerikaner auf der Insel und brachten den Japanern innerhalb von zwei Tagen 4.000 Mann an Verlusten bei. Endlich am 8.7.1944 war die Insel erobert. Nach harten Kämpfen waren 27.000 Japaner gefallen und 1.000 Zivilisten hatten sich aus Angst vor den Amerikanern das Leben genommen.

Auf Guam wurde die Landung am 21.7.1944 vollzogen, dort befanden sich 18.000 japanische Soldaten, die bis zum Freitag dem 11.8.1944 besiegt wurden.

Am 13.9.1944 wurde die Insel Peleliu beschossen, am 15.9.1944 bei 46 Grad Hitze angelandet und bis zum 25.11.1944 erobert. Die Verluste hierbei betrugen 10.000 Japaner und 1.400 tote Amerikaner.

Die Molukken wurden am 16.9.1944 angelandet.

Die Japaner versuchten in der Philippinensee die Amerikaner aufzuhalten und planten die US-Navi auszuschalten, die auf weiteren Inseln der Philippinen landen wollten. Am Freitag dem 20.10.1944 kam es zu einer vier tägigen Seeschlacht zwischen der japanischen und US-Flotte, die die größte Seeschlacht des Krieges bedeutete. Die Stärke der Japaner die alles in diese Schlacht warfen, betrug neun Flugzeugträger, fünf Schlachtschiffe, 13 Kreuzer und 31 Zerstörer. Doch die amerikanische Landungsflotte war weit überlegen. Ihnen standen 32 Flugzeugträger, 12 Schlachtschiffe, 23 Kreuzer, 94 Zerstörer und 1.000 Landungsboote zur Verfügung. Nach dem Verlust von vier Trägern, drei Schlachtschiffen, 18 Kreuzer und Zerstörer und 480 Flugzeugen, zogen sich die japanischen Seestreitkräfte zurück. Hiermit war ihnen auf See endgültig das Rückgrat gebrochen. Trotz den amerikanischen Verlusten von drei Trägern, drei Zerstörern und 100 Flugzeugen, ging die geplante Landung von 193.000 Mann auf der philippinischen Insel Leyte vonstatten. Die 16.000 dort stationierten japanischen Soldaten wehrten sich verbissen und wurden im Dezember 1944 auf 45.000 bis 55.000 Mann verstärkt. Dabei verloren die

Japaner 100 Flugzeuge, neun Kriegsschiffe, sechs Begleit- und 17 Transportschiffe. Nach der Eroberung der Insel durch die Amerikaner bis zum 31.12.1944 büsten die Japaner gesamt 70.000 an Gefallenen und nur 500 an Gefangenen ein. Die US-Verluste beliefen sich auf insgesamt 15.000 Mann.

Auch auf der philippinischen Insel Mindanao setzten die Amerikaner zur Landung an. Um dies zu verhindern, griffen japanische Kampfflugzeuge die Landungsflotte an und verloren dabei 570 Maschinen, während die Amerikaner einen Verlust von nur acht eigenen Maschinen beklagten.

Am 15.12.1944 landeten US-Einheiten auf Mindoro (Philippinen) die sie nach kurzen Kämpfen eroberten.

Auch die Bombardierung Japans war keine Seltenheit mehr. Am 10.8.1944 wurde der Hafen von Nagasaki Ziel eines Angriffes, am 9.10.1944 die Riu-kiu-Inseln und am 7.12.1944 Tokio.

Im Jahre 1944 produzierten die USA 150.000 Flugzeuge für Kriegszwecke und bis Ende 1944 hatten US-U-Boote die Hälfte der japanischen Handelsflotte und zwei Drittel ihrer Tanker versenkt.

Das Jahr 1945 sollte das letzte des Krieges sein, war aber an grausamer Sinnlosigkeit kaum zu überbieten.

Mit dem Rückzug der Deutschen war Anfang Jänner 1945 die Ardennen-Offensive im Westen gescheitert und somit die letzte Stoßkraft der Wehrmacht gebrochen. Diese letzte Anstrengung sollte bezwecken, dass die Alliierten getrennt und die Deutschen auf Antwerpen vordringen würden. Damit, so glaubte Hitler, die Alliierten im Westen schlagen zu können. Eine verzweifelte Annahme, die den Deutschen 90.000 an Toten und Verwundeten einbrachte und den Alliierten einen Verlust von 74.000 Mann, die schließlich gegen die deutsche Offensive 600.000 Soldaten einsetzten.

Die Deutschen verloren schnell an eigenem Boden und die Aussichtslosigkeit und Kriegsmüdigkeit brachten vor allem die Bevölkerung dazu, ihre Städte zu übergeben. Doch dort wo sich die SS oder Wehrmachtseinheiten aufhielten, wurde zum Teil verbissen gekämpft, dennoch fiel Stadt um Stadt in die Hände der Westalliierten und reihenweise ergaben sich deutsche Truppen.

Am 6.3.1945 besetzten die Amerikaner Köln, überschritten am nächsten Tag bei Remagen den Rhein und eroberten am 17.3.1945 Koblenz. Am 23.3.1945 überquerten die Briten im Norden den Rhein.

Um die Alliierten die Überquerung weiterer Truppen über den Rhein zu verwehren, kämpften die Deutschen verbissen, doch sie konnten nicht mehr viel ausrichten. Nach 60.000 Gefallenen und 300.000 Gefangenen erlosch auch dieser deutsche Widerstand.

Anfang April am 4.4.1945 wurde Karlsruhe und am 8.4.1945 Hannover besetzt. Nun standen die Amerikaner nur noch 200 Kilometer vor Berlin.

Am Dienstag dem 10.4.1945 fiel Essen und am darauffolgenden Tag erreichten die USA die Elbe, 85 Kilometer vor Berlin.

Mitte des Monats April nahmen die USA 325.000 deutsche Soldaten gefangen und sie drangen am Mittwoch dem 18.4.1945 in Böhmen und Düsseldorf ein.

Am 19.4.1945 wurde Leipzig von US-Einheiten erobert, sie standen am 22.4.1945 vor Stuttgart und trafen sich am 24.4.1945 mit den Russen an der Elbe.

Deutschland war somit zweigeteilt. Im Westen bestand keine deutsche Front mehr und 4,6 Millionen Westalliierte machten sich für den letzten Akt bereit.

Am 28.4.1945 überquerten die Amerikaner durch die Scharnitzer Klause die österreichische Grenze, Montags dem 30.4.1945 standen sie in München, am 2.5.1945 besetzten sie Innsbruck, einen Tag später kapitulierte Salzburg. Am selben Tag, einem Donnerstag, fiel Hamburg an die Briten.

Am 4. und 5.5.1945 kapitulierten die deutschen Einheiten in den Niederlanden, Belgien und Nordwestdeutschland.

Am Dienstag dem 8.5. auf dem 9.5.1945 um 0.00 Uhr war die Gesamtkapitulation für Deutschland unterzeichnet.

Mitte Jänner 1945 war der Abzug der Deutschen vom Balkan fast abgeschlossen. Südlich von Kroatien befanden sich kaum noch Wehrmachtseinheiten.

Auch an der Italienfront befanden sich die Deutschen seit El-Alamein stetig auf dem Rückzug. Nur langsam drangen die Alliierten in dem oft durch Flüsse und Berge zerfurchten Land nach Norden und je näher sie der Reichsgrenze kamen, desto verbissener Kämpften die Deutschen.

Am 24.4.1945 wurde der "Duce", Benito Mussolini, auf seiner Flucht nach Como von italienischen Partisanen gefaßt und am 28.4.1945 hingerichtet.

Als sich der Zusammenbruch der Wehrmacht an allen Fronten vollzog, waren davon auch die Truppen in Italien betroffen. In Norditalien standen am 20.4.1945 noch 800.000 bis 1 Million deutsche Soldaten unter Waffen. Sie kapitulierten am 2.5.1945, da der Kampf sinnlos geworden war. Nur zwei Tage später an einem Freitag, trafen sich am Brenner US-Einheiten die von Frankreich und von Italien aus vorgedrungen waren.

Der Krieg in Italien endete somit mit einer Massenkapitulation der Wehrmacht.

Auch im Osten hatten die Deutschen nichts mehr zu verteidigen und Anfang 1945 machten sich auch die Russen bereit für den letzten Akt des Krieges. Denn immensen Druck den sie monatelang aufrechterhalten hatten, sollte nicht schwächer werden. Nach einer kurzen Pause waren im Osten auf 1.900 Kilometer die Sowjets mit 15.100 Panzer, 115.100 Geschützen, 158.150 LKW´s und 6.289.000 Mann angetreten. Dies waren auf einem Frontkilometer 1.500 Soldaten. Die Deutschen konnten ihre Linien mit geradeeinmal 135 Mann je Kilometer aufwerten. Zudem standen ihnen im Osten nur noch 1.400 Panzer zur Verfügung.

Am 12.1.1945 brach der Sturm im Osten erneut los. Von den deutschen Verteidigern blieb so gut wie nichts übrig und innerhalb von 16 Tagen marschierten die Sowjets bis zu 700 Kilometer nach Westen.

Am 17.1.1945 räumten die Deutschen Warschau, am 18.1.1945 eroberten die Russen Krakau und sie standen nur noch 90 Kilometer vor der Reichshauptstadt. Am Montag dem 22.1.1945 standen die Russen in Oberschlesien, am Samstag dem 28.1.1945 an der Oder und am 12.2.1945 war Budapest von den Rotarmisten erobert worden.

Ende März dem 29. überschritten die Russen die österreichische Grenze, Bratislava fiel am 2.4.1945 in russische Hände. Zwei Tage später hatten die Deutschen Ungarn geräumt.

Und der russische Vormarsch ging weiter. Am 4.4.1945 standen sie vor Schwechat und Baden in Österreich und am 7.4.1945 begann die Schlacht um Wien, die am 13.4.1945 beendet war.

Am selben Tag setzten die Russen zum Sturm auf Berlin an. Alles was irgendwie zur Verteidigung der Reichshauptstadt herangezogen werden konnte, versammelte sich vor den Stadttoren. Und es gelang den Deutschen nochmals eine ansehnliche Streitmacht von 1.433 Flugzeugen, 1.200 Panzern und 1 Million Mann zusammenzustellen. Doch die Russen drückten mit einer gewaltigen Übermacht von 8.354 Flugzeugen, 6.287 Panzern, 42.973 Artilleriegeschützen und 2,5 Millionen Mann dagegen. An Hitlers 56. Geburtstag, dem 20.4.1945 standen die Russen bereits 30 Kilometer vor Berlin. Bis zum 23.4.1945 waren die deutschen Verteidiger überrannt und die Russen nur noch 10 Kilometer vom Stadtkern entfernt. 89.000 Verteidiger war alles was im Kampf um Berlin noch übrig war. Am 25.4.1945 war Berlin eingekesselt.

Am 29.4.1945 heiratete Hitler seine Geliebte Eva Braun und tags darauf am Montag dem 30.4.1945 besetzten die Russen das Reichstagsgebäude. Am selben Tag um 15.30 Uhr begann Hitler mit einer Zyankalikapsel und einer 9mm Pistole mit seiner Ehefrau Selbstmord, zu einem Zeitpunkt als die Russen nur noch 300 bis 400 Meter vom Führerbunker entfernt waren.

Erst am 2.5.1945 kapitulierte Berlin.

In Böhmen und Mähren standen noch 1,2 Millionen Deutsche unter Waffen. In Norwegen, im Baltikum, in Dänemark, auf Kreta und Rhodos weitere drei Millionen. Aber sie erhielten keinen Nachschub mehr, keine Rüstungsgüter, keine Munition. Die deutsche Marine und Luftwaffe waren nicht mehr vorhanden.

Am Sonntag dem 6.5.1945 eröffneten die Russen eine Offensive bei Prag. 208.000 Deutsche gingen bei Prag in Gefangenschaft, der Rest setzte sich nach Westen ab.

Drei Tage später fand die Kapitulation der Deutschen im Osten statt. Doch erst am Montag dem 14.5.1945 legten die Deutschen auf der Halbinsel Hela die Waffen nieder und kapitulierten mit 150.000 Mann.

Die Reste der deutschen Kriegsmarine trat 1945 kaum noch in Erscheinung. Sie beschränkte sich darauf, im Osten Menschen vor den Russen zu evakuieren und es gelang ihnen aus Ostpreußen mehr als 2,2 Millionen Bewohner in Sicherheit zu bringen.

1945 war auch das schlechteste Jahr für die deutsche U-Boot-Waffe. Im

März 1945 versenkten sie 16 Feindschiffe mit 67.386 BRT, verloren dabei aber selbst 35 U-Boote. Im April 1945 beliefen sich die Versenkungsziffern bei 19 Handelsschiffen mit 103.489 BRT bei 61 eigenen Verlusten und in der ersten Woche im Mai 1945 vier Handelsschiffe mit 10.370 BRT bei 40 versenkten U-Booten.

Obwohl das Deutsche Reich bereits am Boden lag, erklärten weitere Staaten an Deutschland den Krieg. Am 2.2.1945 Ecuador, am 12.2.1945 Peru, am 23.2.1945 die Türkei und am 27.3.1945 Argentinien, obwohl sie nicht in Kampfhandlungen eingriffen.

Am 13. und dem 14.2.1945 flogen die Alliierten wohl den bekanntesten Bomberangriff in Europa. 773 britische Flugzeuge luden 650.000 Brandbomben über Dresden ab. Stunden später erschienen 311 US-Bomber über der Stadt, tags darauf weitere 210 US-Bomber. Gesamt wurde eine Fläche von 200 Quadratkilometer vernichtet. In London wurden durch die deutsche Luftwaffe geradeeinmal ein Bruchteil dessen verwüstet. Die Todesopfer in Dresden lagen zwischen 60.000 und 245.000. Genaue Zahlen können nicht gegeben werden, da die Stadt mit Flüchtlingen vollgestopft war.

Und es wurde weiter bombardiert. Am Donnerstag dem 22.2.1945 flogen gesamt 9.000 Flugzeuge Ziele in ganz Deutschland an.

Am 11.3.1945 bombardierten 1.055 britische Flugzeuge Essen, am nächsten Tag Dortmund.

Am Sonntag dem 18.3.1945 erlebte Berlin den schwersten Angriff durch 1.221 Bomber und 632 Jäger und mußte zugleich den 364. Bomberangriff über sich ergehen lassen.

Anfang Mai 1945 flogen britische Bomber zum letzten Angriff auf Deutschland. Die deutsche Flak schoß nicht mehr.

Trotz all der Zerstörung lag die Panzerproduktion der Deutschen im Februar 1945 bei 1.210 Stück. Im Dezember 1942 waren es lediglich 721 produzierte Panzer gewesen.

Die deutsche Luftwaffe selbst leistete nur noch geringe Bomberangriffe gegen England und Westeuropa. Am 10.4.1945 war ihr letzter Einsatz über Britannien. Stattdessen feuerten sie seit dem Sommer 1944 die V1 und V2 auf britische und westliche Städte ab. Insgesamt wurden 30.000 V1 produziert wobei 18.000-21.200 V1 abgefeuert wurden. Durch die V1 starben 6.000 Menschen, 40.000 weitere wurden verwundet, 20.000 Häuser waren alleine in England durch die Flugbomben zerstört worden. Von den V2 Raketen wurden 6.000 Stück gebaut, davon 5.500 abgefeuert. Durch diese ersten Überschallraketen wurden alleine in London 3.000 Menschen getötet und 7.000 verwundet.

Noch am 9.5.1945 griffen US und russische Flugzeuge Panzer in Österreich an.

Wien wurde insgesamt 53 mal bombardiert. Dabei erlitt die Stadt 9.000 Tote und 90.000 Wohnungen wurden zerstört, das waren 28 Prozent aller Gebäude in Wien.

Bereits im Jänner 1945 beanspruchten die Jugoslawen Südkärnten und die Südsteiermark bis Villach, Ossiach, Brückl für sich. Gleich bei Kriegsende mußten die Briten in Klagenfurt einmarschieren um den Jugoslawen Einhalt zu gebieten. Dank der Alliierten verblieben die beanspruchten Gebiete bei Österreich.

Nach dem Krieg wurde Österreich von Deutschland getrennt und beide Länder in jeweils vier Besatzungszonen aufgeteilt.

Die Rückeroberung durch die Alliierten im Pazifikraum sollte auch 1945 immer schneller werdend vonstattengehen. Die Japaner nun vollends in die Verteidigung gedrückt, wehrten sich dennoch wehemend gegen die Niederlage.

Anfang Jänner 1945 kam es überall in Burma zu Gefechten zwischen japanischen und alliierten Kräften. Bereits Mitte des Monats war die Landverbindung zwischen Indien und China wiederhergestellt. Bis dahin wurden über dem Luftweg 315.000 Soldaten und Güter im Wert von mehreren Millionen Dollar nach China transportiert.

Die Briten landeten am 21.1.1945 auf der burmesischen Insel Rangu. Am 22.3.1945 hatten die Briten in Burma bei Mandalay angegriffen und die Stadt erobert. Dann setzten sie auf die 450 Kilometer entfernte Hauptstadt Rangun an, die am Donnerstag dem 3.5.1945 den alliierten Einheiten mit einer Stärke von 75.000 Mann in die Hände fiel.

Am Dienstag dem 10.4.1945 begannen die Japaner eine Offensive in China um US-Luftwaffenstützpunkte auszuschalten. Die Chinesen eroberten im Gegenzug am 27.5.1945 Nanking, den Regierungssitz der Chinesen, zurück.

Auch die Rückeroberung der Philippinen durch die Alliierten ging unvermindert weiter.

Am 6.1.1945 griffen Kamikazeflieger 200 Kilometer von Luzon entfernt die US-Invasionsflotte an. Sie versenkten dabei zwei Schlachtschiffe, sechs Kreuzer und Zerstörer und beschädigten 22 andere Schiffe. Am Tag der Invasion auf Luzon am Dienstag dem 9.1.1945 griffen erneut, diesmal 722 Kamikazeflieger an und versenkten sechs Schiffe. Trotzdem landeten die Amerikaner mit 200.000 Mann auf der von 250.000 japanischen Soldaten besetzten Hauptinsel der Philippinen. Am 1.2.1945 konnte der Hauptflugplatz auf Luzon erobert werden. Auf ihm konnten nun die schwersten US-Bomber des Krieges landen. Dann wurde Manila die Hauptstadt der Philippinen befreit. Dabei verloren die Japaner 16.000 Mann an Toten, die USA 1.000 Tote und 5.500 Verwundete und ebenso starben 100.000 Philippinos.

Im Februar 1945 landeten die Amerikaner auf Corregidor und eroberten diese bis zum 26.2.1945. Und auch auf Cebu landeten sie am 27.3.1945 und rückten schnell vor. Auf der Insel Mindanao verstärkten die USA am 22.4.1945 ihre Kräfte.

Anfang Juli 1945 war der Feldzug auf den Philippinen offiziell beendet. Die Gesamtverluste auf den Inseln betrugen 400.000 japanische und amerikanische Soldaten.

Am 5.6.1945 stellten die Japaner auf Neu-Guinea den Kampf ein. Fünf Tage danach drangen amerikanische und australische Einheiten auf Borneo ins Landesinnere vor.

Bis zur Landung durch US-Marineinfanteristen auf Iwo-Jima, wurden bereits 250.000 japanische Soldaten von den kleineren Pazifikinseln vertrieben. 100.000 weitere waren isoliert worden, die dort bis Kriegsende verweilen mußten.

Am 19.2.1945 um 8.59 Uhr landeten die Amerikaner auf der Vulkaninsel Iwo-Jima. Fünf Wochen lang tobte der Kampf auf der acht Kilometer langen und vier Kilometer breiten Insel, bis sie am 26.3.1945 in die Hände der USA gelangte. Nur 216 Japaner der 22.000 Mann starken Garnison gerieten in Gefangenschaft. Nun befanden sich die Amerikaner nur noch 700 Meilen oder drei Flugstunden von Tokio entfernt.

Am 18. und 19.3.1945 griffen japanische Kamikazeflieger die US-Navy vor Okinawa an. Drei Viertel der Maschinen wurden dabei abgeschossen.

Am 26.3.1945 landeten die Amerikaner auf acht kleineren Inseln Okinawas, nur noch 250 Meilen von den japanischen Mutterinseln entfernt. Die Navy setzte hierbei über 400 Schiffe, 1.100 Versorgungsboote und sieben Divisionen (Eine Division besteht aus 16.000 Soldaten) ein. Eine Woche später wurde die Hauptlandung auf Okinawa selbst vollzogen. Die Insel ist 100 Kilometer lang aber nur 10-25 Kilometer breit und misst 1.600 Quadratkilometer. Auf ihr lebten 300.000 Zivilisten. Für diese wichtige und strategisch günstige Insel setzten die Amerikaner eine gewaltige Armada ein. Sie bestand aus 1.457 Kriegsschiffen, darunter 39 Träger mit 1.727 Trägerflugzeugen und 271.000 Mann als Schiffsbesatzung. Die Landung sollte durch 183.000 Marineinfanteristen erfolgen. Auf der Insel waren 120.000 japanische Soldaten mit 500 Geschützen und 27 Panzer stationiert. Ebenso konnten 6.000 japanische Flugzeuge im Einzugsbereich herangezogen werden. Wie überall wehrten sich die Japaner verbissen bis zum Letzten. Am Freitag dem 6.4.1945 griffen Kamikazeflieger die US-Einheiten bei Okinawa an und verloren dabei 696 Flugzeuge. Am 5. und 11.5.1945 wiederholte sich dieses Spektakel und auch diese Male wurden die meisten japanischen Kampfflugzeuge abgeschossen. Aber nur langsam drangen die Amerikaner vorwärts, trotz massiver Panzerunterstützung, vor allem auch, da der Monsun einsetzte.

Von April bis Ende Mai verlor die Navy vor Okinawa 38 Schiffe durch Kamikazeflieger, 368 andere Schiffe wurden dabei beschädigt. Die japanische Luftwaffe verlor bei diesen Aktionen 1.900 Kampfmaschinen.

Im Juni begann der letzte Kampf um Okinawa. 82 Tage lang dauerte es gesamt bis sich die letzten 7.000 japanischen Soldaten ergaben und die Kämpfe am 24.7.1945 endeten. 12.520 Besatzungsmitglieder der US-Marine waren gefallen, 36.631 weitere verwundet. Auf Okinawa fielen 7.613 GI´s, 31.907 von ihnen wurden verwundet. Der Blutzoll der Japaner belief sich auf 113.000 Tote Soldaten und 80.000 Zivilisten, viele von ihnen hatten sich selbst das Leben genommen. In den Kämpfen um diese Insel verlor die japanische Luftwaffe gesamt 7.830 Flugzeuge, ein riesiger Aderlass für eine bereits zerschlagene Nation.

Erstmals feuerten US-Schiffe am 14.7.1945 auf eine der japanischen Hauptinseln.

Um ihr Gesicht nicht zu verlieren, bat die japanische Regierung am

13.7.1945 die Sowjetunion um Friedensgespräche mit den Westalliierten zu vermitteln. Die Versuche Japans scheiterten jedoch, da Russland bereits mit den USA verhandelt hatten und am Mittwoch dem 8.8.1945 an Japan den Krieg erklärten. Mit fast 5.000 Flugzeugen, 1.850 gepanzerten Fahrzeugen, 3.700 Panzern, mehr als 26.000 Geschützen und über 1,5 Millionen Soldaten drangen die Rotarmisten schnell in die von Japan besetzte Mandschurei ein. Die Japaner leisteten nur geringen Widerstand und so befanden sich die Russen bereits am Samstag dem 12.8.1945 im Norden Koreas. Am 16.8.1945 landeten sie auf Südsachalin, das sie am 20.8.1945 besetzten, am 18.8.1945 landeten sie auf den Kurillen und in China rückten sie rasch auf Peking vor.

Ende August 1945 waren die Mandschurei und der Norden Koreas von der Sowjetunion besetzt. In nur 15 Tagen Kampf verloren die Japaner dabei 1.000 Flugzeuge, 1.000 Panzer, 5.000 Geschütze, 83.737 Tote und 616.263 an Gefangenen. Die Verluste der Russen hielten sich hingegen in Grenzen. Sie beklagten 158 Panzer, 8.219 Tote und 22.264 Verwundete.

Die schnelle Produktion und die hohen Auswurfzahlen der US-Rüstung waren Zeichen der Überlegenheit die Japan zusehends erdrückte. Im Sommer 1940 besaßen die USA lediglich 1.700 Marineflugzeuge, Anfang 1945 bereits 86.000.

Aufgrund seiner Insellage war Japan Anfang 1945 von sämtlichen Rohstofflieferungen abgeschnitten.

Am 10.3.1945 rief Vietnam seine Unabhängigkeit aus, am 11. des Monats Kambodscha.

Am 12.4.1945 starb der US-Präsident Theodore Roosevelt, doch ging der Krieg mit seinem Nachfolger weiter.

Vom 16. auf dem 17.2.1945 flogen die USA 2.761 Lufteinsätze gegen Japan. Ihre Verluste betrugen 60 Maschinen, die der Japaner 200.

Am 10.3.1945 flogen an die 300 US-Bomber einen verhängnisvollen Luftangriff auf Tokio. Dabei wurden 83.793 Menschen getötet, 40.918 wurden verwundet, 1.008.000 Menschen wurden obdachlos und 261.171 Häuser waren zerstört worden. Der japanischen Abwehr gelang es nur 14 Bomber abzuschießen. Dann wurden weitere japanische Städte bombardiert, diese Male blieb die Abwehr stumm.

Im Jahre 1945 wurden durch kommerzielle Bomberangriffe 260.000 ja-

panische Menschen getötet.

Den USA blieb zum Schluß nur noch ein Ziel übrig, die Invasion der Japanischen Mutterinseln. Obwohl das Japanische Kaiserreich bereits ausgebombt und im Juli 1945 bereit für ein Waffenstillstandsabkommen war, wollten ihre Militärs nicht nachgeben. Sie riefen alle Wehrfähigen des Landes zu den Waffen. Somit wollten sie eine Volksmiliz von 32 Millionen Mann aufstellen. Reguläre Truppen befanden sich noch drei Millionen Mann in Japan, davon zwei Millionen auf der Hauptinsel.

Der US-Plan sah vor, am 1.11.1945 auf der südlichsten Insel Japans zu landen, am 1.3.1946 auf der Hauptinsel Honschuh. Sie rechneten dabei mit einem Verlust von 500.000 bis 1 Million tote Soldaten und bis zu 1,5 Millionen Verwundeten. Was würde diese immensen Opfer rechtfertigen?

Am 16.7.1945 wurde in den USA im Staate New Mexico die 1. Atombombe mit fünf Kilogramm Plutonium gezündet. Ihre Entwicklung verschlang drei Milliarden Dollar. Dies sollte ihren Einsatz auch rechtfertigen. Gleichzeitig wollte man die Sowjetunion abschrecken, da sich Ost und West bereits auseinanderlebten und Stalin viele Zusagen nicht eingehalten hatte.

Am Montag dem 6.8.1945 flog die Enola-Gay mit der Bombe von Tinian nach Japan. Die B-29 hatte nur eine Bombe geladen. Sie wog vier Tonnen und besaß die Sprengkraft von 12.500 Tonnen TNT. Ihr Abwurf erfolgte um 8.15 Uhr. Um 8.16 Uhr explodierte sie 30 Meter über dem Boden. Im Zentrum der Detonation war es 6.000 Grad heiß und Menschen zerfielen zu Staub. Die weiße Helle der Explosion ließ Menschen erblinden, ihre Haut schälte sich ab, der Asphalt schmolz, schwarze Schatten von Gegenständen bildeten sich am Boden und Wänden. Der sich bildende Feuersturm tobte mit 1.200 Stundenkilometern dahin. Im Umkreis von 5,5 Kilometern entzündete sich alles. Im Zentrum herrschte eine sechs Kilometer im Durchmesser rotbraune Wüste. Der Pilz thronte 12 Kilometer hoch. Nach der Explosion war es Totenstill.

1 Kilometer über dem Nullpunkt - fast 100 Prozent Zerstörung

1,6 Kilometer - 80 Prozent Zerstörung

2,5 Kilometer - nur starke Gebäude blieben standhaft

3 Kilometer - schwere Brände

3-10 Kilometer - geringe Brände, geringe Zerstörung

Innerhalb von nur neun Sekunden starben 78.000 Zivilisten und 20.000 Soldaten. Es gab 37.425 Schwer-, 100.000 Leichtverletzte und fast 14.000 Vermisste. Zwischen den Ruinen starben täglich 2.000 Menschen an den Folgen der Strahlung.

Am Donnerstag dem 9.8.1945 fiel die 2. Bombe um 11.02 Uhr, diesmal auf Nagasaki. 36.000 bis 50.000 Menschen waren sofort tot und 40.000 wurden verwundet.

Am 14.8.1945 kannte Japan die bedingungslose Kapitulation an und vier Tage später stellten die USA die Kämpfe im Indisch/Pazifischen Raum ein.

Zehn Tage später dem 28. auf dem 29.8.1945 landeten US-Einheiten bei Yokohama auf Japan. Das Feuer war bereits eingestellt.

Am 2.9.1945 unterzeichnete Japan in der Tokioter-Bucht, auf dem US-Schlachtschiff Missouri die Kapitulation.

Der 2. Weltkrieg hatte somit 6 Jahre und 1 Tag gedauert.

Während des Krieges kostete es 1.690.000 Jugoslawen, davon 1.280.000 Zivilisten das Leben, dies waren 1 von 10 Bürgern des Landes.

Die Niederlande beklagten in Kriegshandlungen mit der Wehrmacht im Jahre 1940 2.890 Tote, 6.899 Verwundete und 29 Vermisste.

Belgien hatten im Jahre 1940 einen Verlust von 7.500 Toten und 15.800 Verwundete zu beklagen.

Griechenland besaß im Herbst 1940 eine Armee von 430.000 Mann. Auch sie wiederstand der Wehrmacht nicht.

Auch das Königreich Norwegen wurde durch deutsche Truppen 1940 besetzt, das wie Dänemark bis Kriegsende nicht befreit wurde.

Tschechien verlor während des Krieges 375.000 Menschen, davon 215.000 Zivilisten.

Ungarn beklagte im 2. Weltkrieg 420.000 Menschen, davon 280.000

Zivilisten.

Finnland besaß Ende 1939 ein Friedensheer von 30.000 Mann, stellten im Winterkrieg gegen Russland bis zu 175.000 Mann. Dabei verloren sie 24.923 Tote und 43.577 Verwundete.
Nach dem Angriff der Deutschen auf Russland im Sommer 1941 schloß sich Finnland als Waffengefährte, nicht als Verbündeter den Deutschen an, um die 40.000 Quadratkilometer an Russland verlorenem Gebietes wiederzuerlangen.

Polen, Hitlers Ziel wodurch der eigentliche 2. Weltkrieg ausgelöst wurde, besaß 1,2 Millionen Soldaten. Sie verloren im September 1939 123.000 Mann an Toten, 133.700 wurden verwundet und 911.000 Mann gerieten in Kriegsgefangenschaft.
Polen besaß 745 Flugzeuge, 1.134 Panzer, vier Zerstörer und fünf U-Boote. Bis 1945 beklagte Polen jedoch 6.020.000 Menschen an Toten, dies waren 20 Prozent der damaligen polnischen Bevölkerung.

Frankreich besaß nach Russland die 2. größte Panzerarmee mit 4.000 Panzern und 2,2 Millionen Soldaten. Nach dem Waffenstillstand am 22.6.1940 mit Deutschland, waren 121.000 Soldaten gefallen, 200.000 verwundet und 1,9 Millionen Mann in Gefangenschaft geraten. Bis 1945 starben von 45 Millionen Einwohnern, 810.000 Menschen, davon 470.000 Zivilisten.

China, Japans intensivstes Ziel kämpfte mit Unterbrechung seit 1931 gegen das Kaiserreich und führte zugleich einen blutigen Bürgerkrieg gegen Maos Kommunisten. Sie verloren alleine 1939 bis 1945 gegen Japan 3,2 Millionen Soldaten und 17,5 Millionen Zivilisten. Im Bürgerkrieg der von 1927 bis 1949 dauerte, wurden weitere 4,5-20 Millionen Chinesen getötet, bei einer Bevölkerung von damaligen 400 Millionen. Den Krieg gegen Japan konnten sie aufrecht erhalten, da US-Flugzeuge ihnen zur Verfügung standen und sie Kriegsgerät in Millionen Dollar Höhe erhielten.

Italien besaß im Mai 1940 bei seinem Kriegseintritt auf Seiten der

Deutschen eine Bevölkerung von 45 Millionen Einwohnern. Sie besaßen sechs Schlachtschiffe, sieben schwere und 15 leichte Kreuzer, 59 Zerstörer, 68 Torpedoboote, 121 U-Boote, 14 Minensucher, 73 Schnellboote und viele kleinere Schiffseinheiten, 1,2 Millionen Soldaten in Italien, 350.000 in Ostafrika, 250.000 in Lybien. In Italien selbst waren 793 Bomber, 594 Jäger, 268 Aufklärer und 151 Seeflugzeuge stationiert.

Während des Krieges verlor Italien 415.000 Menschen, davon 85.000 Zivilisten.

Das Britische Empire besaß 1939, 189 Zerstörer, aber nur 400 Bomber und 900 Jagdflugzeuge. Alleine gegen die Wehrmacht kämpfend gewannen sie schnell viele Verbündete.

Durch die Bomberoffensive gegen deutsche Städte verlor Britannien 22.000 Flugzeuge, davon 7.122 Bomber mit 79.281 Mann an Besatzungen. Von seinen im Jahre 1940 48 Millionen Einwohnern starben 386.000, davon 62.000 Zivilisten.

Während des Krieges erhielt Großbritannien von den USA Güter im Wert von 30 Milliarden Dollar.

Die Sowjetunion besaß zu Beginn des Krieges eine unvorstellbar große Armee von 9 Millionen Soldaten mit 10.000 Flugzeugen und 20.000 Panzern. Die schweren Verluste gegen die Wehrmacht konnten oft nur durch alliierte Unterstützung ausgeglichen werden. Über Persien erhielt Russland fünf Millionen Tonnen an Gütern. Über die Nordmeerroute in den Jahren 1941 bis 1945 2.660 Schiffsladungen mit 15.493 Flugzeugen, 15.000 Panzern, 427.284 LKW´s und hunderttausende Tonnen Munition im Gesamtwert von damaligen 12 Milliarden Dollar.

Von seinen 193 Millionen zählenden Einwohnern dienten über 20 Millionen in der Armee. Ihr Aderlass war gewaltig. 20,6 Millionen Russen, davon sieben Millionen Zivilisten, verloren in vier Jahren des Krieges ihr Leben. In den Kampfhandlungen wurden sechs Millionen Häuser zerstört. Im Laufe der Kämpfe dienten 1,5 Millionen russische Soldaten in eigenen Reihen in Strafbataillonen. Vielfach wurden sie einfach durch Minenfelder gejagt, um diese zu entschärfen. 300.000 weitere wurden als Verräter und Feiglinge exekutiert.

Nicht zu vergessen, in den Säuberungen Stalins in den 1930er Jahren *wurden 600.000 bis 1,5 Millionen Sowjetbürger hingerichtet, viele weitere Millionen wurden in die Gulag verschleppt. Gesamt starben nach Schätzungen 20 - 40 Millionen Sowjetbürger, davon viele Millionen an Hunger.*

Die deutschen Rüstungsausgaben beliefen sich 1928 auf eine Milliarde Reichsmark, ebenso 1933. 1934 stiegen die Ausgaben auf 3,5, im Jahre 1936 auf neun und 1938 auf 15,5 Milliarden Reichsmark. Dennoch gab es im Deutschen Reich keine Tiefenrüstung so wie in Britannien oder wie in der Sowjetunion. Es wurde lange Zeit mehr Material für den zivilen Sektor verbraucht als für die Armee. Hitler wollte dadurch verhindern, dass im Volke Unmut aufkeimen könnte. Dennoch entstanden alleine in Österreich mehr als 250 Rüstungsbetriebe, im ganzen Reich viele tausend.

Das deutsche Flottenprogramm sollte erst für das Jahr 1944 abgeschlossen werden, was sich auch im Krieg zeigte. Ihr Hauptaugenmerk zur See richtete sich ausschließlich auf die U-Boot-Waffe. Ab 1934 wurde der U-Bootsbau begonnen. 1935 besaß Deutschland bereits sechs U-Boote. Im September 1939 lediglich 57. Ende 1941 besaß die deutsche Kriegsmarine 91 U-Boote, Ende 1942, 200 und Anfang 1943, 240. Bis 1945 wurden jedoch gesamt 1.174 U-Boote eingesetzt. Davon wurden je nach Quellen 721 bis 968 versenkt. Von den 39.000 Mann U-Bootbesatzungen starben 27.000. 5.000 weitere gerieten in alliierte Kriegsgefangenschaft. Am Ende des Krieges besaß die deutsche Kriegsmarine lediglich noch einen schweren, einen leichten Kreuzer, 14 Zerstörer, kleinere Boote und 350 U-Boote. Die deutsche Handelsflotte zählte 1939, 4,5 Millionen Bruttoregistertonnen an Schiffsraum. Bis Kriegsende verloren sie 1.563 Schiffe mit drei Millionen BRT.

1935 besaß Deutschland 561 Panzer, im Herbst 1939 bereits 3.280. Bis Kriegsende baute das Deutsche Reich 65.000 Panzer und 110.000 bis 115.000 Flugzeuge.

Von der deutschen Bevölkerung von 80 Millionen dienten 17 Millionen in der Armee und rund eine Million gegen Ende des Krieges im Volkssturm. Davon starben 4 bis 4,8 Millionen Soldaten wobei 300.000 desertierten, 11 Millionen deutsche Soldaten gerieten in Kriegsgefangenschaft und 2,5 bis 3,3 Millionen Zivilisten wurden in den Kampfhandlungen getötet, alleine 593.000 durch alliierte Bomben. 2,25 Millionen

Zivilisten wurden vermisst. 7,5 Millionen Menschen wurden obdachlos. 3.370.000 Wohnungen in Deutschland waren zerstört. Im Laufe des Krieges waren 131 deutsche Städte bombardiert worden und 6.650.000 deutsche Staatsbürger wurden während oder nach dem Krieg vertrieben. 1937 besaß das Deutsche Reich eine Fläche von 471.067 Quadratkilometern, nach dem Krieg nur noch 356.678 Quadratkilometer.

Japans Bevölkerung stieg rasant an. 1867 waren es bereits 26 Millionen Einwohner. 1913, 52 Millionen und 1939, 70 Millionen. Die Geltung für ein Volk ohne Raum kam ihnen wohl am ehesten zugute.

Schätzungsweise dienten 12 Millionen Japaner in der Kaiserlichen Armee. Vor Kriegsbeginn mit den USA im Dezember 1941 besaßen sie eine Marine von sechs Flugzeugträgern, fünf Flugzeugmutterschiffe, sechs Hilfsträger, 10 Schlachtschiffe, fünf Panzerschiffe, 12 schwere und 28 leichte Kreuzer, 127 Zerstörer und 69 U-Boote. Ihre Handelsmarine bestand aus 2.337 Schiffen.

Im September 1945 besaß Japan nur noch 231 Handelsschiffe, der Rest lag auf dem Boden der Ozeane. Weiteres verloren sie im Laufe des Krieges 16 Flugzeugträger, 10 Schlachtschiffe, 37 Kreuzer, 137 Zerstörer und 127 U-Boote. Ihre Luftwaffe büßte in den Jahren des Krieges 60.422 Maschinen jeglicher Art ein.

Durch alliierte Bomben verloren 392.000 Japaner das Leben, 500.000 weitere wurden verwundet, 9,2 Millionen Menschen wurden obdachlos, 2,2 Millionen Häuser waren zerstört worden. Gesamt verlor das Kaiserreich zwei Millionen Soldaten und eine Million Zivilisten an Toten. 60 Prozent des Landes waren verwüstet.

Die USA, vorerst aus dem Krieg noch heraushaltend, hatten 1940 eine Armee von lediglich 29 Panzern, 235 Geschützen und eine Gesamtstärke von 330.000 Mann. 1939 lediglich 136.000 Mann. Erst allmählich kurbelten sie ihre Rüstung an.

Im Jahr 1929 erzeugten sie 50 Prozent aller Industriegüter der Welt und waren mit Abstand größter Exporteur. Von 1929 bis zur Stabilisierung hatte es aufgrund des Börsenkraches Verluste von 50 Milliarden Dollar gegeben und die USA beklagten 15 Millionen Arbeitslose, das waren 25 Prozent ihrer arbeitenden Bevölkerung. Die Löhne fielen um 50 *bis 60 Prozent.*

In den Jahren 1939 bis 1945 besaßen die USA trotz des Krieges den höchsten Lebensstandart der Welt mit 32,5 Millionen privaten Fahrzeugen, dies waren zwei Drittel aller privaten Fahrzeuge der Welt. Desweiteren unterhielten sie 12.000 Zeitungen und 6.000 Zeitschriften.

Das Verteidigungsbudget der USA belief sich 1939 auf 1,5 Milliarden Dollar und es stieg 1941 auf 17,5 Milliarde an. Im Jahre 1942 waren es bereits 56 Milliarden und 1943, 81 Milliarden Dollar.

Während des Krieges schienen alle 145 Millionen Einwohner der USA für den Krieg zu arbeiten. So besaßen die USA 1941 lediglich drei Flugzeugträger und diese wurden bis Kriegsende in verschiedenen Größen, auf 150 bis 180 gesteigert. 1941 besaßen die USA 1,1 Millionen BRT an Schiffsraum, 1942 bereits sechs Millionen, 1943 10 Millionen und 1944 16 Millionen BRT.

Von 1939 bis 1945 verloren die Alliierten 5.150 Handelsschiffe mit 21.570.700 BRT. Ihr Neubau im gleichen Zeitraum betrug jedoch 38,9 Millionen BRT. Durch den immensen Schiffsbau der USA gelang es ihnen Versorgungsgüter für die eigene und für verbündete Armeen zu transportieren. Ihre Versorgungswege führten nach Australien, den pazifischen Inseln, Indien über Burma nach China, Nordafrika, über das Mittelmeer und Persien nach England und Russland, nach Irland, Murmansk und ganze Europa, nach Alaska, den Mittleren Osten auf einer Gesamtfläche die sieben Achtel der Erde betrug. Ihre industrielle Macht war erschreckend, die ihnen all dies ermöglichte. Alleine für die Eroberung einer kleinen Insel im Pazifik benötigten die US-Streitkräfte Schlachtschiffe, die 900 Kilogramm schwere Granaten mit 90 Kilogramm Sprengsatz verschossen, 70.000 schwere und 100.000 leichte Schiffsartilleriegranaten, 3.000 Lufteinsätze, 75.000 schwere Artilleriegranaten, 85.000 Feldartilleriegranaten, 100.000 Granatwerfergeschosse, 25.000 Handgranaten und 15 Millionen Gewehrkugeln.

Die USA bauten 100.000 Panzer für sich und weitere 150.000 für ihre Verbündeten, hunderttausende andere gepanzerte Fahrzeuge und je nach Quellenangabe zwischen 300.000 und 500.000 Flugzeuge, davon alleine 117.000 Bomber. Fast 14.000 Bomber wurden in England stationiert um die Royal-Air-Force zu unterstützen. Sie produzierten über zwei Millionen LKW´s und der legendäre Jeep kam auf 1,5 Millionen Stück. Neben-

bei produzierten sie 41 Milliarden Patronen und förderten 75 Prozent des Treibstoffverbrauchs im 2. Weltkrieg. Und ihre Armee zählte während des Krieges gesamt 16 Millionen Mann. Die Kosten für ihre Kriegsproduktion belief sich auf 300 Milliarden Dollar. Dies entspricht einem heutigen Wert von 4,4 Billionen Dollar.

Bei den Bomberoffensiven über Europa verloren die USA 18.000 Flugzeuge mit 79.265 Mann. Während die Deutschen lediglich 71.172 Tonnen Bomben über England abwarfen, schlugen die Alliierten mit 1.996.036 Tonnen Bomben zurück. Alleine im Jahr 1945 waren es 477.000 Tonnen. Über Österreich wurden von 1943 bis 1945 120.000 Tonnen Bomben abgeworfen.

Alleine beim Manhattan-Projekt, der Entwicklung der Atombombe, waren bis zu 600.000 Menschen beteiligt und die Kosten beliefen sich auf drei Milliarden Dollar.

Bis heute wurden Atombomben mit einer Sprengkraft von zusammen 31 Millionen Tonnen TNT getestet. Das entspricht der Kraft von über 25.000 Hiroshimabomben.

Nach dem Krieg war die amerikanische Industrie größer als die von allen anderen Staaten der Welt zusammen.

Während des Zweiten Weltkrieges verloren 405.599 US-Bürger ihr Leben.

In Europa lebten damals 11 bis 12 Millionen Menschen jüdischen Glaubens. Alleine in Österreich wurden 76.000 von ihnen getötet, in den Niederlanden starben 100.000 und in Ungarn 300.000 von ihnen. Anfangs wurden die Juden nur vertrieben, dann eingesperrt und am 20.1.1942 wurde ihre endgültige Vernichtung beschlossen. Bis zum letzten Tag des Krieges lief die Todesmaschinerie der Deutschen und sechs Millionen Juden waren ermordet worden. Des weiteren wurden im Deutschen Reich über 100.000 Menschen ermordet, die körperlich oder geistig behindert waren, mit der Begründung; von unwertem Leben der arrischen Rasse.

Die Weltbevölkerung lag 1945 bei rund 2,5 Milliarden Menschen. Während des Zweiten Weltkrieges waren 110 bis 120 Millionen von ihnen unter Waffen. Der sechs Jahre währende 2. Weltkrieg kostete 55 bis

60 Millionen Menschen das Leben. 38 Millionen wurden verwundet. Viele Millionen vertrieben oder eingesperrt. Die Kosten beliefen sich auf 657 Milliarden Reichsmark. 16 Millionen Wohnungen waren zerstört worden. Europa und große Teile Asiens lagen in Trümmern.

Nach dem Krieg wurden viele deutsche und japanische Kriegsverbrecher abgeurteilt und hingerichtet. Einige von ihnen entzogen sich der Verantwortung durch Selbstmord.

Deutschland war in vier Besatzungszonen eingeteilt worden. Spannungen der Alliierten untereinander führten zur Gründung der BRD und DDR. 1989 zerfiel der Ostblock und beide Deutschen Staaten wurden wiedervereint.

Am 12.9.1947 kehrten die ersten Österreicher aus russischer Kriegsgefangenschaft heim.

In den Jahren 1948 bis 1952 setzten die USA 12 bis 16 Milliarden Dollar für den Wiederaufbau Europas ein, davon 1,4 Milliarden für Westdeutschland.

Zwischen 1948 und 1953 wirkte der US-Marshallplan für Österreich.

Am 11.1.1949 wurde in Österreich die Brot- und Mehlrationierung aufgehoben.

Am 19.1.1951 wurde zwischen Österreich und Jugoslawien der Kriegszustand beendet und die gegenseitigen Grenzen anerkannt.

Von 1948 bis 1951 gab es in Österreich ein Industriewachstum von 31 Prozent pro Jahr.

Die Besatzungskosten für Österreich beliefen sich auf 35 Prozent des Staatshaushaltes, allerdings nur für die 40.000 Russen im Land, die 40.000 Soldaten des Westens verzichteten auf ihre Kosten.

Am 15.5.1955 unterzeichnete Österreich den Staatsvertrag.

Am 27.7.1955 trat der österreichische Staatsvertrag in Kraft.

Am 26.10.1955 verlies der letzte alliierte Soldat österreichischen Boden.

Dachte man nach dem 1. Weltkrieg unter Einsatz von 65 Millionen Soldaten, mit insgesamt neun bis elf Millionen toten Soldaten und Zivilisten, zusätzlich sechs bis acht Millionen Tote aufgrund von Hunger, Vertreibung, Völkermord, die mit den eigentlichen Kriegshandlungen nichts zu tun hatten, 20 Millionen Verwundeten und acht Millionen

Kriegsgefangenen, dass es keine Kriege mehr geben würde, fand nur 20 Jahre später ein noch verheerender statt, der alles bisherige in den Schatten stellte.

Hätte die Menschheit nicht daraus lernen sollen? Und doch gab es seit 1945 nur 26 Tage!, in der Weltweit keine Kämpfe geführt wurden, die meisten davon kurz nach dem 2. Weltkrieg. Wenige Jahre später stand die Welt zum ersten Mal am Abgrund eines neuen, diesmal einem weltweiten, thermonuklearen Krieg. Infolge der Entwicklung der Atombombe, besitzen bislang viele Länder diese Waffe und es kommen ständig weitere dazu. Und die Gefahr eines neuen Weltbrandes steigen von Jahr zu Jahr aufgrund von Rohstoffmangel, religiösem Fanatismus, unzureichendem Wasser und Größenwahn. Dies zeigt unsere bisherige Geschichte.

Was steht uns noch bevor? Der Super-Gau? Die Selbstvernichtung? Das wie so oft prophezeite ARMAGEDDON?!

Quellennachweise:

Waffentechnik Zweiter Weltkrieg/ Alexander Lüdeke/ Parragon/

15 cm Haubitze TYP96 Artillerie/Seite 157
Consolidated PBY Catalina Seeaufklärer/Seite 269
UB-Gato-Klasse/Seite 302
Bazooka Infanteriewaffe/Seite 34/35
B-17 Bomber Flying Fortress/Seite 270/271
P-51 Mustang Jagdflugzeug/Seite 260/261
US-Zerstörer Fletcher Klasse/Seite 303
P.T. Schnellboot/Seite 302
20,3 cm Haubitze M1 USA/Seite 173
Sherman Panzer USA/Seite 132/133
Leichtpanzer Typ 95 Japan/Seite 92
Transportflugzeug Dakota/Seite 275
Leichtes MG Modell 99 7,7 mm Japan/Seite 20
B-29 Superfortress Bomber USA/Seite 274

U-Boote/ Projektmanagement Sarah Uttridge/ Parragon/

UB-Gato-Klasse/Seite 43

101 Bomber/ Robert Jackson/ Tosa Verlag/ 2008

Consolidated PBY Catalina Seeaufklärer/Seite 34
B-17 Bomber Flying Fortress/Seite 33
B-29 Superfortress Bomber USA/Seite 76

101 Kampfflugzeuge/ Robert Jackson/ Tosa Verlag/ 2008

P-51 Mustang Jagdflugzeug/Seite 42

101 Kriegsschiffe/ Robert Jackson/ Tosa Verlag/ 2008

UB-Gato Klasse/Seite 66
Hilfsträger USA/Seite 71

101 Panzer/ Robert Jackson/ Tosa Verlag/ 2008

Sherman Panzer USA/Seite 51
Leichtpanzer Typ 95 Japan/Seite 19

Welt der Wunder/ Heinrich Bauer Verlag KG 20067 Hamburg/

Handgranate/Seite 46-48

Chronik des 19. Jahrhunderts/ Chronik Verlag/ Herausgeber Prof.Dr. Imanuel Geiss/ Chronik Verlag im Bertelsmann Lexikon Verlag GmbH Gütersloh München/

Japans Expansion von 1895 - 1933/Seite 814/815

Chronik des 20. Jahrhunderts/ Chronik Verlag/ Herausgeber Bodo Harenberg/ Kommunikationsverlag und Mediengesellschaft m.b.H. und Co.Kg Dortmund/ 1988

Japans Krieg mit Russland/Seite 52 - 62

Der Zweite Weltkrieg/ Janusz Piekalkiewicz/ KOMET Verlag GmbH, Köln

Es wurden nur Zahlen, Daten und Fakten verwendet, die der Zeitgeschichte dienen und daher nicht verändert werden dürfen.
Es wurde alles in eigenen Worte und Gedanken verfasst um Urheberrechte nicht zu verletzen.

Satz- und Druckfehler vorbehalten.

Vom selben Autor bereits erschienen:
Alle Bücher auch als e-book erhältlich:

Wer ist schon einen Selbstmord wert?

Die Geschichte erzählt von der unglücklichen Liebe eines jungen Mannes, die ihn sogar zu einem Selbstmordversuch treibt. Seine Freundin nützt ihn aus und betrügt ihn gleichzeitig mit anderen Männern. Trotz dieser Erkenntnis dauert es noch einige Zeit, bis er den Mut aufbringt sich von seiner Freundin endgültig zu trennen. Es gelingt ihm nun, seine Probleme in den Griff zu bekommen. Er beginnt Kontakte zu knüpfen und sein Leben neu zu gestalten.

2005 Taschenbuch, 240 Seiten
ISBN: 3-8301-0719-6

R.G. Fischer Verlag, Orber Str. 30
D-60386 Frankfurt/Main
0049 (0) 69 941 942-0

Höllentrip am Amazonas!

Die Gruppe die als schnellste 300 Kilometer durch den Regenwald am Amazonas zurücklegt, wird Sieger eines Wettbewerbes sein und 500.000 Euro gewinnen. Gut vorbereitet und hochmotiviert macht sich eine achtköpfige Mannschaft auf die Reise und beginnt couragiert das Unternehmen Amazonas. Doch im Dschungel lauern die Gefahren Überall. Was als Abenteuer beginnt, wird bald zu einem Trip durch die Hölle...

2005 Taschenbuch, 384 Seiten
ISBN: 3-8301-0720-X

R.G. Fischer Verlag, Orber Str. 30
D-60386 Frankfurt/Main
0049 (0) 69 941 942-0

Terror - Weg zur Vernichtung!

Anschläge, Autobomben, Attentate. Kein Tag vergeht ohne derartige Meldungen. Terroristen und Söldner schließen sich zusammen um das eine Ziel endlich zu erreichen; die Vernichtung der USA und Israels. Die US-Abwehr wird manipuliert, ihre Flotte im Persischen Golf beschossen und der US-Präsident setzt eine neue Waffe ein, um den Konflikt nicht in einen 3. Weltkrieg ausarten zu lassen. Doch diese Waffe wird gestohlen und gegen die USA eingesetzt. Die Welt spielt verrückt, es gilt Jeder gegen Jeden und der Feind betankt bereits seine Raketen. Ein Wettlauf mit der Zeit beginnt.

2014 Taschenbuch, 628 Seiten
ISBN: 978-3-7103-1662-3

United p.c. Verlagshaus, Rathausgasse 73a
A-7311 Neckenmarkt
0043 2610 4311 185

Blutiges Land - Eine Geschichte über den amerikanischen Bürgerkrieg.

In einem letzten großen Feldzug versucht der Süden ein militärisches Patt zu erreichen, mit dem Ziel; die Anerkennung der Konföderierten Staaten von Amerika. Und tatsächlich gelingen dem Süden große Erfolge, den Sieg zum Greifen nahe. Doch dann setzt die UNION alles daran, das Blatt zu wenden, um die gefährlichste Armee des Südens zu schlagen. Zwei Freunde werden durch diesen Krieg gezwungen, sich gegenseitig zu vernichten.

2014 Taschenbuch, 516 Seiten
ISBN: 978-3-95627-148-9

Verlag und Druck tredition GmbH
Halenreie 40-44
D-22359 Hamburg
0049 (0) 40 41 42 778-00

Zivilisation - Das Geheimnis der Sphinx.

Eine 14.000 Jahre alte Zivilisation, vernichtet durch eine Katastrophe, sucht neue Lebensräume. Einer davon ist das Land am Nil. Die Sphinx; neueste Untersuchungen beweisen, sie ist mindestens 10.500 Jahre alt. Aber was verbirgt sich unter ihr? Die Kammer des Wissens? Nach dem Fund eines mysteriösen Artefakts, macht sich eine Forschergruppe daran, dieses Geheimnis zu lüften. Doch eine Organisation beansprucht dieses Wissen für sich und schreckt auch vor Mord nicht zurück.

2015 Taschenbuch, 441 Seiten
ISBN: 978-3-95627-364-3

Verlag und Druck tredition GmbH
Halenreie 40-44
D-22359 Hamburg
0049 (0) 40 41 42 778-00

WAR - Die Befreiung Kuwaits.

Die Befreiung Kuwaits 1990 - 1991 hätte sich auch anders und viel schwieriger zutragen können.

Ein Szenario, in der eine Gruppe US-Ranger hineinschlittert. Mit dem Glauben an ein leichtes Spiel, werden sie in den Strudel des Krieges hineingesogen und fallen neben ihren Kameraden.

Selbst in einem hochtechnologisierten "sauberen" Krieg, bleibt die Menschlichkeit auf der Strecke. Zum Schluß zählt nur zu überleben.

2017 Taschenbuch, 604 Seiten
ISBN: 978-3-7439-8649-7

Verlag und Druck tredition GmbH
Halenreie 40-44
D-22359 Hamburg
0049 (0) 40 41 42 778-00

CW00555111

Building Mobile Magic: Integrating Flutter with Firebase

Kameron Hussain and Frahaan Hussain

Published by Sonar Publishing, 2024.

BUILDING MOBILE MAGIC: INTEGRATING FLUTTER WITH FIREBASE

First edition. April 7, 2024.

Copyright © 2024 Kameron Hussain and Frahaan Hussain.

ISBN: 979-8224637645

Written by Kameron Hussain and Frahaan Hussain.

Table of Contents

2.3 Integrating Firebase into Your Flutter App

Adding Firebase Dependencies

Initializing Firebase Services

Firebase Configuration

Using Firebase Services

2.4 Running and Testing the Basic App

Running on Emulators and Physical Devices

Debugging and Hot Reload

Running on the Web

Running Unit Tests

Integration Testing with Firebase

Conclusion

2.5 Troubleshooting Common Issues

1. Dependency Conflicts

2. Gradle Build Failures (Android)

3. Xcode Build Failures (iOS)

4. Plugin Compatibility Issues

5. Firebase Configuration Errors

6. Flutter Doctor Recommendations

7. Debugging Flutter Code

Security Considerations

3.4 Managing User Sessions and States

Authentication State Management

Implementing a User Authentication Provider

Using the User Authentication Provider

Implementing Authentication Guards

Session Persistence

Conclusion

3.5 Security and Privacy Considerations

1. Secure Communication

2. User Data Protection

3. Password Security

4. Account Recovery

5. Email Verification

6. Two-Factor Authentication (2FA)

7. Account Lockout and Rate Limiting

8. Access Control

9. Third-party Authentication Providers

10. Data Retention Policies

11. Regular Security Audits

5.1 Custom Widgets and Responsive Design

Custom Widgets

Responsive Design

Conclusion

5.2 Animations and Transitions

Animation Basics

Implicit Animations

Page Transitions

Conclusion

5.3 State Management in Flutter

The Flutter Widget Tree

State Management Techniques

Choosing the Right State Management Approach

Conclusion

5.4 Integrating Third-party Libraries and Plugins

Using Flutter Packages

Example: Using the HTTP Package

Customizing and Extending Widgets

Contributing to the Flutter Ecosystem

Conclusion

Event Reporting and Analysis

Conclusion

8.3. Custom Analytics for Tailored Insights

Custom Events for Specific Interactions

User Properties for Segmentation

Creating Custom Audiences

Advanced Analysis and Reporting

Conclusion

8.4. Generating Reports and Understanding Metrics

Accessing Firebase Analytics Reports

Event Reports

User Properties Reports

Audience Reports

User Engagement Reports

Custom Reports

Understanding Metrics

Conclusion

8.5. Improving App Performance Based on Analytics

Identifying User Behavior Patterns

A/B Testing and Experimentation

Conclusion

9.4. Segmenting and Targeting Users

Understanding User Segmentation

Creating User Segments in Firebase

Targeting Users with FCM

Best Practices for User Engagement

9.5. Best Practices for User Engagement

1. Personalization

2. Onboarding

3. Push Notifications

4. In-App Messaging

5. Feedback Loops

6. Gamification

7. Performance Optimization

8. Community Building

9. Regular Updates

10. User Education

11. A/B Testing

12. Social Integration

13. App Performance Monitoring

14. Data Analytics

15. User Support

Chapter 10: Testing and Debugging

10.1. Unit Testing in Flutter

Writing Unit Tests

Organizing Tests

Mocking Dependencies

Continuous Integration

Conclusion

10.2. Integration Testing with Firebase Services

Setting Up Integration Tests

Writing Integration Tests

Running Integration Tests

Best Practices

Conclusion

10.3. Debugging Common Issues in Flutter and Firebase

1. Firebase Configuration Issues

2. Authentication Issues

3. Firestore and Realtime Database Issues

4. Cloud Functions Errors

5. Connectivity and Network Issues

6. Dependency and Version Conflicts

7. Performance Bottlenecks

8. Authentication and Authorization Problems

Conclusion

10.4. Using Firebase Test Lab

1. Setting Up Firebase Test Lab

2. Running Tests with Firebase Test Lab

3. Analyzing Test Results

10.5. Continuous Integration and Deployment Strategies

1. CI/CD Overview

2. Setting Up CI/CD

3. Benefits of CI/CD

4. Best Practices

Chapter 11: Deploying Your App

Section 11.1: Preparing for Deployment: Checklist

1. Testing

2. Code Quality

3. Performance Optimization

4. App Assets

5. Environment Configuration

6. App Store Guidelines

7. Firebase Configuration

8. App Versioning

9. Error Monitoring

10. Privacy Policy

11. Security Audit

12. User Feedback

13. Documentation

14. Backup and Data Migration

15. Rollback Plan

16. Deployment Checklist

Section 11.2: App Store and Google Play Submission Guidelines

Apple's App Store Submission Guidelines

Google Play Store Submission Guidelines

Section 11.3: Using Firebase for App Distribution and Beta Testing

Firebase App Distribution

Firebase Test Lab

Section 11.4: Monitoring App Performance Post-launch

Creating Cloud Functions

Deploying Cloud Functions

Triggering Cloud Functions from Flutter

Section 12.5: Scaling Your Application with Firebase

1. Firestore and Realtime Database Scaling

2. Authentication and User Management

3. Cloud Functions

4. Firebase Hosting and Content Delivery

5. Monitoring and Analytics

6. Load Testing

7. Continuous Deployment and Rollback Strategies

8. Database Sharding (Firestore)

Chapter 13: Cross-Platform Considerations

Section 13.1: Flutter for iOS and Android: Key Differences

1. Design Guidelines

2. Navigation Patterns

3. Platform-Specific Features

4. Testing and Debugging

5. Performance Considerations

6. Accessibility

7. Internationalization and Localization

8. Testing Strategies

Section 13.2: Adaptive Design for Multiple Devices

1. Responsive Layouts

2. Orientation Handling

3. Screen Size Awareness

4. Platform-Independent Widgets

5. Flutter's LayoutBuilder

6. Breakpoints and Flexibility

7. Scrolling and List Views

8. Testing on Various Devices

9. Performance Considerations

10. User Experience

Section 13.3: Handling Platform-Specific Features

1. Platform Channels

2. Platform Checks

3. Platform-Specific Widgets

4. Platform-Specific Behavior

5. Plugins

Section 14.4: Best Practices for App Security

1. Regular Security Audits

2. Code Obfuscation

3. Secure API Calls

4. Data Encryption

5. Secure Storage

6. Authentication and Authorization

7. Error Handling

8. Input Validation

9. Dependency Management

10. User Education

11. Incident Response Plan

12. Compliance with Regulations

13. Penetration Testing

14. Security Updates

Section 14.5: Regular Security Audits and Updates

1. Continuous Security Monitoring

2. Threat Intelligence

3. Regular Security Scans

4. Code Review and Updates

Optimizing Your App

Section 15.3: Improving Flutter App Performance

1. Use Flutter DevTools for Profiling

2. Minimize Widget Rebuilds

3. Use the ListView.builder()

4. Optimize Images

5. Avoid Excessive setState() Calls

6. Minimize Package Imports

7. Leverage the Provider Package

8. Use the const Constructor

9. Optimize Animations

10. Profile and Test on Real Devices

11. Code Splitting and Deferred Loading

12. Memory Management

Section 15.4: Efficient Data Usage and Network Calls

1. Use Pagination for Large Data Sets

2. Implement Caching

3. Compress and Optimize Images

4. Minimize Network Requests

5. Implement Request Throttling

6. Use Efficient Data Formats

7. Enable GZIP Compression

8. Offline Data Handling

9. Implement Data Prefetching

10. Monitor Network Usage

11. Optimize WebSocket Connections

Section 15.5: Memory Management and Leak Prevention

1. Understand Dart's Garbage Collection

2. Use Weak References

3. Dispose of Resources Properly

4. Use Flutter's Widgets Properly

5. Avoid Circular References

6. Use flutter analyze and Linter Rules

7. Profile Memory Usage

8. Regularly Update Dependencies

9. Test on Low-End Devices

10. Implement Best Practices for State Management

Chapter 16: Scalable Architecture Design

Section 16.1: Building Scalable App Architectures

Section 16.2: Managing Large Datasets and High Traffic

Section 16.3: Efficient State Management for Scalability

Section 16.4: Load Balancing and Redundancy

Section 16.5: Future-Proofing Your Application

1. Stay Informed about Flutter and Firebase Updates

2. Maintain Code Quality and Documentation

3. Embrace Cross-Platform Development

4. Plan for Modularization

5. Implement Feature Flags

6. Collect User Feedback

7. Plan for Data Migration

8. Security and Privacy

9. Scalability and Performance

10. Explore Emerging Technologies

Chapter 17: Monetization Strategies

Section 17.1: In-App Purchases and Subscriptions

Understanding In-App Purchases

Implementing Subscriptions

Regulatory Compliance

Section 17.2: Advertising with AdMob and Firebase

Understanding AdMob

User Rewards and Recognition

Chapter 19: Community and Support

Section 19.1: Building a User Community

1. Create a Dedicated Community Space:

2. Be Present and Engage:

3. Set Clear Guidelines:

4. Encourage User Contributions:

5. Regularly Share Updates:

6. Moderation and Support Team:

7. Feedback Channels:

8. Incentives and Rewards:

9. Events and Contests:

10. Feedback Loops:

11. Documentation and Resources:

12. Feedback Analysis:

13. User Stories and Testimonials:

14. Cross-Promotion:

15. Feedback Implementation:

Section 19.2: Implementing User Support and Feedback Channels

1. In-App Support:

2. Contact Information:

3. Ticketing System:

4. Live Chat:

5. Knowledge Base:

6. Feedback Forms:

7. Automatic Issue Reporting:

8. Multi-Platform Support:

9. Response Time Goals:

10. Feedback Surveys:

11. Social Media Support:

12. User Community Integration:

13. Escalation Procedures:

14. Feedback Acknowledgment:

15. Status Updates:

16. Multilingual Support:

17. Training for Support Agents:

18. Analytics and Feedback Analysis:

19. User Education:

20. Continuous Improvement:

Section 19.3: Leveraging Social Media and Marketing

1. Identify Target Audiences:

2. Create a Content Calendar:

3. Choose the Right Platforms:

4. Engage in Social Listening:

5. Content Variety:

6. Visual Content:

7. User-Generated Content (UGC):

8. Hashtags and Trends:

9. Paid Advertising:

10. Influencer Collaborations:

11. App Store Optimization (ASO):

12. Email Marketing:

13. Webinars and Tutorials:

14. Engage with Communities:

15. Contests and Giveaways:

16. Measure and Analyze:

17. Customer Support on Social Media:

18. Feedback Integration:

19. Adapt to Trends:

20. Engage Consistently:

Section 19.4: Collaborating with Other Developers

1. Benefits of Collaboration:

2. Identify Potential Collaborators:

3. Set Clear Objectives:

4. Communication is Key:

5. Mutually Beneficial Projects:

6. Open Source Contributions:

7. Shared Repositories:

8. Code Reviews:

9. Document Collaboration Guidelines:

10. Legal Agreements:

11. Regular Check-Ins:

12. Shared Learning:

13. Respect Diverse Opinions:

14. User Feedback Integration:

15. Celebrate Achievements:

16. Resolve Conflicts Constructively:

17. Maintain Documentation:

18. Publicize Collaborations:

19. Evaluate and Iterate:

20. Long-Term Partnerships:

Section 19.5: Participating in Flutter and Firebase Ecosystems

1. Join Online Communities:

2. Follow Blogs and Newsletters:

3. Attend Meetups and Conferences:

4. Contribute to Open Source:

5. GitHub Collaboration:

6. Participate in Hackathons:

7. Create and Share Packages:

8. Write Documentation:

9. Engage on Social Media:

10. Teach and Mentor:

11. Report Bugs and Issues:

12. Join Beta Programs:

13. Create Showcase Apps:

14. Engage with Google Developers Experts:

15. Organize Community Events:

16. Participate in Discussions:

17. Stay Informed:

18. Advocate for Inclusivity:

19. Collaborate Across Ecosystems:

20. Celebrate Community Achievements:

Chapter 20: The Future of Flutter and Firebase

Section 20.1: Emerging Trends in Mobile Development

1. Cross-Platform Dominance:

2. Machine Learning Integration:

3. Progressive Web Apps (PWAs):

4. Serverless Architecture:

5. Real-time Collaboration:

6. Augmented Reality (AR) and Virtual Reality (VR):

7. E-commerce and Mobile Payments:

8. Voice User Interfaces (VUIs):

9. Blockchain Integration:

10. Community Contributions:

11. Cross-Platform Gaming:

12. Privacy and Data Protection:

13. Sustainability and Green Tech:

14. Microservices Architecture:

15. Accessibility and Inclusivity:

16. No-Code/Low-Code Development:

17. Globalization and Localization:

18. Collaboration with Other Technologies:

19. Continuous Learning and Adaptation:

20. Community-driven Innovation:

Section 20.2: The Evolving Landscape of Flutter and Firebase

Flutter's Evolution

Firebase's Continuous Advancements

The Synergy of Flutter and Firebase

Section 20.3: Future Integration Possibilities

1. Enhanced Real-time Features

2. AI and Machine Learning Integration

3. Cross-platform Development Efficiency

4. Improved Performance Monitoring

5. Enhanced User Engagement Features

6. Deeper Analytics Integration

7. Integration with Emerging Technologies

8. Global Expansion

Section 20.4: Staying Ahead: Continuous Learning and Adaptation

1. Keep Abreast of Updates

2. Community Engagement

3. Online Courses and Tutorials

4. Official Documentation

5. Open Source Contributions

6. Experiment and Prototype

7. Attend Workshops and Webinars

8. Master Cross-Platform Development

9. Stay Informed About Industry Trends

10. Collaborate and Seek Mentorship

Section 20.5: Final Thoughts and Next Steps

1. Reflect on Your Achievements

2. Continue Building Projects

3. Stay Updated

4. Explore Specializations

5. Networking and Collaboration

6. Continuous Learning

7. Portfolio Development

8. Mentorship and Teaching

9. Contribution to the Community

10. Set New Goals

Chapter 1: Introduction to Flutter and Firebase

1.1 The Rise of Flutter in Mobile Development

Flutter has rapidly gained popularity in the field of mobile app development due to its versatile features and capabilities. In this section, we will explore the factors contributing to the rise of Flutter as a prominent framework for building cross-platform mobile applications.

Why Flutter?

One of the key reasons behind Flutter's success is its ability to create natively compiled applications for mobile, web, and desktop from a single codebase. This approach significantly reduces development time and effort, making it an attractive choice for developers and businesses alike.

Fast Development with Hot Reload

Flutter's "Hot Reload" feature allows developers to see instant changes in the app's UI as they modify the code. This feature greatly speeds up the development process, enabling rapid iteration and testing.

Beautiful and Customizable UI

Flutter offers a rich set of widgets that enable the creation of stunning and highly customizable user interfaces. Developers can achieve pixel-perfect designs across different platforms.

Strong Community and Ecosystem

Flutter has a vibrant and growing community of developers, which means access to a wealth of resources, plugins, and packages. This ecosystem provides solutions for various use cases, simplifying development tasks.

Dart Programming Language

Flutter uses the Dart programming language, which is known for its simplicity and efficiency. Dart's Ahead-of-Time (AOT) compilation results in fast and efficient app performance.

Cross-Platform Compatibility

With Flutter, you can target multiple platforms, including iOS, Android, web, and desktop, using a single codebase. This ensures consistency in the user experience across different devices.

Support from Google

Flutter is backed by Google, ensuring its long-term stability and support. Google actively contributes to the framework's development, making it a reliable choice for building applications.

Use Cases

Flutter is suitable for a wide range of applications, from simple mobile apps to complex, feature-rich ones. It is often chosen for building mobile applications in various domains, including e-commerce, finance, healthcare, and more.

Conclusion

In summary, Flutter's rise in mobile development can be attributed to its speed, flexibility, beautiful UI capabilities, strong community, and cross-platform compatibility. With Google's support and a growing ecosystem, Flutter is poised to play a significant role in the future of app development. In the following sections of this book, we will explore how to leverage Flutter in combination with Firebase to create powerful and feature-rich mobile applications.

1.2 Understanding Firebase: A Comprehensive Backend Solution

Firebase is a comprehensive backend-as-a-service (BaaS) platform developed by Google. It provides a wide range of tools and services to simplify backend development for mobile and web applications. In this section, we will delve into the key components and features of Firebase.

Firebase offers the following core services:

1. Realtime Database

Firebase Realtime Database is a NoSQL cloud database that allows you to store and sync data in real-time across clients. It uses a JSON-like data structure, making it easy to work with structured data.

Here's an example of how to write data to the Realtime Database using Flutter:

import 'package:firebase_database/firebase_database.dart';

final databaseReference = FirebaseDatabase.instance.reference();

```
void writeData() {

databaseReference.child('users').set({

'name': 'John Doe',

'email': 'johndoe@example.com',

});

}
```

2. Cloud Firestore

Firebase Cloud Firestore is another NoSQL database, offering more powerful querying and scaling capabilities compared to the Realtime Database. It's suitable for applications that require complex queries and structured data storage.

```
import 'package:cloud_firestore/cloud_firestore.dart';

final firestore = FirebaseFirestore.instance;

void writeData() {

firestore.collection('users').add({

'name': 'Jane Smith',

'email': 'janesmith@example.com',

});

}
```

3. Authentication

Firebase Authentication provides a secure way to authenticate users in your app. It supports various authentication methods, including email and password, social login (Google, Facebook, etc.), and phone number authentication.

Here's how to implement email and password authentication:

```
import 'package:firebase_auth/firebase_auth.dart';

final auth = FirebaseAuth.instance;

Future<void> registerUser(String email, String password) async {

await auth.createUserWithEmailAndPassword(

email: email,

password: password,

);

}
```

4. Cloud Functions

Firebase Cloud Functions allows you to run server-side code in response to events triggered by Firebase services or HTTP requests. It's a powerful tool for automating tasks and extending the functionality of your app.

```
const functions = require('firebase-functions');

const admin = require('firebase-admin');

admin.initializeApp();
```

```
exports.sendWelcomeEmail                              =
functions.auth.user().onCreate((user) => {
```

// Send a welcome email to the new user.

// ...

```
});
```

5. Cloud Storage

Firebase Storage provides scalable and secure cloud storage for your app's media files, such as images, videos, and documents. It integrates seamlessly with other Firebase services.

```
import 'package:firebase_storage/firebase_storage.dart';
```

```
final storage = FirebaseStorage.instance;
```

```
void uploadImage() {
```

```
// Upload an image to Firebase Storage.
```

// ...

```
}
```

6. Cloud Messaging

Firebase Cloud Messaging (FCM) allows you to send push notifications to your app's users. It enables personalized and timely communication with your audience.

```
import 'package:firebase_messaging/firebase_messaging.dart';
```

```
final messaging = FirebaseMessaging();
```

```
void sendPushNotification() {
```

```
// Send a push notification to a user or a group of users.

// ...

}
```

These are just a few of the core services Firebase offers. In addition to these, Firebase includes features for analytics, remote configuration, dynamic links, and more. It provides a holistic solution for building and managing the backend of your Flutter app, allowing you to focus on creating exceptional user experiences.

1.3 Synergies of Flutter and Firebase

Flutter and Firebase complement each other exceptionally well, offering a powerful combination for developing modern mobile and web applications. In this section, we will explore the synergies between these two technologies and how they work together seamlessly.

The Cross-Platform Advantage

Flutter's cross-platform capabilities allow developers to write code once and deploy it on multiple platforms, including iOS, Android, web, and desktop. Firebase supports these platforms as well, making it an ideal choice for backend development that complements Flutter's frontend prowess.

Real-Time Data Synchronization

Firebase's Realtime Database and Cloud Firestore are designed to work in real-time, ensuring that changes made by one user are immediately reflected on all connected devices. When combined with Flutter's fast UI updates through Hot Reload, you can create highly responsive and real-time applications.

Authentication and User Management

Firebase Authentication simplifies user registration, login, and identity management. Flutter's rich set of UI widgets can be seamlessly integrated with Firebase Authentication to provide a smooth user experience for handling user accounts, profiles, and authorization.

Cloud Functions Integration

Firebase Cloud Functions can be used to execute server-side logic for your app. With Flutter, you can trigger these functions in response to user actions or other events, enabling dynamic and serverless backend processing.

Cloud Storage for Media

Flutter applications often require media storage and retrieval. Firebase Storage seamlessly integrates with Flutter to store and serve images, videos, and other files. This integration simplifies media management and delivery in your app.

Push Notifications and Messaging

Firebase Cloud Messaging (FCM) is a crucial tool for engaging users through push notifications. Flutter's rich UI capabilities make it easy to handle and display notifications when they are received, enhancing user engagement.

Analytics and Insights

Flutter apps can take advantage of Firebase Analytics to gain insights into user behavior and app performance. By combining analytics data with Flutter's user interface flexibility, you can make data-driven decisions to enhance your app's user experience.

Scalability and Reliability

Firebase's cloud-based infrastructure ensures scalability and reliability, which are critical for apps with growing user bases. Flutter's architecture and state management options make it possible to handle increased demand without sacrificing performance.

Secure Integration

Both Flutter and Firebase offer security features to protect your application and user data. By following best practices in security and implementing Firebase's security rules, you can create a secure and reliable app.

Summary

In summary, the synergy between Flutter and Firebase is evident in their ability to streamline app development from both frontend and backend perspectives. The combination of Flutter's cross-platform capabilities and Firebase's robust backend services empowers developers to create feature-rich, real-time, and engaging applications across various platforms. In the chapters that follow, we will explore in-depth how to harness these synergies to build powerful Flutter apps with Firebase as the backend backbone.

1.4 Setting Up Your Development Environment

Before you start building Flutter apps with Firebase, it's essential to set up your development environment correctly. In this section, we will walk through the steps required to prepare your system for Flutter and Firebase development.

Installing Flutter

1. **Download Flutter:** Visit the official Flutter website (https://flutter.dev) and download the Flutter SDK for your operating system (Windows, macOS, or Linux).
2. **Extract the Archive:** Extract the downloaded archive to a location on your system. It's recommended to place it in a directory with no spaces in the path, as spaces can sometimes cause issues.
3. **Add Flutter to Your Path:** Add the Flutter bin directory to your system's PATH variable. This step allows you to use the Flutter command-line tools from any terminal window. For example, in a Unix-like shell, you can add the following line to your .bashrc or .zshrc file:

export PATH="$PATH:`pwd`/flutter/bin"

1. **Run flutter doctor:** Open a terminal window and run the command flutter doctor. This command will check your system for any missing dependencies or configurations required for Flutter development. Follow the instructions provided to resolve any issues.

Installing Dart

Flutter uses the Dart programming language, so you need to ensure that Dart is also installed on your system.

1. **Download Dart SDK:** Visit the Dart SDK download page (https://dart.dev/get-dart) and download the Dart SDK for your operating system.
2. **Install Dart:** Follow the installation instructions for your specific operating system to install Dart.

3. **Verify Dart Installation:** Open a terminal window and run the command dart—version to verify that Dart is installed correctly.

Setting Up an IDE

You can use various integrated development environments (IDEs) for Flutter development, such as Visual Studio Code, Android Studio, or IntelliJ IDEA. Here are the general steps to set up an IDE for Flutter:

1. **Install Your Preferred IDE:** Download and install your chosen IDE from its official website.
2. **Install Flutter and Dart Plugins:** Install the Flutter and Dart plugins/extensions for your IDE. These plugins provide essential tools for Flutter development, including code completion, debugging, and project management.
3. **Configure SDK Paths:** In your IDE's settings or preferences, configure the paths to the Flutter and Dart SDKs that you installed earlier.
4. **Create a New Flutter Project:** Use your IDE to create a new Flutter project or open an existing one. Your IDE should provide templates and wizards to make project setup straightforward.

Installing Firebase Tools

To interact with Firebase services from the command line, you'll need to install Firebase CLI tools:

1. **Install Node.js:** If you haven't already, install Node.js from the official website (https://nodejs.org).
2. **Install Firebase CLI:** Open a terminal window and run the command npm install -g firebase-tools to install the

Firebase CLI globally.

3. **Login to Firebase:** Run firebase login to authenticate with your Firebase account. This step allows you to manage your Firebase projects from the command line.

Conclusion

With your development environment set up, you are ready to start building Flutter apps with Firebase. Make sure to keep your Flutter and Firebase SDKs, as well as your IDE, up to date to take advantage of the latest features and improvements. In the upcoming chapters, we will dive deeper into Flutter and Firebase integration to build powerful and feature-rich applications.

1.5 Key Concepts and Terminologies

As you embark on your journey to develop Flutter apps with Firebase, it's essential to grasp some key concepts and terminologies that will be frequently used throughout this book. Understanding these terms will help you navigate the world of Flutter and Firebase more effectively.

1. Flutter

Flutter is an open-source UI framework developed by Google. It enables the creation of natively compiled applications for mobile, web, and desktop from a single codebase. Key Flutter concepts include:

- **Widgets:** Widgets are the building blocks of Flutter UI. They describe how the user interface should be structured and how it should respond to changes.

- **Hot Reload:** Flutter's Hot Reload feature allows you to see instant updates in your app's UI as you make code changes, making development faster and more efficient.

- **State Management:** Flutter provides various techniques for managing the state of your app, ensuring that data and UI stay in sync.

2. Firebase

Firebase is a comprehensive backend-as-a-service (BaaS) platform by Google. It offers a variety of tools and services for building and managing the backend of your app. Key Firebase concepts include:

- **Realtime Database:** Firebase's NoSQL database that allows real-time synchronization of data across clients.

- **Cloud Firestore:** Another NoSQL database with advanced querying capabilities and scalability.

- **Authentication:** Firebase Authentication provides secure user registration and login options.

- **Cloud Functions:** Serverless functions that can be triggered by events or HTTP requests.

- **Cloud Storage:** Scalable cloud storage for media files and other data.

- **Cloud Messaging (FCM):** Firebase Cloud Messaging for sending push notifications to users.

- **Analytics:** Firebase Analytics provides insights into user behavior and app performance.

3. Dart

Dart is the programming language used by Flutter. It is known for its simplicity and efficiency. Dart concepts include:

- **AOT and JIT Compilation:** Dart supports both Ahead-of-Time (AOT) and Just-in-Time (JIT) compilation, allowing for fast development and optimized production builds.

- **Strong and Static Typing:** Dart uses a strong and static type system to catch errors at compile time, improving code reliability.

4. Cross-Platform Development

Cross-platform development is the practice of building applications that run on multiple platforms (e.g., iOS, Android, web) using a single codebase. Flutter excels in cross-platform development, enabling code reuse and consistent UI across platforms.

5. Authentication

Authentication is the process of verifying the identity of a user. Firebase Authentication provides various methods for user registration and login, including email/password, social login, and phone number authentication.

6. Real-Time Data

Real-time data refers to data that is immediately updated and synchronized across multiple clients as changes occur. Firebase's Realtime Database and Cloud Firestore are designed for real-time data synchronization.

7. Push Notifications

Push notifications are messages sent from a server to a user's device. Firebase Cloud Messaging (FCM) allows you to send push notifications to your app's users, keeping them engaged and informed.

8. State Management

State management is the process of handling and managing the data and UI state in an application. Flutter offers various state management techniques, including Provider, Bloc, and Redux.

9. Serverless Computing

Serverless computing involves writing and deploying code without the need to manage servers. Firebase Cloud Functions enable serverless backend logic execution triggered by events.

10. Backend as a Service (BaaS)

Backend as a Service (BaaS) is a cloud computing model that provides backend services to developers, allowing them to focus on frontend development. Firebase is an example of a BaaS platform.

Understanding these key concepts and terminologies will pave the way for a smoother exploration of Flutter and Firebase in the subsequent chapters. As you delve deeper into building your applications, these fundamentals will serve as a solid foundation for your journey.

Chapter 2: Your First Flutter-Firebase App

2.1 Project Initialization and Setup

Before you start building your first Flutter app with Firebase integration, it's crucial to set up your project correctly. In this section, we will guide you through the process of creating a new Flutter project and configuring it for Firebase development.

Create a New Flutter Project

1. **Install Flutter:** If you haven't already, follow the installation steps mentioned in Chapter 1 to set up Flutter on your system.
2. **Create a New Flutter Project:** Open a terminal window and run the following command to create a new Flutter project:

flutter create my_flutter_firebase_app

Replace my_flutter_firebase_app with the desired name for your project.

1. **Navigate to the Project Directory:** Change your current directory to the newly created project folder:

cd my_flutter_firebase_app

Add Firebase to Your Project

Now that you have a Flutter project, the next step is to integrate Firebase into it.

1. **Create a Firebase Project:** Go to the Firebase Console (https://console.firebase.google.com) and create a new Firebase project. Follow the on-screen instructions to set up your project.

2. **Register Your App with Firebase:** Once your Firebase project is created, click on the "Add app" button and select the platform (iOS, Android, or web). Follow the setup steps provided for your chosen platform. Firebase will generate configuration files that you will need to add to your Flutter project.

3. **Add Firebase Configuration Files:**

– **For Android:** Download the google-services.json file and place it in the android/app directory of your Flutter project.

– **For iOS:** Download the GoogleService-Info.plist file and place it in the ios/Runner directory of your Flutter project.

– **For web:** Firebase configuration for web apps is automatically added to the project during Firebase setup.

Initialize Firebase in Your Flutter App

Now that you have added Firebase configuration files to your project, you need to initialize Firebase within your Flutter app.

1. **Add Dependencies:** Open your Flutter project's pubspec.yaml file and add the Firebase Core and Firebase Auth dependencies under dependencies:

dependencies:

flutter:

sdk: flutter

firebase_core: ^latest_version

firebase_auth: ^latest_version

Run flutter pub get to fetch the new dependencies.

1. **Initialize Firebase:** In your Flutter app's main entry file (usually main.dart), import the necessary Firebase packages and initialize Firebase:

import 'package:flutter/material.dart';

import 'package:firebase_core/firebase_core.dart';

void main() async {

WidgetsFlutterBinding.ensureInitialized();

await Firebase.initializeApp();

runApp(MyApp());

}

Ensure that the await Firebase.initializeApp(); line is called before your app's runApp function.

With Firebase integrated into your Flutter project, you're now ready to start using Firebase services like Firebase Authentication, Firestore, and more. In the upcoming sections, we will explore these services in detail and build your first Flutter-Firebase app.

2.2 Designing a Simple User Interface with Flutter

In this section, we'll focus on designing the user interface (UI) of your Flutter-Firebase app. Creating an intuitive and visually appealing UI is a crucial aspect of mobile app development. Flutter provides a wide range of widgets and tools to help you build stunning UIs for your app.

Understanding Flutter Widgets

Flutter uses a widget-based architecture to build user interfaces. Widgets are the building blocks of your app's UI. They can be classified into two main categories: StatelessWidget and StatefulWidget.

- **StatelessWidget:** These widgets represent parts of the UI that don't change over time. For example, text labels, icons, and static images. They are created using the StatelessWidget class and don't have internal state.

- **StatefulWidget:** These widgets represent parts of the UI that can change over time. For example, buttons, input fields, and dynamic lists. They are created using the StatefulWidget class and have an associated State object that holds the widget's mutable state.

Creating Your First Flutter Screen

To design your first screen in Flutter, you typically create a new Dart file that defines a widget for that screen. Here's a simple example of a Flutter screen:

import 'package:flutter/material.dart';

```
class HomeScreen extends StatelessWidget {
@override
Widget build(BuildContext context) {
return Scaffold(
appBar: AppBar(
title: Text('My Flutter-Firebase App'),
),
body: Center(
child: Column(
mainAxisAlignment: MainAxisAlignment.center,
children: <Widget>[
Text(
'Welcome to our app!',
style: TextStyle(fontSize: 24),
),
SizedBox(height: 20),
ElevatedButton(
onPressed: () {
// Handle button press here
},
```

```
child: Text('Sign In'),

),

],

),

),

);

}

}
```

In the code above:

- We create a HomeScreen widget that extends StatelessWidget. This widget represents the content of the app's home screen.

- We use the Scaffold widget to provide a basic app structure with an app bar and a body.

- Inside the body, we use the Center and Column widgets to center-align and vertically stack the child widgets.

- We include a welcome message and a sign-in button using the Text and ElevatedButton widgets.

Navigating Between Screens

Most apps have multiple screens, and Flutter provides a navigation system to move between them. You can use the Navigator class to push and pop screens on the navigation stack.

Here's how you can navigate from one screen to another:

```
// Navigating to a new screen

Navigator.of(context).push(

MaterialPageRoute(

builder: (context) => AnotherScreen(),

),

);

// Returning to the previous screen

Navigator.of(context).pop();
```

In this code snippet, we push a new screen onto the navigation stack using Navigator.of(context).push(). To return to the previous screen, you can use Navigator.of(context).pop().

UI Customization and Theming

Flutter allows you to customize the appearance of your app's UI through theming. You can define colors, fonts, and styles that are consistent across your app. ThemeData and TextStyle are commonly used for theming in Flutter.

```
// Define a theme for your app

final ThemeData appTheme = ThemeData(

primaryColor: Colors.blue,

accentColor: Colors.green,

fontFamily: 'Roboto',
```

```
);
// Apply the theme to your app
void main() {
runApp(
MaterialApp(
theme: appTheme,
home: HomeScreen(),
),
);
}
```

In this example, we define a ThemeData object and apply it to the MaterialApp widget. This ensures that the specified colors and fonts are used throughout your app.

Building Responsive UIs

Flutter makes it easy to create responsive UIs that adapt to different screen sizes and orientations. You can use media queries and layout widgets like Expanded, Flexible, and ListView to create flexible and adaptive designs.

```
// Example of responsive layout using media query
final isLargeScreen = MediaQuery.of(context).size.width > 600;
return isLargeScreen
? DesktopLayout()
```

: MobileLayout();

By using media queries, you can conditionally render different UI components based on the available screen space.

Conclusion

Designing a simple user interface is the first step in building your Flutter-Firebase app. Flutter's widget-based approach, navigation system, theming capabilities, and responsiveness support provide you with the tools to create engaging and visually appealing user interfaces. In the next sections, we'll explore how to integrate Firebase services into your app and enhance its functionality.

2.3 Integrating Firebase into Your Flutter App

Integrating Firebase into your Flutter app is a pivotal step in adding backend functionality, such as authentication, data storage, and real-time updates. In this section, we will walk through the process of integrating Firebase into your Flutter project.

Adding Firebase Dependencies

To use Firebase services in your Flutter app, you need to add Firebase dependencies to your project. You've already initialized Firebase in your app's entry point (as explained in Chapter 1, Section 1.4). Now, let's add the specific Firebase packages you need for your app.

Firebase Authentication

If you plan to implement user authentication, add the firebase_auth package to your pubspec.yaml file and run flutter pub get to fetch the package:

dependencies:

...

firebase_auth: ^latest_version

Firebase Firestore

For Firestore, which is Firebase's NoSQL database, add the cloud_firestore package:

dependencies:

...

cloud_firestore: ^latest_version

Firebase Storage

If you intend to work with Firebase Cloud Storage for media files, add the firebase_storage package:

dependencies:

...

firebase_storage: ^latest_version

Initializing Firebase Services

Once you've added the necessary dependencies, you can initialize Firebase services in your app.

In your app's main entry file (usually main.dart), make sure to import the Firebase packages and initialize Firebase:

import 'package:flutter/material.dart';

```
import 'package:firebase_core/firebase_core.dart';

void main() async {

WidgetsFlutterBinding.ensureInitialized();

await Firebase.initializeApp();

runApp(MyApp());

}
```

Firebase Configuration

Firebase services require configuration, such as API keys, that you specified when setting up your Firebase project. These configurations are automatically included in your app when you added the Firebase configuration files (google-services.json for Android, GoogleService-Info.plist for iOS) to your project, as explained in Chapter 1, Section 1.4.

Using Firebase Services

With Firebase initialized and configured, you can start using Firebase services in your Flutter app.

Firebase Authentication

To implement Firebase Authentication, you can create functions for user registration, login, and sign-out. Here's an example of user registration with email and password:

```
import 'package:firebase_auth/firebase_auth.dart';

final auth = FirebaseAuth.instance;
```

```
Future<User?> registerUser(String email, String password) async {

try {

final UserCredential userCredential = await auth

.createUserWithEmailAndPassword(email:    email,    password:
password);

return userCredential.user;

} catch (e) {

print('Error registering user: $e');

return null;

}

}
```

Firebase Firestore

Firebase Firestore is a NoSQL database that allows you to store and query data. Here's a basic example of adding data to Firestore:

```
import 'package:cloud_firestore/cloud_firestore.dart';

final firestore = FirebaseFirestore.instance;

Future<void> addUser(String name, String email) {

return firestore.collection('users').add({

'name': name,

'email': email,
```

```
});

}
```

Firebase Storage

Firebase Cloud Storage is used for storing files like images or videos. You can upload and retrieve files from storage. Here's a simple example of uploading an image:

```
import 'package:firebase_storage/firebase_storage.dart';

final storage = FirebaseStorage.instance;

Future<String> uploadImage(String imagePath) async {

try {

final Reference ref = storage.ref().child('images').child('image.jpg');

final UploadTask uploadTask = ref.putFile(File(imagePath));

await uploadTask;

final imageUrl = await ref.getDownloadURL();

return imageUrl;

} catch (e) {

print('Error uploading image: $e');

return '';

}

}
```

These are just basic examples of how to use Firebase services in your Flutter app. Firebase offers a wide range of features and capabilities, including real-time updates, security rules, and more. As you progress in your app development journey, you can explore these features and leverage Firebase to enhance the functionality of your Flutter app.

2.4 Running and Testing the Basic App

Once you've designed your Flutter app and integrated Firebase, it's essential to run and test your app to ensure everything works as expected. In this section, we will cover how to run your Flutter app on different platforms and explore testing options.

Running on Emulators and Physical Devices

Android Emulator

To run your Flutter app on an Android emulator, follow these steps:

1. Ensure you have the Android emulator installed and configured through Android Studio or the Android command-line tools.
2. Open a terminal window, navigate to your Flutter project directory, and run the following command to launch the Android emulator:

flutter emulators—launch <emulator_name>

Replace <emulator_name> with the name of the Android emulator you want to use.

1. Run your Flutter app on the emulator:

flutter run

iOS Simulator

For iOS development, you can run your app on the iOS Simulator:

1. Ensure you have Xcode and the iOS Simulator set up on your Mac.
2. Open a terminal window, navigate to your Flutter project directory, and run your app on the iOS Simulator:

flutter run

Physical Devices

To test your app on a physical Android or iOS device, connect the device to your computer via USB and enable Developer Mode on the device. Then, run your app using the flutter run command, and it will be installed and launched on the connected device.

Debugging and Hot Reload

Flutter offers a powerful debugging experience. While running your app in development mode, you can use the following features to aid in debugging:

- **Hot Reload:** With Hot Reload, you can make changes to your code and see the updates immediately in your running app. This feature significantly speeds up development and testing.

- **Debugging Tools:** Flutter integrates with debugging tools like Dart DevTools, which provide insights into your app's performance, memory usage, and more.

Running on the Web

Flutter also supports running your app on the web. To run your Flutter app on the web, use the following command:

flutter run -d web

This command will launch a local development server and open your app in a web browser. You can make changes to your code, and Flutter's Hot Reload will work on the web, just like it does for mobile platforms.

Running Unit Tests

Unit testing is crucial for ensuring the correctness of your app's logic. Flutter provides a testing framework for writing and running unit tests. You can create tests by placing them in a file with the _test.dart extension in your project's test directory.

Here's an example of a simple unit test for a function:

import 'package:flutter_test/flutter_test.dart';

int add(int a, int b) {

return a + b;

}

void main() {

test('Addition test', () {

expect(add(2, 3), 5);

expect(add(-1, 1), 0);

expect(add(0, 0), 0);

});

}

You can run unit tests using the following command:

flutter test

Integration Testing with Firebase

Integration testing ensures that your app's components work together as expected, including interactions with Firebase services. Flutter provides tools for integration testing.

To set up integration tests with Firebase services, you can use the Firebase Emulator Suite, which allows you to run Firebase services locally during testing to avoid making actual requests to Firebase servers. This is particularly useful for testing without affecting your Firebase project's data or quotas.

Conclusion

Running and testing your Flutter app is a critical phase in the development process. It ensures that your app functions correctly and meets the expected user experience. By leveraging Flutter's debugging capabilities, Hot Reload, and testing frameworks, you can efficiently develop and test your app on various platforms, including mobile and web. As you continue building your app and integrating Firebase features, testing becomes even more important to maintain a reliable and responsive application.

2.5 Troubleshooting Common Issues

During the development process of your Flutter app, you may encounter various issues and errors. Troubleshooting is an essential skill that helps you identify and resolve problems effectively. In this section, we'll discuss common issues and provide guidance on how to troubleshoot them.

1. Dependency Conflicts

Issue:

Flutter apps often use multiple packages, and conflicts can arise when these packages depend on different versions of the same library.

Troubleshooting:

- Use the flutter pub outdated command to check for outdated dependencies.

- Use the flutter pub upgrade command to update dependencies to their latest versions.

- If dependency conflicts persist, consider using the dependency_overrides option in your pubspec.yaml file to force specific versions for conflicting dependencies.

2. Gradle Build Failures (Android)

Issue:

Android apps built with Flutter may encounter Gradle build failures.

Troubleshooting:

- Check your Android Gradle version and ensure it matches the version specified in your build.gradle file.

- Review the error messages in the terminal to identify the root cause.

- Sometimes, cleaning the project (flutter clean) and rebuilding it (flutter run) can resolve Gradle build issues.

3. Xcode Build Failures (iOS)

Issue:

Xcode build failures are common when developing Flutter apps for iOS.

Troubleshooting:

- Make sure Xcode is installed and updated on your Mac.

- Review Xcode's error messages to identify the issue.

- Check that your project's iOS target is configured correctly.

- Ensure you have the necessary provisioning profiles and certificates for iOS development.

4. Plugin Compatibility Issues

Issue:

Some Flutter plugins may not be compatible with each other, leading to conflicts or crashes.

Troubleshooting:

- Check the plugin's documentation and GitHub repository for known compatibility issues.

- Disable or remove plugins that are causing conflicts.

- If necessary, try alternative plugins that provide similar functionality.

5. Firebase Configuration Errors

Issue:

Firebase services may not work correctly if the configuration is not set up correctly.

Troubleshooting:

- Double-check that you've added the correct configuration files (google-services.json for Android, GoogleService-Info.plist for iOS) to your project.

- Verify that the Firebase SDK initialization code is placed in the correct location and executed before using Firebase services.

- Review the Firebase Console for any error messages or warnings related to your project configuration.

6. Flutter Doctor Recommendations

Issue:

The flutter doctor command often provides recommendations for resolving common development environment issues.

Troubleshooting:

- Run flutter doctor regularly to check for any recommendations or issues.

- Follow the suggestions provided by flutter doctor to resolve environment-related problems, such as missing dependencies or incorrect configurations.

7. Debugging Flutter Code

Issue:

Debugging Flutter code is essential to identify and fix issues in your app's logic.

Troubleshooting:

- Use Flutter's debugging tools, such as the DevTools package and the Flutter Inspector, to inspect widget trees, view logs, and analyze app performance.

- Place strategic print statements in your code to output information to the console.

- Utilize breakpoints in your IDE to pause execution and inspect variables and state during debugging.

8. Handling Platform-Specific Issues

Issue:

Flutter apps often target multiple platforms (Android, iOS, web), and platform-specific issues can arise.

Troubleshooting:

- Use platform-specific code blocks and checks (Platform.isAndroid, Platform.isIOS, etc.) to handle platform-specific behavior.

- Consult platform-specific documentation and forums for solutions to platform-specific problems.

9. Network and API Errors

Issue:

Apps that interact with remote APIs may encounter network-related issues.

Troubleshooting:

- Verify that the API endpoint is reachable and operational.

• Check for correct API keys, authentication tokens, or credentials.

• Handle network errors gracefully in your app, providing meaningful error messages to users.

Troubleshooting is a crucial part of app development, and it's essential to approach issues systematically, one step at a time. By following these troubleshooting strategies and using the tools available in Flutter and your development environment, you can effectively identify, diagnose, and resolve common issues that may arise during the development of your Flutter app.

Chapter 3: Firebase Authentication

3.1 Understanding Authentication Options in Firebase

Firebase Authentication is a fundamental component of many apps, providing a secure and user-friendly way to handle user identity and access control. Firebase offers a variety of authentication options to suit different needs. In this section, we will explore these authentication methods and discuss when to use each one.

Firebase Authentication Methods

1. **Email and Password Authentication:** This is one of the most common authentication methods. Users sign up with their email and password, and Firebase securely stores these credentials. It's suitable for apps that require user accounts with email-based access.

2. **Social Media Authentication:** Firebase allows users to sign in with their existing social media accounts, such as Google, Facebook, Twitter, and more. It simplifies the sign-up process for users and can be a convenient option for your app.

3. **Phone Number Authentication:** With this method, users can sign in using their phone numbers. Firebase sends a verification code to the user's phone, ensuring that they have access to the provided number. It's a secure and user-friendly option for apps that need phone-based authentication.

4. **Anonymous Authentication:** This method allows users to access your app without requiring them to create an account. Firebase assigns them a unique ID, which can be

upgraded to a full account later if needed. It's useful for apps that want to provide a frictionless initial experience.

5. **Custom Authentication:** Firebase provides a flexible way to implement custom authentication systems. You can integrate your existing authentication system or use Firebase Authentication as a backend service for custom sign-in methods.

When to Use Each Authentication Method

Choosing the right authentication method depends on your app's requirements and user experience goals:

• **Email and Password Authentication:** Use this method when you want users to create accounts with email and password credentials. It's suitable for most apps that require user registration and access control.

• **Social Media Authentication:** Consider social media authentication to simplify the sign-up process and leverage users' existing accounts. It's especially useful when your target audience is likely to have accounts with popular social platforms.

• **Phone Number Authentication:** Use phone number authentication for apps where verifying users' phone numbers is important, such as two-factor authentication (2FA) or apps focused on SMS communication.

• **Anonymous Authentication:** Implement anonymous authentication for apps that want to offer initial access without the user having to sign up immediately. This can reduce friction for new users.

- **Custom Authentication:** Choose custom authentication when your app has unique sign-in requirements that cannot be met with the built-in methods. Custom authentication provides full control over the authentication flow.

Security Considerations

Regardless of the authentication method you choose, it's crucial to prioritize security. Firebase Authentication offers robust security features, including account recovery, email verification, and account suspension. Ensure that you follow best practices for securing user accounts and sensitive data.

In the following sections of this chapter, we will dive deeper into implementing these authentication methods in your Flutter app using Firebase.

3.2 Implementing Email and Password Authentication

Email and password authentication is one of the most common and versatile methods for user registration and login in Firebase. It allows users to create accounts using their email addresses and secure passwords. In this section, we'll explore how to implement email and password authentication in a Flutter app using Firebase.

Setting Up Firebase for Email and Password Authentication

Before you can implement email and password authentication, make sure you have set up Firebase in your Flutter project, as explained in Chapter 1, Section 1.4. Once Firebase is configured, follow these steps to enable email and password authentication:

1. Go to the Firebase Console.
2. Select your project.
3. In the left sidebar, navigate to "Authentication."
4. Under the "Sign-in method" tab, enable "Email/Password."

Registering a User with Email and Password

To allow users to register with their email and password, you need to create a registration screen in your Flutter app. Here's an example of how you can implement user registration using Firebase Authentication:

```
import 'package:firebase_auth/firebase_auth.dart';

final auth = FirebaseAuth.instance;

Future<User?> registerUser(String email, String password) async {

try {

final UserCredential userCredential = await auth

.createUserWithEmailAndPassword(email: email, password: password);

return userCredential.user;

} catch (e) {

print('Error registering user: $e');

return null;

}

}
```

In the code above:

- We import the firebase_auth package to access Firebase Authentication functionality.

- The registerUser function takes an email and password as parameters and attempts to create a new user account using createUserWithEmailAndPassword.

- If the registration is successful, it returns the user object; otherwise, it prints an error message and returns null.

Logging In with Email and Password

To allow registered users to log in using their email and password, create a login screen in your app. Here's an example of how to implement email and password authentication for login:

```
import 'package:firebase_auth/firebase_auth.dart';

final auth = FirebaseAuth.instance;

Future<User?> loginUser(String email, String password) async {

try {

final UserCredential userCredential = await auth

.signInWithEmailAndPassword(email: email, password: password);

return userCredential.user;

} catch (e) {

print('Error logging in: $e');

return null;

}
```

```
}
```

In this code snippet:

- We use the signInWithEmailAndPassword method to authenticate the user with their email and password.

- If the login is successful, it returns the user object; otherwise, it prints an error message and returns null.

Logging Out

Implementing a log-out feature is straightforward with Firebase Authentication. Here's how to log a user out:

```
import 'package:firebase_auth/firebase_auth.dart';

final auth = FirebaseAuth.instance;

Future<void> logoutUser() async {

await auth.signOut();

}
```

Calling auth.signOut() will sign the currently authenticated user out of your app.

Error Handling

It's essential to handle errors gracefully when implementing authentication. Firebase Authentication can return various error codes, such as wrong-password, user-not-found, or email-already-in-use. Be sure to provide informative error messages to users and handle different error scenarios appropriately.

Security Considerations

Email and password authentication is secure when implemented correctly. However, you should follow best practices to protect user data, including:

- Storing passwords securely using techniques like hashing and salting.

- Implementing account recovery options, such as password reset via email.

- Setting up security rules to control access to Firebase resources.

In summary, email and password authentication is a fundamental authentication method for Flutter apps using Firebase. By following the steps outlined in this section, you can enable user registration, login, and log-out features while ensuring the security of user credentials and data.

3.3 Social Media Integration: Google, Facebook, and Others

Integrating social media authentication into your Flutter app using Firebase allows users to sign in with their existing social media accounts, such as Google, Facebook, Twitter, and more. This approach simplifies the sign-up process for users and can improve user acquisition. In this section, we'll explore how to implement social media authentication in your Flutter app.

Enabling Social Media Authentication Providers

Before you can integrate social media authentication, you need to enable the specific authentication providers you want to use in the Firebase Console. Here's how to enable Google and Facebook authentication:

1. **Google Authentication:**

    – In the Firebase Console, go to your project.

    – Navigate to "Authentication" in the left sidebar.

    – Under the "Sign-in method" tab, enable "Google."

1. **Facebook Authentication:**

    – In the Firebase Console, go to your project.

    – Navigate to "Authentication" in the left sidebar.

    – Under the "Sign-in method" tab, enable "Facebook."

    – Follow the provided instructions to set up Facebook Login for your app in the Facebook for Developers dashboard.

Implementing Google Authentication

To implement Google authentication in your Flutter app, you'll need to use the firebase_auth and google_sign_in packages. Here's an example of how to integrate Google Sign-In:

import 'package:firebase_auth/firebase_auth.dart';

import 'package:google_sign_in/google_sign_in.dart';

```
final auth = FirebaseAuth.instance;

final googleSignIn = GoogleSignIn();

Future<User?> signInWithGoogle() async {

try {

final GoogleSignInAccount? googleUser = await
googleSignIn.signIn();

if (googleUser == null) return null;

final GoogleSignInAuthentication googleAuth = await
googleUser.authentication;

final AuthCredential credential = GoogleAuthProvider.credential(

accessToken: googleAuth.accessToken,

idToken: googleAuth.idToken,

);

final UserCredential userCredential = await
auth.signInWithCredential(credential);

return userCredential.user;

} catch (e) {

print('Error signing in with Google: $e');

return null;

}

}
```

In the code above:

- We import the firebase_auth and google_sign_in packages.

- The signInWithGoogle function initiates the Google Sign-In process by calling googleSignIn.signIn().

- If the Google Sign-In is successful, we obtain the user's authentication credentials, create an AuthCredential object, and sign in using Firebase Authentication.

Implementing Facebook Authentication

To implement Facebook authentication, you'll need to use the firebase_auth and flutter_facebook_auth packages. Here's an example of how to integrate Facebook Login:

```
import 'package:firebase_auth/firebase_auth.dart';

import                    'package:flutter_facebook_auth/
flutter_facebook_auth.dart';

final auth = FirebaseAuth.instance;

Future<User?> signInWithFacebook() async {

try {

final LoginResult result = await FacebookAuth.instance.login();

final        AuthCredential        credential        =
FacebookAuthProvider.credential(result.accessToken!.token);

final      UserCredential      userCredential      =      await
auth.signInWithCredential(credential);
```

return userCredential.user;

} catch (e) {

print('Error signing in with Facebook: $e');

return null;

}

}

In this code snippet:

- We import the firebase_auth and flutter_facebook_auth packages.

- The signInWithFacebook function initiates the Facebook Login process using FacebookAuth.instance.login().

- Upon successful login, we create an AuthCredential object and sign in using Firebase Authentication.

Handling Other Social Media Providers

You can integrate other social media authentication providers similarly by following their respective packages' documentation and adapting the authentication flow as needed. Common providers include Twitter, Apple Sign-In, and more.

Security Considerations

When implementing social media authentication, it's crucial to handle user data and access control correctly. Firebase provides robust security features, such as rules and authentication state management, to ensure the security of user accounts and data. Additionally, consider implementing account linking if a user decides to sign in with multiple social media accounts.

In conclusion, integrating social media authentication into your Flutter app using Firebase can simplify the user registration and login process, making it more convenient for your users. By following the steps outlined in this section and using the relevant Flutter packages, you can enable social media authentication for your app and expand your user base.

3.4 Managing User Sessions and States

Managing user sessions and states is a critical aspect of Firebase Authentication in your Flutter app. It involves tracking the authentication status of users, handling session persistence, and implementing features that require user authentication. In this section, we'll delve into how to manage user sessions and states effectively.

Authentication State Management

Authentication state management refers to the practice of keeping track of whether a user is authenticated or not. In a Flutter app using Firebase Authentication, you can use a combination of Firebase Authentication methods and Flutter's state management techniques to manage authentication state:

- **Firebase Authentication Methods:** Firebase provides methods like auth.currentUser to check if a user is currently authenticated. You can use this to determine the user's authentication status.

- **State Management Packages:** Flutter offers state management packages like Provider, Riverpod, or Bloc, which can be used to manage and propagate the authentication state throughout your app.

Implementing a User Authentication Provider

One common approach is to create a User Authentication Provider using a state management package. Here's an example using the Provider package:

```
import 'package:firebase_auth/firebase_auth.dart';

import 'package:flutter/foundation.dart';

class UserAuthenticationProvider with ChangeNotifier {

final FirebaseAuth _auth = FirebaseAuth.instance;

User? _user;

User? get user => _user;

UserAuthenticationProvider() {

_auth.authStateChanges().listen((User? user) {

_user = user;

notifyListeners();

});

}

Future<void> signOut() async {

await _auth.signOut();
```

```
}

Future<User?> signInWithEmailAndPassword(String email, String
password) async {

try {

final      UserCredential      userCredential      =      await
_auth.signInWithEmailAndPassword(

email: email,

password: password,

);

return userCredential.user;

} catch (e) {

print('Error signing in: $e');

return null;

}

}

// Add other authentication methods as needed.

}
```

In this code:

- We create a UserAuthenticationProvider class that extends ChangeNotifier to manage user authentication state.

- We use the FirebaseAuth.instance.authStateChanges() stream to listen for changes in the user's authentication status and notify listeners when the state changes.

- The provider includes methods for signing in, signing out, and other authentication-related actions.

Using the User Authentication Provider

Once you've implemented the User Authentication Provider, you can use it in your app to access the current user's authentication status and perform authentication actions:

// Inside a Flutter widget, you can access the provider like this:

final   userProvider   = Provider.of<UserAuthenticationProvider>(context);

// To check if a user is authenticated:

if (userProvider.user != null) {

// User is authenticated

} else {

// User is not authenticated

}

// To sign out:

userProvider.signOut();

Implementing Authentication Guards

Authentication guards are used to protect certain routes or features in your app, ensuring that only authenticated users can access them. You can implement authentication guards using Flutter's RouteGuard or similar techniques depending on your chosen navigation package.

Session Persistence

Firebase Authentication provides options for controlling session persistence. By default, Firebase keeps users signed in even after the app is closed and reopened. However, you can configure session persistence to suit your app's needs, such as requiring users to sign in again after a certain period of inactivity.

Conclusion

Managing user sessions and states is crucial for a seamless and secure user experience in your Flutter app using Firebase Authentication. By implementing authentication state management and utilizing Flutter's state management packages, you can ensure that your app correctly handles user authentication, session persistence, and authentication-related features. This enhances the overall usability and security of your app, providing users with a positive experience.

3.5 Security and Privacy Considerations

When implementing Firebase Authentication in your Flutter app, it's crucial to prioritize security and privacy to protect user data and provide a trustworthy user experience. In this section, we'll discuss key security and privacy considerations to keep in mind.

1. Secure Communication

Ensure that all communication between your Flutter app and Firebase Authentication services is secure. Firebase uses HTTPS to encrypt data in transit, providing a secure channel for authentication requests and responses. However, make sure you use the latest versions of Firebase libraries to benefit from security updates and improvements.

2. User Data Protection

Respect user privacy by collecting and storing only the data necessary for authentication and user management. Firebase Authentication handles user credentials securely, but be cautious when implementing custom authentication systems, and follow best practices for data protection.

3. Password Security

If you allow users to create accounts with email and password, store passwords securely using techniques like hashing and salting. Firebase Authentication handles this automatically, but if you implement custom authentication, ensure you follow industry-standard password security practices.

4. Account Recovery

Implement account recovery mechanisms, such as password reset via email, to help users regain access to their accounts in case they forget their passwords. Firebase Authentication offers built-in support for this feature.

5. Email Verification

Encourage users to verify their email addresses after registration. Firebase Authentication provides tools to send email verification requests to users. This not only enhances security but also ensures that users can receive important account-related notifications.

6. Two-Factor Authentication (2FA)

Consider implementing two-factor authentication (2FA) for an extra layer of security. Firebase Authentication supports 2FA through various methods, such as SMS codes or app-based authenticator apps.

7. Account Lockout and Rate Limiting

Implement account lockout and rate limiting mechanisms to protect against brute force and other attacks. Firebase offers security rules to control access to your Firebase resources, helping you enforce rate limits.

8. Access Control

Use Firebase Security Rules to control who can access different parts of your app and data. Ensure that only authorized users can perform specific actions and access certain resources.

9. Third-party Authentication Providers

If you integrate third-party authentication providers (e.g., Google, Facebook), review their privacy and security policies to understand how they handle user data. Ensure that they comply with your app's privacy requirements.

10. Data Retention Policies

Comply with data retention policies and regulations applicable to your app's users' data. Firebase Authentication offers features to manage user accounts and data deletion requests.

11. Regular Security Audits

Perform regular security audits and vulnerability assessments to identify and address potential security issues. Stay informed about security updates and patches for Firebase Authentication.

12. Security Documentation

Maintain clear and up-to-date documentation for your app's security and privacy practices. Educate your development team on security best practices and provide guidelines for handling user data securely.

13. Legal Compliance

Ensure that your app complies with relevant privacy laws and regulations, such as GDPR in Europe or CCPA in California. Firebase offers tools to help with user data export and deletion to meet compliance requirements.

14. User Consent and Transparency

Be transparent with users about how their data is used and processed. Obtain explicit consent for data collection and inform users about your app's privacy policy.

15. Incident Response Plan

Develop an incident response plan to handle security breaches or data breaches effectively. Know how to communicate with affected users and take appropriate actions to mitigate the impact.

By addressing these security and privacy considerations, you can create a more secure and trustworthy Flutter app that respects user privacy and protects sensitive data. Implementing robust security practices not only safeguards your users but also enhances the credibility and reputation of your app.

Chapter 4: Real-time Database Management

4.1 Overview of Firebase Realtime Database

Firebase Realtime Database is a cloud-hosted NoSQL database that allows you to store and sync data in real time. It is a key component of Firebase that enables you to build responsive and collaborative apps that can provide a seamless user experience. In this section, we'll provide an overview of Firebase Realtime Database and its fundamental concepts.

Key Features of Firebase Realtime Database

Firebase Realtime Database offers several features that make it suitable for a wide range of applications:

1. **Real-time Data Synchronization:** Data in the database is synchronized in real time across all connected clients. When data changes on one device, it is immediately updated on all other devices that are listening to the same data.

2. **Offline Support:** Firebase Realtime Database provides offline support, allowing your app to continue working even when the device is not connected to the internet. It automatically syncs changes once the connection is restored.

3. **NoSQL Database:** It is a NoSQL database, which means it offers flexibility in data structure and schema. You can store JSON-like data, making it suitable for dynamic and rapidly changing data.

4. **Security Rules:** Firebase allows you to define security rules

to control who can read and write data in the database. This helps protect your data and ensure that only authorized users can access it.

5. **Scalability:** Firebase Realtime Database is designed to scale automatically as your app grows, ensuring that it can handle increasing amounts of data and traffic.

Data Structure

In Firebase Realtime Database, data is organized as a JSON tree. The database is a hierarchical structure where each piece of data is represented as a key-value pair. Here's an example of a simple database structure:

```
{

"users": {

"user_id_1": {

"name": "John",

"email": "john@example.com"

},

"user_id_2": {

"name": "Alice",

"email": "alice@example.com"

}

},

"posts": {
```

```
"post_id_1": {

"title": "First Post",

"content": "This is the content of the first post."

},

"post_id_2": {

"title": "Second Post",

"content": "This is the content of the second post."

}

}

}
```

In this example, there are two top-level nodes: "users" and "posts." Each node contains multiple child nodes, and each child node represents an entity with its data.

Real-time Updates

One of the key advantages of Firebase Realtime Database is its ability to provide real-time updates. When a change is made to the data, all connected clients receive these updates in real time without the need for manual polling or refreshing. This feature is especially useful for chat apps, collaborative tools, and other applications that require real-time interactions.

SDK Integration

To use Firebase Realtime Database in your Flutter app, you need to integrate the Firebase SDK by following the steps outlined in

Chapter 1, Section 1.4. Once integrated, you can access and manipulate data in the database using the Firebase Realtime Database API.

In the following sections of this chapter, we will delve deeper into using Firebase Realtime Database with Flutter, including CRUD (Create, Read, Update, Delete) operations, data structuring, and real-time synchronization.

4.2 CRUD Operations with Flutter and Firebase

Firebase Realtime Database allows you to perform CRUD (Create, Read, Update, Delete) operations on your data in a straightforward manner. In this section, we'll explore how to perform these operations using Flutter in conjunction with Firebase Realtime Database.

1. Creating Data

To create (or write) data to the Firebase Realtime Database, you can use the set or push methods. Here's an example of creating a new post in a "posts" node:

```
import 'package:firebase_database/firebase_database.dart';

final          DatabaseReference          databaseRef          =
FirebaseDatabase.instance.reference();

void createPost(String title, String content) {

DatabaseReference newPostRef = databaseRef.child('posts').push();

newPostRef.set({
```

```
'title': title,

'content': content,

});

}
```

In this code:

- We import the firebase_database package, which provides access to Firebase Realtime Database.

- We obtain a reference to the "posts" node in the database using databaseRef.child('posts').

- We create a new child node under "posts" using the push method, which generates a unique key for the new post.

- We use the set method to write the post data (title and content) to the new child node.

2. Reading Data

To read data from the Firebase Realtime Database, you can use the once or onValue method to fetch data once or listen for real-time updates, respectively. Here's an example of reading all posts from the "posts" node:

```
import 'package:firebase_database/firebase_database.dart';

final    DatabaseReference    databaseRef    =
FirebaseDatabase.instance.reference();

Future<List<Post>> getPosts() async {

List<Post> posts = [];
```

```
DataSnapshot snapshot = await databaseRef.child('posts').once();

if (snapshot.value != null) {

Map<String, dynamic> data = snapshot.value;

data.forEach((key, value) {

posts.add(Post.fromMap(key, value));

});

}

return posts;

}
```

In this code:

- We define a getPosts function to fetch all posts from the "posts" node.

- We use the once method to fetch the data once as a DataSnapshot.

- We iterate through the data using a forEach loop and convert it into a list of Post objects.

3. Updating Data

To update data in the Firebase Realtime Database, you can use the update method. Here's an example of updating a post's content:

```
import 'package:firebase_database/firebase_database.dart';

final       DatabaseReference       databaseRef       =
FirebaseDatabase.instance.reference();
```

```
void updatePostContent(String postId, String newContent) {

databaseRef.child('posts/$postId').update({

'content': newContent,

});

}
```

In this code:

- We use the update method to update the "content" field of a specific post identified by its postId.

4. Deleting Data

To delete data from the Firebase Realtime Database, you can use the remove method. Here's an example of deleting a post:

```
import 'package:firebase_database/firebase_database.dart';

final         DatabaseReference         databaseRef         =
FirebaseDatabase.instance.reference();

void deletePost(String postId) {

databaseRef.child('posts/$postId').remove();

}
```

In this code:

- We use the remove method to delete a specific post identified by its postId.

These are the basic CRUD operations you can perform with Firebase Realtime Database in Flutter. By integrating these operations into your app, you can create interactive and dynamic applications that store and manipulate data in real time.

4.3 Data Structuring and Management

Firebase Realtime Database offers flexibility in how you structure and manage your data. Proper data structuring is essential for efficient data retrieval and maintenance of your Flutter app. In this section, we'll discuss best practices for structuring and managing data in Firebase Realtime Database.

Hierarchical Data Structure

Firebase Realtime Database uses a hierarchical JSON-like data structure. It's essential to design your data structure carefully to suit your app's needs. Here are some tips for structuring your data:

1. **Use Hierarchies:** Create a hierarchy that reflects your data's natural structure. For example, if you have a social app, you might have nodes for "users," "posts," and "comments," each with their respective child nodes.
2. **Avoid Deep Nesting:** While hierarchies are useful, avoid deep nesting with too many levels. Deeply nested data can lead to increased complexity and slower queries.
3. **Denormalization:** Consider denormalizing data when necessary. This means duplicating data to reduce the need for complex queries. For example, including a user's name in each post node to avoid looking it up in a separate "users" node.

Indexing and Querying

Firebase Realtime Database allows you to query and filter data efficiently. Here are some key points to keep in mind:

1. **Indexing:** Firebase automatically indexes data to support efficient queries. However, complex queries may require custom indexing rules in Firebase Security Rules.
2. **Queries:** Use queries to filter and retrieve specific data. For example, you can use orderByChild, startAt, endAt, and equalTo to narrow down data retrieval.
3. **Limiting Queries:** To reduce the amount of data retrieved, use methods like limitToFirst and limitToLast to limit the number of results.

Firebase Security Rules

Security is paramount when structuring and managing data in Firebase Realtime Database. Firebase Security Rules allow you to control who can access and modify data. Here are some security considerations:

1. **Rule Validation:** Write clear and well-structured security rules. Always validate user access and data changes according to your app's requirements.
2. **Auth Variable:** Utilize the auth variable in security rules to restrict data access based on user authentication status and user-specific data.
3. **Role-based Access:** Implement role-based access control to differentiate between regular users and administrators with different privileges.

Real-time Synchronization

Firebase Realtime Database excels at real-time data synchronization. When structuring data, remember that any changes made by one user should automatically reflect on other users' devices. Be mindful of real-time updates and design your data structure accordingly.

Data Modeling

Consider how your data model aligns with your app's functionality. It's often helpful to create a data model in Flutter that mirrors the structure of your Firebase Realtime Database. This makes it easier to manage data in your app and ensures consistency.

Data Maintenance

Regularly review and optimize your data structure. Over time, data can become outdated or redundant. Remove unnecessary data, archive old records, and implement data cleanup processes to maintain database performance.

Data Transactions

Firebase Realtime Database supports transactions for atomic updates. Use transactions when multiple users might modify the same data simultaneously to prevent conflicts and ensure data integrity.

Backup and Restore

Set up automated data backups to prevent data loss. Firebase offers backup and restore options, ensuring you can recover your data in case of unexpected issues.

In summary, structuring and managing data in Firebase Realtime Database is crucial for the efficiency and reliability of your Flutter app. Proper hierarchies, indexing, security rules, and data modeling can greatly impact your app's performance and user experience. By following best practices and regularly maintaining your data, you can ensure that your Firebase Realtime Database serves as a solid foundation for your app's functionality.

4.4 Real-time Data Synchronization

Real-time data synchronization is one of the core features of Firebase Realtime Database that sets it apart. It allows multiple clients to work with the same dataset in real time, making it ideal for collaborative applications, chat apps, and any use case where data needs to be updated instantly across all connected devices. In this section, we'll explore how real-time synchronization works and how to implement it in your Flutter app.

Real-time Data Updates

Firebase Realtime Database uses a publish-subscribe model to notify clients of data changes. When data changes in the database, all connected clients receive real-time updates automatically. This ensures that your app's user interface remains up to date without the need for manual refreshes or polling.

Listening for Data Changes

To listen for real-time updates in your Flutter app, you can use the onValue method provided by the DatabaseReference class. Here's an example of how to listen for changes to a "posts" node:

```
import 'package:firebase_database/firebase_database.dart';

final DatabaseReference databaseRef = FirebaseDatabase.instance.reference();

void listenForPosts() {

databaseRef.child('posts').onValue.listen((Event event) {

// Handle data changes here

DataSnapshot snapshot = event.snapshot;
```

```
// Update your UI or perform actions based on the new data

});

}
```

In this code:

- We use the onValue method to listen for changes to the "posts" node.

- When changes occur, the listener's callback function is executed, providing an Event object containing the updated data in the form of a DataSnapshot.

- You can then extract the data from the DataSnapshot and update your app's UI or perform any necessary actions based on the new data.

Efficient Data Updates

Firebase Realtime Database is designed to efficiently synchronize data. It only transfers the data that has changed, which minimizes bandwidth usage and ensures speedy updates even with large datasets.

Detaching Listeners

When you no longer need to listen for real-time updates, it's important to detach the listeners to prevent unnecessary data transfers and resource usage. You can use the cancel method on the listener subscription to stop listening:

```
import 'package:firebase_database/firebase_database.dart';

StreamSubscription<Event>? postsListener;
```

```
void startListeningForPosts() {

postsListener = databaseRef.child('posts').onValue.listen((Event
event) {

// Handle data changes

});

}

void stopListeningForPosts() {

if (postsListener != null) {

postsListener!.cancel();

postsListener = null;

}

}
```

In this example, we create a postsListener variable to hold the listener subscription, and we cancel it when no longer needed.

Offline Support

Firebase Realtime Database offers excellent offline support. When your Flutter app is offline, it can continue to read and write data locally. Once the device regains internet connectivity, the changes are automatically synchronized with the server.

Collaborative Editing

Real-time synchronization is particularly useful for collaborative editing applications, such as collaborative document editing or shared whiteboards. Multiple users can edit the same document simultaneously, and their changes are reflected in real time for all other users.

Conclusion

Real-time data synchronization is a powerful feature of Firebase Realtime Database that enables you to create dynamic and collaborative Flutter apps. By implementing listeners and handling real-time updates effectively, you can provide a seamless user experience with up-to-date data across all connected devices.

4.5 Offline Data Handling and Synchronization

Firebase Realtime Database provides robust support for offline data handling and synchronization in your Flutter app. This feature ensures that your app remains functional even when the device is not connected to the internet, and it automatically synchronizes data with the server when a connection is restored. In this section, we'll explore how offline data handling works and how to implement it effectively.

Enabling Offline Persistence

Offline persistence is enabled by default in Firebase Realtime Database for Flutter apps. This means that data is automatically cached and stored locally on the device when the app fetches data from the server. To disable offline persistence, you can use the following code:

```
import 'package:firebase_core/firebase_core.dart';

await Firebase.initializeApp(
```

```
options: FirebaseOptions(

apiKey: 'YOUR_API_KEY',

databaseURL: 'https://your-project.firebaseio.com',

persistenceEnabled: false, // Disable offline persistence

),

);
```

However, it's generally recommended to keep offline persistence enabled for a smoother user experience.

Writing Data Offline

When your Flutter app is offline, you can continue to write data to the Firebase Realtime Database. These writes are cached locally and synchronized with the server once the device is back online. Here's an example of writing data offline:

```
import 'package:firebase_database/firebase_database.dart';

final DatabaseReference databaseRef = FirebaseDatabase.instance.reference();

void writeDataOffline(String data) {

databaseRef.child('offline_data').push().set(data);

}
```

In this code, the set operation writes data to the "offline_data" node even when there's no internet connection. Firebase will automatically sync this data when connectivity is restored.

Reading Data Offline

Reading data while offline is straightforward in Firebase Realtime Database. When your app fetches data, it first checks the local cache for any available data. If the data is found locally, it's returned immediately. If not, the app will fetch the data from the server once the device is online. You don't need to write separate code for offline data retrieval.

```dart
import 'package:firebase_database/firebase_database.dart';

final DatabaseReference databaseRef = FirebaseDatabase.instance.reference();

Future<void> fetchData() async {

DataSnapshot snapshot = await databaseRef.child('data').once();

// Use the data from the snapshot

}
```

In the code above, the once method fetches data, and Firebase automatically handles offline scenarios by providing cached data if available.

Handling Conflicts

In cases where multiple clients edit the same data while offline and then sync their changes when online, Firebase uses a "last write wins" strategy. This means that the latest change made on any client will overwrite conflicting data. If you need more advanced conflict resolution, you'll need to implement your own logic.

Monitoring Connectivity

You can monitor network connectivity in your Flutter app to provide feedback to users about their online or offline status. The connectivity package can help with this task. Here's a basic example:

```
import 'package:connectivity/connectivity.dart';

void checkConnectivity() {

Connectivity().onConnectivityChanged.listen((ConnectivityResult result) {

if (result == ConnectivityResult.none) {

// Device is offline

} else {

// Device is online

}

});

}
```

Conclusion

Offline data handling and synchronization are crucial for ensuring that your Flutter app remains functional in various network conditions. Firebase Realtime Database simplifies this process by automatically caching data and managing synchronization. By enabling offline persistence and following best practices for data reads and writes, you can create a robust and user-friendly app experience that works seamlessly both online and offline.

Chapter 5: Advanced User Interfaces with Flutter

5.1 Custom Widgets and Responsive Design

Creating visually appealing and user-friendly interfaces is essential in mobile app development. Flutter provides a powerful framework for building custom widgets and achieving responsive designs. In this section, we'll delve into the world of custom widgets and explore strategies for creating responsive user interfaces in your Flutter app.

Custom Widgets

Flutter allows you to create custom widgets that encapsulate specific parts of your user interface. Custom widgets are reusable and help maintain a clean and organized codebase. You can design custom widgets to fit your app's unique design requirements.

```
import 'package:flutter/material.dart';

class CustomButton extends StatelessWidget {

final String label;

final VoidCallback onPressed;

CustomButton({required this.label, required this.onPressed});

@override

Widget build(BuildContext context) {

return ElevatedButton(

onPressed: onPressed,
```

```
child: Text(label),

);

}

}
```

In the code above, we define a CustomButton widget that takes a label and an onPressed callback as parameters. This widget encapsulates the behavior and appearance of a button with custom styling.

Responsive Design

Flutter provides tools and techniques for building responsive user interfaces that adapt to different screen sizes and orientations. Here are some strategies for achieving responsive design:

MediaQuery

The MediaQuery class provides information about the device's screen size and orientation. You can use it to make layout decisions based on the screen's characteristics.

```
import 'package:flutter/material.dart';

class ResponsiveText extends StatelessWidget {

@override

Widget build(BuildContext context) {

final screenWidth = MediaQuery.of(context).size.width;

if (screenWidth < 600) {
```

```
return Text('Small Screen');

} else {

return Text('Large Screen');

}

}

}
```

In this example, the ResponsiveText widget displays different text based on the screen width.

LayoutBuilder

The LayoutBuilder widget allows you to respond to the constraints of the parent widget. You can use it to build layouts that adapt to available space.

```
import 'package:flutter/material.dart';

class ResponsiveLayout extends StatelessWidget {

@override

Widget build(BuildContext context) {

return LayoutBuilder(

builder: (context, constraints) {

if (constraints.maxWidth < 600) {

return Column(

children: [
```

```
Text('Small Screen Content'),

// Add more widgets for small screens

],

);

} else {

return Row(

children: [

Text('Large Screen Content'),

// Add more widgets for large screens

],

);

}

},

);

}

}
```

The ResponsiveLayout widget adjusts its layout based on the available width.

Flex and Expanded

Flutter's Flex and Expanded widgets are useful for creating flexible layouts that distribute space proportionally.

```dart
import 'package:flutter/material.dart';

class FlexibleLayout extends StatelessWidget {

@override

Widget build(BuildContext context) {

return Row(

children: [

Flexible(

flex: 1,

child: Container(

color: Colors.red,

height: 100,

),

),

Flexible(

flex: 2,

child: Container(

color: Colors.blue,
```

```
height: 100,

),

),

],

);

}

}
```

In this example, the Flexible widget distributes space in a 1:2 ratio between two containers.

Conclusion

Custom widgets and responsive design are fundamental concepts in Flutter app development. By creating custom widgets, you can encapsulate functionality and design patterns for reusability. Implementing responsive design ensures that your app looks and works well on various devices and screen sizes. Flutter's flexibility and powerful layout tools make it an excellent choice for crafting user interfaces that meet the demands of modern mobile applications.

5.2 Animations and Transitions

Animations are a vital part of creating engaging and visually appealing user interfaces in Flutter. Flutter provides a rich set of tools and widgets for creating animations and transitions that bring your app to life. In this section, we'll explore how to incorporate animations and transitions into your Flutter app.

Animation Basics

In Flutter, animations are created by changing the properties of widgets over time. The Animation class represents a value that changes over time and can be used to drive widget properties. You can use various types of animations, such as Tween animations, physics-based animations, and more.

Here's a simple example of a Tween animation that animates the opacity of a widget:

```dart
import 'package:flutter/material.dart';

class OpacityAnimationDemo extends StatefulWidget {

@override

_OpacityAnimationDemoState          createState()          =>
_OpacityAnimationDemoState();

}

class          _OpacityAnimationDemoState          extends
State<OpacityAnimationDemo>                              with
SingleTickerProviderStateMixin {

late AnimationController _controller;

late Animation<double> _opacityAnimation;

@override

void initState() {

super.initState();

_controller = AnimationController(
```

```dart
duration: Duration(seconds: 2),

vsync: this,

);

_opacityAnimation = Tween<double>(

begin: 0.0,

end: 1.0,

).animate(_controller);

_controller.forward();

}

@override

Widget build(BuildContext context) {

return FadeTransition(

opacity: _opacityAnimation,

child: Container(

color: Colors.blue,

width: 200,

height: 200,

child: Center(

child: Text('Fade In Animation'),

),
```

```
),

);

}

@override

void dispose() {

_controller.dispose();

super.dispose();

}

}
```

In this example, we use a Tween animation to smoothly transition the opacity of a widget from 0.0 to 1.0. We control the animation with an AnimationController and apply the animation to the FadeTransition widget.

Implicit Animations

Flutter also provides implicit animations that automatically animate changes in widget properties. For example, you can use AnimatedContainer to animate changes in a container's size, color, or position without explicitly managing an animation controller.

```
import 'package:flutter/material.dart';

class AnimatedContainerDemo extends StatefulWidget {

@override

_AnimatedContainerDemoState        createState()        =>
_AnimatedContainerDemoState();
```

```
}

class          _AnimatedContainerDemoState          extends
State<AnimatedContainerDemo> {

double _width = 100.0;

double _height = 100.0;

Color _color = Colors.blue;

void _toggleAnimation() {

setState(() {

_width = _width == 100.0 ? 200.0 : 100.0;

_height = _height == 100.0 ? 200.0 : 100.0;

_color = _color == Colors.blue ? Colors.red : Colors.blue;

});

}

@override

Widget build(BuildContext context) {

return GestureDetector(

onTap: _toggleAnimation,

child: Center(

child: AnimatedContainer(

duration: Duration(seconds: 1),

width: _width,
```

```
height: _height,

color: _color,

child: Center(

child: Text('Tap me'),

),

),

),

);

}

}
```

In this example, tapping the container triggers an animation that smoothly changes its size and color.

Page Transitions

Page transitions are often used to enhance the user experience when navigating between screens or routes in an app. Flutter provides a variety of built-in page transition animations, such as PageRouteBuilder, Hero, and PageRoute.

Here's an example of using PageRouteBuilder to create a custom page transition:

```
import 'package:flutter/material.dart';

class CustomPageRoute extends PageRouteBuilder {

final WidgetBuilder builder;
```

```
CustomPageRoute({required this.builder})

: super(

pageBuilder: (context, animation, secondaryAnimation) =>
builder(context),

transitionsBuilder: (context, animation, secondaryAnimation,
child) {

const begin = Offset(1.0, 0.0);

const end = Offset.zero;

const curve = Curves.easeInOut;

var tween = Tween(begin: begin, end:
end).chain(CurveTween(curve: curve));

var offsetAnimation = animation.drive(tween);

return SlideTransition(position: offsetAnimation, child: child);

},

);

}
```

In this example, we create a custom page transition animation that slides the page in from the right.

Conclusion

Animations and transitions play a significant role in creating visually appealing and interactive Flutter apps. Whether you're adding subtle animations to individual widgets or implementing page transitions for screen navigation, Flutter provides a powerful animation framework to bring your app to life. By mastering these animation techniques, you can create a more engaging and user-friendly experience for your app's users.

5.3 State Management in Flutter

State management is a critical aspect of building Flutter apps that maintain and display data correctly. In Flutter, you'll often need to manage the state of your widgets, including data, user interactions, and UI changes. In this section, we'll explore various state management techniques and patterns to help you make informed decisions when building your app.

The Flutter Widget Tree

In Flutter, your app's UI is represented as a widget tree. Each widget can have its own state, and the widget tree structure allows you to compose complex user interfaces. Understanding how the widget tree works is essential for effective state management.

- **Stateless Widgets:** These widgets have immutable properties and cannot change over time. They are suitable for displaying static content.

```
class MyWidget extends StatelessWidget {

final String text;

MyWidget({required this.text});

@override

Widget build(BuildContext context) {

return Text(text);
```

```
}

}
```

- **Stateful Widgets:** These widgets can change their properties and rebuild their UI when the state changes. They are used for dynamic UI components.

```
class CounterWidget extends StatefulWidget {

@override

_CounterWidgetState createState() => _CounterWidgetState();

}

class _CounterWidgetState extends State<CounterWidget> {

int count = 0;

void increment() {

setState(() {

count++;

});

}

@override

Widget build(BuildContext context) {

return Column(

children: [

Text('Count: $count'),
```

```
ElevatedButton(

onPressed: increment,

child: Text('Increment'),

),

],

);

}

}
```

State Management Techniques

There are several state management techniques in Flutter, each suited for different scenarios and app complexity levels:

1. Provider Package

The Provider package is a popular and flexible state management solution. It allows you to manage and provide data to widgets efficiently using the Provider and Consumer widgets.

```
final myData = Provider.of<MyData>(context);

return Text(myData.value);
```

2. BLoC Pattern

The Business Logic Component (BLoC) pattern separates the UI from business logic. It uses streams to manage state changes and is commonly used with the rxdart package.

```
final _counterController = BehaviorSubject<int>.seeded(0);

Stream<int> get counterStream => _counterController.stream;

void incrementCounter() {

_counterController.sink.add(_counterController.value + 1);

}
```

3. Redux

Redux is a state management pattern that enforces a unidirectional data flow. The flutter_redux package helps implement this pattern in Flutter apps.

```
final store = Store<AppState>(

appReducer,

initialState: AppState(),

);

store.dispatch(IncrementAction());

final count = store.state.count;
```

4. setState

For simple state management needs, you can use the setState method within stateful widgets. It allows you to rebuild the widget's UI when the state changes.

```
class CounterWidget extends StatefulWidget {

@override
```

```dart
_CounterWidgetState createState() => _CounterWidgetState();
}
class _CounterWidgetState extends State<CounterWidget> {
int count = 0;
void increment() {
setState(() {
count++;
});
}
@override
Widget build(BuildContext context) {
return Column(
children: [
Text('Count: $count'),
ElevatedButton(
onPressed: increment,
child: Text('Increment'),
),
],
);
```

}

}

Choosing the Right State Management Approach

The choice of state management technique depends on your app's complexity and your familiarity with the chosen approach. For small apps or beginners, setState might suffice. As your app grows in complexity, you may consider using more advanced techniques like Provider, BLoC, or Redux.

Consider factors such as ease of use, performance, and scalability when selecting a state management solution. Experiment with different approaches to find the one that best fits your project's requirements.

Conclusion

Effective state management is crucial for building robust and responsive Flutter apps. Understanding the Flutter widget tree and choosing the right state management technique can significantly impact the maintainability and performance of your application. By following best practices and selecting the most appropriate state management solution, you can create apps that provide a seamless and delightful user experience.

5.4 Integrating Third-party Libraries and Plugins

One of the strengths of Flutter is its vibrant ecosystem of third-party libraries and plugins. These packages extend the functionality of your app by providing pre-built solutions for various tasks, from UI components to complex functionalities. In this section, we'll explore how to integrate third-party libraries and plugins into your Flutter project.

Using Flutter Packages

Flutter packages are the primary way to incorporate third-party functionality into your app. The Flutter team maintains a package repository called "pub.dev," where you can discover and use packages created by the Flutter community.

To use a package in your project, follow these steps:

1. Open your project's pubspec.yaml file.
2. Add the package under the dependencies section. For example:

dependencies:

flutter:

sdk: flutter

http: ^0.13.3 # *Add the package name and version*

1. Save the pubspec.yaml file. Flutter will automatically download and install the package the next time you run flutter pub get or use an integrated development environment (IDE) command like "Pub Get."

Example: Using the HTTP Package

Let's say you want to make HTTP requests in your Flutter app. You can use the "http" package to simplify this task. Here's how you can use it:

1. Add the "http" package to your pubspec.yaml file, as mentioned earlier.
2. Import the package in your Dart code:

```
import 'package:http/http.dart' as http;
```

1. Use the package to make HTTP requests. For example, to send a GET request:

```
Future<void> fetchData() async {

final          response          =          await
http.get(Uri.parse('https://example.com/api/data'));

if (response.statusCode == 200) {

// Parse the JSON response

final data = json.decode(response.body);

// Handle the data

} else {

// Handle errors

}

}
```

Customizing and Extending Widgets

Many Flutter packages provide pre-built widgets and UI components that you can use in your app. These widgets can save you a significant amount of development time and effort. To use a package's widget, follow these steps:

1. Import the package:

```
import              'package:flutter_my_package/
flutter_my_package.dart';
```

1. Use the widget in your code:

```
MyCustomWidget(

property1: 'value1',

property2: 'value2',

)
```

Packages often provide documentation and examples to help you understand how to use their widgets effectively.

Contributing to the Flutter Ecosystem

The Flutter community is collaborative and open-source, which means you can also contribute to the ecosystem by creating and publishing your own packages. You can use the "pub" command-line tool to publish your package to pub.dev and share it with others.

Remember to follow best practices when creating packages, including clear documentation, versioning, and testing. Your contribution can benefit other Flutter developers and help grow the ecosystem.

Conclusion

Integrating third-party libraries and plugins is a fundamental part of Flutter app development. By leveraging the extensive range of packages available on pub.dev, you can add powerful features and components to your app with ease. Whether you're using packages for networking, UI design, state management, or any other aspect of your app, the Flutter community's contributions can significantly streamline your development process and enhance your app's capabilities.

5.5 Performance Optimization

Performance optimization is a critical aspect of developing Flutter apps, especially when targeting a wide range of devices and user scenarios. A well-optimized app ensures a smooth user experience and can lead to higher user satisfaction. In this section, we'll explore various techniques and best practices for optimizing the performance of your Flutter app.

Profiling and Debugging

Before optimizing your app, it's essential to identify performance bottlenecks. Flutter provides powerful tools for profiling and debugging your app's performance:

Flutter DevTools

Flutter DevTools is a suite of performance and debugging tools that helps you analyze your app's behavior. You can access DevTools from the command line or through your integrated development environment (IDE). Use tools like the "Timeline" and "Flutter Inspector" to identify performance issues, such as slow frame rendering or excessive widget rebuilds.

flutter pub global activate devtools

flutter pub global run devtools

Dart Observatory

Dart Observatory is a low-level tool for inspecting Dart code and VM (Virtual Machine) behavior. It provides insights into memory usage, CPU profiling, and more. You can launch the Observatory by running your Flutter app with the —observatory-port flag and accessing it via a web browser.

flutter run—observatory-port=8888

Profiling and Tracing

Flutter supports CPU profiling and tracing through the flutter run command with the —profile and —trace-skia flags. These tools can help you pinpoint performance bottlenecks, identify slow frames, and understand how your app's code impacts rendering.

flutter run—profile

flutter run—trace-skia

Best Practices for Performance

Once you've identified performance issues, you can start optimizing your app using the following best practices:

Minimize Widget Rebuilds

Excessive widget rebuilds can lead to performance issues. Use const constructors for stateless widgets and leverage the const keyword to create widgets that don't change. This reduces the number of rebuilds, improving performance.

const MyWidget(); // Stateless widget with a constant constructor

Efficient Data Loading

Load data efficiently, especially when dealing with large datasets or remote APIs. Consider using pagination, lazy loading, or caching to reduce unnecessary data retrieval and processing.

Optimize Images

Images can consume a significant amount of memory and affect app performance. Use compressed image formats like WebP, and consider using packages like flutter_svg for vector graphics. Additionally, use the Image.network constructor's cache and filterQuality parameters to control image caching and quality.

Reduce Widget Nesting

Avoid deep widget hierarchies as they can impact rendering performance. Use layout builders like Row, Column, and Stack to efficiently arrange widgets. Additionally, the ListView.builder constructor is useful for creating lists with dynamic content without excessive widget nesting.

Leverage the Pub Package

Optimize your app's dependencies by minimizing the number of packages and ensuring they are up to date. Use only the necessary packages and avoid including unused code to reduce the app's overall size.

Profiling on Real Devices

Performance can vary between devices, so it's essential to profile and test your app on a range of real devices with different hardware capabilities. This ensures that your app performs well across the board.

AOT Compilation

Ahead-of-Time (AOT) compilation can improve your app's startup time and runtime performance. It converts Dart code into native machine code, reducing the need for just-in-time (JIT) compilation. You can build your Flutter app with AOT compilation using the —release flag.

flutter build apk—release

Conclusion

Optimizing the performance of your Flutter app is a continuous process that requires profiling, identifying bottlenecks, and applying best practices. By following these guidelines and using the provided tools, you can create Flutter apps that provide a fast and responsive user experience on various devices and under different conditions. A well-optimized app not only ensures user satisfaction but also contributes to the success of your project in the highly competitive mobile app market.

Chapter 6: Firebase Cloud Firestore

6.1. Firestore vs Realtime Database: When to Use What

Firebase offers two primary database solutions: Firebase Realtime Database and Firebase Cloud Firestore. Each has its strengths and is suited to different use cases. In this section, we'll explore when to use Firestore and when Realtime Database might be a better fit for your Flutter app.

Firebase Realtime Database

Firebase Realtime Database is a NoSQL database that stores data in JSON format. It excels in real-time data synchronization and is suitable for applications requiring fast, synchronized updates across multiple clients. Here are some scenarios where Firebase Realtime Database shines:

1. **Real-time Updates**: When your app needs instant updates across devices, such as in chat applications or collaborative tools, Realtime Database is a great choice.
2. **Simple Data Structure**: If your data structure is relatively flat and straightforward, Realtime Database's JSON structure is easy to work with.
3. **Rapid Prototyping**: When you need to quickly prototype an idea and prefer a flexible data model, Realtime Database allows you to iterate rapidly.
4. **Low Latency**: Realtime Database minimizes latency, making it suitable for applications where low-latency data updates are critical.

However, there are scenarios where Firebase Cloud Firestore might be a better choice:

Firebase Cloud Firestore

Firebase Cloud Firestore is a more advanced NoSQL database that offers a richer data model compared to Realtime Database. Firestore is designed for more complex data structures and provides better querying capabilities. Here's when you should consider Firestore:

1. **Complex Queries**: If your app requires advanced querying and filtering of data, Firestore provides a more robust query language compared to Realtime Database.
2. **Hierarchical Data**: Firestore's hierarchical data model is well-suited for applications with nested or structured data, like a blogging platform or e-commerce site.
3. **Scalability**: Firestore's scalability is superior, making it suitable for apps expecting substantial growth or handling large datasets.
4. **Offline Support**: Firestore provides better offline support, allowing your app to function seamlessly even without a network connection.

In conclusion, both Realtime Database and Firestore have their advantages, and the choice between them depends on your app's specific requirements. Consider the complexity of your data, the need for real-time updates, and the scalability expectations when deciding which Firebase database solution to use in your Flutter app.

6.2. Setting up Cloud Firestore in Your Project

Setting up Firebase Cloud Firestore in your Flutter project is a crucial step to leverage its powerful real-time database capabilities. In this section, we'll walk through the process of configuring and integrating Cloud Firestore into your project.

Step 1: Create a Firebase Project

Before you can use Cloud Firestore, you need to create a Firebase project. If you haven't already created one, go to the Firebase Console and click "Add Project." Follow the on-screen instructions to set up your project.

Step 2: Register Your App

Once your Firebase project is ready, you'll need to register your Flutter app with Firebase. Click on your project in the Firebase Console and select "Add App." Choose the appropriate platform (iOS or Android) and follow the setup instructions, which typically involve providing your app's package name (iOS bundle ID or Android package name).

Step 3: Add Firebase Configuration Files

Firebase requires configuration files for each platform (iOS and Android). These files contain important credentials and settings to connect your app with Firebase services. Download the configuration files (usually named google-services.json for Android and GoogleService-Info.plist for iOS) and place them in the respective directories of your Flutter project.

Step 4: Add Firebase Dependencies

To use Cloud Firestore, you need to add the Firebase Flutter SDK to your project's dependencies. Open your Flutter project's pubspec.yaml file and add the following dependencies:

dependencies:

flutter:

sdk: flutter

firebase_core: ^latest_version

cloud_firestore: ^latest_version

Replace ^latest_version with the latest version numbers of the Firebase Core and Cloud Firestore packages.

Step 5: Initialize Firebase

In your Flutter app, you must initialize Firebase before using any Firebase services. Typically, you do this in the main.dart file in the main() function or the void main() method. Import the necessary packages and initialize Firebase like this:

import 'package:flutter/material.dart';

import 'package:firebase_core/firebase_core.dart';

void main() async {

WidgetsFlutterBinding.ensureInitialized();

await Firebase.initializeApp();

runApp(MyApp());

```
}
```

Step 6: Use Cloud Firestore

With Firebase initialized, you can now use Cloud Firestore in your Flutter app. You can create a reference to a Firestore collection or document, retrieve data, update data, and listen for real-time updates.

Here's an example of how to create a reference to a Firestore collection and retrieve documents:

```
import 'package:cloud_firestore/cloud_firestore.dart';
```

```
// Create a reference to a Firestore collection
```

```
CollectionReference                users                =
FirebaseFirestore.instance.collection('users');
```

```
// Retrieve documents from the collection
```

```
QuerySnapshot userSnapshot = await users.get();
```

```
// Access individual documents
```

```
for (QueryDocumentSnapshot user in userSnapshot.docs) {
```

```
print('User ID: ${user.id}');
```

```
print('Name: ${user['name']}');
```

```
print('Email: ${user['email']}');
```

```
}
```

This code snippet demonstrates the basic steps to set up and use Cloud Firestore in your Flutter project. You can now start building your app's data structure and integrate real-time data synchronization features offered by Firestore into your Flutter application.

6.3. Advanced Data Modeling and Queries

Firebase Cloud Firestore provides a flexible and scalable NoSQL database that allows you to model your data in a way that suits your application's needs. In this section, we will explore advanced data modeling techniques and how to perform complex queries with Cloud Firestore.

Document-Based Data Modeling

Firestore uses a document-based data model, where data is stored in documents, and documents are organized into collections. This model is well-suited for hierarchical data structures. Each document contains fields and can be uniquely identified by a document ID.

Collections and Documents:

- **Collections**: Collections are containers for organizing related documents. They are similar to tables in relational databases but more flexible.

- **Documents**: Documents are individual records within a collection. They are represented as JSON-like objects.

Hierarchical Data Modeling

Firestore allows you to model hierarchical data easily. You can nest documents within documents to represent complex relationships. For example, consider modeling a blog application:

- A collection named "posts" contains documents, each representing a blog post.

- Each "post" document may have nested subcollections for comments, likes, and other related data.

Performing Queries

Firestore offers powerful querying capabilities to retrieve data efficiently. Here are some common query operations:

- **Filtering**: You can filter documents based on specific conditions. For example, you can retrieve all posts written by a particular user or with a specific category.

- **Sorting**: You can sort documents based on a field in ascending or descending order.

- **Limiting**: You can limit the number of documents returned in a query result.

- **Pagination**: You can paginate through large result sets by fetching a batch of documents at a time.

Here's an example of querying posts with a specific category and sorting them by date:

```
import 'package:cloud_firestore/cloud_firestore.dart';

// Reference to the "posts" collection

CollectionReference posts = FirebaseFirestore.instance.collection('posts');

// Query for posts with a specific category and sort by date
```

```
QuerySnapshot categoryPosts = await posts
.where('category', isEqualTo: 'Technology')
.orderBy('date', descending: true)
.get();
// Accessing the result
for (QueryDocumentSnapshot post in categoryPosts.docs) {
print('Title: ${post['title']}');
print('Author: ${post['author']}');
print('Category: ${post['category']}');
print('Date: ${post['date']}');
}
```

Firestore queries can be as simple or as complex as your application requires, allowing you to retrieve and manipulate data effectively.

Denormalization

In Firestore, you might need to denormalize data for performance reasons. Denormalization involves duplicating data in multiple places to avoid complex queries or multiple database reads. However, denormalization can lead to increased storage costs, so it should be used judiciously.

Real-time Listeners

Firestore provides real-time updates through listeners. You can attach listeners to documents or collections, and your app will receive automatic updates whenever the data changes. This is powerful for building real-time features like chat applications and collaborative editing.

Firestore offers a robust set of features for advanced data modeling and querying, making it a versatile choice for structuring and managing your app's data. By understanding these concepts and capabilities, you can design an efficient data model and create complex queries to meet your application's requirements.

6.4. Real-time Listeners in Firestore

Firebase Cloud Firestore excels in providing real-time data synchronization, allowing your Flutter app to react to changes in the database in real-time. In this section, we will explore how to use real-time listeners in Firestore to keep your app updated with live data.

Introduction to Real-time Listeners

Real-time listeners are a fundamental feature of Firestore. They enable your app to listen for changes to documents, collections, or queries. When data changes in the database that matches the criteria specified in your listener, your app is notified, and it can update its UI accordingly.

Adding a Real-time Listener

To add a real-time listener in Firestore, you typically use the snapshots() method on a DocumentReference, CollectionReference, or Query object. Here's an example of how to add a real-time listener to a collection of blog posts:

import 'package:cloud_firestore/cloud_firestore.dart';

// Reference to the "posts" collection

```
CollectionReference posts =
FirebaseFirestore.instance.collection('posts');

// Add a real-time listener to the "posts" collection

var subscription = posts.snapshots().listen((QuerySnapshot
querySnapshot) {

querySnapshot.docChanges.forEach((change) {

if (change.type == DocumentChangeType.added) {

// Handle added document

print('Added: ${change.doc.data()}');

}

if (change.type == DocumentChangeType.modified) {

// Handle modified document

print('Modified: ${change.doc.data()}');

}

if (change.type == DocumentChangeType.removed) {

// Handle removed document

print('Removed: ${change.doc.data()}');

}

});

});

// To stop listening, cancel the subscription
```

subscription.cancel();

In the example above, the snapshots() method returns a Stream of QuerySnapshot objects, and we listen to changes in this stream. The docChanges property of each QuerySnapshot provides information about the added, modified, or removed documents.

Real-time Updates in UI

Real-time listeners are invaluable for keeping your app's UI up-to-date. For instance, if you're building a chat application, you can use a real-time listener to instantly display new messages as they arrive in the database. Similarly, in a collaborative document editing app, real-time listeners can update the document content as other users make changes.

Performance Considerations

While real-time listeners are powerful, it's essential to use them judiciously to avoid unnecessary updates and increased network usage. Be mindful of the data you're listening to and ensure that your app subscribes to only the data it needs.

Security Rules and Permissions

Remember that Firestore security rules apply to real-time listeners as well. Your app can only access data for which it has the appropriate permissions. Ensure that your security rules are configured correctly to protect your data while allowing authorized users to receive real-time updates.

Firebase Cloud Firestore's real-time listeners are a fundamental tool for building interactive and dynamic Flutter applications. They allow your app to respond instantly to changes in data, providing users with a seamless and engaging experience. Properly using real-time listeners can greatly enhance the real-time capabilities of your app.

6.5. Securing Your Firestore Data

Securing your Firestore data is a critical aspect of developing a safe and reliable Flutter app. Firestore provides robust security rules that allow you to control who can read and write data in your database. In this section, we will explore the importance of security rules and how to implement them effectively.

Why Security Rules Matter

Firestore security rules play a pivotal role in ensuring the integrity and confidentiality of your data. Without proper security rules, anyone with access to your app can potentially read, modify, or delete data in your database, which can lead to data breaches, data loss, or unauthorized access.

Writing Security Rules

Firestore security rules are written in a domain-specific language called Firebase Security Rules language. These rules define access control for your database by specifying conditions that must be met for a read or write operation to be allowed. Security rules are deployed to the Firebase server, where they are enforced automatically.

Here's an example of a basic security rule that allows authenticated users to read and write their own user document:

service cloud.firestore {

match /databases/{database}/documents {

```
// Allow read and write access to the user document for
authenticated users

match /users/{userId} {

allow read, write: if request.auth.uid == userId;

}

}

}
```

In this example, request.auth.uid represents the authenticated user's unique ID, and userId refers to the ID of the user document. Only if these IDs match will the read and write operations be allowed.

Security Rules Best Practices

To implement effective security rules, consider the following best practices:

1. **Authentication**: Require users to be authenticated before allowing read or write access to sensitive data. You can use request.auth to check if a user is authenticated.
2. **Data Validation**: Validate the data being written to the database to prevent malicious or incorrect data from entering.
3. **Role-Based Access**: Implement role-based access control by defining user roles and restricting access accordingly. For example, you may have administrators who can perform certain actions that regular users cannot.
4. **Avoid Wildcard Matching**: Be specific in your rules to avoid using wildcards like {document=**} unless necessary. Overly permissive rules can compromise security.

5. **Testing Rules**: Test your security rules thoroughly before deploying them to production. Firebase provides simulation tools to help you verify your rules.

Monitoring and Auditing

It's crucial to continuously monitor and audit your Firestore security rules to ensure they meet your app's evolving needs. Regularly review and update rules as your app's data model and access requirements change.

Firestore security rules are a powerful tool for protecting your data and ensuring that only authorized users can access and modify it. Properly implemented rules can safeguard your app's data integrity and privacy, giving you and your users confidence in the security of your Flutter-Firebase application.

7.1. Using Firebase Storage for Media Files

Firebase Storage is a powerful solution for managing and serving media files, such as images, videos, and audio, in your Flutter app. In this section, we will explore the capabilities of Firebase Storage and how to integrate it into your application to handle media files efficiently.

Introduction to Firebase Storage

Firebase Storage is a cloud-based object storage service that allows you to store and serve user-generated content, such as profile pictures, multimedia files, and application assets. It seamlessly integrates with other Firebase services, making it an ideal choice for storing and serving media files in your Flutter app.

Key Features of Firebase Storage

Firebase Storage offers several essential features for handling media files:

1. **Scalability**: Firebase Storage can handle large amounts of media content and automatically scales to accommodate your app's needs.
2. **Security**: Like Firestore, Firebase Storage allows you to define security rules to control access to your stored files, ensuring data privacy and integrity.
3. **Low Latency**: Firebase Storage is optimized for low-latency retrieval, making it suitable for delivering media files to your app's users quickly.
4. **Simplified File Management**: You can organize files into buckets and folders for efficient file management and

access control.

5. **Integration with Firebase Authentication**: You can easily restrict access to files based on user authentication, ensuring that only authorized users can access certain media content.

Uploading Files to Firebase Storage

To upload files to Firebase Storage, you'll first need to initialize Firebase Storage in your Flutter app using the Firebase SDK. Here's a basic example of uploading an image file to Firebase Storage:

import 'dart:io';

import 'package:firebase_storage/firebase_storage.dart';

import 'package:path/path.dart' as path;

Future<String> uploadFile(File file) async {

final fileName = path.basename(file.path);

final Reference storageReference = FirebaseStorage.instance.ref().child('images/$fileName');

final UploadTask uploadTask = storageReference.putFile(file);

// Get the download URL of the uploaded file

final TaskSnapshot taskSnapshot = await uploadTask;

final String downloadUrl = await taskSnapshot.ref.getDownloadURL();

return downloadUrl;

}

In this code snippet, we first create a reference to the storage location where the file should be uploaded. Then, we use putFile to initiate the file upload. Once the upload is complete, we retrieve the download URL, which can be used to access the uploaded file.

Serving Files from Firebase Storage

Serving files from Firebase Storage is straightforward. You can use the generated download URL to display images, play audio, or stream videos in your Flutter app. Firebase Storage automatically handles the delivery of media files with low latency and high availability.

Firebase Storage is a valuable asset for any Flutter app that requires media file management. Whether you're building a social media platform, an e-commerce application, or a content-sharing app, Firebase Storage simplifies the process of uploading, storing, and serving media files while providing robust security and scalability.

7.2. Uploading and Retrieving Images and Videos

Uploading and retrieving images and videos is a common requirement in many mobile applications. Firebase Storage simplifies this task by providing a scalable and secure solution for storing and serving media files. In this section, we will explore how to upload and retrieve images and videos using Firebase Storage in your Flutter app.

Uploading Images and Videos

Uploading images and videos to Firebase Storage involves a few steps. First, ensure that you have Firebase Storage initialized in your Flutter project. You can refer to the previous section for initialization instructions.

Here's an example of how to upload an image file:

```dart
import 'dart:io';

import 'package:firebase_storage/firebase_storage.dart';

import 'package:path/path.dart' as path;

Future<String> uploadImage(File imageFile) async {

final fileName = path.basename(imageFile.path);

final Reference storageReference = FirebaseStorage.instance.ref().child('images/$fileName');

final UploadTask uploadTask = storageReference.putFile(imageFile);

// Get the download URL of the uploaded image

final TaskSnapshot taskSnapshot = await uploadTask;

final String downloadUrl = await taskSnapshot.ref.getDownloadURL();

return downloadUrl;

}
```

In this code snippet, we create a function uploadImage that takes an image file as input. It generates a unique file name based on the image's original name and uploads the file to the specified storage reference. After the upload is complete, we retrieve the download URL, which can be used to display the uploaded image in your app.

Retrieving Images and Videos

Retrieving images and videos from Firebase Storage is straightforward, thanks to the download URLs provided during the upload process. You can use these URLs to display media content in your Flutter app.

Here's an example of how to retrieve and display an image using the Image.network widget in Flutter:

import 'package:flutter/material.dart';

class ImageDisplay extends StatelessWidget {

final String imageUrl;

ImageDisplay({required this.imageUrl});

@override

Widget build(BuildContext context) {

return Image.network(imageUrl);

}

}

In this example, we create a ImageDisplay widget that takes an imageUrl as a parameter and uses the Image.network widget to display the image.

To retrieve and display videos, you can use packages like video_player or chewie in Flutter. These packages allow you to load and play video files from a URL, making it easy to integrate videos into your app.

Firebase Storage simplifies the process of uploading and retrieving media files, whether they are images, videos, or other types of content. It provides a scalable and secure solution for managing media assets in your Flutter app, ensuring a smooth user experience when dealing with multimedia content.

7.3. Integrating Media into Flutter Interfaces

Integrating media, such as images and videos, into your Flutter app's user interfaces is essential to create engaging and visually appealing experiences. In this section, we will explore how to seamlessly incorporate media assets from Firebase Storage into your Flutter interfaces.

Displaying Images

To display images in your Flutter app, you can use the Image widget or the Image.network constructor, which allows you to load images from URLs. You can easily retrieve the download URL of an image stored in Firebase Storage and pass it to the Image.network constructor to display the image.

Here's an example of how to display an image from Firebase Storage:

import 'package:flutter/material.dart';

class ImageDisplay extends StatelessWidget {

final String imageUrl;

ImageDisplay({required this.imageUrl});

@override

Widget build(BuildContext context) {

```
return Image.network(imageUrl);

}

}
```

In this code snippet, we create an ImageDisplay widget that takes an imageUrl as a parameter and uses the Image.network widget to display the image. You can use this widget in your app's user interfaces to show images stored in Firebase Storage.

Playing Videos

To play videos in your Flutter app, you can use packages like video_player or chewie. These packages allow you to load and play video files from URLs, making it easy to integrate videos from Firebase Storage into your app.

Here's an example of how to use the video_player package to play a video from a URL:

```
import 'package:flutter/material.dart';

import 'package:video_player/video_player.dart';

class VideoPlayerScreen extends StatefulWidget {

final String videoUrl;

VideoPlayerScreen({required this.videoUrl});

@override

_VideoPlayerScreenState          createState()          =>
_VideoPlayerScreenState();

}
```

```
class _VideoPlayerScreenState extends State<VideoPlayerScreen> {

late VideoPlayerController _controller;

@override

void initState() {

super.initState();

_controller = VideoPlayerController.network(widget.videoUrl)

..initialize().then((_) {

// Ensure the first frame is shown

setState(() {});

});

}

@override

Widget build(BuildContext context) {

return Scaffold(

appBar: AppBar(

title: Text('Video Player'),

),

body: Center(

child: _controller.value.isInitialized

? AspectRatio(
```

```
aspectRatio: _controller.value.aspectRatio,

child: VideoPlayer(_controller),

)

: CircularProgressIndicator(),

),

floatingActionButton: FloatingActionButton(

onPressed: () {

setState(() {

if (_controller.value.isPlaying) {

_controller.pause();

} else {

_controller.play();

}

});

},

child: Icon(

_controller.value.isPlaying ? Icons.pause : Icons.play_arrow,

),

),

);
```

```
}

@override

void dispose() {

super.dispose();

_controller.dispose();

}

}
```

In this example, we create a VideoPlayerScreen widget that takes a videoUrl as a parameter and uses the video_player package to play the video from the specified URL. The video player UI includes playback controls, such as play, pause, and a progress bar.

By integrating media assets from Firebase Storage into your Flutter interfaces, you can create dynamic and visually appealing app experiences. Whether it's displaying images in a gallery or playing videos in a multimedia app, Firebase Storage provides a reliable solution for serving media content to your users.

7.4. Handling Large Files and Caching

Handling large media files and implementing caching strategies are essential aspects of managing media content in your Flutter app, especially when dealing with images and videos. In this section, we will explore techniques for efficiently managing large files and implementing caching mechanisms to enhance the user experience.

Optimizing Image Loading

When loading images from Firebase Storage, it's important to consider the size and resolution of the images to avoid unnecessary data consumption and slow loading times. You can optimize image loading by resizing and compressing images before displaying them in your app.

The flutter_cache_manager package is a popular choice for implementing image caching in Flutter. It allows you to fetch, store, and retrieve images from remote sources efficiently. Here's an example of how to use flutter_cache_manager to load and cache images:

```
import                      'package:flutter_cache_manager/
flutter_cache_manager.dart';

// ...

final imageUrl = 'https://example.com/image.jpg';

Future<void> loadImageAndCache() async {

final file = await DefaultCacheManager().getSingleFile(imageUrl);

if (file != null) {

// Use the cached image file

} else {

// Fetch the image and display it

}

}
```

In this code snippet, we use DefaultCacheManager().getSingleFile to fetch and cache the image specified by imageUrl. If the image is already cached, it returns the cached file; otherwise, it fetches the image and stores it in the cache. This approach reduces the load on the network and provides faster image loading for subsequent app sessions.

Efficient Video Streaming

For videos, consider implementing video streaming instead of downloading the entire video file before playback. This approach allows users to start watching the video while it's still being downloaded, reducing wait times.

The video_player package in Flutter supports video streaming and provides a smooth user experience for playing videos. You can use it to stream videos from Firebase Storage or other sources. Here's a modified example from a previous section to enable video streaming:

```
import 'package:flutter/material.dart';

import 'package:video_player/video_player.dart';

class VideoPlayerScreen extends StatefulWidget {

final String videoUrl;

VideoPlayerScreen({required this.videoUrl});

@override

_VideoPlayerScreenState                createState()                =>
_VideoPlayerScreenState();

}

class _VideoPlayerScreenState extends State<VideoPlayerScreen> {
```

```
late VideoPlayerController _controller;

@override

void initState() {

super.initState();

_controller = VideoPlayerController.network(widget.videoUrl)

..initialize().then((_) {

// Ensure the first frame is shown

setState(() {});

})

..play();

}

@override

Widget build(BuildContext context) {

return Scaffold(

appBar: AppBar(

title: Text('Video Player'),

),

body: Center(

child: _controller.value.isInitialized

? AspectRatio(
```

```
aspectRatio: _controller.value.aspectRatio,

child: VideoPlayer(_controller),

)

: CircularProgressIndicator(),

),

);

}

@override

void dispose() {

super.dispose();

_controller.dispose();

}

}
```

In this modified example, we call ..play() immediately after initializing the video player controller. This allows the video to start streaming and playing as soon as it's initialized, improving the user experience.

By optimizing image loading and implementing video streaming, you can efficiently handle large media files in your Flutter app. These techniques help reduce data usage, improve loading times, and enhance the overall user experience when dealing with media content from Firebase Storage.

7.5. Security Rules and Access Management

Ensuring the security of media files and other data stored in Firebase Storage is crucial to protect sensitive information and prevent unauthorized access. Firebase provides a robust security rules system that allows you to define fine-grained access controls for your Firebase Storage buckets. In this section, we'll explore how to set up security rules and manage access to your storage resources effectively.

Firebase Storage Security Rules

Firebase Storage uses security rules defined in a firebase.json file to control access to files and folders within your storage bucket. These rules specify who can read, write, and delete files, as well as any additional conditions that must be met for access to be granted.

Here's a basic example of Firebase Storage security rules:

```
{

"rules": {

".read": "auth != null",

".write": "auth != null",

"images": {

"$imageId": {

".read": "auth != null",

".write": "auth != null && root.child('users').child(auth.uid).child('images').child($imageId).val() == true"

}
```

```
}

}

}
```

In this example, the top-level .read and .write rules allow read and write access only to authenticated users. Within the "images" folder, specific rules control access to individual images based on the user's authentication status and additional conditions. These rules ensure that only authenticated users can access and modify their own images.

Access Control Based on User Authentication

To implement user-specific access control, Firebase Storage integrates seamlessly with Firebase Authentication. You can use the Firebase Authentication UID (unique identifier) of the currently authenticated user to determine access rights within your storage rules.

Here's an example of how to secure storage resources based on user authentication:

```
{

"rules": {

".read": "auth != null",

".write": "auth != null",

"user_profiles": {

"$userId": {

".read": "auth != null && auth.uid == $userId",
```

".write": "auth != null && auth.uid == $userId"

```
}

}

}

}
```

In this example, the rules for the "user_profiles" folder ensure that each user can only read and write their own profile data. The $userId variable in the rules represents the UID of the user, allowing you to enforce strict access control.

Testing and Debugging Rules

Firebase provides tools for testing and debugging your security rules to ensure they work as intended. You can use the Firebase Security Rules Simulator to simulate access requests and verify rule behaviors before deploying them to your production environment.

To use the Security Rules Simulator, follow these steps:

1. Open the Firebase console and navigate to your project.
2. Go to "Develop" > "Authentication" and make sure you have at least one authentication provider enabled.
3. Go to "Develop" > "Storage" and click on "Rules" to access your storage rules.
4. Click on the "Simulator" tab to open the Security Rules Simulator.
5. Configure a simulation by specifying the location, authentication state, and operation (e.g., read or write) you want to test.
6. Click the "Run" button to simulate the access request and

see if the rules allow or deny access.

Testing your rules with the Security Rules Simulator helps you identify and resolve any security vulnerabilities before they become a problem in your production environment.

In conclusion, Firebase Storage security rules are a powerful tool for controlling access to your storage resources. By defining rules based on user authentication and specific conditions, you can ensure that only authorized users can read and write data in your storage bucket. Additionally, testing and debugging your rules using the Security Rules Simulator are essential steps in maintaining a secure and reliable storage solution for your Flutter app.

8.1. Introduction to Firebase Analytics

Firebase Analytics is a powerful tool for gaining insights into user behavior and app performance. It allows you to track user interactions, measure app performance, and make data-driven decisions to improve your Flutter app. In this section, we'll introduce you to the fundamentals of Firebase Analytics and how to integrate it into your Flutter project.

What is Firebase Analytics?

Firebase Analytics is a free and unlimited event tracking solution provided by Google's Firebase platform. It enables you to collect data on user engagement, user demographics, and user interactions within your app. With Firebase Analytics, you can track various user events, such as screen views, button clicks, and in-app purchases, to gain a better understanding of how users interact with your app.

Some key features of Firebase Analytics include:

- **Event Tracking:** You can track custom events in your app to understand user behavior. For example, you can track when a user completes a level in a game or makes a purchase.

- **User Properties:** Firebase Analytics allows you to define user properties to segment your user base. You can categorize users based on their characteristics, such as age, gender, or subscription status.

- **Conversion Tracking:** You can track conversions, such as when a user completes a specific action you want them to take, like signing up for your app or making an in-app purchase.

• **Funnel Analysis:** Firebase Analytics enables you to create funnels to track user journeys and identify drop-off points in your app's flow.

• **Audiences:** You can create custom audiences based on user behavior and target specific user groups with personalized content.

Integrating Firebase Analytics in Flutter

To start using Firebase Analytics in your Flutter app, follow these steps:

1. **Create a Firebase Project:** If you haven't already, create a Firebase project in the Firebase Console. This project will be linked to your Flutter app.
2. **Add Firebase to Your Flutter Project:** Add the Firebase SDK to your Flutter project by following the instructions provided in the official Firebase documentation.
3. **Initialize Firebase:** In your Flutter app's main entry point (usually main.dart), initialize Firebase with your project's configuration:

```
void main() {

WidgetsFlutterBinding.ensureInitialized();

await Firebase.initializeApp(

options: DefaultFirebaseOptions.currentPlatform,

);
```

```
runApp(MyApp());

}
```

1. **Add Firebase Analytics to Your App:** Import the Firebase Analytics package and start using it in your app to log events, set user properties, and track user engagement. Here's an example of logging a custom event:

```
import                    'package:firebase_analytics/
firebase_analytics.dart';

final FirebaseAnalytics _analytics = FirebaseAnalytics();

Future<void> logCustomEvent() async {

await _analytics.logEvent(

name: 'custom_event',

parameters:     <String,    dynamic>{'param_name':
'param_value'},

);

}
```

1. **View Analytics Data:** In the Firebase Console, you can view and analyze the data collected by Firebase Analytics. This includes event reports, user engagement, and audience insights.

Benefits of Firebase Analytics

Firebase Analytics offers several benefits for Flutter app developers:

- **User-Centric Data:** Firebase Analytics provides insights into how individual users interact with your app, allowing you to tailor your app's user experience.

- **Conversion Optimization:** You can track user conversions and optimize your app to improve the conversion rate for specific actions.

- **Data-Driven Decisions:** Make informed decisions by analyzing user behavior and engagement data, helping you prioritize app improvements.

- **Targeted Marketing:** Create custom audiences and deliver personalized content to specific user groups, enhancing user engagement.

In conclusion, Firebase Analytics is a valuable tool for understanding user behavior and improving your Flutter app. By integrating Firebase Analytics into your app, you can track events, user properties, and user engagement, gaining valuable insights to enhance your app's performance and user experience.

8.2. Tracking User Behavior and Events

Tracking user behavior and events is a fundamental aspect of Firebase Analytics. Understanding how users interact with your Flutter app allows you to make data-driven decisions and improve the user experience. In this section, we'll dive deeper into tracking user behavior and events using Firebase Analytics.

Why Track User Behavior and Events?

Tracking user behavior and events provides valuable insights into how users engage with your app. This data helps you answer crucial questions like:

- Which screens or features are most popular among users?

- How frequently do users perform specific actions, such as making a purchase or sharing content?

- What are the common paths users follow within your app?

- Are there any drop-off points in user journeys that need attention?

By collecting and analyzing this data, you can identify areas for improvement, optimize user flows, and enhance your app's overall performance.

Logging Custom Events

Firebase Analytics allows you to log custom events to track specific user interactions that are relevant to your app. Custom events are a flexible way to monitor actions that matter most to you. For example, if you have an e-commerce app, you can log events for actions like "product_added_to_cart," "checkout_started," or "payment_completed."

Here's how you can log a custom event in your Flutter app using Firebase Analytics:

```
import 'package:firebase_analytics/firebase_analytics.dart';
```

```
final FirebaseAnalytics _analytics = FirebaseAnalytics();

Future<void> logCustomEvent() async {

try {

await _analytics.logEvent(

name: 'custom_event_name',

parameters: <String, dynamic>{

'parameter_name': 'parameter_value',

// Add more parameters as needed

},

);

print('Custom event logged successfully.');

} catch (e) {

print('Error logging custom event: $e');

}

}
```

In the code above, we first import the FirebaseAnalytics package and initialize an instance of _analytics. Then, we use the _analytics.logEvent method to log a custom event with a name and optional parameters.

Setting User Properties

User properties allow you to categorize users based on their characteristics or behavior. You can define user properties to segment your user base and gain insights into specific user groups. For example, you can set user properties for age, gender, subscription status, or user type.

Here's how to set a user property in your Flutter app:

```
import 'package:firebase_analytics/firebase_analytics.dart';

final FirebaseAnalytics _analytics = FirebaseAnalytics();

Future<void> setUserProperties() async {

try {

await _analytics.setUserProperty(

name: 'user_property_name',

value: 'user_property_value',

);

print('User property set successfully.');

} catch (e) {

print('Error setting user property: $e');

}

}
```

In this code, we use the _analytics.setUserProperty method to set a user property with a name and value. You can set user properties dynamically based on user actions or characteristics to better understand your audience.

Event Parameters

When logging custom events, you can include parameters to provide additional context about the event. Parameters are key-value pairs that help you capture relevant details associated with the event. For example, if you're logging a "purchase_completed" event, you can include parameters like "product_id," "quantity," and "total_price."

```
await _analytics.logEvent(

name: 'purchase_completed',

parameters: <String, dynamic>{

'product_id': 'abc123',

'quantity': 2,

'total_price': 25.99,

},

);
```

Including parameters allows you to analyze event data in more detail and gain insights into user behavior. You can then use these insights to make informed decisions and optimize your app accordingly.

Event Reporting and Analysis

Once you've started tracking user behavior and events in your Flutter app, you can access the data in the Firebase Console. Firebase Analytics provides various reports and analysis tools to help you make sense of the data. You can view event reports, user engagement metrics, and audience insights.

Conclusion

Tracking user behavior and events using Firebase Analytics is a crucial step in understanding your app's performance and user engagement. By logging custom events, setting user properties, and using event parameters, you can collect valuable data to inform your app's development and optimization efforts. Analyzing this data empowers you to make data-driven decisions that lead to a better user experience.

8.3. Custom Analytics for Tailored Insights

Firebase Analytics offers the flexibility to create custom events, user properties, and audiences to gather tailored insights about your Flutter app's performance and user behavior. In this section, we'll explore how to harness the power of custom analytics to gain deeper insights and make informed decisions.

Custom Events for Specific Interactions

While Firebase Analytics provides predefined events, you can log custom events to track interactions that are unique to your app. Custom events enable you to monitor actions that are critical for your app's success. For example, if you have a news app, you can log a custom event for "article_viewed" to track which articles users are most interested in.

Here's how you can log a custom event in Flutter:

import 'package:firebase_analytics/firebase_analytics.dart';

final FirebaseAnalytics _analytics = FirebaseAnalytics();

Future<void> logCustomEvent() async {

```
try {

await _analytics.logEvent(

name: 'article_viewed',

parameters: <String, dynamic>{

'article_id': 'unique_id',

'category': 'news',

},

);

print('Custom event logged successfully.');

} catch (e) {

print('Error logging custom event: $e');

}

}
```

In this example, we import the Firebase Analytics package, initialize an instance of _analytics, and use the logEvent method to log a custom event named "article_viewed" with relevant parameters.

User Properties for Segmentation

User properties allow you to categorize and segment your user base for analysis. You can define user properties based on characteristics like user type, subscription status, or app version. Segmenting users by properties helps you understand specific user groups and tailor your app's features accordingly.

Here's how to set a user property in your Flutter app:

```dart
import 'package:firebase_analytics/firebase_analytics.dart';

final FirebaseAnalytics _analytics = FirebaseAnalytics();

Future<void> setUserProperty() async {

try {

await _analytics.setUserProperty(

name: 'user_type',

value: 'premium',

);

print('User property set successfully.');

} catch (e) {

print('Error setting user property: $e');

}

}
```

In this code snippet, we use the setUserProperty method to set a user property named "user_type" with the value "premium." You can adjust user properties dynamically based on user actions and characteristics.

Creating Custom Audiences

Custom audiences are groups of users defined by specific criteria, such as their behavior, demographics, or user properties. Firebase

Analytics allows you to create custom audiences to target specific user groups with tailored experiences or marketing campaigns.

To create a custom audience, follow these steps in the Firebase Console:

1. Go to the Firebase Console and select your project.
2. Click on "Analytics" in the left navigation.
3. Under the "Events" tab, click "Create audience."
4. Define the audience criteria, such as user properties, event parameters, or user engagement.
5. Save the audience with a meaningful name.

Creating custom audiences enables you to engage with users more effectively by sending personalized messages, offers, or content.

Advanced Analysis and Reporting

Once you've collected custom analytics data, Firebase Analytics provides advanced analysis and reporting tools in the Firebase Console. You can explore event data, user properties, and custom audience insights to gain a deeper understanding of user behavior.

Firebase Analytics offers features like funnel analysis, path analysis, and user retention reports to help you identify trends, user drop-off points, and areas for improvement within your app.

Conclusion

Custom analytics play a pivotal role in tailoring your insights to meet your specific app goals. By logging custom events, defining user properties, and creating custom audiences, you can gather data that provides deeper insights into user behavior and preferences.

Leveraging these insights, you can make informed decisions to enhance your Flutter app's performance and user experience.

8.4. Generating Reports and Understanding Metrics

Once you've implemented Firebase Analytics and logged events, user properties, and custom audiences in your Flutter app, it's crucial to understand how to generate reports and interpret metrics. In this section, we'll explore how to access Firebase Analytics reports and make sense of the data collected.

Accessing Firebase Analytics Reports

You can access Firebase Analytics reports through the Firebase Console, which provides a user-friendly interface to view and analyze data. Follow these steps to access reports:

1. Go to the Firebase Console and select your project.
2. Click on "Analytics" in the left navigation menu.

In the Analytics dashboard, you'll find various reports and insights to help you understand user behavior and app performance.

Event Reports

Event reports provide information about the events you've logged in your app. You can see event counts, user engagement, and more. Firebase Analytics offers the following event reports:

- **Event Summary:** This report shows the total number of events logged, their occurrence over time, and the average engagement per user.

- **Top Events:** It displays the most frequently logged events, helping you identify which actions are popular among users.

- **Event Details:** This report provides detailed information about a specific event, including event parameters and user demographics.

User Properties Reports

User properties reports allow you to analyze user segmentation based on properties you've defined. You can gain insights into different user groups and their behavior. Firebase Analytics offers the following user properties reports:

- **User Summary:** It provides an overview of user demographics, including age, gender, and interests.

- **User Properties:** This report displays data based on specific user properties, helping you understand how different user segments interact with your app.

Audience Reports

Audience reports help you analyze the behavior of custom audiences you've created. You can see how these audiences engage with your app and tailor your strategies accordingly. Firebase Analytics offers the following audience reports:

- **Audience Overview:** It provides a summary of audience engagement, including the number of users and their activities.

- **Audience Details:** This report offers more detailed information about a specific audience, including their demographics and interests.

User Engagement Reports

User engagement reports focus on user retention and engagement over time. You can identify trends, user drop-off points, and areas for improvement. Firebase Analytics offers the following user engagement reports:

- **Retention:** This report shows how often users return to your app over specified time intervals.

- **User Engagement:** It provides insights into user activity, such as the number of sessions and screen views.

Custom Reports

Firebase Analytics allows you to create custom reports tailored to your specific analysis needs. Custom reports enable you to combine different dimensions and metrics to gain unique insights into user behavior.

Understanding Metrics

To make informed decisions, it's essential to understand key metrics provided by Firebase Analytics:

- **Active Users:** The number of unique users who have interacted with your app within a specific time frame.

- **Sessions:** A session represents a user's interaction with your app. It includes one or more screen views and events.

- **Screen Views:** The number of times users viewed specific screens in your app.

- **Events:** The actions or interactions users perform in your app, such as button clicks or purchases.

- **Retention Rate:** The percentage of users who return to your app after their initial visit.

- **Conversion Rate:** The percentage of users who complete a specific action or goal, such as making a purchase.

Understanding these metrics allows you to measure the success of your app and make data-driven decisions to improve user engagement and retention.

Conclusion

Firebase Analytics provides valuable reports and metrics to help you gain insights into user behavior, app performance, and audience engagement. By accessing and analyzing these reports, you can make informed decisions to enhance your Flutter app and provide a better user experience. Continuously monitoring and interpreting Firebase Analytics data is a crucial part of app optimization and success.

8.5. Improving App Performance Based on Analytics

Analyzing Firebase Analytics data isn't just about gathering insights; it's also about using those insights to enhance your app's performance and user experience. In this section, we'll explore strategies for leveraging analytics to make data-driven improvements to your Flutter app.

Identifying User Behavior Patterns

One of the primary benefits of Firebase Analytics is its ability to track user behavior patterns. By analyzing these patterns, you can gain a deeper understanding of how users interact with your app. Some key user behavior insights to consider include:

- **User Flow:** Use the User Engagement and Screen Views reports to visualize the typical paths users take through your app. Identify drop-off points or areas where users frequently exit the app.

- **Event Tracking:** Examine event data to understand which in-app actions are most popular and which ones need improvement. For example, you can analyze which features users use most frequently or where they encounter issues.

- **Audience Segmentation:** Segment your user base based on demographics, interests, or user properties. Identify differences in behavior between user groups and tailor your app's experience accordingly.

A/B Testing and Experimentation

Firebase Analytics can help you set up A/B tests and experiments to assess the impact of changes or new features on user behavior. Here's how you can use it for experimentation:

1. **Define Hypotheses:** Start by formulating hypotheses about how specific changes in your app may affect user behavior. For example, you could hypothesize that moving a "Buy Now" button to a more prominent location will increase conversion rates.

2. **Create Experiment Groups:** In Firebase Remote Config, you can define experiment groups and assign users to these groups randomly or based on specific criteria.
3. **Measure Results:** Monitor the impact of changes by comparing user behavior data between the control group (users not exposed to changes) and the experimental group (users who experience changes).
4. **Iterate and Optimize:** Based on the experiment results, iterate on your app's design, features, or content. Use Firebase Analytics to continuously refine your app based on user feedback and data-driven decisions.

App Performance Optimization

Firebase Analytics also provides insights into app performance, such as session duration, screen load times, and error tracking. Use this information to identify and address performance bottlenecks:

- **Session Duration:** If users frequently have short sessions, it may indicate that they aren't finding value quickly. Analyze which screens or features lead to longer sessions and optimize the user journey accordingly.

- **Screen Load Times:** Identify screens with slow load times, as they can lead to user frustration and abandonment. Optimize resource-intensive screens to ensure a smoother experience.

- **Error Tracking:** Firebase Crashlytics, integrated with Firebase Analytics, helps you monitor app crashes and errors. Analyze error reports to prioritize bug fixes and ensure a stable app.

User Engagement Strategies

Use Firebase Analytics to measure the effectiveness of user engagement strategies. For instance:

- **Push Notifications:** Track the impact of push notifications on user engagement. Analyze notification open rates and click-through rates to determine which messages resonate with users.

- **In-App Promotions:** Measure the success of in-app promotions by monitoring the conversion rates of users who interact with them.

- **Content Personalization:** Leverage user properties and custom audiences to personalize content and recommendations. Analyze the engagement and retention rates of personalized content compared to generic content.

User Feedback Integration

Encourage users to provide feedback within your app, and use Firebase Analytics to correlate user feedback with their behavior. If users frequently report issues related to specific features, you can prioritize improvements based on both feedback and data.

Conclusion

Firebase Analytics is a powerful tool for gathering insights into user behavior and app performance. By leveraging these insights, you can make informed decisions to improve your Flutter app's user experience, engagement, and overall success. Continuously monitor analytics data, run experiments, and iterate on your app to ensure it meets user needs and expectations.

9.1. Setting Up Firebase Cloud Messaging (FCM)

Firebase Cloud Messaging (FCM) is a cloud-based messaging service provided by Firebase that allows you to send messages and notifications to users across various platforms, including Android and iOS. In this section, we'll explore how to set up FCM for your Flutter app and use it to send push notifications.

Prerequisites

Before getting started with FCM, ensure that you have the following prerequisites in place:

1. **Firebase Project:** You should have a Firebase project created. If you haven't already created one, visit the Firebase Console and set up a new project.
2. **Flutter Project:** You should have a Flutter project where you want to implement push notifications. If you haven't set up a Flutter project yet, refer to Chapter 2 for project initialization and setup.
3. **Device or Emulator:** You can test push notifications on a physical device or an emulator.

Adding Firebase to Your Flutter Project

To integrate FCM with your Flutter app, you need to add Firebase to your project. Follow these steps:

1. **Go to Firebase Console:** Open the Firebase Console and select your Firebase project.
2. **Add an App:** Click on the "Add app" button and choose the platform (Android or iOS) for your app.

3. **Register Your App:** Follow the on-screen instructions to register your app. You'll need to provide details like the package name for Android or bundle identifier for iOS.
4. **Download Configuration Files:** After registering your app, download the configuration files (google-services.json for Android and GoogleService-Info.plist for iOS). Place these files in the respective folders of your Flutter project.
5. **Configure Dependencies:** In your Flutter project's pubspec.yaml, add the Firebase dependencies for Flutter:

dependencies:

firebase_core: ^latest_version

firebase_messaging: ^latest_version

Replace latest_version with the actual versions available in the FlutterFire documentation.

1. **Initialize Firebase:** In your Flutter app's main entry point (usually main.dart), initialize Firebase by adding the following code:

import 'package:firebase_core/firebase_core.dart';

void main() async {

WidgetsFlutterBinding.ensureInitialized();

await Firebase.initializeApp();

runApp(MyApp());

}

Obtaining FCM Tokens

Firebase Cloud Messaging uses unique tokens to identify devices. Each device that installs your app will have its own FCM token. To obtain the FCM token for a device, you can use the following code snippet:

```dart
import 'package:firebase_messaging/firebase_messaging.dart';

final FirebaseMessaging _firebaseMessaging = FirebaseMessaging();

void main() async {

WidgetsFlutterBinding.ensureInitialized();

await Firebase.initializeApp();

runApp(MyApp());

}

class MyApp extends StatelessWidget {

@override

Widget build(BuildContext context) {

_firebaseMessaging.getToken().then((token) {

print('FCM Token: $token');

});

// Rest of your app code...

}

}
```

This code initializes Firebase, retrieves the FCM token, and prints it to the console. You can use this token to send push notifications to specific devices.

Sending Push Notifications

Sending push notifications is typically done from a server or cloud function. Firebase provides several methods for sending notifications, including the Firebase Console, Firebase Cloud Functions, and REST APIs. You can target specific devices or user segments when sending notifications.

Here's a basic example of sending a push notification to a specific device using Firebase Cloud Functions and the firebase_admin library:

```
const functions = require('firebase-functions');

const admin = require('firebase-admin');

admin.initializeApp();

exports.sendPushNotification = functions.https.onRequest(async (req, res) => {

const registrationToken = 'YOUR_DEVICE_FCM_TOKEN';

const message = {

data: {

title: 'My App',

body: 'Hello, this is a push notification from My App!',

},
```

token: registrationToken,

};

try {

await admin.messaging().send(message);

res.status(200).send('Push notification sent successfully.');

} **catch** (error) {

console.error('Error sending push notification:', error);

res.status(500).send('Error sending push notification.');

}

});

In this example, replace 'YOUR_DEVICE_FCM_TOKEN' with the FCM token obtained from the Flutter app.

Conclusion

Setting up Firebase Cloud Messaging is a crucial step for adding push notifications to your Flutter app. Once you have FCM integrated, you can engage with your users by sending timely and relevant notifications to keep them informed and engaged with your app.

9.2. Sending Push Notifications from Firebase

Firebase Cloud Messaging (FCM) enables you to send push notifications to your Flutter app's users. In the previous section, we set up FCM and obtained the FCM token for a device. Now, let's explore how to send push notifications directly from Firebase, the Firebase Console, or using Firebase Cloud Functions.

Sending Push Notifications from Firebase Console

The Firebase Console provides a user-friendly interface to send push notifications to your app's users. Here's how to do it:

1. **Go to Firebase Console:** Open the Firebase Console, select your project, and go to the "Cloud Messaging" section.
2. **Compose Notification:** Click on the "Compose Notification" button.
3. **Target Users:** Choose the target audience for your notification. You can send notifications to specific user segments or to all users.
4. **Notification Content:** Enter the notification title and body text. You can also add an image or specify a custom icon for the notification.
5. **Advanced Options:** Configure advanced options such as notification sound, vibration, and priority.
6. **Delivery Time:** Schedule the notification for immediate delivery or specify a future time.
7. **Review and Send:** Review the notification details and click "Send" to deliver the notification to the selected users.

Firebase Console provides a straightforward way to send notifications for testing and engagement purposes. However, for more dynamic and personalized notifications, you might want to send them programmatically.

Sending Push Notifications Programmatically

You can send push notifications programmatically from your server or using Firebase Cloud Functions. Here's an example using Firebase Cloud Functions:

1. **Create a Firebase Cloud Function:** Set up a Firebase Cloud Function in your project.
2. **Initialize Firebase Admin SDK:** In your function code, initialize the Firebase Admin SDK to send notifications. Make sure to install the firebase-admin package.

```
const functions = require('firebase-functions');

const admin = require('firebase-admin');

admin.initializeApp();

exports.sendPushNotification                    =
functions.https.onRequest(async (req, res) => {

// Your code to send notifications goes here

});
```

1. **Compose Notification:** Create a notification message with the title and body text.

```
const message = {

data: {

title: 'My App',

body: 'Hello, this is a push notification from My App!',
```

```
},

token: 'RECIPIENT_FCM_TOKEN',

};
```

1. **Send Notification:** Use the Firebase Admin SDK to send the notification.

```
try {

await admin.messaging().send(message);

res.status(200).send('Push notification sent successfully.');

} catch (error) {

console.error('Error sending push notification:', error);

res.status(500).send('Error sending push notification.');

}
```

In this example, replace 'RECIPIENT_FCM_TOKEN' with the FCM token of the recipient device. You can customize the notification message to suit your app's requirements.

Handling Push Notifications in Flutter

To receive and handle push notifications in your Flutter app, you'll need to implement a mechanism to listen for incoming notifications. You can use the firebase_messaging package to achieve this.

Here's a basic example of handling push notifications in Flutter:

```
import 'package:firebase_messaging/firebase_messaging.dart';

final FirebaseMessaging _firebaseMessaging = FirebaseMessaging();
```

```
void main() async {

WidgetsFlutterBinding.ensureInitialized();

await Firebase.initializeApp();

runApp(MyApp());

}

class MyApp extends StatelessWidget {

@override

Widget build(BuildContext context) {

_firebaseMessaging.configure(

onMessage: (Map<String, dynamic> message) {

print('Received push notification: $message');

// Handle the notification when the app is in the foreground.

return;

},

onLaunch: (Map<String, dynamic> message) {

// Handle the notification when the app is launched from a
terminated state.

return;

},

onResume: (Map<String, dynamic> message) {
```

```
// Handle the notification when the app is resumed from a
background state.

return;

},

);

// Rest of your app code...

}

}
```

In this Flutter code, we configure the _firebaseMessaging object to handle different scenarios when receiving push notifications. You can customize the behavior based on your app's requirements.

Sending push notifications is a powerful way to engage with your app's users, inform them of updates, or provide personalized content. Whether you use the Firebase Console or send notifications programmatically, implementing push notifications can greatly enhance the user experience of your Flutter app.

9.3. Handling Notifications in Flutter

Handling push notifications in a Flutter app is crucial for delivering real-time updates and engaging users effectively. In this section, we will explore how to handle notifications using the firebase_messaging package and demonstrate various scenarios for notification handling.

Setting Up Firebase Cloud Messaging (FCM)

Before you can handle notifications, ensure that you have properly set up Firebase Cloud Messaging (FCM) in your Flutter project. This includes adding the necessary dependencies and configuring your Firebase project. Refer to the previous sections on how to set up FCM.

Receiving Notifications in the Foreground

When your Flutter app is in the foreground, you can receive notifications and handle them as they arrive. The onMessage callback of the _firebaseMessaging.configure method allows you to handle notifications received when the app is active:

FirebaseMessaging _firebaseMessaging = FirebaseMessaging();

void main() async {

WidgetsFlutterBinding.ensureInitialized();

await Firebase.initializeApp();

runApp(MyApp());

}

class MyApp extends StatelessWidget {

@override

Widget build(BuildContext context) {

_firebaseMessaging.configure(

onMessage: (Map<String, dynamic> message) {

print('Received push notification: $message');

```
// Handle the notification when the app is in the foreground.

return;

},

// ...

);

// Rest of your app code...

}

}
```

In the code above, the onMessage callback is called when a notification is received while the app is open. You can customize the behavior to display a notification banner, update UI elements, or perform any other desired actions.

Handling Notifications on App Launch

Sometimes, users receive notifications while the app is not running, and they may tap on the notification to open the app. To handle this scenario, you can use the onLaunch callback:

```
_firebaseMessaging.configure(

onLaunch: (Map<String, dynamic> message) {

// Handle the notification when the app is launched from a terminated state.

return;

},
```

// ...

);

The onLaunch callback allows you to perform specific actions when the user taps on a notification to open the app. You can navigate to a particular screen or display relevant content based on the notification's data.

Handling Notifications on App Resume

When the app is running in the background, and the user taps on a notification to bring the app to the foreground, you can use the onResume callback:

_firebaseMessaging.configure(

onResume: (Map<String, dynamic> message) {

// Handle the notification when the app is resumed from a background state.

return;

},

// ...

);

The onResume callback is useful for scenarios where the user interacts with the notification to resume the app. You can determine the notification's content and take appropriate actions.

Displaying Notifications

To display a notification banner when your app is in the foreground, you can use the flutter_local_notifications package. This package allows you to create and display custom notifications that match your app's design:

```
import 'package:flutter_local_notifications/
flutter_local_notifications.dart';

final FlutterLocalNotificationsPlugin
flutterLocalNotificationsPlugin =

FlutterLocalNotificationsPlugin();

// Configure notification settings (e.g., icon, sound, channel).

final AndroidInitializationSettings initializationSettingsAndroid =

AndroidInitializationSettings('@mipmap/ic_launcher');

final InitializationSettings initializationSettings =

InitializationSettings(

android: initializationSettingsAndroid,

);

void main() async {

WidgetsFlutterBinding.ensureInitialized();

await Firebase.initializeApp();

// Initialize the local notifications plugin.

await flutterLocalNotificationsPlugin.initialize(
```

```
initializationSettings,

);

runApp(MyApp());

}

// ...

class MyApp extends StatelessWidget {

@override

Widget build(BuildContext context) {

// ...

}

}
```

In the code above, we initialize the flutter_local_notifications package and configure notification settings for Android. You can customize these settings to match your app's appearance.

Conclusion

Handling notifications in Flutter is essential for providing a real-time and engaging user experience. By using the firebase_messaging package and additional plugins like flutter_local_notifications, you can implement various notification scenarios to keep users informed and engaged with your app. Customize your notification handling to suit your app's specific requirements and user expectations.

9.4. Segmenting and Targeting Users

Segmenting and targeting users with push notifications is a powerful strategy to deliver personalized content and increase user engagement. In this section, we will explore the concept of user segmentation and how to use Firebase Cloud Messaging (FCM) to target specific groups of users with relevant notifications.

Understanding User Segmentation

User segmentation involves dividing your app's user base into smaller groups based on specific characteristics or behavior patterns. These characteristics can include:

- **Demographics:** Age, gender, location, language, etc.

- **Behavior:** Frequent users, inactive users, purchase history, etc.

- **Preferences:** Interests, app usage patterns, content preferences, etc.

By segmenting users, you can create targeted notification campaigns that are more likely to resonate with each group, leading to higher engagement and conversion rates.

Creating User Segments in Firebase

Firebase provides a user segmentation feature that allows you to define custom user properties and audiences. To create segments in Firebase, follow these steps:

1. Navigate to your Firebase project in the Firebase Console.
2. Go to **Analytics** and select **Audiences**.
3. Click on **New Audience** to create a new segment.

4. Define the criteria for your segment based on user properties and behaviors.

5. Name your audience and save it.

Targeting Users with FCM

Once you have created user segments in Firebase, you can use FCM to target notifications to specific audiences. To do this, you need to specify the audience ID when sending notifications through FCM.

Here's an example of how to send a targeted notification to a specific audience using the firebase_messaging package in Flutter:

import 'package:firebase_messaging/firebase_messaging.dart';

final FirebaseMessaging _firebaseMessaging = FirebaseMessaging();

void sendTargetedNotification() {

// Specify the audience ID here.

String audienceId = 'your_audience_id';

// Create a message with your notification content.

final message = {

'notification': {

'title': 'New Content for Your Interests',

'body': 'Check out our latest articles on your favorite topics!',

},

'data': {

'click_action': 'FLUTTER_NOTIFICATION_CLICK',

```
// Add any additional data for your notification.

},

'condition': '\'$audienceId\' in topics',

};

// Send the notification.

_firebaseMessaging.sendMessage(message);

}
```

In the code above, we specify the audience ID and create a message with the notification content. We use the condition field to target the audience with the given ID.

Best Practices for User Engagement

When segmenting and targeting users with notifications, it's essential to consider some best practices:

1. **Relevance:** Ensure that the notifications are relevant to the user segment you are targeting. Irrelevant notifications can lead to user opt-outs.
2. **Frequency:** Avoid bombarding users with excessive notifications. Respect user preferences and allow them to control notification frequency.
3. **A/B Testing:** Experiment with different notification content and strategies to determine what resonates best with each segment.
4. **Opt-Out Options:** Provide clear and easy-to-find options for users to opt out of notifications or adjust their preferences.
5. **Privacy:** Respect user privacy and adhere to privacy

regulations when collecting and using user data for segmentation.

By effectively segmenting and targeting your user base, you can deliver personalized notifications that enhance the user experience and drive desired actions within your app.

9.5. Best Practices for User Engagement

User engagement is a crucial aspect of mobile app success. Engaged users are more likely to stay active, make in-app purchases, and become advocates for your app. In this section, we will explore some best practices for improving user engagement in your Flutter-Firebase app.

1. Personalization

Personalized experiences make users feel valued. Leverage user data to tailor content, recommendations, and notifications to each user's preferences and behavior. Implementing personalization can significantly enhance user engagement.

2. Onboarding

A smooth and informative onboarding process can make a significant difference in retaining users. Provide clear instructions and guidance when users first open your app. Highlight key features and benefits to ensure users understand how to use your app effectively.

3. Push Notifications

Use push notifications judiciously to keep users informed and engaged. Send relevant and timely notifications that provide value to users, such as updates, promotions, or personalized recommendations. However, avoid excessive or irrelevant notifications, which can lead to user annoyance.

4. In-App Messaging

In-app messaging allows you to communicate with users while they are actively using your app. Use in-app messages to provide tips, offers, and updates. Ensure that messages are unobtrusive and enhance the user experience.

5. Feedback Loops

Encourage user feedback and actively listen to their suggestions and concerns. Implement feedback mechanisms within your app, such as surveys or contact forms. Respond promptly to user inquiries and use their feedback to improve your app.

6. Gamification

Introduce gamification elements to make the app experience more enjoyable. Include challenges, rewards, and achievements to keep users engaged and motivated to use your app regularly.

7. Performance Optimization

A sluggish app can deter users. Continuously optimize your app's performance to ensure smooth and responsive interactions. Minimize loading times, reduce crashes, and optimize battery usage to provide a seamless experience.

8. Community Building

Foster a sense of community among your users. Implement features such as user forums, chat rooms, or social sharing to encourage interaction between users. A vibrant community can lead to increased engagement and user retention.

9. Regular Updates

Keep your app fresh and exciting by regularly releasing updates with new features, bug fixes, and improvements. Inform users about the updates through release notes and in-app messaging to keep them engaged.

10. User Education

Provide educational resources within your app to help users make the most of its features. Tutorials, FAQs, and tooltips can guide users and empower them to use your app effectively.

11. A/B Testing

Experiment with different features, layouts, and content to understand what resonates best with your audience. A/B testing can help you optimize user engagement strategies based on real data.

12. Social Integration

Integrate social media sharing and login options to encourage users to connect with their social networks. This can lead to increased user engagement as users share their achievements or content with their friends.

13. App Performance Monitoring

Use Firebase Performance Monitoring to track your app's performance and identify bottlenecks or issues. Address performance problems promptly to ensure a smooth user experience.

14. Data Analytics

Leverage Firebase Analytics to gain insights into user behavior. Analyze user data to understand how users interact with your app and make data-driven decisions to enhance engagement.

15. User Support

Offer responsive and helpful customer support. Address user issues and inquiries promptly and professionally. Users who receive excellent support are more likely to remain engaged with your app.

By implementing these best practices for user engagement, you can create a more compelling and valuable experience for your Flutter-Firebase app users. Keep in mind that user engagement is an ongoing process that requires continuous effort and adaptation to meet changing user needs and expectations.

Chapter 10: Testing and Debugging

10.1. Unit Testing in Flutter

Unit testing is an essential part of software development that allows you to verify the correctness of individual units or functions in your code. In Flutter, unit testing ensures that specific parts of your app work as expected without the need to run the entire application. This section will guide you through the process of writing and running unit tests in your Flutter-Firebase app.

Writing Unit Tests

1. **Create a Test File**: In your Flutter project, create a new directory named test if it doesn't already exist. Inside the test directory, create a Dart file for your unit tests, such as my_widget_test.dart.
2. **Import Dependencies**: In your test file, import the necessary dependencies for writing unit tests. This typically includes importing package:flutter_test/flutter_test.dart and the files you want to test.
3. **Write Test Functions**: Create test functions that use the test() function from the flutter_test package. For example:

```
import 'package:flutter_test/flutter_test.dart';

import 'package:my_app/my_widget.dart';

void main() {

test('MyWidget should return the correct value', () {

final result = MyWidget().calculateValue();
```

expect(result, 42);

});

}

In this example, we're testing the calculateValue() function of MyWidget and expecting it to return 42.

1. **Run Tests**: To run your unit tests, open a terminal window and navigate to your project's root directory. Then, run the following command:

flutter test

Flutter will execute all the test functions in your project and provide feedback on whether they pass or fail.

Organizing Tests

It's a good practice to organize your tests into separate files and directories based on the units or modules you're testing. This helps maintain a clean and structured testing suite as your project grows.

Mocking Dependencies

In unit testing, you might need to mock external dependencies, such as Firebase services, to isolate the code you're testing. Consider using packages like mockito to create mock objects for dependencies and define their behavior during tests.

Continuous Integration

To ensure that your unit tests are run automatically during development and before deployment, consider integrating them into your continuous integration (CI) pipeline. Popular CI/CD platforms like Travis CI, CircleCI, and GitHub Actions provide support for Flutter projects.

Conclusion

Unit testing is a crucial aspect of Flutter app development, enabling you to catch bugs early, maintain code quality, and ensure that individual components of your app work correctly. By following best practices and integrating unit tests into your development workflow, you can build more robust and reliable Flutter-Firebase apps.

10.2. Integration Testing with Firebase Services

Integration testing plays a vital role in ensuring that different parts of your Flutter-Firebase app work together harmoniously and that Firebase services are correctly integrated. In this section, we'll explore how to perform integration testing with Firebase services, covering key aspects and best practices.

Setting Up Integration Tests

Before you can start integration testing with Firebase services, you need to set up your testing environment and configure Firebase for testing. Follow these steps:

1. **Create a Firebase Project**: If you haven't already, create a new Firebase project dedicated to testing. You can do this in the Firebase Console.
2. **Download Service Account JSON**: In your Firebase project settings, download the service account JSON file for your testing project. This file contains the necessary

credentials for accessing Firebase services.

3. **Configure Firebase**: In your Flutter app, add the Firebase service account JSON file to your project. Make sure it's included in your version control system but kept secure.

4. **Initialize Firebase**: In your Flutter app's code, initialize Firebase with the testing project's configuration. You can do this in your app's main() function or an initialization file specific to tests.

import 'package:firebase_core/firebase_core.dart';

void main() async {

WidgetsFlutterBinding.ensureInitialized();

await Firebase.initializeApp(

options: FirebaseOptions(

apiKey: 'YOUR_API_KEY',

appId: 'YOUR_APP_ID',

messagingSenderId: 'YOUR_MESSAGING_SENDER_ID',

projectId: 'YOUR_PROJECT_ID',

credential: FirebaseServiceAccount.testServiceAccount(),

),

);

```
runApp(MyApp());

}
```

Replace the placeholders with your Firebase project's information and load the service account credentials from the file you added.

Writing Integration Tests

With Firebase configured for testing, you can now write integration tests that interact with Firebase services. Here are some common scenarios for integration testing:

Firebase Authentication:

- Test user registration and login flows.

- Verify email and password authentication.

- Test social media authentication providers.

Firestore:

- Add, update, and delete data in Firestore collections.

- Test Firestore security rules.

- Verify real-time data synchronization.

Firebase Cloud Functions:

- Test the behavior of your Firebase Cloud Functions.

- Ensure correct handling of triggers and events.

Firebase Storage:

- Upload and download files to/from Firebase Storage.

- Verify file access control and security rules.

Firebase Realtime Database:

- Perform CRUD operations in the Realtime Database.

- Test real-time data updates and synchronization.

Running Integration Tests

To run your integration tests, use the flutter test command as you do with unit tests. Ensure that your Firebase service account JSON file is correctly configured for testing, and Firebase services are initialized with the testing project's settings.

Best Practices

Here are some best practices for integration testing with Firebase services:

- Isolate Firebase services from production data to prevent accidental modifications.

- Use dedicated Firebase projects for testing to avoid affecting production data.

- Create test users and data as needed for different test scenarios.

- Ensure that Firebase dependencies are correctly injected into your app during testing.

- Consider using libraries like firebase_testing for mocking Firebase services in tests.

Conclusion

Integration testing with Firebase services is crucial for validating that your Flutter-Firebase app functions correctly as a whole. By following best practices, configuring a dedicated testing environment, and writing comprehensive integration tests, you can ensure the reliability and stability of your app's Firebase integration.

10.3. Debugging Common Issues in Flutter and Firebase

Debugging is an essential skill for any developer, and when working with Flutter and Firebase, you may encounter various issues that require debugging and troubleshooting. In this section, we will explore some common issues that developers often face when using Flutter and Firebase together and discuss how to debug and resolve them effectively.

1. Firebase Configuration Issues

Symptom:

You encounter errors related to Firebase configuration, such as missing or incorrect API keys, project IDs, or service account credentials.

Debugging Steps:

- Double-check your Firebase project settings to ensure you have copied the correct API keys and project configurations.

- Verify that the Firebase service account JSON file is correctly added to your Flutter project and is accessible during runtime.

2. Authentication Issues

Symptom:

Authentication-related errors, like failed sign-ins or registration issues, are common in Firebase apps.

Debugging Steps:

- Use Firebase Authentication logs and error messages to identify the specific issue.

- Ensure that your authentication providers (e.g., email/ password, Google, Facebook) are correctly configured in the Firebase Console.

- Check that your authentication flows are implemented correctly in your Flutter app.

3. Firestore and Realtime Database Issues

Symptom:

Data is not being read from or written to Firestore or the Realtime Database as expected.

Debugging Steps:

- Inspect your database security rules to make sure they allow the necessary operations.

- Verify that your Flutter app's database queries and writes are correct.

- Use Firebase's real-time console to monitor database changes and identify issues.

4. Cloud Functions Errors

Symptom:

Your Firebase Cloud Functions are not triggering or functioning as expected.

Debugging Steps:

- Examine Cloud Functions logs in the Firebase Console to identify errors.

- Ensure that your functions are correctly deployed and that they are listening to the expected triggers.

- Test your functions locally using the Firebase Emulator Suite.

5. Connectivity and Network Issues

Symptom:

Your app experiences network-related issues, such as slow performance or failed requests.

Debugging Steps:

- Check the device's network connection to ensure it is stable.

- Monitor network requests using Flutter's http package or Firebase Performance Monitoring.

- Investigate potential issues with Firebase Realtime Database or Firestore synchronization.

6. Dependency and Version Conflicts

Symptom:

You encounter issues related to package dependencies or version conflicts in your Flutter project.

Debugging Steps:

- Review your pubspec.yaml file to ensure that all packages are correctly specified and up-to-date.

- Use flutter pub outdated to identify packages with outdated versions and update them accordingly.

- Resolve any conflicts between package versions that can cause compatibility issues.

7. Performance Bottlenecks

Symptom:

Your Flutter-Firebase app experiences slow performance or high resource consumption.

Debugging Steps:

- Profile your app using Flutter's DevTools to identify performance bottlenecks.

- Optimize database queries, reduce unnecessary network requests, and minimize resource-intensive operations.

- Use Firebase Performance Monitoring to track app performance in production.

8. Authentication and Authorization Problems

Symptom:

You face issues with user authentication or authorization, including unauthorized access to data.

Debugging Steps:

- Double-check your Firebase Security Rules to ensure they correctly define who can access your data.

- Use Firebase Authentication logs and Firebase Realtime Database/Firestore security rules to audit and troubleshoot access issues.

Conclusion

Debugging issues in a Flutter-Firebase app can be challenging but is essential for maintaining a reliable and performant application. By following the debugging steps outlined for common issues and leveraging Firebase and Flutter debugging tools, you can effectively identify, resolve, and prevent issues, ensuring a smoother user experience for your app.

10.4. Using Firebase Test Lab

Firebase Test Lab is a cloud-based mobile app testing platform provided by Firebase to help you test your Flutter-Firebase app on a wide range of real devices and configurations. It allows you to identify and fix issues, ensuring your app functions correctly and performs well across various devices and operating system versions. In this section, we'll explore how to use Firebase Test Lab for testing your Flutter-Firebase app.

1. Setting Up Firebase Test Lab

Before you can use Firebase Test Lab, you need to set up Firebase for your project if you haven't already. Follow these steps to set up Firebase Test Lab:

1. Go to the Firebase Console and create a new project or select an existing one.
2. In your project, click on the gear icon (Settings) in the top left corner, then click on Project settings.
3. In the Project settings, navigate to the "General" tab, and under "Your apps," click on the Firebase SDK snippet for your app (either iOS or Android). Follow the instructions to add Firebase to your Flutter app.
4. Install the Firebase CLI on your local machine if you haven't already. You can do this using npm:

npm install -g firebase-tools

1. Authenticate with Firebase using the following command:

firebase login

1. Initialize Firebase Test Lab for your project:

firebase init testlab

2. Running Tests with Firebase Test Lab

Firebase Test Lab allows you to run various types of tests, including:

- **Instrumentation Tests**: These are UI tests that interact with your Flutter app's user interface.

- **Robo Tests**: Robo is an automated testing tool that explores your app's user interface and simulates user interactions.

- **Game Loop Tests**: These are specialized tests for gaming apps.

To run tests using Firebase Test Lab, follow these steps:

1. Write and configure your tests according to the type of test you want to run.
2. Build and package your Flutter app for testing. For example, to build an APK for Android, use the following command:

flutter build apk

1. Upload your app and test files to Firebase Test Lab using the firebase testlab android run or firebase testlab ios run command, depending on your target platform.

For Android:

firebase testlab android run—type <test-type>—app <path-to-app.apk>—test <path-to-test.apk>

For iOS:

firebase testlab ios run—type <test-type>—app <path-to-app.ipa>—test <path-to-test.zip>

Replace <test-type>, <path-to-app.apk/.ipa>, and <path-to-test.apk/.zip> with your specific test details.

1. Firebase Test Lab will execute your tests on a selection of real devices and configurations. You can view the test results in the Firebase Console.

3. Analyzing Test Results

Once your tests are complete, Firebase Test Lab provides detailed test reports, including logs, screenshots, and video recordings of the test runs. You can use these reports to identify and diagnose issues in your Flutter-Firebase app.

Firebase Test Lab is a powerful tool to ensure your app functions correctly on various devices and under different conditions. It helps you catch bugs and performance issues before your app is released to users, improving the overall quality and reliability of your app.

10.5. Continuous Integration and Deployment Strategies

Continuous Integration (CI) and Continuous Deployment (CD) are essential practices for automating the building, testing, and deployment of your Flutter-Firebase app. These practices help maintain the reliability and quality of your app while enabling rapid development and deployment. In this section, we will explore CI/CD strategies for Flutter-Firebase apps.

1. CI/CD Overview

CI involves automatically integrating code changes into a shared repository multiple times a day. This process typically includes building the app, running tests, and checking for code quality using linters and static analysis tools. CD extends CI by automatically deploying code to production or staging environments, ensuring that new changes are readily available to users.

2. Setting Up CI/CD

To set up CI/CD for your Flutter-Firebase app, follow these steps:

2.1. Choose a CI/CD Service

Select a CI/CD service that suits your needs. Popular options include GitHub Actions, GitLab CI/CD, Travis CI, CircleCI, and Jenkins.

2.2. Create CI/CD Configuration

Write a configuration file (e.g., .github/workflows/main.yml for GitHub Actions) that defines the CI/CD workflow. This file should specify:

- Trigger conditions (e.g., push to the repository, pull request).

- Build environment setup (e.g., Flutter and Firebase installation).

- Build steps (e.g., running tests, building release binaries).

- Deployment steps (e.g., deploying to Firebase Hosting or app stores).

Here's an example GitHub Actions workflow for a Flutter-Firebase app:

name: CI/CD for Flutter-Firebase

on:

push:

branches:

- main

```
jobs:

build:

runs-on: ubuntu-latest

steps:

- name: Checkout Repository

uses: actions/checkout@v2

- name: Set up Flutter

uses: subosito/flutter-action@v5

with:

flutter-version: stable

- name: Install Dependencies

run: flutter pub get

- name: Build and Test

run: |

flutter build apk

flutter test

- name: Deploy to Firebase

run: |

firebase deploy—only hosting

env:
```

FIREBASE_TOKEN: ${{ secrets.FIREBASE_TOKEN }}

2.3. Configure Secrets

Store sensitive information like API keys and tokens as secrets or environment variables in your CI/CD service. Never commit such information to your repository.

2.4. Triggering CI/CD

CI/CD workflows can be triggered automatically on every code push, pull request, or manually via the CI/CD service's interface.

3. Benefits of CI/CD

Implementing CI/CD for your Flutter-Firebase app offers several advantages:

- **Faster Development**: Automated testing and deployment reduce the time between writing code and releasing it.

- **Consistency**: Builds and deployments are consistent, reducing the risk of errors and ensuring reliable releases.

- **Early Issue Detection**: CI/CD catches issues early in the development process, preventing them from reaching production.

- **Collaboration**: Team members can collaborate more effectively, knowing that changes are automatically tested and deployed.

• **User Feedback**: Rapid deployments allow you to gather user feedback and make improvements quickly.

4. Best Practices

Consider the following best practices when implementing CI/CD for your Flutter-Firebase app:

• **Test Thoroughly**: Implement a comprehensive suite of tests, including unit tests, integration tests, and end-to-end tests.

• **Automate Everything**: Automate as much of the CI/CD pipeline as possible, including code formatting, linting, and deployment.

• **Branch Strategy**: Use branching strategies (e.g., feature branches, GitFlow) to manage code changes and deployments.

• **Rollbacks**: Plan for rollback procedures in case of deployment failures or issues in production.

• **Monitoring**: Implement monitoring and alerting systems to detect and respond to production issues promptly.

With CI/CD in place, you can ensure a smooth and efficient development process for your Flutter-Firebase app, delivering high-quality updates to your users with confidence.

Chapter 11: Deploying Your App

Section 11.1: Preparing for Deployment: Checklist

Preparing your Flutter-Firebase app for deployment is a crucial step in the development process. A well-prepared deployment ensures that your app reaches users smoothly and without unexpected issues. This section provides a comprehensive checklist to help you ensure that your app is ready for deployment.

1. Testing

Before deploying your app, thorough testing is essential. Make sure you've covered the following aspects:

- **Unit Testing**: Ensure that all your Flutter widgets and functions have appropriate unit tests to catch any logical errors.

- **Integration Testing**: Perform integration tests, especially for Firebase services, to verify that different parts of your app work seamlessly together.

- **User Testing**: Conduct user testing with real users or beta testers to gather feedback and identify any usability or functional issues.

2. Code Quality

Review your codebase for quality and maintainability:

- **Code Review**: Have your code reviewed by peers to identify any coding standards violations or potential issues.

- **Clean Code**: Ensure that your code follows clean code principles, making it easier for other developers to understand and contribute.

3. Performance Optimization

Optimize your app's performance to provide a smooth user experience:

- **Performance Profiling**: Use tools like Flutter's DevTools and Firebase Performance Monitoring to identify and address performance bottlenecks.

- **Network Efficiency**: Optimize network requests to reduce data usage and minimize latency.

4. App Assets

Verify that all your app's assets, such as images, fonts, and other resources, are properly organized and included in the project.

5. Environment Configuration

Check that your app is configured to use the appropriate Firebase project for your deployment environment (development, staging, production).

6. App Store Guidelines

If you're planning to publish your app on app stores, review the submission guidelines for the target platforms (e.g., Google Play Store, Apple App Store).

7. Firebase Configuration

Ensure that your Firebase project's settings, including authentication providers, database rules, and cloud functions, are configured correctly for production use.

8. App Versioning

Bump up the version number of your app to indicate changes and updates. This is crucial for tracking app versions and managing updates.

9. Error Monitoring

Set up error monitoring and crash reporting tools (e.g., Firebase Crashlytics) to receive real-time notifications of app issues and crashes.

10. Privacy Policy

If your app collects user data, ensure that you have a privacy policy in place that complies with relevant regulations (e.g., GDPR).

11. Security Audit

Perform a security audit to identify and mitigate potential security vulnerabilities in your app and Firebase configuration.

12. User Feedback

Incorporate user feedback received during testing and beta phases to make necessary improvements.

13. Documentation

Prepare documentation for your app, including user guides and release notes.

14. Backup and Data Migration

Plan for data backup and migration strategies, especially if you're making significant changes to your database schema.

15. Rollback Plan

Have a rollback plan in case any critical issues arise after deployment. This plan should allow you to revert to a stable version quickly.

16. Deployment Checklist

Create a deployment checklist that includes all the necessary steps and configurations needed for a successful deployment. Use this checklist to ensure that nothing is overlooked.

By following this checklist, you can confidently deploy your Flutter-Firebase app, knowing that you've addressed key aspects of testing, code quality, performance, and security. Proper preparation significantly reduces the likelihood of post-deployment issues and ensures a positive user experience.

Remember that deploying an app is not the end but rather a new beginning. Monitoring your app's performance post-launch and gathering user feedback are essential for continuous improvement and success in the competitive mobile app market.

Section 11.2: App Store and Google Play Submission Guidelines

Once your Flutter-Firebase app is ready for deployment, you'll need to adhere to the submission guidelines provided by the respective app stores—Apple's App Store and Google Play Store. These guidelines are essential to ensure your app meets the platform's standards and can be published for public use. In this section, we'll explore the submission requirements and best practices for both app stores.

Apple's App Store Submission Guidelines

1. Apple Developer Program Membership

Before submitting your app to the App Store, ensure that you're a member of the Apple Developer Program. You'll need to enroll and pay an annual fee to access the necessary tools and resources for app submission.

2. App Review Guidelines

Apple has strict app review guidelines that cover various aspects, including content, functionality, user interface, and privacy. Ensure your app complies with these guidelines to prevent rejection during the review process.

3. User Interface Guidelines

Follow Apple's Human Interface Guidelines (HIG) to create a user interface that adheres to the iOS design principles. Pay attention to design elements, app icons, and overall user experience.

4. App Store Connect

Use App Store Connect to manage your app's metadata, pricing, and distribution. You'll need to provide details like app name, description, keywords, screenshots, and app store screenshots.

5. App Store Review Process

Prepare for the app review process, which involves a team of Apple experts testing your app for functionality, performance, and compliance with guidelines. Be prepared to respond to reviewer feedback and address any issues.

6. Privacy and Data Handling

Ensure your app handles user data securely and transparently. Provide a clear privacy policy that outlines data collection and usage practices. Obtain user consent for data collection when necessary.

7. App Store Fees

Understand Apple's revenue-sharing model, which involves a commission on in-app purchases and subscriptions. Familiarize yourself with the fee structure and consider it when pricing your app.

Google Play Store Submission Guidelines

1. Google Play Developer Console

Create a developer account on the Google Play Developer Console and pay a one-time registration fee. This account will allow you to manage and publish your app on the Google Play Store.

2. Content Policies

Review Google Play's Content Policies, which cover prohibited content, intellectual property, and deceptive behavior. Ensure your app's content aligns with these policies.

3. Target Audience and Content Rating

Specify your app's target audience and provide a content rating based on Google's guidelines. This helps users understand the suitability of your app for different age groups.

4. App Listing

Create a compelling app listing with a clear title, concise description, high-quality graphics, and screenshots. Optimize keywords to improve discoverability.

5. APK and App Bundles

Upload your app's APK (Android Package) or use Android App Bundles for optimized distribution. Ensure your app is compatible with various Android devices and screen sizes.

6. App Signing

Opt for Google Play App Signing to manage your app's signing key. This allows Google to optimize APK delivery to users' devices.

7. App Review Process

Google Play conducts an automated review of apps upon submission. Ensure your app is free of crashes, malware, and policy violations to pass the review process smoothly.

8. In-App Purchases and Billing

If your app includes in-app purchases, ensure that you implement Google Play's billing system correctly and adhere to pricing guidelines.

9. Privacy Policy

Provide a privacy policy that explains your app's data collection and usage practices. Transparency about data handling is crucial.

10. App Distribution

Choose your app's distribution model, including geographic regions and device compatibility. Decide whether you want your app to be available on Android TV, Wear OS, etc.

11. Pricing and Monetization

Set your app's pricing model, whether it's free, paid, freemium, or subscription-based. Consider the revenue-sharing model with Google Play.

12. User Ratings and Reviews

Encourage users to leave reviews and ratings, as they can influence your app's visibility on the Play Store.

By following the submission guidelines provided by Apple's App Store and Google Play Store, you increase the chances of a successful app deployment. Remember to keep your app up to date, respond to user feedback, and monitor its performance to ensure continued success on these platforms.

Section 11.3: Using Firebase for App Distribution and Beta Testing

Firebase provides a powerful set of tools for distributing your Flutter-Firebase app to testers, stakeholders, and eventually to a wider audience. Firebase App Distribution and Firebase Test Lab are two essential services that help streamline app distribution and testing processes. In this section, we'll explore how to leverage Firebase for app distribution and beta testing.

Firebase App Distribution

Firebase App Distribution simplifies the distribution process by allowing you to send your app builds to testers and stakeholders without going through the app stores. Here's how to use Firebase App Distribution:

1. **Set Up Firebase**: Ensure that your project is configured with Firebase, and add the Firebase SDK to your Flutter project as described earlier.
2. **Install the Firebase CLI**: Install the Firebase Command Line Interface (CLI) if you haven't already. You can do this using npm (Node Package Manager). Run the following command in your terminal:

npm install -g firebase-tools

1. **Authentication**: Log in to Firebase using the CLI by running:

firebase login

1. **Link Project**: Make sure your Flutter project is linked to Firebase using the CLI:

firebase use—add

1. **Configure App Distribution**: Enable App Distribution for your Firebase project by visiting the Firebase Console and navigating to your project settings. Configure the distribution settings, including testers' email addresses.
2. **Prepare and Upload Builds**: Use the Firebase CLI to prepare and upload builds for distribution:

flutter build ios —*release*

firebase   appdistribution:distribute   build/ios/ your_app.ipa —*app your-firebase-app-id*

Replace your_app.ipa with the actual name of your iOS build file, and your-firebase-app-id with your Firebase project's app ID.

1. **Invite Testers**: Firebase will send an email invitation to your testers. They can install the app on their devices and provide feedback.

Firebase Test Lab

Firebase Test Lab allows you to test your app on a wide range of Android and iOS devices to identify compatibility issues and ensure your app functions correctly. Here's how to use Firebase Test Lab:

1. **Prepare Test Scripts**: Create test scripts for your Flutter-Firebase app. These scripts should cover essential functionality and user interactions.
2. **Instrumentation**: Use Firebase Test Lab's instrumentation test framework for Android or XCTest for iOS to create automated tests.
3. **Upload Tests**: Upload your test scripts and specify the devices, OS versions, and configurations you want to test on.
4. **Run Tests**: Firebase Test Lab will execute your tests on the selected devices and generate detailed reports.
5. **Review Reports**: Review the test reports to identify issues and address them in your app.
6. **Regression Testing**: Continuously run tests with each app update to ensure new features or changes don't introduce regressions.

By leveraging Firebase App Distribution and Firebase Test Lab, you can streamline your app's testing and distribution processes, making it easier to gather feedback, fix issues, and deliver a high-quality Flutter-Firebase app to your users. These Firebase services enhance your development workflow, helping you ensure your app's reliability and functionality across various devices and platforms.

Section 11.4: Monitoring App Performance Post-launch

After successfully deploying your Flutter-Firebase app to app stores and making it available to users, it's crucial to monitor its performance and gather insights into how users are interacting with your application. Firebase offers powerful tools for post-launch app monitoring and analytics. In this section, we'll explore how to use Firebase to monitor your app's performance and gain valuable insights.

Firebase Analytics

Firebase Analytics is a robust tool that provides detailed information about user interactions, engagement, and app usage. Here's how to make the most of Firebase Analytics:

1. **Initialization**: Ensure that Firebase Analytics is correctly initialized in your Flutter app as described in previous sections.
2. **Events Tracking**: Track relevant user events and interactions within your app. For example, you can track when users sign up, complete a purchase, or reach specific milestones.

await FirebaseAnalytics().logEvent(

name: 'signup',

parameters: <String, dynamic>{'method': 'email'},

);

1. **User Properties**: Use user properties to segment your audience and gather insights into user demographics, interests, and behavior.

await FirebaseAnalytics().setUserProperty(

name: 'subscription_type',

value: 'premium',

);

1. **Conversion Tracking**: Set up conversion tracking to measure the effectiveness of specific actions or marketing campaigns.

await FirebaseAnalytics().logEvent(

name: 'purchase',

parameters: <String, dynamic>{

'item_id': 'product123',

'quantity': 2,

},

);

1. **Funnel Analysis**: Create funnels to analyze user journeys and identify drop-off points in your app's conversion flow.
2. **User Engagement**: Monitor user engagement metrics like

retention rate, session duration, and user churn.

3. **Custom Events and Parameters**: Define custom events and parameters that are relevant to your app's unique features and goals.

Firebase Crashlytics

Firebase Crashlytics helps you track and analyze app crashes and errors. Here's how to use it effectively:

1. **Integration**: Ensure that Firebase Crashlytics is integrated into your Flutter app as discussed in previous sections.
2. **Crash Reports**: Firebase Crashlytics automatically logs crash reports. Review these reports to identify and fix critical app issues quickly.
3. **Error Tracking**: In addition to crashes, monitor non-fatal errors and exceptions. These can provide valuable insights into issues that might not result in immediate app crashes but can still impact user experience.
4. **Issue Prioritization**: Prioritize and resolve issues based on their impact on the user experience and the frequency of occurrence.

Firebase Performance Monitoring

Firebase Performance Monitoring allows you to track the performance of your app, including network requests, screen rendering times, and more. Here's how to leverage it:

1. **Initialization**: Ensure Firebase Performance Monitoring is initialized in your app.
2. **Performance Traces**: Set up custom performance traces to monitor specific aspects of your app's performance.

```
final                    trace                    =
FirebasePerformance.instance.newTrace('custom_trace');

trace.start();

// Perform operations to be tracked

trace.stop();
```

1. **Network Monitoring**: Monitor network requests and responses to identify slow or failing requests.
2. **Screen Traces**: Automatically track the performance of screens or views in your app.
3. **Performance Insights**: Review performance data to identify bottlenecks and areas for optimization.

By effectively utilizing Firebase Analytics, Firebase Crashlytics, and Firebase Performance Monitoring, you can gain valuable insights into your Flutter-Firebase app's performance and user behavior post-launch. These insights enable data-driven decision-making, allowing you to continuously improve your app, fix issues promptly, and deliver a better user experience.

Section 11.5: Gathering and Incorporating User Feedback

User feedback is a valuable resource for improving your Flutter-Firebase app and meeting the needs of your users. In this section, we'll explore strategies for gathering user feedback and how to effectively incorporate it into your app development process.

Gathering User Feedback

1. **In-App Feedback Forms**: Implement in-app feedback

forms that allow users to provide feedback directly from the app. You can use plugins like flutter_form_builder to create custom feedback forms.

```
FormBuilder(

key: _formKey,

autovalidateMode:
AutovalidateMode.onUserInteraction,

child: Column(

children: <Widget>[

FormBuilderTextField(

name: 'feedback',

decoration: InputDecoration(labelText: 'Feedback'),

validator: FormBuilderValidators.required(context),

),

SizedBox(height: 10),

ElevatedButton(

onPressed: () {

if (_formKey.currentState!.saveAndValidate()) {

// Send feedback to Firebase or your server

}

},
```

child: Text('Submit Feedback'),

),

],

),

)

1. **Email or Contact Forms**: Provide users with the option to send feedback via email or a contact form, making it easy for them to communicate their suggestions and issues.
2. **In-App Surveys**: Periodically present users with short surveys to gather specific insights about their experience and preferences.
3. **App Store Reviews**: Encourage users to leave reviews and ratings on app stores. Include a prompt within your app, but be careful not to spam users with excessive requests.

Analyzing User Feedback

1. **Feedback Repository**: Establish a central repository or system for collecting and organizing user feedback, making it easier to track and manage.
2. **Categorization**: Categorize feedback into different topics or areas, such as usability, performance, feature requests, or bug reports.
3. **Prioritization**: Prioritize feedback based on severity, impact, and the number of users affected. Address critical issues promptly.
4. **Feedback Analysis Tools**: Use tools like sentiment analysis to gauge the overall sentiment of user feedback. This can help identify common pain points or positive

aspects of your app.

Incorporating Feedback into Development

1. **Regular Review Meetings**: Schedule regular meetings or discussions with your development team to review user feedback. Discuss the feasibility of implementing suggested changes and prioritize them based on user needs and app goals.
2. **Feature Requests**: Consider creating a dedicated roadmap or board for tracking feature requests. Engage with users to gather more details about requested features and determine if they align with your app's vision.
3. **Bug Tracking**: Use bug tracking tools to manage and track reported issues. Include relevant details, such as the steps to reproduce the bug and any associated user feedback.
4. **Iterative Development**: Embrace an iterative development approach. Release updates and improvements in response to user feedback at regular intervals.
5. **Communication**: Keep users informed about the status of their feedback. Notify them when their reported issues are resolved or when their requested features are implemented.
6. **Feedback Acknowledgment**: Acknowledge users for their feedback and contributions. Showing appreciation can encourage continued engagement.
7. **User Testing**: Conduct user testing sessions with real users to validate the effectiveness of changes based on their feedback.

Incorporating user feedback is an ongoing process that requires active engagement and continuous improvement. By listening to your users and making meaningful changes to address their needs and concerns, you can enhance your Flutter-Firebase app, foster user loyalty, and achieve long-term success.

Chapter 12: Advanced Firebase Features

In this chapter, we will explore some of the advanced features offered by Firebase to enhance your Flutter app's functionality and user experience. These features go beyond the basics and open up new possibilities for your application.

Section 12.1: Machine Learning Capabilities with Firebase ML

Firebase ML (Machine Learning) is a powerful tool that allows you to integrate machine learning models into your Flutter app. You can use Firebase ML to perform tasks such as image recognition, natural language processing, and custom model inference.

Getting Started with Firebase ML

To get started with Firebase ML in your Flutter app, follow these steps:

1. **Add Firebase to Your Project**: If you haven't already, add Firebase to your Flutter project by following the instructions in Chapter 1.
2. **Add Firebase ML Dependencies**: Open your pubspec.yaml file and add the necessary Firebase ML dependencies. For example, to use the image labeling feature, add the following dependency:

dependencies:

firebase_ml_vision: ^0.12.0

Run flutter pub get to fetch the dependency.

1. **Initialize Firebase ML**: In your app's initialization code, initialize Firebase ML:

```
import 'package:firebase_core/firebase_core.dart';

import 'package:firebase_ml_vision/firebase_ml_vision.dart';

void main() async {

WidgetsFlutterBinding.ensureInitialized();

await Firebase.initializeApp();

runApp(MyApp());

}
```

Image Labeling Example

Let's take a look at an example of using Firebase ML for image labeling. This feature allows your app to recognize and label objects in images.

```
import 'package:firebase_ml_vision/firebase_ml_vision.dart';

Future<List<ImageLabel>> labelImage(File imageFile) async {

final FirebaseVisionImage visionImage = FirebaseVisionImage.fromFile(imageFile);

final ImageLabeler labeler = FirebaseVision.instance.imageLabeler();
```

```
final        List<ImageLabel>        labels        =        await
labeler.processImage(visionImage);

return labels;

}
```

In the example above, we first create a FirebaseVisionImage from a file. Then, we initialize an ImageLabeler and use it to process the image. The result is a list of ImageLabel objects, each representing a label and its confidence score.

Custom Model Integration

Firebase ML also allows you to integrate custom machine learning models into your app. You can train your own models or use pre-trained models for various tasks.

To use a custom model, follow these steps:

1. Train or obtain your machine learning model.
2. Convert the model to a format compatible with Firebase ML (e.g., TensorFlow Lite).
3. Add the model file to your Flutter project.
4. Load and use the custom model in your app.

Firebase ML opens up exciting possibilities for enhancing your Flutter app with machine learning capabilities. Whether you're building image recognition, language processing, or other ML-powered features, Firebase ML provides the tools to bring your ideas to life.

Section 12.2: Using Firebase Dynamic Links

Firebase Dynamic Links is a powerful tool for creating deep links within your Flutter app that can lead users to specific content or actions. Whether you want to share content, invite friends, or run marketing campaigns, Firebase Dynamic Links makes it easy to create and handle deep linking in a seamless manner.

Creating Dynamic Links

To create a Firebase Dynamic Link in your Flutter app, follow these steps:

1. **Set Up Firebase Dynamic Links**: Ensure that you have Firebase set up in your Flutter project, as described in Chapter 1.
2. **Configure Dynamic Links**: In your Firebase project settings, configure the Dynamic Links domain and specify the behavior of dynamic links, such as specifying which parameters to include in the link.
3. **Generate a Dynamic Link**: In your Flutter code, you can generate dynamic links using the Firebase Dynamic Links SDK. Here's an example of how to create a dynamic link:

```
final     DynamicLinkParameters     parameters     =
DynamicLinkParameters(

uriPrefix: 'https://yourapp.page.link',

link:            Uri.parse('https://yourapp.page.link/
invite?referralCode=12345'),

androidParameters: AndroidParameters(
```

packageName: 'com.yourapp.package',

),

iosParameters: IosParameters(

bundleId: 'com.yourapp.bundle',

),

);

final Uri dynamicUrl = await parameters.buildUrl();

In the example above, replace https://yourapp.page.link with your Dynamic Links domain, and specify the parameters you need for your link.

1. **Handle Dynamic Link Clicks**: When a user clicks on a dynamic link, your app should be able to handle it. You can set up a listener to handle dynamic link clicks and navigate users to the appropriate content within your app.

final   PendingDynamicLinkData   data   =   await FirebaseDynamicLinks.instance.getInitialLink();

final Uri deepLink = data?.link;

FirebaseDynamicLinks.instance.onLink(

onSuccess: (PendingDynamicLinkData dynamicLink) async {

final Uri deepLink = dynamicLink?.link;

// Handle the deep link and navigate the user to the relevant content.

});

Use Cases for Dynamic Links

Firebase Dynamic Links can be used for various purposes, including:

- **Sharing Content**: You can generate dynamic links to share specific content, such as articles, products, or user profiles, and provide a seamless experience for users to access that content directly within your app.

- **Referral Programs**: If your app has a referral program, you can use dynamic links to generate unique links for each user and reward them when their referrals install and use the app.

- **Invitations and Invites**: Allow users to invite their friends to join your app. Dynamic links make it easy to create referral systems and track the effectiveness of invitations.

- **Marketing Campaigns**: Create links for marketing campaigns and track which campaigns are driving the most traffic and conversions.

Firebase Dynamic Links simplifies the process of deep linking in your Flutter app, making it easier to engage users, share content, and track the effectiveness of your marketing efforts. By leveraging this feature, you can enhance user experience and drive user engagement in a seamless way.

Section 12.3: Implementing Firebase In-App Messaging

Firebase In-App Messaging is a valuable tool for delivering targeted messages and promotions to your app's users while they are actively using the app. These messages can help you communicate with your users, highlight new features, promote discounts, or provide important updates. In this section, we'll explore how to implement Firebase In-App Messaging in your Flutter app.

Enabling Firebase In-App Messaging

Before you can start using Firebase In-App Messaging, you need to enable it in your Firebase project and configure it. Here are the steps to get started:

1. **Enable In-App Messaging**: Go to the Firebase Console, select your project, and navigate to the "In-App Messaging" section. Enable In-App Messaging for your project.
2. **Create a Campaign**: Create a new campaign in the Firebase Console. A campaign defines the message content, targeting criteria, and when the message should be displayed.
3. **Customize the Appearance**: You can customize the appearance of the in-app message, including its layout, colors, and buttons.
4. **Define Targeting**: Specify the conditions under which the in-app message should be shown. Firebase allows you to target specific user segments based on user properties or events.
5. **Schedule Delivery**: Set the schedule for when the message should be delivered.

Implementing In-App Messaging in Flutter

Once you have configured Firebase In-App Messaging in the Firebase Console, you can implement it in your Flutter app.

1. **Add Dependencies**: In your pubspec.yaml file, add the firebase_in_app_messaging package to your dependencies.

dependencies:

firebase_in_app_messaging: ^latest_version

Run flutter pub get to install the package.

1. **Initialize Firebase**: Make sure you have initialized Firebase in your Flutter app as explained in Chapter 1.
2. **Fetch and Display Messages**: In your app, you can fetch and display in-app messages by using the FirebaseInAppMessaging class. Here's a basic example of how to display an in-app message:

FirebaseInAppMessaging.instance.setMessageDisplayComponent(

MyInAppMessageDisplay()); // Replace with your custom display component.

1. **Customize the Display Component**: You can create a custom in-app message display component by extending InAppMessageDisplay. This allows you to customize the appearance and behavior of the in-app messages in your app.
2. **Testing**: Firebase provides testing options to ensure that in-app messages are displayed correctly in your app during development.

Use Cases for In-App Messaging

Firebase In-App Messaging is useful for various use cases:

- **Promotions**: Promote new features, products, or discounts to your users while they are actively using your app.

- **Onboarding**: Provide onboarding tips and guidance to new users to help them get started with your app.

- **Announcements**: Communicate important updates, announcements, or maintenance alerts to all or specific user segments.

- **User Engagement**: Engage users with relevant content or tips based on their interactions with the app.

- **Surveys and Feedback**: Collect user feedback or conduct surveys within your app.

By implementing Firebase In-App Messaging, you can enhance user engagement and communication within your Flutter app, ultimately improving the user experience and achieving your app's goals.

Section 12.4: Custom Cloud Functions and Backend Logic

Firebase provides a powerful feature known as Cloud Functions for Firebase, which allows you to run server-side code in response to various events, such as database changes, authentication events, and HTTP requests. In this section, we'll explore how to implement custom Cloud Functions and backend logic for your Flutter app.

Setting Up Firebase Cloud Functions

To get started with Firebase Cloud Functions, you'll need to set up the Firebase CLI and create a Firebase project if you haven't already done so:

1. **Install Firebase CLI**: Install the Firebase CLI by running the following command in your terminal:

npm install -g firebase-tools

1. **Login to Firebase**: Log in to your Firebase account using the CLI:

firebase login

1. **Initialize Firebase Functions**: Navigate to your project's root directory and initialize Firebase Functions:

firebase init functions

1. **Select Language**: Choose a programming language for your Cloud Functions. JavaScript and TypeScript are commonly used options.
2. **Install Dependencies**: If you're using TypeScript, make sure to install the required dependencies using npm install or yarn.

Creating Cloud Functions

Once your Firebase project is set up for Cloud Functions, you can start creating your custom functions. Here's an example of a simple Firebase Cloud Function written in JavaScript that triggers when a new user signs up and sends a welcome email:

```javascript
const functions = require('firebase-functions');

const admin = require('firebase-admin');

admin.initializeApp();

exports.sendWelcomeEmail =
functions.auth.user().onCreate((user) => {

const userEmail = user.email;

const mailOptions = {

from: 'your-email@example.com',

to: userEmail,

subject: 'Welcome to our App!',

text: 'Thank you for signing up for our app. We hope you enjoy your experience!'

};

return admin

.firestore()

.collection('emails')

.add(mailOptions)

.then(() => {

console.log('Welcome email sent to:', userEmail);

return null;

})
```

```
.catch((error) => {

console.error('Error sending welcome email:', error);

});

});
```

In this example, we use the functions.auth.user().onCreate trigger to execute the function when a new user is created. The function sends a welcome email to the user's email address using the Firebase Admin SDK.

Deploying Cloud Functions

After writing your custom Cloud Functions, you can deploy them to Firebase using the following command:

```
firebase deploy—only functions
```

This deploys your functions to the Firebase server, making them accessible for use in your Flutter app.

Triggering Cloud Functions from Flutter

To trigger a Cloud Function from your Flutter app, you can use the Firebase Functions package. Here's an example of how to call the sendWelcomeEmail function from Flutter:

```
import 'package:firebase_functions/firebase_functions.dart';

final                sendWelcomeEmail                =
FirebaseFunctions.instance.httpsCallable('sendWelcomeEmail');

try {

final result = await sendWelcomeEmail({});
```

print('Email sent successfully');

} catch (e) {

print('Error sending email: $e');

}

This Flutter code calls the sendWelcomeEmail function deployed on Firebase when a new user signs up.

With Firebase Cloud Functions, you can implement custom backend logic for your Flutter app, execute code in response to events, and integrate with various Firebase services and external APIs. This powerful feature enhances the functionality and capabilities of your app's backend.

Section 12.5: Scaling Your Application with Firebase

As your Flutter app grows in popularity, you may need to scale your application to handle a larger user base and increased traffic. Firebase offers several features and strategies for scaling your app effectively, ensuring it remains performant and reliable.

1. Firestore and Realtime Database Scaling

Firebase offers horizontal scaling for its Firestore and Realtime Database services. This means that as your data grows, Firebase automatically distributes the data across multiple servers, ensuring fast read and write operations. However, keep in mind that Firestore has more advanced scaling capabilities compared to the Realtime Database.

To scale Firestore:

- **Choose Efficient Data Structures**: Use efficient data structures and document modeling to minimize the number of reads and writes.

- **Use Indexing Wisely**: Plan your queries and use composite indexes when necessary.

- **Distribute Data**: Distribute your data across collections or subcollections to avoid hotspots.

- **Implement Security Rules**: Write secure and efficient security rules to restrict unauthorized access.

2. Authentication and User Management

Scaling user authentication is essential for handling a growing user base. Firebase Authentication handles user identity and can scale effortlessly. However, you should ensure proper session management and security practices to protect user data.

To scale authentication:

- **Implement OAuth Providers**: Integrate additional OAuth providers like Apple Sign-In and Twitter to offer more login options.

- **Rate Limiting**: Implement rate limiting to protect against abuse and brute-force attacks.

- **Monitor Suspicious Activity**: Set up monitoring for suspicious activity and implement account recovery mechanisms.

3. Cloud Functions

Cloud Functions can be used to offload heavy backend tasks, ensuring your app remains responsive. Firebase automatically scales the execution of Cloud Functions based on demand.

To scale Cloud Functions:

- **Optimize Function Code**: Write efficient function code to reduce execution time and costs.

- **Asynchronous Tasks**: Use asynchronous operations to parallelize tasks when possible.

- **Monitor Performance**: Monitor function performance and errors using Firebase and Cloud Monitoring.

4. Firebase Hosting and Content Delivery

Firebase Hosting automatically scales to handle traffic spikes. To further optimize content delivery:

- **Content Caching**: Implement caching strategies to reduce the load on your server and speed up content delivery.

- **Content Delivery Networks (CDNs)**: Utilize CDNs for faster delivery of static assets to users around the world.

5. Monitoring and Analytics

Regularly monitor your app's performance and user behavior using Firebase Performance Monitoring and Analytics. These tools provide insights into bottlenecks and areas that may require optimization.

6. Load Testing

Conduct load testing to simulate heavy traffic and identify performance bottlenecks. Firebase offers integration with various load testing tools to help you gauge your app's scalability.

7. Continuous Deployment and Rollback Strategies

Implement a continuous deployment pipeline to automate testing and deployment. This allows you to roll out updates gradually and roll back changes if issues arise during deployment.

8. Database Sharding (Firestore)

In Firestore, you can use database sharding to distribute data across multiple databases, allowing for even greater scalability. However, this is a complex strategy that should be considered when dealing with extremely high volumes of data.

Remember that scaling is an ongoing process, and it's crucial to regularly assess your app's performance and adjust your scaling strategies as needed to accommodate growth and changing user demands. Firebase's flexible infrastructure and tools make it easier to adapt and scale your Flutter app efficiently.

Chapter 13: Cross-Platform Considerations

Cross-platform development with Flutter offers a powerful way to create mobile apps that can run on both iOS and Android with a single codebase. However, it's important to understand the key differences between these platforms and consider how to optimize your app for each one. In this chapter, we'll explore various considerations and strategies for successful cross-platform development.

Section 13.1: Flutter for iOS and Android: Key Differences

When developing a cross-platform app with Flutter, it's essential to recognize the key differences between iOS and Android and how they can impact your development process. Here are some of the critical areas to consider:

1. Design Guidelines

- **iOS Human Interface Guidelines**: iOS apps follow specific design guidelines that prioritize a clean and minimalist user interface. Elements like navigation bars, tab bars, and swipe gestures are common in iOS design.

- **Material Design**: Android apps adhere to Google's Material Design guidelines, which focus on a more dynamic and layered UI with features like bottom navigation bars and floating action buttons.

2. Navigation Patterns

- **Navigation Styles**: iOS typically uses a navigation controller and a stack-based navigation pattern, while Android uses a drawer-based navigation with fragments or a bottom navigation bar.

- **Adaptive Navigation**: Consider implementing adaptive navigation that adjusts to the platform, ensuring a native feel on both iOS and Android.

3. Platform-Specific Features

- **Platform Channels**: Use platform channels to access platform-specific features and APIs when necessary. Flutter's plugin system makes it easier to interact with native code.

- **Permissions**: Be aware of platform-specific permission models for accessing device features like location, camera, and contacts.

4. Testing and Debugging

- **Device Testing**: Test your app on actual iOS and Android devices to identify platform-specific issues.

- **Platform-Specific Debugging**: Leverage debugging tools and features provided by Flutter for each platform, such as the Flutter DevTools for web-based debugging.

5. Performance Considerations

- **Performance Optimization**: Android and iOS have different performance characteristics. Optimize your app's performance by profiling and addressing platform-specific bottlenecks.

- **Memory Management**: Pay attention to memory management, as iOS and Android devices have varying memory constraints.

6. Accessibility

- **Accessibility Guidelines**: Follow platform-specific accessibility guidelines to ensure your app is inclusive and usable by all users, including those with disabilities.

7. Internationalization and Localization

- **Localizability**: Implement internationalization and localization features differently for iOS and Android, considering the format of date, time, currency, and language preferences.

8. Testing Strategies

- **Platform-Specific Testing**: Develop platform-specific testing strategies to ensure that your app functions correctly on both iOS and Android devices.

- **Continuous Integration**: Implement continuous integration and automated testing to maintain code quality.

By understanding these key differences and following best practices for cross-platform development, you can create a Flutter app that provides a seamless and native-like experience on both iOS and Android. It's essential to keep the user experience at the forefront of your development process and test thoroughly on both platforms to deliver a high-quality app.

Section 13.2: Adaptive Design for Multiple Devices

Creating a cross-platform app with Flutter means targeting a wide range of devices, including various screen sizes, resolutions, and orientations. To ensure that your app looks and works well across different devices, it's crucial to implement adaptive design principles. In this section, we'll explore strategies for creating adaptive layouts and handling device diversity.

1. Responsive Layouts

- Use Flutter's widget system to create responsive layouts that adapt to different screen sizes and orientations.

- Employ layout widgets like Row, Column, Container, and Expanded to build flexible UIs.

- Utilize media query information to adjust widget properties dynamically based on device characteristics.

2. Orientation Handling

- Design your app's layout to accommodate both portrait and landscape orientations.

- Use the OrientationBuilder widget to conditionally render UI components based on the current device orientation.

3. Screen Size Awareness

- Detect the screen size and density of the device using MediaQuery.

- Implement adaptive logic to adjust font sizes, margins, and padding for different screen sizes.

4. Platform-Independent Widgets

- Choose widgets that provide platform-independent behavior, such as Cupertino and Material widgets.

- These widgets automatically adapt to the platform's design language.

5. Flutter's LayoutBuilder

- Employ the LayoutBuilder widget to create layouts that react to the constraints provided by the parent widget.

- This allows you to customize the layout based on available space.

6. Breakpoints and Flexibility

- Define breakpoints for different screen sizes, such as phones, tablets, and desktops.

- Use flexible layouts and widget conditions to display content differently based on the detected breakpoint.

7. Scrolling and List Views

- Implement scrollable lists and grids to handle large amounts of content.

- Use widgets like ListView, GridView, and CustomScrollView to create efficient and adaptive scrollable views.

8. Testing on Various Devices

- Test your app on various physical and virtual devices with different screen sizes and resolutions.

- Ensure that the UI remains functional and visually appealing on all target devices.

9. Performance Considerations

- Optimize your adaptive layouts for performance by minimizing unnecessary widget rebuilding.

- Use the const constructor where possible to create widgets that don't rebuild unnecessarily.

10. User Experience

- Prioritize the user experience by considering how adaptive design affects the usability of your app.

- Solicit user feedback to identify areas where the app's adaptation could be improved.

Creating an adaptive UI with Flutter ensures that your app can provide a consistent and user-friendly experience across a diverse range of devices. By following these strategies and regularly testing on various devices, you can achieve a high level of adaptability and user satisfaction. Remember that adapting to different devices is not just about making the app work but also making it feel native and intuitive on each platform.

Section 13.3: Handling Platform-Specific Features

Flutter is a versatile framework for building cross-platform apps, but sometimes you may need to incorporate platform-specific features to provide the best user experience on each platform (iOS and Android). This section will guide you through the process of handling platform-specific features in your Flutter app.

1. Platform Channels

Flutter provides a mechanism called platform channels that allows you to communicate with platform-specific code written in languages like Java (for Android) and Swift/Objective-C (for iOS). You can use this to access device-specific APIs or features.

To create a platform channel:

import 'package:flutter/services.dart';

// Define a platform channel

const platform = MethodChannel('your_channel_name');

// Invoke a method on the platform-specific side

platform.invokeMethod('your_method_name', arguments);

On the platform-specific side (Android/iOS), you'll need to implement the corresponding method and handle the communication.

2. Platform Checks

You can use the Platform class from the dart:io library to determine the current platform:

```
import 'dart:io';

if (Platform.isAndroid) {

// Android-specific code

} else if (Platform.isIOS) {

// iOS-specific code

}
```

3. Platform-Specific Widgets

Sometimes, you may want to use platform-specific widgets. Flutter provides widgets like Cupertino (iOS-style) and Material (Android-style) that adapt to the platform's design language.

```
import 'package:flutter/cupertino.dart';

import 'package:flutter/material.dart';

Widget platformSpecificWidget() {

if (Platform.isIOS) {

return CupertinoButton(

child: Text('iOS Button'),
```

```
onPressed: () {},

);

} else {

return ElevatedButton(

child: Text('Android Button'),

onPressed: () {},

);

}

}
```

4. Platform-Specific Behavior

To implement platform-specific behavior, you can use conditional statements:

```
if (Platform.isIOS) {

// iOS-specific behavior

} else if (Platform.isAndroid) {

// Android-specific behavior

}
```

5. Plugins

Flutter has a rich ecosystem of plugins that provide access to various native features. You can use these plugins to add platform-specific functionality to your app, such as camera access, geolocation, and more.

6. Testing on Both Platforms

Ensure that you thoroughly test your app on both iOS and Android devices or emulators to verify that platform-specific features work correctly and provide a consistent user experience.

7. Platform-Specific Themes

You can customize your app's theme based on the platform. For example, you can use different fonts, colors, or styles that match the platform's guidelines.

```
ThemeData getAppTheme() {

if (Platform.isIOS) {

return CupertinoThemeData(

// iOS-specific theme properties

);

} else if (Platform.isAndroid) {

return ThemeData(

// Android-specific theme properties

);

}

}
```

Handling platform-specific features is essential for delivering a polished and native-like experience to users on both iOS and Android. While Flutter provides a unified codebase, it also offers the flexibility to adapt your app's behavior and appearance to each platform's unique characteristics.

Section 13.4: Code Sharing and Modularization

Code sharing and modularization are crucial aspects of developing cross-platform apps with Flutter. These practices help you manage your codebase efficiently, promote reusability, and maintain consistency across different platforms. In this section, we'll explore strategies for code sharing and modularization in Flutter projects.

1. Dart Packages

Dart packages are a fundamental way to organize and share code in Flutter. You can create your packages or use existing ones from the Dart Package Repository (pub.dev)[1]. To create a package:

1. Create a new Dart package using the dart create command.
2. Add your reusable code, classes, functions, or widgets to the package.
3. Publish the package to pub.dev, making it accessible to other developers.

2. Project Structure

Organizing your Flutter project's structure is essential for code sharing and maintainability. A common approach is to structure your project as follows:

---

1. https://pub.dev/

- lib/

- src/

- common/

- constants.dart

- utils.dart

- widgets/

- custom_button.dart

- custom_dialog.dart

- main.dart

Here, the lib/src directory contains common code and reusable widgets. This structure ensures that code shared across different parts of your app is easily accessible.

3. Platform-Agnostic Code

Identify code that doesn't depend on platform-specific features and separate it into platform-agnostic modules. For instance, if you have a data fetching module, keep it platform-agnostic so that it can be used on both Android and iOS.

4. Platform-Specific Modules

Create modules or packages dedicated to platform-specific features. For example, you can have separate folders or packages for Android and iOS-specific code. This allows you to encapsulate platform-specific logic neatly.

- android/

- src/

- main/

- java/

- com/

- example/

- android_specific/

- MainActivity.java (Android-specific code)

- ios/

- Runner/

- AppDelegate.swift (iOS-specific code)

5. Conditional Compilation

Flutter provides conditional compilation directives like kIsWeb, which can be used to include or exclude code based on the target platform. For example:

import 'package:flutter/foundation.dart' show kIsWeb;

if (kIsWeb) {

// Web-specific code

} else {

// Mobile-specific code

}

6. Code Reuse with Widgets

Create reusable widgets that encapsulate complex UI components. These widgets can be used across different parts of your app and even shared between web and mobile targets.

7. Use Pub Packages

Leverage existing pub packages for common functionality, such as HTTP requests, state management, and navigation. This reduces the need to write platform-specific code and promotes code sharing.

8. Testing and Debugging

Thoroughly test your shared code on both Android and iOS to ensure compatibility. Use debugging tools and platform-specific emulators or devices to identify and resolve any platform-specific issues.

9. Documentation and Communication

Properly document your shared code, packages, and modules to make it easier for other developers to understand and use them. Maintain clear communication within your development team about code sharing strategies and best practices.

Code sharing and modularization in Flutter are essential for maintaining a clean and maintainable codebase while efficiently targeting multiple platforms. By following these practices, you can reduce duplication, improve code quality, and streamline the development process for cross-platform apps.

Section 13.5: Cross-Platform Testing Strategies

Testing is a critical aspect of cross-platform app development with Flutter. Ensuring that your app functions correctly on various devices and platforms is essential to providing a seamless user experience. In this section, we'll explore cross-platform testing strategies that help you identify and resolve issues efficiently.

1. Unit Testing

Unit tests verify the correctness of individual functions, classes, or methods in isolation. Flutter provides a testing framework that allows you to write unit tests using the test package. By writing comprehensive unit tests, you can catch bugs early in the development process.

Here's an example of a simple unit test in Flutter:

```
import 'package:test/test.dart';

int add(int a, int b) {

return a + b;

}

void main() {

test('Adding two numbers', () {

expect(add(2, 3), equals(5));

});

}
```

2. Widget Testing

Widget testing in Flutter focuses on testing the user interface (UI) and the interaction between widgets. The flutter_test package provides tools for widget testing. Widget tests simulate user interactions and verify that the UI behaves as expected.

```
import 'package:flutter/material.dart';

import 'package:flutter_test/flutter_test.dart';

void main() {

testWidgets('Counter increments', (WidgetTester tester) async {

// Build our app and trigger a frame.

await tester.pumpWidget(MyApp());

// Verify that our counter starts at 0.

expect(find.text('0'), findsOneWidget);

expect(find.text('1'), findsNothing);

// Tap the '+' icon and trigger a frame.

await tester.tap(find.byIcon(Icons.add));

await tester.pump();

// Verify that our counter has incremented.

expect(find.text('0'), findsNothing);

expect(find.text('1'), findsOneWidget);

});
```

}

3. Integration Testing

Integration tests focus on testing the interaction between various parts of your app. They ensure that different components work together correctly. Flutter provides tools for integration testing with the flutter drive command and the integration_test package.

4. Platform-Specific Testing

For cross-platform apps, it's crucial to test your app on both Android and iOS devices or emulators. Use platform-specific testing tools and emulators to identify platform-specific issues. Testing on real devices is also essential to ensure a real-world user experience.

5. Continuous Integration (CI)

Integrate your testing into a CI/CD (Continuous Integration/ Continuous Deployment) pipeline. Services like Travis CI, CircleCI, or GitHub Actions can automatically run your tests whenever changes are pushed to your repository. This ensures that your app is continuously tested on multiple platforms and configurations.

6. Device Farms and Cloud Testing

Consider using device farms and cloud-based testing services that provide access to a wide range of real devices and platforms. This helps you test your app on a variety of hardware and software configurations without the need to maintain physical devices.

7. User Acceptance Testing (UAT)

Involve real users or beta testers in the testing process. Collect feedback from users to identify usability issues, bugs, and other issues that may not be apparent during automated testing. Tools like Firebase App Distribution can help distribute beta versions of your app to testers.

8. Performance Testing

Pay attention to performance testing, especially for cross-platform apps. Measure and optimize your app's performance on different devices and platforms to ensure a smooth user experience. Tools like Firebase Performance Monitoring can help you identify performance bottlenecks.

9. Accessibility Testing

Ensure that your app is accessible to users with disabilities. Test your app's accessibility features on different platforms to meet accessibility standards and provide an inclusive user experience.

Cross-platform testing is an ongoing process throughout the development lifecycle. By implementing these testing strategies, you can identify and address issues early, improve the quality of your app, and provide a consistent and reliable experience to users on various platforms and devices.

Chapter 14: Securing Your Flutter-Firebase App

Section 14.1: Understanding Firebase Security Rules

Firebase Security Rules are a crucial aspect of securing your Firebase resources and ensuring that only authorized users can access specific data and perform actions within your app. In this section, we will delve into Firebase Security Rules and how to effectively use them to protect your Flutter-Firebase app.

What are Firebase Security Rules?

Firebase Security Rules are a set of declarative expressions that define who has access to your Firebase resources and under what conditions. These rules are defined at the Firebase project level and are applied to your Firebase Realtime Database, Firestore, and Firebase Storage.

Security Rules act as a virtual security layer, ensuring that only authenticated users can read or write data and enforcing your app's security policies. They are written in a custom language specifically designed for Firebase Security Rules, which allows for fine-grained control over data access.

Anatomy of Firebase Security Rules

Firebase Security Rules consist of two main parts:

1. **Match Condition**: This part defines which Firebase resources (e.g., database nodes or Firestore collections) are affected by the rule. It typically starts with the match

keyword followed by a path and an optional condition.

Example:

match /users/{userId} {

// Rule logic goes here

}

1. **Rule Logic**: The rule logic specifies the conditions that must be met for a read or write operation to be allowed. It uses keywords like allow, if, and various operators to define the conditions.

Example:

allow read, write: **if** request.auth.uid != **null**;

Security Rule Evaluation

Firebase Security Rules are evaluated on every read and write operation to determine whether the operation should be allowed or denied. During evaluation, the following objects and properties are available:

- request: Contains information about the incoming request, including auth (authentication information) and resource (data being accessed).

- resource: Represents the data at the requested location in the database.

- auth: Contains information about the authenticated user making the request.

Common Security Rule Patterns

Here are some common security rule patterns that you might use in your Flutter-Firebase app:

1. **Authentication Check**: Ensure that only authenticated users can access certain data.

allow read, write: **if** request.auth.uid != **null**;

1. **User-Based Security**: Restrict access to data based on the user's UID.

match /posts/{postId} {

allow   read,   write: **if**   request.auth.uid   == resource.data.authorId;

}

1. **Role-Based Security**: Implement role-based access control (RBAC) by checking user roles.

match /admin_data/{document=**} {

allow read, write: **if** request.auth.token.admin == **true**;

}

1. **Custom Conditions**: Define custom conditions based on your app's specific requirements.

match /private_data/{document=**} {

allow read, write: **if** request.resource.data.someCondition == **true**;

}

Testing Security Rules

Firebase provides tools and simulators to test your Security Rules before deploying them. You can use the Firebase Realtime Database Rules Simulator and Firestore Security Rules Playground to simulate read and write operations and check whether your rules work as expected.

Best Practices for Firebase Security Rules

- Always follow the principle of least privilege, granting only the minimum required access to resources.

- Keep your rules as simple as possible while meeting your security requirements.

- Regularly review and audit your Security Rules to ensure they align with your app's security needs.

Firebase Security Rules play a vital role in securing your Flutter-Firebase app's backend. Understanding how to write effective rules and regularly reviewing them is essential to protect user data and maintain the integrity of your application. In the following sections, we'll explore various security practices and techniques to enhance the security of your Flutter-Firebase app.

Section 14.2: Implementing HTTPS and Data Encryption

Securing data transmission between your Flutter-Firebase app and Firebase servers is a fundamental aspect of ensuring the privacy and integrity of your users' data. In this section, we will explore how to implement HTTPS and data encryption in your app.

Why HTTPS and Data Encryption are Important

HTTPS (Hypertext Transfer Protocol Secure) is the secure version of HTTP, the protocol used for transmitting data over the internet. It provides encryption and data integrity, making it difficult for attackers to intercept or tamper with data during transit.

Data encryption is the process of converting plain text into cipher text, which can only be decrypted with the appropriate encryption key. Encryption ensures that even if an attacker manages to access transmitted data, they cannot decipher it without the encryption key.

Here's why HTTPS and data encryption matter:

1. **Protection Against Eavesdropping**: Without encryption, data transmitted over the internet can be intercepted and read by malicious actors. HTTPS prevents eavesdropping by encrypting data.
2. **Data Integrity**: Encryption ensures that data remains intact during transmission. If any modifications are made to the data, it becomes unreadable.
3. **Authentication**: HTTPS verifies the authenticity of the server, reducing the risk of man-in-the-middle attacks where attackers impersonate the server.

Implementing HTTPS in Your Flutter App

To implement HTTPS in your Flutter app, you need to ensure that your app communicates with Firebase over HTTPS. Firebase services like Firestore, Firebase Realtime Database, and Firebase Authentication are already served over HTTPS by default.

However, it's crucial to configure your app to use HTTPS when making network requests to other services or third-party APIs. You can achieve this by using the http package with the https scheme when making HTTP requests. Ensure that you avoid sending sensitive data in plain text.

Here's a basic example of making an HTTPS GET request using the http package:

import 'package:http/http.dart' as http;

Future<void> fetchData() async {

final response = await http.get(Uri.https('api.example.com', '/data'));

if (response.statusCode == 200) {

// Data retrieval was successful.

// Handle and process the response here.

} else {

// Handle errors or non-200 responses.

}

}

Data Encryption in Transit and at Rest

Firebase automatically encrypts data in transit between your app and Firebase servers using HTTPS. However, if you need to store sensitive data locally on the user's device (at rest), you should use encryption libraries to ensure data security.

For local data encryption in Flutter, you can use libraries like flutter_secure_storage and encrypt. These libraries allow you to store sensitive data in an encrypted form and retrieve it securely.

Here's a simplified example of encrypting and decrypting data using the encrypt package:

```
import 'package:encrypt/encrypt.dart';

void main() {

final key = Key.fromUtf8('your-secret-key');

final iv = IV.fromLength(16);

final encrypter = Encrypter(AES(key));

final plainText = 'Sensitive data to encrypt';

final encrypted = encrypter.encrypt(plainText, iv: iv);

final decrypted = encrypter.decrypt(encrypted, iv: iv);

print('Encrypted: $encrypted');

print('Decrypted: $decrypted');

}
```

Remember to securely manage encryption keys and follow best practices for key management to ensure the security of encrypted data.

In conclusion, implementing HTTPS for network communication and data encryption for sensitive data storage are essential steps in securing your Flutter-Firebase app. By following best practices for data security, you can protect your users' information and build trust in your application.

Section 14.3: Secure User Authentication and Authorization

Ensuring secure user authentication and authorization is paramount when developing a Flutter-Firebase application. This section explores best practices for safeguarding user data and actions.

User Authentication Best Practices

1. **Use Firebase Authentication**: Firebase provides robust authentication methods, including email/password, phone number, and social media logins. Leverage these features to ensure secure user authentication without building custom solutions.

2. **Enable Multi-Factor Authentication (MFA)**: MFA adds an extra layer of security by requiring users to provide two or more verification methods before accessing their accounts. Firebase Authentication supports MFA for increased security.

3. **Implement Email Verification**: Encourage users to verify their email addresses upon registration. Firebase offers built-in email verification functionality. Verified users are less likely to engage in malicious activities.

4. **Rate-Limit Authentication Requests**: To prevent brute-force attacks, implement rate limiting on authentication requests. Firebase allows you to set limits on authentication attempts.

5. **Secure Passwords**: If you allow email/password authentication, guide users to create strong passwords.

Firebase enforces password complexity by default, but you can customize these rules.

6. **Monitor Suspicious Activities**: Implement automated monitoring for suspicious activities, such as multiple failed login attempts. Firebase offers security rules and monitoring features to detect unusual behavior.

Authorization and Access Control

1. **Use Firebase Security Rules**: Firebase Security Rules allow you to define who can access specific data in your Firebase Realtime Database, Firestore, or Firebase Storage. Always configure appropriate rules to enforce access control.

2. **Role-Based Access Control (RBAC)**: Implement RBAC to assign roles and permissions to users based on their roles (e.g., admin, moderator, user). Firebase allows you to manage custom claims to implement RBAC.

3. **Access Tokens**: When integrating Firebase with other services, use Firebase Authentication's ID tokens as access tokens. These tokens contain user information and are automatically validated by Firebase.

4. **Data Encryption**: If your application stores sensitive user data, consider encrypting it before storage. Firebase offers server-side encryption for data at rest, but client-side encryption can add an extra layer of security.

5. **Audit Trails**: Implement logging and audit trails to record critical actions and access attempts. This helps in identifying security breaches or unusual activities.

Secure User Sessions

1. **JWT Authentication**: If using Firebase Authentication

with custom backends, consider using JSON Web Tokens (JWT) for secure user sessions. Firebase can issue JWTs that can be verified by your backend.

2. **Automatic Logout**: Implement automatic logout after a period of inactivity to prevent unauthorized access to user accounts. Firebase Authentication provides options for token expiration.

3. **Re-authentication**: For sensitive actions (e.g., changing email or password), require users to re-authenticate their accounts. Firebase offers re-authentication methods.

User Data Privacy

1. **Privacy Policies**: Create and display a clear privacy policy that outlines how user data is collected, used, and protected. Comply with data protection regulations like GDPR if applicable.

2. **Data Deletion**: Allow users to delete their accounts and associated data. Firebase provides tools for user data deletion.

3. **Consent and Notifications**: Obtain user consent before collecting sensitive information or sending notifications. Respect user preferences regarding data usage.

By following these best practices, you can build a secure Flutter-Firebase application that protects user data, maintains user trust, and complies with relevant privacy regulations. Security should be an integral part of your application's development and maintenance process.

Section 14.4: Best Practices for App Security

Ensuring the security of your Flutter-Firebase app is crucial to protect user data and maintain the trust of your user base. This section covers best practices for app security that you should follow throughout the development process.

1. Regular Security Audits

Perform regular security audits and code reviews to identify vulnerabilities in your app's codebase. Consider using static code analysis tools and automated security scanners to detect common issues. Security should be an ongoing process, not just a one-time effort.

2. Code Obfuscation

Implement code obfuscation techniques to make it difficult for malicious actors to reverse-engineer your app. This helps protect your intellectual property and sensitive algorithms. Tools like ProGuard and R8 can be used for code obfuscation in Flutter apps.

3. Secure API Calls

When making API calls to Firebase or other backend services, use HTTPS to encrypt data in transit. Ensure that your app's network requests are secure and that sensitive information is not exposed during transmission.

4. Data Encryption

Implement encryption for sensitive data, both in transit and at rest. Firebase provides server-side encryption for data at rest, but you can also use client-side encryption for an additional layer of security. Always follow encryption best practices.

5. Secure Storage

Use secure storage solutions for sensitive information, such as API keys, tokens, and user credentials. Avoid storing sensitive data in plain text or insecure locations within your app.

6. Authentication and Authorization

Enforce strong authentication mechanisms, and limit access to sensitive functionalities based on user roles and permissions. Implement Firebase Security Rules to control access to Firebase resources. Regularly review and update these rules as needed.

7. Error Handling

Implement proper error handling to prevent sensitive information from being exposed in error messages. Avoid displaying detailed error messages to users in production environments, as they can be exploited by attackers.

8. Input Validation

Always validate user inputs to prevent common security vulnerabilities like SQL injection, cross-site scripting (XSS), and command injection. Use libraries and frameworks that provide built-in input validation capabilities.

9. Dependency Management

Regularly update and patch third-party libraries and dependencies used in your Flutter app. Vulnerabilities in outdated dependencies can pose security risks. Use tools like Dependabot to automate dependency updates.

10. User Education

Educate your users about security best practices, such as creating strong passwords, enabling two-factor authentication, and being cautious about sharing personal information. Provide resources and guidance within the app to help users protect their accounts.

11. Incident Response Plan

Develop and document an incident response plan to address security breaches or incidents promptly. Having a well-defined plan can minimize the impact of security incidents and protect user data.

12. Compliance with Regulations

Ensure that your app complies with relevant data protection and privacy regulations, such as GDPR, HIPAA, or COPPA, depending on your target audience and data processing activities. Seek legal counsel if needed.

13. Penetration Testing

Consider conducting penetration testing (pen testing) on your app to identify vulnerabilities that may not be apparent during regular testing. Hire experienced security professionals or firms to perform thorough security assessments.

14. Security Updates

Promptly release security updates and patches when vulnerabilities are discovered or reported. Communicate security-related updates to your users and encourage them to keep their apps up to date.

By following these best practices and maintaining a proactive approach to security, you can significantly reduce the risk of security breaches and protect your Flutter-Firebase app and user data from potential threats. Remember that security is an ongoing commitment and should be integrated into every stage of your app's development and maintenance lifecycle.

Section 14.5: Regular Security Audits and Updates

Regular security audits and updates are essential components of maintaining a secure Flutter-Firebase app. This section explores the importance of continuous security assessments and the process of keeping your app secure over time.

1. Continuous Security Monitoring

Security is not a one-time activity; it's an ongoing process. Implement continuous security monitoring to detect and respond to threats in real-time. Utilize tools like intrusion detection systems (IDS) and security information and event management (SIEM) systems to monitor your app's environment.

2. Threat Intelligence

Stay informed about the latest security threats and vulnerabilities relevant to your app. Subscribe to security mailing lists, follow industry news, and participate in security communities to access up-to-date threat intelligence. This knowledge will help you proactively address emerging risks.

3. Regular Security Scans

Perform regular security scans and vulnerability assessments on your app. Use automated scanning tools and manual assessments to identify weaknesses in your app's code, configurations, and dependencies. Schedule these scans as part of your development workflow.

4. Code Review and Updates

Continuously review your app's codebase for security issues. Encourage your development team to follow secure coding practices and conduct peer code reviews. Address any identified vulnerabilities promptly by applying patches or code updates.

5. Secure Deployment Pipeline

Integrate security checks into your app's deployment pipeline. Implement automated security testing, such as static code analysis, dynamic application security testing (DAST), and container scanning, to detect vulnerabilities before deploying new versions of your app.

6. Incident Response Plan

Maintain and update your incident response plan to ensure that you're prepared to handle security incidents effectively. Regularly test your incident response procedures through tabletop exercises and simulated security incidents.

7. Compliance and Regulations

Stay compliant with relevant data protection and privacy regulations, and keep your app's privacy policy up to date. Ensure that your security practices align with the legal requirements applicable to your app's user base and data processing activities.

8. User Education

Educate your users about the importance of security and their role in safeguarding their accounts and data. Provide clear instructions on reporting security-related issues or suspicious activity within the app.

9. Third-Party Dependencies

Continuously monitor and update third-party dependencies used in your app. Vulnerabilities in libraries or plugins can impact your app's security. Use dependency management tools to track and address known vulnerabilities.

10. Security Awareness Training

Invest in security awareness training for your development team and staff members. Equip them with the knowledge and skills necessary to identify and mitigate security risks effectively.

11. Automated Testing

Implement automated security testing, such as penetration testing and security scanning, as part of your development pipeline. Regularly run these tests to identify and remediate vulnerabilities proactively.

12. Security Documentation

Maintain up-to-date security documentation, including threat models, architecture diagrams, and security policies. This documentation serves as a reference for your team and can be invaluable during security audits.

13. Third-Party Audits

Consider conducting third-party security audits and assessments of your app. Independent security experts can provide valuable insights and recommendations for improving your app's security posture.

14. Transparency and Communication

Be transparent with your users about your security practices and any security incidents that may occur. Open and honest communication can help build trust with your user base.

15. Collaboration and Knowledge Sharing

Collaborate with security professionals and organizations to exchange knowledge and best practices. Engage in information sharing to stay ahead of emerging threats and security trends.

By integrating these practices into your app's development and maintenance processes, you can create a more resilient and secure Flutter-Firebase app. Remember that security is an ongoing effort, and proactive measures can help protect your app and its users from evolving security threats.

Chapter 15: Performance Monitoring and Optimization

Section 15.1: Firebase Performance Monitoring Tools

In today's competitive app market, performance monitoring and optimization are crucial to ensure your Flutter-Firebase app delivers a smooth user experience. Firebase offers a set of powerful tools for performance monitoring that allow you to identify bottlenecks, track app performance, and make data-driven decisions to improve your app's responsiveness. This section explores the Firebase Performance Monitoring tools and how to integrate them into your app.

Firebase Performance Monitoring Overview

Firebase Performance Monitoring is a comprehensive suite of tools designed to help you gain insights into your app's performance. It provides real-time monitoring, alerting, and detailed performance data to help you understand how your app performs on real devices in real-world conditions.

Key features of Firebase Performance Monitoring include:

1. **Performance Metrics**: Firebase captures essential performance metrics, such as app start time, screen rendering time, network request durations, and more. These metrics provide a holistic view of your app's performance.

2. **Traces**: Traces allow you to instrument your code to measure specific actions or transactions within your app.

For example, you can create traces for user authentication, database queries, or image loading. Traces help you identify performance bottlenecks in your app.

3. **Network Monitoring**: Firebase tracks network requests made by your app, including HTTP requests and Firestore queries. You can see detailed information about each network request, such as response times and success rates.

4. **Custom Metrics**: You can define custom performance metrics tailored to your app's specific requirements. This flexibility allows you to track and optimize key performance indicators unique to your app.

5. **Alerts and Anomalies**: Firebase Performance Monitoring can alert you when your app's performance deviates from predefined thresholds. This proactive monitoring helps you identify and address performance issues before they impact your users.

Integrating Firebase Performance Monitoring

To integrate Firebase Performance Monitoring into your Flutter-Firebase app, follow these steps:

1. **Set up Firebase**: If you haven't already, create a Firebase project and add your app to it. Follow the Firebase setup instructions for your platform.

2. **Add the Firebase SDK**: Add the Firebase SDK to your Flutter project by including the necessary dependencies in your pubspec.yaml file and running flutter pub get.

3. **Initialize Firebase**: Initialize Firebase in your app's main entry point. This typically involves calling Firebase.initializeApp().

4. **Import Performance Monitoring**: Import the Firebase Performance Monitoring package in your Dart code using

import 'package:firebase_performance/
firebase_performance.dart';.

5. **Create Traces**: Instrument your code with traces to measure specific operations. For example, you can create a trace for a database query like this:

```
final                   trace                   =
FirebasePerformance.instance.newTrace('database_query');

trace.start();

// Perform the database query

trace.stop();
```

1. **View Performance Data**: Use the Firebase console to view performance data and metrics collected by Firebase Performance Monitoring. You can access real-time data, historical data, and detailed trace information.
2. **Set Up Alerts**: Configure performance alerts to be notified when your app's performance degrades beyond acceptable levels. This allows you to take proactive measures to optimize your app.

By integrating Firebase Performance Monitoring into your app, you gain valuable insights into how your app performs in the hands of your users. This data empowers you to make informed decisions, optimize critical areas of your app, and provide a responsive and enjoyable user experience. In the following sections, we'll delve deeper into analyzing and improving your app's performance based on the data collected by Firebase Performance Monitoring.

Section 15.2: Analyzing and Interpreting

Performance Data

After integrating Firebase Performance Monitoring into your Flutter-Firebase app, the next crucial step is to analyze and interpret the performance data it collects. This section will guide you through the process of understanding the data, identifying performance bottlenecks, and making informed decisions to optimize your app.

Viewing Performance Data

Firebase Performance Monitoring provides a user-friendly console where you can access various performance data, including metrics, traces, and network monitoring. To access this data, follow these steps:

1. **Firebase Console**: Log in to the Firebase Console, select your project, and navigate to the "Performance" section. Here, you'll find a dashboard with an overview of your app's performance.
2. **Performance Dashboard**: The dashboard displays key metrics such as app start time, screen rendering time, and network performance. You can see how these metrics evolve over time and across different app versions.
3. **Metrics Explorer**: The Metrics Explorer allows you to visualize and filter performance data. You can create custom charts to monitor specific metrics that matter most to your app.
4. **Trace Details**: Clicking on individual traces provides detailed information about specific transactions in your app. You can see trace duration, custom attributes, and more.

Interpreting Performance Metrics

Understanding the meaning of performance metrics is crucial for identifying areas that require optimization. Here are some common metrics and their significance:

1. **App Start Time**: This metric measures the time it takes for your app to become responsive after launch. A high start time indicates a slow app launch, potentially frustrating users.

2. **Screen Rendering Time**: Screen rendering time measures how long it takes to draw the UI on the screen. High rendering times can lead to laggy user interfaces.

3. **Network Request Durations**: Network request metrics show the time taken for HTTP requests or Firestore queries. Slow network requests can negatively impact the user experience.

4. **Custom Metrics**: Custom metrics are specific to your app and can be tailored to track critical operations. For example, you might create a custom metric to measure the time it takes to load user profiles.

Identifying Performance Bottlenecks

Once you have a grasp of your app's performance data, the next step is to identify bottlenecks. Here are some strategies:

1. **Thresholds and Alerts**: Set performance thresholds based on acceptable levels for your app. Firebase Performance Monitoring can send alerts when these thresholds are breached.

2. **Comparison Across Versions**: Compare performance data between different app versions to identify improvements or regressions. A new release should ideally

have better performance than the previous one.

3. **Focus on Critical Traces**: Prioritize traces that represent critical user interactions. For example, if your app heavily relies on image loading, focus on optimizing image-related traces.

4. **Correlate Metrics**: Look for correlations between metrics and traces. Slow network requests, for instance, may coincide with high screen rendering times.

Optimizing Your App

Once you've pinpointed performance bottlenecks, it's time to optimize your app. Here are some optimization strategies:

1. **Code Profiling**: Use profiling tools to identify inefficient code segments. Profilers like the Flutter DevTools can help you analyze CPU and memory usage.

2. **Caching**: Implement data caching to reduce the need for frequent network requests. Cached data can load faster and improve the user experience.

3. **Lazy Loading**: Implement lazy loading for assets and data. Only load resources when they are needed, reducing initial app load times.

4. **Network Optimization**: Optimize network requests by reducing unnecessary data transfers and minimizing the use of synchronous requests.

5. **Image Compression**: Compress and resize images to reduce their size. Smaller images load faster, improving screen rendering times.

6. **Asynchronous Operations**: Use asynchronous programming to prevent blocking the main thread and keep the UI responsive.

7. **Code Splitting**: Split your code into smaller, manageable

modules. This can reduce initial load times and improve app start performance.

8. **Testing and Profiling**: Continuously test and profile your app to ensure optimizations have the desired effect and don't introduce new issues.

By continuously monitoring and optimizing your app's performance based on Firebase Performance Monitoring data, you can deliver a seamless and responsive user experience, ultimately leading to higher user satisfaction and engagement. In the next sections, we'll explore specific techniques and best practices for optimizing different aspects of your Flutter-Firebase app.

Section 15.3: Improving Flutter App Performance

Optimizing the performance of your Flutter app is essential to provide a smooth and responsive user experience. In this section, we'll explore various techniques and best practices to improve the performance of your Flutter app.

1. Use Flutter DevTools for Profiling

Flutter DevTools is a powerful set of tools that can help you profile and analyze your app's performance. You can use it to identify bottlenecks, memory leaks, and CPU usage. Profiling your app allows you to pinpoint areas that need improvement.

To start using Flutter DevTools, follow these steps:

- Run your Flutter app.

- Open a terminal and enter flutter pub global activate devtools.

- Start DevTools by running flutter pub global run devtools.

- Access the DevTools web interface in your browser (usually at http://localhost:9100).

2. Minimize Widget Rebuilds

Widget rebuilds can be a significant source of performance issues. To minimize unnecessary rebuilds, use the const keyword for widgets that don't depend on external data and implement shouldRebuild methods in StatefulWidget instances when needed. This prevents widgets from rebuilding unless necessary.

3. Use the ListView.builder()

When working with lists of data, prefer using ListView.builder() over ListView() to render only the visible items. This lazy-loading approach improves performance, especially for large lists.

4. Optimize Images

Images can consume a significant amount of memory and impact performance. Consider using the flutter_cache_manager package to cache and efficiently load images. Additionally, use image compression and optimization techniques to reduce their size.

5. Avoid Excessive setState() Calls

Frequent calls to setState() can trigger widget rebuilds unnecessarily. Consolidate multiple state changes into a single setState() call to optimize your app's performance.

```
setState(() {
```

```
// Update multiple state variables here.

variable1 = newValue1;

variable2 = newValue2;

});
```

6. Minimize Package Imports

Only import packages and libraries that your app actually uses. Excessive imports can increase the app's size and affect startup performance.

7. Leverage the Provider Package

The provider package can simplify state management in Flutter apps. It helps you avoid unnecessary widget rebuilds and makes your code more maintainable.

8. Use the const Constructor

When creating instances of objects that won't change during the app's lifetime, use the const constructor. This tells Flutter to compile the widget as a constant, reducing the widget tree's size.

9. Optimize Animations

Animations can be resource-intensive. Use the AnimationController's dispose() method to release resources when animations are no longer needed. Also, consider using Flutter's built-in Hero widgets for smooth page transitions.

10. Profile and Test on Real Devices

Always profile your app's performance on real devices, as emulator or simulator performance may differ significantly. Test on a range of devices with varying screen sizes and performance capabilities to ensure a consistent user experience.

11. Code Splitting and Deferred Loading

Split your code into smaller, manageable modules and use deferred loading to load them only when necessary. This can reduce the app's initial load time and improve start performance.

12. Memory Management

Proper memory management is critical. Avoid memory leaks by unsubscribing from streams, disposing of controllers, and releasing resources when they are no longer needed.

By implementing these performance optimization techniques and regularly profiling your Flutter app, you can ensure that it runs smoothly and efficiently, providing an excellent user experience for your audience. Performance optimization is an ongoing process, so continue monitoring and refining your app's performance as it evolves.

Section 15.4: Efficient Data Usage and Network Calls

Efficiently managing data usage and network calls is crucial for optimizing the performance of your Flutter app. In this section, we'll explore strategies and best practices to minimize data consumption and make network requests more efficient.

1. Use Pagination for Large Data Sets

When dealing with large data sets from APIs or databases, implement pagination. Instead of loading all data at once, fetch and display data in smaller chunks or pages. This reduces the amount of data transferred and improves app responsiveness.

```
// Example pagination using the 'http' package.

int currentPage = 1;

int itemsPerPage = 10;

Future<List<Item>> fetchItems(int page) async {

final response = await http.get('https://api.example.com/items?page=$page');

if (response.statusCode == 200) {

final data = json.decode(response.body);

// Parse and return the data.

} else {

throw Exception('Failed to load items');

}

}

// Load the next page of items.

Future<void> loadNextPage() async {

final nextPageItems = await fetchItems(currentPage + 1);

setState(() {
```

items.addAll(nextPageItems);

currentPage++;

});

}

2. Implement Caching

Caching data locally can significantly reduce the need for network requests. Use packages like hive or shared_preferences to cache frequently accessed data, such as user preferences or configuration settings. Ensure that cached data is updated when necessary.

// Example using the 'hive' package for caching.

final box = await Hive.openBox('myBox');

// Store data in the cache.

await box.put('key', 'value');

// Retrieve data from the cache.

final cachedValue = box.get('key');

3. Compress and Optimize Images

Images often contribute to high data usage. Optimize and compress images before sending them to the server or displaying them in your app. Consider using packages like flutter_image_compress to reduce image file sizes without compromising quality.

4. Minimize Network Requests

Reduce the number of unnecessary network requests by consolidating requests where possible. For example, batch multiple API requests into a single request when feasible, or use WebSocket connections for real-time updates instead of polling.

5. Implement Request Throttling

To prevent excessive network requests, implement request throttling. Limit the frequency of requests and ensure that users cannot trigger too many requests in a short period. This helps avoid overloading your server and conserves data usage.

6. Use Efficient Data Formats

Choose efficient data formats such as JSON or Protocol Buffers (protobuf) for transmitting data between your app and the server. Minimize unnecessary data by selecting only the fields needed for a specific operation.

7. Enable GZIP Compression

If you have control over your server's configuration, enable GZIP compression for API responses. This reduces the size of data transferred over the network, resulting in faster response times and reduced data consumption.

8. Offline Data Handling

Implement offline data handling by caching data locally and allowing users to access cached data when offline. Use packages like sqflite or Firebase's offline capabilities to store and retrieve data when the network is unavailable.

9. Implement Data Prefetching

Predict user interactions and prefetch relevant data in the background. This reduces perceived loading times for users and improves the overall app experience.

10. Monitor Network Usage

Use Flutter's connectivity plugins to monitor network status. Display informative messages to users when the app is offline, and ensure that background sync operations are mindful of data usage.

```
// Example using the 'connectivity' package to monitor network status.

import 'package:connectivity/connectivity.dart';

var connectivityResult = await (Connectivity().checkConnectivity());

if (connectivityResult == ConnectivityResult.mobile || connectivityResult == ConnectivityResult.wifi) {

// Device is online.

} else {

// Device is offline.

}
```

11. Optimize WebSocket Connections

If your app uses WebSocket connections for real-time features, optimize the protocol and payload size to minimize data transfer while maintaining responsiveness.

By implementing these data usage and network optimization strategies, you can ensure that your Flutter app provides a more efficient and data-conscious user experience, contributing to improved performance and user satisfaction. Regularly monitor and profile your app to identify and address any data usage or network-related performance issues as they arise.

Section 15.5: Memory Management and Leak Prevention

Effective memory management is essential for maintaining the stability and performance of your Flutter app. In this section, we'll explore best practices and techniques to manage memory efficiently and prevent memory leaks.

1. Understand Dart's Garbage Collection

Dart, the language used by Flutter, employs automatic garbage collection to manage memory. Objects that are no longer referenced are automatically marked for deletion. However, it's essential to be aware of how garbage collection works and avoid holding references to objects longer than necessary.

2. Use Weak References

In some cases, you may need to maintain references to objects without preventing them from being garbage collected. Dart provides weak references through the WeakReference class in the dart:core library. These references do not prevent objects from being collected when they are no longer in use.

```
import 'dart:core';

void main() {
```

```
var obj = Object();

var weakRef = WeakReference(obj);

// Use weakRef to access the object.

var recoveredObject = weakRef.referenced;

// The object may or may not be available.

if (recoveredObject != null) {

// Perform actions with the recovered object.

} else {

// The object has been garbage collected.

}

}
```

3. Dispose of Resources Properly

When working with resources like files, streams, or controllers, ensure that you dispose of them when they are no longer needed. For example, use the dispose method on controllers or close file streams explicitly to release associated resources.

```
final controller = TextEditingController();

// Dispose of the controller when it's no longer needed.

controller.dispose();
```

4. Use Flutter's Widgets Properly

Flutter provides a widget tree where widgets are created and destroyed as needed. Ensure that you're using widgets effectively and disposing of any resources, such as controllers or streams, within the appropriate lifecycle methods.

```
class MyWidget extends StatefulWidget {

@override

_MyWidgetState createState() => _MyWidgetState();

}

class _MyWidgetState extends State<MyWidget> {

final controller = TextEditingController();

@override

void dispose() {

// Dispose of resources in the 'dispose' method.

controller.dispose();

super.dispose();

}

@override

Widget build(BuildContext context) {

return TextField(

controller: controller,
```

```
// Widget content...

);

}

}
```

5. Avoid Circular References

Circular references occur when objects reference each other, preventing them from being garbage collected even when they are no longer in use. Be cautious when designing your app's data structures to avoid unintentional circular references.

6. Use flutter analyze and Linter Rules

Flutter provides a powerful static analysis tool that can help detect potential memory issues and code smells. Run flutter analyze regularly and adhere to recommended best practices and linting rules, such as those provided by the pedantic package.

flutter analyze

7. Profile Memory Usage

Use Flutter's built-in DevTools to profile your app's memory usage. This tool can help identify memory leaks and inefficient memory usage patterns. Pay attention to memory allocations and memory leaks reported in the DevTools memory profiler.

8. Regularly Update Dependencies

Outdated packages may have memory-related issues that have been addressed in newer versions. Keep your app's dependencies up to date to benefit from bug fixes and performance improvements.

9. Test on Low-End Devices

Low-end devices often have limited memory resources. Testing your app on such devices can help you identify and address memory-related performance issues that might not be apparent on high-end devices.

10. Implement Best Practices for State Management

Choose a suitable state management solution for your app and follow best practices to avoid over-retaining objects and causing memory leaks. For instance, when using Provider or Bloc, dispose of resources in the appropriate lifecycle methods.

By following these memory management best practices and regularly profiling your app, you can maintain optimal memory usage, prevent memory leaks, and ensure a smoother and more responsive Flutter app experience for your users.

Chapter 16: Scalable Architecture Design

Section 16.1: Building Scalable App Architectures

Scalability is a critical consideration when developing mobile applications, and it becomes even more crucial as your app gains popularity and attracts a larger user base. In this section, we'll explore the principles of building scalable app architectures in the context of Flutter and Firebase. Scalable architectures ensure that your app can handle increased traffic, data, and user interactions without compromising performance or stability.

Why Scalability Matters

Before diving into architectural principles, let's understand why scalability is essential for your Flutter-Firebase app:

1. **Handle Growth**: As your user base grows, your app must efficiently manage increased traffic and data demands. A scalable architecture allows your app to accommodate this growth without experiencing performance bottlenecks.
2. **Improved Performance**: Scalable apps are designed to deliver consistent and responsive user experiences, even under heavy loads. This results in higher user satisfaction and retention.
3. **Cost Efficiency**: Scalability often means optimizing resource usage. By efficiently utilizing server resources, you can reduce hosting costs and improve the cost-effectiveness of your app.
4. **Adapt to Changes**: Technology evolves, and your app's requirements may change over time. Scalable architectures are flexible and adaptable, making it easier to incorporate new features and technologies.

Principles of Scalable Architecture

Now, let's explore the key principles of building scalable architectures for your Flutter-Firebase app:

1. **Decoupling Components**: Divide your app into loosely coupled components or modules. This separation of concerns allows you to make changes or updates to one component without affecting the entire system.
2. **Microservices**: Consider adopting a microservices

architecture, where different functionalities are developed and deployed as independent services. This enables you to scale specific parts of your app independently based on their demand.

3. **Load Balancing**: Implement load balancing to distribute incoming requests across multiple server instances or resources. This ensures that no single component becomes a bottleneck.

4. **Caching**: Use caching mechanisms to store frequently accessed data, reducing the need to fetch it from the database repeatedly. Caching can significantly improve response times and reduce the load on your database.

5. **Database Scaling**: Depending on your app's data needs, choose the appropriate database solution, such as Firebase Realtime Database or Firestore. These NoSQL databases are designed to scale horizontally and handle large datasets.

6. **Asynchronous Processing**: Implement asynchronous processing for time-consuming tasks. For example, use background workers or serverless functions to handle tasks like image processing or sending notifications, freeing up your main application servers.

7. **Monitoring and Analytics**: Utilize Firebase Performance Monitoring and analytics tools to continuously monitor your app's performance. Identify performance bottlenecks and areas that require optimization.

8. **Redundancy and Failover**: Ensure redundancy and failover mechanisms are in place. Redundancy minimizes downtime by having backup systems, while failover routes traffic to alternative resources in case of failure.

9. **Scalability Testing**: Regularly perform scalability testing to simulate heavy loads and identify areas that need improvement. Tools like Firebase Test Lab can help you

assess your app's scalability.

10. **Automated Scaling**: Implement auto-scaling solutions that automatically adjust resources based on demand. Cloud providers offer services like Google Cloud Autoscaler to handle this dynamically.

In conclusion, building a scalable architecture for your Flutter-Firebase app is essential for accommodating growth, maintaining performance, and ensuring cost-effectiveness. By following these principles, you can create an architecture that can scale gracefully as your app evolves and attracts a larger user base.

Section 16.2: Managing Large Datasets and High Traffic

Scalable architecture design becomes particularly crucial when your Flutter-Firebase app deals with large datasets and high traffic. As your user base grows, and your app accumulates more data, you need to ensure that your system can handle the increased load while maintaining performance and responsiveness. In this section, we'll explore strategies for managing large datasets and handling high traffic scenarios effectively.

Optimizing Database Queries

Efficiently managing large datasets begins with optimizing your database queries. Whether you're using Firebase Realtime Database or Firestore, consider the following strategies:

1. **Indexing**: Ensure that your database is properly indexed for frequently queried fields. Indexing allows the database to retrieve data more efficiently, especially for complex

queries.

2. **Pagination**: Implement pagination for data retrieval. Instead of fetching the entire dataset at once, retrieve data in smaller chunks, reducing the load on your database and improving user experience.

3. **Data Structuring**: Design your database schema to minimize the number of reads and writes required. Denormalize data where necessary to reduce the need for multiple queries.

4. **Batch Operations**: Use batch operations provided by Firebase to perform multiple read or write operations in a single batch. This reduces the number of round-trip requests to the server.

Load Balancing and Scaling

Load balancing is a crucial component of managing high traffic. Load balancers distribute incoming traffic across multiple server instances or resources, ensuring that no single component becomes overwhelmed. Consider these practices:

1. **Horizontal Scaling**: Implement horizontal scaling by adding more server instances to handle increased traffic. Cloud platforms like Google Cloud offer autoscaling solutions that can automatically adjust resources based on demand.

2. **Content Delivery Networks (CDNs)**: Utilize CDNs to cache and serve static assets like images, videos, and JavaScript files from servers located closer to the user. CDNs reduce latency and improve load times.

3. **Traffic Routing**: Use traffic routing and DNS management services to direct traffic based on geographic

location or other criteria. This can help distribute traffic evenly across multiple server locations.

Asynchronous Processing

To maintain responsiveness and handle high traffic, offload time-consuming tasks to asynchronous processing mechanisms:

1. **Background Workers**: Implement background workers or task queues to handle long-running processes without blocking your main application server. This ensures that user interactions are not delayed.
2. **Serverless Functions**: Consider using serverless functions (e.g., Firebase Cloud Functions) for event-driven processing. These functions automatically scale with demand and are suitable for tasks like image processing, notifications, and data synchronization.

Redundancy and Failover

Redundancy and failover mechanisms are essential to ensure high availability and minimize downtime:

1. **Backup Servers**: Maintain backup servers or instances that can quickly take over in case of a server failure. Load balancers can automatically route traffic to these backup servers.
2. **Data Replication**: Replicate critical data to multiple geographic locations or data centers. This ensures data availability even if one location experiences an outage.

Monitoring and Optimization

Continuous monitoring and optimization are key to identifying performance bottlenecks and areas that need improvement:

1. **Performance Monitoring**: Utilize Firebase Performance Monitoring tools to track and analyze your app's performance. Identify slow-performing queries or functions and optimize them.
2. **Scalability Testing**: Perform scalability testing regularly to simulate high traffic scenarios. Use tools like Firebase Test Lab to assess your app's scalability and identify areas for improvement.

By implementing these strategies and best practices, you can effectively manage large datasets and handle high traffic scenarios in your Flutter-Firebase app. Scalability and performance optimization are ongoing processes that require monitoring and adjustment as your app continues to grow and evolve.

Section 16.3: Efficient State Management for Scalability

In a Flutter-Firebase app, efficient state management plays a critical role in ensuring scalability. As your application grows and becomes more complex, managing the state of your app's components becomes increasingly challenging. In this section, we'll explore strategies for efficient state management that can help your app scale seamlessly.

1. Provider Package

The Provider package is a popular choice for state management in Flutter apps. It allows you to efficiently manage and share application-level state with minimal boilerplate code. Provider's flexibility makes it suitable for various state management needs, including handling user authentication, data retrieval, and app-level state.

```
import 'package:flutter/material.dart';

import 'package:provider/provider.dart';

class MyWidget extends StatelessWidget {

@override

Widget build(BuildContext context) {

// Use a provider to access and manage app-level state.

final myState = Provider.of<MyState>(context);

return Text('My State Value: ${myState.value}');

}

}
```

2. Firestore and Realtime Database Real-time Sync

Firebase's Firestore and Realtime Database offer real-time data synchronization, which is invaluable for efficient state management. By using streams or listeners, your app can automatically update its UI in response to changes in the database, ensuring that users always see the latest data.

```
// Example using Firestore stream to listen for real-time updates.

StreamBuilder<DocumentSnapshot>(

stream:
FirebaseFirestore.instance.collection('posts').doc('post_id').snapshots(),

builder: (context, snapshot) {

if (snapshot.connectionState == ConnectionState.waiting) {

return CircularProgressIndicator();

}

if (snapshot.hasError) {

return Text('Error: ${snapshot.error}');

}

if (!snapshot.hasData) {

return Text('No data available');

}

// Access and display the document's data.

final data = snapshot.data.data();

return Text('Title: ${data['title']}');

},

)
```

3. Reactive Programming with Streams

Dart's support for streams and the StreamBuilder widget in Flutter are powerful tools for managing and reacting to changes in your app's state. Streams can be used to propagate data changes throughout your app efficiently.

```
// Example of creating a stream and using StreamBuilder.

Stream<int>                 myStream                =
someDataFetchingFunction().asStream();

StreamBuilder<int>(

stream: myStream,

builder: (context, snapshot) {

if (snapshot.connectionState == ConnectionState.waiting) {

return CircularProgressIndicator();

}

if (snapshot.hasError) {

return Text('Error: ${snapshot.error}');

}

if (!snapshot.hasData) {

return Text('No data available');

}

// Use the snapshot data to update the UI.
```

```
return Text('Data: ${snapshot.data}');
```

```
},
```

```
)
```

4. BLoC (Business Logic Component) Pattern

The BLoC pattern is a robust state management approach that helps decouple the UI from business logic. By using BLoCs, you can maintain a clear separation of concerns and facilitate testability, making your app more scalable and maintainable.

```
import 'dart:async';
```

```
class CounterBloc {
```

```
final _counterController = StreamController<int>.broadcast();
```

```
Stream<int> get counterStream => _counterController.stream;
```

```
int _counter = 0;
```

```
void increment() {
```

```
_counter++;
```

```
_counterController.sink.add(_counter);
```

```
}
```

```
void dispose() {
```

```
_counterController.close();
```

```
}
```

```
}
```

5. Database Pagination

When working with large datasets, implement pagination techniques to fetch and display data in smaller chunks. This not only reduces the initial load time but also ensures that your app remains responsive as users navigate through large datasets.

// Example of Firestore pagination using the startAfter method.

final query = FirebaseFirestore.instance.collection('posts')

.orderBy('timestamp')

.startAfterDocument(lastDocument)

.limit(10);

final result = await query.get();

Efficient state management is crucial for the scalability of your Flutter-Firebase app. By choosing the right state management approach, leveraging real-time synchronization, and implementing best practices, you can maintain a responsive and performant user experience as your app grows in complexity and user base.

Section 16.4: Load Balancing and Redundancy

Load balancing and redundancy are essential considerations when designing a scalable architecture for your Flutter-Firebase application. These techniques help ensure that your app remains available, responsive, and fault-tolerant, even under high traffic and potential system failures.

Load Balancing

Load balancing is the process of distributing incoming network traffic across multiple servers or instances to prevent any single server from becoming a bottleneck. In a Firebase-based application, load balancing can be achieved in several ways:

1. **Firebase Hosting:** Firebase Hosting provides built-in load balancing. When you deploy your web app to Firebase Hosting, it automatically distributes incoming web requests across multiple global data centers, reducing latency and improving performance.

2. **Cloud Functions Load Balancing:** If you use Firebase Cloud Functions to handle backend logic, Firebase ensures automatic load balancing across function instances. This means that your functions can scale horizontally to handle increased traffic.

3. **Database Load Balancing:** Firebase Realtime Database and Firestore automatically handle load balancing by distributing database traffic across multiple servers. As your app's data grows, Firebase scales its infrastructure to accommodate the demand.

4. **Using CDNs (Content Delivery Networks):** You can leverage CDNs like Firebase CDN or other third-party CDNs to distribute assets, such as images and videos, closer to your users. CDNs help reduce server load and improve content delivery speed.

Redundancy

Redundancy involves duplicating critical components or services to ensure continued operation in case of failures. Firebase and other cloud services offer redundancy features to enhance the reliability of your app:

1. **Firebase Realtime Database and Firestore:** Firebase databases are distributed across multiple data centers and regions, providing built-in data redundancy. This ensures that your data remains available even if a data center experiences issues.

2. **Firebase Hosting:** Firebase Hosting stores multiple copies of your web app in different global data centers, allowing it to serve content from the nearest available location in case of server failures or network issues.

3. **Database Backup and Restore:** Firebase offers automated daily backups of your Realtime Database and Firestore data. In the event of data corruption or accidental deletions, you can restore your database to a previous state.

4. **Firestore Offline Persistence:** Firestore enables offline data persistence by storing a local copy of your data on the user's device. This ensures that your app remains functional even when the device is offline or experiencing network disruptions.

5. **Using Multiple Cloud Regions:** Many cloud providers, including Google Cloud Platform (GCP), offer multi-region deployments. Deploying your Firebase components in multiple regions ensures redundancy and high availability.

While Firebase and cloud providers handle much of the redundancy and load balancing automatically, it's essential to understand these concepts and choose the appropriate Firebase services and configurations to meet your app's scalability and availability requirements. Additionally, regularly monitoring your app's performance and response times can help identify potential scalability bottlenecks and ensure a smooth user experience, even as your app grows.

Section 16.5: Future-Proofing Your Application

Future-proofing your Flutter-Firebase application is crucial to ensure its long-term success, adaptability to evolving technologies, and sustainability in the rapidly changing mobile app landscape. As technologies, platforms, and user expectations evolve, you must take steps to keep your app relevant and competitive. Here are some strategies for future-proofing your application:

1. Stay Informed about Flutter and Firebase Updates

Both Flutter and Firebase receive regular updates, enhancements, and new features. Stay informed about these updates by following official documentation, release notes, and developer communities. Keeping your app's dependencies up-to-date ensures compatibility with the latest features and security patches.

// Example code:

dependencies:

flutter:

sdk: flutter

firebase_core: ^latest_version

firebase_auth: ^latest_version

2. Maintain Code Quality and Documentation

Maintain clean, well-structured code and comprehensive documentation. Good code quality makes it easier to introduce changes and enhancements in the future. Proper documentation helps new developers understand your codebase and contribute effectively.

3. Embrace Cross-Platform Development

Consider using cross-platform development frameworks like Flutter, which allows you to write code once and run it on multiple platforms, including iOS, Android, web, and desktop. This approach reduces development effort and ensures your app remains compatible with various platforms.

```
// Example code:

class MyApp extends StatelessWidget {

@override

Widget build(BuildContext context) {

return MaterialApp(

title: 'My Flutter App',

home: MyHomePage(),

);

}

}
```

4. Plan for Modularization

Design your app with a modular architecture, separating components and functionalities into reusable modules. This modular approach simplifies maintenance and facilitates the addition of new features or the removal of obsolete ones without affecting the entire app.

// Example code:

lib/

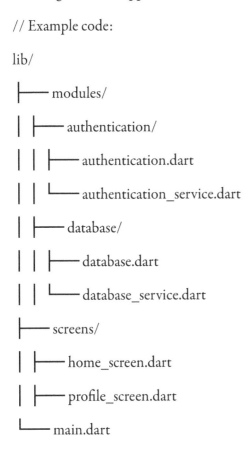

```
lib/
├── modules/
│   ├── authentication/
│   │   ├── authentication.dart
│   │   └── authentication_service.dart
│   ├── database/
│   │   ├── database.dart
│   │   └── database_service.dart
├── screens/
│   ├── home_screen.dart
│   ├── profile_screen.dart
└── main.dart
```

5. Implement Feature Flags

Use feature flags or toggles to enable or disable specific features in your app. This allows you to experiment with new functionalities without affecting the entire user base. You can gradually roll out features and collect user feedback before full deployment.

// Example code:

if (featureFlags.enableNewFeature) {

// Render and enable new feature.

} else {

// Use the old feature or show a message.

}

6. Collect User Feedback

Regularly collect user feedback through in-app surveys, feedback forms, or app store reviews. User input can help you identify areas for improvement and prioritize feature development. Engage with your user community to understand their needs and expectations.

7. Plan for Data Migration

As your app evolves, data structures may change. Plan for data migration strategies that allow you to smoothly transition existing user data to new formats or schemas. Ensure backward compatibility wherever possible.

8. Security and Privacy

Stay vigilant about security threats and privacy regulations. Regularly audit your app for vulnerabilities and implement security best practices. Comply with data protection regulations, such as GDPR or CCPA, to protect user data and maintain user trust.

9. Scalability and Performance

Monitor your app's performance and scalability as user numbers grow. Optimize database queries, implement caching, and scale server resources as needed to maintain a responsive user experience.

10. Explore Emerging Technologies

Keep an eye on emerging technologies, such as augmented reality (AR), virtual reality (VR), and machine learning (ML). Evaluate whether integrating these technologies can enhance your app's functionality and user engagement.

Future-proofing your Flutter-Firebase application requires a proactive approach to adapt to changing technologies and user needs. By following these strategies and staying engaged with the development community, you can ensure your app remains relevant and competitive in the years to come.

Chapter 17: Monetization Strategies

In Chapter 17, we will explore various monetization strategies for your Flutter-Firebase app. Monetization is the process of generating revenue from your application, whether it's through in-app purchases, advertising, premium features, or other means. Effective monetization can help sustain your app's development and growth. In this section, we'll start with:

Section 17.1: In-App Purchases and Subscriptions

In-app purchases (IAPs) and subscriptions are common monetization models that allow you to sell digital goods or services within your app. Here, we'll delve into the details of implementing these strategies effectively.

Understanding In-App Purchases

In-app purchases involve selling digital items or content directly to users within your app. Common examples include virtual currencies, power-ups, additional levels, or premium content. Here's how you can integrate in-app purchases into your Flutter-Firebase app:

1. **Set Up a Payment Gateway**: To process payments, integrate with a payment gateway like Google Play Billing for Android or StoreKit for iOS. These libraries provide the necessary APIs to handle transactions securely.
2. **Product Listings**: Create a catalog of products available for purchase within your app. Store relevant information about each product, such as its name, description, price, and unique identifier.
3. **User Authentication**: Ensure users are authenticated with

Firebase Authentication before allowing them to make in-app purchases. This step helps link purchases to user accounts.

4. **Implement Purchase Flow**: Develop a smooth and intuitive purchase flow within your app. When a user chooses to buy an item, initiate the purchase process using the payment gateway's APIs.

5. **Verify and Record Transactions**: After a successful purchase, verify the transaction's authenticity and record it securely on your server. Firebase Cloud Firestore can be useful for storing transaction data.

6. **Grant Access**: Unlock the purchased content or provide the acquired item to the user. Update the app's state accordingly to reflect the purchase.

7. **Handle Errors Gracefully**: Implement error handling for cases where a purchase fails, such as payment issues or network problems. Provide clear and helpful error messages to users.

Implementing Subscriptions

Subscriptions involve users paying regularly (e.g., monthly or annually) to access premium content or features. This model is suitable for apps offering ongoing services, content updates, or premium support. Here's how to integrate subscriptions into your app:

1. **Subscription Tiers**: Define different subscription tiers with varying levels of access. For example, you might offer a basic, premium, and pro subscription.

2. **Subscription Management**: Integrate with Google Play Billing or StoreKit for subscription management. These platforms handle billing cycles and renewals automatically.

3. **Free Trials and Promotions**: Consider offering free trials to attract users. You can also run promotions or discounts on subscriptions to encourage sign-ups.

4. **Grace Periods**: Implement grace periods to retain users who cancel subscriptions. During this period, users can continue accessing content before the subscription expires.

5. **Cancellation Handling**: Provide a straightforward way for users to cancel subscriptions within your app. Ensure that users won't face any hurdles when deciding to unsubscribe.

6. **Content Accessibility**: Based on the user's subscription level, grant access to premium content or features. Firebase Authentication can help manage user roles and permissions.

7. **Subscription Analytics**: Use Firebase Analytics to track user engagement, conversion rates, and subscription churn. Analyzing this data helps optimize your subscription offerings.

8. **User Communication**: Keep subscribers informed about updates, new content, or upcoming renewals through push notifications or email campaigns.

Regulatory Compliance

When implementing in-app purchases and subscriptions, be aware of the legal and regulatory requirements, such as VAT regulations for digital products. Ensure that your monetization strategies comply with local and international laws.

Effective monetization requires a deep understanding of your target audience and a balance between providing value and generating revenue. In-app purchases and subscriptions can be lucrative strategies if implemented thoughtfully and ethically. In the following sections of this chapter, we'll explore other monetization approaches, including advertising and freemium models.

Section 17.2: Advertising with AdMob and Firebase

In this section, we will explore the monetization strategy of incorporating advertisements into your Flutter-Firebase app. Advertising can generate revenue through user interactions with ads while keeping your app free for users. Firebase provides AdMob integration for serving ads, which makes it easier to manage and optimize ad placements.

Understanding AdMob

AdMob is Google's advertising platform that allows you to display ads within your mobile apps. With AdMob, you can choose from various ad formats, including banner ads, interstitial ads, rewarded video ads, and native ads. Here's how to get started with AdMob in your Flutter-Firebase app:

1. **Create an AdMob Account**: If you haven't already, sign up for an AdMob account (https://admob.google.com/). Once your account is set up, you can create ad units and configure ad placements.

2. **Integration with Firebase**: Firebase makes it straightforward to integrate AdMob into your Flutter app. Ensure you've added Firebase to your project, as discussed in earlier chapters.

3. **Ad Units**: In AdMob, create ad units for the different types of ads you want to display in your app. Each ad unit has a unique identifier.

4. **Implement Ad Widgets**: Flutter offers plugins like

flutter_admob to integrate AdMob ads into your app. You can use widgets provided by the plugin to display ads in your app's user interface.

5. **Ad Loading**: Load ads into your app using AdMob's APIs. You can choose when and where to display ads based on your app's layout and user experience.

6. **Ad Mediation**: AdMob provides ad mediation capabilities, allowing you to maximize your ad revenue by serving ads from multiple ad networks. You can configure mediation settings in the AdMob dashboard.

7. **Ad Targeting**: AdMob allows you to target ads to specific user demographics, interests, and locations. This can improve ad relevance and user engagement.

8. **Ad Performance Tracking**: Use Firebase Analytics to track ad performance. Monitor metrics such as click-through rates (CTR), impressions, and revenue generated from ads.

Best Practices for Ad Integration

Here are some best practices to consider when integrating ads into your Flutter-Firebase app:

• **Ad Placement**: Carefully consider where to place ads within your app. Ensure that ads do not disrupt the user experience and that they are relevant to the app's content.

• **Ad Frequency**: Avoid bombarding users with excessive ads, as it can lead to a poor user experience and app abandonment.

- **User Consent**: Comply with user consent requirements, such as GDPR for European users. Display a consent dialog to users before showing personalized ads.

- **Ad Design**: Design ad layouts that match your app's aesthetics. Ensure that ads are distinguishable from your app's content.

- **Ad Testing**: Continuously test different ad formats, placements, and strategies to optimize ad revenue. A/B testing can help identify the most effective ad configurations.

- **Ad Reporting**: Regularly analyze ad performance data in the AdMob dashboard to make informed decisions about ad placements and strategies.

- **Ad Revenue Optimization**: Consider using AdMob's features like smart optimization and ad refresh rates to maximize revenue.

Ethical Ad Monetization

While advertising can be a valuable revenue stream, it's crucial to maintain ethical practices. Users should not feel overwhelmed or deceived by ads. Transparency and user experience should remain a priority to build trust and retain users.

In the next section, we'll explore the freemium model, which combines free and premium content offerings to monetize your app while providing value to users.

Section 17.3: Freemium Models and Premium Features

In this section, we will delve into the concept of using a freemium model to monetize your Flutter-Firebase app. The freemium model is a hybrid approach where your app offers both free and premium features. Users can access the core functionality for free while having the option to upgrade to a paid version for additional benefits.

Understanding the Freemium Model

The freemium model has gained popularity as it strikes a balance between offering a free app to attract a wide user base and generating revenue from users who are willing to pay for extra features or an ad-free experience. Here's how to implement the freemium model effectively:

1. **Identify Core and Premium Features**: Determine which features of your app are essential and should be available for free. These features will attract users and showcase the value of your app. Then, identify premium features that users can access by making in-app purchases or subscribing.

2. **In-App Purchases**: Implement in-app purchase functionality using the in_app_purchase Flutter plugin. This allows users to buy premium features, remove ads, or unlock additional content directly from your app.

3. **Subscriptions**: Offer subscription plans for recurring revenue. Implement subscription management with the flutter_inapp_purchase plugin, enabling users to subscribe to premium content or services on a monthly or yearly basis.

4. **Trial Periods**: Consider offering free trial periods for premium features. This encourages users to experience the

benefits of premium content before committing to a
subscription.

5. **Ad Removal**: Include an option to remove ads through an
in-app purchase. Many users are willing to pay to enjoy an
ad-free experience.

6. **User Engagement**: Continue to engage free users through
updates, new content, and features. This keeps them
invested in your app and more likely to convert to
premium users.

7. **User Feedback**: Listen to user feedback and requests for
premium features. This can help you prioritize
development efforts and tailor premium offerings to user
needs.

8. **Communication**: Clearly communicate the value of
premium features to users. Use in-app messaging and
descriptions to highlight the benefits of upgrading.

9. **User Experience**: Ensure that the user experience for both
free and premium users is seamless and enjoyable. Premium
features should enhance the app rather than disrupt it.

10. **Monetization Analytics**: Use Firebase Analytics to track
user interactions with premium features and purchases.
This data can guide your monetization strategy and help
optimize premium offerings.

Ethical Freemium Practices

Maintaining ethical practices is crucial when implementing the
freemium model. Here are some ethical guidelines to follow:

- **Transparency**: Clearly communicate what free users
can access and what premium features entail. Avoid
misleading users about the value they will receive.

- **Value Proposition**: Ensure that premium features provide significant value to justify the cost. Users should feel that upgrading enhances their experience.

- **Pricing Fairness**: Set reasonable prices for in-app purchases and subscriptions. Avoid overpricing, as it may discourage users from upgrading.

- **No Forced Upgrades**: Do not force users into premium subscriptions or purchases. Allow them to choose whether they want to upgrade or continue using the free version.

- **User Privacy**: Safeguard user data and privacy, especially if premium features require personal information. Comply with data protection regulations.

- **Cancellation Policies**: Make it easy for users to cancel subscriptions and request refunds if necessary. Transparency in cancellation processes builds trust.

The freemium model can be a sustainable way to monetize your app while providing value to users. However, it's essential to strike the right balance between free and premium offerings and maintain ethical practices to retain user trust.

Section 17.4: Analyzing Revenue Streams

In this section, we will explore how to analyze the revenue streams of your Flutter-Firebase app. Revenue analysis is crucial for understanding the financial performance of your app, identifying sources of income, and making informed decisions to optimize monetization strategies.

Tracking Revenue Sources

To effectively analyze your app's revenue, you need to track and categorize different sources of income. Here are common revenue sources for mobile apps:

1. **In-App Purchases**: Revenue generated from one-time purchases within the app, such as premium features, ad removal, or virtual goods.
2. **Subscriptions**: Income from recurring subscriptions, including monthly or yearly plans. Subscriptions often provide access to premium content or services.
3. **Advertisements**: Revenue generated from displaying ads within your app. This can include banner ads, interstitial ads, rewarded videos, or native ads.
4. **Affiliate Marketing**: Earnings from promoting third-party products or services through affiliate links or partnerships.
5. **E-commerce**: Income generated from selling physical or digital products directly within your app.
6. **Donations**: Contributions from users who voluntarily support your app's development.
7. **Freemium Upgrades**: Revenue from users who upgrade from the free version to the premium version of your app.
8. **Sponsorships**: Income from sponsors or advertisers who pay to have their products or services featured in your app.
9. **Licensing**: Earnings from licensing your app's technology or content to other developers or businesses.

Key Metrics for Revenue Analysis

To assess your app's financial health, consider tracking the following key metrics:

1. **Revenue**: The total income generated by your app from all

sources.

2. **Average Revenue Per User (ARPU)**: Calculated by dividing total revenue by the number of active users during a specific period. ARPU helps you understand how much each user contributes on average.

3. **Customer Lifetime Value (CLV)**: Predicts the total revenue a user is expected to generate throughout their lifetime as a customer. This metric helps in user acquisition strategies and customer retention efforts.

4. **Conversion Rate**: The percentage of users who make a purchase or upgrade to a premium version. It indicates how effective your monetization strategies are in converting users into paying customers.

5. **Retention Rate**: Measures the percentage of users who continue to use your app over time. High retention rates are often linked to stable revenue streams.

6. **Churn Rate**: The percentage of users who stop using your app. A high churn rate can impact revenue negatively.

7. **Ad Impressions and Click-Through Rate (CTR)**: For ad-based revenue, track the number of ad impressions and the CTR to evaluate ad performance.

8. **Subscription Metrics**: If your app offers subscriptions, monitor metrics like subscription growth, churn, and renewal rates.

Tools for Revenue Analysis

To effectively analyze revenue streams and metrics, consider using the following tools and services:

1. **Firebase Analytics**: Firebase offers robust analytics capabilities, including tracking revenue events, user demographics, and user engagement. You can set up

custom events to track specific revenue-related actions.

2. **Ad Mediation Platforms**: If your app relies on ads, use ad mediation platforms like Google AdMob or Facebook Audience Network to optimize ad revenue by serving ads from multiple networks.

3. **In-App Purchase and Subscription Analytics**: Leverage analytics tools like Firebase, Mixpanel, or Amplitude to track in-app purchase and subscription-related events and user behaviors.

4. **Third-Party Analytics Solutions**: Consider integrating third-party analytics solutions like Flurry, Adjust, or Appsflyer for more advanced revenue analysis and attribution tracking.

5. **Financial Management Software**: Utilize financial management software to track and manage revenue, expenses, and financial reports related to your app's monetization.

6. **A/B Testing Tools**: Use A/B testing tools like Firebase Remote Config or Optimizely to experiment with different monetization strategies and measure their impact on revenue.

Revenue Optimization

Once you have a clear understanding of your revenue streams and metrics, you can work on optimizing your monetization strategies. Experiment with pricing models, ad placements, and user engagement tactics to maximize revenue while delivering value to your users.

Remember that successful revenue analysis and optimization require continuous monitoring and adaptation to changing user behaviors and market trends. Regularly review your revenue data and adjust your strategies accordingly to ensure the financial sustainability of your Flutter-Firebase app.

Section 17.5: Ethical Monetization Practices

In this final section of Chapter 17, we'll discuss ethical monetization practices for your Flutter-Firebase app. While generating revenue is essential, it should be done in a way that prioritizes user satisfaction, privacy, and trust. Ethical monetization practices ensure that your app maintains a positive reputation and retains user loyalty.

Transparency and Disclosure

1. **Clear Pricing**: If your app offers paid features or subscriptions, clearly communicate the pricing structure to users before they make a purchase. Avoid hidden fees or deceptive pricing tactics.
2. **In-App Ads**: If your app displays advertisements, make sure they are clearly distinguishable from your app's content. Avoid deceptive ad placements that may confuse users.
3. **Data Collection**: If your app collects user data for personalized ads or analytics, provide a transparent privacy policy explaining what data is collected, how it's used, and how users can opt out if they choose.

Respect for User Privacy

1. **Data Protection**: Implement robust data protection measures to safeguard user data. Adhere to data protection laws and regulations, such as GDPR or CCPA, if applicable to your user base.
2. **User Consent**: Obtain explicit user consent before

collecting sensitive data or enabling tracking mechanisms. Allow users to opt in or out of data collection and personalized ads.

3. **Anonymization**: If possible, anonymize user data to protect individual privacy while still gaining insights for monetization purposes.

User-Centric Monetization

1. **Value Proposition**: Ensure that paid features or premium subscriptions offer significant value to users. Users should perceive the benefits of paying for these features.

2. **Minimize Interruption**: If using ads, opt for non-intrusive ad formats like banner ads or rewarded videos that don't disrupt the user experience.

3. **Optional Ads**: Consider offering users the option to watch ads in exchange for in-app rewards or premium content rather than forcing ads upon them.

Avoiding Dark Patterns

1. **No Deceptive Practices**: Avoid dark patterns or manipulative user interfaces that trick users into making unintended purchases or sharing more data than they intend.

2. **Clear Cancellation**: Make it easy for users to cancel subscriptions or turn off ads. Provide clear instructions and options for users to manage their preferences.

3. **Responsive Support**: Offer responsive customer support for users who encounter billing issues or have questions about their subscriptions.

Community Feedback

1. **Listen to Users**: Pay attention to user feedback regarding monetization practices. Act on user concerns and suggestions to improve the overall user experience.
2. **Iterative Approach**: Be open to refining your monetization strategies based on user feedback and market dynamics.

Ethical monetization practices not only contribute to the long-term success of your Flutter-Firebase app but also build trust and goodwill among your user community. By prioritizing user satisfaction and privacy, you can create a sustainable and ethical monetization model that benefits both your app and its users.

Chapter 18: Advanced User Experience Design

Section 18.1: Crafting Intuitive User Interfaces

Creating intuitive user interfaces (UI) is a fundamental aspect of designing a successful Flutter-Firebase app. Users expect a seamless and user-friendly experience, and achieving this involves careful planning and attention to detail. In this section, we will explore the principles and techniques for crafting intuitive UIs in your app.

Understand Your Users

1. **User Research**: Begin by conducting user research to understand your target audience. What are their preferences, needs, and pain points? This information will guide your UI design decisions.
2. **User Personas**: Create user personas that represent different segments of your audience. This helps in tailoring the UI to specific user groups.

Consistency and Navigation

1. **Consistent Design**: Maintain consistency in your app's design elements such as colors, typography, and icons. Consistency creates a sense of familiarity for users.
2. **Intuitive Navigation**: Design a clear and intuitive navigation system. Users should easily find their way around the app without getting lost.
3. **Hierarchy**: Establish a visual hierarchy for content and actions. Important elements should stand out while less

crucial ones remain unobtrusive.

User Feedback

1. **Feedback Mechanisms**: Provide feedback to users when they perform actions. This can include animations, progress indicators, or confirmation messages to let users know their actions were successful.
2. **Error Handling**: Design error messages that are informative and guide users on how to resolve issues. Avoid cryptic error messages that leave users frustrated.

Responsive Design

1. **Adaptive Layouts**: Create adaptive layouts that adjust to different screen sizes and orientations. Flutter's responsive widgets can help you achieve this.
2. **Device Compatibility**: Test your app on various devices and resolutions to ensure it looks and functions well across the board.

Accessibility

1. **Accessibility Features**: Implement accessibility features to make your app usable by individuals with disabilities. Use semantic widgets and provide alternative text for images.

Usability Testing

1. **Usability Tests**: Conduct usability testing with real users to gather feedback on your app's UI. This helps identify usability issues and areas for improvement.
2. **A/B Testing**: Experiment with different UI variations

through A/B testing to determine which design elements and layouts resonate best with your users.

Performance and Speed

1. **Optimize Performance**: Ensure that your app's UI is responsive and performs well. Optimize animations and minimize loading times.
2. **Asynchronous Operations**: Handle long-running tasks asynchronously to prevent the UI from freezing and providing a smooth user experience.

User-Centric Design

1. **User-Centered Design**: Make design decisions based on user needs rather than personal preferences. Always prioritize the end-user experience.
2. **Iterative Design**: UI design is an iterative process. Continuously gather feedback and make improvements to refine the UI over time.

Crafting an intuitive user interface is an ongoing process that requires collaboration between designers, developers, and user feedback. By adhering to these principles and focusing on user needs, you can create an app with a UI that delights and engages your users, ultimately leading to higher user satisfaction and retention.

Section 18.2: Implementing Effective Navigation Patterns

Effective navigation is a crucial component of creating a positive user experience in your Flutter-Firebase app. Navigation patterns define how users move between different sections or screens of your app.

In this section, we'll explore various navigation patterns and best practices for implementing them.

Basic Navigation Patterns

1. **Stacked Navigation**: This pattern involves stacking screens on top of each other, allowing users to move forward and backward in a linear fashion. It's common for apps with a clear flow, such as onboarding wizards or form-based processes.
2. **Tabbed Navigation**: Tabs at the bottom or top of the screen are used to switch between primary sections of the app. Tabbed navigation is suitable for apps with multiple independent sections, like social media apps.
3. **Drawer Navigation**: A side drawer or hamburger menu provides access to different sections or features of the app. It's useful for apps with a large number of screens or settings.

Hierarchical Navigation

1. **Bottom Navigation**: This pattern, commonly used in mobile apps, places navigation items at the bottom of the screen. Users can switch between primary sections quickly. Ensure that the icons and labels are self-explanatory.
2. **Nested Navigation**: In complex apps, you might need nested navigation within sections. For example, a shopping app may have navigation within categories and products. Utilize nested navigators like Navigator and BottomNavigationBar.

Authentication and Authorization

1. **Authentication Flow**: When dealing with user authentication, design a clear and secure authentication flow. Guide users through sign-up, sign-in, and password reset processes. Provide feedback at each step.
2. **Authorization**: Implement role-based access control (RBAC) to restrict access to certain screens or features based on user roles. Firebase offers tools for managing user roles and permissions.

Error Handling and Feedback

1. **Error Screens**: Design informative error screens for handling unexpected situations. Show clear error messages and provide options for users to recover or report issues.
2. **Loading Indicators**: Use loading indicators to inform users about ongoing background processes, such as data fetching or authentication. Show progress when necessary.

Onboarding and Tutorials

1. **Onboarding Flow**: For new users, consider an onboarding flow that introduces key features and benefits of your app. Keep it concise and visually appealing.
2. **Tutorials**: Provide optional tutorials or tooltips to guide users through the app's functionality, especially for complex features.

Gesture-Based Navigation

1. **Gesture Navigation**: Leverage swipe gestures or gestures like pull-to-refresh to enhance the navigation experience.

Ensure that these gestures are intuitive and discoverable.

Back Button Behavior

1. **Back Button Handling**: Define the behavior of the device's back button (e.g., Android's back button). Ensure that it aligns with user expectations and follows platform guidelines.

User Feedback

1. **User Testing**: Conduct usability testing with real users to gather feedback on your app's navigation flow. Identify pain points and make improvements accordingly.
2. **Analytics**: Use Firebase Analytics to track user navigation patterns and identify drop-off points. This data can help you refine your navigation design.
3. **Continuous Iteration**: Navigation is not a one-time task. Continuously iterate and refine your navigation patterns based on user feedback and analytics.

Remember that navigation should be intuitive, efficient, and user-centric. Prioritize user needs and make it easy for users to discover and access the content and features they're looking for. A well-designed navigation system contributes significantly to a positive user experience and can lead to higher user engagement and satisfaction.

Section 18.3: Accessibility and Inclusive Design

Accessibility and inclusive design are vital aspects of creating Flutter-Firebase apps that cater to a diverse user base. Ensuring that your app is accessible to everyone, including those with disabilities, not only aligns with ethical standards but also expands your potential user pool. In this section, we'll explore the key considerations and best practices for making your app more accessible.

Understanding Accessibility

1. **Accessibility Guidelines**: Familiarize yourself with accessibility guidelines such as the Web Content Accessibility Guidelines (WCAG) and mobile-specific accessibility standards. These guidelines provide valuable insights into creating accessible user interfaces.

2. **Accessibility Features**: Understand the built-in accessibility features of Flutter, such as Semantics and FocusTraversal. These features enable you to enhance the accessibility of your app.

3. **Screen Readers**: Test your app with screen readers like TalkBack (Android) and VoiceOver (iOS) to ensure that users with visual impairments can navigate and interact with your app effectively.

Semantic Markup

1. **Semantics Widgets**: Use Semantics widgets to provide meaningful labels, hints, and roles to your UI elements. This helps screen readers convey the purpose and functionality of each element.

2. **Button Semantics**: When using custom widgets as buttons, add semantic properties like isButton, buttonLabel, and onTap to make sure screen readers recognize them as actionable elements.

Text and Typography

1. **Text Contrast**: Ensure sufficient contrast between text and background colors to make text readable for users with low vision. Tools like the WCAG color contrast checker can help.
2. **Font Size and Scalability**: Allow users to adjust font sizes in your app to accommodate varying visual needs. Flutter provides a built-in TextScaleFactor that you can use to scale text accordingly.

Navigation and Focus

1. **Focus Management**: Implement logical focus traversal through your app using the FocusNode class. This ensures that users who rely on keyboards or other assistive technologies can navigate seamlessly.
2. **Skip to Content**: Include a "Skip to Content" link at the beginning of your app to let screen reader users bypass repetitive navigation elements and jump to the main content.

User Interface Components

1. **Touchable Areas**: Ensure that interactive elements like buttons and links have an adequate touch target size to make them easily tappable for users with motor impairments.
2. **Accessible Images**: Add descriptive alt text to images so that screen readers can convey their content to visually impaired users. Use the SemanticImageLabel property for this purpose.

Testing and User Feedback

1. **Accessibility Testing**: Regularly test your app's accessibility using accessibility tools and real users with disabilities. Address issues as they arise.
2. **User Feedback**: Encourage users to provide feedback on accessibility-related problems. Actively listen to their input and work on resolving reported issues.

Documentation and Training

1. **Accessibility Documentation**: Include accessibility guidelines and best practices in your app's documentation to educate other developers working on the project.
2. **Team Training**: Ensure that your development team is trained in accessibility and inclusive design principles. This will help maintain accessibility standards throughout the development process.
3. **Third-Party Libraries**: When using third-party libraries or packages, verify their accessibility support and evaluate whether they align with your app's accessibility goals.

By implementing these accessibility and inclusive design practices, you'll create a Flutter-Firebase app that provides a more inclusive and welcoming experience for all users. Prioritizing accessibility not only benefits those with disabilities but also contributes to a better overall user experience, enhancing the reputation and reach of your app.

Section 18.4: Personalization and User Preferences

Personalization is a key aspect of modern app design, and it involves tailoring the user experience to individual preferences and needs.

By allowing users to customize the app's appearance, behavior, and content, you can create a more engaging and user-centric Flutter-Firebase app.

User Preferences and Settings

1. **User Profiles**: Implement user profiles that store user-specific data and preferences. Firebase Authentication can help manage user profiles securely.
2. **Settings Screens**: Create dedicated settings screens where users can customize various aspects of the app, such as theme, notification preferences, language, and more.
3. **Theme Customization**: Allow users to choose from predefined themes or customize their app's theme by selecting colors, fonts, and other visual elements.

Localization and Multilingual Support

1. **Language Selection**: Provide users with the ability to change the app's language and region preferences. Implement localization to deliver content in the user's chosen language.
2. **RTL Support**: If your app supports languages that read from right to left (RTL), ensure that the user interface adapts correctly, including layout and text alignment.

Content Personalization

1. **User Recommendations**: Leverage Firebase Analytics and Firestore to analyze user behavior and preferences. Use this data to offer personalized content recommendations, such as articles, products, or services.
2. **Content Filtering**: Allow users to filter and sort content

based on their preferences, making it easier for them to find what they're interested in.

Notification Preferences

1. **Opt-In Preferences**: Implement granular notification preferences, allowing users to choose which types of notifications they want to receive and how they want to be notified (e.g., push notifications, email, or in-app alerts).
2. **Frequency Control**: Let users control the frequency of notifications, such as daily digests or real-time updates, to avoid overwhelming them with alerts.

Accessibility Customization

1. **Accessibility Options**: Include accessibility settings that cater to users with specific needs, such as font size adjustments, contrast settings, and voice commands.
2. **Voice Commands**: Integrate voice command options for users with mobility impairments, enabling them to navigate the app and perform actions through voice inputs.

Data Synchronization

1. **Cloud Sync**: Ensure that user preferences and settings are synchronized across devices by storing them securely in the cloud using Firebase Firestore or Realtime Database.
2. **Offline Support**: Implement offline support so that users can access their personalized settings and preferences even when they are not connected to the internet.

Privacy and Data Security

1. **Data Encryption**: Prioritize the security and privacy of user preferences by encrypting sensitive information, such as language choices or notification settings, when stored or transmitted.
2. **Permission Requests**: Clearly explain to users why certain preferences or permissions are necessary, and seek their explicit consent to access and personalize their experience.

User Feedback and Iteration

1. **Feedback Mechanisms**: Include feedback mechanisms within the app so that users can easily provide input on their personalized experience and suggest improvements.
2. **A/B Testing**: Experiment with different personalization options and gather user feedback to iterate and refine the personalization features of your app continually.

By offering personalization and user preference customization, your Flutter-Firebase app can create a more engaging and satisfying experience for users. Personalized apps tend to have higher user retention rates and can foster a stronger sense of connection between users and the app. However, it's crucial to balance personalization with privacy and ensure that users have full control over their preferences and data.

Section 18.5: Feedback Loops and User Engagement

Creating a feedback loop and fostering user engagement are essential aspects of enhancing the user experience and ensuring the long-term success of your Flutter-Firebase app. In this section, we will explore strategies for collecting user feedback, encouraging user engagement, and leveraging user input to make continuous improvements.

In-App Feedback Mechanisms

1. **Feedback Forms**: Implement user-friendly feedback forms within your app, allowing users to provide comments, suggestions, and report issues directly.
2. **Rating Prompts**: Prompt users to rate your app on app stores at strategic moments when they are likely to provide positive feedback.
3. **Bug Reporting**: Integrate bug reporting tools that make it easy for users to report issues, including automated capture of device information and app logs.

User Surveys

1. **In-App Surveys**: Conduct occasional in-app surveys to gather insights on user preferences, satisfaction, and areas for improvement.
2. **Net Promoter Score (NPS)**: Use NPS surveys to measure user loyalty and identify promoters, passives, and detractors. Follow up with detractors to address their concerns.

User Engagement Strategies

1. **Push Notifications**: Use Firebase Cloud Messaging (FCM) to send targeted and personalized push notifications that encourage users to return to the app.
2. **App Updates**: Regularly release app updates with new features, improvements, and bug fixes. Notify users about these updates through release notes.

Analytics and User Behavior

1. **App Analytics**: Continuously monitor user behavior using Firebase Analytics or similar tools to gain insights into how users interact with your app.
2. **Funnel Analysis**: Identify drop-off points in user journeys and use A/B testing to optimize the user experience and increase engagement.

Social Media and Community Engagement

1. **Social Media Integration**: Connect your app to social media platforms to enable users to share their achievements, content, or experiences with their networks.
2. **User Communities**: Create and nurture user communities, such as forums or discussion groups, where users can engage with each other and provide feedback.

Feedback Handling and Response

1. **Feedback Management**: Establish a process for categorizing, prioritizing, and addressing user feedback, ensuring that users know their input is valued.
2. **Prompt Responses**: Aim to respond promptly to user feedback, especially to critical issues or concerns. Acknowledge and thank users for their input.

Iterative Development

1. **Iterative Improvements**: Use the feedback received to make iterative improvements to your app. Regularly release updates that address user concerns and introduce new features.

2. **User-Driven Features**: Consider user suggestions for new features or enhancements. Involving users in the product development process can lead to valuable insights.

User Rewards and Recognition

1. **User Rewards**: Implement gamification elements or rewards systems that recognize and incentivize user engagement and loyalty.
2. **User Spotlight**: Showcase user-generated content or success stories within the app to celebrate and motivate user contributions.

By establishing effective feedback mechanisms, encouraging user engagement, and acting on user feedback, you can create a virtuous cycle of continuous improvement for your Flutter-Firebase app. A user-centric approach that values user input and fosters engagement can lead to higher user retention rates, increased user satisfaction, and a stronger app community.

Chapter 19: Community and Support

Section 19.1: Building a User Community

Building a vibrant and engaged user community around your Flutter-Firebase app can have numerous benefits, including increased user satisfaction, valuable feedback, and word-of-mouth promotion. In this section, we'll explore strategies for fostering a strong user community.

1. Create a Dedicated Community Space:

• Establish an official community space, such as a forum or social media group, where users can interact, share experiences, and seek help.

2. Be Present and Engage:

• Actively participate in the community to answer questions, provide support, and gather feedback. Show your presence and genuine interest in user concerns.

3. Set Clear Guidelines:

• Define community guidelines that encourage respectful and constructive interactions. Enforce these guidelines to maintain a positive atmosphere.

4. Encourage User Contributions:

• Welcome user-generated content, such as tutorials, plugins, or templates. Highlight and promote valuable contributions.

5. Regularly Share Updates:

- Keep the community informed about app updates, new features, and bug fixes. Share release notes and changelogs.

6. Moderation and Support Team:

- Appoint moderators or community support members to help manage discussions, answer questions, and report issues.

7. Feedback Channels:

- Provide dedicated channels for users to submit feedback, bug reports, and feature requests. Ensure that feedback is acknowledged and tracked.

8. Incentives and Rewards:

- Consider offering incentives or rewards for active community members, such as badges, recognition, or early access to new features.

9. Events and Contests:

- Organize community events, challenges, or contests to encourage engagement and creativity among users.

10. Feedback Loops:

- Share how user feedback has influenced app improvements and features. Show that their input matters.

11. Documentation and Resources:

- Maintain comprehensive documentation and resources to help users navigate your app effectively. Address common questions and issues.

12. Feedback Analysis:

- **Analyze** community discussions **and** feedback **to** identify recurring problems **or** areas **where** additional support **or** resources are **needed.**

13. User Stories and Testimonials:

- Share success stories and testimonials from users who have benefited from your app. This can inspire and reassure others.

14. Cross-Promotion:

- Collaborate **with** other developers **or** communities **in the** Flutter **and** Firebase ecosystems **for cross-**promotion **and** knowledge sharing.

15. Feedback Implementation:

- When users' suggestions are implemented in your app, inform them about the updates and give credit to the contributors.

Building a thriving user community takes time and effort, but it can greatly enhance the user experience and contribute to the long-term success of your Flutter-Firebase app. By fostering a sense of belonging, providing valuable resources, and being responsive to user needs, you can create a community that not only supports your app but also helps it grow.

Section 19.2: Implementing User Support

and Feedback Channels

Implementing effective user support and feedback channels is essential for maintaining a positive user experience and addressing user concerns promptly. In this section, we'll explore strategies for setting up support and feedback mechanisms for your Flutter-Firebase app.

1. In-App Support:

- Provide an in-app support option that allows users to access help articles, FAQs, and contact support directly from the app's interface.

2. Contact Information:

- Display clear contact information, including an email address or support form, where users can reach out with questions or issues.

3. Ticketing System:

- Implement a ticketing or helpdesk system to efficiently manage and track user inquiries. Assign tickets to support agents for timely resolution.

4. Live Chat:

- Consider offering live chat support during specific hours to provide real-time assistance to users.

5. Knowledge Base:

- Build and maintain a comprehensive knowledge base with articles and tutorials covering common user queries and issues.

6. Feedback Forms:

- Integrate feedback forms within the app, allowing users to submit suggestions, report bugs, or provide general feedback.

7. Automatic Issue Reporting:

- Implement automatic issue reporting to collect essential information when crashes or errors occur, helping your support team diagnose and resolve issues faster.

8. Multi-Platform Support:

- Ensure that your support channels are accessible from multiple platforms, including web and mobile, to accommodate user preferences.

9. Response Time Goals:

- Set clear response time goals for addressing user inquiries. Communicate these expectations to users.

10. Feedback Surveys:

- Periodically send feedback surveys to gather insights on user satisfaction and areas for improvement.

11. Social Media Support:

- Monitor social media platforms for mentions and direct messages related to your app. Provide assistance and respond to inquiries promptly.

12. User Community Integration:

- Integrate your user community (e.g., forums **or** social **groups**) **with** your support **system**, allowing **for** seamless transition **between** seeking help **and** engaging **with the** community.

13. Escalation Procedures:

- Define escalation procedures **for** handling complex **or** critical issues, ensuring that they are addressed **by the** appropriate teams.

14. Feedback Acknowledgment:

- Acknowledge receipt of user feedback promptly, even if a resolution will take time. This shows users that their input is valued.

15. Status Updates:

- During service outages or known issues, provide status updates through your support channels and on your website to keep users informed.

16. Multilingual Support:

- If your app has a global user base, offer multilingual support to cater to users from different regions.

17. Training for Support Agents:

- Ensure that support agents are well-trained **in** handling user inquiries, troubleshooting issues, **and** providing accurate information.

18. Analytics and Feedback Analysis:

- Analyze user feedback and support interactions to identify recurring problems, areas **for** improvement, and opportunities **for** app enhancements.

19. User Education:

- Educate users about available support channels and resources through onboarding tutorials or tooltips.

20. Continuous Improvement:

- Regularly assess your support and feedback mechanisms, gather user input, and make iterative improvements to enhance the support experience.

Implementing robust user support and feedback channels not only helps in resolving issues but also fosters user trust and loyalty. By actively listening to your users, addressing their needs, and continuously improving your support processes, you can build a strong and satisfied user base for your Flutter-Firebase app.

Section 19.3: Leveraging Social Media and Marketing

Leveraging social media and marketing strategies is crucial for promoting your Flutter-Firebase app, expanding your user base, and maintaining an active online presence. In this section, we'll explore effective ways to harness social media platforms and marketing techniques to maximize your app's visibility and engagement.

1. Identify Target Audiences:

- Begin by identifying your app's target audience. Understanding your users' demographics and preferences will help tailor your social media and marketing efforts effectively.

2. Create a Content Calendar:

- Develop a content calendar outlining the type of content you'll share on various social media platforms. Consistency is key to maintaining an engaged audience.

3. Choose the Right Platforms:

- Select social media platforms that align with your app's target audience. For example, Instagram may be suitable for visually appealing apps, while LinkedIn might be ideal for business-oriented applications.

4. Engage in Social Listening:

- Monitor social media channels for mentions of your app, related keywords, and industry trends. Engage with users who discuss your app and respond to their comments and queries promptly.

5. Content Variety:

- Diversify your content with a mix of posts, including announcements, user stories, app updates, educational content, and behind-the-scenes glimpses.

6. Visual Content:

- Visual content, such as images, infographics, and videos, tends to perform well on social media. Create visually appealing assets to showcase your app's features and benefits.

7. User-Generated Content (UGC):

- Encourage users to generate content related to your app, such as testimonials, reviews, or creative use cases. Repost UGC to build trust and authenticity.

8. Hashtags and Trends:

- Use relevant hashtags and participate in trending topics to increase the discoverability of your app. Research popular hashtags in your niche.

9. Paid Advertising:

- Consider investing in paid advertising campaigns on social media platforms. Targeted ads can help reach a broader audience and boost app downloads.

10. Influencer Collaborations:

- Collaborate with social media influencers or bloggers in your app's niche. Influencers can introduce your app to their followers and provide authentic reviews.

11. App Store Optimization (ASO):

- Optimize your app store listings with relevant keywords, compelling descriptions, and high-quality app screenshots and videos.

12. Email Marketing:

- Build and maintain an email list of users interested in your app. Send regular newsletters with updates, tips, and promotions.

13. Webinars and Tutorials:

- Host webinars or create video tutorials showcasing your app's functionality. Share these on social media and YouTube to educate and engage users.

14. Engage with Communities:

- Participate in online communities, forums, and groups related to your app's niche. Offer helpful advice and solutions, and subtly promote your app when relevant.

15. Contests and Giveaways:

- Organize contests and giveaways on social media to encourage user participation and word-of-mouth promotion.

16. Measure and Analyze:

- Use analytics tools provided by social media platforms to track the performance of your posts and campaigns. Adjust your strategies based on what works best.

17. Customer Support on Social Media:

- Provide customer support **through** social media channels, ensuring users can reach **out for** assistance **where** they are most comfortable.

18. Feedback Integration:

- Act on user feedback received through social media to enhance your app's features and user experience.

19. Adapt to Trends:

- Stay updated with social media and marketing trends, and be willing to adapt your strategies to align with emerging practices.

20. Engage Consistently:

- Building a strong online presence takes time. Consistently engage with your audience, and don't be discouraged by initial slow growth.

Effective social media and marketing strategies can significantly impact your app's success. By fostering a community around your app, providing valuable content, and actively engaging with your audience, you can create a loyal user base and drive sustainable growth for your Flutter-Firebase app.

Section 19.4: Collaborating with Other Developers

Collaborating with other developers can be a strategic move to enhance your Flutter-Firebase app's features, expand your user base, and tap into a broader range of expertise. In this section, we'll explore the benefits of developer collaboration and provide guidance on how to establish productive partnerships.

1. Benefits of Collaboration:

• Collaborating with other developers can bring diverse skill sets, fresh perspectives, and innovative ideas to your project. It can also help distribute workload, leading to faster development.

2. Identify Potential Collaborators:

• Begin by identifying potential collaborators within your network or through online communities, forums, or social media. Look for developers with complementary skills or aligned interests.

3. Set Clear Objectives:

• Define clear objectives and goals for the collaboration. Determine what each party brings to the table and how the partnership will benefit both sides.

4. Communication is Key:

• Effective communication is vital for successful collaboration. Establish clear channels for communication and regular updates. Tools like Slack,

Discord, or project management platforms can facilitate this.

5. Mutually Beneficial Projects:

- Collaborate on projects that align with both parties' interests and goals. These projects are more likely to be successful and fulfilling.

6. Open Source Contributions:

- Consider contributing to open source projects related to Flutter and Firebase. This not only helps you gain experience but also connects you with potential collaborators.

7. Shared Repositories:

- Use version control systems like Git to manage shared code repositories. Platforms like GitHub or GitLab are excellent for hosting and collaborating on projects.

8. Code Reviews:

- Conduct code reviews as part of the collaboration process. Reviewing each other's code helps maintain code quality and ensures adherence to best practices.

9. Document Collaboration Guidelines:

- Define collaboration guidelines outlining responsibilities, project scope, coding standards, and contribution procedures. Having a documented agreement can prevent misunderstandings.

10. Legal Agreements:

- For more significant collaborations, consider legal agreements or contracts that clarify ownership, licensing, and revenue-sharing terms.

11. Regular Check-Ins:

- Schedule regular check-ins or meetings to discuss progress, address issues, and plan the project's next steps.

12. Shared Learning:

- Collaborating with others allows for shared learning experiences. You can learn new programming languages, frameworks, and best practices from your collaborators.

13. Respect Diverse Opinions:

- Be open to diverse opinions and approaches. Different perspectives can lead to better solutions and innovations.

14. User Feedback Integration:

- Gather user feedback **and** involve collaborators **in the** process **of** addressing user needs **and** improving **the** app.

15. Celebrate Achievements:

- Celebrate milestones and achievements with your collaborators. Recognizing and rewarding contributions fosters a positive and motivated atmosphere.

16. Resolve Conflicts Constructively:

- Conflicts may arise during collaboration. Address them constructively through open communication and compromise.

17. Maintain Documentation:

- Maintain comprehensive documentation for the project. This includes code documentation, user guides, and project plans to aid collaboration.

18. Publicize Collaborations:

- Promote your collaborative projects through social media, personal portfolios, and developer communities. It can attract more collaborators and users.

19. Evaluate and Iterate:

- After completing a collaborative project, evaluate the outcomes, gather feedback, and apply lessons learned to future collaborations.

20. Long-Term Partnerships:

- Building long-term partnerships with developers you trust can lead to sustained success and ongoing collaboration on multiple projects.

Collaborating with other developers can be a rewarding journey that accelerates your Flutter-Firebase app's growth and enhances your development skills. By establishing clear communication, fostering a positive atmosphere, and valuing diverse perspectives, you can build valuable partnerships that benefit both your projects and the broader developer community.

Section 19.5: Participating in Flutter and

Firebase Ecosystems

Participating in the Flutter and Firebase ecosystems is a strategic move to stay updated, network with other developers, and contribute to the growth of these communities. In this section, we'll explore the various ways you can actively engage with these ecosystems.

1. Join Online Communities:

- Participate in online communities such as the Flutter and Firebase subreddits, Stack Overflow, and official forums. Answer questions, share your knowledge, and seek help when needed.

2. Follow Blogs and Newsletters:

- Subscribe to blogs and newsletters dedicated to Flutter and Firebase. This keeps you informed about the latest updates, tutorials, and best practices.

3. Attend Meetups and Conferences:

- Attend local Flutter and Firebase meetups or virtual conferences. These events provide opportunities to network, learn from experts, and showcase your work.

4. Contribute to Open Source:

- Consider contributing to open source projects related to Flutter and Firebase. Your contributions can range from bug fixes to new features.

5. GitHub Collaboration:

- Collaborate on GitHub repositories of popular Flutter and Firebase packages. Contributing to widely used packages can have a significant impact.

6. Participate in Hackathons:

- Join Flutter and Firebase hackathons or coding challenges. These events encourage creativity and innovation while offering prizes and recognition.

7. Create and Share Packages:

- Develop Flutter packages or Firebase extensions that address specific needs. Sharing your packages on platforms like pub.dev or GitHub can benefit the community.

8. Write Documentation:

- Contribute to documentation efforts by improving official documentation or creating tutorials and guides for the community.

9. Engage on Social Media:

- Follow Flutter and Firebase accounts on social media platforms like Twitter, LinkedIn, and YouTube. Engage in discussions and share your insights.

10. Teach and Mentor:

- Share your knowledge by teaching Flutter and Firebase through workshops, webinars, or mentorship programs. Helping others learn can be rewarding.

11. Report Bugs and Issues:

- Actively report bugs and issues you encounter in Flutter, Firebase, or related packages. This helps maintain software quality.

12. Join Beta Programs:

- Participate **in** beta programs **for** Flutter and Firebase updates. Provide feedback on **new** features and improvements.

13. Create Showcase Apps:

- Develop showcase apps that demonstrate the capabilities of Flutter and Firebase. Sharing these apps can inspire others and highlight your skills.

14. Engage with Google Developers Experts:

- **Connect with** Google Developers Experts who specialize **in** Flutter **and** Firebase. They can provide guidance **and** mentorship.

15. Organize Community Events:

- Consider organizing local Flutter and Firebase events, such as hackathons or study groups, to foster a sense of community in your area.

16. Participate in Discussions:

- Engage in discussions on platforms like GitHub issues, Reddit, or official Google groups. Sharing your experiences and insights can benefit the community.

17. Stay Informed:

- Stay up-to-date with the official Flutter and Firebase documentation, release notes, and announcements to leverage the latest features.

18. Advocate for Inclusivity:

- Advocate for diversity and inclusivity within the Flutter and Firebase communities. Encourage participation from developers of all backgrounds.

19. Collaborate Across Ecosystems:

- Explore integrations between Flutter and Firebase. Collaborative projects that combine these technologies can be innovative and impactful.

20. Celebrate Community Achievements:

- Celebrate community achievements, such as package releases, project milestones, or community contributions. Recognizing each other's efforts fosters a positive environment.

Participating actively in the Flutter and Firebase ecosystems not only enhances your skills but also contributes to the growth and vibrancy of these communities. By engaging with fellow developers, sharing your knowledge, and staying updated, you become an integral part of these ecosystems and help shape their future.

Chapter 20: The Future of Flutter and Firebase

In this final chapter, we'll explore the exciting prospects and emerging trends in the Flutter and Firebase ecosystems. Both technologies are continuously evolving, and staying ahead of the curve is crucial for developers looking to build cutting-edge applications. Let's delve into the future possibilities and what lies ahead for these powerful frameworks.

Section 20.1: Emerging Trends in Mobile Development

Mobile development is a dynamic field, and staying informed about emerging trends is essential for developers. Here are some key trends that are likely to shape the future of mobile app development using Flutter and Firebase:

1. Cross-Platform Dominance:

- Cross-platform development with Flutter will continue to gain momentum. As Flutter matures, it will become the go-to choice for businesses seeking to develop apps for both iOS and Android with a single codebase.

2. Machine Learning Integration:

- Integration of machine learning and AI into mobile apps will become more prevalent. Firebase ML, with its machine learning capabilities, will play a pivotal role in creating smarter and more personalized applications.

3. Progressive Web Apps (PWAs):

- The adoption of Progressive Web Apps will rise. Flutter's support for web development will enable developers to build high-quality PWAs, expanding their reach beyond traditional mobile platforms.

4. Serverless Architecture:

- Serverless computing will gain traction. Firebase's serverless features, such as Cloud Functions, will enable developers to build scalable and cost-effective backend solutions.

5. Real-time Collaboration:

- Real-time collaboration features will become more important, especially in applications for remote work, education, and team communication. Firebase's real-time database and Cloud Firestore will continue to be valuable in this context.

6. Augmented Reality (AR) and Virtual Reality (VR):

- AR and VR applications will become more common. Flutter's flexibility and Firebase's real-time capabilities can be leveraged for interactive AR and VR experiences.

7. E-commerce and Mobile Payments:

- E-commerce apps and mobile payment solutions will continue to thrive. Firebase's secure authentication and Firestore can be utilized to build robust and secure e-commerce platforms.

8. Voice User Interfaces (VUIs):

- VUIs will become more prevalent, with voice-controlled apps and smart assistants. Integrating voice recognition with Flutter and Firebase can open up new possibilities for user interaction.

9. Blockchain Integration:

- Blockchain technology may find its way into mobile apps for enhanced security and transparency. Firebase's real-time features can complement blockchain-based apps.

10. Community Contributions:

- The Flutter and Firebase communities will continue to grow and contribute to the ecosystems. New packages, plugins, and open-source projects will emerge, enriching the developer experience.

11. Cross-Platform Gaming:

- **Cross**-platform gaming **using** Flutter **and** Firebase will **become** more widespread. Firebase can provide **the** backend infrastructure **needed for** real-time multiplayer games.

12. Privacy and Data Protection:

- Data privacy and protection will remain a top priority. Developers will need to stay informed about evolving regulations and ensure that their apps comply with data security standards.

13. Sustainability and Green Tech:

- Sustainable and environmentally friendly app development practices will gain attention. Apps that promote eco-conscious behaviors and reduce carbon footprints may become more popular.

14. Microservices Architecture:

- The adoption of microservices architecture for app development may increase. Firebase's cloud-based services can seamlessly integrate with microservices setups.

15. Accessibility and Inclusivity:

- Building accessible **and** inclusive apps will become a standard practice. Flutter's support for accessibility and Firebase's analytics can aid **in** creating apps that cater to diverse user needs.

16. No-Code/Low-Code Development:

- No-code and low-code development platforms may become more prevalent. Firebase can complement these platforms by providing scalable and secure backend services.

17. Globalization and Localization:

- Apps targeting international audiences will focus on globalization and localization. Firebase can assist **in** managing content and user data **for** diverse regions.

18. Collaboration with Other Technologies:

- Integration with emerging technologies, such **as** Internet of Things (IoT), 5G, and edge computing, will expand the possibilities **for** Flutter and Firebase apps.

19. Continuous Learning and Adaptation:

- As technology evolves, continuous learning and adaptation will be essential. Developers who keep updating their skills and knowledge will thrive in the ever-changing landscape.

20. Community-driven Innovation:

- The Flutter and Firebase communities will continue to drive innovation. Collaborative efforts and community contributions will shape the direction of both ecosystems.

As you embark on your journey to explore these emerging trends, remember that flexibility, adaptability, and a passion for learning will be your greatest assets. The future of Flutter and Firebase is full of possibilities, and developers who embrace these changes will be at the forefront of mobile app development innovation. Keep building, keep learning, and stay excited about the endless opportunities that lie ahead.

Section 20.2: The Evolving Landscape of Flutter and Firebase

The landscape of mobile app development has been significantly impacted by the evolution of Flutter and Firebase. In this section, we'll delve into the ongoing changes and developments within these two powerful ecosystems.

Flutter's Evolution

Since its initial release, Flutter has seen substantial growth and refinement. Here are some key aspects of Flutter's evolution:

1. **Stability and Maturity:** Flutter has matured into a stable

framework with a robust set of features and a growing community. Google's continued investment in Flutter has resulted in improved stability and performance.

2. **Desktop and Web Support:** Flutter has expanded beyond mobile platforms. Developers can now use Flutter to build apps for desktop (Windows, macOS, Linux) and web browsers. This cross-platform capability opens up new horizons for app development.

3. **Integration with Dart Null Safety:** Dart, the programming language used by Flutter, introduced null safety. This feature enhances code reliability by preventing null-related runtime errors. Flutter developers can now benefit from the safety of null-safe Dart.

4. **Enhanced Widgets and Libraries:** The Flutter community has contributed a wealth of custom widgets and packages to the ecosystem. This rich library of pre-built components simplifies app development and accelerates project timelines.

5. **Improved Tooling:** Flutter's development tooling, including the Flutter DevTools suite, has seen continuous improvement. These tools aid in debugging, profiling, and optimizing Flutter apps.

6. **FlutterFlow and No-Code Development:** Platforms like FlutterFlow have emerged, allowing users to create Flutter apps without writing code. This democratizes app development, making it accessible to a broader audience.

7. **Flutter for the Web:** Flutter's web support is becoming increasingly capable and production-ready. Developers can now create responsive web applications with Flutter, sharing a significant codebase with their mobile apps.

8. **Enterprise Adoption:** Flutter has gained traction in the enterprise sector, with companies leveraging its cross-

platform capabilities to develop apps for various platforms simultaneously. The framework's ease of maintenance and cost-effectiveness make it appealing to enterprises.

Firebase's Continuous Advancements

Firebase, as Google's mobile and web application development platform, has also seen continuous advancements:

1. **Firebase Extensions:** Firebase Extensions provide pre-packaged solutions for common tasks, such as resizing images or sending notifications. These extensions simplify complex backend tasks, reducing development effort.

2. **Firebase Emulators Suite:** Firebase introduced an emulators suite that allows developers to test Firebase features locally. This aids in development and testing without affecting production data.

3. **Firebase Authentication Updates:** Firebase Authentication now supports additional identity providers, making it easier to implement various login options in your apps.

4. **Security and Compliance:** Firebase has enhanced its security features and compliance certifications, making it a secure choice for apps handling sensitive data.

5. **Realtime and Firestore Improvements:** Firebase Realtime Database and Cloud Firestore continue to receive updates, improving performance and scalability. Real-time data synchronization remains a strength of Firebase.

6. **Firebase Performance Monitoring:** Firebase Performance Monitoring tools help developers identify and rectify performance bottlenecks in their apps, ensuring a smoother user experience.

7. **Integration with Other Google Services:** Firebase

integrates seamlessly with other Google services like Google Cloud Platform (GCP), enabling developers to access a broader range of cloud services.

8. **Firebase for Gaming:** Firebase's features are increasingly utilized in the gaming industry. It provides tools for in-game analytics, crash reporting, and cloud storage for game assets.

9. **Expanded Firebase ML:** Firebase ML offers new capabilities for machine learning integration, making it easier for developers to add AI features to their apps.

10. **Firebase Hosting and Dynamic Links:** Firebase Hosting allows developers to deploy web apps seamlessly, while Dynamic Links simplify deep linking and app navigation.

The Synergy of Flutter and Firebase

The synergy between Flutter and Firebase continues to grow stronger. Developers can harness the power of Flutter's expressive UI framework and Firebase's scalable backend services to create feature-rich, performant apps across multiple platforms.

As both ecosystems evolve, developers can expect even tighter integration and more tools to streamline the development process. This synergy positions Flutter and Firebase as a formidable combination for building modern, cross-platform applications that meet the demands of today's users.

The evolving landscape of Flutter and Firebase ensures that developers have the tools and technologies needed to stay competitive and deliver exceptional user experiences. Whether you're a seasoned developer or just starting your journey, embracing these advancements will be essential for your success in the ever-changing world of mobile app development.

Section 20.3: Future Integration Possibilities

The future holds exciting possibilities for the integration of Flutter and Firebase. As technology evolves, these two platforms are likely to continue converging and offering even more advanced features and capabilities. Here are some areas where future integration possibilities may emerge:

1. Enhanced Real-time Features

Firebase's real-time database capabilities are already powerful, but future integration could bring even more sophisticated real-time features. Imagine seamless, low-latency data synchronization across devices, making collaborative and interactive apps even more responsive. This could benefit applications in areas like gaming, collaborative productivity, and real-time communication.

```
// Future code snippet for enhanced real-time synchronization

realTimeData.onValueChanged.listen((event) {

// Handle real-time data changes here

});
```

2. AI and Machine Learning Integration

Firebase's machine learning capabilities are expected to become more tightly integrated with Flutter. Developers may gain easier access to AI-powered features, such as image recognition, natural language processing, and predictive analytics, enabling them to create smarter and more personalized apps.

```
// Future code snippet for AI integration

final imageLabels = await FirebaseML.detectImageLabels(image);
```

3. Cross-platform Development Efficiency

As Flutter's desktop and web support matures, Firebase is likely to follow suit with enhanced support for these platforms. Developers may be able to build and maintain a single codebase for apps running on mobile, desktop, and web, streamlining development and reducing maintenance efforts.

```
// Future code snippet for cross-platform Firebase initialization

final app = FirebaseApp.instanceFor(platform);
```

4. Improved Performance Monitoring

Firebase's performance monitoring tools are expected to become more sophisticated. Developers may have access to more granular performance data, enabling them to pinpoint and resolve performance bottlenecks with greater precision.

```
// Future code snippet for advanced performance monitoring

Performance.trace('custom_trace').start();

// Perform app operation here

Performance.trace('custom_trace').stop();
```

5. Enhanced User Engagement Features

Future integration could introduce more advanced user engagement features. This may include AI-driven recommendation systems, smarter push notification strategies, and automated user engagement campaigns based on user behavior and preferences.

```
// Future code snippet for AI-driven user engagement

FirebaseUserEngagement.recommendContent(userId);
```

6. Deeper Analytics Integration

Firebase Analytics is likely to evolve to provide even deeper insights into user behavior and app performance. Developers may gain access to more comprehensive data visualization tools and machine learning-driven insights.

```
// Future code snippet for accessing advanced analytics

final analytics = FirebaseAnalytics.instance;

final userSegments = await analytics.getUserSegments();
```

7. Integration with Emerging Technologies

As new technologies and services emerge, Flutter and Firebase are poised to adapt and integrate with them. This includes compatibility with augmented reality (AR), virtual reality (VR), blockchain, and other emerging trends in the tech industry.

```
// Future code snippet for AR/VR integration

ARVRFramework.initialize();
```

8. Global Expansion

Firebase's global reach is expected to expand further, with more data centers and edge computing capabilities. This expansion will reduce latency for users in different parts of the world and improve the overall user experience.

```
// Future code snippet for selecting data center location

FirebaseApp.configure(

name: 'myApp',
```

```
options: FirebaseOptions(

projectId: 'my-project',

storageBucket: 'my-bucket',

locationId: 'us-central1', // Set data center location

),

);
```

As Flutter and Firebase continue to evolve, developers can look forward to these and many more integration possibilities. The synergy between these two platforms will play a pivotal role in shaping the future of app development, enabling developers to create innovative, cross-platform applications that cater to the evolving needs and expectations of users worldwide.

Section 20.4: Staying Ahead: Continuous Learning and Adaptation

In the rapidly evolving world of technology, staying ahead and maintaining relevance is crucial for developers working with Flutter and Firebase. Here are some strategies for continuous learning and adaptation:

1. Keep Abreast of Updates

Both Flutter and Firebase receive frequent updates with new features, improvements, and bug fixes. To stay ahead, regularly check for updates and review release notes. Consider adopting a release management strategy that allows for controlled updates while minimizing disruptions.

```
# Check for Flutter updates

flutter upgrade

# Check for Firebase SDK updates

flutter pub upgrade firebase_core
```

2. Community Engagement

Engaging with the developer community can be highly beneficial. Join online forums, social media groups, and attend local meetups or conferences related to Flutter and Firebase. Share your experiences, ask questions, and learn from others. Active community participation can provide valuable insights and foster collaboration.

```
// Joining a Flutter and Firebase community group

community.join('flutter-firebase-devs');
```

3. Online Courses and Tutorials

Online learning platforms offer numerous courses and tutorials on Flutter and Firebase. Enroll in courses that match your skill level and interests. Many platforms provide certifications upon completion, which can be valuable for career advancement.

```
// Enroll in a Flutter course

Platform.open('online-learning-platform/flutter-course');
```

4. Official Documentation

Both Flutter and Firebase maintain comprehensive documentation. Make it a habit to refer to official documentation when faced with challenges or when exploring new features. Documentation is often updated alongside SDK releases, ensuring accuracy and relevance.

```
// Accessing Flutter documentation

Platform.open('https://flutter.dev/docs');
```

5. Open Source Contributions

Contributing to open-source projects related to Flutter or Firebase can enhance your skills and reputation in the developer community. It's an opportunity to collaborate with experienced developers, learn from their expertise, and make a meaningful impact on the ecosystem.

```
// Contributing to an open-source Firebase library

contributeTo('firebase-authentication-library');
```

6. Experiment and Prototype

Keep experimenting with Flutter and Firebase. Create personal projects, prototypes, or proof-of-concept apps to explore new concepts and technologies. Hands-on experience is often the best teacher, and experimentation can lead to innovative solutions.

```
// Start a new Flutter-Firebase project

flutter create my_flutter_firebase_app
```

7. Attend Workshops and Webinars

Many organizations and platforms offer workshops and webinars on Flutter and Firebase. These events provide insights into best practices, advanced techniques, and real-world use cases. They also offer opportunities for networking and learning from experts.

```
// Register for a Firebase webinar

Platform.open('firebase-webinar-registration');
```

8. Master Cross-Platform Development

As cross-platform development gains popularity, mastering it can open up more opportunities. Learn to build apps that run seamlessly on various platforms, including mobile, web, desktop, and even embedded systems.

// Exploring cross-platform development with Flutter

masterCrossPlatform('flutter');

9. Stay Informed About Industry Trends

Technology trends evolve rapidly. Keep an eye on emerging technologies and industry trends that might impact your Flutter and Firebase projects. Being proactive in adopting relevant trends can give your apps a competitive edge.

// Subscribe to a tech news feed

subscribeTo('tech-trends-news');

10. Collaborate and Seek Mentorship

Collaborating with experienced developers and seeking mentorship can accelerate your learning curve. A mentor can provide guidance, share knowledge, and help you navigate challenges in your Flutter and Firebase journey.

// Request mentorship from an experienced Flutter developer

mentorshipRequest('flutter-guru');

In conclusion, the world of mobile and web development with Flutter and Firebase is a dynamic one. Continuous learning and adaptation are key to staying relevant and thriving in this ever-changing landscape. By following these strategies, you can ensure that your skills remain up-to-date, your apps meet current industry standards, and you continue to deliver value to users and clients.

Section 20.5: Final Thoughts and Next Steps

As we conclude this comprehensive guide on Flutter and Firebase, it's essential to reflect on your journey and consider the next steps in your development career. Here are some final thoughts and actionable steps to guide you:

1. Reflect on Your Achievements

Take a moment to acknowledge your accomplishments. You've learned to harness the power of Flutter and Firebase to build robust, scalable, and feature-rich applications. Celebrate your successes and the knowledge you've gained throughout this journey.

```
// Celebrate your achievements

celebrate('completed-flutter-firebase-guide');
```

2. Continue Building Projects

The best way to solidify your skills is by building real-world projects. Continue to work on personal projects, contribute to open-source initiatives, or collaborate on team projects. Every project you undertake will enhance your expertise.

```
// Start a new project

flutter create my_next_flutter_app
```

3. Stay Updated

Stay informed about the latest developments in both the Flutter and Firebase ecosystems. Follow release notes, attend webinars, and engage with the community. Being aware of updates and trends will keep your skills current.

```
// Stay updated with Flutter and Firebase

subscribeTo('flutter-firebase-news');
```

4. Explore Specializations

Consider specializing in a particular aspect of mobile development. Whether it's UI/UX design, machine learning, or cloud architecture, specialization can open up unique career opportunities.

```
// Explore specialization options

exploreSpecialization('flutter-specialization-guide');
```

5. Networking and Collaboration

Networking is crucial in the tech industry. Build relationships with fellow developers, attend conferences, and engage with potential employers or clients. Collaborative opportunities often arise through networking.

```
// Attend a tech conference

participateIn('flutter-firebase-conference');
```

6. Continuous Learning

The tech field is ever-evolving. Dedicate time to continuous learning through online courses, workshops, and reading tech-related literature. Expanding your knowledge will make you a more valuable asset.

// Enroll in an advanced Flutter course

Platform.open('online-learning-platform/advanced-flutter-course');

7. Portfolio Development

Maintain an up-to-date portfolio showcasing your projects and achievements. A strong portfolio is a powerful tool when seeking employment or freelance opportunities.

// Create or update your portfolio website

developPortfolio('my-portfolio-website');

8. Mentorship and Teaching

Consider becoming a mentor or educator. Sharing your knowledge with others not only helps the community but also deepens your understanding of the subject matter.

// Offer mentorship to aspiring developers

mentorshipOffer('flutter-firebase-mentorship');

9. Contribution to the Community

Contribute back to the Flutter and Firebase communities. Whether it's by answering questions on forums, contributing to open-source projects, or writing tutorials, your contributions can help others on their journey.

// Contribute to a Firebase open-source project

contributeTo('firebase-open-source-project');

10. Set New Goals

Finally, set new goals for your career. Identify where you want to be in the coming years and create a roadmap to achieve those goals. Continuous goal-setting will keep you motivated and focused.

// Set career goals for the next five years

setCareerGoals('5-year-plan');

In closing, your journey with Flutter and Firebase is just the beginning of an exciting and rewarding career in mobile and web development. Embrace these final thoughts and next steps, and remember that learning is a lifelong process. Continue to explore, innovate, and make a positive impact on the world through your coding skills. Best of luck in all your future endeavors!

Milton Keynes UK
Ingram Content Group UK Ltd.
UKHW050758160424
441246UK00001B/21